王佐红　樊建民——著

上口外

黄河出版传媒集团
阳光出版社

图书在版编目（CIP）数据

上口外 / 王佐红, 樊建民著. -- 银川 : 阳光出版社,
2021.5
　ISBN 978-7-5525-5863-0

　Ⅰ. ①上… Ⅱ. ①王… ②樊… Ⅲ. ①长篇小说－中
国－当代 Ⅳ. ①I247.5

中国版本图书馆CIP数据核字(2021)第079652号

上口外

王佐红　樊建民　著

责任编辑　金小燕　王　瑞
封面设计　晨　皓
责任印制　岳建宁

黄河出版传媒集团
阳 光 出 版 社　出版发行

出 版 人　薛文斌
地　　址　宁夏银川市北京东路139号出版大厦（750001）
网　　址　http://www.ygchbs.com
网上书店　http://shop129132959.taobao.com
电子信箱　yangguangchubanshe@163.com
邮购电话　0951-5014139
经　　销　全国新华书店
印刷装订　宁夏银报智能印刷科技有限公司
印刷委托书号　（宁）0020604

开　　本　720 mm×980 mm　1/16
印　　张　30.5
字　　数　370千字
版　　次　2021年5月第1版
印　　次　2021年5月第1次印刷
书　　号　ISBN 978-7-5525-5863-0
定　　价　68.00元

大漠孤烟，长河落日，一座关隘，使中华大地有了"口里"和"口外"的称谓。从古到今，有多少黎民百姓和仁人志士跋涉在这条丝绸古道上，躲避灾难、饥荒和战乱，交流文明，勇敢追求人生的幸福和梦想。20世纪以来，以刘和顺这位倔强、精明的西海固汉子为代表的千千万万个口里人，怀揣着先人的故事，铭记着长辈的遗训，携家带口，毅然决然迈向寥廓苍穹下的口外，与各民族兄弟姐妹一道，将青春和热血抛洒在那片深情的土地上，谱写了一曲曲凄楚壮美的人生之歌。

1

好多年了，刘和顺都没有这么激奋和焦心过，自打确定了本次回老家月儿湾的计划后，就睡不好觉，无论躺到沙发上还是床上，都不容易入眠，晚上无论睡得多迟，都会早早醒来。随着年事渐高，他深知这次回去不同于以往，不知道以后还能不能再回得去，所以他要携家带口，把家里能走脱的都叫上。近一个月，他一遍遍地在脑海里盘算着这次回去还有什么没计划周全，也担心到跟前了哪个孩子又有啥事走不开。

好不容易，孩子们的时间都安排好了，明天就要起程，他竟然激动得坐立不安，老感觉尿胀，不住地往卫生间跑，每次又尿不出来多少。刚刚，他让老伴张娜把从伊斯法罕购买的藏红花装入八边形金黄色小盒并放进随行包裹后，这才觉得要带的东西全都带上了。躺在床上，他想美美睡上一觉。

这次刚合眼，睡梦就袭来了。梦里他赶着毛驴车去阿拉山口砍梭梭树，已经用手将梭梭树根部的沙土刨开了，只需一下，最多两下，就可以用十字镐砍断，但他的手腕绵软无力，这使他沮丧又焦急。不远处，开着拖拉机的村民用钢丝绳接连扯断了好几棵梭梭树，准备装车回家。他好羡慕啊，想着什么时候自己也能买一台这样的拖拉机，就在这时，不远处蒙起一片黄尘，飞沙走石滚了过来，淹没了人声人影……

醒过来时，刘和顺感到喘不过气来，身体像被掏空了一样，已经好长时间没有做过这样的梦了，恍惚之间他又想起了以往上口外的岁月，于是睡意全无，缓过神后便披上衣服走出卧室，站在廊下慢慢回味……

正值子夜，星月交辉，万物沉寂，两公里外的卓力格图镇依稀闪着点点灯光，更显出夜的安宁与无边。夜潮潮的，似乎一把能攥出水来。无论何时何地，不经意间，故土月儿湾都会萦绕在他的脑海，他仿佛又隐约听到了那里的鸡鸣和狗叫，还有豆荚鼓胀、夜露滚落的声响。

"月儿湾啊，多少年了，我都忘不了，白天一想起来就心潮起伏，久久难以平复，晚上做梦常常梦到，梦里过去的人与事历历在目，仿佛不曾离开。虽然梦里如今的生活偶尔与在月儿湾时的生活会混在一起，人也会混杂，但都是现在的生活嫁接到那遥远的月儿湾里。"

刘和顺常常想起的月儿湾，是宁夏吉平县新川乡刘家坪大队的一个庄子，因地形似月牙而得名，湾里居住着二十几户人家。刘和顺还没搬离月儿湾的时候，月儿湾日子好过的和勤快的人家，一般都依黄土崖面挖两孔大窑，一孔做饭，一孔住人；也有一家一孔大窑的，做饭、住人在一起；偶有人家在院子的左边盖有一两间土坯房。月儿湾一年四季景色分明，夜晚那一弯高悬的明月令人销魂，中秋前后，便是仰望星空和赏月的最好时节。

"很快我又能回到日夜思念的月儿湾，与好兄弟汪克齐再叙上口外的'光辉岁月'及'夜走麦城'。"还是老伴张娜的呼叫声把刘和顺的思绪扯回了现实，他又一次深情地感叹："老了，老了，看来真老了。"可他心里始终默默坚守着这样一个压箱底的信条："人可以老去，回忆却永远年轻。"

此刻，京城街道上灯光闪烁，如梦如幻，车流如水，热闹喧嚣，西城区顺城街一幢高层居民楼上一扇窗户的灯刚刚熄灭。女主人王志琴躺在床上，想着自己小说里的几个章节，还是不大满意，但她并不郁闷，明天就要踏上那片妹妹支教且自己又十分向往的土地，亲身感受那里的烂漫山花、淳朴民风和人间亲情，心里禁不住升起小小的冲动。她坚信此去回来，小说就会很快结稿，就能把这部承载着几代人迁徙情怀的作品出彩地展现给世人。

自新世纪以来，著名摄影人刘秀丽每年不止一次地跑到月儿湾，拍杏花，拍梯田，拍老庄子，寻找摄影的真谛。她曾建议外甥女王志琴也多去几趟，寻找她文学创作的灵根活水。小姨的建议与王志琴的想法不谋而合，姥爷一家三代由西海固搬迁到口外，他们不一样的人生经历，既是一段辛酸苦难的心路历程，更是丝绸古道上千千万万个从口里一路向西辗转口外的家庭，与祖国同呼吸、共命运的恢宏史诗和壮阔移民画卷，给祖国边陲那片辽阔疆域的社会变革、经济发展、文化融合、民族团结添上了浓墨重彩的一笔。她一直想以姥爷上口外的故事为题材写部长篇小说，而诸多与月儿湾有着千丝万缕联系的情节，必须通过实地采访才可获得丰富的第一手资料，但由于诸多原因，愿望未能实现。明天她将飞抵兰州，与姥爷、舅舅会合，一起去月儿湾，想起这些，她的心里有种难以言状的激动。

翌日，晴空万里，由博乐通往乌鲁木齐的宽阔高速公路上，一辆奥迪牌小轿车正飞快地行驶。道路两侧广袤的田野里，大面积的葡萄藤已经上架，缚蔓的彩带随风舞动。大片的棉田已喜现新苗，棉农们的身影在田间移动，正在精心护理一行行棉苗。坐在后排右侧的刘和顺，隔着车窗看着外面，时而笑容拂面，时而皱眉不展。老人面色红润，精神饱满，穿一套宽松的藏蓝色缎料衣服，踏一双绵软的黑色方口粗布鞋，脚面处洁净的白袜清晰可见。车外晨光灿烂，车内温度适宜。坐在副驾位上的刘晓明略显局促，这次如果不是父亲刘和顺非要他一起回老家西海固，他是断然不会回去的，因为由他负责的克拉玛依那面的石油数据中心项目正在实施，他可抽不出时间来。

这时，车内响起轻盈悦耳的手机铃声，刘晓明有些不安，担心又是从克拉玛依打过来的，拿起手机，他的心才稍稍平静下来，电话是弟弟刘晓东打给父亲的。他转过身子，把手机递给了父亲："大，是东东的电话。"

刘和顺像在梦中被人叫醒，从儿子手中接过电话："就知道打电话。"老人话语中夹带着怨气，"让你和莎莎到兰州安心等着，老打电话干吗？"

"不是的，大，我老姨丁瑞芳刚打来电话，"电话里传来刘晓东轻声的回答，"她问我们与哈萨克斯坦和埃及客商合作的事情考虑得咋样了，您老不是一直担忧嘛，我是想听听您的意见，好给我老姨回个准话儿。"

"你老姨是咋说的？"刘和顺锁着眉头，显得犹豫。

"我老姨说她们已经定了。"

"先不要管我，"刘和顺显得有些不耐烦，"你说你是咋考虑的。"

"我的想法和当初一样，"刘晓东在电话里的声音清晰坚定，"就咱们现在的纺织品品质，应该说在市场上是数一数二的。况且，不少'一带一路'沿线国家的棉纺织企业，包括欧美的大企业、大集团，早已和咱们做过买卖，他们对咱们的产品和未来的发展都很有信心。我想咱们要把握住大好时机，欢迎他们来投资，把纺织园再扩大，再增加产量，扩大出口。"

老人沉默了一小会儿，他确实不知道在这一刻给东东说个什么准话儿，也不想说个什么准话儿。"给你姨说，等我这次从老家回来了再做决定。"说完就挂断了电话。

刘和顺深知从口里老家西海固到口外，这些年来折腾的一件又一件不小的事情，都是父亲，还有儿子虎娃的早逝给他的勇气和力量，是和自己打断骨头连着筋的月儿湾给他做支撑，是老东家几代人多年积蓄倾囊相助激发了他的巨大热情。然而现在，他不想再折腾什么轰轰烈烈的大事。很多时候，他只想静下心来，和家人聚在一起，只想有机会与几个老伙计、老"联手"聊聊天，平平静静地走完余生。

刘晓明从父亲手里接过手机，没敢多问一句，侧着身子目光极快地在父亲脸上扫了一下。他能感受到父亲心中的复杂，为了不让父亲过多地记挂这件事情，他有意识地问了司机小马一句："快下高速了吧？"

"再有十几分钟。"司机小马利落地回答。

他和司机的对话一下子把老人从刚才的问题中引了出来，老人似乎不大相信这么快就要下高速了，疑惑地问："再有十几分钟就下高速了？想当年这些路可要走整整两天的时间啊！"

"是啊，老爷子，"小马通过后视镜看了一眼刘和顺，呵呵笑着说，"用不了半个小时我们就到乌鲁木齐了。"

老人有些欣喜，又有些迟疑，想回月儿湾的心情是那样急迫，思量着到乌鲁木齐坐上飞机就快了。

2

　　1938 年的冬天，坐落在"苦瘠甲于天下"的西海固怀抱中的月儿湾和周边任何一个村庄一样，显得贫瘠干枯。入冬以来没见一片雪花，到处光秃秃的，寒风像得了势，时不时在天地间肆虐穿行。这一夜，狂风又像猛兽一般呼啸，直到黎明才渐渐远去。依洞洞梁黄土而凿的一孔窑内，刘运飞第一个醒来，女人姚兰香和儿子满粮的鼾声香甜。他看了一下窑门上方砖块大的窑眼，墨色蠕动。过一阵儿天就会亮，该是起来的时候了，他这样想着，窸窸窣窣开始穿衣服，他要赶在村里其他人的前面到沟底的泉眼里去担水，正如一些多事人的戏言："月儿湾的泉水，二十四小时都有人值班。"

　　刘运飞挑着一对木桶来到泉眼旁，蹲下身子用木舀子敲开泉眼上的薄冰，一舀子一舀子向桶里添满水。当他担着两桶水往回走的时候，听见马世文已经在喊自己儿子满粮了："满粮儿——满粮儿——"隔得老远，他看见马世文腋下夹着个短把儿小方铲，双手筒在破棉袄的袖筒里抱在胸前，背着竹篾编的小背篓正站在他家院门前摇晃着身子，两脚不自然地在冰冷的地上跺着，嘴里哈出一股股白气。看见刘运飞担着水走来，马世文有些等不及地问："满粮儿是不是还没有起来啊，叔？我冻得都快站不住了。"

　　"你起得够早啊，满粮瞌睡多，天天还要你叫。"刘运飞说着，正想催儿子几声，却听窑门吱扭响了一下，满粮揉着惺忪的睡眼从里面出来，小跑着在院子里背上和马世文背上差不多的小背篓，拿上小方铲出了院门。

冬天起早拾各种动物粪便，已成为月儿湾男人们的习惯，也成为马世文、满粮两个孩子的习惯。呼吸着早间清冷的空气，将冻硬的粪像宝贝一样铲进背篼里，除了享受自己内心那种乐滋滋的感受外，还可以换来大人的赞许。八九岁的孩子，瞅什么都新鲜，他们无意中听大人们说"冬里的狗粪，地里的金"，就来了兴趣。天气入冬不久，他们就相约一大早起来，赶在大人前面去拾"金子"。

"哥，你来的时候没有碰见长安子？"满粮边走边说，"今儿个他要是再和咱们抢粪，我可不饶他。""还能少了他！"马世文说，"说不定这会儿他就躲在哪搭儿瞅咱们呢。""长安子也太霸道了，"满粮说，"好像狗粪是他大拉的一样，我都忍几天了，再不想忍了。"

马世文将腋下的小方铲往紧里夹了夹，说："他大张贵彪要是有那本事，怕早都能上天了，还能给人扛长工？"

他们说着话，眼睛不停地搜寻着，不放过每一个犄角旮旯儿。或许因昨夜刮了场大风，一些人还赖在热炕上，一路上他们没有碰到几个拾粪的大人，这让他俩颇为欣喜。

正当两个娃娃乐悠悠地拐进月儿湾后垴的小树林时，前面的路被一个比他们身形壮实的少年挡住了，这少年不是别人，正是张贵彪的儿子张奎。他俩说的长安子，是张奎的小名。

"老子就晓得你们会到这搭儿来。"张奎凶神恶煞地横在路中间，两手叉腰，两条腿叉开挡在他们面前。他身上穿着的棉衣棉裤，不仅臃肿，而且脏兮兮的，一副邋遢样。

马世文一看就来了气，向前大跨一步，高声骂道："你狗日的，要咋呢？"

"这狗粪又不是你大拉的，你凭啥不叫我们拾？"满粮也帮起腔来。

"老子就是不让你们拾，能咋？"张奎说，"不服气来把老子逗一指头。"

一句话激怒了满粮和马世文，二人丢下背篓和小方铲，一个箭步冲了过去，三个少年为了一泡狗粪厮打在一起。

满粮的叫声尤为响亮："今儿非要让你长安子把这狗屎吃了不可，反正你挡着不让我们拾，我就叫你晓得我们也不好欺负。"

满粮和马世文拉住张奎要给喂狗屎，张奎拼了命地反抗才得以逃脱，但身上的棉袄被撕烂了，脸上也被抓出了几道血痕。

因为这事儿，张奎他大张贵彪大为光火，不管三七二十一，去满粮和马世文家大闹了一番。

刘运飞平生第一次将宽厚的手掌扇在满粮的沟子上。他喝令儿子趴在炕沿上，把破棉裤脱到半腿，满粮软嫩的沟蛋子圆凸凸地露在外面，刘运飞抡起巴掌就打，啪，啪，啪。窑门被刘运飞从里面顶着，姚兰香进不去，在院里急得团团转，窑里每打一下，姚兰香的心上就像被深剜一刀，她趴在窑门号哭哀求着，让丈夫饶了儿子。

刘运飞厉声喝问满粮以后还敢不敢和别人家的娃娃打架，满粮不是战战兢兢，而是理直气壮地说："只要他不挡我的路，我就不打。"实际上他还留下了话外音。

刘运飞真佩服儿子，自己的痛打没有换来他丝毫求饶，每一巴掌落下，满粮只是皱着眉头，紧闭牙关。自那事后，刘运飞便很少再打儿子，心里却默默自豪："真是老虎不下狼儿子。"

与满粮不同的是马世文没有挨上父亲的打。马世文比较机灵，知道张贵彪会上他们家闹腾，那天就没敢回家，躲进了山沟里村上人挖的一个避雨洞内。他并不是怕父亲的巴掌，而是怕母亲因为护他和父亲闹别扭。直到深夜，整个山沟里被火把照得一片通红，人群呼喊着他的名字，马世文再也待不住了，才哆哆嗦嗦地从山洞里爬出来。父亲看见儿子，一场虚惊已让他没了发泄的力气，好歹是找到了，如果找不见的话，这么冷的天气，一晚上不冻成石头疙瘩，恐怕也要喂狼了。

马世文父亲眼噙泪花，拍打着儿子身上的土说："你个瓜怂，事有事在，跑到山洞里干啥？"人群里有人笑着欺负说："都是你老怂煞气硬，才把娃娃吓得跑山了。"

此刻，马世文父亲连忙向大家道谢："各位大叔、大哥，真是远亲不如近邻啊！"看到全庄的人家都帮忙找孩子，他发自内心地说，"遇事了，还是庄里人亲靠啊，谢谢大家了。"

他领着儿子回家时，又略有所思地叹了一声："为了一泡狗粪，娃们——"话只说了一半，自己就失笑了。

多么美好的童年，一切竟是这般新奇，有探究不完的宝藏。童年像一首诗，能无尽地想象；童年像一幅画，可无穷地驰骋；童年更像是一场梦，悄悄地来，又悄无声息地去。但这些，都将随着岁月的流逝一去永不复返。改变满粮美好童年的，则是第二年初夏的·个夜晚。

父亲刘运飞最近很少在家，偶尔回来一次半次的大都是在深更半夜。

满粮根本不知道父亲神神秘秘地在干什么，他不止一次地问母亲，母亲只说父亲忙着在外面做生意。有一天深夜，刘运飞和姚兰香的低声细语吵醒了满粮。满粮刚一睁眼就看到了煤油灯下的父亲身上血迹斑斑，他怔住了。

刘运飞对姚兰香说："白面河这一仗我们损失惨重，弹药也耗尽了，全都打散了，听说头头儿都阵亡了。"姚兰香捂着胸口，脸色难看，一声接一声地叹气。

刘运飞一边脱着沾满血迹的衣裳，一边说："我还砍了三个白狗子，也值了。眼下咱们得赶紧离开这儿，少露面。先到兰州城去，看看那里能不能做点啥小买卖，等后头有实力了，再设法上口外。"

刘运飞的爷爷刘西山早些年就带着弟弟刘西川跑出去与几个山西商人合伙走驼帮，来往于宁夏、甘肃、青海、内蒙古与新疆等地做生意，对口外天地的广袤、物产的丰富、百姓的好客非常感叹。刘运飞小的时候，爷爷常给他和父亲说，这吉平县的日子以后没啥过头了，就往口外走，那里天大地大，人好活，饭好吃。但爷爷后来因为患了肺病，没有办法再走驼帮，就停了生意，但直到去世的时候，都还念念不忘口外，说那里是养人的好地方。而他的弟弟刘西川最后在口外成了亲，定居到了那里再没有回来。

满粮听到这里，突然坐了起来，盯着刘运飞问："大，你在哪搭儿砍白狗子了，咋不叫上我？"姚兰香狠狠瞪了儿子一眼，责备道："大人的事娃娃家少插嘴，还不赶紧睡觉！"

满粮不自然地又缩回了被窝，眼睛扑闪扑闪地瞅着刘运飞和姚兰香。

"还让满粮睡啥啊睡，赶紧叫起来，收拾收拾就走。"刘运飞说。

姚兰香这才如梦方醒，催着儿子穿好衣服，又急急忙忙收拾窑里的东西，用一件破衣服包裹着什么。刘运飞将换下的血衣揉成团儿，出门前塞进了炕眼门。满粮和姚兰香出院子时，刘运飞早已拉来了家里饲养的土黄色小毛驴等在外面。

第三天将晚，他们来到了青江驿客栈，天空格外幽蓝，远处的天空飘浮着朵朵白云。一队马帮正在客栈内收整他们的货物，西面的拴马场上，四匹高头大马正在咀嚼散落在地上的草料，不时打着响鼻。刘运飞在客栈登了住处，让姚兰香和儿子先去屋里歇息，他将小毛驴牵拴到桩上，以防马匹认生撕咬，这才长吁一口气，身上的乏气儿陡增。他坐在客栈院内的小石凳上，看着马帮里两个人忙活。这两个人脸色黧黑，形同铁铸，穿青灰色衣裳，上身穿对襟汗衫儿，腰里缠着带子，裤子看上去比上衣宽松许多，膝盖处顶了包，松弛的裆部像移巢的蜂群，裤管紧束，打着裹腿，脚穿一双麻绳打成的布底鞋，他们正在归整从马背上卸下的包裹，嘴里言语着，听口音像是宁夏川区人。

刘运飞凑了过去问："老哥哥，你们这是往哪搭儿去？"

其中一个看了看，抹着额头上的汗，爱搭不理地说："往吴忠去。"说罢转身朝另一个念叨："这批货收得真费劲，大后天能赶到康瑞庄就不错了，要是再迟，丁老板肯定要收拾咱们。"

"唉，要不是在路上耽搁，我们早就到了，咋说呢，人算不如天算。"其中另一个应承着。刘运飞还想再问什么，见两人唉声叹气的样子，便收住了口。

隔了一阵子，马帮中的另一位好像看见了坐在近旁的刘运飞，才抬头问道："你这是去哪儿？"

"我胡乱转着呢，"刘运飞说，"想去兰州。"

"这都啥年月了，不坐在家里，还带着老婆孩子去兰州啊！"那人说着，一脸的惊恐和不安，"没听说吗？几个月前，几十架日本鬼子的飞机在兰州上空投下许多炸弹，炸死了好多人，兰州城里的人都往外跑呢。"

"听说了，可城里有亲戚，现在乡下活得难场，顺道儿看看。"刘运飞随口一说。

"哦，这乱哄哄的年月有你这样的亲戚，难得啊！"说完似有所思地忙自己的事了，不再搭理刘运飞。

虽听到兰州城遭日本飞机轰炸的事感到心里堵了起来，但刘运飞想想，眼下再也没个可去的地儿，兰州那地儿大，谋生活相对容易些，就领着娃娃妇人一路摸索着去了。

3

其实，兰州城里并不冷清，几个月来日本飞机再没有来过，从迎惠门到同济门的几条街道里，小商小贩吆喝着张罗生意，街上行人熙熙攘攘，各家店铺里顾客进进出出，依旧一派繁忙景象。

辗转到了兰州。刘运飞一家找到店房住下来，出门踅摸了两日，选定了炭市街一间临街的店面，房子并不大。房东中等身材，一身素色搭配的长袍马褂，看上去落落大方，每每说话，亮白的牙齿总显露出来。刘运飞不但中意于临街的那间店面，更看重房东朱光华的为人。第一次碰面，朱光华就毫不避讳地说了一番很受用的话："如今这日子不太平，你先凑合着把生意做起来，把家安顿下来，房租的事儿后面再说，生意好了随便给上几个，不好就算了。"

刘运飞和姚兰香先是迟疑，朱光华一眼看出了他们心中的疑虑，轻声笑着说："眼下这情况，说不定小日本的飞机哪天又来了，年初的时候，日本的炸弹就在离我们不远的地方爆炸了。当时有个小伙子，双腿被炸飞了，原来租着我这间门面的小两口见那惨状，就歇了买卖回老家了。只要每天能睁开眼就是万幸，眼下最害人的是小日本，我收不收你们租金都无关紧要，大家互相帮衬，才能渡过难关。"

这样，刘运飞的"口里香"饭馆很快就开张了，经营面食和炒菜。因为本钱少，饭馆只摆放了三张方桌，六条长凳，置办了一把菜刀，一个炒勺，零星的碗筷漏勺也是边做生意边置办。姚兰香掌厨，刘运飞端茶送饭，迎来送往，满粮也没闲着，在后厨帮母亲拉拉风箱、择择菜叶、倒倒泔水。

炭市街是兰州静宁大街上的一条小街，加上被日本飞机轰炸过，街面相对僻静。刘运飞的饭馆营业之初，一天也进不来三五个人，光顾最多的就是房东朱光华。朱光华家底殷实，也做着买卖，他总是摇着蒲扇走进饭馆，吃完饭又摇着蒲扇离开。每次的饭钱却一个子儿不少，如数付给刘运飞。朱光华喜欢把话说在当面："我吃饭，你们收钱，天经地义，该多少就多少，你们照价收，如果你们不收钱，我就不来这里吃饭了。再者，我来吃饭，也是帮着你们招揽生意。我认识的人不少，他们看见我在里面吃饭，自然也来尝鲜儿，日子长了，招引的人也就多起来了。但有两点，你们的饭菜可要质好量足，这卫生和服务也一定要搞好。你们的生意好了，我过炭市街，脚跟子也就有劲儿了。"

刘运飞两口子感念老天有眼，让他们碰到了朱光华这样的好人。在朱光华的帮助下，到"口里香"吃饭的人慢慢地多了起来。

朱光华膝下只有一个儿子，起名朱宝贵，今年正好十六岁。大多时候他都背着朱光华来刘运飞的饭馆吃饭，有时候，还领上三五个人来饭馆小聚，刘运飞两口子从来没有收过一分钱。相反，这两口子有时做点好吃的饭菜，还让儿子满粮给朱光华的老母和内人张氏端点。时间长了，朱光华知道了这些事，对刘运飞夫妻自然感激不尽，有时也不免责怨："我那不成器的儿子，尽干些不正经的事儿，遇事他奶奶总护着，惯坏了。如果以后他还来'口里香'要吃要喝，你们就用大棒给我撵出去，若是再姑息，你们这生意还怎么做啊。"

"东家，你也说得太严重了，"姚兰香说，"娃娃吃口饭有啥大不了的！"

"他已经学坏了，"朱光华说，"再这样下去，真不知道会成个什么样子，我这点儿家底能经得起他折腾吗？"

"宝贵那是要性子，"刘运飞说，"有您这样的爹管束，将来肯定错不了。"

"老弟啊，你这是在抽我耳刮子，惭愧啊！"朱光华一脸无奈的神色，"还有，往后啊，家里面你们再也不要给端吃端喝了。人经不起闲日子，免得宝贵他娘习惯了，手都懒得往面里伸，我祖上留下的家业可经不起他们母子消遣。"

"宝贵他娘可是个勤快人，"姚兰香说，"我们也没给她端过几次饭，要是传进她耳朵里，她会不高兴的。"

"你们女人啊，都一个鼻孔儿出气，"朱光华笑着说，"我不和你理论了。"

"老哥，没事儿的，你再不要操这份心了，"刘运飞说，"再说了，'口里香'这生意还不是在您的帮助下一节一节儿起来的，给家里人端口吃的也没有啥。宝贵那儿，我会帮您看着，您就放心吧。"

朱光华再没言语，虽然他不赞同刘运飞的话，但面前这对夫妻的忠厚为人，他是无可置疑的。

不到半年，生意渐渐红火了，为适应一天天增多的顾客需求，刘运飞又增设了一张圆桌，六个方凳，雇请了一名厨师。不时，小餐馆就能聚起一桌，特别是胖子大李的见多识广和喝酒猜拳给刘运飞留下了很深的印象，什么螃蟹拳、这么大的个、五魁首呀、六六六，他们边喝酒边议论时弊，让刘运飞对当下的民国政府的情况和日本侵略中国的真相越来越了解，不免心中怒火升腾。

张罗完一天的生意，刘运飞和姚兰香两口子在煤油灯下对着账本儿掂量着收来的银圆，盘算着除过成本剩下的利润，心里按捺不住地高兴。这个时候，刘运飞总会痴痴地对着浮空联想一番："等来年钱攒多了，我们再开个更大的饭馆，还要资助抗日……"他好像还有一大串话要说。

姚兰香默默地点着头，想起了从前的日子，想起了上口外至今音信全无的公公和父亲。公公、父亲也是因为生活所迫，交不起地租，招惹了保长被逼上口外的。满粮总爱在这个时候盯着父亲和母亲，他感觉每到这个时候，父亲和母亲就变得神秘起来，他似乎明白了些什么，却又说不上来。

转眼进入冬季，这天夜里，一场大雪覆盖了兰州城。第二天清晨，太阳刚一露脸，炭市街上有几个早起的孩子就开始追逐嬉闹，满粮手里攥着雪球，和他们喊着闹着，他们的嬉闹声让炭市街变得热火起来。朱光华和几个大人也生起童心，将棉马褂的袖子挽起，堆起了雪人，感受着冬日落雪的欢快。

姚兰香在灶膛内续了几块炭，看着里面亮起了火苗，她又帮着刘运飞收拾前厅的地面和桌凳。外面大人和小孩玩雪的笑声撩拨着两口子的内心，姚兰香说："外面虽然寒冷，可人的心里热乎乎的。"

"下点雪就是好，"刘运飞一边擦桌子，一边说，"今儿的生意一定红火。"

"你听听你儿子的声音，"姚兰香说，"简直要把屋顶揭了。"

"你看房东都有堆雪人的雅兴，何况娃娃呢。"刘运飞说，"要不是忙，我也出去堆雪人了。说起来，我们都多少年没这样耍过了。"

"看你说的，"姚兰香嘿嘿笑着，"等满粮再大些，生意再好点，咱们一同堆雪人。"姚兰香说着，像个大姑娘般地瞅着刘运飞，眼睛里流露出第一次遇见他时的那种羞涩。

突然，呜——呜——一声声穿越云霄的长鸣惊扰了大人小孩玩耍的兴头，朱光华语气紧张地说："防空警报响了，日本鬼子的飞机又来了，赶快呀，娃娃们都躲起来！"

西面的天空，轰隆隆数十架飞机飞来，遮住了阳光，西关方向不断传来爆炸声，腾起的滚滚浓烟遮罩了洁白的雪景。飞机由远及近朝这边飞来，朱光华领着几个娃娃踉跄地跑着，嗖——嗖——的声响接二连三，几颗炸弹就落在娃娃们堆雪人不远的地方，顿时雪块飞溅，房倒屋塌，只听见姚兰香还有其他女人惨烈的喊叫："儿子——""满粮——"忽然间呼喊声戛然而止。

日本的机群呼啸而去，一切复归平静，再看整个炭市街，瞬间变得狼藉一片。处处是残垣断壁和散落的冻土，炸开的坑眼像是恶魔张着的大口，弥漫的硝烟里不时传来哀号的声音，如同泣血的控诉。

朱光华第一时间带着孩子们从后院跑到街上，"口里香"饭馆已被炸弹震塌，一堆破椽烂瓦胡乱堆在那儿。满粮看见这般景况，疯了一般扑过去，双手在废墟上刨挖起来："大——妈——"，阵阵喊声直抓人心，朱光华和其他人也都慌慌张张跑过来帮着找人。

刘运飞和姚兰香被众人从倒塌的废墟中刨了出来，好的是房子虽然被炸弹冲击波震塌，两个人却躲在桌子下只受了些皮外伤，并无大碍。看见满粮完好无损地站在面前，姚兰香一把搂住儿子，泣不成声。

"活着就是万幸！"朱光华说，"就眼下这形势，说不定小日本的飞机还会来，我们不能就这样等着，得赶紧收拾收拾到山洞里躲躲。"

"这驴日下的日本鬼子要把他先人都往死里弄呢吗？"刘运飞惊恐而又愤愤地骂着。

"我们再骂也就是解解恨，伤不着小日本的一根毛，"朱光华说，"归根到底是政府无能，咱们人心不齐啊。"

刘运飞叹息一声，看着"口里香"的惨状，一种凄苦悲凉之感油然而生，他无可奈何地摇摇头。

白塔山方向隐隐的"午炮"响过之后，兰州城内，三三两两的人背着铺盖往城外的防空洞和一些他们认为安全的山沟里转移。刘运飞被朱光华催促着在倒塌的房屋废墟中挖寻，收拾好了行李和一些吃的后，钻进了防空洞。说是防空洞，其实不过是依山而挖的二十来米深的山洞。年初日本飞机空袭后，很多山洞都被炸毁，人们又挖了一些更深、更宽敞一点儿的，以防日本飞机再次来袭，不想这会儿派上了用场。

山洞里挤满了人，说话声、孩子的哭闹声、鼾声……各种声音交织在一起，使得整个山洞内嘈杂憋闷。姚兰香把满粮斜揽在怀里，目光怅然地四处看着，她思谋着："人啊，一辈子能有多少年月，这半生到处流浪逃难，何时才能安生，有自己的田地，不受剥削，不受欺负。"眼前的景象如同做梦一般，姚兰香不由得潸然泪下。

刘运飞坐在姚兰香身边，不经意看到妻子泪流满面，拍了拍姚兰香的后背，安慰着说："还有心思哭啊，要是早上日本鬼子的炸弹落在咱们饭馆跟前，恐怕咱们早就见阎王爷了。感谢老天，还给我们留下了这条贱命。"

"忙活了大半年，盼着今后有个好日子过，"姚兰香泪流不止，"可到头来一场空！想想人这一辈子，就像秋风刮落叶，都不知道飘到哪搭儿呢，怎不叫人心里难受？"

"你就爱瞎想，"刘运飞伸出宽厚的手掌抚摸了一把姚兰香的后脑勺，就像爱抚自己的孩子，"人常说：'早知三日事，富贵一万年。'人到世上就像瞎眼蜂，别说是晓得三日事了，就是能晓得第二天的事，都成神仙了！不该想的不要想了，不该记的就不要老惦记着。这年月，活一天就是一天的赚头，我总算明白了房东曾给咱们说的话。"

"躲过了这几日，咱们赶紧回。"姚兰香说，"你那事儿应该早都消停了，这日本的炸弹一炸，我的心像烂了一样，还是回咱月儿湾，胡跑啥哩，弄不好连这把老骨头都带不回去了。"姚兰香又叹息了一声，"记着我那窑里的热炕烙烙的，搂着我的满粮睡在炕上心里就踏实！"

刘运飞和姚兰香有一句没一句地拉着家常。

刚交过夜，寒气顺着洞口直逼进来，他们抱着满粮挤得越来越紧。好多睡着的人也被寒气打醒，又瓮声瓮气地说起了话。

天蒙蒙亮，城内警报再次骤响。"日本狗杂碎又来了！""真是他妈的狗娘养的。"洞里乱嚷嚷地响起无数骂声。

隆隆的机群罩住了朦胧的天色，兰州城内，火光闪闪，爆炸的轰鸣声此起彼伏，大地颤抖。地面上，高射炮咚咚咚的怒吼声和机枪突突突的射击声乱作一团，曳光弹拖着红红绿绿的光尾腾空而起，将天空照得亮亮的，地面上喷涌着蓝红色的火舌，齐齐向空中的恶魔还击。空气中，弥漫着烧焦的味道，滚滚浓烟斜扯成黑柱不断地从地面升向天空。日本飞机疯狂地向地面投放了近半小时的炸弹方才渐渐歇息，整个兰州城如同被野兽袭击了，面目全非，那些被炸弹炸毁的建筑，像是被獠牙和利爪撕烂的脏器，被胡乱丢弃，流淌着殷殷鲜血。

恶魔的肆虐打碎了多少人美好的愿望，让多少对未来充满希望的心灵变得伤痕累累。

这样的狂轰滥炸持续了三天，在每个黎明前的黑暗中带着诅咒和血腥呼啸而来，又在天亮前而去。

刘运飞的心彻底被摧垮了，面前如画的美景成了一张白纸，看着六神无主的姚兰香和儿子满粮，他真怕在眨眼的瞬间，他们从自己面前消失，那将是他一辈子都难抵的罪孽。战争的硝烟还没有彻底从兰州城区的上空退去时，刘运飞做出了他半辈子最为干脆的决定——他要赶快离开这儿，回到自己的老家月儿湾，那里有他熟悉的一草一木和山山水水。

他向朱光华辞行时，朱光华正给自己的母亲搓揉肩背。看见刘运飞，朱光华便停下手来，将刘运飞领到了自己住的西屋。

"现在兰州城里这么不安宁，看来一时半会儿也难消停，"刘运飞说，"我这就回去了，免得妻儿在身边让人天天提心吊胆，多蒙老哥大半年来的照顾，以后若有缘分我们再见。"

"既然你一心要回，我就不再留了，"朱光华说，"但回到老家，在这兵荒马乱的年月，你日子也难过呀，我倒有个想法，不知道你愿意不愿意听听？"

"看你老哥说的哪里话，你就直接说吧。"

"你们宁夏那里我有一个朋友，他在吴忠堡开商号，"朱光华说，"或许你也听说过康瑞庄吧！他做山货生意，我也时常帮他收货。我手底下有个叫于连成的陇西人，经常在陇山一带收货，你若有难处，也可去找他，你力膀大，于连成可以领你去见见丁老板，或许那儿可以找个正经活儿。"

"老哥，让你操心了。"刘运飞拱手致谢，"回去以后要是没有啥变故，我就去找于连成。"

朱光华说着，取出纸和笔，写了封信，交到刘运飞手里："于连成看了我的信，他就知道怎么做。"

刘运飞接过信，千恩万谢辞过朱光华，带着姚兰香和儿子满粮出了兰州城，匆忙向陇山方向奔去。

4

战争像魔鬼一样撕碎了刘运飞由兰州上口外的梦想，他和妻儿又折回到月儿湾，回到了自己格外熟悉的那两眼土窑里。兰州城中令人惊悚的一幕幕情景在刘运飞头脑里难以消散，炸弹爆炸后浓烈的硝烟味儿想起来就让人窒息，他不敢想象朱光华及生活在兰州城里的那么多百姓未来的去向。在那些侵略者发动的战争面前，无辜的百姓是多么渺小和无助。在那样的环境里，当你第二天醒来发现自己居然还活着，睁开眼睛还能看到太阳，就是不得了的幸福。

如果不是为了妻儿，刘运飞会毫不犹豫地投身到抗击恶魔的队伍中，他多么渴望用自己的双手打下一架肆意呼啸的敌机，看着它冒着浓浓黑烟，像破灭符号一样坠落。

一回到家，刘运飞就将朱光华交给他的信像宝贝似的找了一块新布包裹起来，珍藏在土窑的一个窟窿里，当作一份对于过往时日的特别怀念，他并没有奢求这封信会给这个家庭带来什么变化。每日只要能自由地呼吸到清新空气，健康地和妻儿在一起，就已经让刘运飞感到无比满足。

常言说得好："冬寒不算寒，春寒大半年。"清晨，刘运飞登上洞洞梁，使劲地呼吸初春仍带着丝丝寒意的空气，云海似的层层山峦映入眼帘，他的心间总会升腾起对生命与以前不一样的敬畏感，这种感觉从未有过。他第一次感到生命和幸福并不是一回事，人的生命只有一次，失去了就没有了，而幸福就像你心间划过的一种细微颤动，常等常有，常盼常新。

在白塔山防空洞内，他和妻子姚兰香拥着儿子满粮的那一刻不止一次在眼前闪现，同样在洞内，有多少家庭却被摧毁，自己能活着回到远离尘嚣的月儿湾，简直就是不幸中的万幸。每每想起这些，刘运飞都会觉得这是因为苍天的护佑和老一辈积的德。

几亩山地薄田不用花很大工夫打理，农闲时间，刘运飞重拾自己的手艺，挑拣些从洞洞梁上砍来的干枯榆树、杏树，锯成板材，打制些犁杖和案板，顺便用洞洞梁柔软的柳条编些篓筐、背篓等农具，拿到集市上换点零花钱来维持一家人的生计。一来二去，刘运飞似乎已经习惯了这样的生活，那些作为男人高远的志向日渐遥远，甚至模糊了。

每当刘运飞忙活木工活、编制柳筐时，儿子满粮总不离他左右，极感兴趣地跟着学这学那。满粮年岁不大却心灵手巧，姚兰香最爱看儿子和丈夫钻在木工活儿里其乐融融的样子，她拢不住一脸的喜悦："满粮，和你大好好学，能有个吃饭的手艺，长大了妈也不愁给你说不下个媳妇儿。"

尽管满粮尚未成人，但他已懂得说媳妇儿的意思了，当他听着"媳妇儿"几个字时，臊得脸蛋通红，但对母亲说的学手艺他却不这样看。他悄悄告诉母亲："我大这手艺，只能叫小打小闹，将来我长大了，不干就不干，要干就要有自己的店面商铺。"他说着，扬起头，将目光高高地抛向天空。

儿子的话让刘运飞和姚兰香吃惊不小，开设商铺，在他们心里简直是想都不敢想的事，满粮竟这么轻易地就说了出来。

"你这瓜娃娃听谁说的，还要开铺子？"刘运飞问满粮。

"这是个秘密，不给你们说。"满粮一副不可一世的样子。

姚兰香瞅着儿子，忍不住笑了："你这么大点个碎娃娃，也有秘密了，要是你大了真能开个铺子，我和你大睡梦里都会偷着笑，就怕你没有那本事，光吹牛。"

满粮便有些不爱听，努着小嘴，摩拳擦掌，跃跃欲试，将褴褛的袖口向上卷着说："不信你们就等着瞧！"

刘运飞给姚兰香使了个眼色，姚兰香立马换了个口吻："我满粮将来一定能开个大大的铺子，娶个乖乖儿的媳妇，我和你大就坐在热炕头吃好的喝好的，那才叫美日子喽……"姚兰香话音轻柔，字字句句像是愉悦的音符飘在满粮的心里，满粮听着，就像喝了蜜汤似的。

这一天，刘运飞如往常一样，将打制的犁杖和案板等东西摆在集市上出售，小商小贩的吆喝声不绝于耳，刘运飞蹲在一条土坎儿上，默默注视着面前他亲手制作的家什。他已经卖掉了一副犁杖和一张案板，如果运气好的话，再出手任何一件东西，就能圆了今天的愿望。正在这时，有位头戴灰色瓜皮帽，穿一身灰白衣装的中年男人来到货摊前，这人扎着裤口，脚蹬一双灰青方口布鞋，看上去倒不失干净利落。他先是撑起犁杖看了看，之后又立起一张案板端详了端详，这才问刘运飞："这案板是你的？"

"是我的，不但是我的，还是我做的。"刘运飞说，"老乡是不是想要一个？"

这人抬头看着刘运飞，一副不解的样子问道："整条街上，像你这样做买卖的恐怕就你一个，你咋就不喊几嗓子呢？"

"我这算不上买卖，闲了赚几个零花钱。"刘运飞憨态可掬，好像面前站着的是自己的一位老熟人。

面前的这位中年人笑了："叫卖还怕没人来，你就这样悄悄守着，能成吗？但不论咋说，做个实诚人难能可贵。从你这手艺里，就能知道你的为人，你不叫卖，说明你心里有底，有哈数。"

"你这是抬举我，"刘运飞笑着说，"干活儿要实诚，胡乱日鬼就昧良心了。"

"现如今这世道不太平，谁还管良心不良心的！"

"那是你说的，良心啥时候都得要，人丢了良心，就啥都不是了，良心是做人的根本。"

"老哥这手艺活儿是不错，"来人说，"价钱还能低点吗？"

"木工活儿，最关键的地方要看卯榫木楔和木头的干湿，"刘运飞撑起一副犁杖，一边掂量着，一边指着卯榫说，"这些都是干好的木头做的，即便家具用朽了，这榫头都不会松动。"说完，他用手将来人跟前立着的案板正面摸了一下，又翻转过来，指着反面说，"你再看看这案板，都是瓷实的杏木料，而且我没有加一个板皮，板面和胶缝更不用说了。这买卖争分毫，价钱的高低咱们可以商量，但首先要让你晓得我这木工活儿的好坏。我不欺少不哄老，明争你一分，绝不让你暗亏一厘儿钱。"

来人听完刘运飞一番话，拍手称赞道："老兄，你真是个爽快人！"

刘运飞被来人称兄道弟给弄糊涂了，他瞅着面前这位与他年龄相仿的仁兄，丝毫想不起来他是谁。这人看着刘运飞，禁不住哈哈笑了："你就是瞅到天黑，也认不出我来，我给你说一个人，你一定记得。"

"谁啊？"刘运飞迫不及待地问，"你就不要再兜圈子了，赶紧说吧。"

这人撸了撸袖子说："朱光华朱老板，你总知道吧？"

刘运飞一听顿时愣住了，似乎听到了遥远大山深处隐隐打了一声闷雷。"朱光华？！"一个多么熟悉而又略带陌生的名字，刘运飞以为自己是在做梦，"你和朱光华？"刘运飞一时间不知道该如何问来人和朱光华的关系。

"我叫于连成，朱老板一定给你提起过，"面前的人笑容清爽，"说实话，老兄，我可找你找得好苦啊。"

对于刘运飞来说，于连成这个名字是陌生的，他又陷入新的疑团里，用探究的目光瞅着于连成。

"你这家伙记性咋这么差，"于连成半开玩笑地说，"早知道你根本没把我放在心上，我就不来找你了。"说完又是一阵开心的大笑。

刘运飞这才感到自己有些失礼，他用手掌拍着自己的脑门，报以歉意地说："再不要提这记性了。"他一边说着，一边收拾起摆放在地上的家什，"街东头有个小饭馆，我这就收摊子，咱们到那里慢慢说。"

"不要收摊儿了，就在这儿说吧，"于连成按住刘运飞的手说，"也不耽误你做生意。"于连成接着说，"小日本炸了兰州城，你的'口里香'饭馆也被炸没了。你没心思待在兰州城做生意，带着家人回老家了。你这一走可给朱老板留下了一块心病。"

"说起来朱老板是个好人啊，我走得也很难受。"刘运飞黯然神伤，"别看天地是敞亮亮的，可遇上个真心和咱好的人不容易啊，在老家的这些日子里，我们一家没有一天不记挂他。"

"朱老板一直担心你回到老家日子不好过，"于连成说，"凡我们一见面，他就让我无论如何都要打听你的消息。"

"真是让你们费心了，"刘运飞带着感激说，"在兰州经历了那么一场生死考验，对有些事也看清楚了。人常说：'财帛各有分限，糊涂虫昼夜不安。'平安为福啊。"

"我看你的心里还是不服，"于连成指着刘运飞说，"只不过是被小日本的炸弹伤着精神头儿了。人活一辈子，啥都可以没有，但千万不敢没有心劲儿！"

"这辈子恐怕再提不起心劲来了，我是心比天高，命比纸薄啊！"刘运飞叹息着，头脑中又复现出自小跟着父亲走东家、串西家讨要吃喝的那些画面。

　　"看老哥你说的，好像将天地都看透了，"于连成禁不住哈哈笑道，"我给你说，将手头的这些家什卖完了，要是愿意咱俩一起跑山货，吴忠堡康瑞庄的丁老板那里正缺人手呢，就缺像你这样精明强干的人。"

　　"朱老板倒是跟我提起过康瑞庄，"刘运飞回过神来说，"可像我这样的邋遢穷百姓，丁老板要吗？"

　　"丁老板他要的就是你这样既实诚又能干的人，"于连成说，"何况，朱光华朱老板在丁老板那里早就给你挂了号呢。"

　　"说句心里话，这件事我自个儿觉得像是天上掉馅饼，"刘运飞说，"但咱是有家室的人，我还得回去和家里商量商量。"

　　于连成说："我这几天正在陇山一带收货，老兄你先回去和家里商量，三天后，我们就在这地儿碰面，你再给我个准话。"

　　"好好好。"刘运飞连连点头。

　　于连成这才拱手作别。看着于连成远去的身影，刘运飞深深地叹了一口气，自言自语道："都是好人啊！"不觉间眼角早已溢出了泪花。

5

　　在"水旱码头"吴忠堡，有一家颇具影响的商号——康瑞庄。清咸丰末年现老板丁希存的曾祖父看中了宁夏的皮毛、甘草、枸杞等特产，由京城迁来，如今已近百年。丁希存是第四代传人，继承了父辈回族人善于经商的特点，在这一带颇有名气，很受百姓的尊重。

他家有铺面仓库和住宅两个院落。内室堂屋内丁瑞芳正用托盘端着两碗盖碗茶款款移步来到桌前，轻轻置于父亲丁希存和客人冯刚的面前，十三岁的她出落得亭亭玉立，已带有姑娘家的一丝拘谨和羞涩。

冯刚看着她，笑着对丁希存说："瑞芳是越长越漂亮了，这一年多不见，个头又高了，两只水汪汪的大眼睛，比以前更清亮了。"

丁希存说："个头是比以前高了，可还是不懂礼数，家里来了客人连个称呼也不晓得。这是你冯叔叔，刚才让茶时应该叫叔。"丁希存一边说着，一边抬手向女儿示意。

丁瑞芳脸一红，轻轻朝冯先生喊了声"叔"。冯刚笑着点了点头，他将脸转向丁希存说："丁老板真严厉，女儿嘛，大可不必这样，还是娇惯些好，看你刚才把娃娃脸都说红了。"

丁希存说："我这女儿，客人们都看走眼了，私底下她简直能上我的头。"

丁瑞芳本来想多在父亲这儿待会儿，被丁希存这样一说，便慌忙低下头，抿嘴快步走进后屋。

冯刚是丁希存生意上的朋友，从包头赶过来，这次来的目的是和丁希存商讨下一批山货的运输问题。

丁希存让冯先生先用茶，冯刚端茶揭开盖碗将浮面的茶叶刮了刮，轻轻抿了一口，又轻轻将盖碗搁在桌上，脸露愁容："包头那面形势不好啊，日伪军最近活动得很猖狂，我们的生意一再受阻。"

丁希存说："最近，宁夏这边各大商号的日子也不好过，民国政府的苛捐杂税越来越多，而且无论现货还是库存都要加盖征税图章，没有图章的不是罚款就是充公，甚至连一些图章模糊的也不放过，弄不好就被扣上'走私'的罪名，闹得人心惶惶。"

冯刚说："的确啊，包头那面的有些商号也关了门，不知道啥时候才是个头啊。"

"民国政府这是只许州官放火，不许百姓点灯。他们想着法子拆老百姓的台，而自己却大肆贩运军火、烟土、皮毛等牟取暴利，其实要说走私，也是他们走。他们还给各商号强行摊派这样那样的捐款，有些商号一时拿不出钱，就被抓去问罪。这边的商号破产倒闭的也不少。说实话，我也是顶着刀尖勉强维持，加之这几年小日本无孔不入，烧杀抢掠，闹得人心不安，手底下的也没心思干活，来了又走了的一拨又一拨，如今康瑞庄就像个病汉，打不起精神来。"丁希存一口气想把自己的难处全说了出来。

"要坚持啊丁老板，你可不能倒，或许坚持上几年，会有好转。共产党在大青山那边的游击力量，隔上十天半月的就有好消息传来，不是将日伪军歼灭就是毙伤。听说就在四月间，他们又夜袭了察索齐，取得了不小的胜利，还向各商号购买了一些急需的物资。"见丁希存比一年前相见时消瘦不少，冯刚不断安慰着，心里却默默感叹："时局如刀啊，刀刀让人掉肉。"

丁希存喝了一口茶，笑着说："何时是个头啊，你说十几年前，咱们昼夜兼程路过伊克昭盟到包头做生意，那真叫个痛快，没想到世事会变成这样子。"他接着说，"于连成这几天就回来了，不晓得货收得咋样，如果可以的话，这次就多运些枸杞和甘草，皮货我看暂时少过去一些。"

冯刚说："现在也是皮货的淡季，再说库存还有一些，甘草现在是大青山那面的急需货，多运一些再好不过了。"

丁希存说："给游击队多捐一些，他们还能多消灭一些日伪武装，总比让国民党掳去好。你看那些白狗子，整日搜刮民脂民膏，不干人事。"

两个人又将走货的事细细筹划了一番，一切妥当之后，冯刚告辞。丁希存背靠在紫檀木椅子上，挽起袍襟搭起右腿，端起水壶往盖碗里加水，盘算着于连成再迟也该明天晌午回到吴忠堡了吧。

第二天，晴空万里，阳光干净而祥和，与丁希存估计的时间差不多，于连成在晌午过后收货回来，除了同他一起运货的两个马夫外，还多带了一个人。从面相看，这人要比于连成年长一些，但显得格外清爽。他们一走进康瑞庄商号的后院，站柜的张先生就迎上前："我没猜错的话，这位就是刘兄弟吧。"

刘运飞上前施礼："没错儿没错儿，我就是刘运飞。"

张先生拉起刘运飞的手说："虽然我们没有见过面，可早就知道你了，来了就好啊！"

那天刘运飞在街上和于连成见面后，晚上回到家里就把消息告诉了姚兰香，姚兰香听罢则是喜忧参半。她十分感激朱光华没忘了他们一家人，又给刘运飞找活儿，自是一千个一万个高兴，她相信人心存善念，什么时候都会有好报。但是如果刘运飞跟于连成去收山货，她担心自己一个人担负不起这个家，最重要的是怕家里没个男人会冷清。想到在兰州城里的情景，她怕刘运飞这一去会离开自己，也许这样的担心是多余的，但她仍旧控制不住。

刘运飞见妻子一脸愁相，便坦然地说："要是不想让我去，那就打消这个念头，在家过日子，何必这样难场呢，不就一句话的事情吗？"

姚兰香说："其实这对我来说真的是两难啊。我晓得你去了是好事，可我这心里……"她略显激动，眼含泪花再也没有说出话来。

这一晚，姚兰香没有睡意，经过激烈的思想争斗，终于做出了决定，让丈夫去跟于连成收货。刘运飞抚摸着几近天亮还没有睡着的妻子，心中有千言万语说不出来。他觉得妻子不像以前了，似乎他离开这个家半步她都不放心，生怕会出什么事情。他将妻子紧紧地揽在怀里，让自己的心跳告诉妻子他想说的一切。

三天后，就在刘运飞集上设摊的地方，于连成再次和刘运飞相见，得知刘运飞愿意和自己一起为康瑞庄商号收购山货，像完成了一项什么艰巨任务，异常兴奋。

于连成几人正在把拉来的货物进行规整，丁希存来了，他想看看是个什么样的人，能让朱光华这么上心，捎话带信地推荐。当他看到那个手脚麻利的年轻人时，心里一下就踏实了。眼前这个年轻人的干练已经让丁希存十分喜欢了，剩下的就要在以后慢慢了解了，不过凭半生在生意场上练就的这双慧眼，他肯定这小伙子是块可以打磨的好材料。

几个人忙活完了，都过来和丁希存打招呼，于连成指着刘运飞说："东家，我可将您点的将给您请来了，这位就是刘运飞。"又给刘运飞介绍："这就是丁东家。"

刘运飞上前拱手答谢："东家好，让您费心了，谢谢啊！"声音浑厚，字正腔圆，没有丝毫漂浮的音色。

丁希存说："你可让于连成好找啊，来了好，来了就好，家里一切都安排妥当了吗？"

刘运飞说："都安排妥当了，以后就仰仗东家您了。"

丁希存说："来了就是家里人，往后我还要依靠你们大家呢。其他的别管了，先收拾着住下，鞍马劳顿的，辛苦了。"说着，丁希存吩咐于连成给刘运飞拾掇好住处，接着又叮嘱大家："小刘一个人出门，大家要多关心，照顾好。"

于连成、张掌柜，还有其他几个人都一一点头应承，丁希存说："今儿个小刘一来，我这心里又热了一层，咱们的康瑞庄又添大将了。"

刘运飞没想到康瑞庄接纳了他，更没有想到东家会是如此谦逊的一个好人，竟然对自己这般热情，照顾得这般细微。他的心里暖融融的，有种回到家的感觉。

白天忙活完商号山货的贮存等事情，晚上躺在自己的屋子里，刘运飞翻来覆去，心里五味杂陈，想到太多的人和事，尤其是父亲刘文清和岳父姚福昌去口外这么多年了，依然杳无音信……偶尔，刘运飞心头会掠过一丝不好的想法，或许父亲和岳父两个人早就把命丢在口外茫茫戈壁沙滩了。当这样的念头袭来时，刘运飞就会用粗厚的巴掌狠劲扇自己几下，并呸呸连吐几口唾沫，他觉得这是恶念，老天会怪罪的。

寂静的深夜，刘运飞突然想起了父亲说过的话："人活在世上，一定要多做善事，不要做缺德事。"字字句句像铁锤敲打在他的心上。忽然，他心头冒出一个想法：说不定父亲和岳父正走在回家的路上。

"大，你们赶紧回来吧，我想你们了，你们的小孙孙满粮也天天念叨你们哪。"刘运飞像个孩子，对着满屋漆黑倾吐着积藏在心里好久没有说出的话。

刘运飞跟着于连成熟悉了一阵子山货和皮毛的收购市场。凭着他的灵劲，很快掌握了山货和皮毛的贮存及质量好坏辨识方法，而且在于连成山货质量辨认方法基础上总结出了自己独到的经验。于连成看在眼里，记在心上，不时在东家面前夸赞刘运飞是个可以独当一面的好伙计。

不到三个月，丁希存就将刘运飞和于连成叫到面前，正式给刘运飞指派活儿，让刘运飞具体负责陇山一带的山货和皮毛收购，于连成负责蒙西陕北地区的大市场，两个人互相配合，使康瑞庄备货充足，货物质量上乘，不要因时局不稳而影响康瑞庄的买卖。

让刘运飞更为感动的是，正如于连成所说：丁希存用人不疑，给了刘运飞和于连成同样的权力，收货期间可以通过账房自行提取所需的钱款。东家的宽大胸怀让刘运飞既感动又佩服，他默默在心里下决心，要用踏踏实实的活儿回报东家的信任。

康瑞庄多了刘运飞这样的得力干将，供货环节通畅了很多，一时间引起不少同行的羡慕和嫉妒。

为了顾家和运货方便，经和于连成商量，又告请东家同意，刘运飞在洞洞梁离家不远处选了一处上好崖面挖了两孔大窑洞，安门上锁，将收来的零散皮毛、山货暂积存于此，再择时运往康瑞庄。

姚兰香见丈夫被东家如此看重，心里也暖暖的。她那愁苦的神色便一日日好转，渐渐忘却了兰州城里受到的惊吓。

为了康瑞庄的生意，刘运飞下足了功夫。他跑遍了陇山一带的沟沟岔岔，哪里是甘草的集散地，哪里又是皮毛贩卖中心，他都一清二楚。当于连成一声令下，刘运飞会日夜兼程、披星戴月，如期将货物送到商号，从不拖泥带水。

这样辛勤奔波的日子过了两年多，刘运飞见识增长不少，眼界越来越宽，越来越关心国家大事了。"皖南事变"后不久，忽然有一天，于连成在走帮的途中告诉刘运飞一个非常痛心的消息——朱光华被日本飞机炸死了。

"这不可能吧！"刘运飞想起当年兰州被炸的惨烈状况，脑袋嗡嗡作响，像是被人猛击了一下。

"我也不敢相信这是事实，但是千真万确。"于连成哀叹连连，"那是两个月前的事，当时正是甘草上市的高峰期，你我都在产地收货，兰州城又遭日本飞机轰炸，朱大人就那样走了，东家还去送丧了。听说朱大人的儿子拽着咱们东家的衣襟，鼻涕眼泪地硬让东家给他找个活路，惹得东家掉了不少眼泪。"

"朱大人可是个好人啊。"刘运飞沉默了好一阵子才说，"我能来康瑞庄，还是朱大人推荐的呢，哪晓得他就这样走了，我还想着啥时候有机会去看看他呢。唉，就是把这狗日的小日本千刀万剐也不解我心头之恨。你说这人都是爹娘生爹娘养的，这小日本咋就没有一点儿人性呢？"

"柿子都找软的捏。说啥呢，越说心里越憋屈。"于连成说，"这次收货，咱们可要留心毛楂子，还有皮子的完整性，甘草在价钱上按照东家的盼咐，可以适当宽一点儿。关键是这次给咱们收货的时间太紧，半月内必须起程，最近包头那面断货，要是你我拖了后腿，东家那里就不好交代了。"

太阳依山西下，天空越来越红，也许是哪位画家打翻了染料缸，红色从里面流出来，染红了湛蓝湛蓝的天空，渐渐地山野河谷被暮霭笼罩。两人赶着马匹加快了行程。

6

陇山一带秋风送爽，天高云淡，正是刘运飞收购甘草、皮毛等地道产品的大好时节，月儿湾的窑内已经存放了不少山货，再过数日，等于连成捎来话儿，就该往康瑞庄送了。最近一段时间商号的生意十分顺畅，看着这些自己走村串户收购来的存货，刘运飞心里分外畅快，这些天总算没有白忙乎，终于可以回家小住几日了。

他沿着崎岖小路快步往家走，已望见窑院时，儿子满粮急匆匆飞奔而来，高呼着："大，大，总算把你等回来了。"

刘运飞疾步迎了上去，想抱起满粮，只是心有余而力不足。满粮已长成大孩子了，加上这些天的整日奔波，他也累了，只好笑着说："咋跑得这么快，想大了？"

"这几天我天天在等你，"满粮气喘吁吁，"今儿总算把你等来了。大，你猜猜咱们家来了谁？"

"我咋晓得？赶紧给大说。"

满粮一副神气活现的样子，能能地扭着头扯着刘运飞的手快步走，这会儿他可不想将秘密过早地说出来。刘运飞笑呵呵地用手抚摸着儿子的头说："我今儿倒要看看你葫芦里卖的啥药，还给大绕弯子呢。"

满粮的头扬得更高了："反正是喜事，比吃肉还高兴。"

走进院落，北窑里有粗闷的男声传了出来，是那样熟悉而又陌生，刘运飞辨别着声音，一时又想不起来。满粮用手捂着嘴，只是嘿嘿地笑着。

姚兰香先从窑里出来，身后跟着一位老者，背驼得很严重，两鬓斑白，双腮塌陷，深藏在眼窝里的一对眼睛幽幽地瞅着刘运飞，他的右手拄着一根木棍，那只手枯瘦如柴，青筋明显。刘运飞一时间愣在了那里。

老者微笑着说："牛娃，你认不得大了？"

刹那间，刘运飞周身血液翻滚，快步走到老者面前，双手紧紧攥住老人枯瘦的手，激动得有些颤抖："大，你啥时回来的呀？我……我以为……"刘运飞没敢将担心说出来，眼眶早已被泪水浸湿，哽咽着说，"我都不知道到哪寻你呢。"

刘文清也早已泪湿双眼，抽泣着没有说出话来，一时间，真不知从何谈起。姚兰香说："大回来三天了。"

刘运飞拭干喜悦的泪水，急忙把父亲让进屋内。他刚准备给刘文清学满粮在路上那副神秘样子时，又猛记起了啥，伸着脖子在窑里窑外找："满粮外爷呢？"

刘运飞这一问，惹得老人眼泪又出来了，用拳头不住地捶打自己的胸脯说："我是罪人，罪人啊，没有把满粮他外爷领回来。"

"大，你就不要再说了。"姚兰香嘴上虽然劝慰着公公，心里却十分难受,这几天脑子里常常闪现着父亲最后一眼看她的那种亲切目光，一些不起眼的小事，都会让她想起与父亲相处的点点滴滴，偷偷抹泪。此刻她暗暗地给自己鼓劲，心中默叹："都是乱世造的孽啊！"

这时，满粮像个小大人一样安慰爷爷："爷爷，别再哭了，你和外爷爷都是英雄，我长大了要和你们一样，收拾那些狗日的。"

"要不是那颗炸弹在身边爆炸了，我俩肯定都能回来，乱世啊，人命不如草。"刘文清说着抹下头上的帽子，头顶一道明显的伤疤，似用斧头砍的一道深痕，只剩下头皮鞔着，里面的脉搏都能看到，深痕边缘，没有再生出头发，早年的一头乌发已然花白。刘运飞大吃一惊，姚兰香只瞅了一眼再没敢细看，满粮站在炕上，一手搂着老人脖子，一手轻轻摸着老人头顶的伤痕，惊奇地问：“这是咋了，爷爷？”

刘文清边戴帽子边说：“是手榴弹划伤留下的，好的是只削了一道深壕，再深点儿脑子就开花了。”

“摸上去好吓人啊，”满粮说，“头皮软软儿的。”

老人接着说：“那年我和满粮外爷出去上口外，到了嘉峪关，一眼望不到头的戈壁滩,远得晓不得在哪搭儿呢,冷风一吹心里那个凉哟！拿着走时在山上砍的半截子柳木棒，牙关一咬朝着太阳落下的方向一直走。唉，也晓不得走了多少天，反正是太阳出来就走，逢着村庄就要吃要喝，天黑了把柳木棒的小头朝太阳落下的地方一放，我们就圪蹴着睡了，第二天照样走。到了安西，碰上队伍打仗，我俩也分不清谁是谁，那队伍也没啥统一的服装，饿得实在不行，我俩就混进一支去吃喝，刚吃上饭，另一方队伍就打过来了，我和满粮外爷就日急慌忙地跑，结果他被炸弹打中，我头上也被手榴弹弹片穿了个壕,算是命大,活下来了。”

刘文清抿了一口水，接着说：“最后那队伍被打得乱七八糟，晓不得跑到哪搭儿了，我是被洛浦的一个维吾尔族老汉救了。开始，一动弹这头就疼，后来慢慢好了。一是身体弱，二是想着把人家的恩情还了，在他们家就住了两年，老人也没有个妻室，只有一个儿子，我就帮着老人干些地里的活儿。最后给那‘巴郎子’娶了个媳妇儿，我就离开了他们家，到了迪化。”

“‘巴郎子’是啥？”满粮不解地问。

“那是维吾尔语,就是咱们说的小伙子。”刘文清说，“我到了迪化，险些被盛世才的部队抓去当了兵，还算好，有个八路军办事处的小伙子看见了，让我给他们当伙夫。后头盛世才晓不得咋了，把办事处的人员都关了起来。小日本像狼一样在咱们的土地上撒野，咱们却窝里斗。这世道啊，斗来斗去，都是老百姓遭殃。盛世才手下有个曾吃过我做的饭的兵，他们又让我给他们做饭。我凑合了几个月，一来实在想家得没心思做了，二来他们也嫌弃我手脚不麻利，就这样把我放了，回来时还让我乘着一辆嘎斯车到了甘肃武威。我呀，就这样东奔西跑，一晃都快十年了。"

刘运飞说："大，你这些年没个音信，家里的日子也难过，把人饿怕了。我也想着到口外逃难去，谁知在兰州遇着好人了，我们就在兰州开了几个月饭馆，结果日本鬼子的飞机把租的房子都炸飞了。"

"这年头，兵荒马乱的，再不要想那些了。"刘文清说，"能活着就算命大得很了，日本鬼子这么欺负咱们，咱这民国政府也没个啥法子。"全家人一提到日本鬼子都恨得咬牙切齿。

为缓和气氛，刘文清开始逗孙子："我这一回来，心里总算落地了，天天能与满粮在一搭儿，也算幸福。赶明儿，这小子若领上个媳妇儿，不要我了咋办？"

刘运飞和姚兰香会心地笑着，满粮被笑得面红耳赤："哎呀，爷爷，你说啥啊，那还远得没影影儿呢！"

自刘文清从口外回来，刘运飞的心境变得异常好。家里有父亲照料，他出外收货也就放心了许多。姚兰香渐渐从父亲姚福昌去世的悲痛中走了出来。满粮也开始在邻村的一所私塾里读书，一有空总缠着爷爷讲故事，刘文清就会给孙子讲些上口外的事，尤其是落难撞枪炮的故事。每当说起这些，刘文清都会目不转睛地盯着满粮，眼里充满着渴望和期盼，似乎他未了的心愿都要孙子满粮替他完成一般。

听着爷爷讲的故事，满粮头脑里不停地显现着口外诸多美好的景色，他问："爷爷，你还想去口外吗？"

刘文清捋捋下巴颏的胡子，也不直接回答，只是接着讲："听你太爷爷那些人说，口外那地方宽天宽地，要啥有啥，人很好客，生意也比较好做。说实话，爷爷年轻那会儿也想组十几个链子的驼队，出去闯闯，干一番事情，可生不逢时啊。如今老了变鳖了，想也白想，年轻时干不下个事情，老了就迟了。总而言之，乱世乱民啊，能逢个太平盛世是咱老百姓的福气，要不是遇上这打打杀杀的年代，爷爷咋都要出去干个名堂，现在只能指望我的孙子了。"

满粮知道爷爷这话是说给自己听的，有心气地说："爷爷说得没错儿，满粮定能到爷爷没有到过的地方，还要把咱们家都搬过去。"刘文清听后呵呵笑着，抚摸着满粮的头说："但愿我孙子说的话是真的，爷爷怕是等不到那一天了。"

没几日，刘运飞接到于连成的口信——商号让赶紧将积存的山货运往吴忠堡。刘运飞装好货物，走得很急，在牛首山下如约与于连成的马帮相遇。于连成告诉刘运飞这次到吴忠堡后可能还有更远的路要走，家里一切可要安排妥当。刘运飞说："我大已经回来，有老人在我也就不担心了。"

刘运飞和于连成怎么也没想到，此次刚卸完货物，东家就让他们两人好好商量商量，其中一人跟着包头的驼队去送货，并悄悄地告诉他俩：“这次的安排也是迫不得已，包头那面的形势大不如以前，你们两个要有一个先过去探探路，熟悉熟悉情况。如果路上没有什么麻烦，一个月时间便可返回。冯老板已经催急了，说日本人的狼子野心一天天暴露出来，人家连甘草厂都快建成了，我们国人还醉生梦死，像躺在棉花包里一样。如果我们没有自己的甘草浸膏车间，以后甘草市场便就成了日本人的天下。”

刘运飞思忖再三说：“依我看，这次还是叫连成兄去，我留下来。这边的山货市场我把握得住，收购皮货、甘草也没有太大困难，那面的情况我有些不熟悉。”

“你们两个谁去谁留，我都放心，你们的眼力和为人都放在那儿。”丁希存说，“既然运飞这样说了，连成，你意下如何？”

“就按运飞兄弟说的，”于连成笑着说，“说实话，他瞅皮货的眼力比我上，再说他老父亲刚从口外回来，在不耽误收货的情况下，也好多陪陪他老人家。”

丁希存看着刘运飞，脸上充满着喜悦：“你父亲回来了，这真是天大的喜事，到家里代我向老人问好。那去包头的事儿就这样定了，连成赶紧把该收拾的东西收拾好，晚上就动身。”

“东家，您就放心，”于连成点头说，“我一定将货物平安送达包头。”

“路上一定要多加小心，见机行事，不可莽撞。”丁希存说，“马上到皮毛收货的高峰期，绥西的皮革厂和毡厂还等着原料呢，运飞这边的担子也不轻，可要加把劲儿。”

“东家放心。”刘运飞说。

二人随即告别东家，奔向货场。当晚，明月高悬，微风清爽。康瑞庄运往包头的山货起程，四十余峰骆驼组成的商队浩浩荡荡由吴忠堡出发了。于连成头戴瓜皮帽，身背褡裢，穿灰白对襟夹袄和宽松的缅裆裤，扎着裹腿，一双粗布鞋，在商号门楼子上灯笼的映照下，显得精神十足。他同站在商号门前的东家、张掌柜、刘运飞等人一一作别。刘运飞急走两步挥挥右手说："祝三哥一路顺风，早去早回！"于连成微笑着抱拳还礼，这才赶回商队。

为了给绥西的皮革厂和毡厂提供原料，刘运飞回到月儿湾丝毫不敢懈怠，为在收送货途中有个照应，他不得不将在私塾读书的儿子满粮带上给自己搭把手。

刘运飞第一次带着满粮走进康瑞庄，或许是爱屋及乌的缘故，丁希存、张掌柜等人就喜欢得不得了，小伙子眉宇间透着一股英气，一双漆黑的眸子清澈透亮。丁希存难掩内心的喜爱，当即问满粮大名叫什么，是否愿意来商号给张掌柜打下手。刘运飞简直不敢相信自己的耳朵，有些愣神地看着丁希存。站在旁边的张掌柜笑着提醒说："东家问你呢，让满粮留下给柜上帮忙是否同意。"

刘运飞这才如梦初醒，知道丁希存也不是在开玩笑，他喜出望外，赶忙回答："满粮大名叫刘和顺，同意，同意。"当即就答应了。

这一切刚好让来找父亲的丁瑞芳撞了个正着，商号里多了一位和她年纪一般大的小哥哥，丁瑞芳的心里有种不同以往的欢喜，她看了一眼刘和顺就赶忙将目光转向丁希存："爹，临街广新汇的杨叔叔找你，正在客厅等着呢。"

丁希存一边盯着刘和顺上下打量，一边说："他找我能有啥事，是不是又想从咱们这里溜几个银子。瑞芳，这是你刘叔叔家的儿子和顺，往后他也在咱商号干事了。"

刘运飞听东家这么一说，赶忙让满粮上去向小姐问好。

两个孩子的目光刚相遇，丁瑞芳就腼腆地施了个礼，刘和顺的动作却显得有些粗鲁，学着大人弓身抱拳粗声大气地说："小姐好。"

他这一声将丁希存逗笑了："好，男孩子嘛，就要这样，这才叫胆气。否则，扭扭捏捏，能干成个啥！"

丁瑞芳似乎吓了一跳，用纤细的左手掩住嘴唇偷偷发笑。

刘运飞怕把满粮羞了，打趣着说："你听这问候，一听就知道是个乡里棒，往后可要跟着张掌柜好好学习。"

张掌柜在一旁含蓄地笑着。

"和顺一看就是个机灵娃娃，"丁希存说，"有了张掌柜的打磨，他很快就会成为一块好料。再说，虎父无犬子嘛。"

刘运飞连连笑着说："东家过奖了，过奖了！我这是个啥虎，野狐子都算不上。"

7

康瑞庄铺子的柜台前，刘和顺手拿一把崭新五彩鸡毛掸子，细心地给每件货物掸着浮尘。他身后跟着张掌柜，每过一个货柜，张掌柜都耐心交代着货物的买卖价格及品种、规格等，哪些是本地货，哪些是从包头运过来的。刘和顺瞅着满当当的货柜，心里默默记着张掌柜的话，手里却一直不停地忙着。

"买卖，其实就是毫厘之分，但这毫厘里面的学问可就大了。总而言之，人要做好生意，首先要正身。"张掌柜说，"单说这宁夏范围内，大资本的商号就几十家呢，康瑞庄在其中也享有盛誉，虽然这盛誉是老百姓给的，但归根到底是咱商号自己挣来的。咱们东家常说做买卖就是做人，其实买卖就是奔着一个人来的。眼下的时局可不怎么好，政府各方面的税费多了去了，老百姓有句话说得好：'万物皆有税，唯有屁无捐。'就这样的形势，商号还在努力地经营，东家是舍不得丢了祖上经营了这几十年的诚信啊。"

刘和顺认真地听着，点着头，他明白张掌柜话里的意思——要想生意好，诚信是个宝。但他却没有把这句话说出来。张掌柜说："前年的时候，有个买主在店里买了匹牡丹图的缎料，第二天说花色不好我给换了，过了几天又来了，我又给赔说赔笑地换了她想要的，你猜怎么着？没过几天她又来了，我真不想搭理她。东家那天正好碰上，我把情况说了，东家笑着说：'你看看要是缎料没啥问题，给换了吧。'最后给那买主换成了'五子登科'的，她满心欢喜地抱在怀里，走时千恩万谢的。明白吗？这就叫做生意。"

刘和顺听得极其专注，张掌柜说："打那以后，那买主逢着买东西都往咱柜上跑，最后还说，感谢那次在咱店里买的缎料给她带来好运，她生了个大胖儿子。她那一说我才明白，她要那花色是有原因的。东家说买卖有时图的不只是个赚头儿，关键是要将买主的那颗心给收住，也就是我们常说的拉回头客，商铺生意好不好，就看你有多少回头客。"

张掌柜的话语感染着刘和顺。刘和顺深深地感到父亲让他进商号虽然未动声色，却一定是经过深思熟虑的，自己可要跟着张掌柜好好学本事回报大家。

丁瑞芳自第一次见到刘和顺后，心里就一直挥之不去，特别是刘和顺看她的那一霎，清澈似水的眸子，浓眉间如刀刻的两道立纹常在她心中闪现。从小到大，她的生活里大都是和父亲在生意上有来往的客商，刘和顺的突然到来，给她的生活画面里平添了不同凡响的一笔，使她变得洒脱敞亮起来。往日不怎么爱去商号的她，如今隔三岔五就到柜上走走。刘和顺要是几天不见丁瑞芳到柜面来，心里就有些不舒服，闷闷的。二位少年的心思，哪能瞒得住精明的张掌柜。

初夏的早晨，阳光从康瑞庄大门两侧密密层层的树叶间透射下来，地上映满铜钱大小的光斑。当刘和顺正与张掌柜整理收拾柜上的东西时，丁瑞芳从后门悄悄进到柜里，蹑手蹑脚走到刘和顺身后轻轻拍了一下，刘和顺着实吓了一跳，转过身来，却见丁瑞芳腮颊红润站在身后。张掌柜转身看时，丁瑞芳已将从家里带来的海棠果捧在刘和顺的面前："这是我最爱吃的海棠果，我给你和张掌柜也带了一些。"

刘和顺有些不好意思，后退了两步，让张掌柜先拿。

张掌柜是明眼人，便说："小姐主要是带给你的，我以前吃过，反正也没外人，再说这海棠果对治疗胃胀胃酸还挺好，你不是说最近胃不舒服嘛。"

刘和顺这才挠着耳鬓轻轻拿起一颗海棠果，放在嘴里刚咬了一口，酸得他皱眉咂舌，像猴子般变起鬼脸，惹得丁瑞芳掩嘴直笑。

看着两个孩子的可爱样，张掌柜心里热乎乎的："看着你们，我这心里真熨帖。年少真好，我这一辈子就从来没有像你们这样笑过。

我小时经常光着脚片给富人家放羊，时常还被少爷扇耳光，连我那唯一的一条单裤子，都给撕破了。他就爱看我走路时两片裤管扇动的样子。看看小姐和东家，对我们下人多好。"张掌柜说罢，眼里闪现着泪花。

"张叔，往后你可要偏心着我，不要将我到柜上耍的事告诉我爹。"

"不告诉，不告诉，"张掌柜笑着说，"东家事情忙，哪还管你到柜上耍的事情呢。"

张掌柜倒是被丁希存叫去问过几次，他也一五一十地将两个孩子的事情说了。临了他说："东家，孩子爱和孩子一起耍，这是常情，就不要为难他们了。"

丁希存说："瑞芳都十五六了，哪还是孩子呀！"

张掌柜伸出指头算了算："是啊，也真都不是小孩子了，我还觉着小姐与和顺都是孩子呢，也该有些掌握了。"

"柜上的事情你可要多调教和顺去做，适当给他压点担子，让他自己动动脑筋。瑞芳嘛，就让她去，只要她高兴。说点私心话，我真担心有一天她有了人家嫁出去，都难想我以后日子怎么过。"

张掌柜说："不要想得太多了，东家，还是注意好身子，看看您，这几年又忙又操心，身子大不如以前了。"

丁瑞芳和往常一样常来柜里，大多时间都带些家里的好吃的，有时候，她还帮着给刘和顺请假，借丁希存的名义一起出去。张掌柜虽然嘴上不敢说，心里倒真希望两个孩子能这样高高兴兴走到一起，当然他明白，那简直就是梦。

不知从什么时候开始，刘和顺悄悄喜欢上了丁瑞芳，有时候见不到她，刘和顺的心里就感觉百般孤寂，无名惆怅。当丁瑞芳出现在他面前的时候，这些不自在和不愉快便立马涤荡得干干净净。丁瑞芳就像一剂良药，左右着刘和顺的心情。

烈日炎炎，黄河两岸花红柳绿。刘运飞来给商号送货，无意间将两个孩子的交往尽收眼底，真的吓了一跳。他背过张掌柜和丁东家，将儿子刘和顺好好训斥了一番。刘运飞说："你也太不懂规矩了，我是让你跟着张掌柜学东西，将来好出人头地。你倒好，你晓得你都干了些啥吗？你是在我的脸上扇巴掌啊，我都替你臊得慌！再这样子，你就跟我回月儿湾，我可丢不起这人！"父亲的话像钉子嵌进刘和顺的心里。刘运飞走后，刘和顺像是变了一个人似的，抑郁寡言，他开始处处躲着丁瑞芳。然而，越是这样躲，丁瑞芳越是往他的心里钻，将他的整个心塞得满满当当。

丁希存明知这习俗有别，却打心眼里喜欢刘和顺，他心里偶尔会掠过一个奇怪的想法：如果让刘和顺当上门女婿，接管自己创下的这份家业，会咋样？他知道这个事儿刘运飞不一定会同意，他的这个想法有时候连他自己都困在里面。让他放心不下的主要不是习俗差别，而是和顺的那份倔强，他总感觉和顺像一匹没有被驯服的小马驹，担心日后会收不住缰绳，更何况他了解女儿瑞芳的性情，这两个孩子到了一起，没有个内敛的，毁了家业不算，这日子可怎么过啊。

"我得调教调教这孩子。"丁希存在心里盘算着。生意上的很多场合里，他都让刘和顺打扮得精神些跟着他，出外的时候，丁希存也大都带着刘和顺。父亲对于刘和顺的态度，丁瑞芳看在眼里，心里格外高兴。她偶尔也会给刘和顺带些府上的书籍，让刘和顺闲下来的时候读读，还手把手教他打算盘。生意上有张掌柜和东家的调教，生活中有丁瑞芳的帮衬，随着眼界开阔，刘和顺整个人变得更为活泛。

真是红了樱桃绿了芭蕉，日子在不经意间流过，几年时光下来，刘和顺成熟不少，说话做事更显稳重和自然，对丁瑞芳的那份情感，嘴里虽未有过表达，心中却愈见愈浓。

这一晃到了1942年，于连成从包头带回好消息，说冯老板在包头那面的生意顺顺当当，绥西的皮革厂、毡厂收利丰盛，甘草浸膏车间也在着手建设，丁希存听了非常高兴。他说："冯老板可是个敢想敢做的人啊，要是我们的国民都能像冯老板一样为民族大义担当一点儿，小日本也不至于跑来胡作非为。如今刘运飞的货源也疏通得很好，能够随要随到。"

于连成说："我只是担心国民政府会生事，前一阵子，包头那面来过一些穿制服的白狗子，嚷嚷着让正规做生意，要是发现和大青山那面有通串的话，他们将查封厂房严办。"

"就让他们嚷嚷去吧，狐假虎威，他们就会在老百姓面前耍横。"丁希存愤愤地说。

丁瑞芳很会察言观色，于连成回来后不知给父亲说了些什么，这些天父亲的心情非常好，吃过午饭，她便靠近父亲身边，想说什么，可话到嘴边又咽下去了。丁希存明白女儿心里装的什么，笑着说："瑞芳，有啥事你就直说，不要不好意思。"

丁瑞芳莞尔一笑，欲言又止的样子，含羞地低着头。

"爹又不是老虎，怕啥呢，这样子往后还怎么过日子，到底有啥事？"丁希存言轻语慢，一脸的慈祥。

丁瑞芳清了清嗓子："爹，这几日芙蓉园的荷花怕是开了，女儿最近也没有出去玩，我想让和顺陪着我去芙蓉园看荷花。"说完，丁瑞芳双手在一起相互抠着，眼睛闪烁不定地看看父亲，又移向别处。

"这几日柜上的事情多，和顺同张掌柜都很忙，你这样子不是为难爹吗？"丁希存故意说道。

"不让人陪我，只要您放心女儿一个人出去，那我就一个人去玩。"她特意在"一个人"这里加重了语气，之后努着小嘴，眼睛不停地转着看屋顶。

丁希存忍不住笑了："好了好了，爹答应你，不过别玩得太久。"

丁瑞芳听父亲放了话，回身应着"好的好的"，转身往柜上跑去。

芙蓉园内，粉色、白色荷花在阳光照耀下格外醒目，碧绿的叶子挺出水面，如同硕大的掌心捧着颗颗青翠欲滴的心。曲曲折折的浮桥上，丁瑞芳走在前面，亭亭玉立的身形和一池荷花交相辉映，在刘和顺眼里，丁瑞芳的美更胜于这一池荷花。

荷花映得瑞芳一脸粉红，看上去更是多了几分娇柔和水灵，她若有心事地边走边问："和顺哥，假如咱俩化成荷花，你愿意做花还是做叶子？"

刘和顺笑着说："那要看你愿意做花还是叶子？"

"我是想做荷花，可感觉有些妖娆，做叶子吧！"丁瑞芳说。其实在她内心何尝不想做荷花呢，那样美丽，她的心时刻都为这荷花而激动，感叹，自愧不如。

"你要是叶子，那我就是小鱼，"刘和顺说，"围着你，自由自在，想你了就用身子蹭蹭你，你烦了，我就摆动小尾巴离你远点儿。"

丁瑞芳听着，心里倒羡慕起刘和顺来，紧跟着问道："我要是那荷花呢？"

刘和顺若有所思地说："你是荷花，我就做叶子，保护你，像捧在手心里的宝石一样。"

两个人看似漫不经心地说着话，心却早已紧紧依偎在了一起。丁瑞芳站在浮桥上，瞅着刘和顺有些稚嫩的脸庞，禁不住说："和顺哥，有你陪我游园子，我好开心啊！真希望你这辈子都能陪着我。"

刘和顺一下子乐了："我就算一千一万个愿意，你就不怕你爹用木棒把我赶出康瑞庄？"

"我爹才不是那样的人呢！"丁瑞芳替父亲辩解着，一脸的喜悦，像是开得正艳的荷花，"他喜欢你的精明强干。"

丁希存能让刘和顺到康瑞庄给张掌柜打下手，而且对刘和顺那样好，是刘运飞没有想到的。正当他为商号收货忙得不可开交时，突然有个人找到了他，这人不是别人，正是朱光华家的少爷朱宝贵。刘运飞从兰州城回来已有些年景了，他曾从于连成那里得知了一些关于朱家的消息，然而在刘运飞心里，朱家似乎一直家运亨通，他始终不敢相信朱光华那么好的人会在小日本轰炸兰州时横遭祸殃。

当朱宝贵走进他的家里，开口叫了他一声"刘哥"时，刘运飞有些错愕。这位身着打满褶皱黑色绸衣的男人，虽然头发泛着光泽，但看上去总有种让人不舒服的感觉，他的身形步态像是喝醉了似的，脚底飘飘忽忽。刘运飞仔细再看，来人确是朱宝贵，比以前更为消瘦，眼圈泛着淡淡的黑晕，张口说话时一嘴烟熏的斑牙令人作呕。

刘运飞刚要上前问好，朱宝贵就呜呜咽咽哭起来，诉说着家父家母被小日本炸死的情景，回忆当年两家的交情，尤其是兰香嫂子时不时背着家父给他们母子送好吃好喝的桩桩幕幕让他终生难忘，如今家里落难，只求哥哥帮忙。

虽然朱宝贵自父母双亡后整日游手好闲，将家里财产挥霍一空，但刘运飞贴心一想谁遇到这样的事情，都会伤心至极，难免干出些有失常理的事情，只要日后能改过自新，那都是好样儿的。看着朱宝贵的可怜相，想起当年朱老板对自己一家人的好处，刘运飞一时间热泪盈眶。他让家里做了饭菜与朱宝贵吃过之后，慷慨地给朱宝贵十枚银圆，让他做些小本买卖，慢慢再图发展。

朱宝贵接过银圆后傻傻笑个不停，像被人逗高兴的孩子，哈喇子都要掉下来了。刘运飞不可思议地摇摇头，看样子家里出的事情对朱宝贵打击太大。他目送朱宝贵走出月儿湾，才快快地回了家。

说来真巧，半个月后的一天，暮色里刘运飞收货路过一个小镇时，远远听见一个非常熟悉的划拳行令的声音，走近才知是朱宝贵和一帮市井混混在一家酒馆喝酒。正在此时，一个混混摇摇晃晃从酒馆出来，看来内急，左顾右盼地挪步到酒馆侧面的柳树旁，解带提裤顺着树干撒了一泡尿，系裤带时稀里糊涂地把自己与那棵碗口粗细的柳树绑在了一起，想走却怎么也走不动，喝醉了酒的他以为是酒友在欺负自己，一手提着裤子，一手左甩甩右打打，嚷着："别拉了，我没醉。"就这样僵持了个把钟头，直到酒友见他不回，方出来把他与树分开。刘运飞觉得既好笑又气愤。他向附近商户一打听，才知朱宝贵和这帮混混经常出入这里酗酒闹事。这消息无疑像一盆冷水泼到刘运飞身上，令他心底发凉。

没出一个月，朱宝贵又来到刘运飞家，样子更不如前一次。他鼻青脸肿，黑色绸衣的后背被撕破了一个大洞，趿拉着两只布鞋，殷勤地朝刘运飞笑着，说上次的十个银圆他置办了一个小买卖，可惜生意不好全赔进去了，还因为进货欠了商家的钱款，被人打了。

"少爷，做人可一定要讲诚信，不管你说的话是实是虚，我都相信你。"刘运飞没好气地说，"受人之恩当涌泉相报，朱老板对我们一家人的恩情，我们永世不忘，今儿朱老板家里逢难，我心里像刀扎一样，但说实话，我帮你全是看在朱老板的面子上，你可要好自为之，拿了钱千万不要干些乱七八糟的勾当，要是叫我知道了，非但不会帮你，我还要替朱老板管教管教你呢。"朱宝贵一个劲地点头应着。

刘运飞让女人姚兰香又取了二十枚银圆，他重重地放在了朱宝贵的手心里："说实话，这可不是我的家财，是商号给我的收货钱，你先拿去实实在在做个啥买卖，千万不能乱花啊，少爷！"刘运飞的声音有些颤抖。朱宝贵似有所动，眼泪汪汪地表示一定要用这些钱将生意做起来，等来年再还。

进入秋季以来，康瑞庄的皮毛供货异常紧张，刘运飞转遍陇山一带每一处屠宰的地方，将小商小贩手里积存的皮货都淘挖到自己手里，当然这些小商小贩也是他近些年来苦心经营换得的人脉。他的贮存窑里，渐渐堆满了皮货、羊毛和甘草之类。忙碌之余，他有时会想起朱宝贵，还曾对姚兰香夸口说朱宝贵一定是改好了："人啊，还是要指点指点，就会走上正道。"可就在立冬不久的一个夜晚，朱宝贵衣衫单薄地又来到刘运飞的家里，身形体态更不如以前，邋遢不堪，冻得连鼻涕都吸不住。看了朱宝贵这般惨相，刘运飞心里有种说不上来的滋味儿，刘文清也不由自主地联想起他当年在口外的情景，情不自禁地抹眼泪。

朱宝贵再次向刘运飞乞求帮助，当刘运飞问及前一次银圆的去向时，朱宝贵鼻涕眼泪地说：“我拿去赌博，全输了。”

刘运飞一听勃然大怒：“二十个大洋啊，这可不是个小数目，竟然被你拿去当赌资了，你这是往我心上捅刀子啊。你以为二十个银圆对我来说是个小数目，随随便便就拿去玩呀？”刘运飞痛心疾首地说，“那可是商号的货款啊！你这就给我走，滚得远远儿的，不要让我再看见你，朱老板咋就生下你这么个不争气的儿子呀！”刘运飞说着，扯着朱宝贵的衣衫就要让他出去。

“牛娃，你这是干啥啊，”刘文清看着儿子的态度生气地说，“钱是钱，人是人嘛，外面刮这么大的风，你要他到哪里去？亏你这几年还一直在外面闯荡呢，这点人情世故都晓不得了。好了，让他晚上先住下，其他事等明天再说。”父亲的话提醒了刘运飞，他也觉得刚才太冲动了。

第二天，月儿湾的风依旧鬼哭狼嚎般地肆虐，刘运飞只得从收货的钱物中再取出十枚银圆。当他准备交给朱宝贵的时候，朱宝贵却摇头不愿接受：“刘哥，帮人就帮到底，十个钱能做啥啊，干脆借我五十或一百个大洋，等日后发达了我一定还你。”这话说得振振有词。

刘运飞瞅着朱宝贵半天没有说出话来，嘴角的肌肉抽动着，肺都快要气炸了：“我没有那么大的资本啊，兄弟，嫌少吗？”他强压着满腔的怒火。

朱宝贵不屑地说：“你给我十个银圆，我还真嫌少！”

此时，刘文清也看不下去了，上去就掴了朱宝贵一记耳光：“滚，你这吃人饭不说人话的东西，我还没见过这样不要脸的。”

朱宝贵被这突如其来的一巴掌打得腮帮子生痛，甩开膀子跨出刘家大门，边走边嘟囔，他哪肯就此罢休，一下子惹来不少看热闹的村里人。

人群里，张贵彪咬牙切齿地说："刘文清那一家子，还记啥恩情，不弄死你才怪呢。"话音刚落，虬盘在崖面上的一棵老杏树咔嚓一声，一枝碗口粗的枝干被寒风刮断了。

8

丁希存目送于连成及又一批运往包头的货物出了吴忠堡后，回到宅子内，心事重重地靠在紫檀椅上喝盖碗茶。康瑞庄商号在外人眼里依旧消纳通畅，货运正常，其实近来营生已到了举步维艰的境地。前不久，省政府召集各大商号开了一个会，说"共匪"活动越来越猖獗，南京方面经济吃紧，希望商道同仁拿出银两，支持地方军警维护治安。省政府让各商号代买军用白布，却只给市价的一半，而且还强迫商号代销违禁货物，定价又高得出奇，仅以上两项康瑞庄就赔了近万两银子。

前几天，省政府派出便衣队携带着棍棒、皮鞭和手铐，以缉私为由，对吴忠堡的各大商号又进行了一次大搜查，康瑞庄部分相对值钱的货物被没收了大半，而且各路衙门以保境安民等名义假公济私，今儿摊派这，明儿摊派那，有些商号已无力负担，破产倒闭的不少，丁希存真担心康瑞庄哪一天挺不过去，会步其后尘。

康瑞庄商号，刘和顺正十指灵动地拨拉着算盘珠儿，合计着柜面的经营情况，这是张掌柜交给他的任务。张掌柜说东家让把最近三月内的柜面情况清点一下报个数。其实，这已是刘和顺第三遍算了，前两次的结果早就报给了东家，可丁希存还是觉得不会亏这么多。

张掌柜照看着柜面的生意，丁瑞芳紧挨在刘和顺身边，也帮着核对账目，看着刘和顺娴熟的珠算手法，听着脆响的算盘珠子声，丁瑞芳仿佛享受着一场清爽夜雨的滋润，心里的喜悦溢于言表，似乎一点儿也不知道商号最近发生过什么。刘和顺在珠算方面的进步，毋庸置疑是她的帮教起的作用。就凭现在这本事，刘和顺日后自己经营生意，账目方面全然也难不住了。

核对的结果和前两次毫厘不差，刘和顺收了算盘，将账目规整了，来到张掌柜近旁说："张叔，账目丝毫不差。"

张掌柜无声地点了点头。

丁瑞芳说："做生意真够累人的，这段日子以来，我爹房间的灯每晚都大半宿大半宿地亮着，他的身体也不好，总是咳嗽，可还是不按时休息。"

"生意场上遇到坎子是常有的事儿，但愿很快过去，"张掌柜说，"等于连成从包头回来，我们就能喘口气了。"

丁瑞芳叹了一声，坐在凳子上，痴痴地盯着刘和顺的背影。

听着张掌柜和丁瑞芳两个人说话，刘和顺一直都没有言语，不知道为什么，他心里乱乱的，百感交集。或许是商号最近发生的事情较多的缘由，刘和顺总是心神不宁，夜里有时候会被离奇的噩梦惊醒。

正在这时，有人过来说东家有事叫刘和顺过去。丁瑞芳说："刚才把账目核算规整，你们东家就派人叫了，我爹好像长着顺风耳。"

"可不能这样说你爹，"张掌柜说，"或许是有其他事情。"

丁瑞芳有些不以为然地说："能有啥事啊，我爹的心思哪天离开过商号!"张掌柜一脸无奈地笑了笑。

刘和顺去不大工夫就回来了,他看上去脸色不太好。丁瑞芳第一个开口说话:"是不是你们东家给你甩脸子了,我爹心情一不好,就爱这样。"

"不是,是我家里出了事,东家说刚才家里捎来话,让我赶紧收拾一下,起身回去。"刘和顺急匆匆向张掌柜交代了柜上的事情。

"家里出啥事了?"丁瑞芳忙问。

"我也不晓得。"刘和顺说。

"和顺,遇事别太着急,"张掌柜看着刘和顺焦急的样子,关切地说,"路上一定要小心。"

刘和顺忧悒地点了点头,急忙收拾东西。

丁瑞芳跟着难受起来,脸上表情也渐渐失却了先前的舒展。她欲拉住刘和顺不让离开,又想跟刘和顺一起走,一时间乱了方寸,烦闷难过一齐袭来,她显得手足无措,不知不觉泪花从眼角溢出。她有种不祥的感觉——这一去,两人再相见会遥遥无期。

"你咋变成小孩子了,闲着呢,家里的事情办完我就回来了,哭啥啊哭,赶快擦干眼泪,别让你爹看见了。"刘和顺一边收拾东西,一边安抚着丁瑞芳。

张掌柜说:"和顺家里有事,办完后很快就来了,别这样了,赶快帮着收拾收拾。"张掌柜突然觉得自己有些失礼,"你看我这嘴,怎么说话的,小姐可千万别放心上。"

张掌柜这样一说,丁瑞芳心里倒好受了许多,她站起身来,帮着刘和顺一起收拾,并安顿说:"别带太多东西,过几天又要往回带,多不方便。"

趁着张掌柜不注意，丁瑞芳将随身的一块手帕塞到了刘和顺的手里，朝刘和顺笑笑，装作什么事情都没有发生。刘和顺顺手塞进了贴身的衣兜里。他知道小姐给他的不仅是一块手帕，更是那颗珍爱他的心，可此刻的他，心里仍乱作一团，不知家里出了什么大事。

刘和顺乘着东家给他租的一辆马车，心急火燎地出发了，第二天下午就赶到了月儿湾。刚刚踏入庄口经过父亲的存货窑洞时，敞开的窑门及被烟熏的崖面不禁让他大吃一惊，他疾步跑向窑里看个究竟，里面刺鼻的皮货焦味让他目瞪口呆，眼泪直流，两孔窑洞被烧得面目全非，刘和顺感到天塌一般，焦急地往家里跑。

刘和顺走进家门，见爷爷刘文清和村里的几位老者站在院子里，忧伤笼罩着这所简陋的小院。刘文清看见孙子满粮来了，拽住孙子的双手说："娃娃，家里出大事了！"爷爷的泪光在眼中闪烁，刘和顺一个劲地问："这是咋了，爷爷？这是咋了？我大呢？"

"你大睡倒了，就等着见你呢。"刘文清声音颤抖着，有气无力地说。

刘和顺疾跑几步进了土窑，见母亲正跪坐在铺着半片竹篾席的炕上，父亲刘运飞紧闭双眼躺着，气息奄奄，枕边放着一条毛巾和一个瓷盆，瓷盆内盛着半盆清水。

姚兰香看见满粮堵住了窑门，轻声地说："你可算回来了，你大一直念叨你着呢。"

刘和顺靠近父亲，刘运飞紧闭的双眼缓缓睁开了，眼神没有一点儿光，嘴唇微微翕动着。

刘和顺将耳朵靠近父亲唇边，一股微弱的气流哈在他的耳朵里："找纸和笔来。"

　　刘运飞让把月儿湾几位主事的老者叫到窑内，当着众人的面，他让儿子刘和顺扶他坐起来，在庄子里没能很快找到纸，他在姚兰香搜腾出的一小块白布上歪歪扭扭地写下了一份借据："本人欠康瑞庄六百一十个银圆，立据人刘运飞。"写完字据，他强挣扎着说："这是我欠东家的货款，今儿我就是没事了，不管日后啥时间，满粮你都要把这钱还上。只是有一样，我这心里憋得难受啊，今儿当着咱村里人的面，我想说，我们一家在月儿湾也没干过啥亏人的事，可我就想不明白，是谁给我刘运飞来了这么一手，老天哟——"刘运飞说着，用一只拳头击打着自己的胸膛。他一一看着站在跟前的每个人，最后在刘和顺身上停住了，使出全力，挤出两滴眼泪，缓缓闭上了眼睛……

　　冷月高悬，寒夜瑟瑟，月儿湾的夜格外沉静，如豆的灯光照耀着昏暗的窑洞，刘运飞平静地躺在炕上，刘和顺守在父亲身边，任冰凉的泪水在脸上流淌。姚兰香在另一拱窑里默默流泪，她根本就不相信这一切都是真的，与丈夫半生恩爱，如今阴阳两隔，她真不知自己将怎样走完这孤苦余生。刚过子时，忽然凉风簌簌，裹带着潮湿的雨夹雪，宛若泪花纷飞。

　　上周五太阳快落山之前，刘运飞已将收来的货物存放完毕。他提着灯笼看着两孔窑里堆码得整整齐齐的皮毛和山货，心中可劲儿地高兴，再过几日存货就要运往商号，可以解商号的燃眉之急。他锁好窑门，看着麻乎乎的天色，心想晚上没准又要刮风，还特意将锁子拽了几下，以防被风刮开，见确实锁好了，这才放心地回家。

晚上，天气果然大变，月儿湾里的风仿佛恶魔一般怒吼不息，大概四更天的时候，门外喊声吵醒了刘文清，姚兰香也醒了，刘运飞由于连日收货劳累，直到姚兰香用手推了几下才醒过来。这时父亲刘文清已经披着衣服出了窑洞。刘运飞透过风声明显地听见是范正涛的喊叫声，带着焦急和不安，他预感有不好的事情发生，一边穿衣一边急忙奔向院子，见范正涛右手握一把铁锨，左手提着灯笼，气喘吁吁地嚷嚷。看见刘运飞出来了，范正涛上气不接下气地说："我是半夜肚子不好上茅房时，看见你那窑里闪着火光，想来想去是不是你那货窑出事儿了，就赶紧跑过来叫你们，可喊了半天不见动静，你们赶快去看看！"

一听说货窑出事，刘运飞的头发立马竖了起来。一阵冷风袭来，他不禁连打了几个寒战，也顾不上多穿衣服，提着铁锨就和范正涛直奔存货的窑洞，刘文清紧随其后。还没有到窑前，已闻到风中携带的皮毛烧焦的味道。"天哪，不得了了，货窑着火了！"刘运飞跟跟跄跄向货窑跑去，也管不了脚底下的路况，几次被绊倒。

火随着风势从窑里裹卷而出，收购的皮张在油脂的浸润下烧得噼噼啪啪响，伴着咝咝的声音，浓浓的黑烟在火光里被疾驰的大风吹走，一股股飞向天空，仿佛抛洒着黑色的雨雾。看见的确是刘运飞家的货窑着火了，范正涛也急了，他将手里的方锨交给了刘文清，让赶快铲土向窑里丢，他摸黑边走边喊："赶紧救火呀——着——火——了——"

范正涛喊醒月儿湾一家又一家的人，最后又到李湾庄里喊人，挣得七窍生烟，嗓子沙哑。虽然刘运飞的货窑前聚集了不少人，可炽热的火焰烤得人根本不能接近，水泉又距此有一大段路程，远水救不了近火，更何况火苗是从窑里向外涌，似火轮翻滚，想救也无处下手。

刘运飞拼命地往窑里扑了几次，是父亲死死地拉住了他。此刻，他呆在人群之中，仿佛置身窑内，眼看着山货变成灰烬，皮毛在大火中渐渐变成焦炭。忽然，他撕心裂肺地狂叫两声："烧吧——烧吧——"声音凄惨而无助。

天色破晓，风渐渐止住，刘运飞的一窑毛皮和一窑山货全部化为灰烬。

9

窑里的藏货在熊熊大火中化为乌有，让人难以置信的现实惨烈地摆在刘运飞面前，恰似脚下好端端的路突然被晴天霹雳割裂为两段，他正站在裂痕的边缘，俯身再看却是万丈深渊。烧毁的不仅是白花花的银圆收来的皮张、羊毛和山货，更是他的前途命运和半生创下的名声，同时，也毁掉了康瑞庄及和康瑞庄前途命运相连的所有人的未来，他感到自己就是这罪恶的制造者。

现实将这位刚毅的汉子击垮了，刘运飞内心翻滚着火山熔岩般的怨愤，回想自己从未干过什么坏事，为人处世又处处小心谨慎，没想到到头来却落得这般下场。躺下几天后没撑住咽了气。

刘和顺更是五内俱焚，他清楚父亲的为人，决心要为眼前发生的灾难讨个说法，让父亲的在天之灵能够安息。

刘文清眼睁睁看着往日端茶递饭的儿子这样去了，斑白的头发更白了，浑身的骨头就像散了架，踉跄坚持着给儿子过完头七，突发头疾，在隆冬的一个黎明，他将孙子满粮叫到眼前，非常吃力地叮嘱："我要走了，可放心不下你们呀！以后月儿湾如果实在待不下去了，就上口外去，那里天地大……记着，不管啥时候你都要像鹰一样往高处飞，千万不要像狗那样，为一根骨头争啊抢啊的。若能遇上红军，你就当红军去，那是咱老百姓的队伍……"

刘文清仍然没有忘记当年他贩粮路经将台堡遇到的那支红军队伍。红军队伍严明的纪律，不拿群众一针一线、帮助穷人干事的行为感染了他。那天，他装满一手推车月儿湾的小杂粮去兴隆赶集，通过杨家河时手推车深陷淤泥中，在他万般无奈、欲哭无泪时，两个小红军看见后，立马跳进冰冷的河水中帮他把车推上大路。他本想给两个铜板感谢，可两个小红军就是不收，说这是红军的纪律，红军就是咱老百姓的队伍。他问他们当红军是为了啥啊，小红军自信地告诉他是为了让劳苦人过上好日子，为了让咱中国人十年、二十年、一百年后都过上大好的日子。

老人说话的声音渐渐地小了，他用最后的气力告诉孙子："满粮啊，爷爷去看你大了。"一场大火让这个其乐融融的四口之家，一时间如同坍塌了院墙的庄户，彻底裸露在风雨寒霜之下，透着悲怆和凄惨，孤单地留存于这个世间。

从此姚兰香夜夜以泪洗面，大把大把的眼泪灌进了心田，浸泡着她那颗柔弱细腻的心。生活被现实揉得粉碎，多少个黑夜，为了不让儿子看到她的伤楚，她都用被单掩面流泪。为了满粮，为了整个家，姚兰香一遍又一遍地告诉自己绝不能倒下，要坚强地撑起这个破败的家，看到它的兴旺。

姚兰香没能拦住儿子，过完爷爷的头七，刘和顺怀揣着一把菜刀转遍了陇山一带的沟沟岔岔，他想找朱宝贵问个究竟。听人说，刘运飞家的货窑被烧的第二天，朱宝贵披头散发形同疯子痴笑着出现在月儿湾的一条山道上，后来就再也没见踪影。刘和顺时常坐在沟畔的山崖上，痴痴地望着那两孔被大火烧黑的窑洞，凭他的感觉，朱宝贵一定还活着，他一定能找到他，还父亲一个公道。看着儿子魂不守舍的样子，姚兰香说："事情出了，谁都没法儿，我相信老天把一切都看在眼里，作恶的人迟早会露出狐狸尾巴。可眼下的日子这样过不行啊，妈给你托说个媳妇儿，赶紧结婚，把咱这个家撑起来。"

刘和顺看着母亲，半天都没有说话，母亲的言语撬开了他锁闭的心门，他的眼前，又影影绰绰出现了丁瑞芳的身影，还有生活里点点滴滴的往事。此时，这一切像是一幕哑剧。

"嗯！"刘和顺点了点头，"妈，咱家现在这个样子，谁家的姑娘还愿意来啊！"

姚兰香一脸悲伤，唤着儿子的小名说："满粮，我相信，老天爷会怜惜我们娘儿俩，一定会娶个好姑娘的。"

刘和顺苦涩地笑着，眼里泪花点点，他似乎看到了幸福的那一刻。

"满粮，还有个事情我一直没给你说，这于情于理都不合适，你大睡在地底下也会不高兴的。"姚兰香说。

"啥事啊？"刘和顺一怔，"妈，你说，我听着呢。"

"我不晓得你离开吴忠堡的时候是咋向东家说的，凡事都要有始有终，不能半截子一撂就不管了，丁东家可是个好人啊！"

"妈，你的意思是？"刘和顺怔怔地盯着姚兰香。

"我想你还是早一点去趟吴忠堡，把家里的事情给东家说清楚。走的时候，一定要带上你大立的那份借据，也算是对这事儿有个交代，不管啥时候，就是我的孙子手里，都要给人家把钱还了。"

"妈，你说得在理，"刘和顺使劲点着头，"其实我心里天天都在盘算着。"

"这事再不能拖了，得赶紧过去了，回来就一心和妈守着咱这个家。"姚兰香叮嘱儿子。

三天后，刘和顺赶到了康瑞庄，可情况让他大吃一惊。

康瑞庄商号已被封了，窗户敞开着，窗扇在风中摇摇晃晃，透过窗户向里看去，货柜横七竖八斜躺着，上面蒙着厚厚的一层尘土。刘和顺急忙奔向丁希存的住宅，大门口站着两名警察，老远就喝令他赶快离开。刘和顺大脑嗡嗡作响，心简直要从嗓子眼儿蹦跳出来，他又奔向与康瑞庄相邻的广新汇商号，一打听，才知道十天前，康瑞庄突然被查封，丁希存父女和商号的其他人都不知去向。广新汇的伙计说："我们广新汇也快撑不下去了，现在是脖子上套绳索——就差一拽了。"

原来，丁希存目送于连成运往包头的货出了吴忠堡，回到住处后心里总感觉不踏实。这种不踏实以前从未有过，他端着盖碗，又细细思考了一下上下打点的事情。其实，商号除平时对税局、缉私队、便衣队和侦探队等各环节打点外，每一次走货之前还要对路上的一些关卡进行疏通，以达到平顺出行的目的。这次虽然和往常没有什么区别，银圆装成份子上上下下都送过了，但丁希存还是担心这批货物不能顺利运往包头，毕竟这是冯刚催要的急需货。七月间，日伪军对大青山抗日游击根据地武川东北的五塔背、银矿山地区反复扫荡，使游击队伤亡惨重。此次送出的货物除正常的山货外，还有一定数量的药材，如果在路上出了问题，将直接影响大青山根据地伤员的医治和现有武装力量的发展。

货按照预定日期快到碛口时，警察局的赵警官在深夜来到了丁希存的府上，说省府近期对警力有所调整，集中查办宁夏和大青山"共匪"的通联问题，路运货物的检查将会提高一个等级，让至少三个月以内，生意方面都要谨慎往来。赵警官说他已被从碛口的卡子换了下来，调到省局工作。这无疑给丁希存当头一棒。丁希存说："运出的这批货里有给大青山的药材，照这样说，一旦在碛口被查，事情就麻烦了。"赵警官虽说同丁希存交往多年，关系甚好，但也束手无策。最后，他出了个两全主意，既然货已快到碛口，那就撞撞时运，只能冒险了，康瑞庄这面，他让丁希存抓紧收拾收拾，要是货在碛口被查出问题，康瑞庄也就保不住了，三十六计走为上计。

吴忠堡街上的康瑞庄暂不关门停业，和往常一样正常经营，但是柜上守店面的却是丁希存父女，店内的伙计被告知商号将要破产，算了工钱纷纷离去，张掌柜拿到相对不错的工钱，千恩万谢不得不含泪离去。

走出商号大门的那一刻，张掌柜放声痛哭，说他知道商号的难处，请东家和小姐多多保重，千言万语全藏在心，丁希存父女也眼泪汪汪。此刻，丁希存也早已收拾好了一应东西，随时等待着碛口的消息。

于连成一行到了碛口的卡子，上来查验的人却不是赵警官的手下，询问之下，才知赵警官早已从卡子调到了警局。于连成知道大事不好，随时都会有麻烦，便给随行的人使了眼色，让见机行事。眼看藏在货内的药材要被搜查出来，于连成几个人上前缠住查验的警察，又是香烟又是银圆的往手里塞，查验的小警察被缠得不知所措时，从卡子的值班室走出一位微胖的警官，束着腰带，挎着盒子："你们这是给老子干什么，车上的货说不定有问题，把他们几个都给我绑了。"

于连成一看情况有变，给其他几个人使眼色又朝胖警官围拢过去，说时迟那时快，当胖警官骂骂咧咧伸手在腰际摸枪的时候，几个人就将他撂倒在地，趁着混乱，飞身上马，丢下货物仓皇逃散。这时，身后响起枪声，于连成身边的两人落马，像麻袋一样栽了下去。

还算运气好，于连成只是左胳膊擦破了皮。他一路东躲西藏来到了包头，立马去见冯老板。这里已物是人非，店面狼藉，冯刚早已不知去向。听街上人说冯刚原来是共产党。于连成一听，宁夏界内是回不去了，康瑞庄肯定也出事了，辗转数月，风餐露宿，历经千辛万苦，只好上口外了。

康瑞庄的货物在磴口被截获，事情很快被上报到省警局，赵警官获悉后借故上街办事，将内情让线人即刻告知丁希存。早已做好准备的丁希存，趁着夜色向西而去。

初春的雾气笼罩着吴忠堡的大街小巷，早晨的太阳懒懒的，没有丝毫温暖的感觉。吴忠堡城外芙蓉池的荷花早已凋谢，结冰的湖面上露出些残花败叶，让人心生冰凉。湖面的浮桥上，立着一位亭亭玉立的姑娘，身着立领盘纽、右衽开襟的青蓝色袄裙，外面穿件纯白小外套，一双黑绒方口鞋格外醒目。她痴痴地望着凉风下的一池残荷，眼神中带着浓浓哀怨和无奈。芙蓉池旁的草地上，停着一辆马车，红棕色的马不时地上下点头打着响鼻，马车十余步处站着一位五十开外的老者，头戴黑色礼帽，身着藏蓝长袍，脚穿一双绛色条绒鞋，惆怅地望着雾气笼罩的远方。

"快些走吧，老板，趁早咱们多赶些路！"车夫催促着。老者回头应了声："好了，这就走。"便向浮桥上的姑娘呼喊："瑞芳，走吧，我们还要赶路呢。"丁瑞芳答应着，伸手轻轻抹掉了眼角的泪花，一种莫名的忧伤针刺般地遍及心房，使她感到前所未有的痛。将要离开生活了十多年的地方，离开这片记忆她欢笑和快乐的地方，离开她与心上人来过的芙蓉池，不知何时再能与他谋面，去的又将是一个怎样的地方，同时一种被欺骗、被愚弄、被丢弃的复杂情感涌上心头。她不知道刘和顺回家再也不来看自己的真实原因，而是认为这一不争的事实说明人家心里压根儿就没有自己。但又怎么解释他对自己的好呢，近乎唯命是从，除了假心假意、愚弄哄骗，还能有什么解释比这些词语更合理呢！丁瑞芳思绪万千，既恨他，又依依不舍，从浮桥上快步下来，奔向马车。

而此刻，从吴忠堡警察大队冲出两组肩背长枪的便衣，他们正加紧奔向康瑞庄商号和丁希存的宅地。

吴忠堡警察大队派出的一组便衣在康瑞庄扑了个空，商号内值钱的东西早已被全部转移，只剩下货柜和一些乱七八糟的杂货。另一组便衣冲进丁希存的住宅，各种陈设摆放得整整齐齐，正厅紫檀木条桌上摆钟有节奏地传出嘀嗒、嘀嗒、嘀嗒的声音，四只青花瓷盖碗摆在茶托里，桌面纤尘不染，桌子两面的紫檀椅子泛着幽幽的光，整个屋子飘散着一丝淡淡的盖碗茶香儿。六七个狂躁的便衣在客厅的地上停下步子，左顾右盼后野兽般冲进了寝室。丁希存的寝室不像他们想象的那样，靠东面墙壁摆放着极其简单的一张床，墙壁上挂着一个条幅，写着："宁可食无肉，不可居无竹"。北面一架紫檀书柜，里面工整地摆放着很多书籍。西面窗下，胡杨根雕底座上放着一盆富贵竹，盆内茎叶纤秀，极富竹韵。屋内除简单的几件日常用具外，别无他物。一个便衣恶狠狠地骂道："他奶奶的，看不出还是个儒商。"

丁瑞芳的闺房内，除了有一组看上去名贵的象牙色化妆台和衣柜外，陈设也十分简约，里面充溢着淡淡的芳香。他们没有看见那种大户人家各种首饰成堆的姑娘闺房，如果不是那件化妆台做陪衬，这间卧室简直和男人的卧室没有区别。墙面上同样挂着一个条幅，写着："男儿岂是全都好，女子缘何分外差"。这个条幅是丁瑞芳托父亲请冯先生写的。便衣队里有人吟诵着条幅上的字，不由赞叹这女子气质，却被上司啪地掴了一记耳光："他奶奶的，都成了通匪女贼，你还说有气质。"这名队员连连点头哈腰地说："我错了，队长，啥气质，狗屁气质。"

"去，给我好好地搜，我就不相信找不出值钱的东西。"便衣队长挥了挥手，队员又分头丁零当啷地翻将开来。

丁希存其实早就盘算过，眼下这形势，加上自己这几年与大青山那边的往来，宁夏指定是不能久待下去了，为了自身的安全，走得越远越好。听生意上的朋友说过，口外天大地大，人口复杂，民国政府也无暇顾及，是乱世避难的好去处，他早就做好了必要时上口外的打算。丁希存父女乘坐租来的马车日夜兼程到了嘉峪关，车主再不往前赶了。"老板，我只能把你们送到这里了。人常说：'过了嘉峪关，眼泪擦不干。往前看，戈壁滩，往后看，是沙滩。'想去哪儿你们只能自便了，我出来大半月了，家里还有老母妻儿等着呢！"车主无奈地说。丁希存也是轻装简行，值钱的东西他并没有带多少，再说时下的境况，身上带着贵重东西更容易招灾惹祸，他早将商号内值钱的东西转移安置到吴忠堡城外的一百零八塔，等到时局稳定后再做打算。

对此，丁希存也不强求，与女儿从车上卸下简单的几件行装，付过租钱后同车主道别。父女俩背起行装继续西行。灼人的阳光，浩瀚的戈壁，泛着枯白的骆驼刺和沙蒿在寒风里抖动着身躯，除此之外再没有任何一丝新意涉入眼帘。

"爹，我们这样子能到迪化吗？"丁瑞芳口干舌燥，怀疑地问父亲。

"常言道：'生死由命。'只要还有一口气，我们就要到口外去。"丁希存斩钉截铁地说。

丁瑞芳抬头看看天空中的太阳，眼前一阵眩晕，赶忙闭上眼睛歇息了片刻，又急忙去追父亲："爹，女儿有个想法，我感觉这样子要比待在商号有意思多了。"

丁希存淡淡一笑说："傻女儿，再往前走走，你就不会有这种感觉了，但愿你能够保持这样的感觉。"

丁瑞芳笑着说："女儿长这么大，有两个感觉一直没有改变过，爹你想不想知道？"

丁希存看了一眼女儿："说吧，爹听着呢。"

丁瑞芳说："自我娘去世后，女儿跟在爹身边，不离左右，女儿心里一个是想娘，另一个就是期盼爹爹能一直这么惯着女儿。"

丁希存略有所思地说："那是在商号的时候，现在可不一样了，再往前，所有的路都要靠你自己走了，爹不敢再惯你了。"

丁希存说着，干涩的眼角流出一丝泪水。

"看爹说的，只要跟着爹，吃苦受罪我才不怕呢。"丁瑞芳将肩上的行李挪了挪，脸上掠过一丝疏朗的笑容。

无边无垠的戈壁滩里，人迹罕至，干燥难耐，丁希存父女就像两个缓慢飘荡的灰点，在寒风中慢慢蠕动。

10

刘和顺把在吴忠堡打听到关于康瑞庄被查的所有消息，向母亲述说了一番，惹得姚兰香不停地流泪，并叮嘱儿子："满粮啊，不管这世道怎么变，咱都要记住，是咱欠丁家的恩情。你大留下的借据，咱啥时都不能抵赖。"母子俩重新把借据包好，珍藏在母亲出嫁时带来的梳妆盒里。

突来其来的家庭变故和康瑞庄被查封，使刘和顺像遭受了寒霜冰雹侵袭的庄稼，一蹶不振，心如陶瓷釉片一样碎裂了，无欲无望，整个人像一粒微尘随风飘荡，有时候他真希望早点离开这个烦人的世界，在另一个世界与父亲、爷爷团聚。身体素质一向不错的姚兰香，自从家里出事后，面容憔悴，身子消瘦了许多。自打知道父亲被炸的噩耗，她的心就被撕烂了，这道伤口才刚结了一层疤，却又被撕开了一道口子。

刘运飞去世后百日还没过，张奎的父亲张贵彪就来到姚兰香家，对她们母子说了一番深表同情的话，转着看了看冷清的宅院，脸上浮过一丝淫邪的笑意："人活世上，谁都难免要走这一条道儿，走的走了，活着的人儿可要好好地活啊，你说我这话对着吗？"

姚兰香没有吭声，她知道张贵彪的为人，绝不是探望他们母子的，猫哭耗子——假慈悲。自从丈夫刘运飞接上康瑞庄的活儿，但凡碰见张贵彪，他都会说些不冷不热的风凉话，月儿湾谁人不知，哪个不晓，张贵彪见不得谁比他家过得好。姚兰香也曾跟刘运飞提起过张贵彪嫉恨家里的事，没承想被丈夫的一句话给打发了。刘运飞说："你就是妇道人家，再不要纠缠那些闲话了，别人爱咋说就让他们说去，嘴长在人家身上，咱还能给缝上？"姚兰香想想倒也在理，便不再理会张贵彪那双充血的贼眼，还有村子里的一些闲言碎语。

姚兰香虽知自家是庄子里的老户，但不清楚月儿湾这个偏僻的山沟是何时才有人家的，据说1920年海原大地震时，这里遭了大灾，死伤大半，走的走，逃的逃，十多年后才慢慢又有人搬迁到这里居住。张贵彪家从祖上口碑就不好，村里年长的人都很清楚，张家像茅坑里的石头——又臭又硬，阴着呢，人人只是口头上对付。

张贵彪见姚兰香不和他搭话，又换了一种奸笑，这笑显得有些苦涩和很不自然，脸皮绷得紧紧的，仍然在套近乎："他婶，你知道不，牛娃兄弟是咱月儿湾最有本事的人，谁都没想到会是这样的结果，我夜里一醒来就心上难过，思谋着往后你们母子的日子可咋过啊，前儿个碰上个亲戚，说了个事儿，猛一下把我给提醒了，我今儿个来就是想问问你的意思，给你说门亲事。"

姚兰香万万没有想到张贵彪会说这样的话，这简直就是往她伤口上撒盐，她尽量收住一腔怒火，语气压得瓷瓷的，直呼其名："张贵彪，你要真为我们母子考虑，也得选个日子、看个时辰。"张贵彪倒不以为然，有些欣喜地说："哈哈，看他婶说的，男婚女嫁，再正常不过的事情，今儿咋就不是个时辰？"张贵彪露出一副丑陋的嘴脸，好像他就是这家的主人。站在旁边的刘和顺一直没有作声，当他看见张贵彪这副可恶的嘴脸时，再也压不住心里的火气："张叔，我先这样叫你一声，你赶紧从我们家里滚出去，再要胡咧咧，往我妈心上捅刀子，你可不要怪我不客气！"两个拳头捏得紧紧的。

张贵彪一听刘和顺话头硬起来，还想再说几句，又怕吃小伙子的亏。"好了好了，叔不说了，不说了，但话让留着，我过几天再来。"张贵彪一边摆手示意刘和顺不要生气，一边退身向着院门的方向移去。他从内心深处有种恐惧，感觉惹了这位敦实的小伙子，将来会吃亏的。

但是，张贵彪没有罢休，瞅着刘和顺不在的时候，总会到姚兰香家里，而且一待就是很长时间，甚至动手动脚，试探姚兰香，直到有一次被姚兰香撵出去之后，他才收住了那颗贼心。当然，上门来给姚兰香提说亲事让她再嫁的何止张贵彪一人，但都被姚兰香一口拒绝。正因为如此，姚兰香得罪了不少媒婆，加上家境窘迫，儿子的婚事也一拖再拖。眼见月儿湾和刘和顺同龄的年轻人都娶亲有了孩子，刘和顺还是单身一人。这可不是小事，儿子的婚姻让姚兰香整夜难以入眠，如果满粮年龄再大些，亲事就越发难了。

刘和顺并不因此而忧虑，虽然他口头同意母亲赶紧结婚，但和丁瑞芳的一段情缘往事哪能说忘就忘了呢。多少次，丁瑞芳的甜美笑容出现在他的梦境中，晴空丽日，他和她在黄河岸边打逗着、追逐着。每一次梦醒之后，刘和顺都会陷入更深的痛苦和无边的思念。动荡不堪、民不聊生的年月，他不知道她在何方，会遭受怎样的苦难，与其说找个姑娘结婚生子，不如把他和瑞芳那份纯美的爱恋原封不动地装在心里。每一次相亲失败时，刘和顺都暗自庆幸，能拖一天是一天，说不定哪一天能和瑞芳重逢呢。

光阴荏苒，岁月蹉跎。中国大地上，发生了万民喜庆的大事——小日本投降了，抗战胜利了。但月儿湾的老百姓从遥远的地方听来这样的消息，大多数显得麻木、平常，他们依然只关注自己的肚子，期盼着能填饱肚子的日子。刘和顺到底是出过门的人，听到这样的消息，显得非常兴奋，甚至有些得意，憧憬着即将到来的好日子。谁知老百姓的好日子连个头儿都没开，国共内战又开始了。民国政府摇摇欲坠，欺压百姓，苛捐杂税有增无减，抓壮丁越来越频繁，月儿湾老百姓的日子越过越苦，越来越艰难。刘和顺同母亲相依为命，快二十的小伙子还是没有找到媳妇儿。

　　正当姚兰香为儿子的婚事无着无落而焦急发愁的时候，中国发生了 20 世纪最大的一件事——中华人民共和国成立了。紧接着，远在宁夏吉平县新川乡的月儿湾的世道也变了，受苦受穷的农人翻身做了主人，农民的地位一下子提高了，农村掀起了"土改"的热潮，农民陆续获得了属于自己的土地。

　　这年春天，暖风徐徐，小草染绿了大地。惊蛰刚过，第二天一大早，月儿湾山坡的大杏树上，喜鹊喳喳叫个不停，汪克齐媳妇小翠一脸喜色地来到姚兰香家里。

　　对于汪克齐和小翠这小两口，姚兰香非常感激，觉得他们都是实诚人，这些年给了村里人不少接济，在月儿湾谁不夸赞。正因为如此，汪克齐才在人民公社成立后被大家推举为刘家坪大队的队长。可惜的是小两口自打结婚以来，一直没有生下个一男半女。小两口找过许多大夫，都无济于事。

　　小翠的突然上门，让姚兰香心里多了些猜测，平日里低头不见抬头见的，今天这媳妇子却表现得与往日不同。她一边往窑里走，一边看着整洁的庄院问："婶儿，这院子挺敞亮的，我哥哪搭儿去了？"

"哥？"姚兰香心里不禁一怔，小翠分明是在问儿子满粮，从年龄来说，满粮是比她大几岁，可往常从没听她这样称呼过，今天突然喊出一声"哥"来，这让姚兰香感到怪怪的。

"哦，他上山了。"姚兰香笑着回答。

小翠坐在炕沿上，用手将炕上仅有的一张破毡往平里刨着："婶儿，我今儿找你可有件喜事要说。"

"唉！"姚兰香叹了一口气说，"咱屎肚子百姓，吃饱就是喜事，还能有啥喜事呀？"小翠满脸堆笑地说："婶儿，我给我哥说了门亲事，能不能算是喜事？""亲事？真的？"姚兰香有点儿吃惊，坐在面前的这个年轻媳妇子，无论从说话上还是相貌上，都不是个会说亲事的花范女人，可偏偏从她嘴里说出了自己期盼已久的话。

小翠被姚兰香看得有些不好意思，她也在自己的身上看了一眼后认真地说："真的，婶儿，我姨家的表姐，年龄和我哥差不多，很多媒人都上门提亲，可就是不成。开春的时候，我给说了咱们这儿的情况，她听了挺乐意。"小翠嘴角往上一挑，一脸藏不住的高兴，"这亲事要成了，咱们可就成亲戚了。再说，我也看上我哥的为人，他哪点不如别人！"

小翠交代出实情，迫切等待着姚兰香的反应，谁知姚兰香不紧不慢地说："小翠，你看我们这家道，人家姑娘愿意吗？"小翠说："你的这个意思我倒没有问，那等我得便了再去问问。"接着若有所思地说，"是啊，这事总不能等着人家姑娘家问吧。"

姚兰香连忙说："是啊，是啊，多谢你了。"

虽然这门亲事后来没了下文，但开了个好头，提亲的逐渐多了。相隔不到半年，通过邻村媒婆的牵线，刘和顺同与小翠表姐一同耍大的一个小姐妹张娜定了亲。不到三个月，在姚兰香的催促下，媒婆就敲定了娶亲的日子。日子一敲定，姚兰香紧锣密鼓地按照当地结婚的习俗，给孩子换庚谱、向女方送大礼，一样都不少，忙在手里喜在心头，一想起给儿子娶媳妇儿就有使不完的劲儿。

十五的月儿十六圆，八月十六是刘和顺完婚的日子。

一大早，亲戚邻居挤满了院落，道喜的、恭贺的向姚兰香打着招呼，姚兰香满脸喜色地回应着"同喜、同喜"，又北窑进、土房出，跑前跑后地张罗着。院门口、窑门前的三副大红对联格外醒目。

不一会儿，娶亲的小毛驴被打扮得有模有样，尤其是头顶的一朵粉红色大牡丹为其增色不少，几乎人见人爱。太阳初上，由二大爷、汪克全和隔壁家小牛子组成的娶亲队伍已经出发。

汪克全是汪克齐的弟弟，同父母生活在一起，媳妇儿莲花为人和善，一对儿女聪明伶俐，衣服虽较破旧，但淘洗得干净，一家人光阴过得粘和，是再合适不过的娶亲人选。

张娜家距月儿湾虽然不到二十里路，可全是山间小道。早去早回，是娶亲的讲究。

此刻，张娜家的窑洞内，母亲端坐在土炕边抹泪，父亲与两个姨妈坐在炕上说话，显得无精打采，全然没有女儿结婚的那种欢快气氛。张娜坐在地下的小凳上，两个小姐妹给梳着妆，忽然二姨妈给母亲耳语了几句，母亲对张娜说："娜娜，你们先慢慢梳着，一会儿庄里的周妈会给你'上头'。"这是当地的一种习俗，女娃出嫁前，必须请一个六亲皆全、儿女满堂的人到家中给梳头，并且要一边梳，一边大声地唱："一梳梳到粮食满仓，二梳梳到勤劳致富，三梳梳到白头偕老，四梳梳到儿孙满地，五梳梳到福禄齐寿，妥了，妥了。"

儿女成婚在当地是一件大事，可两家的感受和气氛大不相同。男方家往往欢天喜地，女方家大多略显惆怅。二大爷带领的娶亲队伍迎着徐徐秋风，看着丰收在望的庄稼，一路欢歌，不一会儿就来到了张娜家。大家相互道贺完毕，在周妈的五声梳头声中，张娜头顶三尺见方的大红头巾在两姐妹的搀扶下走出窑门，骑到了小毛驴背上。小牛子二话没说，张娜尚未坐稳就牵着小毛驴走开了，吓得张娜立马停住了哭泣，一下子惹得送亲的人开怀大笑，这时，二大爷、汪克全和送亲的四人都快步跟上。

走着走着，不知谁提议了一声："你们看这田园美景、人间喜事，谁给咱们漫个花儿。"话音未落，二大爷自告奋勇："我漫一个。"于是清清嗓子，就开唱了。

黄泥巴（那个）墙上画凤凰，

脚踏在（那个）月儿湾的杏树上，

没心劳动（那个）只有心浪，

我的心（那个）牵着娶亲的路上。

二大爷的花儿不但唱得好，而且词非常贴切，声声花儿的余音在整条山谷里回荡。

正当大家沉浸在寻味花儿美妙旋律的时刻，小牛子一撒手丢了牵驴的缰绳，大喊大叫地追向路边崖畔上跳跃的小松鼠，大家纷纷把目光投向那里，不断追寻小松鼠的身影。这时小毛驴停下了脚步，低头吃起了路边的小草，吓得新娘子张娜大叫起来："哎呀，我骑不住啦！"大家这才回过神来，自己是娶亲、送亲的，不是追小松鼠的，其中送亲的一位老者有些不高兴了，开始抱怨二大爷。

还是二大爷反应快："亲戚，你也别不高兴，这就是我们月儿湾迎娶新人的'三吓'，这是讲究啊。"二大爷这么一说，大家又来了劲，除新娘子外，都要求二大爷讲讲这"三吓"是什么。二大爷这时卖起了关子："想听吗？""想听！"大家齐声回答。"想听，你们就拿起点精神来。"二大爷说。大家伸手甩胳膊地催促着。

二大爷再一次清清嗓子："话说民国九年的大地震，范围之大，死伤之众，景象之惨，中外难觅，有许多年轻媳妇子吓得尿裤子。地震过后，活着的灾民，擦干眼泪，掩埋亲人，相扶奋起，于是大家立下规矩，今后谁家迎娶新人，都要经得起'三吓'。"二大爷又卖起关子不说了。

大家走着听着，正在兴头上，忽然听不见下文了，又嚷嚷起来："哪'三吓'呀？"

二大爷看到大家对他讲的故事饶有兴趣，就接着讲："我们月儿湾迎娶新人的'三吓'是一吓哭声停，二吓叫出声，三吓洞房中。你看我们今天迎娶张娜已经完成了两吓，那三吓嘛——"二大爷略略迟疑了一下说，"你们就慢慢等吧！"

不知谁悟出了其中的寓意，扑哧地笑了一声，接着大伙儿都偷偷发笑，唯有没有结婚的小牛子和张娜还不知其中的意思。

新人进门，一切准备得停停当当，拜天地，拜父母，夫妻对拜，进洞房。

洞房是西窑，北墙上的大红双喜把整个窑内映衬得格外喜气。新人未来，姚兰香就叫人选好良辰进行了"安床"。一床红绸被下早已撒满了各式喜果，有花生、红枣、桂圆、瓜子等。这可把日落西山戏耍新人的一帮青年男女乐坏了。

经过将近半年的忙乎，姚兰香总算把儿媳引进了家门。她感到一切都和谐了，夜里睡在炕上，望着窑眼外的月亮，心上相当熨帖，想想往后家里还会添丁增口，孙子孙女围着转，她乐得偷偷地笑，觉得也能对得起自己的男人了。

新婚燕尔，本应卿卿我我，可刘和顺依旧走不出同丁瑞芳的那份感情。他近一月都没碰睡在身边的张娜，张娜也是位明事理的好姑娘，男人对她如此冷漠，她没有把情绪挂在脸上，只是默默地干着家里该干的事。她知道往后这个家可要她精心打理，男人既然和她已经成婚，她相信他迟早有一天会告诉她藏在心里的那点秘密。至于那个坎儿究竟是什么，男人不说，作为女人，她不想多问，或许这就是二大爷说的那个三吓，两吓都已经过来了，还怕那个三吓吗？她摇摇头。她不信。但是，大半生在风里雨里走过来的姚兰香，还是从两个孩子的眼神中看出了一丝端倪。连续几个晚上，她轻手轻脚地来到土窑门外辨听，一对新婚男女丁点儿的声响都没有。姚兰香来气了，她知道这一切的根源都在儿子满粮身上。

趁张娜回娘家的时候，姚兰香把儿子叫到身边，好好儿教训了一顿。姚兰香说："满粮啊，你也是老大不小的人了，妈可天天等着这个家添丁增口呢，你还嫌咱们家遭的难少吗？都到这会儿了，你还往我心上扎刀子。"刘和顺怔怔地望着母亲，他没想到母亲话说得这么重，半晌没有说出来一句。"张娜能进咱家的门，多少人在帮你，你个榆木疙瘩还以为人家求你来受这份洋罪。我给你说，这世上根本就没傻子，你就好好儿把你心肺里头的那些渣子淘洗淘洗。"听母亲说"渣子"，坐在门槛上的刘和顺直了一下身子："妈，啥渣子啊？难听死了。"姚兰香立马瞪大眼睛："咋了，嫌妈说得难听了？妈给你瓜子说，只要你心里不敞亮，藏着的都是渣子，要是你心里没渣子，那你给我说说，你咋对你媳妇儿不冷不热的？"刘和顺刚直起来的身子被姚兰香劈头盖脸的一阵话给拍了下去，姚兰香语气低缓下来，"满粮，妈给你说，你不要忘了你是男人，你是个顶天立地的男人，你要把你腰杆子挺直了，光明正大地活出个样子来，稳稳当当把咱们家的大梁挑起来，妈可不愿看着你钻进过往儿女情长的土里出不来，成个没出息的窝囊废。"

"钻进过往儿女情长的土里出不来，成个没出息的窝囊废。"姚兰香的这句话像利刃一样，划过刘和顺的心田，字字如刺，让他一下子清醒了过来。

家里年内娶了新媳妇，姚兰香的精神头儿比往年都高，虽然贫穷依旧，但快过年了，姚兰香想好好儿过一下，不能像往年那样因为穷就将就了。交上腊月，心就操上了，思谋着准备东西，给小两口长长精神，冲冲家里这些年来的闷气。腊月二十之后，逢集就让儿子去新川，买了点调料，称了点瓜子儿，扯了点红布，买了点炮仗、茶叶、白纸，又咬咬牙割了些猪肉，准备大年初一包饺子。她还让儿子多买些红纸回来，自己拿起以前当女子时学的剪纸手艺，给家里仅有的两扇小窗户剪了几幅窗花，特意给小两口住的土房窗上剪了两个大胖小子，别有一番喜气。窗花一贴上，这个衰败了许多年的院子，一下子就有了喜气，好像暖和吉祥了许多。年三十下午，姚兰香与儿媳张娜炒了鸡蛋粉条和猪肉粉条两道菜，分别盛了两小碟，让儿子满粮端去给公公和丈夫上坟。她想叮嘱儿子在丈夫的坟头叨叨今年完成了人生大事，娶上了媳妇儿，终觉得儿子心里应该有底，没说出口。儿子出门时，姚兰香转过身忍不住哭了，她忙用围巾擦着眼泪，怕张娜看到。晚上，又安排儿子给窑洞、土房里、牲口圈都点上了油灯。吃过晚饭，一家三口坐在姚兰香的窑里，听她啰啰唆唆地说了许多往事，又对即将开春的活计筹划了一番，小两口哈欠打了好几轮，才回去睡觉。

　　初二一早，姚兰香就打发小两口带上年前买的几包礼信去张娜娘家拜年去了，自己这才疲惫而又满足地消停下来。

11

　　冬去春来，花开花谢，转眼间新中国成立十周年了。初夏的一个傍晚，夕阳的余晖铺满黄土高原的沟沟岔岔，坐落在洞洞梁脚下的月儿湾已经被夜色笼罩，山脚下的刘家坪大队队部的院子里，一间土坯房里油灯闪烁着昏暗的光亮，张贴在队部土墙上的公告和大字报被微风吹得瑟瑟作响，有些没撕净的、早已斑驳龟裂的旧纸面被风揭了下来，悠悠荡荡地飘在地上。土坯房不远处，食堂的土烟囱里开始冒烟，食堂保管员张奎调侃女厨师的说笑声不时从食堂里传出。

　　不一会儿，张奎从食堂出来，这位中等身材的汉子，两绺没有力感的浅眉下长着一对泛着浅蓝的眸子，微挺的鼻梁，圆润的脸庞，厚墩墩的双唇，就整个身形相貌看，显得比其他社员有精神，用"精壮"形容一点不过。他朝土坯房走来，脸上暗藏微笑，似乎有什么润心的事情。即将跨门槛的时候，他又极力朝食堂那里喊了一嗓子："再不要偷懒，手脚放麻利点儿，社员们都快下山了。"

　　土坯房里，队长汪克齐一脸焦愁。一个月前，张奎的妻哥杨麻子神秘失踪的事情在月儿湾炸开了锅，他走得很匆忙，听晚上下山的社员说，杨麻子丢下锄头说是去方便，就再也没有回来。第二天早上，那把锄头依旧丢在地埂上，锄把儿被露水浸得湿漉漉的。社员们寻遍了洞洞梁的沟沟岔岔，顺着出村的弯弯沟找了三四遍，都一无所获。社员都知道他是上了口外，但谁都拿不着把柄，捉不住证据。但此事在社员中的影响很大，大家背地里议论，连头脑不灵便的杨麻子都上口外填肚子去了，我们还在这干山枯岭干啥啊。虽然经过大队组织的几次社员会议强调，很少有人再提杨麻子上口外的事，但汪克齐知道社员们心里依旧发毛，随时随地都有可能出现社员往外跑的情况。

　　然而，这事才刚过去一个月，又有另一件烦心事像钻心的蛐蜒一样侵扰着汪克齐，使他再一次寝食难安。就月儿湾一年的农业收成，除去公购粮外，每年到了开春播种的时候，别说是口粮，就连种子几乎都没有了。国家每个月给的供应粮没有钱买，要在银行贷款，积到现在，贷款数额都快接近千元了。眼看还款的时限就要到了，信贷员张彦已经催过两三次了，可怎么才能把贷款还上呢？汪克齐绞尽脑汁都想不出一个好办法来。他靠在一把像是长期被水浸泡过的土一样颜色的椅子上，粗皮大手不停地刨着头，舌尖舔着有些干涩的上嘴唇，想对刚刚进来的张奎说什么，却又没出声，而是弓了一下身子，两只手十指交叉扣住右小腿，将脚架在了椅子面儿上，以至于右裤管被扯了起来，光着的脚面和半条小腿裸露在外面，套在脚上的条绒布鞋鞋尖处不知什么时候破了一个洞，半截磨出了老茧的脚趾露了出来，小腿上腿毛蜷蜷曲曲，好似匍匐着细密的虫子。

土房内的陈设简单得不能再简单了，可供人落座的是一把椅子和一条长凳，进门靠右盘着一面土炕，房子西北角摆着一张三屉桌。桌子的颜色让人联想到土，还好这张桌子完好无缺，是会计的办公桌和记账点。它无疑是这间土坯房里最豪华的一件摆设。北面墙上，张贴着五位伟人的画像，左侧是马克思、恩格斯，中间是毛主席，右侧是列宁、斯大林，画像泛着幽深的黄色。西侧墙上，贴着一张写着"总路线万岁！"的宣传画，宣传画上面是光芒万丈的太阳，太阳下是猎猎摆动的红旗，一位工人手捧鲜花，目光远眺，面带微笑，仿佛正在高喊革命口号。东面侧墙竖贴着两张红纸标语，用楷书工整地写着："大跃进万岁！""人民公社好！"

汪克齐和张奎两个人瞅着面前的一星灯火，片刻安静后，汪克齐说："张彦后天又要催款来，这将近千元的贷款可怎么还啊？"

张奎貌似苦涩地笑了笑，若有所思地朝屋顶看着，他心里虽有个想法，却又不想说出来。汪克齐看出张奎有话藏着掖着，使劲拍了一把自己的右腿："张奎，你有话就说，有屁就放，都到这个时候了，不要再磨蹭了！"

张奎瞅着汪克齐黧黑的脸膛，慢腾腾地迟疑着说："这事我看行不通。"又压低了声音，像是自言自语，"行不通。"

汪克齐急了："你就痛痛快快的，不要跟个女人似的。"他将搭在椅子上的脚伸到了地上，身子前倾，向张奎面前靠了靠，目不转睛地盯着张奎的那张嘴，好像从里面能飞出一只金凤凰。

"我听说平凉这几天的牲口市价不错……"张奎说了半句话就收住了，汪克齐已经明白了张奎的意思，他紧跟着问："你是从哪里晓得的？"

张奎说："前几天，隔壁村的老丁赶着两头骡子到平凉给队里赶大车，回来的时候我刚好碰上，他说现在平凉驴最值钱了，一头能卖将近三十块呢。"汪克齐眼里闪烁着兴奋，直起身子，一只手托着下巴想了想说："上黄队能卖，咱们就能卖。明天开会商量商量，我看没啥大问题。"

"不就是几头老驴嘛，能出多大问题！"张奎嬉皮笑脸地附和着。

张奎走后，汪克齐仰卧在铺着芦席的土炕上，十指交叉垫在脑后，瞅着黑乎乎的屋顶，思谋着这次如果真能将队里那十几头快老掉牙的毛驴赶到平凉卖个好价，那归还到期贷款就不用愁了。

不知什么时候，地上蹿出了两只小老鼠，在昏暗的灯光下沿着墙角机灵地探嗅着。汪克齐腹内突然传出一串咕噜咕噜的声音，他本能地翻了一下身，吓得一只小灰鼠嗖地钻进了墙角的窟窿里，另一只跑到洞口定了定神，听见炕上没了动静，又若无其事地在地上蹿来蹿去。

天麻麻亮，汪克齐就起来了，他一边揉着惺忪的睡眼，一边想着张奎昨晚说的事情。他认为当下什么都不重要，最为关键的事情就是筹钱还贷款。

社员们上工后，他便召集四个小队队长、张奎，还有饲养员等人来队部开会，会还没有结束，张彦却比事先说好的提前一天来到了月儿湾。

为了缓和气氛，汪克齐给张彦倒了一盅水，看着张彦脸上的乏气稍好一些才说话："我们队的情况你也知道，如今队里困难大，你看能不能把贷款再往后推推，或者转到下一年。"说完瞅着张彦，急于想要他回话的样子。

"你们的难处我知道，"张彦听了汪克齐的话十分犯难，"但我们也有我们的难处，还款的期限到了，我们就要严格按照信用社的规定回收，若是收不回去，这还能放吗？"

汪克齐一副刚睡醒的样子，把目光从张彦身上移开，双手捂着脸上下反复地搓了几把，似乎要抹下罩在脸上的什么东西。他长吁一口气，把嘴唇向后努了努，环视了一下坐在长凳和炕沿上的其他人，非常肯定地说："看来只有这么办了。"

汪克齐一脸的纠结有些松缓，倏忽间又收紧了，他用右手拍着自己的脑门子直说"糊涂、糊涂"。"咋了，汪队长？"坐在椅子上的张彦不知所以地站了起来："出啥问题了吗？"

"我们商量着把队里一些不能干活儿的牲口卖了，用来还贷款。"汪克齐说，"可会计刘和顺不在，没人能开证明。"

"那打发个人把会计叫来呀。"张彦说。

"刘会计是去参加县上组织的学习班了，又不是在公社学习，远着呢。"汪克齐一副无可奈何的样子。

屋子里，大家面面相觑，有人说大队的公章刘和顺一定带在身上，有人说大概在抽屉里面封着呢。食堂保管员张奎蹙眉思考了一阵说："刘和顺一般不会随身带公章，大都是封在这办公桌的抽屉里。"

汪克齐一脸难色："即便公章在，可刘会计不在，也没人会写啊！"

"这样吧，"站在汪克齐身边的张彦稍做思考后说，"只要有公章，证明我来写。"

　　几个人不约而同地向房间西北角围拢过去，几双眼睛同时盯着那张泛着土色的桌子，仿佛那里面封存的不是公章，而是一抽屉珍宝。其他抽屉都开着，唯有最左边的抽屉上贴着一张长方形自制封条，上面写着"一九五九年农历四月初四封"，并盖着大队公章。汪克齐迟疑地说："公章会在里面吗？"

　　"一般情况下刘会计都会放在里面，"张奎说，"可他人不在，这样做合适吗？"

　　"啥一般二般，有啥不合适的？"汪克齐有些不高兴，"要是刘和顺那头犟驴在，他未必能同意这事儿。"接着，他很有力道地对其他人说了一个字："剥！"

　　几个人慢慢剥开了封条，拉开抽屉，大队的公章和一叠账簿一起规整地放在抽屉里。

　　看见公章在抽屉里，所有人的脸上都绽出舒缓的笑容，好似完成了一项艰巨而伟大的特别任务。前来催款的张彦用深蓝色钢笔飞快地写了一份证明，汪克齐把公章在印泥里稳稳地摁了一下，盖在了张彦写的证明上。就这样，一枚鲜红的大队公章落在了这张证明的右下角，印泥特有的一丝气味儿蹿进汪克齐的鼻孔，他禁不住倒吸着闻了闻，今天是那样地芳香。

　　初春十点钟的太阳，正好照耀在吉平县党校坐西朝东教室的墙面上，会计培训班刚刚下课，党校大院里，散落着六七十个穿着朴素的从各公社各大队来的学员。一位看上去年龄三十挂零的年轻男子蹲在培训教室的窗户下，他双手交叉用两个大拇指支撑着下巴，目视前方，好像在思索什么，一张国字脸略显瘦削，剑眉如漆，眉宇间竖刻着两道纹线，突出的眉骨下一双黑眸清亮透明，虽称不上浓眉大眼，但他这一对眉毛和一双眼睛总给人特别的感觉，这张脸有一股阳刚之气。他的上衣袖管及裤子膝盖上两块新打的补丁明显和原本衣料颜色不一样。同转悠在党校院子里的大多数人一样，他的脚卜穿着一双已经看不到条绒纹路的黑色布鞋，布鞋脚尖和后跟处鞔着补丁，虽然用布鞔着，但右脚鞋跟和鞋底还是有一道口子。为了保持身体平衡，他的两只脚跟略微抬起，鞋底后面比鞋底其他部位薄并向里凹的一坨便清晰可见，或许有一块石头稍微磕碰，那里就会破裂。

这时，两位年龄和他相仿一高一矮的年轻人朝他走来，站在他前面有意遮挡住了阳光。"干啥啊？"这位男子嘴角掠过一丝很不情愿的苦笑，"连晒太阳你们都要骚搅！"声音浑厚且带有磁性，这话刚一出口，院子里其他人的目光齐刷刷地转了过来，大家预感到将会有一场小小的较量发生。

听罢这位男子的话，两个年轻人便分左右走到他的两侧，就在蹲下的刹那，两个人闪电般架住了这位男子的两条胳膊，高个儿男的噘着嘴，轻轻点头看着这位男子："刘家坪队里的人都说你人猛，今儿我们俩想试试，看你究竟有多猛。"

"没有多猛，"这位男子说，神色中带着一丝不屑，"但你们两个不是对手！"

高个儿给矮个儿使了个眼色，一声"嗨"，两个人同时用力，想将这位男子放倒。这时，只见他两脚蹲实，双腿陡然一用力，像钢筒一样立了起来，左右两只臂膀已经将这二人擒拿在手，接着手腕一用力，将两个人向自己怀里扯来。再看矮个儿的小伙子，两只脚几乎离开了地面，高个儿浑身也软似面条，直随这名男子腕劲的方向移动。

"好了好了！我们认输，认输！"高个儿一声接着一声地喊。

院子里其他人齐声喝彩，这名男子将两个年轻人如拎小鸡般向前推了一把，干净利落地将两人脱了手。两个年轻人在这位男子面前踉跄几步，方才站住。

"哎呀呀，你真猛！"高个儿年轻人涨红着脸膛，竖着大拇指。矮个儿的脸色铁青，一个劲摇头："我算服你了！"

"就你们两个，"这位男子舒了一口气，哈哈笑着说，"再来一双，也不在话下！"

"去去去，"高个儿年轻人一边笑着，一边摸着刚才被攥疼的手腕说，"说你日能，你还真上天了，小心话大把舌头闪了。"

这位男子不是别人，正是刘和顺，一高一矮的年轻人是上黄大队会计马利民和苋麻湾大队会计杜占峰。刘和顺因为会算账，算盘打得好，加之为人正直，被刘家坪大队选为会计。

真是好事不出门，坏事千里行，在汪克齐拿到那份大队证明，安排人到平凉卖掉四个生产队调整的不能耕作的十几头牲口后，消息很快传到了新川公社。公社将这件事列为破坏革命运动的行为，在各种会上进行点名批评，而且展开调查，最后把责任认定为汪克齐、张彦合伙儿伪造证明，两人均被撤职，刘和顺也因公章保管不严被撤职，县党校三个月的培训班没有结束就被通知回家。此事还牵连到了驻队工作组组长高强和信用社主任杜平，他们也背了处分。

12

通向月儿湾的弯弯沟里，刘和顺踽踽独行，炽热的阳光照在他的身上，像有千百条虫子咬噬着，他伸起有些疲惫的胳膊，用衣袖擦了把汗水。沟道两面的山梁上，庄稼罩在灰蒙蒙的土地上，社员们呈"一"字分布在胡麻地里锄草，远远看去，逶迤如蛇。

面前的情景撩拨着刘和顺，从蒸笼般的弯弯沟步行到月儿湾，他知道这只是由一处艰难走向另一处艰难，对于这件事，他着实感到委屈。他一边拖动疲惫的双腿向前走着，一边思量在自己当刘家坪合作社会计和大队会计四年多时间里，弯弯沟这条十余里长的沟道，他反反复复不知走了多少个来回，不论白天还是黑夜，不论刮风还是下雨，只要公社通知，他都会以最快的速度赶到新川去。说实话，由月儿湾到新川公社的二十几里山路他真的走怕了。虽说在会计班学习了只有不到二十天时间，但是，在他心里像是几年一样，他急切地想回到家里，回到母亲和妻儿身边。两孔土窑和那间快掉光了泥皮的土房，还有低矮的院墙，此刻在他的脑海里愈加清晰起来，他禁不住加快了脚步。

每次从山底顺着崎岖的山道往家走的时候，刘和顺的心里都有一种说不上来的感动。爬上一段陡坡土路，穿过两面有低矮土墙的巷子，再往北拐十多步，那扇用杏木棍和柳木棍交织钉成的院门出现在他的眼前，看上去是那样亲切。刚走到门前，虎娃就梗着脖子从北边房子里跑了出来，朝他大声喊着："大，大！"一不小心，被院里没有拾起来的木杈把一挡摔了一跤，他一骨碌从地上爬起来，光着脚片朝刘和顺奔来。

　　刘和顺早已蹲下身子，准备接住朝自己飞奔过来的儿子。快到父亲身边时，虎娃一个箭步，就被父亲接住了。虎娃感觉自己飞了起来，他咯咯的笑声荡漾在整个院子里。刘和顺伸起双臂将儿子举过头顶，停了一小会儿抱在怀里，又在他脏兮兮的脸蛋上重重地亲了一下，他的眼圈不由得湿润了，他一边用左手擦拭着，一边问："你奶奶呢？"虎娃说："奶奶在屋子里给姐姐讲故事呢。"

　　刘和顺知道，他的四个孩子，除了刚出生两个多月的东东和二儿子明明不懂事外，虎娃要比大女儿小红记挂他。女人张娜时常给他说，他只要有事出去，虎娃就不停地问他大哪里去了，要是他一连几天不回来，虎娃一准儿要伤心，可儿子瘦小的身躯和经常疲倦的神态让他非常担心，会不会得了什么病。刘和顺抱着虎娃进了母亲住的小窑里，母亲依旧那种姿势，双膝并拢跪在炕上，腰身端直端直的，好像后背垫着一块木板。"你回来了？"刘和顺还没有开口，母亲已经问他了，声音舒缓细润，恰似温暖绵软的双手抚摸在心上，一种幸福感油然而生，刘和顺将虎娃放了下来赶忙说："回来了，妈。"

　　今天是星期天，正在读小学的女儿小红头发蓬乱，坐在炕上，对父亲的到来没有表现出一点儿高兴，年纪尚小的明明和东东睡得正香，父亲的到来一点儿也没有搅扰到他们。刘和顺走过去轻轻地在东东小脸蛋上掐了一下，东东咿咿呀呀哭了起来。姚兰香一把拨开刘和顺的手，说："娃娃还没睡醒，不要惹了。"刘和顺不得已将手缩了回来，嘿嘿笑着沿炕边坐在了母亲的身旁。

姚兰香没有照顾儿子的情绪，直截了当地问："前几天，公社把大队长汪克齐给撤了，听人说和你有关？"

"我人在县党校呢，"刘和顺略微愣了愣说，"能和我有啥关系，我正打算缓一缓去大队部看看呢。"

姚兰香说："要记住，干公家的事，可要老老实实地干，害人的事咱们不做。"刘和顺不住地点头。

"你媳妇儿让我看娃娃，她上工去了。"姚兰香接着说，"这白日头大热天的也不见个雨星子，庄稼都要晒干了，待在家里，我这心上火都起来了，你自个儿去伙窑里看有啥吃的找点，填填肚子。"

刘和顺向母亲身边靠了靠，悄声说："妈，我在县上学习的时候，听别人说这几年有不少人都上口外了，那里到底好不好？"

刘和顺的话还没有说完，姚兰香一阵使劲的咳嗽，他再没有往下继续这个话题。瞅瞅睡得香甜的明明和东东，又看了看小红，他给母亲说："我先到大队部那面去看看。"

汪克齐沮丧又懊恼地坐在条凳上，习惯性地把右脚蹬在凳面上，双手交叉扣着小腿，两只胳膊极有力地向后扯着，上身仰靠在队部办公室的墙上，看上去不仅面容憔悴，而且衣着邋遢至极。他万没有想到事态会发展到这种地步，以后的日子里，他将和其他社员一样，面朝黄土背朝天，日出而作，日入而息，在地里刨挖着挣工分，每当想到这些，他的心里就很不是滋味儿。

张奎坐在炕沿上，他的目光没有正对汪克齐，而是向上瞅着房顶，若有所思地说："这件事情本身就不好办，银行贷款催得紧，大队又拿不出钱，这下可好，还了贷款，丢了乌纱。"他说着，直起身子，将两只手在胸前摊开。

汪克齐叹着气说："如果刘会计在，或许不会出这档子事儿！"他话音刚落，就听门外有人说话："会计也是一个脑袋七个窟窿，不是啥神人。"刘和顺说着已经从门里跨了进来，影子铺在地上。汪克齐和张奎两人一愣，同时站了起来。"你回来了，可……"汪克齐不知道如何给刘和顺解释已经发生的事情。

"不说了，那闲着呢，我早晓得了。"刘和顺摆着手，顺势坐在一把椅子上数落起来，"我的那点牛皮纸封条你们以为就那样好剥啊？小小的公章坨坨也不是随便说盖就能盖的！这下好了，都满意了吧？"

张奎皱着眉低下了头，汪克齐脸涨得通红。刘和顺看着汪克齐，嘿嘿笑了两声："看你的姿势，赶紧寻个老鼠窟窿钻进去算了。张彦的工作都丢了，你还掉个哭丧脸。我说公社处理得好，放我们这些人在这个位置上能干个啥，生产生产搞不上去，社员的肚子又吃不饱。"刘和顺本来想说些更严重的话，可一看食堂保管员张奎，便将语气转低了。

屋里的气氛沉寂了片刻，张奎瞅着刘和顺说："我们在一起已经几年了，啥都习惯了，你们这一走，我心上还真不好受！"

刘和顺哈哈大笑起来，心想："张奎啊张奎，你真是个嘴上甜，你知道你最大的特点是什么？就是不要脸。"于是，他压低声音说："你别尽拣些好听的词儿说，撤了就是撤了，可话又说回来，换了谁来，只要能把生产搞上去，就是能人。咱们搞了这么些年，虽然说苦劳不少，但终究没有见啥成效。说句直荡话，连个屁都没有放响。"

看着刘和顺的火气渐消，汪克齐这才说："听说新队长是马世文，他是和你一起耍大的，新来的会计是——"汪克齐朝刘和顺看了一眼，

"是苋麻湾姓杜的。"

刘和顺一怔，他虽然早就知道刘家坪大队要来新会计，但没想到是杜占峰。

日渐西斜，再过个把钟头，村里的社员就要收工了。张奎去食堂看做晚饭的情况去了。不大的队部办公室，在四面土墙和黑黢黢的屋顶合拢下，光线暗了好多，刘和顺与汪克齐谁也没有说话，两人低着头安安静静坐在原地，唯有两双眼睛忽闪忽闪的。

沉默片刻，汪克齐朝屋外看了看，将长条凳向刘和顺身边拉了拉，轻声细气地说："想不想上口外？"

刘和顺愣了一下，打死都没想到汪克齐这时会这样直白地问出这句话。他最赞赏汪克齐为人实诚，敢想敢干，敢说敢做，正因为这一点，两人在刘家坪从合作社到大队成立一起工作的四年多时间里，处得甚为融洽。对此，张奎早就怀恨在心，况且小时候，他就和张奎结过梁子。这次刘家坪大队出事，说不定还是张奎从中作祟。可汪克齐突然直言不讳地问他想不想上口外，这让刘和顺的心里涌起一股暖流，看来汪克齐的确没有把他当外人。他庆幸时下还有这样的兄弟能对自己掏心窝子，即便对面的长条凳上坐的是他的亲兄弟，也未必会和汪克齐一样对他说这样的话。刘和顺非常激动，他紧接着汪克齐的话："你不会也想上口外吧？"

"听说口外生活可好了，落架的棉花，满地的麦穗，你拾都拾不光，谁不想去？就怕走不出新川，叫人掐着耳朵或五花大绑给揪回来。"

刘和顺在暗处悄悄笑着说："难道你不清楚，口外离咱这儿十万八千里，他们怎么揪你的耳朵？关键是你走了家里能成吗？想小翠了咋办？"

"哎哟，我的好哥哥，"紧跟刘和顺的话，汪克齐苦求似的说，"你把兄弟我想成啥了，一天饿得前胸贴后背的，还哪有心思想那些。"

刘和顺没有附和汪克齐，黑屋子里他一脸严肃，只是语气低沉地说："要走，也要走得明明白白，我们可要把个人的沟子擦干净再走！"

"那肯定的，肯定的。"汪克齐连连点着头说。

此时，刘和顺盯着外面朦胧的夜色，什么也没说，仿佛他自己已经置身在口外的茫茫戈壁了。

13

下午两点零五分，在巨大的引擎轰鸣声里，一架由乌鲁木齐地窝堡飞往兰州中川的空客 A320 航班徐徐升起。坐在机舱安全出口跟前的刘和顺，透过机窗向外看，随着机体逐渐升高，整座城市尽收眼底，在他的视线里逐渐变成了一张平铺的画面，他极力地找寻着 20 世纪 60 年代初来到这片土地时的景象，可是无论怎样搜寻，都找不到当年的蛛丝马迹，他不禁感叹时代的变迁。

"大，您感觉还好吧？"坐在老人身旁的刘晓明有些担心，虽然他知道父亲不是第一次坐飞机，但心里还是或多或少有些忐忑。

刘和顺搓搓手，略微点了点头说："好着呢。"他的语气有些低沉，虽然是简短的三个字，但刘晓明还是听出了老人的一丝不高兴。刘和顺认为儿子的担心根本就没有必要，这句充满关切的话让他觉得没有意思。

刘晓明再没敢多问，收了一脸的笑容，神情庄重地目视着机舱前方。

机舱内的灯光由暗调亮了，机体开始平稳飞行。刘和顺仍然闭着双眼，他想让整个心渐渐沉落下去，安静一会儿。其实在脑海深处，他尽量串接着自己的思绪，努力回味和想象着在月儿湾里的日日夜夜，可不论他的大脑怎样为老家展开自我的临摹，那景象依然是灰蒙蒙的，如一张定格了的黑白照片。然而，他心中的那份乡情，依旧那么浓烈。

他回口里老家的次数比较少，他怕回到那片总将他带入痛苦回忆的土地。距离上次回月儿湾，一晃十多年过去了，这次终于又可以回到生他养他的故乡，再踏一踏那梦里何止千遍万遍走过的黄土路，再闻一闻那扑鼻的黄土香，那山、那川、那沟沟坎坎，还有那简陋的窑洞、低矮的院墙，那被村里数辈人走了无数次的山间小道，他甚至看到了敦实的父亲带着他在山顶吮吸清凉的空气……就在这时，留在记忆深处的失败感和罪恶感如蚂蚁般爬上心头，他用另一种假定安慰着心中的痛苦，如果当初他没让虎娃回来接奶奶，如果当初他对女儿小红的态度稍稍转变一下，或许现在和他坐在这个机舱内的就不止儿子明明一人。这些痛苦的经历，让他感到或许每个人都有一个死角，自己走不出来，别人也难以闯进去。

"先生，您想喝点什么？"一名空姐推着饮料服务车来到他们座位旁，面带微笑礼貌地问了一句，同时递来征询的目光。这让刘晓明有些为难，他知道如果再打扰此刻沉静的父亲，一定又会惹他不高兴，但是他不能不事先问问，更不想随意将一杯父亲不喜欢喝的饮料接过来。他犹豫了一下，轻轻问道："大，您想喝点啥？"

刘晓明的话将老人的思绪打断了，刘和顺像是从美梦中被人吵醒一般，转过脸瞅着身旁的儿子，眼神里带着些许怒色，他认为儿子着实不应该在此刻打搅他。当他看到空姐微笑着投来的目光时，回答说："来杯纯净水好了。"这时，刘晓明已在空姐的微笑下接过一小瓶纯净水，轻轻地放在了父亲眼前的简易用餐板上。

看着面前这瓶清透的纯净水，那曾养活了月儿湾一村人的涩涩泉水像生命一样在刘和顺记忆中复活。为了能在第一时间舀到一桶养活人的水，他记得小时候父亲经常起得特别早，担着水桶，拿着木舀子去那一眼苦泉旁担水。有时候起得稍微迟点，泉水就会变浊，挑到家里得沉淀好长时间才能用。当那缺水的情景在脑际复现时，老人忍不住笑了，他以为如果将那些往事讲给明明和东东的孩子——自己的孙子们去听，浑身泛着优越感的他们肯定会一脸的不可思议，或许还会认为那就是爷爷为了逗他们而编造的故事。

一想到孩子们，刘和顺觉得自己仍有许多想干的事还没来得及干，更谈不上好好享受一下生活，居然就老了。他回味着自己年轻时候的生活，思绪纷乱。一个月前，得知陈卫东突然病逝的消息，他伤心了好长时间，和他一起生活在布哈斯赫村的那些老人已经走得差不多了。有时候，站在纺织园内，看着来来往往的年轻人，他的心里除了感念时日的飞快，也会想到死，不知道哪一天将是他自己离去的日子。

"我到现在还时常记起你盘炕和抹泥巴的样子，"这是前几日陈卫东老婆遇见他时说的话，"回想包干到户前后，咱上游队里十有八九的土炕都是你盘的。"她不习惯叫布哈斯赫村，总是上游队、上游队的叫。"你抹泥巴的时候看着咋就那样舒服，挖一铲泥，啪地摔在墙上，泥抹子跟着就上去，三两下就抹得平平整整。有一回我们家里的土墙掉了皮，老陈学着你的样子去抹，结果溅了一脸泥，好歹抹不上去，最后只得用手一把一把地抹，弄得连泥抹子也拿不住……"她边说边用手比画。此刻，坐在飞机上的刘和顺心里感到有些甜润，那时村里的各民族群众相互帮衬，一起打土块、砌屋墙、拾掇家园，虽然劳动累了些，但彼此感情融洽，一家有事大家帮。尽管他的泥活儿手艺不能说太好，但那时，布哈斯赫村几乎家家墙面上都有他抹上去的泥巴、屋子里都有他盘过的土炕。

刘和顺清晰地记得，1967 年，周总理、朱委员长、毛主席先后逝世，唐山大地震，国家遭了大难。有一次，陈卫东的老婆站在社员队列里一声一声喊着："亚夏（万岁）毛主席！热合买提（谢谢）毛主席！"哭成了泪人儿。这位从甘肃定西跑到口外的女人到现在还时常喜欢说几句新疆少数民族的话，脸上显得非常自豪，她是真真切切感受到生活在布哈斯赫村的幸福，可她总强调她的儿子大壮和二壮没有明明、东东那样有本事，最后总会缀上一句："这就叫老虎不下狼儿子。"

老人继续着他的回忆，他觉得布哈斯赫村里的每个人都是优秀的，大壮的机砖厂经营得非常好，二壮承包了村里近二百亩棉田，一年的农业收入不比谁家差，他便会带着宽慰的口吻说："你呀，就不要成天唠叨了，谁不清楚二壮一年的籽棉收入是镇子里最多的，咱博乐市里的工程，哪一个不用大壮厂子的砖头！"

"我是真佩服你们父子，"陈卫东老婆发自内心地称赞道，"不说其他的，就说你刚起步时建的和顺轧花厂，那员工公寓就和别墅一样，在镇子上也是数一数二的。你如今可是咱们市里响当当的人物，东东开的那车，少说也得上百万，往纺织园那儿一停，镇镇定定的，大壮二壮他们可是小蚂蚱。"

陈卫东的老婆虽然大大咧咧，但她的话句句属实，说得刘和顺没有反驳的余地。和顺轧花厂，当年确实是卓力格图镇的地标性建筑，都是改革开放后刘和顺的大手笔。刘和顺的名字，不仅在卓力格图镇家喻户晓，就是在博乐市和自治区也小有名气。

　　关于刘和顺，在卓力格图镇还流传着这样一则故事。那是一个冬夜，有个醉汉亲眼看见两个白衣人和长长的驼队进了刘和顺家。从驼队装运货物的包囊和骆驼的走势上看，可以判断出骆驼驮运的是金银细软，可等醉汉跟跟跄跄追去的时候，白衣人和驼队都不见了，似乎有万千不太真切的声音在回荡。醉汉一时酒醒，只觉后背冰凉，头发竖了起来，急忙转身往回走，双腿早已酥软得挪不动步子。

　　当丁瑞芳第一次半开玩笑地把这个故事讲出来的时候，刘和顺小有吃惊——这故事竟然传到了米泉商界，而他却全然不知，他纳闷是谁编造了这般神乎其神的故事。

　　回想从月儿湾到口外能有今天，他除了由衷地感念丁希存父女的恩情和鼎力支持外，最为欣慰的就是儿女们没有让他失望。明明在克拉玛依发展得不错，是石油公司的一个小头目。性情不羁的东东现在也绵软了许多，很少斗勇使狠，和顺轧花厂21世纪初发展成为和顺棉业集团并入驻纺织园，从此他就把心全扑在集团发展上了。佳佳如今在北京工作，生活得也很好，就连他最放心不下的小红，现在也在米泉和丈夫开了家餐馆，生意还算红火，康平的卫生防疫工作也一直由她负责。

　　虽然这样，可他的心里依旧装着很多事情，以往的，未知的……想起刚包干到户后，他和陈卫东两人四处给人弹棉花擀毡，就连弹毛、铺毛、喷水等十三道工序他仍记得清清楚楚，那个时候他们不管干啥，都会漫花儿，其中不少是跟二大爷学的。擀毡虽然很单调，很辛苦，但心里却踏实，而且充满着成功的喜悦。

想到这里，刘和顺不由自主地嘴里又悄悄哼起了当年的《擀毡调》。

铺开（那个）羊毛架好了弓，

撒上（那个）豆面把麻油喷。

擀大毡（来）擀小毡，

擀长毡（来）擀方毡，

擀上（那个）长寿迎亲毡。

铺上（那）新毡为哪般？

那时，布哈斯赫村里几乎每家每户都叫陈卫东和他去擀毡，凭着擀毡的手艺，博州的十里八乡、各大团场他们去过的很多。后来陈卫东被他叔父陈红兵叫去与堂弟跑运输了，再没有合适的搭档，他也就收起了擀毡营生，做起了小买卖。

博乐青德里大街 20 世纪 80 年代可不像现在车流不息，商铺云集。如今几乎没有人还能记起他最初的货摊就设在不起眼的街边，卖些孩子的耍头和日常生活用品，一辆三轮车是他往返布哈斯赫村和城区的交通工具，他每天早出晚归，挣些辛苦钱。直到现在，他还对那点小生意念念不忘，就是它给自己带来了命运转机，积攒了第一桶金，后来才在城区南边租下一间房子，开起了饭馆。他本想让没读过几天书的东东学着经营，可谁知东东干了没有一年就跑了。他想起这些事的时候，心口就难受。东东从小就胆大，他怕跑出去惹事儿，结果最后真的摊上了。因为几个不值当的酒肉朋友寻衅滋事，还进过派出所。好不容易托人进了镇上的国营轧花厂，谈情说爱不找合适的人，偏偏就看上了邻村热介甫提家的闺女莎莎。人家一个西北纺织大学毕业的大学生能看上你一个"白板"吗？而且民族和生活习惯不同，为此他百般阻挠，最后还是没有将两个孩子拆散，看着两个孩子结婚后亲亲热热的样子，他才知道自己的思想有些落伍了。没过几年，国营轧花厂倒闭了，东东又跑去开货运大车，他虽然老是不放心东东，但心里还是赞成儿子的，他感觉东东身上有男人的那种骨气，话只要说出口，就会在地上砸个坑，是个硬汉。

刘和顺胡乱地回忆着往事，任思绪的野马脱缰，他认为这样时常回想回想，是一种生活的态度、一种幸福，因为从那里面总会找到生命的初衷和最本真的东西。

从乌鲁木齐起飞的航班，到兰州近两个半小时的空中行程对刘和顺来说是短暂的，他还没来得及把纷乱的往事梳理一遍，客机就已经抵达兰州上空。透过机窗，老人有些迫不及待地俯瞰这座坐落在群峰对峙的狭长地带的城市，在他幼年记忆里，它被日本炸弹炸得千疮百孔。而如今，黄河宛若镶宝嵌珠的玉带，在平铺的画面中波光粼粼，白塔山、五泉山遥相呼应，中山铁桥依稀可见，笼罩在兰州上空的雾霭不见了，现在虽然不能清晰地把街道、行人、车辆尽收眼底，但刘和顺仿佛已经置身在鳞次栉比的高楼大厦之中，听到了街道里的喧闹，看到了兰州在国家丝绸之路经济带建设中的重要地位和作为商埠重镇的一派繁华。

14

太阳坠入了西边逶迤的群山，月儿湾，夜色似淡墨泼洒而下。社员们开始下山了，他们三五一簇，有捎着锄头的，有拿着镰刀的，有手提铲子肩背满满一背篼杂草的，远望去，宛如放大版的搬家蚁群。

张娜和社员们一起走在下山的路上，她头上围一块红色头巾，衣袖和裤腿膝盖破烂处打着补丁，右肩扛一把锄头，握捏锄把的手指缝中泛着淡淡的草绿，每走一步浑身就像要散架似的。整个下午，乳房都没有出现涨满的感觉，这种情况使她担心晚上又要在东东没奶吃的哭声中煎熬，因为从食堂大灶上打来的饭菜里，压根儿就没有多少可以转化为乳汁的成分。每晚面对东东的哭声，没有更多奶汁的她如同糟践生命一般，她甚至不敢面对孩子哇哇哭叫时张着的小嘴。实在不忍心时，她便将干瘪的乳头像玩具一样塞进东东的嘴里，任他用一对小乳牙掐咬，一遍又一遍使尽全部力气颤抖着吸吮，那一阵接一阵的疼痛针刺般钻进她的心里。孩子最终无望并愤怒地号哭着丢弃了干瘪的乳头，看着因挣命而浑身出汗却没吸到一滴奶汁的东东，她只能默默地流泪。她颤抖着身体走在下山的人群中，哪怕身体再虚弱，她依然可以为每天挣一个全劳力的八分工坚持着，在她心里，活着比什么都重要，毕竟大锅饭吃不饱肚子的状况比比皆是。

社员们陆续走进了各自的家里，点点油灯的光亮渐次在村里亮了起来，虚幻摇曳。爬山路，过小巷，转弯，张娜来到了家门前。小红和虎娃在院子里追逐嬉闹，尖声地喊叫着，光脚片打在院落的啪啪声格外清脆，张娜刚走进院落，两个孩子欢笑着就跑了过来。他们不约而同且迫不及待地告诉她天大的喜讯："我大回来了！"

张娜将锄头靠墙立稳后，转身的刹那，就看见了北边窑门口男人敦实的身影，同时一股浑厚的热浪似的话语传了过来："散工了！"

"嗯！"张娜点着头，强忍着就要涌出的泪水低声说，"回来了就好，今儿你到食堂提饭，我稍微缓缓！"

刘和顺知晓自己女人要强的性子，万不得已，她一般不会服软。当然今天她让他去食堂提饭，不仅仅是因为累，里面更包含着属于她应得的那份来自丈夫的体贴，而且带着一个女人应有的娇气。她说得很理直气壮，刘和顺也爽朗地"昂"了一声。虽然只有这么一个字，但心里早有一丝暖流滋润，顷刻间夫妻两人心意相通了。

当刘和顺提着以半寸宽牛皮为系的瓷罐来到食堂门上时，见长长的打饭队列从食堂窗口排列而出，尾部三弯两曲如匍匐的蛇一样扭着。食堂门缝里，向外涌着团团热气，一股苦苣菜夹杂蕨菜的味道充斥在整个大队部的院子里，灶台上打舀面汤的声音伴着社员们乱嚷嚷的说笑声，院子里显得有些热闹。小翠站在队列里，歪着脑袋饥渴地朝食堂灶台处看着，有些等不及的样子。"她婶儿，白急着呢，"她身后有女人说，"早打还不如晚打，吃下去早了，睡到半夜肚子就响开了，迟些子，还能将就到天亮。""啥时候咱们能饱饱儿地吃一顿白面饭——"小翠望着天上的星星说，"晓不得是个啥感觉。""你这是在做梦吧，只要天天有菜疙瘩吃，咱们就享福了。"小翠身后的女人说，"全国到处在挨饿，听说有些地方还没有这菜疙瘩吃呢！"听着她们说的话，闻到从食堂里出来的熟悉味道，刘和顺的肚子里发出一连串咕咕的叫声，他禁不住舔了一下干涩的嘴唇，喉咙不自然地收拢了一下，咽了一口唾沫。食堂打饭大师傅心里早有一本烂熟于心的账簿，一边极其敏捷地往每个社员放在窗台上的瓷罐内舀着清汤，一边数着数。另一位大师傅将堆在案板上用苦苣菜和蕨菜混合攥成的菜疙瘩馍馍，依照汤的量数着装进社员双手撑开的布袋里。在食堂大师傅熟练的动作下，长长的队列慢慢缩短了，终于轮到刘和顺。两位师傅朝他微笑着打招呼，这微笑里含着对这位以往会计的敬重，以及以后他不再是会计的遗憾。七勺清汤灌进了刘和顺提来的瓷罐里，七个菜馍馍装进了布口袋，刘和顺左肩挎着长系布袋，右手提着瓷罐出了食堂大院，走在回家的小道上。

抬头望去，西边悬挂的半弯上弦月被飘来的朵朵黑云遮住，丝丝月光从云缝中射出，天空忽暗忽明。阵阵晚风吹来，带着数月未曾见雨的土腥味儿，还夹杂着一股幽香的苦菜味儿，这种味道使刘和顺腹腔再一次滚过更为喧闹的咕咕声，他伸手摸了一个菜疙瘩馍馍，顺势塞到嘴边美美咬了一口。如果他嘴再稍微张大一点儿，整个馍馍就会被一口吞下，但他有意识地留了一点。送进嘴里的馍馍几乎没有经过牙齿的加工，就被舌头推送进更需要它的饥饿的胃里。刘和顺低头看在他意识里尚剩余大半的菜馍馍时，却发现捏着的只是一丁点儿菜丝丝。这时，他的左手和嘴唇触碰到了一起，舌尖和两唇在五个指缝里搜寻着剩余的菜馍馍，就像执行特殊任务的警探，任何蛛丝马迹都难逃它们的法眼。腹腔内的咕咕声没有丝毫的减缓，刚才送下去的菜馍馍似乎激起了更为强烈的食欲，以致刘和顺感到胃里有一丝隐隐作痛。十多天的外出学习，他似乎已经淡忘了夜里小东东没有奶水吃的哭闹声。他还有些欣喜地思想着傍晚和汪克齐说的上口外的那些话，走着想着，下意识里又摸到了一疙瘩菜馍馍，很自然地送进了嘴里，在他即将跨进家门的刹那，才猛然意识到自己多吃了一个菜馍馍，像犯错似的在门外逗留了片刻，装得跟个无事人一样提着瓷罐背着布袋走进了母亲居住的窑洞。

张娜用她熟悉的方法给婆婆的碗里舀了一勺半汤，递过了一个菜馍馍，说："妈，给你。"又拿一块破抹布抹净了用当地红土预先捏成的镶嵌在炕头边的小碗，一一给里面盛上了清汤。小红、虎娃，还有明明早已并排站在炕头前，三双明亮如漆的眼睛盯着妈妈的那双手。与盛在炕头碗里的汤相比，孩子们更盼着早点从母亲手里接过属于自己的菜馍馍。刘和顺站在地上看着这一切，心里发虚，他感觉刚才自己犯了个难以饶恕的大错。他不知道当张娜发现布袋里少一个菜馍馍时，自己该怎样面对。他羞赧地说了声："我已经吃了。"便仓皇地逃出屋子，来到西窑里。

北窑内呷茶似的吃饭声渐渐平息下来，东东的啼哭声，母亲和张娜催孩子们上炕的声音交织在一起，像一张密密麻麻的大网罩住了他，特别是张娜洗刷罐碗的声响让他的心里纷乱至极。接着听见女人抱着东东朝窑里走来，他警觉地从炕上溜了下来，拉开窑门，站在窑地当中等着女人进来。

张娜怀抱东东，一只手端着盛着汤的碗走了进来，将碗递到他的身旁，声音依旧那样低弱："这是你的汤，都凉了，赶紧喝了。"

刘和顺的脸一阵灼烧，他接过了张娜手里的碗，像是接着一盆炭火。张娜双膝跪上了炕，一边放东东，一边说："菜馍馍比清汤好吃，是吗？你咋没有再多吃一个？"语气低缓忧闷，像一把铁耙抠挖着刘和顺的心。

张娜放好了东东，转身将脸正对着刘和顺，两道泪痕在油灯昏暗的光影里闪闪发亮。"你多吃一个，闲着呢，关键是娃娃没奶吃呀——"张娜声音微微颤抖，两行眼泪一下子涌了出来，整个人也开始抽泣。幽暗的灯光下，刘和顺不知所措，只感到胸口无比憋闷，喉咙像被一只无形的大手死死掐着，透不过气来。

他实在无法面对因自己的过错而造成的局面，转身走出了土窑。此刻，他觉得自己就像一只仓皇逃窜的老鼠，无处躲藏。夜色包裹了他，东东惊醒的哭声猛然间响起，他的心像是被撕了一把，嘴角的肌肉不自然地抽搐着，干涩的眼里浸满了泪花。

刘和顺走出家门，转过土坡，穿过两面土墙遮挡的半截巷道，拐弯上了洞洞梁，隐没在朦胧月色笼罩下的山体里。他在一片小麦的地埂旁停下了，一股淡淡的麦苗清香绊住了他的脚步，他本能地摸到了已经拔穗的小麦，急速地用手捏着，判断着籽粒的饱满程度。当他感到捏住的几把麦穗已经有了硬核，便狠心掐断并极快地揣进了上衣兜里。他的心脏像被鼓槌敲打着一样，他非常清楚对于一个刚刚被撤职的队干部来说，深更半夜偷属于集体的粮食，别说是被人逮个正着，就是被人看见了，将会是怎样一种结局。但为了孩子，为了女人张娜，为了弥补他的过错，他除了这样又能怎样呢？与此同时，他心上掠过一丝喜悦，深深舒了一口气，他似乎看到了张娜吃下麦穗后的笑脸，以及睡得香甜的东东。整个黑夜亮堂了许多，似乎挂在西山那弯冷月倏忽间变成了一轮明亮望月，玉镜般地悬在天上。刘和顺揣着几把麦穗，如同揣着一生的温饱，轻手轻脚地折回家中。

土窑内，张娜正抱着东东摇晃着身子哼着老旧的催眠曲，熟悉的声音萦绕在土窑内，整个空间弥漫着让人慵懒的气息。刘和顺掏出一把麦穗，眼里放着彩缎般的光芒递到张娜眼前让她看。在他心里，现在盛于掌心的不是麦穗，而是一把金子，甚至是比金子更贵重的东西。张娜看见麦穗，像被什么刺了一下，她的身子猛然间直了起来，惊呼道："哎哟，你不要命了？"声音低沉而恐惧。刘和顺朝张娜嘿嘿笑着，憨态可掬，他挨着张娜靠坐在炕沿边，开始搓起麦穗来。

"你简直是糟蹋粮食，这不正抽穗吗？"张娜泪汪汪的眼睛瞅着他，像盯着一个不懂事的孩子。刘和顺没有理会张娜的话，使劲搓着麦穗儿，但是麦壳却又很难与麦粒脱离，他只能一颗一颗地剥。他揭去一片又一片翠嫩的麦壳，里面的麦粒着怯地裸露出来，还是那样稚嫩，透着尚处于绿色的一丝淡淡的牙白。一把麦穗剥完，收集到了一小把麦粒儿，刘和顺将它们放在一只手掌内递到张娜的眼前，恳求着说："吃了，多少能补些奶水。"张娜接过麦粒，嘴角刚挂出一丝笑意，霎时又消失得无影无踪。

东东夜哭的毛病没有因为张娜的担心而消失，相反比以往任何一晚哭得都厉害。刘和顺和张娜整整一夜都没有合眼，东东的哭声将北窑里的姚兰香催得心神不宁，老人几次起身穿上衣服，想到窑里哄一下孙子，但又感到不方便，只得俯身和衣躺下。

东东的哭声让刘和顺心里充满无尽的自责和莫大的压抑。自责是因为他一个大男人竟然吃掉了不属于自己的一疙瘩菜馍馍。而压抑，是来自一个正常男人内心深处的折磨，好几次他那双不听使唤的手向女人身上伸了过去，都被女人半羞半气地挡开了。

整整一晚上，夫妻俩轮换着哄东东，在那阵阵撕裂黑夜的哭声中，刘和顺好想举起宽厚的手掌，重重落在东东的屁股上，但这种念头只是一闪而过，他就已经感到了自己的自私，甚而有些讨厌自己。

哭声不断惊起月儿湾的阵阵狗叫，繁乱的汪汪声在山谷里回荡，夜被搅得乱乱的。不哄东东的时候，刘和顺也没有去睡，他呆呆地靠坐在炕边，似乎听到了心肺迸裂的声响，一股莫大的无助感、忧伤感涌上来。微弱的油灯下，他感到爷爷那对幽幽的眼睛又在注视着他、观察着他。非常奇怪，他总会在某个特殊的时刻看见爷爷。

爷爷去世时的遗言又在他的耳畔响起："我要走了，可放不下你们呀！以后月儿湾里实在待不下去了，你就上口外去，那里天地大……"爷爷每说一个字似乎都要用尽全身力气，那样子他这辈子都不会忘。

刘和顺的身子不由颤抖了一下，他感到爷爷似乎早就预料到了未来的这些苦难，早就告诉了他，他似乎在这一刻才明白了很久以来一直萦绕在心间的爷爷的遗言。此时，刘和顺猛然间想起了白天汪克齐问他的那句话："想不想上口外？"

这一切像是上天的安排，犹如一束亮光照进了刘和顺的心田。老辈们说得好："出门三步远，另有一片天。""树挪死，人挪活。"口外到底是个啥样子？刘和顺暗下决心：为了这个家，一定要出去闯一闯，看一看。

15

从洞洞梁上聚拢下来的热风侵袭着刘和顺和汪克齐，两个人沙沙的脚步声听起来有些急促。弯弯沟两面的山体黑魆魆的似巨兽盘卧，头顶一绺天空虚幻缥缈，被灰蒙蒙的夜色笼罩，月影朦胧，似藏着一脸的忧愁和抑郁。

刘和顺同汪克齐前天交接大队手续时，两人私下商量了一起上口外的事情，稍做准备，就在月儿湾陷入死一般沉寂的深夜悄悄动身了。他们身前身后只有这条被两面山体夹出的宽不足十步的弯弯沟，一条泛着虚白的道路在他们脚下，再往前走不足百米拐个弯，被山体挡住，队里的人就难以寻到他们的踪迹了。

刘和顺耳畔似乎还回荡着月儿湾里的狗叫声，他知道这只是一种心理反应，月儿湾早已被他们甩在了身后。或许此刻，东东哭得正凶呢，母亲和张娜一准儿又在摇晃着身子哼着那让人昏昏欲睡的催眠曲。

明天一早儿，当队长马世文把社员召集到一起，用往日命令式的口吻给每个人分配农活时，发现人群里少了刘和顺和汪克齐，将是一种怎样的反应呢？刘和顺快步走着，头脑里却想着一些足以撩动他心绪的场面。马世文这个回族汉子，与他同岁，一年四季头戴小白帽，虽然泛旧，但也洗得干净，他看上去很精神，眸子里时常透着坦然与坚韧，为人正直，自小两个人就要得好。他知道马世文不会为他和汪克齐的不告而别大惊小怪或做什么文章。

紧跟在刘和顺身后的汪克齐，还没有走出几步，就出了一身虚汗。昨晚别离时，他也不知用什么柔情话语安慰女人，只和女人完成了一次属于自己的私活儿，挣扎着还想再要时，小翠却拒绝了，而且带着责骂的口吻将他推到一边。

结婚好多年了，两个人一直没有生下个一男半女，这是小翠心里最为苦痛的事情。她已经对男人的种子和自己的这一亩三分地失去了信心，自然地对夫妻间的那种活儿有些淡漠，况且，男人天亮前要动身，而且要到几千里外的口外去，积存些体力比什么都重要。汪克齐并不理解女人的想法，懊恼地睁着双眼喘着粗气盯着屋顶半晌没有说出话来。此刻，面对刘和顺疾行的脚步，汪克齐似乎明白夜里女人的拒绝是对自己的疼惜，他不禁冒出一声傻笑，像是深泉眼里泛上的一个气泡。"心眼儿倒不少，还给我演了个拉脸戏！"他低声自言自语着，女人白皙的热身子似乎在他眼前晃悠着，他已经有些想她了。

"如果后悔了赶紧掉头，"这时，汪克齐的耳畔滚过刘和顺的声音，"出了弯弯沟，坐上车，哭都迟了！"幽深冷森的沟道里，刘和顺的声音像是滚下的山石，猛烈地砸在他的头上。汪克齐不自然地抬起胳膊抹了一把脑袋和脖子，像是推开了刚才笼在心头的那份思绪，而且以这个动作遮羞一般地将刘和顺的话挡在了耳外。

东方的一丝鱼肚白将黑夜割开了一道裂口，两人已经走出了弯弯沟，踏在了通向大岔公社的路上。突然间，汪克齐停下了脚步，对着发白的东方愣神："哥，我们好像走反了！"

"咋走反了？"刘和顺淡淡地反问了一句。

"我们不是往南面吗？这咋顺东面走了，你看，明朗朗儿的东面！"汪克齐将"明朗朗儿的东面"几个字拉得很长，语气轻飘飘地在清凉的空气里划过一道弧线，并伸胳膊展指头地指着太阳将要出来的正前方给刘和顺看，以表明自己对方向的判断。

刘和顺笑着说："从南面走，你就没想能走脱吗？那儿设了多少个站点不检查你？抓的就是你我这号人。我这是迂回战术，咱们从这儿搭平凉的车到陕西宝鸡，再想办法去兰州，要彻底躲过县上的检查站。"

听了刘和顺的话，汪克齐一头雾水，一个劲儿抹着脖子上的汗，他纳闷搭个车怎么还用起了什么迂回战术。

两个人穿过大岔公社的街道，又快步走了一段路程才歇了下来。晨光熹微，土路两边的冰草尖儿上齐刷刷挂满剔透晶莹的露珠，像是铺了两条珠宝毯子。他们各自摸着挎在腰间布褡子里的菜馍馍，虽然没有多少分量，但此时在他们的心里却沉甸甸的。猛一下没有了管束，听不到催促，像是置身于奇幻世界里一般，刘和顺眯缝着双眼，望着东边山体上仿佛溶了红汞水的朝霞，像看到了某种魔力，开始振奋起来，一个健壮男人的血液在周身快速流动，他拍了一把汪克齐的肩膀说："快起来走，如果我们不在太阳升高前赶点路，热起来就走不动了！"他的话是说给汪克齐的，更是说给自己的。

黑夜慢慢消退，月儿湾依旧安静如初，从洞洞梁铺泻而下的干热风聚拢在整个村庄的窑舍和路道，还没有一个人出来搅动。姚兰香早已起来，她祈祷儿子能一路平安。

昨天夜里，刘和顺让女人将几个孩子带到窑里，在只有他和母亲的北窑里，他坐在炕沿上，眼瞅着跪坐在炕上的母亲，心里阵阵酸楚。

"妈知道你的意思，到了口外，你就不要记挂家里，"姚兰香似乎知晓儿子在想什么，她看着油灯下墙上儿子硕大的身影，"有你媳妇和我，家里你就不用操心，路上要多注意自己，山高路远的……"说完，禁不住泪花点点。

"妈，我走口外你也不要操心了，如今又不是过去兵荒马乱的年月，"刘和顺将心里不好的滋味儿尽量压到最底层，嘿嘿苦笑着说，"我都是老大汉了，外头一般的苦活累活胁不住我。"

姚兰香瞪了刘和顺一眼："你再大都是我的娃，出外和家里可不一样。一个男人家，要分清哪些话该说哪些话不该说，耍嘻嘻的，旁人就容易摸着你的头发梢子。"

姚兰香的声音虽低，但句句充满力道，刘和顺感觉就像被无形的鞭子抽了一下："妈，从小到大你说的每一句话我都记着呢，一辈子都不会忘。你就不要再操心我了，只是我不在的时候，有些事你要多指拨张娜，她有时可犟了。"

刘和顺的话让老人的心里有些不好受，泪水在眼眶里打转转："如果你大还在，你也不会操这么大心的……"在姚兰香的心里，面前的儿子还是个没长大的孩子，她不忍心让儿子为了这个家而操劳，她感觉自己足以担起这个家的所有担子，但事实上她只能有此想法而全然没有那力气。如果丈夫活着的话，她想她的满粮不会是现在这个样子。

姚兰香的话也让刘和顺心里一阵绞痛，父亲刘运飞在他尘封已久的记忆中又走了出来。他说："妈，说实话，我总感觉朱宝贵还活着，我大的事情与他有关，我一定要弄个水落石出！"坐在炕沿上的刘和顺说完这句话，眉骨间的两道立纹像是被深刻了一般，剑眉倒竖，牙关紧咬，两只拳头攥得紧紧的。

姚兰香最担心的就是儿子的脾气，只要他心上来了事，凶得像只老虎，她后悔不该在这个时候提起刘运飞。姚兰香叹息了一声说："那事情不一定就是朱宝贵干的，我们也只是猜测，况且世道都翻了一个大跟头，朱宝贵的骨头怕早都化了……"

刘和顺的一只脚狠狠踩着地面，似乎要在地面上踩出一道深痕：

"这世道的确翻了一个大跟头……"他沉沉地说着，欲言又止。

姚兰香听出了儿子心里尚存的忧闷，说："日里不做亏心事，半夜敲门心不惊。亏人的事咱不做，做人那是一辈子的事。再说了你那小小的会计下来了就下来了，我觉得还省心，免得风里来雨里去，没明没黑地一有事就往公社跑。"

刘和顺频频点头，他发觉自己虽然常年在外，自以为知事明理，到底还没有母亲看得透。

"到了外面，将你那驴脾气改改，人心险恶，处处提防着点儿，你和你大一个样，让人最不放心的就是那脾气！"姚兰香微晃着身子接着说，"好话能当银圆花呢！"

"再不要提我大了，他根本就没有错。"刘和顺斩钉截铁却又像带有祈求地回敬了母亲一句。

姚兰香的眼角挂着一滴泪，她也不知道怎么了，说着说着就扯到丈夫那边儿。其实在她的心里，她恨那场大火，她恨放火的那个人，是那场大火烧毁了她的家，烧毁了她的一切。

太阳一竿子高的时候，刘和顺同汪克齐已经走出了新川公社的辖区，回头再看，洞洞梁已隐没在烟波浩渺的群山之间，面前的土路变得通畅起来，山体从两侧被甩出老远，似乎隔着好几里的距离。

两个人有些累了，双膝酸软，小腿像灌了铅似的越来越沉，但他们依旧坚持着，脚步迟缓地向前迈着。平凉距此虽说只有不到二百里的路程，但以此速度恐怕第二天将黑才能赶到。正当刘和顺为此沉思时，身后传来嘟——嘟——的汽车喇叭声。两人不约而同停下了，转身朝后看时，只见一辆墨绿色解放牌卡车摇晃着从路上行驶过来。

刘和顺一阵窃喜，好像看见了救星，他将挎在腰间的长系布褡子拢了拢。一旁的汪克齐已经蹲下，将帽子抹了下来，用手掌一个劲地擦着额头和脖子上的汗水，口里吹出温热的气浪："总算看见车了。"

卡车行进到两人近前时，刘和顺招了招手，车便停了下来。

汪克齐早从刘和顺身后跑到驾驶室侧面，对着驾驶室里的司机说："师傅，你这车走哪搭儿呢？"司机看上去四十有余，面色微黄，眼角爬满皱纹。他刚一张口，一排烟熏的黄牙便显露出来："我去安口窑，你们这是走哪搭儿？"

"我们——"汪克齐刚说了两个字，刘和顺就将话头抢了过去："我们这是家里日子过得难场，为了养活娃娃妇人，准备到陕西当麦客子。"声音中明显带着哀求，司机有些被刘和顺的话打动了，刘和顺接着说，"师傅，能带我们一段吗？我们也去安口窑。出门人嘛，能遇个好人实在不容易！"刘和顺将尾部的音儿有意压得瓷实了一些。

他的话语刚说出口，卡车司机就招手让他们从右侧上了车："你说的可是大实话，上来吧，就捎你们一程，你们少磨些鞋底子，我正好也找个人说说话。"

听完司机的话，汪克齐高兴得直张嘴，涎水有点吸不住的样子，扇动着两片衣襟踩着踏板进了驾驶室："谢谢了，师傅，您贵姓啊？"说话间将布褡子从肩上抹了下来，缩短了褡子系提在手里。司机说："姓全，人工全。"刘和顺也上了车，拉上了车门。

全师傅麻溜地启动了卡车，车身颠簸不停地向前行驶。透过驾驶室玻璃，看着弯弯曲曲伸向前面的土路和远处波浪起伏似的山峦，汪克齐心底升起一股连着一股的惬意和自得，他真想大喊一声，让山谷回荡的声音传进小翠的耳朵。刘和顺解开了绾着的褡子系，双手提着打开的布袋口伸向操作台说："仝师傅，吃一口吧！"仝师傅连连摇头，目不转睛地盯着前面的路说："不吃了不吃了，你们吃，出门在外，吃喝金贵得很啊。"刘和顺笑着，收拢着褡子口说："从家里带出来的菜馍馍，怕师傅吃不惯。"仝师傅手扶方向盘接过话把儿："如今这年月，只要菜馍馍能吃饱，就享福了！"

车行了不到两公里，汪克齐已经打起了此起彼伏的呼噜。

"哈哈，看来这位兄弟真的乏了，听睡得香的。"仝师傅开着车，听见汪克齐的鼾声，头脑也闷闷地泛起一丝睡意，他将身子尽量挺了挺，打着精神。

"我这个兄弟，是个大尾巴狼，人可实诚着呢。"刘和顺感觉犯困，声音却不减地和仝师傅说着话。

"他这种人也是有福人，人来世上，少操一天心，就能多吃一天饭。像我这样子，大事小事由不了总往心里钻，人瘦了，心碎了，都是白搭！"仝师傅心有感触，一边对刘和顺说着，一边调侃着自己。

刘和顺摇了摇头，呵呵笑着说："我可不赞成仝师傅说的话，干你们这行的，都是能吃苦有能力的，而且反应快，心思细。我们也就是洒一把汗，吃一把面，盯着脚面不看前面的人。"他声音浑厚有力，"说起我这兄弟，我就记起小时候的一件事，那时候他家里特别穷，他一年四季就穿一条薄裤子。有一年夏天，我们三四个娃娃到山上给家里割柴草，也不晓得咋回事，一条碎花麻长虫就钻到他的腿裆里，长虫嘴里的舌芯子扑溜扑溜的，他吓坏了。我们一搭的一个说，赶紧把长虫头剁了就没事了，可长虫头在腿裆里来回不停地转，几个人一时间看不清哪个是长虫的头，哪个是他的'牛'，我们几个娃娃提着镰刀直晃，他一看情形不对，连叫带哭地就求饶开了：'兄弟啊，你们可要看清楚了，长两个眼的是长虫的头，一个眼的是我的'牛'，千万别乱砍啊。'"

刘和顺说着，仝师傅认真地听着，当他听到"长两个眼的是长虫的头，一个眼的是我的'牛'"时，一下子开怀大笑起来，把所有的瞌睡都赶跑了。

两个人你一言我一语地说着话，汪克齐在两个人中间打着舒适的鼾，哈喇子直流，不时说着含糊不清的梦话。到平凉已近傍晚，仝师傅将车停下小憩片刻，就近喝了一口水，重新上路。车向安口窑的方向行驶，两个人拉话的兴致依然浓厚。

刘和顺说："据说安口窑也是千年瓷镇，多少制陶艺人来到这里开窑，历史上逃荒避乱的陶瓷艺人跑到这搭儿安家落户的也很多……"他不禁又回想起当年在吴忠堡康瑞庄商号的情景，他跟随丁老板曾到过这里，有关安口窑的这些说法他都是从丁老板管家那里听来的。想起康瑞庄，刘和顺心里不由蒙上了一层淡淡的忧伤。

"安口这儿除了瓷器多外，还有许多有意思的民谣。"仝师傅兴趣高涨地吟唱起来。

假如你来安口窑，

定能拾几个瓷锅锅。

拿到家里娃娃挪，

不小心就把锅砸了。

假如你来安口窑，

能够见识的真是多。

缸扣缸来当院墙，

瓷器摆成摞。

夜半时分，卡车到了安口窑，刘和顺和汪克齐下了车，全师傅开车走了。沉沉夜色中，街道两面闪着零星灯火，空气里弥漫着煤灰的味道。汪克齐在车上睡了许久，此刻置身在黑蒙蒙的街道上，更是稀里糊涂辨不清东南西北，紧紧尾随在刘和顺身后。两人一前一后顺狭窄的街道走着，在一处挂有"张家店"的矮屋前停了下来，这里看上去是一个落脚店房。

"走，这就是旅店，"刘和顺说，"今晚看来就住这搭儿了！"他朝灯亮的方向走着，声音丢在身后。

迷蒙夜色下，依稀可见矮屋后用石块围成的小院，院落里依山凿下几孔石窑。虽然具体物象看不大清楚，但可以闻到一股柴草霉腐的味儿，抬脚动足的时候，也能明显感觉到院子里并不平整和干净，好像丢弃着很多碎枝烂秆儿。店主是个瘦小的女人，听声音很难辨认年纪，她摆动着纤细的身姿，把他们领进矮屋后的一孔石窑，刚点亮灯盏，刘和顺就看见三四个店客在柴草上睡着。

"时候不早了，你们赶紧睡吧。"女店主说着，目光特意在刘和顺和汪克齐的身上扫视了一番，"身上若没带什么证明，夜里派出所的可能会来查夜，你们要有准备。另外，我房里有开水，口渴了你们自己过来取。"说完带上门出去了，刘和顺感觉女店主不是自己走出去的，倒像是那扇门将她推出去的。

16

汪克齐在女店主那里提了一暖壶开水，说是开水，其实只留存着一丝温热，两个人相互倒着洗了把手和脸，躺在草铺上打开褡子吃着各自带的菜馍馍。一天的奔波让他俩上眼皮打起了下眼皮，很快就响起了鼾声。

迷迷糊糊，刘和顺做起梦来。好像是新川公社要求各大队将各个小队饲养的羊只再做一番统计，上报一份准确材料。几天来自己一直都在忙活，可事情就这样凑巧，一向干热的天气这时却淅淅沥沥下起小雨，刘和顺和新任队长马世文走在一起，一双条绒布鞋早已被泥泞裹糊，他们要去李湾检查羊只情况。盘点羊只很麻烦，费时费力，必须钻进羊群里清点。他和马世文顺着山道泥路一步一步往李湾走着，隔着老远看见母亲抱着虎娃朝他们走来，山势险峻，土路湿滑，刘和顺真为母亲和儿子担心。马世文说："这样的天气，他们奶奶孙子这是干啥啊？"刘和顺刚要给马世文回话，母亲忽然摔倒了，再看虎娃，却不见了踪迹。刘和顺眼见虎娃滑下山去，不由得欲飞过去扯住儿子，他双腿一使劲，却被泥泞滑倒了。

从睡梦中惊醒，刘和顺额头上沁着一层汗。汪克齐的鼾声依然如闷雷一般，一浪高过一浪。刘和顺翻了个身，已无睡意，他虽然从家里出来了，但一家老小，哪能放得下心呢？

忽然间，院子里的狗汪汪汪叫了起来，深夜的宁静被打破。紧接着店房外传来一阵敲门声，狗叫的声音越发大了，扯动着拴拉的绳索。这时，吱扭一声，女店主打开那间小矮屋的门，尖声细气地问："谁呀？"

隐约听见门外有人应声："派出所的，快开门！"

女人快步走到院门跟前拉开门闩，顿时脚步声杂乱起来，狗叫声、问话声交织在一起，将夜踩踏得零七八碎。

刘和顺点亮了灯盏，从上衣缝制的夹兜里掏出了他所带的全部证明——选民证、预备兵役证、两张大队证明，放在了身边，借着灯光将其中一份大队证明重新叠好塞进了夹兜里，推搡叫醒汪克齐的时候，女店主的声音已经从门外传了进来："大伙儿都快醒醒，派出所查夜来了，赶紧叫醒一块儿的，带上介绍信证明啥的到我屋子里来登记。"刘和顺庆幸自己提前有所准备。

等刘和顺和汪克齐来到女店主的屋子时，屋里早就站着三男一女四个人，手里各自捏着能够证明身份的纸张。一名穿着白色上衣藏蓝色裤子、头戴白色平顶大檐帽的派出所民警坐在女店主的那把凳子上，另一名身穿制服的民警和女店主站在他身后。

女店主看见住宿的人都来了，操着一口河南话，显得十分谦卑和配合地说："这是派出所的任所长和陆警官，他们过来查夜，大家都把证明拿出来。"陆警官扫视了一下面前的六位店客："打扰各位的休息了，把证明拿过来登记一下。"语气和缓且又带严肃。

六个人的证明被一一检查登记后，又被送到了每个人的手里，唯独扣下了刘和顺出示的证明。刘和顺正在纳闷，任所长对他和汪克齐两个人说："你们两个留下跟我们走，其他人没事儿了，可以回去睡觉了。"

住店的其他人走后，屋里立时宽松起来。刘和顺心里一阵一阵地犯怵。他十分清楚自个儿的这份大队证明不是真的，是他从公社会计学习班回来后，决计要上口外的时候，从大队那本开具证明的本子上盖了公章撕下来的。刘和顺盯着被派出所任所长捏在手里的证明，头脑里一遍一遍回想证明上面所写的内容，他找不出丝毫破绽。这就怪了，难道用不正当手段得到的东西，无论手段多隐秘，在派出所警官的法眼下，都会暴露吗？

"我们的证明哪搭儿不合适吗，同志？"汪克齐按捺不住了，开口问道。"当然有问题，没问题我们会留下你们吗？"陆警官堵了一句。

"去，到住的窑里拿上你们的东西，跟我们走！"任所长说，语气干练果决。

刘和顺扯了一把汪克齐，出了屋子，径直到了窑里，收拾东西的当儿，他将另一张证明在上衣夹兜里藏好。在跟随任所长他们去派出所的路上，刘和顺将其他没用的纸片儿一点儿一点儿撕成碎片儿，扔在黑夜的土路上，他相信风扫过，不留任何痕迹。

陆警官手中手电筒的光束导引着他们，走过了两面山崖相夹下的小街道，踏着重叠的身影爬上一段山石台阶后，又弯弯绕绕走过一段狭窄的山石小径，面前出现了几孔倚山体凿成的窑洞。

任所长和陆警官带着他们走进了中间的一孔窑洞，点亮灯盏。窑内陈设简陋，除了一面土炕和幽黄色的小立柜外，就是窑地当中一张当作办公桌的偏头柜和两把同样色泽的椅子，窑内略显拥挤。任所长和陆警官询问了两人出外的一些问题后，又检查了他们随身的物品，并把他们带在身上的粮票和近三十块钱，还有选民证、预备兵役证全都扣押了。

汪克齐一看这情景，有些犯急："警察同志，我们的证明啥地方不对，你们也得说出个子丑寅卯来，这样不明不白地将我们的东西扣了，那我们可就一步都走不动了呀！"

"今晚你们就住这里，其他事情不用考虑，明天早上再说。"任所长说话间有些不耐烦。

"如今国家粮食不够吃，有的老百姓就不好好劳动，出来乱跑，"陆警官补充道，"左边窑里给我们做饭的一男一女就是从外地跑过来的，要是我们不负责任查管，难说不会出事儿。"刘和顺站在一旁一句话都没有说，听罢陆警官说的，他连连点头，恭维道："你说得对，说得对！"

第二天早上，任所长领着刘和顺和汪克齐来到左边的窑里。这孔窑洞比中间的那孔大一些，里面隔出一个小空间供收容来的这对小夫妻住，其余的用作灶房，盘着灶台，架着案板，支起的木板上放着几袋粮食。这对小夫妻虽然衣着简朴但很整洁，窑地也收拾得干干净净。一走进窑内，刘和顺就闻到一股浓浓的玉米面味。在异地他乡，这股新鲜的味道促使他贪婪地蹙着鼻孔吸吮起来，肚子咕噜噜响了一声，好似翻了一下身。这种早已被忘却了的香味儿刺激着刘和顺，他完全沉浸于这种久别的香气里，享受着它，哪怕这种食物不能下咽到肚中去，只是这样闻上几下，也足以让他飘飘欲仙起来。

任所长吩咐这对小夫妻给每人盛了一碗已经馇成的玉米面糊糊，又介绍似的说："他们是从四川过来的，走到这里身无分文，就暂给我们当厨师，俩人可勤快了。另外，你们在这里每人每顿只有两碗玉米面糊糊，这是有定量的，你们先吃饭，吃完饭我再给你们分配活儿。""不让我们走了？"刘和顺迟疑地问。

"当然让你们走，可今天不行，"任所长说，"你们的问题还没有开会研究呢。"

　　每人两碗玉米面糊糊下肚，浑身舒展得像是睡在云彩上一样，从伙窑出来，太阳的光芒通畅地照在身上，刘和顺感觉神清气爽，汪克齐在一旁直舔嘴角，似乎嘴唇上粘了一层舔不尽的蜜汁。

　　"肚子安顿好了，你们可不能闲着，"任所长说，"得给你们两个安排个任务，有没有信心完成？"

　　"所长，你尽管说吧，哪怕是让我们去淘粪，我们都会出色地完成，"汪克齐嘿嘿笑着说，"不就出几把力嘛，还能难倒我们？"

　　"你还真猜准了，"任所长禁不住哈哈笑了起来，一手指着右前方的石阶路说，"顺那儿下去，路南就是厕所，你们今天的任务就是把里面打扫得干干净净，而且要把所有的粪挑到下面的菜地里。"

　　一听真的让他们去淘粪，汪克齐立时傻了眼，自从当了大队长，别说淘粪担粪，就连山上的重活儿他都很少干。可现在踩在人家的一亩三分地上，不干又能怎么样？又不能插上翅膀飞了。他正愣着神，刘和顺笑呵呵地说："那闲着呢，所长分配的工作，我们保证完成任务。可你也得快点儿叫我们走，家里老老小小七八口人，等着吃饭呢。"

　　"去干活儿吧，"任所长摆了一下手，"你们的事所里研究后，会尽快给你们答复。"

　　靠山崖路边由石头堆砌的露天厕所在阳光照射下，大小苍蝇肆意飞行的声音交织在一起，看上去厕所里的粪土堆积了足有半年，而且零星屙尿的脏物已经让人难有落脚的地方，刺鼻的气味儿充斥着刘和顺、汪克齐两个人的呼吸器官。"不就喝了他们两碗玉米面糊糊，就这样使唤我们，"汪克齐一边铲着地上的脏物，一边唠叨，"自己的屎尿自个儿不收拾，好像咱老百姓天生就是铲屎担尿的。"

"说啥啊，吃人家散饭，由人家反乱。"刘和顺蹙着鼻孔，耳根、额头流着缕缕汗水，用半是规劝半是教训的口吻说，"到了人家的地盘，你就得屈从一些，这儿离口外还有十万八千里，你我不吃点苦，不受点罪，哪能轻易说到就到呢。唐僧西天取经，还历经了九九八十一难呢，这点小事算个啥。"

汪克齐说："这倒是实话，可我总感觉他们有些刁难咱俩。"

"闲着呢，心眼儿放宽些，"刘和顺顺势抹了一把脖颈处流下的汗说，"把厕所打扫干净了，也算你我干了一件好事。这又不是你我小时候长虫钻到你裤裆时，你求饶的：可要看清楚了，长两个眼的是长虫的头，一个眼的是我的'牛'。"

一句话让汪克齐笑得前仰后合，嘴里还念叨着："你咋把这事记得这么牢！"

厕所里的一大堆粪土经过刘和顺和汪克齐整整一天的忙活，天快黑时才被全部担送到菜地里，压上了一层厚厚的干土，拍打得光溜溜的。二人这才收拾家当，拖着疲惫的身子三摇两晃地攀着山石台阶往回走，如同被秋风打落的残枝。

晚上，依然是让他们神往的两碗玉米面糊糊……

吃过晚饭，任所长和所里另外两位民警将他们叫到中间石窑里，说笑逗趣似的问了一番白天里打扫厕所的事情，任所长说："你们两个的证明有问题，你们这是打算要去哪儿？"

刘和顺急忙说："所长，我们这是到陕西割麦子去，证明上面不

119

是写得清清楚楚的吗？"刘和顺经过再三推敲，他认为自个儿开的证明没有什么问题，话语中便多了几分自信和反诘。

"你们知道吗？如今各地都成立了人民公社，可你的证明上仍然是生产合作社的公章，你们自个儿说说，这是不是问题？"任所长的口吻生硬起来，他分明对刘和顺的强词夺理有些反感。

"哎哟，任所长，我们刘家坪大队转社的公章到现在还没有换，"刘和顺没想到问题竟然出在这里，"就连新川公社的公章也是合作社时期的，这个你可以派人调查一下嘛。"虽然刘和顺语气低缓，但仍一副理由十足的样子。

"这是真的，所长，"汪克齐在侧面给刘和顺帮腔，"我们公社的公章到现在都没有换呢。"

"公章换没换是你们大队的事情，但这份证明在我们这里就是一份无效证明。"任所长像是给两个不懂事的孩子讲道理，"说得严重点儿，这是假造，弄不好会法办你们。即便我们这儿通过了，到了陕西，一样会被挡回来。明天早上，我们就派人把你们送到平凉，你们哪搭儿来的，就赶紧搭车回去吧，再不要乱串了。别人查出来，就没有我们这么好说话了，还给你们管吃管喝，听清了吗？"

刘和顺、汪克齐似乎明白了，不停地点头。

17

第二天一早，几个人围在窑内吃喝过玉米面糊糊，任所长将扣下的东西如数归还给他俩，陆警官一直送他们坐上开往平凉的班车后方才离去。不到一个小时，班车就驶入平凉车站。站内站外旅客匆匆，刘和顺心里格外凄凉，他不想仅走到这里就这样返回月儿湾，是家里困难没有办法才上口外的，离家才几步就回去，这算个啥事嘛！马世文他们，特别是张奎他们不笑话死才怪呢。这就是曾在吴忠堡康瑞庄当过伙计的刘和顺？他想了很多，可没有证明是大问题，坐不上车，住不上店，这怎么是好？刘和顺虽未愁眉苦脸，但一刻也没有闲着，他和汪克齐悄悄做了一个分工，一个人观察车站售票情况，一个人观察车进站情况。

当刘和顺发现2号窗口微胖女售票员并不认真检查每位旅客证明时，心中燃起了希望，他庆幸自己还留了一手——在内衣夹层处留有一份自己处理的证明。于是，他挤在买票的队列里，留心观察每一位买票旅客的情形。每当旅客到售票窗口前，微胖女售票员都会问："去哪儿？几个人？有证明吗？"排在前面的人早将证明平放在售票窗口，回一声"有"，并说明自己要去的地方和人数，同时将手里的钱塞进窗口。售票员接过塞进窗口的钱，看似瞟了一眼放在窗口的证明，其实眼睛只是扫一下，随后把撕下来的车票和找的零钱从窗口递出。

轮到刘和顺了，他早将"证明"捏在手里，还没等微胖女售票问，就把"证明"放在了窗口。可这时，女售票员看了一眼窗外，什么也没说，只是伸了一个懒腰，接着和旁边刚走过来看似领导的中年男子说起话来。此刻刘和顺心里阵阵发紧，感到内急，后悔早早把"证明"放在窗口，不由得打了个冷战。没注意女售票员已在问他："去哪儿？几个人？有证明吗？"声音还是那声音，调儿还是那调儿，似乎连看窗口的姿态和前面都没有两样。刘和顺赶忙说："去宝鸡，两个人，有证明。"他说着将钱塞进了窗口，窗口内依旧响过撕票声和数钱声，之后从里面递出了车票和零钱。刘和顺欣喜地接过车票，带上"证明"，一颗心兴奋得快要跳到嗓子眼了，但他有意放稳脚步，一脸严肃，来到候车处找汪克齐。

汪克齐一见刘和顺就急切地问："买上了？"

"能买不上吗？"刘和顺说着，牵起汪克齐的手朝站外走。

"咋买上的？"汪克齐惊喜地瞅着刘和顺。

刘和顺在汪克齐的脊背处捣了一下，一副使坏的样子："问那么多干啥！"

"你真是个贼怂。"汪克齐愤愤地说，不知道是赞美还是妒能。

这对兄弟自小一起耍大，后来又在大队一起当过干部，又因同样的事情被免职，刘和顺从不计较汪克齐怎么说他或称呼他，已视汪克齐为手足，谁也无法将他们分开。

乘上发往宝鸡的客车，刘和顺由衷地高兴，并同身旁的一位旅客攀谈起来，说着说着又开始讲故事了："那是高级社的时候，农民生活十分困难，但在接待工作组时，仍然要想办法把家里最好吃的端上来。有一次，一户生活非常穷的人家在接待一个下乡干部时，在邻居家借了一小碗白面，刚好做了三碗饭。饭做熟后，女主人一碗不剩地把这三碗面全部端到了炕桌上。长时间没有吃白面了，四五岁大的儿子垂涎欲滴，闹着也要吃。妈妈哄孩子说：'你等等，工作组吃两碗就够了，剩下的那碗你吃。'于是，儿子在房门外着急地不断张望，等工作组快点把筷子放下。好不容易工作组不吃了，儿子心中高兴，要跨进屋里端剩下的饭吃，可工作组禁不住这家男人的劝，又把这一碗饭倒进自己放下的碗里。在门口的儿子一急，就冲着妈妈大嚷：'那狗日的把那碗又倒上了，咋办？'"听故事的人先是哈哈大笑，接着脸色凝重，心里涌上阵阵酸楚。

话音刚落，东倒西歪的班车到了陇州，旅客下车休息，刘和顺和汪克齐也跟随大家在路旁伸胳膊展腿，走动走动。

当休息完上车时，又有派出所民警对乘客进行证明检查。刘和顺迅速转到民警身后，趁民警低头查看一位乘客证明之机，溜进正在上车的人群里，回到了自己的位子上。他隔着玻璃瞅见汪克齐还傻乎乎地站在旅客的队列里，可他一点办法也没有。果不其然汪克齐因为没有证明被挡在了车外，虽然他也看见了坐在座位上的刘和顺，可他明白这时只要刘和顺有办法，绝不会自己一个人先上去。

刘和顺眼睁睁看着一起来的汪克齐被扣了下来，却束手无策。班车依然在坎坷的山路上行进，刘和顺像变了个人似的，一路上什么话也没说，坐在身边的旅客还以为他生病了。

夕阳西下，远处山峦披上了晚霞的彩衣，天边洁白的云朵慢悠悠地飘荡。刘和顺从汽车站出来，垂头丧气地向火车站走去，他想先看看火车站的情况，好尽早买到去兰州的车票。作为承东启西、连南接北的交通枢纽，宝鸡火车站的情景让刘和顺错愕。南来北往的各式各样行人摩肩接踵，涌动如蚁，这让刘和顺更加难以放心，他担心汪克齐即便在陇州想办法坐车赶来宝鸡，在潮水般的人群里他们还是一个找不到一个。

刘和顺在火车站外思索了一阵子，不得不又向汽车站方向走去，希望能从后面来的旅客里得到一些有用信息。快到汽车站时，他老远就看见汪克齐耷拉着脑袋向这边走来。此情此景让刘和顺喜出望外，他禁不住朝汪克齐那边跑去，好像两人经历了一次生离死别⋯⋯

"啊呀，我的兄弟，你咋来的？"刘和顺紧紧捏住汪克齐一双粗壮的大手，难抑激动地问着。"哈哈，咋来的？"汪克齐张着嘴大笑，犹如打了一次大胜仗，"你坐的班车刚走，就过来了一辆拉货车，司机看到我们减了速，我趁民警没注意就扒了上去。当他们发现追过来时，车已加速，我也没管他们在后面吼叫，就这样过来了。"

"来了好，来了好，"刘和顺说，"这才多长时间啊，没有你，我一个人都晓不得干啥了，连跑口外的信心都没了！"刘和顺的话说得汪克齐心里也有些不是滋味儿。

"我们先找个地方吃些东西，随便转转，"刘和顺说，"火车站刚才我也去过了，人黑压压的，听说那里贼娃子多，我们可要把身上收拾紧成了，小心丢东西。"

汪克齐抹了一把汗，点头应承。

两个人在临近火车站的小饭馆要了一碗汤饭和一碗面汤，你推我揉就着吃了点各自带的菜馍馍，赶紧到火车站买了当晚去兰州的火车票。列车正点出发，刘和顺坐在位子上，心里从来没有像现在这样实沉，听说过了兰州，后面的检查就少了，他想用不了几天就会到口外。

火车到达兰州站已是第二天晚上，经过近两天的行程，两个人下了火车都感到晕晕乎乎的。虽然他们两人出门不到一周时间，但已摸索到最方便且不用花钱的住处就是候车室。刘和顺和汪克齐夹杂在候车室或坐或躺的人群里，找了可以蜷身睡觉的一席之地，将长系布褡子绾好口儿压在头顶的位置，迷迷糊糊睡过去了。两人醒来时已天色大亮，候车室外正淅沥沥地下着小雨，去摸压在头顶的馍馍褡子，早已不翼而飞。

"我们这是勤太子（黄土高原上一种形似黄鼠但没有尾巴的小动物）给老牛攒着呢。"汪克齐急得直掉眼泪，"路上我们舍不得多吃，提来提去饱了二家子的肚子。"刘和顺心里也不是滋味儿，现在丢了馍馍褡子，比丢了金子还难受，虽然从家里带出来的菜疙瘩剩下不多了，但里面还装着几个在路上买来的馍馍，本想省着慢慢吃，可谁知就这样被人偷去了。看着汪克齐一脸懊恼的样子，刘和顺叹息着说："权当咱俩做了善事。"

"你倒想得开，谁他妈的这样缺德，偷了我们的口粮！"汪克齐的情绪此刻变得异常不好，人群里有不少目光朝汪克齐投来。在车站丢东西早已不是什么新鲜事情，人们瞅着汪克齐，好似在看一场闹剧。

"你就省省吧。"刘和顺拉了汪克齐一把，让他坐下来，"留点力气赶路，这年月只要能吃到肚子里的就是食。我给你说个我当娃娃时亲眼看见的事情，那一年我们家在兰州城开饭馆时，前街有个卖油饼的老汉，一天晌午他正端着油饼喊着卖呢，迎面过来一个八九岁的男娃娃，看起来怪可怜的。他经过老汉身旁时随手抓了一个油饼，撒腿就跑。老汉气坏了，转身跟沟子就追，眼看要追上了，那娃娃一把把油香扔进路边的臭水沟里，老汉撵到跟前一看，气得一句话没说掉头走了。见那老汉走远了，这个娃娃又从臭水沟里捞出油饼，一口一口地吃了。"刘和顺说的这事，让汪克齐肚里一阵难受，不知是饿还是恶心，连他自己也说不上来。

看着候车室外的雨一时半会儿难停，刘和顺真希望此时的月儿湾也在下雨。庄稼正是需要雨水的时候，如果得了这场雨，队里的收成就会好一些，家里老老小小的温饱多少会有些保障，他上口外后自然也会少一些牵挂。

说来也巧，月儿湾社员刚上山劳动，就被一场罩山的雷阵雨从山上赶回家里。张娜回来，便找些破布坐在窑炕上缝补衣裳，看着外面被雨雾遮罩的天气，不由想起了自己的男人，也有可能被雨淋得像落汤鸡一般在泥里雨里赶路。"光听说口外好，到底咋样谁知道，晓不得多少天才能走到。"张娜自言自语着，不小心一针扎破了食指，她急忙把食指塞进嘴里嘬了嘬。

　　北窑里，姚兰香翻箱倒柜刚找着自己当大姑娘时弹过的口弦。说起弹口弦，姚兰香还有一段心酸的往事和巧事。

　　那是她十六岁那年的四月初八，她和几个小姐妹去赶庙会，没一会儿，大家就觉得没意思，坐在一棵大垂柳下纳凉弹口弦。不想被几个游手好闲的二流子听见了，他们打着响指，吹着口哨走过来，一看是几个青春年少的姑娘就来了劲，扯扯这个，拉拉那个。几个姑娘无路可躲，最后被一个年轻力壮的汉子解救了。事情往往就这么巧，年底媒人给姚兰香说婆婆家，这个人正好是庙会上解救过她的年轻人刘运飞，后来就顺理成章地成了她的男人，而这个口弦也就成了他们的定情物。刘运飞过早离世，对她打击很大。

　　姚兰香想弹着口弦哄逗几个孙子。口弦的音色和孩子的笑声穿过院里的雨雾钻进张娜的耳朵里，绕在她的心头，她思谋着什么时候孩子们一个个都长大了，能帮她下地干活儿，能帮她挑水背柴，该有多好啊。正在这时，院外有人喊，听得出是小翠的声音。张娜停下手里的活儿，下炕趿拉着鞋，靠着窑门朝外面喊："小翠妹子，赶紧进来——"

　　小翠可是个热心人儿，说话总是笑嘻嘻的，满脸挂着笑容，闻声就踩着院里硬实点的地方朝张娜住的窑里走来，只见一对丰满的奶子随着身子的移动颠得衣服上下晃动。她边走边问："你做啥呢，天一下雨，我好歹心急着就坐不住了。"小翠似乎藏着一肚子想要倒出的话，没等跨进窑门就已经收不住了。

张娜看着她被雨打湿的衣服，一边找东西擦，一边说："心急了就来浪来，一个人坐着也没事干，雨这一停，你想浪也由不得你。"

"晓不得你咋样，他这一走，我晚上还真睡不着。"小翠笑盈盈地说，"像是见鬼了，没月亮了一个人害怕，有月亮了明晃晃的，总觉炕上缺了个啥。"

"有那么严重吗？"张娜忍不住发出一串笑声，"他们到了口外只要能把肚子混饱，炕空着那是个闲的。"

"你男人和我男人在大队里干了几年事儿，这一撤下来，队里有些女人看咱们的眼神和以前都不一样了。"张娜知道小翠说的是张奎的女人杨银香。

"张奎那口子，以前我觉着人还挺不错。"小翠说，"可这才几天，像是被她妈重养了一遍，啧啧！"她将舌头啧得响亮，表露出一副不敢相信的样子，"这几天我们不在一块干活，听说她还胁别你呢！""人家男人管食堂着呢，能不日能吗？"张娜看了一眼小翠，笑着说，"说不上胁别，小分意思，社员也没几个爱搭理她的。"

"她要敢给我耍花花肠子，阴阴阳阳，我就叫她吃不了兜着走。"小翠愤愤地说。

"和那种女人计较划不来，还不如攒点劲放个屁。"张娜毫无表情地干着手里的活说。

一句话逗得小翠大笑一阵，笑后她又一脸愁容："东东大这一走，啥事都靠你了，这光阴也不好过啊！"

小翠的话说到了张娜的心窝子里，这才是她真正犯愁的地方。张娜说："虎娃现在也大了，帮着正涛叔堵堵麻雀啥的，也能挣上半个工了，这娃娃上学看来是拉倒了，再说他也不爱去念书。"

两个人说话间，大门响了一声，小红从外面跑了进来，浑身被雨淋得湿漉漉的，一进院门一声连一声地喊"妈——妈——"。跑进窑里，将上衣的襟子向上翻了一下，对张娜说："赶紧赶紧，裤带又绾成死疙瘩了。"用两只手压着前后裤裆。

张娜撂下手里的针线，趴在炕头给小红解裤带。说是裤带，其实就是一截细绳子，经过多次的绾系开解，有几处已经抽成了道道细线，此刻完完全全打成了死结。小红大概是被屎尿憋得受不了，也不顾小翠在，哭着对张娜说："裤子里已经尿了一次，这是第二泡尿，解了一早上就是解不开，我想一把撕断，可咋都撕不断！"

听着小红的话，张娜和小翠哭笑不得，这不都是因为穷嘛，把娃娃内急成这样，可又有什么办法呢，两个人相互联手才给解开，小红提了裤子，风一样朝茅厕跑去。

18

外面的雨下得刘和顺心焦，汪克齐心里也不好受，在刘和顺一阵宽慰后，汪克齐的怨声才渐渐平息。刘和顺本想在兰州转转看看，与小时候的差距有多大，现在看来这雨一时半会儿还停不下，还是赶路要紧。两人便在车站问事处问了问情况，由于带的钱少，便只买了到屯沟的火车票，静待火车发车。

由兰州发往乌鲁木齐的火车还算正点，两个人挤上火车，坐到座位上。隔着小茶桌，对面坐着两个男人，其中一个年龄看上去和刘和顺相差不多，另一个只有十七八岁的样子，眉清目秀，刘和顺感觉好像在哪儿见过这小伙子，却又想不起来。火车开动不久，刘和顺先开口："二位贵姓？"

"免贵姓陈，叫陈卫东。"年长的有些受宠若惊，接着解释着说，"耳东'陈'，保卫的'卫'，东方的'东'。这是我们一个村的，叫朱智远。你们是哪里人？"

"宁夏的。"刘和顺说，"我姓刘，他姓汪，我们是一个大队的，你们这是去哪儿？"

"上口外。家里没粮吃，饿着坐不住了。"陈卫东操着浓重的陕北口音，说话时喜欢两只手搓一下，看得出这是他的习惯。

"这小伙子姓朱？你们一个村的？"刘和顺重复着陈卫东刚才说的话，直盯着对面的朱智远，可他又想不起来在哪儿见过。

看着刘和顺瞅朱智远的样子，陈卫东解释似的说："我也觉得他还小，可他爸咋都要我领上，没办法，我只好把他带上。"陈卫东又搓了一下手。

"噢，那他家里都有啥人？这样子走了家里能成吗？"刘和顺探究似的问道。陈卫东看着窗外，目光久久没有收回。由此可以看出，他并不想回答刘和顺提的问题，抑或是想用这种方式代替回答。刘和顺的目光便随着陈卫东的目光移动，透过车窗，外面细雨蒙蒙，山峦沟壑在列车快速的行进中急速后退。

空气似乎凝滞了一会儿，朱智远的声音从对面传来："家里就两个老人，日子不好过，我不得不到口外混口吃的。说实话，要是多少能将就，我也不想上口外。"话音带着一丝隐隐的哀叹。

"咋说呢，他们家祖上家境可好着呢。现在啊，他母亲身体有病，家里困难得很啊！"陈卫东说着，一副伤心难过的样子。

"那你们票买到哪儿了？"一直静静坐在刘和顺身边的汪克齐插了一句。

"安西。"陈卫东说，眼神有些飘忽，好像对未来充满担忧。

"你们的票是去哪儿的？"陈卫东问刘和顺。

"我们还不如你们，是到屯沟的。"刘和顺说，"但愿路上再不要查票，我们就可以直达口外了。"

"要是半路上被赶下来，戈壁滩上找不着水渴都渴死了。"汪克齐说，"一想起这些我心里就害怕。"

刘和顺瞪了汪克齐一眼："男子汉大丈夫，这点困难算个啥？即便是查出来赶下火车，难道就没有活路了？我不相信活人还能让屎尿憋死！"

"你咋越来越别扭。"汪克齐说，"不要忘了，我还给你当过领导呢，还不给一句说话的权利？"

"你不就当了几年大队长嘛，要不是我给你支摊——"刘和顺忍不住哈哈大笑，"早就放了响炮了，现在还有脸在这里胡咧咧！"

"你倒有功劳了，当会计的哪搭晓得当队长的苦衷。"汪克齐一副诉苦的样子，"你那指头拨拉两下算盘子儿睡大觉去了，当队长的还要计划这计划那，地怎么种，人怎么用，你知道啥呀！"汪克齐说了一大堆话，似乎要把积攒了一肚子的委屈倒出来。

对面的陈卫东和朱智远看着刘和顺和汪克齐互相抬杠，也被逗乐了。

"火车到屯沟站了。"刘和顺和汪克齐假装没有听清站名，也不理陈卫东的提醒。过了武威，列车又开始查票了，车厢内一时间骚动起来，没有买票乘车的自然心虚，东躲西藏地躲避检票，生怕自己被列车员逮着。如果被逮住，当然就只有下车了。刘和顺和汪克齐属于这类人，当听到开始检票时，他们本能地从位子上站了起来。刘和顺急速地穿过车厢的人群，时不时警觉地踮脚扫视着身后离自己并不远的检票员。情急之下，他躲进了厕所，也不知道汪克齐跑到什么地方去了，这真应验了人们常说的"大难来临各自飞"。列车员检查完车厢内旅客的车票，在距离厕所不远处高声大气喊了几声："上厕所的都赶快出来检票。"洗手间里却异常安静，列车员并没有在这里停留，而是离开了。

车厢内恢复了平静，躲在洗手间里的刘和顺确定列车员检票结束后，若无其事地从里面溜出来，悄悄坐回了原来的位子。

陈卫东和朱智远买的是去安西的票，自然不怕列车员检票，却见识了邻座一个男人用扇女人耳光躲避检票的法子。列车员走到这名男子身旁让把车票拿出来，男子扭过头去问女人："票哎？"女人不知所措，痴痴地望着男人。男人二话没说，甩起右手啪的一巴掌打到女人脸上："我说让你拿好，拿好，现在找不着了咋办？"列车员看着女人重重地挨了一巴掌，担心男人再打，就劝慰说："再找找吧！"说着离开了这个车厢。好在汪克齐想出了与刘和顺同样的法子，在厕所里躲过了查票，重新回到了座位上。

"不晓得你们两人啥感觉，我倒担心得不得了。躲过了就好，躲过了就好！"陈卫东感叹着说。

"都是为了这张嘴。"刘和顺说，"要是人不为这张嘴，就会省事很多。"

汪克齐口里虽没有说话，心里却想："这不是废话嘛。"

再说月儿湾，一场雷阵雨过后，空气里带着的一丝潮湿，并没有给正需要雨水的庄稼带来多大的变化。第二天太阳在东山头刚冒花子，刘家坪大队部院里就聚集了好多人。这些人是被队长马世文的哨声催来的，马世文今早的哨声不同于往日，像是紧急集合一样。

马世文见社员们都来了，咳嗽两声，像在清嗓子："今儿向大家宣布一个消息，这消息值得咱们社员警醒。昨儿公社开会，说县上的检查组在去静宁的路口堵住了几个跑口外的，具体都是啥人没有细说，但听小道消息，里面还有咱们大队的。姚书记对咱们公社出现这类事情非常生气，要求各队做好社员的思想工作。"马世文在这里有意停顿了一下，不少社员交头接耳，窃窃私语。

小翠站在人群里，瞟了一眼张娜。此刻张娜的心里像是烧了一团火，她的心跳得很厉害，像是要从嗓子眼儿里蹦出来，脸上一阵接着一阵地掠过红晕。

"缺粮的情况只是一时的。"马世文接着说，"只要我们好好儿劳动，地里就会有收成，不要总想着往外跑，孙猴子还能跑出如来佛的掌心？再说口外离我们那么远，我们都不是鸽子和麻雀，还能飞到那里去？所以说，大家就踏踏实实劳动，把心上的那垄垄道道趁早儿清除干净，再不要整天思谋着跑这儿跑那儿的，要是被拿住，可就不好办了。"

张娜虽然远眺着逶迤的山峦，马世文的话却字字句句敲打在她的心上，她感觉马世文的这一通思想教育就是针对自己的。张娜不知道小翠这会儿是什么感受，她大大咧咧的，是否把马世文的这些话放在心上。此刻，张娜感觉所有社员都在瞅自己。

由于昨天下了点雨，地里还有点湿，开完会壮劳力被安排去拍地埂，身体弱的和奶娃娃的女人被安排垫牲口圈。小翠作为月儿湾的壮劳力，自然被分到了离家远点儿的山上拍地埂，张娜因为要奶娃娃被分配去垫牲口圈。

张娜夹在一帮奶娃娃女人之中，尽力把男人们用架子车拉来的黄土用铁锨撒在牲口圈的粪泥上。她感到浑身不自在，只是低头一个劲地干活，以掩饰内心的矛盾。范正涛正拿着一把铁皮制作的锯齿形小铁梳，给一头黑红毛色的骡子梳理体毛，虽然已经是六月的天气了，但大多数牲口的旧毛依然没脱尽。范正涛的周围，有几头颜色各异的骡子伸着扁长的嘴唇蹭着他，他一边梳理，一边抚摸着牲口的长耳大脸，并且言语道："你们也闲不了多长时间了，麦豆一下来，你们就要进车辕了，要是不听话，又要挨鞭子了。"

"范叔，说实话，我们都等不及看你赶大车过瘾呢。"靠近范正涛老汉的一个小青年说，"今年拉粮食，你可要将手艺给我们传传。"

"那不算手艺，没啥传不传的。"范正涛一边说，一边满脸堆笑。

要说刘家坪大队，比得上范正涛老汉的人真还没几个，老汉除了没有被拿住的农活外，还人缘好，心眼亮，乐于助人。队里庄稼成熟，收割的豆拢、麦束要拉到粮食场上，少不了他赶大车。他摇晃起手里的长把鞭子，吆喝着拉车的四头骡子，接着驾——的一声，其他人只看见他手里的鞭子动弹一下，四头骡子却齐刷刷用力，将泥窝里满载麦束或豆拢的大车扯将上来。

范正涛从不为此自傲，虽然他深知要想将大车赶好没有五六年的工夫是练不出来的，甚至比五六年的时间还要长，可有些愣头小伙子赶上几天大车，人走路都要飘起来，他着实看不过眼。其实要说赶大车的门道，他们压根儿还是门外汉。老汉也不去指指点点，他知道一来人家不爱听，二来年轻人都好逞能，让多摔绊几次，一身嫩毛毛蹭光了，自然就知道了。

范正涛老汉握在手里的鞭子看似只摇晃了一下，其实不然，那鞭子在甩出去的刹那，鞭穗子齐齐扫在了四头骡子的耳尖上，这才能够使四头牲口一起用力。如果只是打在其中一两头或三头牲口身上，没被鞭子打到的牲口自然站着不动，力气就用不到一处。正涛老汉摞麦垛的技术也远近闻名，扎垛底，收摞顶，好几个男劳力伺候着他一个，摞成的麦垛从未出现过灌水现象。

其实马世文早就知道刘和顺同汪克齐跑口外的事了，他在心里也默默祈福，望他俩能一路顺风。对于汪克齐，马世文倒是没有多少担心的，从各方面来说，汪克齐要比刘和顺的负担轻。昨天公社会上，马世文非常担心他们被县上检查站抓住，但最终确认没有刘和顺和汪克齐，他这才放下心来，踏踏实实坐在公社会议室凳子上听领导讲话。回到月儿湾后，马世文悄悄地把这一情况告诉了张娜。张娜眼里噙满泪花，既为自己的男人与汪克齐安全离开而高兴，又为马世文能把这么重要的消息告诉自己而感激。

山梁上微风拂动，各种农作物花的幽香扑面而来，社员们感觉在这样的天气里劳动浑身有劲。从汪克齐的队长被撤后，小翠以往的风采没有了，今天她的样子更是不像往常，耷拉着脑袋提不起精神，就连往日咬舌根的闲言碎语也没有听见。她虽然不知道被县上抓住的都有谁，但总害怕自己的男人也在其中，这样想着，手里的铁锹老是软绵绵的，打不实地埂。

"小翠，这样怕不行吧，这样干活儿，明显会影响其他人，要是身体不舒服，你可以请假不出工啊。"不知什么时候副队长转到身后发出了警告。

小翠连忙擦了一把额头的汗，有气无力地解释道："我也说不上咋了，这头胀胀的，有些晕，但我不耽误队里的活儿。"说罢，突的一声，给手心里喷了一口唾沫，腕上用力，两只手紧抓铁锹把实实挖起一铁锹湿土，拍在了地埂上。不远处，传来张奎女人杨银香咯咯的笑声，那笑声像是带着锐利的刀刃，扎得小翠心里刺痛。

19

从兰州到口外要经过许多站点，虽然武威过后躲过了查票，但这种侥幸得来的安宁并没有给刘和顺他们带来直达口外的好运。当火车到达柳园时，刘和顺和汪克齐被逮住了，女列车员从他们手里接过两张已经越了好多站的火车票时，脸上堆满嘲笑："你们买的是到屯沟的票，早都过站了，这里可是柳园，赶紧下车！"

刘和顺一脸疑惑，表现出对这一切并不知情的样子，汪克齐可是心里藏不住事情的人，脸上露出难以遮挡的羞惭。没有办法，他们只得和陈卫东、朱智远告别，转身的时候，刘和顺清楚地看到朱智远已经哭了。刘和顺很是感动，心想这小伙子还是个软心肠。他们和一些乘客下车后，全都被车站工作人员叫到一间屋子里，将身上的东西暂扣下来，并一一盘问身份、户籍和打算去什么地方等一些问题。朱智远的那张脸一直在刘和顺的脑海里挥之不去，忽然间，一个人从他的记忆深处走了出来："太像了，真是太像了，不会吧？"刘和顺一时间紧锁眉头，不住地念叨，有些失常。

"啥太像了啊？"汪克齐追问。

"我是胡说呢，还是赶紧给车站把咱们的事情说清楚。"

汪克齐如获尚方宝剑，把打算上口外的事情原原本本地向检查处交代了一番，诉说了口里老家生活困难，想着到口外找个活儿混饱肚子。问清楚一切真相后，车站检查处一位老同志不但将东西还给了他们，还征询似的问："既然你们上口外是要找个干的，那我在柳园给你们介绍个活儿，距火车站三四里地有个工地正在招工，你们愿意到那里去干吗？"

刘和顺心不在焉地说："愿意。"像是回答又像是在问自己。

"愿意就好，你们过去就说是火车站这边派过来的，他们自然会安排你们的。"老同志领着他们越过火车道，伸手指着远处说，"看见了吗？前方亮灯的那儿，你们从这儿一直走过去，到那儿后按照我说的告诉他们。"

天空中乌云密布，但热浪依然不断涌动，天气燥热难耐，刘和顺放眼望去，周边全是沙滩，雾蒙蒙的一片。他顺着老同志手指的方向看去，远处确有星星灯光。

"我看刚才给咱们介绍活儿的那个老同志不像坏人，咱们就在这儿干？"汪克齐征询刘和顺的意见，"反正到哪儿都为这张嘴。"

"这儿离口外可能不太远了。"刘和顺略加思索，"人都说口外好，既然咱们已经到这里了，干脆一鼓作气，上口外。这样收手，算啥事？"他的脑海里，朱智远的那张脸依旧那样清晰。

汪克齐对此有些纳闷和不理解："那你刚才为啥给那个老同志答应说愿意呢？"

"嘴是扁的，舌头是软的。"刘和顺有些不耐烦，"不那样说，人家能这么快让咱们走，我说你呀，咋就一根筋呢。"

两个人权衡商量了一阵子，决定顺火车道一直往前走。此刻，头顶上的乌云愈加厚重，压得让人有点喘不过气来，间或有雨滴落在脸上，带着一丝淡淡的凉意。看着面前通向远方的铁道，两人漫无目地走着，茫茫戈壁一片寂静，只有他们呼哧呼哧的喘息声说明尚有生命活动的迹象。遥远天际传来隐隐几声雷声，接下来发生的一切让刘和顺多少有些后怕。

走了一两个钟头，天色已完全黑了下来，两个人浑身疲惫，腹内饥饿难耐，便不约而同地偏离了铁路，摸索着向西北行进，渴望能找到村庄和能吃的东西。磕磕绊绊，东倒西歪，他们忽然被什么东西挡了一下。刘和顺蹲下身来伸手去摸，触到一个圆溜溜的东西。这时不远处汪克齐也兴奋地在叫："老兄，这儿像是一片瓜地，我们有瓜吃了。"这样的夜里，戈壁深处，能碰到瓜地，让刘和顺、汪克齐满是激动。"这就叫瞌睡遇上了枕头！"刘和顺补充了一句。

正当两人为碰到瓜田高兴不已时，几道闪电像利剑划破长空，噼噼啪啪的雨点如蚕豆般打了下来，越来越紧，越来越密。刹那间，雨声夹杂着雷电响彻天地，两人无处躲藏，任凭密集冰凉的雨点打在全身。刘和顺在噼噼啪啪的雨里摸到了一个西瓜，用力掐断了瓜蔓，可就在这时，他听见不远处的汪克齐失声痛哭，一阵紧过一阵的雨声里，哭声是那样凄惨。刘和顺生气了："一个大男人，你哭个啥？要是在抗战时期，说不定你个尿包囊货早就成了小日本的狗腿子。"

"这前不去后不来的，连个啥地方我们都晓不得。"汪克齐哭着有点抱怨地说，"这样子怕连口外的毛都没摸上，我们就完了。我的小翠还在家里眼巴巴等着我给她挣钱呢。"说到这里，汪克齐又是一阵抽泣。

阵阵雷声仿佛要把大地撕开，雨越下越大，随着划过的闪电，刘和顺看见汪克齐被雨水浇打得浑身湿透，手里捧着摔烂的半块西瓜，蹲在雨水如注的地里，一张嘴不停地咀嚼着被雨水浇透的半生不熟的瓜瓤。刘和顺清楚地意识到此刻自己的样貌可能比汪克齐更狼狈，雨点噼里啪啦直打在身上，他感觉整个人像要被浇铸成型一样。他手捧半拉西瓜，在瓜壳里胡乱啃着，犹如享受一顿饕餮美餐，突然间又想到朱智远，他那么像朱宝贵。刘和顺的内心好似翻滚着火山岩浆。"这天下的事情，总得有个了断。"刘和顺想朱智远的出现绝不是一种巧合，而是上天的安排。朱智远和朱宝贵一定存在着某种关系，通过朱智远，一定能找到害死父亲的凶手。

雨水和心火交织在一起，刘和顺有些迫不及待，他扯直脖颈大声吼道："老天爷呀，这理在哪里？"

两个男人利用雷雨的掩护，宣泄了这些天的压抑，在西瓜地里饱食一通，随着不时扑向地面的闪电，摸索着爬上一块沙丘坐下去，身体的劳累从每个骨节里蹿了出来。他们再也坚持不住了，直直地躺在沙子上，任凭天际随风而来的雨水拍打着全身。这样的境遇下，他们没有更好的去处，只能用这种方式缓解身体的疲乏。躺了将近半个小时，两人才慢慢爬了起来，拖着疲惫的身躯又去寻火车道，也不知道哪里才是可以驻足的地方。不知走了多长时间，一个小站出现在他们眼前，刘和顺用商量的口吻问汪克齐："这样走也不是办法啊，咱们干脆再买个站票乘火车往前走走？"

汪克齐浑身冰冷，不时用宽大的手掌擦着顺脸流下的雨水，有气无力地说："这前不着村后不着店的，你看着办吧。"一道闪电划过，两人形如雨夜跋涉的厉鬼。

刘和顺默然地点了点头。他本想开句玩笑提提汪克齐的精神，但没有一丝多余的气力。

他们加快步伐，来到站外一处可以避雨的地方，将身上的衣物脱下拧了拧水，然后买了两张前往柳树泉的火车票。第二天上午他们还在犯迷糊之时，列车已正点到站。出了火车站，亦是漫无目的地向前跋涉。眼前依旧是簇簇骆驼刺随风簌簌抖动，生命在这样的环境里显得那样弱小和不起眼，似乎一阵风来，就能将刘和顺和汪克齐吹得无踪无影。

走啊走，又不知走了多久，眼瞅着太阳西斜，突然有个村落出现在他们的视野里。汪克齐一下子来了精神，似乎憋足气说："老兄啊，总算看见人了。"声音带着几分颤抖。刘和顺也高兴起来，两人像是危难时刻看见救星一般，不由加快了脚步。

当他们突然出现在这个村庄时，许多身着花花绿绿衣物、呜哩哇啦说着话的老百姓有些诧异，眼睛里闪烁出疑惑和惊奇，好像面前的这两个人是从地下冒出来的。

"我们是从宁夏来的。"刘和顺走上前去征询,"你们这搭儿要劳动的人吗?"

这些男女老少面面相觑,相互对视着并不停地耸肩摇头,看上去他们根本不明白刘和顺在说什么。有几个孩子牵着他们父母的衣角怯怯地望着刘和顺与汪克齐,有些害怕的样子。

"这可能是维吾尔族人吧。"汪克齐看了看,告诉刘和顺,"他们怕是听不懂咱们的话,说也白说。"

听罢汪克齐的话,这些人叽里咕噜说着什么,而且不时向他们二人投来难以捉摸的目光,偶尔夹带着一些笑声。刘和顺和汪克齐一个字都听不懂。相持了片刻,他们只得在这些人摇头摆手的动作中离开。两个人顺路继续前行,临近村子中央,好大一阵风携着一股饭香扑鼻而来,两个人都翕着鼻孔贪婪地吸着,如同猎豹嗅到了瞪羚。

诱人的饭香把刘和顺和汪克齐带到了一座大房子前面。房子看上去并不是太高,有几处墙面的泥皮脱落,裸露出硕大的土块,门窗处泛着油腻的烟熏的暗色,两股从房后烟囱冒出的炊烟被风撕扯得断断续续。这里聚集着许多男男女女,手里或端或提着不同形状的器具,分明在等待一个特殊时刻的到来。刘和顺明白这是个食堂。再看食堂门口,出出进进走动着忙活的男人女人。

刘和顺的目光很快停在一位腰系大围裙的妇女身上,她也正用一双长着长睫毛的眼睛望着他们。这位妇女头系纱巾,身材高大,素色围裙垂于膝盖,穿一双平底鞋,已经分不清原本颜色,整个人略显壮实,嘴角隐隐挂着一丝微笑。刘和顺疾步来到她的面前,点头施礼:"我们是从口内宁夏来的,走了不少路了,能给点吃的吗?"他一边说着,一边用左手拍着肚子比画着，汪克齐也在旁边补充示范。

这时，这位妇女似乎明白了什么，和身边的几个人交换了一下眼神，又说了些什么，她身边有位女孩跑进房去，端出两碗凉水递到刘和顺和汪克齐面前。他们急忙接过水，一口气喝了下去，又比画着想要些东西吃，周围人忽然笑了起来，而且一个劲地直摇头。

刘和顺明白这些人是不会给他们食物的，看上去这个村子的情况也并不好，村子里的社员也在吃食堂，还哪有多余的给他们吃呢！刘和顺心里不由一阵难过，长吁一声，暗自思量："跑了几千里的路来到口外，可谁知人生地不熟，连交流都成了问题，更别说找个活儿混肚子挣钱了，这该咋办呀？"

他没有再难为面前这位妇女，而是与汪克齐走出村庄，来到一处沙坡，坐下来歇缓。二人连饿带听不懂语言，上口外的锐气已挫伤了大半。"照这样再过几天，咱们俩都会饿死，连人家说的话都听不懂，还找啥活儿！我看咱们干脆回吧，听说哈密有收容所，到了那里不用花钱，工作组就把咱们送到宁夏了。"刘和顺有些灰心。

汪克齐一听正中下怀，借势说："老兄啊，都到这地步了，我听你的。说实话，我早都想回了，在月儿湾里虽说肚子吃不饱，但每晚搂着媳妇儿，睡觉总踏实。不怕你笑话，我早想小翠了。回就回吧，哪怕以后谁再说口外地上铺金子，我都不来了。"

于是，两人悻悻地坐上火车返回哈密，待在候车室里，望眼欲穿地盼着有工作组来找。站内来来往往的行人在他们眼前走过，一些人从穿着打扮上看像是干部，但就是无人过问他俩。

刘和顺想入非非，一定会有人走到他们面前，向他们询问情况，然后把他们带走。可大半天过去了，并没有人过来和他们搭话。经过他们身边的人都匆匆而过，根本不理会他们，仿佛就没有看见这两个大活人的存在。他们在车站候车室一直等到天黑，还是没有碰到工作组。

汪克齐等得心急了，焦躁地说："这压根儿连工作组的毛儿都看不见，哪儿有啊？"刘和顺也满脑子问号。

为了打听工作组的消息，刘和顺主动询问了车站上两个打扫卫生的人。一个态度热情、操着兰州口音的中年男子告诉他们："这里的工作组有时有，有时没有。"中年男子看着他们狼狈不堪、形似乞丐的样子，关切地问道，"你们是从哪里来的？"刘和顺说："宁夏的。""你们啥时间到哈密的？""来的时间不长。"

"你们到过局里吗？"刘和顺吓了一跳，以为要去公安局。

中年男子解释道："不是的，听说哈密这儿有个劳动局，专门登记外面来的人，给他们安排工作。"又不怎么肯定地补充道，"好像宁夏人不要。"

刘和顺赶忙询问劳动局在什么地方，中年人频频摇头说他也不清楚，只是听说。刘和顺一想这人也是道听途说，看来他们想去也去不了，想回也等不来遣返的工作组。

20

刘和顺、汪克齐毫无目的地在哈密车站、街道里转悠，想碰上工作组，几天过去了，连工作组的影子也没遇见。闲来无事，不是在棋摊前瞅瞅，就是在路边坐坐，有时看见漂亮的维吾尔族、哈萨克族姑娘也会多看几眼，口渴时就找一家饭馆要水喝。先前上口外的那份笃定，经过一连串困难的考验，已经彻底动摇了。

柿子总拣软的捏，刘和顺与汪克齐老盯着一家饭馆要水，次数多了，掌柜的就不耐烦了："你们这是从哪里来的，怎么老在我们家要水喝？"

汪克齐说："我们刚从宁夏来，人生地不熟的。"

刘和顺补充说："我们来口外，看在哪搭儿能找个活儿，家里生活困难得很，半年都吃不上饭了……"

汪克齐在一旁唉声叹气，诉说着老家的穷困样子。

饭馆掌柜听完两人的话，不由皱起了眉头，忽然间记起了什么："这儿有个天山旅社，你们知道吗？"

"我们这是头一回到哈密，连东南西北都分不清。"刘和顺说，"哪知道天山旅社啊！"

饭馆掌柜说："新疆有个克拉玛依油田，正在开发建设，不过听说远得很，要坐几天的车才能到呢，前些日子在天山旅社收人来着，你们有没有去看看？"

汪克齐急忙问："天山旅社离这儿远不远？"

"不远，你们沿这条街下去，"掌柜说着用手给他们指着方向，"前面顺左手走，走上百十米朝右一拐，路北的一片房子，你们就看见了。"

刘和顺和汪克齐喝过水后，按照掌柜所指的方向去找天山旅社。他们转了两个弯儿，顺利地找到了地方。这是一处十分宽阔的院落，有许多人走动，两扇陈旧的木质院门敞开着，左侧院门上横挂一块长方形小木牌，上面写着："天山旅社"，字迹经风吹日晒显得有些暗淡。院内，几排老旧的土坯房整齐地排列着，一间比较大的房屋前墙的两侧张贴着两张约一米见方的白地红字宣传语，上面写着："总路线是照耀我们前进的指路明灯""人民公社是我们力争上游的主心骨"。标语在正午太阳的照射下格外鲜亮，即使隔着老远，依然清晰可见。油田招工办事处就设在室内。

刘和顺的心怦怦直跳，看到如此场景，他激动而忐忑。汪克齐更是兴奋不已，一脸藏不住的喜悦，想说什么一时间又说不上来，两个人几乎是从旅社门里跑步进去。大院里转悠的人群里面，刘和顺一眼就认出了几个曾和自己一起在口里老家党校学习过的人，虽然叫不出他们的名字，但在异地他乡碰到老家来的，有种遇见亲人的感觉。刘和顺万分欣喜，追上去问道："哎哟，你们咋在这搭儿呢？"

几个人看见刘和顺，也颇为激动，亲热地握住彼此的双手："你咋也到这搭儿来了？"

刘和顺叹息了一声，然而这叹息声却是那样欣慰和踏实，同在那个维吾尔族村庄要吃要喝的叹息相比，着实充满了自信。他说："真是一言难尽啊！你们是啥时候到这搭儿的？"

"我们到哈密时日多了。"几个人争抢着说，"来天山旅社也好几天了。"

不远处的另一群人里，有一个人一直朝刘和顺看着，从相貌身形判断，他似乎要比刘和顺稍微年长一点。他一脸喜悦，像认识刘和顺，隔着几步的距离高声大气地说："你就是刘家坪大队的刘和顺吧？"

"哎呀，老哥你是从哪搭儿来的？"在这陌生的地方，居然有人直呼自己的姓名，刘和顺不免激动兴奋，走到那人面前，笑着说，"我这人眼生得很，一时半会儿还想不起来，可不要见怪！"他握住这人的一双大手，眼里隐含着零星的泪花儿。

"我是大岔公社的。"

"大岔公社？"刘和顺眉头皱了一下，在离家千里之外的他乡听到"大岔公社"这几个字，就如同听到"月儿湾"一样，亲切之感油然而生，他紧跟着问，"大岔公社哪个村？"

"唐柳沟。你不认识我，我可认识你。"这人的声音里带着肯定和自信，眼睛中放射出亲昵的光芒。

"唐柳沟和刘家坪大队隔着两个梁皮皮，近近儿的。"刘和顺说，"你看我这眼生的，你贵姓，老哥？"

"那是在前两年县上召开的'三干'会上，你介绍你们队上经验时我认识你的。"这人笑呵呵地说，"咋说呢，当时我瞅着你，总感觉你身上有股子说不上来的劲儿，这见人的第一面重要得很，第一眼的感觉一般不会错。如果我说得没错儿，你一定是个犟脾气，对吧？但心肠肯定好。"这人说着，情不自禁拍了一把刘和顺的胳膊，"最后我打听了一下，才晓得你叫刘和顺，是刘家坪大队的会计。我叫赵德强，到这搭儿已有一段时间了，你们啥时来的？"

刘和顺对赵德强刚才的一番话甚是感激，人生在世，真还是第一次碰到对自己如此了解的人。刘和顺说："我们来两天了。"并将路上的经过大致说了一遍。

赵德强问："你们咋晓得这地方的？"

"听一个饭馆老板说的。"刘和顺补充道，"他说这儿收过人，但又说宁夏人不要，咋你们就到这儿了？"

"哎，不要道听途说。"赵德强有些生气地说，"都是有些人胡吆喝，宁夏人咋了，有啥理由不要？"

"我也纳闷啊，听你这一说，我的心就放下了。"刘和顺说，"只要收就好。"

这时，一旁有人招呼刘和顺他们："办公室的刚下班，过一会儿就来了，具体事得问办公室的工作人员，现在赶紧跟我到房子里缓缓。"

这口外真是天大地大，招待所的房子也十分宽敞。进门的两侧各盘着一张通炕，炕上铺着整块棉毡，除去左右大通炕占去的面积，房间供人走动的地方依旧宽敞。刘和顺和汪克齐被口里的这些人簇拥着坐到炕上，相互格外亲切。真是"老乡见老乡，两眼泪汪汪"。大家能到一块儿，这本身就是一种缘分，自然少不了一肚子的话要说，房间里立马活跃起来，你一句我一句，七嘴八舌说开了。

汪克齐更是口无遮拦，将雨地里吃瓜、逃票以及在维吾尔族村讨饭等事绘声绘色地说了一番，惹得房间里不时笑声、叹气声迭起。刘和顺也不忘把汪克齐小时候丢底的长虫两只眼、"牛"一只眼的故事讲了出来，让一屋子老乡笑得前仰后合。正当大家说得热闹时，门外有人喊了一句："办公室的人来了。"

赵德强说："现在办公室的人来了，你们两个快过去看看，你们拿没拿证明？这些一定要带上。"

汪克齐一听又要证明，心里禁不住又有些担心，他问："要的是啥证明？"

赵德强说："火车票有吗？"

汪克齐说："有，票还拿着呢。"

又有人问："你们还有啥证明？"

刘和顺说："选民证。"

老乡们纷纷说："有这些证明就行了，你们现在就过去。"

"要是办公室的实在不收，我们这些老乡过去再给你们说情。"赵德强说，"你们两人先过去看，应该问题不大。"

刘和顺和汪克齐快步来到克拉玛依油田招工办事处办公室，两张拼在一起的办公桌两边对面坐着一老一少穿着油田制服的办公人员。年长者约莫五十出头，精神饱满，问话时不失和蔼，一口标准的东北话，字正腔圆："你们是哪里来的？"

"宁夏的。"刘和顺没有任何犹豫，直截了当地说道。一旁的汪克齐狐疑地瞅了刘和顺一眼。那人又叫刘和顺和汪克齐走到近前，握住他们的双手端详了一番，看得出刘和顺、汪克齐是下过苦的人，手掌上都留有一层厚厚的老茧，接着问道："你们都带什么证明了没有？"

刘和顺说："火车票。"

这位年长者说："好，有火车票就有了一半条件，说明你们是口里来的。如果没有火车票，很可能就是'盲流儿'。"从问话中就可以判断出，他对刘和顺、汪克齐的到来持欢迎态度。

刘和顺把他和汪克齐随身携带的火车票以及选民证统统交给了这位工作人员，心想赶紧将这些能够证明自己身份的东西交出来，只要人家能同意收下他们，先将肚子混住就谢天谢地了，最起码比这样子回去强百倍。

这人看过刘和顺他们的证明后，在报名登记册上填写了刘和顺和汪克齐的姓名，然后让年轻人先领他们找间房子住下。

刘和顺没想到这事情会办得这样顺利，顺利得让他心里有些发虚。

得知他们被收下后，赵德强和口里的这些老乡们都跑来道贺。

更让刘和顺没有想到的是，晚上他们就享受到了八人一桌的黑面馍馍加洋芋烩白菜的优待。馍馍是切成一牙儿一牙儿放在木制盘子里的，洋芋、白菜和汤汁盛在暗绿色的大瓷盆里面。看着眼前可口的饭菜，刘和顺和汪克齐简直不敢相信这一切是真的，一时间两个人激动得浑身渗出一层汗。这一切都是真切的现实。

吃过晚饭往住处走时，汪克齐不停地用双手刨着肚皮，乐悠悠地对刘和顺说："只要有这样的生活，今后叫干啥都成！"

刘和顺自然也高兴，好久以来被饥饿折磨的肚子，突然受到这般款待，却有种小小的不适，饭菜下肚，竟感到隐隐胀痛。但内心深处的幸福满足不言自明，好像从万丈深渊爬上地面，看到了阳光。

晚上，油田招收办召开会议，刘和顺和汪克齐作为油田招收的正式人员参加了会议。会上听招收办的负责人说，招收工作马上就要结束了，这次招收的主要是筹建油田电厂的工人，三天后全部人员将动身前往克拉玛依，开始投入短暂的岗前培训，然后根据情况分配到各工地。

第二天早上，全部人员在招收办负责人的引领下，由赵德强带队出操。刘和顺平生第一次参加这样的集体活动，总感觉既不适又兴奋，同汪克齐一样，在旅社大院内没跑几圈，就已气喘吁吁。早操过后，刘和顺打趣地对赵德强说："原来老乡是这里带队的头儿啊！"

赵德强笑着说："让老乡笑话了，啥带队的头儿啊，我只是比你们早来这里几天，招收办的人让我临时配合他们管管新招收的人员，每天的早操也就临时由我带着大家跑跑。"

经过两天的准备，全部人员第三天一早由哈密乘火车到达坂城。

列车到时已是晚上七点多，每人分了一个饼子充饥，连夜分乘两辆解放牌卡车前往目的地。

汽车跑了两天两夜才来到克拉玛依的白碱滩，由于长时间坐车，下车之后刘和顺和绝大多数人一样昏昏沉沉，双膝酥软。厂部领导非常关心新招的人员，让他们先吃饭，每人约二两面的馍馍四个，还有炒菜。

吃过午饭，所有人员都被召集到厂部操场开会。讲话的高个子杨主任，声音洪亮，笑容可掬。听人说他是老革命，江西人。毕竟刘和顺在老家当过会计，开会这样的事情经得不少，听得出杨主任是个很有见识的人，讲话干练明快，思路清晰，精气神十足，而且极具说服力。他说道："克拉玛依是祖国的一大块宝地，拥有非常丰富的石油资源，但以前能力有限，无法充分开发。新疆和平解放时，有一百五十多名职工，两口出油井，日产油两三吨，这就是历史留给新疆石油工业的全部遗产。如今，党和国家大力支持新疆石油工业的发展，克拉玛依迎来了新的历史机遇，在我们这一代人的手上，这里将成为国家重要的石油基地。"杨主任讲完后介绍了电厂建设的一些基本情况，随着有意加重语气说，"大家从全国各地来到这里，这既是我们的缘分，也是你们每个人的福分，当然还要你们付出艰辛和努力。你们每个人的身上都充满着勇气和毅力，你们都是好样儿的，我们油田电厂非常欢迎你们！希望在大家的共同努力下，油田电厂尽早建成，尽早为采油供电，让我们的新疆变得更美好，为社会主义建设添砖加瓦，为伟大领袖毛主席争光！"话音刚落，会场上顿时响起雷鸣般的掌声。

21

飞机平稳地降落在了兰州中川机场，刘晓东和妻子莎莎早已等在候机楼出口。他浓眉方脸，一副墨镜架在头顶，上身着黑色花纹 T 恤，下身穿灰色休闲裤，屁股绷得紧紧的，就这扮相加上魁梧的身材，乍看总让人有点胆怯。他的身旁，是个头高挑的莎莎。莎莎是她的汉语名字，她的维吾尔语名叫尼尔玛莎。飘逸的咖啡色大卷发披过肩头，细腻凝乳的肤色，透着新疆马奶提子般的光洁，两道柳叶浓眉，一对吸收了天地灵气的眸子，水汪汪的，清澈明亮，长长的睫毛配上恰到好处的眼线，蓝钻似的瞳仁光彩夺目，棱棱的鼻子，淡淡的粉唇，脸部的每一处都是那样合宜，身姿婀娜，红裙飘飘。见父亲和兄长已经下了飞机，刘晓东和妻子疾走上去和他们打招呼。

"老爷子，两个多小时的飞行累吧？"莎莎笑容可掬地跑上去询问老人的情况。

"不太累，就是觉得太快了，"刘和顺摇着头说，"连眼睛都没合一下就到了。"

"不会吧，老爷子，这都已经飞了快两千公里的路程，我们等您都等得有些心急了。"莎莎笑着说，一边上前搀扶着老人，一边朝兄长刘晓明微笑着代以问候。

刘晓东从刘晓明手中接过随行的箱包，两人随同父亲和莎莎走出候机大厅，向停放轿车的停车场走去，询问着飞机上父亲的状况。刘晓明说："我们的担心是多余的，大一路上精神很好。"正说着，手机响了，他拿在手中端详，"这不是志琴嘛，她也飞过来了吧。"说着，接通了电话："喂，志琴，你到了吗？"

"到了到了，舅舅，没有让你们等太久吧？"电话里传来王志琴急促并带兴奋的声音。

"我和你姥爷也刚下飞机。"刘晓明说，"你不要急，我们等你。"

"那好吧，舅舅，你稍等等，我马上过来。"王志琴说。

她是从北京飞过来同姥爷、舅舅他们会合的，这次不但要亲身感受黄土地的温情，了解月儿湾如今的生存状态，而且要在这绝好的氛围中让姥爷、舅舅再谈谈他们丰富曲折的人生经历。她曾耻笑过一位因孩子走失在大街上像疯子一般号啕大哭的妇女，也不理解如今有豪车大宅的姥爷为什么老是将过去上口外的那些陈谷子烂芝麻常常挂在嘴上，晚辈们都很少有人静心去听。有一天，她的女儿以非常超脱的姿态说："妈，为了我现在的身材，这辈子我都不结婚，做个'丁克'潇洒一生。"后来，当她在一个黄昏为一时找不到孩子急得两眼发绿时，她才理解曾经自己耻笑过的那位妇女的心情，她发觉自己原来是那样的无知。在如今小杂粮稀缺的年代，当她偶尔尝到母亲烙的苞谷面馍馍时，总感觉那醇香的味道远比京城里餐桌上的美食佳肴好吃得多，她不由得联想起小时候的至纯至真。或许姥爷念念不忘那段经历，和她想念自己的童年一样。

清晨，迎着初升的朝阳，当她看到那么多的小孩子背着书包奔向学校，稚嫩的圆脸蛋总让她想上去像咬苹果一样咬一口时，女儿的那些话总会萦绕在耳畔，她感到女儿的自私像毒蛇一样盘踞在心间，但年轻气盛的女儿却丝毫没有察觉，反引以为荣。可这就是现实，就是自己女儿当下的想法。

王志琴为自己庆幸，京城的繁华尚未让自己迷失心智，当她在某个清晨突然感受到了女儿和儿子的命运打成死结深深嵌进姥爷内心的时候，当桀骜不驯的舅舅刘晓东勇敢地将貌美如花的舅妈莎莎娶进家门的时候，总有一种声音在她心里霍然响起，她感到某种弥足珍贵的岁月印记正在如今的年轻人心中一天天消失，她再也坐不住了，她决定要用文字记录下姥爷一家上口外的历程。

王志琴带的东西非常简单，除了右肩挎着一只长系的软包外，别无他物。她看上去身形羸瘦，神态悠闲，上身纯白的 T 恤上套一件浅绿色的运动服，下身米色的直筒裤，脚上一双灰色休闲鞋，整体穿着简约素朴，走起路来很像她的母亲刘秀君，而且一看那张瓜子脸，就知道她与刘秀君有着血缘关系。

"志琴的时间总是把握得很好。"刘和顺第一眼看见王志琴的时候，就抑制不住激动的心情，一边往上迎着一边说，"可惜你妈她太忙了，要是这次能和咱们一起回月儿湾该多好啊。"

王志琴知道月儿湾对母亲来说是一个深深的伤痛，她时常回避着与月儿湾有关的话题，对于回月儿湾这样的事情母亲更是表现得没有常人那样自如。她总是像做了错事一样表现得极为内疚和自卑，况且母亲也有撇不下的饭馆营生和康平村的卫生防疫工作。

"姥爷、舅舅、舅妈，你们好！"王志琴一口气问候了诸位长辈，"我打电话动员了我妈好几次，她实在忙得脱不开身，最近又在开展卫生防疫工作。"

"也不能怪她，"刘和顺说着伸手攥住了王志琴的手，"你把东西都吃哪儿去了，老是这个样子。"

"她就那身体，"刘晓东笑着说，"就是把酥油灌上也不肥。"

"志琴的身体怎么了？"莎莎有些不大乐意地看了刘晓东一眼，"我就喜欢志琴这样的，这是当今社会最时髦的身体，你看那些减肥的，个个愁眉苦脸。"

"舅妈这话我爱听，"王志琴笑着说，"不过我三舅说的也对，我这辈子是吃不胖了。"

"都上车吧，"刘和顺说，"还有几百公里的路要赶呢。"

他们五个人乘坐七座的商务车很是宽敞，王志琴选择和舅妈莎莎坐在最后一排，刘晓东开车，刘和顺单人单排坐在中间，副驾位上坐的是刘晓明。出了中川机场，几个人再没有逗留，直接向目的地开去。

莎莎汉语说得非常流利，一路有说有笑，当王志琴问起当年她和刘晓东的罗曼蒂克史时，她毫不隐瞒，爽快地和王志琴聊了起来。

"要说当初在国营轧花厂那会儿，我第一次看见你舅舅的时候，还真有些讨厌他。"莎莎带着笑却又不失认真地说，"就连他走路的姿势我都反感，左脚在石河子，右脚在乌苏的样子，一看就不是个实诚人。"

"志琴，你可千万别信你舅妈的话。"刘晓东看了一眼后视镜，貌似不满意地笑着说，"那会儿是她追的我，这会儿倒摆起了谱儿。"

"好好开你的车。"刘和顺说，"让她们说她们的，你操啥心，莎莎的话有啥不对的，到如今走路的姿势也是左肩高右肩低。"

刘晓明看了一眼父亲，又看了一眼弟弟刘晓东，拢着一脸笑意没说什么。刘晓东听完父亲的话，摇了摇头，嘴角撇了一下，挂出一丝浅浅的笑意："真是冤枉啊，矛头指的都是我，这人真不能有短处呀。"

莎莎咯咯地笑着，依旧在继续她的话："我是个简单人，受不了别人对我的好，我们那时的轧花厂几十年如一日，根本不搞研发。我美其名曰在技术科搞检测，实际上仍然在生产第一线，有时几小时下来，鼻孔快要被棉绒塞实了，开饭的时间我总是赖在床上。那个时候男的女的自找对象的也不太多，要是有哪个男的和哪个女的多说几句话，厂子里就一溜烟地传。"莎莎说着，略有羞涩地笑着，好像又回到了当初的国营轧花厂里。

"说起来你舅舅那脸皮比城墙还厚，他那会儿就盯上我了。"

"看把你自个儿说的，不就是个大学毕业生嘛，我现在还是上海交大总裁班毕业的优秀学员呢，有什么了不起的，又不是和田玉，价格飞上天了！"刘晓东忍不住插了几句，惹得王志琴咯咯地笑出声来："舅舅、舅妈到现在还这样逗啊，这可是家庭和睦的一个表现。不过，我有一件事一直没有搞明白，舅妈你一个大学毕业生，当时那么稀罕，怎么能回到县国营轧花厂呢？"

"这也是被逼无奈啊！我阿娜，也就是我妈妈。"莎莎做了必要的解释，"打我记事起一直就身体不好，病恹恹的。我是我们家的老大，本来小学毕业后我阿塔就不让上了，可阿娜非要我上不可，阿娜坚持让我读完了大学。为了方便照顾阿娜，大学毕业后我坚决要回来，通过我同学爸爸的关系，才分配到县上。这些你舅舅都清楚。"莎莎一口气说完了自己的这段历史。

"哦，我明白了。"王志琴点点头，给予了回应，"那与我舅的下一步呢？"

"你舅舅那会儿可勤快了，可以说每天都到灶上去给我打饭。"莎莎继续着她的话题，"没过几天，厂子里风言风语就传开了，弄得我无处躲无处藏，可他呢，大大咧咧上班下班，好像干了件什么美事一样。你还别说，过了一段时间，职工们一个个都习以为常了，也不再拿我们的事情开涮了，一些女职工私下里还说挺羡慕我的，她们倒很希望有男的也那样对她好。"

"本来嘛，极其正常的事情，可那会儿轧花厂里恐怕就我一个人敢大大方方进出你们的宿舍。"刘晓东又说了一句，听话音他也挺怀念年轻时的那段时光。

"可不，那会儿我们宿舍就你自由出入，几乎再没有别的男职工敢进来。"莎莎说着，表情里带着几分自豪，"慢慢地，经过车间生产啊，平时的接触啊，我感觉你舅这人倒还可以，虽然长得其貌不扬，心术倒还不错，见他对我那样真心，我也就答应嫁给他了。噢，那时啊……"莎莎说到这里，突然转了一下话锋，"你姥爷可没有少反对，我们家里也不同意，我和家里还闹了很长一段时间别扭呢。我原本以为那样大的阻力，事情可能就拉倒了，哪承想你舅舅背着我亲自跑到我们家，把他自个儿的想法和我父母说了。"

"我舅舅他都咋说的？"王志琴紧随着舅妈的话，探究似的问着。

"我阿塔到现在还时常提起你舅舅的那句话，很赞成。我阿塔当时问他凭啥要娶我，你猜你舅舅怎么说的？他说他是个直性子，拐弯抹角的话他不会说，如果他和我走进天山森林里遇到猛兽，哪怕把他吃得只剩下一根骨头，他都要保护我，而且保证结婚后严格按照我们家的习惯生活。"

"他的这句话打动了我阿塔，看他是个真正的男子汉，最后也就勉强答应了。你姥爷不同意我和你舅的婚事，一是怕我进了家门，生活各方面不方便；二是怕我们文化差距大，没有共同语言。对吧，老爷子？"莎莎斜着头看着前排座位上的刘和顺，郑重地问。

"做父母的谁不希望儿女能有个好姻缘，当初不同意你和东东的婚事，当然有这些方面的顾虑，有些事等你们老了，自然就明白了。"刘和顺语重心长地说。

王志琴回味着舅舅婚前说给岳父的那句话，有种被感动的激情，从那句话里，她强烈地感到舅舅周身流动着炽热的血液，他是个有骨气的男人，作为他的外甥女，她是荣幸的，更是骄傲的。她知道舅舅刘晓东年轻的时候还有很多故事，他本身就是一个充满故事的人，王志琴迫不及待地想听听他本人的讲述，她想那肯定是个激荡人心的过程……

22

站在魂牵梦绕的祖国西部这片辽阔土地上，听着克拉玛依油田电厂杨主任铿锵有力的讲话，刘和顺心情激动，一种荣誉感和自豪感油然而生，他多想插上双翅飞向月儿湾，将平安到口外的情况告诉母亲和妻儿。

杨主任考虑到大家一路坐车的辛苦，会后没有安排特别的任务，而是让好好休息，把浑身的乏气儿彻底缓过来。第二天集中一天的时间开展一些岗前安全培训，第三天分到各自的工地上。刘和顺想得更长远一些，来到这样一个全新的环境，几千人的大集体，如何把心境调整好，怎么尽快适应……从各方面来讲，他认为自己和汪克齐都要积极地努力，弥补文化水平不高、没有技术的劣势，绝不能因自己而拖了别人的后腿。

全部人员按油田电厂建设需求被分配到不同的工地，其中建设工地下设建筑队、供应队、辅助队等，队下面设班组，每位人员都被安排到相应的班组。刘和顺和汪克齐被分到二十八班，在火车上认识的朱智远竟然也出现在二十八班，这让刘和顺颇感意外。朱智远看到刘和顺和汪克齐两个人也在建筑队，高兴得不知道说什么才好，他说在柳园几个人分手后，他跟着陈卫东一直到了乌鲁木齐。陈卫东有个叔叔早就在克拉玛依油田工地，就让他们直接进了油田电厂，陈卫东被分到辅助队了，他被分到了建筑队，陈卫东的叔叔说等过些日子，也把他调到辅助队去。看着朱智远热情地和他们说话，刘和顺心里藏着的问号又冒了出来，面前的这个小伙子，分明就是朱宝贵当年的模样……他要找逼死父亲的凶手，解开那场熊熊大火之谜，还父亲一个公道。

说来也巧，由哈密同来的赵德强意外地升任为二十八班班长。虽然每个班只有十五六个人，但他们来自全国不同地区，几乎互不认识。两千人的建设大军被分配下去，整个工地秩序井然。二十八班与其他三十四个班的任务是建冷却塔。

白碱滩上挖的全是地窝子，一排一排的，一眼难望到尽头。刘和顺从未见过这样壮观的场景，有些眩晕。汪克齐来到刘和顺身边，搓着衣襟说："老兄，看来情况不是我们想象的那样，这里好进难出啊，到处都有岗哨，来到这地方，以后想要回老家，恐怕都难。"

"我问你头里面到底装的啥东西？"刘和顺瞪了汪克齐一眼，极不高兴地说道，"你再没想的，每天都想些乌七八糟的事情，才刚刚有了这份工作，你就想着逃跑啊，难怪你能干出卖牲口还贷款的窝囊事。"

汪克齐嬉皮笑脸地说："每天有馍馍吃，一月吃几十斤粮，还有工资，鬼才想着回去呢。"

刘和顺被汪克齐刚才孩子一样的表情逗乐了，自打离开月儿湾以来，汪克齐从没像今天这样发自内心地快乐过，他也有和汪克齐一样的感受，但依然一脸严肃地说："到了大集体，要多干活少说话，本来你的那张嘴就没个把门儿的，要是因为说话闹出啥事来，可就不好收场了。"

现在的汪克齐已经没有当队长那时威风了，越来越惧怕刘和顺，看到他一本正经地给自己说话，便收敛了刚才的油腔滑调，只是一个劲地点头应承。

厂部的分配方案是由赵德强传达下来的，同好多班组的活儿一样，二十八班主要负责运送建筑所需的石块和沙子，运输工具除了用柳条编制成的"抬把子"外，便是用棉线织就形似麻袋的又大又长又厚的"塔哈尔"。不论"抬把子"还是"塔哈尔"，在刘和顺和汪克齐看来都很新鲜，老家的运输工具除了扁担就是背篓，更何况他们曾是队里的干部，扁担和背篓上肩的机会就不多，如今碰上这两样要用双手负重的工具，他们不仅惧怕不会用，而且怕吃不消。同维吾尔族工友善背的"塔哈尔"相比，他们倒是感觉"抬把子"稍微好用一些，尽管如此，一天劳动下来，刘和顺的十指僵硬生痛得失去了知觉，伸不直也攥不拢，心里有种说不上来的滋味儿。其实难受的主要不是干活的苦，而是牛虻的袭击，工人们叫不上学名，把它叫作小鸟。白碱滩所在的戈壁滩上，太阳一出来，牛虻成群结队的，有时候钻进人的头发里，抠都抠不出来。牛虻的毒性特别大，刘和顺与汪克齐的脸上、手上也被蜇了几个大包，红肿痛痒难忍。

晚上收工回到地窝子里，人人不住地握攥双手，捋抹胳膊腕子，抠着脓包，个个脸上痛苦不堪。汪克齐坐在床上更是叫苦不迭，将两只手伸直在眼前，看了再看，脸拉得老长，不停地哀号："咱这是在这滩里喂'小鸟'来了，迟早得被这些家伙吃了。还有，这活儿也不是人干的，在老家就是三伏天拔上一天麦子，也比这好受，照这样下去，两个爪子迟早就废了。"他不知道以后的每一天将怎样坚持下去。

"你声音能不能小点儿，就像个挨不住事的女人，"刘和顺说，"这才头一天，等过上几天蜇麻木了就不疼了，'抬把子'抬习惯了，手也就服下了。"

"我的哥哥哟，"汪克齐一阵苦笑，"你的话头不要那么硬了，'小鸟'蜇了我看你抠得最歪，你的那双握过笔杆子的手手儿这会儿怕还不如我呢。"

刘和顺暗地里将双手使劲攥了一把，一股胀痛灼烧的感觉像电流般直击心房，他在心中暗叹："这地方的活儿还真不好干。"

晚饭的时候，建筑工地大喇叭播报第一天各班组的工作情况，对工作完成得好的一班、十四班、十七班、二十班等几个班组给予表扬。赵德强带领的二十八班和没有完成运输石料任务的六班、九班、三十一班被点名批评，赵德强的脸上没有了光彩，当晚他就组织召开班会。

在会上，赵德强一脸严肃地说："刚才你们都听到了，脸上光彩吗？我们每个人有几分力就出几分力，力气这东西攒不下来，把头脑里在老家的那套东西赶紧清除掉，班组每个成员都要鼓起劲来，争取今后不要让我们班再成为批评对象。再者，上面已经有规定，如果哪个班连续三次受到点名批评，这个班就解散，人员从哪儿来就滚哪儿去。我们来这里不仅仅是为了混吃混喝，而是为了建设新疆、建设祖国，祖国需要石油和电，我们不干谁干？"

赵德强的一番话让班里每个人的脸上都烧着一团火，因为白天的活儿没干好，其实更怕以后这个班解散，他们又将成为"盲流儿"挨饿。以后的活儿怎样干，每个人心里都做着不一样的打算。第二天，赵德强将班组成员根据身高和体力情况重新进行了搭配，瘦小的朱智远同刘和顺分到了一起，刘和顺没有提出任何弹嫌，只觉得机会来了，距离弄清楚当年父亲货窑被烧那件事情真相的时日不远了。

班长赵德强的确是个有组织能力的人，及时召开的班会和人员的合理搭配给二十八班增添了不少活力，班组成员个个鼓足干劲，力争上游，情况有了明显的好转。

刘和顺咬牙坚持着，和很多工友一样，他的手上先是被"抬把子"的木把儿打了一层血泡，随着不断握攥"抬把子"，血泡又被磨破，粘上沙土，再攥着负重几十公斤沙石的"抬把子"时，手指便钻心地疼痛，像是有根钢针扎在心上，要将整个心脏穿透。血泡将每一个"抬把子"涂染得失去了原本的颜色，呈幽暗的紫红色。

每晚收工回到住处，工人们都会不停地端详自己的双手，看着磨破血泡的地方生出一层茧子，他们的心里就会有种瘆瘆的感觉。朱智远的双手看上去要比刘和顺的好得多，他似乎在此之前就干过同类的活儿，手上早已结着一层厚茧，所以他总会在工友们为双手痛惜时说些抚慰的话。对于刘和顺，朱智远似乎更为体贴一些，不仅因为刘和顺比他年长，而且他们两个人是搭档，还挤在铺着一层苇子草的地窝子里睡觉。

由于长时间高强度的劳动，刘和顺的身体极度困乏，只要躺到地窝子的苇子草上，就会双眼一闭，再不想起来。很多的时候，朱智远都会帮他从大灶上打来饭菜，每天早晨上工前，也总是朱智远用轻柔的推揉和叫声让刘和顺从熟睡中醒来，除了这一切看似习以为常的生活细节外，让刘和顺更为感动的是朱智远把自己的一双帆布手套送给了自己。刘和顺没有细问手套的来历，他本来也没有打算要，可朱智远硬是将它们戴在了自己的手上，笑容可掬地说："你大我几岁，你是哥，你就戴上，我光着手干惯了，戴上手套反而有些不方便。"

刘和顺抹下手套递给了朱智远，他深知时下一双手套的价值，那可是远远超出了它们本身的价格。

"哥，你就拿着，别不好意思了。"朱智远说，"反正我又不戴，放着也是放着，你手疼不能劳动，还不是一样影响咱们两个人的进度。"

听到影响劳动进度时，刘和顺的面容一片绯红，抬着"抬把子"劳动的时候他的的确确拖了朱智远的后腿，他总在内疚，可浑身有劲就是使不出来。他渴望两只手尽快好起来，可以甩开膀子好好大干一场，但是每当双手握起"抬把子"时，每根手指及手掌就钻心地疼。别看朱智远小刘和顺几岁，个头也不高，可劳动当中总是让着他，为了照顾他磨破的双手，"抬把子"里的石料大多都是朱智远装进去的。有时候，一起干活的维吾尔族工友碰见他们两个人，会老远操着生涩的汉语说："朱智远，好样儿的。"此时，刘和顺感觉就像有巴掌抽打着自己，心上七歪八扭地难受。

"再不要胡思乱想了，拿着吧，哥。"朱智远说着，再一次将手套递到了刘和顺手里，"手好了，你浑身的力气才能使得上，工友们自然也就不再取笑你了。"

刘和顺感觉再推脱便显得有些生分了，讪笑着说："那我就拿上了，把手赶紧护好，等手好了，哥替你多干些活儿。"

刘和顺的话虽然说得并不十分响亮，但是他内心却充盈着满满的感动，觉得朱智远确实是个好小伙子，能交上这样的朋友，真可谓人生幸事。

同抬着"抬把子"劳动和被"小鸟"蜇的苦楚相比，让刘和顺更为不适的是食堂大灶的秩序。两千多人的建筑工地，五六个食堂，每到开饭时间，工人们就像骚动的蜂群一样聚在打饭的门口乱嚷嚷，成形的队列总会被插队的人弄得乱七八糟。大多时候，认真排队的人却是最后才打上饭菜的。有人插队，其他人只是忍气吞声，不敢检举，因为插队的人当中十有八九都是身体壮实的，碗口粗的膀子一伸，像一座铁塔往队列中一站，谁吃了熊心豹子胆敢去指责呢！

在朱智远那双手套的呵护下，刘和顺的手伤慢慢痊愈，磨破处全成了茧子，他抖擞起精神，感觉浑身有劲了。

一个黄昏，刘和顺和朱智远依旧像往常一样自觉地排在队列当中，一步步向打饭的门口靠近，两个人望穿秋水，盯着前面的人一个个打上饭走了，总算轮到他们了。刘和顺双手搭在前面朱智远的肩上，门口飘出的饭香味搅动着他的肠胃，经过一个下午的劳动，此刻他已饥肠辘辘，双目死盯着门口的饭菜。就在朱智远伸手将打饭的盒子伸进门口时，两个身体健壮的维吾尔族工友堵在了他的前面，朱智远本能地向后退了一步，将伸开的胳膊又收了回来，好似等待良久就要到手的猎物被人夺走一般。刚才发生的这一幕使刘和顺心中的怒火猛然蹿了上来，他声音浑厚地喊道："哎，哎，还没有轮上你们呢！"

这两个人几乎同时转过身体，像受了侮辱一般，眼里射出两道凶光直勾勾盯着刘和顺，相互用维吾尔语说着什么。刘和顺两道剑眉顿然立起，目光直刺前面两人，语气沉稳厚实，头一摆："别不好意思，到后面排队去！"

队列后面的人这时也都嚷嚷起来，让自觉排队。此时，一个洪亮的声音从后面传来："这是干啥呢，都不要嚷嚷，你们两个，不要插队，到后面排队。"一位身材魁梧，一身工作服比其他人的显得干净的男人走了过来，从这人的穿着打扮和浑身的气度来看，倒不像是成天抬着石头沙子劳动的，分明就是位领导。

他们俩眼见来了管事儿的人，就再没作声。其中一个伸出右手食指指了一下刘和顺，目光狠狠地在刘和顺身上剜了一下，极不情愿地走向了队列后面。

朱智远对刘和顺说："就让他们先打又能怎样，何必理他们呢！"

刘和顺呵呵笑着："闲着呢，大家的肚子都在唱歌呢，凭啥让他们后到的先打？"

朱智远摇了摇头说："苞谷地里的麦子，你就悄悄儿长着。"

"你倒忍性好，今儿这事我还就是要管，看他们能把我咋样？"刘和顺瞪了朱智远一眼。

饭后，汪克齐找到刘和顺，觉得不提醒不行，让刘和顺到地窝子外说话，他看上去甚至有些心神不宁。

"出啥事了？看你慌里慌张的。"刘和顺疑惑地问。

"老兄，今儿打饭的事，我排在后面看得一清二楚，"汪克齐说，"你就不该说那两个人，他们横着呢。"

"咋了？"刘和顺有些纳闷，"他们插队，难道我说错了？"

"你是比我日能，但这件事情你就不该站出来，"汪克齐强调说，"他们经常插队，那么多人都不说，就你忍不过去啊？他们可都是有来头的人，强龙压不住地头蛇。"

"闲着呢，我还就要掐掐他们的蛇头，"刘和顺笑着，"看看他们能生出啥花雀雀来。"

汪克齐自感说不过也说不服刘和顺，气得丢过一句话："你可别在独木桥上唱大戏——当不要命的主啊！"

23

月儿湾的漫山遍野中，大面积的小麦泛着干渴的土黄色，豌豆茎蔓上斜挂的豆荚干瘪地耷拉着脑袋，洋芋叶面上笼罩着一层厚厚的浮尘，随风摆动的莜麦、谷子、糜子等农作物像霜打了一般，无精打采，哪有盛夏农作物枝繁叶茂、兴旺生长的样子。社员们心里充满期待，渴求在一个新的黎明或夜晚，能下一场透雨，让焦渴的庄稼喝个饱，让平整的粮场摆满各种形状的庄稼摞。他们更期盼在噼里啪啦的连枷和滚动的碌碡下，掬起一捧捧熟饱的粮食，满怀喜悦地从食堂大灶上打来的食物里看见的不再是能望见人影的清汤，而是散发着浓浓香味的面食和馍馍。

临近中午，东北方云层中凝聚翻腾着团团黑云，有种漫延开来的态势。马世文抬头望了望天空，太阳依旧炽热，他渴求阴云瞬间遮住它，立时来一场大雨，却又怕在庄稼待收的节骨眼儿上，老天爷节外生枝，抛下无情的冰雹，那样，将会比要了他的命还惨。他已经开始谋划夏收的诸多准备，在山上安排一些社员对秋田庄稼进行锄草的同时，让三个老农将木杈、连枷等农具拿出来收拾，打碾粮食的场里已有二大爷扶夯、四人拉纤，唱着夯歌开始紧场了。先是二大爷唱一句，接着大家和一句，句句让人激动，句句让人高兴。

年轻人呀齐用力咧——夯来——

月儿湾呀真美丽咧——夯来——

洞洞梁呀飞凤凰咧——夯来——

挺起腰呀拉起纤咧——夯来——

娶媳妇呀皮肤白咧——夯来——

会做饭呀孝公婆咧——夯来——

马世文站在场口，听着这熟悉的夯歌，熟练地卷了支旱烟，没有点燃，而是随手夹在了右耳，期盼着尽快开镰。粮场不远处，有一个人正笑盈盈地看着队长的举动。这人看上去身板结实，头发梳得整洁，同其他社员比起来，倒显精神。这人不是别人，正是食堂保管员张奎。张奎看了一阵马世文，走了过来，满脸堆笑，点头哈腰地说："再过些时间，这山上就热闹了，该是虎口夺食的日子了。"

张奎最善察言观色，他看得出马世文心里的所思所想，将话头直接递给马世文。马世文将上衣扣子解开，一只手将左侧衣襟分开插在腰间，另一只手擦了一把脸上的汗，说："就是啊，到了这节骨眼儿上，粮食还长在地里，人的心哪敢闲啊，连做梦都往地里跑呢。"

张奎抬头看了看天："要是有一场透雨，太阳再美美地一晒，麦穗子才能把浆灌得更饱。"他有意将声音压得瓷瓷的，似乎从说话声里就能听到太阳下那颗颗麦子汩汩灌浆的声音。

马世文嘿嘿一笑："下雨怕成盼头了，麦子、豆子明显跟不上了，就盼着秋粮能好些。这粮食啊一天没有进仓，人的心就不得安宁。啥时候打碾完装进库房拴好了，这心才能踏实。"

"也是啊，就盼着天气不要生六爪子，可看今儿的云彩恶得很，我这心也悬着呢。"张奎说着瞥了马世文一眼，他的话使这个队长的眉头抖了一下，比天空的乌云还要沉重。

张奎话虽这样说，可心里恨不得天上骤然飘来一场疾风横雨。庄稼丰收与否，与他张奎的关系似乎并不大，社员再怎么缺粮少吃，不能饿了他张奎的肚子。即便在时下，他肚子里不也天天有油水嘛，就是清汤，他碗里的也比社员们稠得多。

张奎接着说："队里的社员若要都和咱们的想法一样，这生产还能搞不上去吗？我估摸着他们心里每天想的都是把日头从东山背到西山就完了，睡在炕上肚子再饿，第二天起来还是那种干法，不紧不慢磨洋工，干活溜地边，吃饭端大碗。"

"哈哈哈……"马世文发出一串浪笑，他明显地从张奎话里听出了挑唆的成分，"大多数社员可不是你说的那样，这几天谁不盼着粮食及早收到场里？"马世文的反问，让张奎一时语塞。

让张奎始料未及的是马世文和汪克齐大不相同，他常常想巴结却又常常话不投机。当张奎想到汪克齐时，将一只手按在嘴上哼哼笑了，他在心里又默默念叨："那个蠢材，不但娶了个可人老婆，居然也当过刘家坪的大队长，要不是那个刘和顺像狗一样护着他，我早就放了他的风筝。"张奎又得意地想起，还是因了自己的一句话，一箭双雕，除了让他左看右看怎样看都不顺眼的刘和顺和汪克齐。如今的月儿湾，他放眼望去，真可谓朗朗晴空，没有几个可以挡着磕着他的人了。多少回，张奎为此自豪感慨，可这也是他内心一个天大的秘密，就连睡在一个被窝里的媳妇儿杨银香他都没给透露过。一想到那个一脸麻子的女人，张奎就倒胃口，让张奎想不明白的是，杨家一门人咋就脸上都生麻子呢？跑了口外的妻哥杨金库，就是响当当的杨麻子，十里八乡说起杨金库没有几个知道的，可一提说杨麻子，哪个人不知，哪个人不晓！张奎将这兄妹两人的脸面反复回想，翻来覆去进行对比，比来比去脑海里全都是麻子，这让他有些失落。等到思绪回到原位，再想和马世文拉几句恭维话的时候，马世文早已走到百步之外。

张奎和刘和顺像是一对天敌，虽然看上去胖瘦差不多，个头都属中等偏高，但从脸型上分辨，一眼就能看出不同。尽管张奎常常沾食堂里的光，脸面微胖，但和刘和顺那张纯正的国字脸相比，张奎的脸上总透着一种让人难以捉摸的奸相，像是苫着一层土雾，看不到他的真实面孔。而刘和顺的那张脸，一眼看去就踏实可靠。

还是娃娃的时候，张奎的霸道令刘和顺憎恨。长成大人了，张奎在人前那副点头哈腰的样子也令刘和顺看不惯。但每逢队里有事，张奎偏偏总爱黏在刘和顺身边问长问短，偶尔还会对刘和顺指指点点，俨然一副"大拿"的架势。记得有一次，也是刘和顺忙队里账目的时候，张奎像是在旁边帮忙，实是胡乱翻看，又问这问那，一下引爆了刘和顺的脾气，一声"滚出去"震得队部房里旧年尘土纷纷下落。猛然的声音把张奎吓了一大跳，双腿一软，险些从凳子上跌落下来，恼羞成怒地抓着门框臊红着脸走出了队部办公室。张奎将此事作为一大羞辱，声称迟早要报复刘和顺，让他吃不了兜着走。刘和顺事后也有耳闻，对当时自己无意的粗鲁行为表示懊悔，但这毕竟是工作中的细枝末节，时间不长，刘和顺就忘到九霄云外了。对于张奎的扬言，刘和顺完全当作耳旁风。一者他想张奎不是那样小气量的人，不过一时心里窝火说了气话。二者他对张奎的为人也非常熟悉，谅张奎再借个胆也奈何不了自己。可刘和顺哪里知道，汪克齐卖掉队里的牲口、违规使用公章就是张奎使的计谋。

张奎看着马世文远去的身影，得意扬扬地昂起头来，他想刘家坪队里主事的人，一个个都是他手里把玩的物件儿，终有一天，他张奎会成为刘家坪的主事人，让所有的社员都听他的，早早地把他朝思暮想的"心上人"搂入怀中。张奎想象着那一天到来的情景，脸上掠过一丝隐隐的兴奋，不免再次抬头看了看天空，聚拢翻滚的黑云比先前更为厚重，也渐渐开始漫延，他期盼立马下一场冰雹，将满山待收的庄稼打个稀巴烂。不知为啥他又突然想起杨银香，刚才一脸的色彩像是被阵风吹尽，他叹息一声，扫兴地背抄起双手，朝食堂走去，大脑深处，汪克齐媳妇儿小翠一对高挺的奶子跟随他的脚步不停地在眼前晃动。

小翠在山上干了一天农活儿回来，坐在窑门口脱下布鞋磕土，布鞋嘭嘭撞在地面的声响回荡在土墙圈成的偌大庄院里。她不怕这种挨饿受苦的日子，她自信就是月儿湾断水断粮，凭她的身板儿，也是最后一个倒下的。但是她和任何人一样，都有矮于别人的一面，只是她用爽朗的笑声和劳动中表现出的硬朗掩盖着罢了。

汪克齐走口外后，每当夜色淹没了一切，一个人独守空窑的时候，寂寞感总会像潮水一样漫上来，搅扰得她心神不宁。布鞋嘭嘭撞在地面，更像撞在小翠的心上，她的目光跨过弯弯沟，痴痴地搭在对面一抹夜色的山梁上，她好像听见了一声喊叫"妈妈"的声音，不知道那孩子是女孩还是男孩，她似乎清晰地看见了那张小嘴欢笑时露出乳牙脱落留下的亮亮豁口。夜色下，小翠的脸上荡起喜悦的波纹，她伸手想在孩子乖巧的小脑袋上摸一下，可胳膊一伸，身子向前扑了个空。

尽管她在人前整天嘻嘻哈哈，可是不能为汪克齐生出一男半女的痛楚像影子一样折磨着她，此刻，这种痛感尤为强烈。她从姚兰香那里得知男女结合不能生育的原因不全是女人的问题，有时问题也出在男人身上，这种不好的感觉将她包裹得更为严实，她和汪克齐之间嫌疑最大的是她而不是汪克齐。自打结婚以来，男人每晚像饿狼一样想将她生吞下去，直到折腾得她扶撑不住了，几乎哀求让他消停下来时，男人才惋惜地从她肚皮上滑落下来。几年来，男人依旧那般贪婪，永远像欠着一顿似的。在和社员们劳动的时候，她经常听到有些男人相互欺负时说"女人那东西没牙，伤人可没有轻重""那是消油的锅锅，不是享福的窝窝"诸如此类阴阴阳阳的话，但是自己的男人却没有因为这事而伤着，身子依然是那样精壮。从男人在那方面表现出的超常能力看，足以排除他有问题，那么问题就出在自己这片地上了。多少次她都想问问其他女人在这方面的情况，可又臊得张不开口。到最后小翠还是将一切都归咎于命，不免伤心落泪。

"妹子，提饭走。"张娜站在土墙豁口喊她的时候，小翠才从窑门口站起来。

"走，走。"小翠慌张地应着，急忙从窑里提出了装饭的瓷罐罐。

由于下午一个做饭的社员家里来了亲戚，晚上发馍馍的工作由食堂保管员张奎临时代替，这让张娜和小翠两人感觉很不自在，虽然她们的男人走口外后，张奎并不像他的女人杨银香那样处处给人脸色，但他们同睡一个被窝，看见心里自然也不畅快。

两人提着瓷罐来到打饭窗口，张奎笑眯眯地瞅着她们，给两人布袋里数着放了菜疙瘩馍馍。在她们转身离开的刹那，张奎叫了一声嫂子，张娜和小翠不自然地扭头转向张奎，不知道发生了什么。

"小翠嫂子的袋子系快要断了，"张奎似叮嘱地提醒，"小心馍馍掉出来。"

张娜迅速瞅了一眼小翠手里的布袋子，果真那条袋系一边缝合的部位似要断开，里面的菜疙瘩快要掉出来了，张娜赶忙上去用手托住。出了食堂门口，小翠把瓷罐搁在路边的矮墙上，干脆用袋系缠缩住布袋口，这才顺顺当当和张娜两人沿巷道往回走。

"看不出张奎还是个热心肠，"张娜说，"要不是他提醒，你的馍馍就掉在地上了。"

"他那算热心肠吗？这人可贼着呢。"小翠的嗓子里发出一声冷笑，"如果说他真是热心肠，月儿湾四条腿的牲口都会热心肠。"

张娜一时不知如何回话，便附和着说："他那人确实不实诚，这实诚一回，人心里反倒不踏实。"

说话的当儿，两人已到张娜家门口，小翠让张娜赶紧回家给娃娃们吃饭，她继续顺路往坡上的家里走。她家坐落在村子的最高处，每次顺山道往回走，小翠都要默默地弹嫌汪克齐的祖宗，这次也不例外。她边往坡上走边骂："这汪家的老先人也不知道亏了啥人了，这么大的一架梁，坐哪儿不好，偏偏要坐在这儿……"她还想骂"不晓得要连累几辈人"，但话头到这里截住了。她想自己和汪克齐如果这样下去，有可能断了香火，那这话就如水打湿的灯捻子——无法点着了。

小翠怏怏不乐地回到家，一个人吃着从食堂打来的食物，却好像咽了一肚子的苦水。

月儿湾彻底沉寂下来，夜已经深了，偶尔的几声狗叫清晰可辨。小翠吹灭了灯盏，侧身睡着，眼睛却没有合上，对着虚幻的夜晚想着心事。没了汪克齐的鼾声相伴，小翠的每个夜晚都是这样孤寂，她多想能有个自己的孩子睡在身边，哪怕就是个夜哭郎，她都乐意。

嘭，一个声音清脆地传来，小翠游荡的心神突然紧绷起来，她屏住呼吸半抬起头仔细听着。接着又是一声，小翠感觉是一块土疙瘩落在院内，似乎连那落地的震颤都清晰可感。小翠可不是胆小女人，有一次与汪克齐闹别扭，她摸着漆黑的深夜一个人走出了近十里长的弯弯沟，跑了一夜回到了娘家。她的那次"壮举"让汪克齐彻底改变了对她的看法，夜里两个人再生事端，男人都再不敢拿弯弯沟说事。小翠听了听，想可能是一阵山风带下的土疙瘩，全然没有当一回事儿。可过了一小会儿，又是一声嘭的响声，小翠这下子有了查看究竟的冲动。"他妈的，老娘今儿要看看到底是个啥尤物。"她念叨着点亮了灯盏，就在她穿衣下炕准备出门的时候，外面传来了轻微的声音："嫂子，嫂子，还没睡吧？"

听到喊她的声音，小翠反倒有些怕了，她思忖大半夜哪来的人声。小翠的血液瞬间聚向头部，头皮麻酥酥的像爬过一群蚂蚁。

"嫂子，我是长安子，我给你拿了些吃的。"声音细微，但在寂静的深夜小翠却听得清清楚楚。听声音，脚步已经到了窑口，来人推搡了一下窑门，里面顶着没有推开。窑里的小翠不知道是该打开窑门还是不予理睬，不知所措地站在地上，侧耳静静聆听着外面的响动。

骄阳似火，月儿湾洞洞梁上的小麦、豌豆开始收割了，这不是自然成熟的，完全是干枯了。马世文安排了队里的精壮社员，集中力量收割麦豆。面对攥在手里轻如茅草没有多少籽实的庄稼，社员们也提不起精神，他们蹲下身子无奈地挥动双手向前挪腾着，一些口齿伶俐的便不耐寂寞，说些打趣逗笑的玩笑话，惹社员们开心。

小翠和其他社员一起拔麦子，燥热的天气使得她满头满脸都是汗水。她已经拔了一个来回，双腿由于长时间蹲着，有些麻木，她便双膝跪在地里，边拔边向前挪着，整个人看上去十分泼辣。挨在她身旁的是张奎的老婆杨银香，杨银香和小翠相比差着一大截。分给每人的十垄麦子，杨银香老给她左边的小翠和右边的另一个女社员每人落下一两垄，她自己拔的实际上只有六七垄。小翠窝着一肚子的火，搁以往任何时候，她早就开口骂了，但今儿不同，外因和内因都一次次强压住了她喷涌欲出的火气。范正涛老汉紧随在她们几个女社员身后捆麦子，从辈分和年龄上讲，她都要尊重这位在队里很有威信的老人，不能因为自己的脾气搅扰了正涛大叔的好心境。

范正涛每每捏起一股麦子，在手里掂量着，轻飘飘的麦穗子在他的眼前晃动，他都会情不自禁地说："这麦子好不好，掂在手里一打要就能感觉到。今年这麦子，打要还要专挑些秆子长的。"说话的同时，将一股麦秆分成两股，麦颈十字交叉，左手上移，腾出右手捏住麦颈交叉的部位，顺时针旋转，两股麦秆在眼前打过优美的弧线，范正涛一躬身，一只完美的麦要已经打成摆在地上。他三步并作两步抱起一捆麦子置于要上，身子半蹲扯起要的两端，一手攥着，一手转着，一束麦子也就捆成了，再顺手将掺杂在麦束上的零星倒穗和秆子一一扯拾干净，便又开始捆下一束麦子。

对范正涛来说，捆麦子和赶大车一样，都是他十分享受的活儿，但是随着年岁的增大，他捆麦束子的速度明显比年轻时慢了一些，而且捆上一阵子，就要坐在束子上抽一锅烟歇息一会儿。一边歇息，一边吆喝个不停："你几个娃娃都把麦土往净里打，放的时候也放齐整，不要随手丢到沟子后头，麦子本来就不齐茬，你们再一日鬼，老汉我就吃力了。"范正涛吐着烟雾，告诫前面拔麦子的年轻社员，但他语气幽默，其他人听着倒也容易接受。

他歇缓了一会，起身又忙活上了，并扯开嗓子唱起了豪壮悲怆的秦腔，这是《周仁回府》中周仁的一段唱腔。

一霎时只觉得天旋地转，

恨严贼逞淫威一手遮天，

背地里把圣上一声埋怨，

宠奸贼害忠良不辨愚贤。

只吼了这么几句就没了下文，紧接着是一句让人骨头发酥的悠长自叹："哎哟——我的个拉呱哟！"这声音回荡在山峁沟梁。

小翠可不想因为自己的心情不痛快打破正涛大叔营造的好气氛。虽然那晚她没有给张奎开门，他蹑手蹑脚地走了，却丢下了一串既令人作呕又意味深长的话："小翠嫂，我晓得你醒着呢，男人走了，你一个人心里凄惶，说不定咋想呢。你今儿不开门，可就把兄弟看歪了，我给你拿了些吃的放在窑门口，别叫露水打了。"不一会儿，院落中又恢复了平静，小翠却一直没有到外面看个究竟，她思谋着张奎这是黄鼠狼给鸡拜年，肯定没安什么好心。

第二天，小翠打开窑门，一眼看见了放在窑门前的一个白色粗布袋子，表面被露水浸了，软塌塌地倒在地上，像是一只被人遗弃又淋了雨的猫。小翠的心里不禁一怔，她环顾四周，唯有清凉爽心的空气，她迅速拾起小袋子钻进窑里，做贼似的，她生怕被一些多事的社员看见，惹来不干不净的口舌。袋子里确实装着两个菜疙瘩馍馍，这两个菜疙瘩却不同于平时食堂里打的，菜少了些，里面大多是黑面。小翠似乎忘记了它的来历，盯着两个馍馍端详了一会儿，猛地取出一个捧到嘴边，轻轻咬了一口，细细品嚼它的味道，分明是菜疙瘩馍馍，却稀奇得如山珍海味。一个馍馍吃完了，她的口里散发着一股舒心的香气，这久违了的面香味儿让她沉醉。另一个馍馍她再没有舍得吃，而是郑重地为它找寻藏身之处，除了铺着半片竹篾席的炕就是窑地，可她感觉哪儿都不安全。她提着袋子，像是提着元宝，寻来寻去，最后将它搁在了灶台下的风箱上，这才心神不定地走出窑门上工了。

整整一天，两个菜馍馍闹得小翠十分不安，一会儿想到了令人厌恶的张奎，分明对她没安好心，想占便宜却又卖乖；一会儿又想到了藏在家里的那个馍馍，怎么吃，什么时候吃……想到这里，她偷偷地笑了，像大人骂孩子似的自己骂了自己一句："叫花子放不住隔夜食，还没有到晚上呢，就已经想了好多遍了。"收工后，在夜深人静的时候，小翠坐在油灯下安心地吃下了这个馍馍。不知道为什么，当她躺在炕上的时候又想起了张奎，还有他昨夜轻声说的话，她来回琢磨，越想心越烦……

忽然，她把张奎两口子联系在一起，似乎张奎和杨银香没有任何关系，她发觉张奎变得好了起来，而杨银香就是个泼妇。寂静的夜里，她盯着灯芯上的一粒灯花，心里不知不觉滋蔓出一股温热。此刻，杨银香撅着沟子就在她的身旁拔麦子，她的心里有点发虚，似乎做了什么见不得人的事情，而杨银香像什么都知道一般。小翠意识到将张奎和杨银香看成毫不相干的两个人是如此荒唐，这真是"拿了人家的手短，吃了人家的嘴软"。

24

克拉玛依油田电厂建设工地上，艾孜买提背着一"塔哈尔"沙子稳健地走着，他前面不远处，朱智远和刘和顺抬着一"抬把子"石料正向施工地点走去。想到昨晚打饭插队的事情，艾孜买提的心里很不畅快，他疾走几步赶到刘和顺身后，一脚踏向刘和顺的脚后跟，他的这一动作看似简单，却使刘和顺欲跨出的右脚没有迈出去，负重的身体一下失去了平衡，向前扑去，攥着的"抬把子"从手里滑脱，一端猛然落地。朱智远一个人哪能抬住几十公斤的东西，"抬把子"突然向下的冲力拽开了朱智远紧攥的双手，只听咔嚓一声，朱智远抬着的一端也掉到了地上，好的是"抬把子"没有磕着朱智远的脚后跟，但这突如其来的变故让朱智远的手腕和胳膊受到扯拉，如脱臼一般疼痛。

刘和顺转过身子，见艾孜买提站在他的身后，满腔怒火直往外蹿，便大声呵斥道："你他妈的这是想干啥？"

艾孜买提将"塔哈尔"摔在地上，一把揪住刘和顺的衣领，指着刘和顺用生涩的汉语说："你想打架？"刘和顺右手一翻腕子，像铁扣一般抓住了艾孜买提揪着衣领的手，身子一用力，将艾孜买提整条胳膊外翻过来，艾孜买提的身体被胳膊的疼痛牵制，不得不跟着半蹲了下去。

忙活中的工友们看见他们撕扯在一起，都丢下手里的活儿朝这边聚拢过来。那天和艾孜买提一同插队的克里木看到自己的朋友受了委屈，操纯粹的维吾尔语喊叫着领了几个维吾尔族朋友上前给艾孜买提帮忙。只听刘和顺声如巨雷地叫道："谁敢上来我就拧断他的胳膊。"说完，顺势下蹲了一下，艾孜买提便受不了了，他空出的手像旗子一般摆动，示意克里木不要再向前靠。工友们七手八脚上去将刘和顺和艾孜买提拉开。立起身的艾孜买提边活动着刚才被刘和顺制住的胳膊，边指指点点，表示对刘和顺的不服气和对自己刚才大意的失望。刘和顺左手攥着右手腕儿，右手五指不停曲张着，由于刚才用力过猛，他的右手也有稍稍不适。

"你想咋样，要是个男人你就正面来。"刘和顺一脸怒气地说，"不要在背后出阴招，那样我瞧不起你。"

艾孜买提一副桀骜不驯的神态："今天是你占了先机，要不然，谅你也不是我的对手。"

"是吗？"刘和顺轻蔑地笑着，"那你想咋样？"

"我要和你进行一场较量。"艾孜买提不服地说。

"行啊，你想咋样较量？我就不信马王爷长着三只眼。"刘和顺像有十足把握的样子，有些漫不经心和蔑视。

"运石料。"艾孜买提掷地有声，"在一样的时间内，谁运的石料多，谁就赢，输的一方滚出建筑队。"

"行啊！"刘和顺盯着艾孜买提。

"好了好了，你们再不要说了。"汪克齐从人群里挤出来，站在刘和顺和艾孜买提中间。他朝刘和顺使了个眼色，又一脸堆笑地对艾孜买提说："他就是个偏性子，大家低头不见抬头见，都出来混肚子，何必这样较真呢！我替老刘给你赔个不是，这事儿就算了。"

朱智远和赵德强这时候也走出人群，给艾孜买提和刘和顺两个人说和劝解。

"都是气头上的事儿，"赵德强说，"气消了啥事儿都没有了，大家都是一起受苦的弟兄！"

"囊话我可不想听，有种就来和老子比比！"艾孜买提哈哈大笑着，朝围观的人群扫了一眼，狂傲地说，"要不，就从老子眼皮底下消失。要想留下来，就从老子的裤裆下钻过去。"

"男人吐口唾沫就能砸个坑。"刘和顺指着艾孜买提说，"闲闲的，今儿说定的事儿，我不会反悔，谁输谁赢还照镜子呢，你也不要太狂。"

"好啊，这才像个男人。"艾孜买提拍了拍手，"但我们得立个字据。"

"谁怕谁啊，我还怕你不立呢！"刘和顺说。

"就这样定了，一会儿歇工后，我们一对一，先立字据。"艾孜买提说，"谁要是输了就滚出建筑队，中途反悔的人自断手指！"

众人还想上前说和，刘和顺不耐烦地阻止了，他对艾孜买提说："就这样定，在场的工友们做个见证，五天后的周日还在这个地方，我和艾孜买提做个了断。"

汪克齐听了刘和顺的话后叹息了一声，甩着脑袋走出了人群，自言自语地说："你这头犟驴可要栽了，一根高粱长在玉米地里，还硬要出头，行吗？"

月光清冷，偌大的建筑工地白天劳动的紧张场面消失了，恢复了平静，休息区大面积的地窝子顶上披满霜露，一片冷森的白色闪烁着点点光斑，像是随意撒下的珍珠粉末。与刘和顺住在同一个地窝子里的其他人早已睡去，唯有刘和顺还睁着眼睛，十指交叉垫在脑后仰躺在床铺上，思谋五天后和艾孜买提的比试。他不是一时逞能才答应艾孜买提的，他是为了给众多工友出一口恶气。一对一比运石料，对他来说确有难度，"抬把子"一个人不能抬，用"塔哈尔"背石料，明显是艾孜买提的强项。如果这次比试赢不了，以后艾孜买提将会更加猖狂，要想再制服他，将会难上加难。刘和顺望着地窝子顶子思虑着，突然计上心来，有了主意，他不由得为自己能够想到如此妙招而会心大笑。

麦收季节，虎娃的表现并不比任何一个全劳力差，他早已从范正涛那里学会了打要、捆麦束的本领，但他的主要任务是和一帮孩子将捆起的麦束抱到一处，再由其他社员码起来。虎娃的裤子挽得老高，光着脚片子，两条小腿晒得黝黑黝黑的，汗衫后背经汗液周而复始的晒干和浸湿，泛出一片片褐色汗渍，似乎随手都可以搓下来。他的腋下尽力夹着范正涛捆好的麦束，行走的步伐比其他孩子也快，他知道这样的表现是给母亲张娜争光，虽然张娜此时同他不在一块地里，但他还是感觉有双眼睛在关注他，关注他的时候会说他的母亲。何况，他不想被大人们吆三喝四。

张娜和几个女社员被安排在粮食场里缝补锥修牲口的拥脖和套绳，这些女社员大都是在劳动中途要回家给孩子喂奶的哺乳期妇女。大大小小的拥脖还有乱七八糟的套绳堆了半场，她们需要一一进行检查和修补。

夏季白天格外长，姚兰香待在屋子里心急火燎。劳动惯了，这样哄两个孙子她觉得实在无聊，想让明明看一会儿东东，她出去转转，透透气，可还没等她把话说完，明明头摇得像拨浪鼓撒腿就跑。没办法，她抱着东东来到粮食场里看女社员干活。

一帮子女社员慢腾腾地干着活儿，叽叽喳喳地说着话，像一群麻雀，不时还传来阵阵欢快的笑声。姚兰香抱着东东转着，听着这些年轻媳妇子说话打趣，还收拢不住自己的心，不时指点着她们如何锥补烂了的拥脖才能不磨牲口的脖子。有些女人便会凑过来一句："婶子你真心细，我们才不操那心呢，做一天和尚撞一天钟，谁还管磨不磨牲口的脖子，磨也罢，不磨也罢。"

姚兰香摸不准这女人的话是打趣儿还是实话，心上像塞了块胡墼，有些不高兴："我给你们说好话，你们还狡辩，牲口的身上磨烂了就不疼吗？满山满洼的庄稼地，都得靠它们扯犁拉耱。"姚兰香的话音刚落，这帮女社员又嘻嘻哈哈大笑起来。

"妈，她们是在说着耍呢。"张娜说，"你咋就当真了！"

"我不管你们说的是笑话还是实话。"姚兰香说，"我可是照实说，你们将这些拥脖套绳不仔细弄好，到时候大车拉粮食出了事，可就迟了。"

这帮女人相互递个眼色，再没多言，都认真干起手里的活儿。姚兰香抱着孙子转了一阵，这才默然地回家去了。

见姚兰香回去了，这帮女人的话又多了起来，其中一个说："别看她们这一辈人的性子急、话头硬，但句句在理。"

另一个接过话头："老人家走了好，要不咱们连个玩笑话也说不成，你看把她气的。"

"我婆婆那也是娃娃给拉的，要是有一点点法子，早都上山了。"张娜说，"前儿晚上还和我商量呢，让我在家看东东，她要出来劳动呢。"

大人们上工去了，弯弯沟的土埂上，正值暑期的一帮男娃娃正玩得起劲，他们浑身上下沾满了土，两人一组用小手相互击掌，用清脆的声音说唱着当地歌谣："打花花手，卖凉酒，凉酒高，闪折腰，腰里别了个黄镰刀。割黄草，喂黄马，黄马喂得壮壮的，老爷骑上告状去。一状告得稳稳的，沟子打得红红的。"

几个小姑娘连声说："错着呢，错着呢，后头还有呢。"便又摇头晃脑地补充说，"告的啥状，告的扁担状。扁担不会担水，一担一个鸡嘴。鸡嘴不会叨辣辣，一叨一个瞎妈妈。瞎妈妈不会养娃娃，一养一个瞎大大。瞎大大不会耕地，一耕一个大跟头。"

小姑娘说完，惹起了一阵天真烂漫的笑声。明明站在土埂高处大声喝着："你们都不要吵了，听我给你们说一个！"

土埂上的男女娃娃仍然吵吵嚷嚷："你还不是那些骂人的话！"

明明也不管他们听不听，扯起嗓子就说。此时，十多个男女娃娃们正玩到了兴头，谁也不理明明在说什么，只是各自在寻找着自己的乐趣。突然，一只小松鼠在不远处探了一下头，竖着毛茸茸的小尾巴沿两人高的土崖边蹿了上去。不知道是哪一个先发现的，打了个悄声的手势，顷刻间安静了下来。小姑娘们赶紧躲在土埂下，明明和几个男孩子向小松鼠蹿去的地方悄悄移动。

"看，看，在那儿呢。"一个小女娃伸手给明明指着，明明顺着手指的方向看去，只见一只灰黑条纹的小松鼠正立在崖面的地塄上盯着他们，并不停地摇着尾巴。

"都往跟前凑。"明明说，"小心，不要叫跑了。"

几个孩子一步步朝松鼠站的地方靠近，眼看就要到了，松鼠嗖一下钻进了土崖的一条缝隙。

"好了好了，只要钻进去就好，赶紧给我把铲子拿来。"明明吩咐着说。一个小男娃顺手把自己的铲子递给了明明。

明明踮起脚尖朝松鼠钻进去的地方铲着，由于个头矮，加上铲子的长度距离缝隙还有大一截，铲了半天工夫，还是没能将那块土块别开。明明累得气喘吁吁地坐在地上，满头满脸都是土，又有几个娃娃拿起铲子，蹦着跳着铲了一阵子，还是无济于事。

"看来只有支尖尖了。"明明说。

早有一个男孩将头挨着崖面，蹲下身子，等着明明踩在他的肩膀上。明明被两个孩子扶着，从蹲着的孩子的背上踩到了肩膀，踩稳当了，蹲着的孩子双手扶着崖面慢慢站了起来。明明被底下的孩子托起，再看松鼠钻进去的那条缝隙，就在自己的头顶。

他哼哼唧唧地说："看你往哪儿跑！"好像是吃到了一块骨头而自鸣得意的小狗。

明明用手搬去了缝隙两面的土块，眯着眼仔细朝里面瞅着，想发现松鼠的踪迹。尺余深的缝隙里，小松鼠的两只眼睛闪着亮光，明明这下高兴了，心想："哈哈，今儿让我逮住了。"他的头脑里已经升腾起将它抓在手心的那份荣耀了。

于是，他把手伸了进去，而小松鼠机灵地从他拇指与食指张开的虎口处蹿出，他只感到有东西在眼前一闪，越过额头跑了，明明不由打了个冷战，已忘记了是踩在小伙伴的肩上，双手猛然一用力，将崖面推了一下，两个人支成的人梯瞬间倒了。一股尘土升起，明明像个装土的袋子一样摔在了地上。他一身土从地上爬起来再看，小松鼠已经在另一处土坎上快乐地摇着尾巴，而远处的那几个小姑娘，早已拍起双手齐声喊着："傻瓜傻瓜支尖尖，尖尖倒了，小松鼠跑了。"

25

天气真是应了古人的那句话："早上立了秋，下午凉飕飕。"入秋以来，口外"早穿皮袄午穿纱，围着火炉吃西瓜"的气候特征越来越明显。刘和顺一早儿就起了床，洗漱完毕，站在地窝子外活动筋骨。他习惯性地将双手十指骨节握捏得叭叭响，手掌上已经打了一层厚厚的老茧，和朱智远一样，他大多时候不喜欢戴着手套劳动。刘和顺摊开双手，看着手上的老茧，一种荣耀和自豪感浸润在心里，他觉得自己已经蜕变，蜕变成克拉玛依油田电厂建设工地上合格的一员了，今后无论干什么，他都不会惧的。

今天是休息日，空气似乎不同于往日，汪克齐也起来了，因为他要看刘和顺和艾孜买提两个人运石料比赛。他默默地在心里祈祷，希望刘和顺能够获胜。

早餐后，本应清静的建筑工地上已经陆陆续续聚集了许多人，克里木像是一位赛事举办人，维持着比赛现场的秩序，他指挥工友们按照指定的界线站立。彪悍的艾孜买提将衣服袖子挽得老高，腰间紧束一条带子，脚蹬一双已经褪色的棕色皮鞋，全然不是一个用"塔哈尔"背运石料的工人，而像是一名摔跤高手。他不停地抢着膀子做着比赛前的热身，像是等不及比赛的样子。他的不远处地上放着的"塔哈尔"，经过不止一次的织补，看上去显得有些厚重，没有用它背过东西的人，看见它就会产生无名的惧色。今天艾孜买提就要用它将刘和顺打败。艾孜买提的脸上洋溢着收揽不住的兴奋，他今儿要看看刘和顺怎样一个人抬着"抬把子"转运石料。他心里窃喜着，今儿哪是两个人的比赛，分明是要工友们看一场刘和顺出丑的大戏。

在工友们的一阵唏嘘声里，刘和顺在赵德强等人的簇拥下来到了比赛场地。看上去他和往日没有多大区别，唯一不同的是腰里也扎了一条带子。同艾孜买提打过招呼后，按照事先约定，两个人在早已写好的字据上按了手印儿，一式两份，由赵德强和克里木各存留一份。

艾孜买提看着刘和顺，没想到他的神色这般自如，他本来想着刘和顺会在最后时刻来求他和解，或者哭丧着脸，将惨败的表情挂在脸上。但刘和顺同他想象的截然不同，这倒让他心里多了一丝疑虑和纳闷，而且刘和顺并没有带着"抬把子"来，而是赤手空拳，难道他是要用"塔哈尔"和他一决高下？但不论怎样，面对面前这位比自己矮半个头的人，艾孜买提的心里没有任何压力，只有等待胜利后围观的工友为他发出阵阵喝彩，他才是第一，才是这些人中无可替代的第一！

第一声准备哨声吹过后，汪克齐气喘吁吁地赶了过来，右肩扛着一条扁担，扁担两端挑着两只口径二尺多宽的红柳编成的篓筐，叫嚷着让人群闪开了一条通道。他走到刘和顺身旁，放下了扁担和篓筐，对刘和顺说："老兄，看你的了，家伙给你拿来了。"

从老家来的工友都认识这是普通得不能再普通的劳动工具，但是对艾孜买提等维吾尔族工友来说却是全新的东西。他们盯着突然摆放在刘和顺面前的这些东西，失声大笑起来，操着生硬的汉语指指点点："哈哈，这是什么玩意儿，刘和顺就想用这东西和我们的'塔哈尔'比？"

这对篓筐，就是刘和顺在这几天赶着编成的。他万万没有想到从父亲刘运飞那里学来的这个手艺，在口外居然派上了用场。编篓筐的料在这里不用发愁，戈壁滩上红柳是最不缺的东西。他和汪克齐两人利用下班休息时间，挑了些柔韧度最好的红柳枝条，缺篓筐襻儿成了最棘手的问题。想来想去，实在没有办法，刘和顺最后只能用粗点的红柳枝给篓筐做了四条肋骨，将合适的绳索在底部交叉穿过，再和肋骨一起编在篓筐的腰里，按照他的身高以最合适的长度拴连在一起。扁担是汪克齐在食堂大师那儿借来的，食堂大师是位甘肃人，由于灶上总有一些东西需要运送，他不习惯用口外的工具，于是自己收拾了一条扁担，偶尔挑挑东西。

第二声哨声响过，比赛正式开始。艾孜买提和刘和顺两人不慌不忙握起铁锹往各自的工具里装着石料，同软口的"塔哈尔"相比，篓筐装料明显省事很多，等艾孜买提装满了一"塔哈尔"石料时，刘和顺已经将装满的两篓筐石料担出了十几步远。半个钟头的时间，五十米的距离，两个人竭尽全力运送着石料。每次由出发地将石料运到指定地返回的时候两个人都一路疾跑。半个小时到，哨声响过，艾孜买提和刘和顺两个人立在原地。刘和顺刚好又装满一篓筐石料，正准备往另一个篓筐里装石料，艾孜买提躬身刚要将背过去的一"塔哈尔"石料倒下，哨声就响了。

从两个人已经倒在终点的石料看，刘和顺的明显要比艾孜买提的多一些。毫无疑问，这次比赛刘和顺获胜。艾孜买提却提出异议，说刘和顺的工具和他的不同，要求互换劳动工具再比一次。在场的工人们一致同意，说既然是比赛，就一定要公平。

艾孜买提将"塔哈尔"交给刘和顺，他自己先蹲下试着担了担篓筐，从来没有用过这样的工具，艾孜买提感觉很新鲜，他禁不住笑着说："没看出来，这东西要比'塔哈尔'好用！"

哨声响过，第二轮比赛开始。刘和顺往"塔哈尔"里装石料，"塔哈尔"的口儿总是碍着铁锹，花了好一阵时间才装好了石料，用力往起背的时候才发现装的石料太多，再看近旁的艾孜买提，使着铁锹早将两个篓筐装满。刘和顺有些犯急，从"塔哈尔"里刨出了部分石料，才使出全身力气背了起来。这时，围观的工友们发出潮水般的笑声，弄得他面红耳赤，他知道自己是远远落后了。可是等他将"塔哈尔"背起来转身向终点走去的时候，艾孜买提却甩着两只手站在不远处，两只篓筐斜躺在路上，装进去的石料有大半倒了出来。刘和顺这才意识到工友们并不是在笑他，而是在笑艾孜买提。

艾孜买提瞥见刘和顺往"塔哈尔"里面装石料时的狼狈样儿，浑身来劲，使着铁锹洋洋洒洒在篓筐里装上了石料，可当他蹲下身子担起扁担跨出第一步的时候就感到不对劲了，扁担压得肩膀疼痛难忍，两只篓筐完全不听指挥，前后左右摇摆不停。他跟着两只篓筐向前疾走几步，又随它向后倒几步，左挪步子，右倒脚步，龇牙咧嘴没倒腾几步，一条腿被篓筐磕了一下，整个人就失去平衡摔倒在地上，篓筐里的石料也倒了大半。艾孜买提的样子逗笑了在场工友，就连克里木也笑得前俯后仰。

艾孜买提懊恼地从地上爬起来，不知所措地甩着两只大手。他弄不明白自己怎么就摔倒了，也没有勇气抬头看围观的工友，笑声包裹着他，他周身像是捂着层层棉被，浸出一层又一层的汗液，在衣服和皮肤之间汇成一片。

他眼睁睁看着刘和顺背着"塔哈尔"从面前经过，晴空丽日下，那敦实的身材稳健地移动着，距离他越来越远，在几十米开外，"塔哈尔"里面的石料被倒了出来，石块和戈壁滩的撞击声拨弄着艾孜买提的心，失败感侵蚀了他身体的每个毛孔，他蹲坐地上，将拳头抡得咚咚响。围观的人群里响起一阵又一阵爆裂似的掌声。"刘和顺赢了，刘和顺赢了！"喝彩声击打着艾孜买提，他脸上的肌肉跳动着，几近抽搐。他自是一万个不服气，但是，面对两只斜躺的倒了大半石料的篓筐，他挤不出一句话来。与此同时，两只篓筐却像是半张的两张大嘴，在挑逗他、嘲笑他。直到克里木和其他几位工友过来收拾石料，艾孜买提才起身头也不回地大步走出众人聚焦的现场。

谁都没有注意到，围观人群的后面，一位身体魁梧的男人将这场比赛尽收眼底。他随着众工友的喝彩声离开了，嘴角挂着笑意，边走边点头，自言自语地说："这帮小伙子，真是来劲儿！可惜啊，我已过了这个年龄段儿，要不我也和你们比试比试。"

自打在运石料比赛中输给刘和顺之后，艾孜买提原有的那股劲头折损大半，克里木也收敛了以前在打饭中插队的坏毛病。虽然在比赛结束后，刘和顺当着众多工友的面将两张按了指印的字据撕得粉碎，而且声明他和艾孜买提的比赛只是娱乐，至于那些先前写在字据上的话，也只是为了让比赛好看些，没有任何意义。但艾孜买提却不那样认为，作为一个真正的男人，他可是一言九鼎，是不会留下来的。

没过几天，在一个阴沉沉的黎明，工友们还没有彻底从睡梦中醒来的时候，艾孜买提收拾好行李悄然离开了同工友们一起挥洒汗水的建筑工地。他在心里为刘和顺竖起大拇指点赞，更期待以后有机会能和这个男人再比试比试。运石料虽只是一个小小的游戏，但作为一个男人，如果连自己说的话都不算数，那么还有何颜面活在这世上！艾孜买提环视了一周电厂的建筑工地，心里不无遗憾，因为以往他和工友劳动的区域只在建筑工地一坨的范围，周围远处到底是个什么样子他还不得而知，这就要离开了。寒冷的秋风刺在他的脸上，他不知道从这儿走出去，哪儿是下一个落脚的地方。他擦了一把脸上的灰土，迈步离开了。

天空透出朦胧的青蓝色，克里木从睡梦中刚醒，地窝子内的清静使他感到了某种异样——艾孜买提没有和往日一样和他说话，他翻转身体向艾孜买提睡的草铺看去，属于艾孜买提的所有东西被收拾得干干净净，唯有那坨经身体压过的草铺泛着灰白的凉意。克里木一骨碌从床上爬起，他知道艾孜买提已经走了，但是他不能让艾孜买提离开，他知道艾孜买提家里的情况。他要把这个消息赶快告诉刘和顺，或许只有刘和顺才能将艾孜买提留住。

克里木赶紧穿好衣服朝刘和顺住的地窝子跑去。刘和顺此刻已经起床，地窝子里面，穿衣服的，揉惺忪睡眼的，朱智远和几个工友坐在草铺上说话。克里木跑到刘和顺身边，气喘吁吁地说："艾孜买提走了，我们可不能让他离开这里，你知道吗，他家里的日子很不好过，他阿娜常年生病，他阿塔的脾气又不好……"

"他咋能这样呢？"刘和顺一下子站了起来，"赶紧，我们去追，或许还能追上。"

刘和顺和克里木两个人向建筑工地外疾步跑去，他们沿路跑了足有两里路程，还是没有见到艾孜买提的身影。没有办法，两个人只能原路返回。

朱智远和一帮工友早就聚在一起，谈说艾孜买提离开的事情。他们见刘和顺和克里木耷拉着脑袋回来了，知道没有追上艾孜买提。

"艾孜买提也太较真了。"朱智远说，"那场比赛说白了不就是玩玩嘛，何必这么认真！"

克里木说："他那人的脾气可犟了，说出的话就像是铁板上钉的钉子，丁是丁，卯是卯。"

"覆水难收，我也了解艾孜买提的心情。"刘和顺咬着嘴唇说，"他是个真正的男人，我不愁他离开这里找不到活儿，就怕他那宁折不弯的性格会惹出事来。"

朱智远说："艾孜买提一走，我这心里怎么也冰冰凉凉的。"

"说真的，我和艾孜买提在一起的时间长了，"克里木带着几分忧伤，"他这一走，我的心里真不好受。"说着沮丧地垂下了头。

"好了好了，再不要说了，你们以为艾孜买提走了我这心里就好受吗？"刘和顺不耐烦地说道。

地窝子内一时间安静了下来，正在这时，汪克齐走了进来，他可没有在意几个人脸上的表情，大声说："今儿咋个个像新媳妇儿一样不出来，走啊，灶上打馍馍走。"

一股凉风将大灶侧窗喷涌的热气刮得乱七八糟，灶房门口，打馍馍的队列像是从灶房门口伸出的粗大触须，弯曲着伸向远方。先到的工友手里拿着苞谷面馍馍，吃着说着笑着。

刘和顺站在队列里，没有像以往急不可待地伸长脖子瞅灶房，他有些失落，此刻他真希望看到艾孜买提的高个头挤在前面插队，曾经那个让他生厌的画面不由得在眼前浮现，可惜以后的时日里再也看不到艾孜买提了。忽然间，刘和顺想那也是艾孜买提的可爱之处。实际上，急不可待地伸着脖子瞅着灶房门口和插队的心理并无两样，不同的是后者的行为更加直接了一些。如果每个工友都自觉地排队移动，就不会出现争吵。如果这样，现实又太没色彩太平静了，那自然界就不会有风雨雷电……刘和顺的思绪逐渐进了一个无底的黑洞，他摇了摇头，再没有往下去想。

　　打上早餐后，刘和顺心烦意乱，险些撞在迎面而来的工友身上。这人在刘和顺的肩膀上拍了一下，劝诫道："小伙子，别心事重重地只低头想事，还要学会抬头看路呢。"

　　刘和顺愣了一下，笑着说："可能是想家和娃娃了！"他虽然不认识这个人，但以前曾听朱智远说过，好像是陈卫东的叔叔陈红兵。

　　"你老家是哪里的？"

　　刘和顺本想用那句话搪塞过去，没承想这人却问起话来，刘和顺警觉地说："宁夏的。"

　　这人皱了皱眉："宁夏？宁夏哪儿的？"

　　"吉平新川的。"刘和顺又客气地问了句，"那你是哪里的？"

　　"我是陇西人，在辅助队呢。"这人说着，像是突然记起了什么，"您家是啥成分？"

　　"下中农。"刘和顺回答。

　　"你有文化吗？"

　　刘和顺笑着说："文化嘛，倒是有一点儿。"

"以前干过啥工作？"

"在大队当过几年会计。"刘和顺真不知道这人想干什么，要不是他年龄比自己大，他早就不耐烦了。

这人听刘和顺说在口里老家当过会计，他上下打量了刘和顺一番，突然大笑起来，说："我还真有些不信，咋看你也不像当过会计的人。"

"哼，难道会计脸上还打着记号吗？"刘和顺反问道。

"我不是那意思。"这人笑着说，"我是想把你调到我们辅助队去。"

刘和顺有些诧异地说："原来你是为了这事，是怕我拿不下来，还是担心我不愿过去？"

"只要你愿意，什么都不是问题。"

陈红兵已经注意刘和顺很长一段时间了，感到刘和顺不仅工作有劲头，而且很多场合都能站出来主持公道，浑身透着一股其他人少有的刚正之气，这让陈红兵非常赏识。刘和顺和艾孜买提的那场比赛陈红兵也在场，激起了他把刘和顺调到辅助队的想法。他认为多一位像刘和顺这样的得力干将，辅助队的工作将会再上一个新的台阶，可是一直瞅不准机会问刘和顺，今天总算当着刘和顺的面问了个明白。

一周后，刘和顺从建筑队调到了辅助队。到辅助队上班的第一天，他就碰到了穿着一身油渍衣服的陈卫东。陈卫东说："咱们在柳园分手后，我一直放心不下你们，这世界说大也大，说小也小，谁知道咱们会在油田电厂碰面。"

刘和顺说："真没想到我也调到了辅助队，这是缘分啊。"

陈卫东说："要是能把汪克齐和朱智远也调过来，咱们几个在一起那才叫带劲呢。"

刘和顺说："汪克齐那人可不爱操心，适合干力气活儿，干完了一觉睡到天亮，毛病就是爱想家。朱智远可是个好小伙儿，身勤手快，能吃苦，有眼色。"

听刘和顺表扬朱智远，陈卫东语气低沉地说："智远的心里可苦着呢，他家祖上在兰州做生意，家境殷实得很，可他父亲朱宝贵年轻那会儿不务正业，祖上创下的家业全让他给踢踏了。现在一说起来，朱宝贵都眼泪巴巴的，他说人年轻时若走了下坡路，一辈子都爬不上来，那个后悔啊，所以对儿子管教很严，智远知书达理，离不开他父亲的教导。如今，智远父亲的身体不太好，人瘦得像一根柴，粪担子都挑不起来，母亲又是个病罐罐。"

说者无意，听者有心。"朱宝贵？"刘和顺心里一紧，真没想到消失了几十年的朱宝贵竟然在这里出现了，一想起当年自家还算殷实的家道，仇恨的火焰在刘和顺的胸中燃烧起来，他真想此刻就将朱宝贵碎尸万段。

"你看咱们现在，在口外干活虽然苦点累点，但有吃有喝的，比在老家好多了。可听我叔叔说，政策到年底会有变化，具体咋变还不清楚，如果要咱们再回口里老家去，这日子可咋过啊！"陈卫东并没有注意到刘和顺的情绪变化，仍在继续说。

刘和顺已没心思再听陈卫东说的话，只是敷衍着。此刻，他的心早已飞向远方，飞向了被大火烧得面目全非的窑洞，飞向了父亲临终前的句句叮嘱，往事一幕幕在他脑海里不停地上演，他自言自语道："躲得了初一，躲不过十五。人活一世，犯下的罪孽迟早都得偿还。不是不报，时候未到。"

　　收割完小麦和豌豆的庄稼地像是洞洞梁上新打的补丁，坨坨块块清晰分明，那些以十为单位码在一起的麦束子和呈长方形集中在一起的豌豆拢，等待被山风吹干后运往队里的打麦场。由于山上全是人行小道，由四匹骡子拉着的大车只能停留在庄子平处的路上，山上的麦束、豌豆拢由社员们背运来装车，再拉回打麦场进行摆摆规整。山势稍微平缓一点的地里，马世文分配身体精壮的年轻人用独轮车直接推回。山路陡峭且路途稍远的一些地里，则由一部分社员用肩背或用毛驴驮运。弯弯沟几面的山梁、坡面、羊肠小道上，社员们排成长队从山上往山下转运麦束和豆拢。虽然今年庄稼收成不好，但忙活了大半年，粮食上场的时候，社员们还是抑制不住内心的喜悦，那些口齿伶俐的男人和女人夹在人群中一个接一个地说着笑话，惹得其他社员跟着笑。听着听着，有位叫麻乎子的社员也来了兴致，他说："我也给大家讲个发生在咱们邻村的真人真事。大湾村有一个结婚不到一年的男人，由于生活所迫，出外谋生，一去就是两年。归来时，老婆喜出望外，急忙做饭。男人首先走入父母窑内，向老人嘘寒问暖。不一会儿饭就做好了，老婆赶忙叫男人吃饭。于是，男人来到自己窑里，老婆已给他舀了一大碗饭递了过来，男人接过碗，两年没有这样近距离地瞅老婆了，老婆也笑眯眯地望着自己的男人。男人一时兴起，真有些挡不住的感觉，眼睛直勾勾地盯着老婆高挺的奶子骚情地问：'你说我是咥它呢？'又回过头来看了看手中端的饭，'还是咥它呢？'老婆不言自明，臊得言不由衷地骂了一声'老不正经'。"

背粮食的男男女女又是一阵大笑。

范正涛头戴一顶麦秆编就的破草帽，草帽原有的色泽经风吹日晒已变成了亚麻色，由于帽檐不止一次地脱损，戴在头上已经有些遮挡不住阳光的入侵，现在的作用就只剩下遮挡尘土了。从那两个褴褛的袖口伸出的有着厚厚老茧的双手，指甲似乎有多日没有修过了，灰褐厚硬，长出手指一大截。他刚和几个年轻人码好一个麦摞底子，停下来歇缓，等待下一车麦束子的到来。他坐在碾场的碌碡上，将烟锅头伸进装烟杆的旱烟袋里，隔着烟袋装足一锅旱烟，取出来又用长长的大拇指指甲按压着，动作沉稳而娴熟。看着烟锅头里的烟叶瓷实地靠在了一起，他才咬稳烟嘴，伸出右手在衣袋里摸出火柴，用双手挡在烟锅头上划着了火苗，嘴便吧嗒吧嗒吸吮着，一股呛人的烟味从嘴里吐出。范正涛将火柴盒装回衣兜，以习惯的动作——右腿蜷起蹬在碌碡的滚面儿，左腿闲适地掉在地上，不放心地瞅着粮场西面一帮社员在打一个豆摞底子。

领着社员打豆摞底子的是张奎的父亲张贵彪，他的心思根本不在摞豆摞上。虽然他也是月儿湾摞摞子的高手，但他却没想着给马世文出这份力，能将就着把摞子堆起来就行，只要他下了摞子，塌了都是闲的，社员们要骂就骂去，大不了说他没本事把摞子摞塌了，但终究还要马世文安排社员再折腾着往起摞，这样的话，无形中会让社员多了对马世文工作能力的否定。张贵彪希望折腾社员的事情能多发生一些，这样一来马世文的队长也就当不下去了。他盼着儿子长安子能当上队长，到那个时候，他的腰板可就挺直了，哪个社员见了他敢不恭维、敢不笑脸相迎，那是何等地荣耀！

本来麦豆收割结束后，范正涛应该和往年一样背上犁去耕地，可是粮食上场，他担心村里没几个能摆好摆子的人。头一个晚上，他主动向马世文请缨来帮村里摆摆子。

范正涛说："刘和顺一不在，村里也没有个摆摆子的能手，还是我来多出把力，看着把摆子摆好，不然秋雨一下，一年的农活就白忙乎了。"

马世文说："范叔，你的这个请求好得很。"正在他们谈话间，二大爷也摸黑走进了马世文家大门，他同样是这个请求，马世文一听高兴地说："这真是英雄所见略同，你和虎娃看糜子，这样虎娃能行吗？眼看夏粮就这样了，咱们也只能指望糜子、洋芋这些秋粮补一补。要是虎娃看不好糜子，损失可就大了。麻雀的两个眼睛睁得比咱们的眼睛还大，盯着山上的那些糜子呢。"

"虎娃那娃娃麻利着呢，手脚也勤快。"二大爷说，"不要怕麻雀会吃了糜子，现在山上的麻雀老远见了我和虎娃比见了鹞子还害怕，虎娃吼一声，就全飞了。"

"虎娃现在手艺学得咋样了？"

"别看虎娃是个娃娃，聪明着呢。"二大爷肯定地说，"他现在收放鹞子可有一手，那天我们在弯弯沟里，鹞子把一群麻雀儿赶起来，跟着上了山顶不见了，我心想虎娃咋了也要上山去，可他喊了一声，那只青鹞就从山顶直冲下来。从那次的情形看，现在虎娃放鹞子没麻达了。"

马世文一脸的狐疑。

"别说你不信，连我都有些不敢相信呢，但千真万确。"二大爷眼里闪着自豪的神色，"鹞子回到虎娃手上，他还笑嘻嘻地给我说：'大爷，你看你教的徒弟能出山了吗？'我只是点头，人常说：'老虎不下狼儿子。'虎娃是跟了他大刘和顺了，是个能耐娃娃。"

"怕就怕你没在的时候，虎娃看不好糜子，连鹞子放出去都收不回来就麻烦了。"马世文有些担心地和二大爷对着话，"如果照你说的这样，那就再好不过了。场里有正涛叔看着摞摞子，你白天睡觉，晚上给咱们看场，以防偷盗，我也就不操心了。"

第二天，范正涛和二大爷按照分工，一个负责白天摞摞子，一个负责晚上防偷盗。

吧嗒，吧嗒，范正涛依然是那样边走边抽，每次将一锅旱烟吸完后，他都会抬起鞋底磕净烟锅头里面的烟渣，再将烟袋缠在烟杆上，不是握在手里就是插在腰间，这才朝摞豆摞的那边走来。见摞摞子的老手来了，几个社员赶忙问："正涛叔，你看这豆摞摞得咋样？"

张贵彪正用木杈挑起一拢豆子往底子上打，听到递豆捆的社员问范正涛，他不由心上来了气，哼了一声，隔着还没有打起来的豆摞底子瞪了一眼范正涛。

范正涛倒是没有留意张贵彪的反应，只是给几个社员说："问题现在是没有，可摞高了就出来了。刚刚我看你们打的底子，豆拢和豆拢挤得不瓷实，年轻人嘛，腰里都有劲呢，要用大腿和腰部的力把豆拢靠得紧紧的。看你们软囊囊的样子，有气无力的。"他一边说着，一边从递豆拢的社员手里接过一拢豆子，双手抓住稳稳当当揉靠在摞底空隙上，右脚紧跟着将豆拢踏了下去，第二拢豆子到手的时候，他顺势立在刚才那拢豆子的旁边，同样简单的一个动作，两拢豆子已经和谐地挤在了一起。"一拢豆子和一拢豆子的形状不一样，要看它们的样子上摞，必要的时候，还要将拢子调整方向，不要总是'死治司马懿'，拿起豆拢就稀里糊涂往摞子上摞。万丈高楼平地起，底子打不好，到上头就来不及了。"他边示范边说。

几个社员看着范正涛的动作，艳羡地点着头，其中一个说："就正涛叔刚才这几个动作，我们得学些年头，姜还是老的辣！"

又一个说："叔就是精干，干啥活儿都有一股子劲头。"

"你们这样说，长安子大可不爱听，他才是咱月儿湾摞摞的老手，我这是在鲁班门前耍大斧。"范正涛说，"可我坐在碌碡上咋看你们几个就是给长安子大鼓不上劲，这下手配合不上，摞摞的人吃力得很，心劲儿自然也就没了，啥事情重要的是个搭配。造飞机大炮咱们没有那头脑，可下一把苦，就要像个下苦的样子，把劲鼓起来。"范正涛的这番话说得张贵彪心里舒舒服服，范正涛看了一眼张贵彪说："你就给这些小伙子多传授传授，再者我这闲不住的，你也不要生气，千万不要骂我管得宽，掺了你的行，我这也是给咱老哥俩抱不平呢。"

张贵彪的手上不由来了劲儿，似乎忘记了刚才心头的想法，他要将豆摞摞得结结实实的，和范正涛的麦摞一争高下，看谁的利水、谁的展拓。他也发话了，高声对几个社员说："老范说的句句都在理，都把精神打起来。"

正说话间，场门口又一大车麦子拉来了，赶大车的不是别人，正是食堂保管员张奎。张奎趑着步子，头扬得老高，一顶草帽斜扣在头上，不像是遮阳，倒像是装饰，似乎一股小风足以吹走。他右手握着长把儿鞭子，每走一步，鞭梢子就要挥舞一下，一对眼珠不停地扫视着，从那身形步态上看，好似从外面请来的车把式。套在大车里掌辕的一匹骡子和另外专使拉力的三匹骡子铃声当当，蹄声急促，拉着满载麦束子的大车进了粮场。

范正涛看到麦子拉来了，给打豆摆底的社员打了招呼，快步来到还未摆好的麦摞跟前，准备忙活起来。

每年粮食上场的时候，也是张奎得意扬扬的时候，从月儿湾到李湾，没有几个会赶大车的，张奎也就成了"值钱"人物。今年赶大车，在张奎心里更不同于往年，他要让小翠看看他在这刘家坪大队里的地位。

大车停在弯弯沟路上，张奎一边装车一边张望，车厢随着麦束子的增多变得高起来，张奎感觉所有人都在他的脚下，他低头就可以将每个社员的样子看得一清二楚。社员们要从山上把麦束子背到大车旁，小翠也不例外。每当小翠背着麦束子擦着汗来到大车旁时，张奎都会关切地问："嫂子，你要是乏了就给我丢束子，不用上山了。"

小翠感到浑身燥热，脸上的汗似乎更多了，但当着其他社员的面，想不理都不行，只是烦烦地回一声："你又不是队长。"

小翠的话绵里藏针，正好扎到张奎的心上，张奎笑着说："嫂子，我是体贴你，你却拿话气兄弟，风水轮流转，说不定长安子明儿个就是刘家坪队的队长，到那时嫂子可要对兄弟亲热些。"

张奎话里有话，惹得男女社员哈哈大笑，七嘴八舌捉弄起小翠："你给长安子说，让放马过来嘛，反正汪克齐不在，嫂子巴不得有人亲热呢，我卖面的还怕你吃八碗？"有几个女社员将麦束子背到大车旁，见众人说笑，也软溜溜地瘫坐在束堆上给小翠帮腔："男人就是那一泡尿憋的，女人的那里面小，要是稍大些，说不定个个都钻进去'砍牛腿'去了。"

听到众姊妹给自己说话，小翠也来了劲："张奎那是麦麸子馍馍吃够了，想用舌头舔白面哩。"小翠的话直指张奎那一脸麻子的女人杨银香，社员们个个都明白小翠话里话外的意思，嘻嘻哈哈又哄闹开了。

说者有心，听者有意，张奎当然明白小翠在说他那长相不争气的女人，但是他的心里却多了另一番思考，那天半夜三更给小翠送黑面馍馍的事又浮上心头。张奎想小翠是吃了黑面馍馍还想吃白面的，难怪那次事后她对他还是一副冷漠的态度，张奎想要是不给这女人下一剂猛药，她是不会上钩的。他笑呵呵地说："小翠嫂的这话算是说对了，男人哪个不是吃着碗里的，看着锅里的，可是女人的那一亩三分地再肥，还要看老天爷下不下雨，上头要是不掉雨，再肥也长不出庄稼。"张奎的话里有话，给了一帮男人极大的鼓舞，又一阵笑声从弯弯沟升起。

　　这时，不知道哪个男人丢过来一句："小翠，长安子是在说你家的那头骟驴呢。"

　　其实张奎的话一出口，小翠就知道他在揭自己的短，加上有人一下子挑明了，小翠的心里如突然塞上一块石头般难受。女人们见玩笑开得有些过头，有人便愤愤地给一帮男人扔过去一句："你们这些从女人裤裆里爬出来的，就知道欺负女人，说话也不看个风向，上山背麦束子去。"

　　人群慢慢散开了，上山的上山，和张奎装车的继续装车。小翠手提半截麻绳，双腿像灌了铅似的，没有生娃像一块伤疤敷在心上隐隐作痛。张奎站在大车上看了一眼小翠上山的样子，诡秘地笑了，他心里充满一种凯旋的感觉，自足舒畅，不由独自念叨了一句："我看你中不中计，到底能撑多久！"

　　张奎和几个社员卸下了麦束子，赶着大车又去了弯弯沟。粮食场里，范正涛加快了码摞的速度，他和另外三个社员站在打好的摞底上，等待着杜占峰带领七八个小伙子在底下扔束子。范正涛边忙边说："往年，月儿湾的麦子能摞两个大摞，豌豆也两个大摞，今年庄稼薄了，麦摞和豆摞都摞不大了。"

杜占峰说："今年春上，墒情不错，庄稼苗出得还可以，但后来再没见下一点雨星星，看来队里又要向公社要救济粮了。"

"我总感到形势不咋的，现在社员们都不好好干，就像顺口溜说的：'集体活慢慢磨，干得多了划不着。'大家挤在一搭磨洋工，真正出力的没几个。人心不齐，庄稼能种好吗？"范正涛说。

"这没办法啊，社会就这样。"杜占峰说。

"这社会迟早要变。"范正涛说，"这样下去，人还受得了？"

"有啥受不了的，红军二万五千里长征咋过来的，我们还有菜继续吃。"一个社员顶了一句。

范正涛刚接过一束麦子的手停了下来，瞅着刚才说话的社员笑笑，"你娃娃晓得啥，这国和家一模一样，要是不盘算好过日子，就烂包了。"

麦摞已渐渐增高，摞底下扔束子的几个社员笑了，他们完全不认同范正涛的话，国家在哪儿呢？这么大的中国，咋能和咱们这小家扯上关系呢？

范正涛说："你们思想还落后着呢，上些岁数就会明白老汉我说的。丢束子的，手脚来麻利些儿，不看摞子上的人都闲了。"

摞底下几个拿权把的年轻人给手心里突突喷些唾沫，加紧往摞子上扔麦束子。范正涛快捷地接着扔来的束子，垫到摞芯或是码在摞圈里，嘱咐摞子上的其他三个社员把摞芯垫好，如果摞芯垫不实，很容易被秋雨灌了。

"你们知道吗？前年上黄大队里的马百川摞摞子的时候，忽然不见人了，社员寻来寻去，你猜他哪儿去了？不一会儿，这老家伙从摞底下钻出来了，脸上让麦秆子划得一道一道的，问题就出在摆芯子没有垫实。"范正涛说。

麦摆上的几个社员听着，自然不敢马虎。他们看好丢上来的麦束形状，码边的码边，垫芯的垫芯，四个人共同忙活，形似蘑菇的麦摆一层层、一圈圈逐渐高起来。地面上的杜占峰也不闲着，扔束子的当儿适时地把挂在摆身上的零乱麦秆扯下来，又用木锨将长出来的麦束子拍打齐整。不一会儿，刚拉来的一车麦束子全已上摆，可左等右等不见下一车拉来。

这时，场门口跑进来一个社员，气喘吁吁地跑到麦摆底下，上气不接下气地对着摆子上的范正涛说："正涛叔，赶紧赶紧，大车陷到坑里上不来了，要劳烦你了。"

杜占峰和几个社员问出了啥事，这个社员说："装满麦子的大车掉进了路边的一个坑里，好歹搋不出来，长安子也干着急没办法，大家就让我来叫你，看正涛叔能不能将车赶上来。"

范正涛让杜占峰搭好了下摆梯子，从摆子上溜了下来，问道："是不是弯弯沟沿高崖坎子拐弯处的那个坑？"

这个社员一个劲儿点头，莫名其妙地问："正涛叔，你咋和神仙一样晓得高崖坎子拐弯处有个坑呢？"

范正涛边走边说："咱月儿湾里的弯弯拐拐，我赶大车走了半辈子，哪儿容易陷车，哪儿容易翻车，我心里明得跟镜儿似的。"

"长安子把几个牲口都打毛了，可就是拉不出来。"

范正涛一听打牲口，气就不打一处来："长安子就是爱耍日能，在那些暗哑畜生身上出毒。要是打急了，几个骡子连踢带咬挣断套绳，那麻烦就大了。"

等范正涛来到陷车的地方，张奎斜靠在土坎子上，大车旁围着近十个社员一脸汗水，都是揉车的。左边的车轱辘陷在坑里面，土坑经过车辙一次次的碾压，里面全成了细溏土。这种情况，张奎决意要将麦束卸下来，先将空大车从坑里拉上来再装车。社员们可不同意，他们要请老把式范正涛直接把大车赶出来，这样更省劲。

张奎很不耐烦地说："你们要请你们去请，范正涛还比我多长个'巴子'？他要是能把这车粮食从坑里赶出来，我就不姓张了。"

社员中有些人反驳道："长安子，你话说得不要太欺人，要说正涛叔算账不如你，赶大车的技术你还差得远呢，你也不撒泡尿照照。"

张奎还是一副冷漠的态度："叫去叫去，我还是那句话，要是范正涛能把这车赶出来，我就不姓张了。"他说着将斜扣在头上的草帽抹下来丢在了土坎子上。

范正涛很快来到了张奎眼前，装作什么也没有听见，先是走到坑旁观察车轱辘的情况，用脚踩着坑里的尘土看有没有其他陷坑，之后他将四匹骡子的搭背和套绳往紧成收拾了一下，用手掌逐一抚摸着四匹骡子的长耳大脸，像是和它们交流似的。

这一切结束后，范正涛才拿起张奎丢在路边的长鞭，双腿跨开稳稳地站在车辕里面"嗨"地喊了一声，四个骡子的耳朵立时竖了起来，接着一声"嘚儿驾"，鞭梢子一动，其他人并没有看见，其实就在这一刹那鞭梢子依次甩打在四匹骡子的耳尖上。四匹骡子抬头向前一扬，胯部用力，后腿直蹬，脖下的铃铛几乎同时响起，齐刷刷向前用力，将装满麦子的大车呼的一下从陷着的坑里拉了出来。范正涛没有让牲口立马停下，而是行进了约二十米才"吁——吁——"喝停下来。

张奎本想借此看看范正涛的笑话，可眨眼工夫大车被从坑里拉了上来，他不可思议地摇着头，不相信这是事实。他认为这不是范正涛技术发挥的作用，而是车后一帮社员推搡的结果。他漫不经心地向前移动着步伐，这时听见范正涛在喊："长安子，快点儿坐到车辕上，这趟就叫我过把瘾吧。"张奎心里纵然有一万个不愿意，可嘴上还是不能说什么，他朝大车快步走去。快到大车跟前了，有社员喊道："长安子，你不是说你不姓张了吗？那就跟我姓李吧。"随着话音传来一阵杂乱的笑声，张奎像是钻进了荨麻丛中，感觉有无数芒刺扎得他浑身奇痒。

27

又到隆冬季节，吴忠堡街道上行人稀少，道路两侧的柳枝随风摆动，天空中飘舞着片片雪花，刘和顺兴高采烈地赶着康瑞庄的马车行进在路上，丁瑞芳坐在车内仔细端详着坐在车辕上的刘和顺，忽然开口说："和顺哥，看你耳朵都冻红了，赶明儿我给你做对耳套。"

刘和顺转身瞅瞅丁瑞芳，笑着说："要是能戴上你做的耳套，那是我的福分。"

坐在车厢里的丁瑞芳发出一串咯咯的笑声，紧接着说："你现在越来越聪明了，会说讨人喜欢的话了！"

刘和顺脸上拂过一丝红晕，将握在手中的马鞭轻轻一甩，有点不好意思地说："我才没有讨你喜欢的意思，就你刚才的一句话，我这耳根子已经发热了。"

"是吗？你这嘴上今儿个像是抹了蜜似的。"

"没有啊，我说的都是真心话啊。"

空气里寒意逼人，丁瑞芳每每说话，温热的气息便从刘和顺的耳旁飘过。刘和顺得意扬扬地挥动着手里的鞭子把马车越赶越快，尽管是在冬天，他的心里却暖暖的。丁瑞芳有些担心，紧紧抓着刘和顺的胳膊让他将马车赶慢点。刘和顺哪里肯答应，他嘴里还漫起了自编的花儿。

> 登上（那个）六盘望贺兰，
>
> 这一生的（那个）想念，
>
> 坠入了尕妹的（呀）心田上。
>
> 要想（那个）逃离，
>
> 就怕尕妹的（呀）泪花花淌。
>
> ……

这花儿漫得正得意时，马车走到一个十字街口，前面突然噼噼啪啪放起炮仗，马匹受到惊吓，前蹄腾空一声长嘶，坐在马车里的丁瑞芳险些被颠了下来。刘和顺紧勒缰绳已无济于事，马匹拉着车子折转方向，疾跑起来，马蹄叩着冬日铁板似的地面嗒嗒直响。前面几十米的地方出现一片冰面，刘和顺从马车上跳了下来，车到冰面翻了，坐在车厢里的丁瑞芳被结结实实摔到了冰上。刘和顺吓坏了，这可怎么得了，回去怎么向东家交代呢？

刘和顺快步跑到丁瑞芳身边，再看丁瑞芳，双眼紧闭，蜷曲在冰上颤抖。见此状，刘和顺吓出一身冷汗，俯身抱起丁瑞芳紧声呼唤，一连唤了十几声都没有将她叫醒。看看整个吴忠堡街区空无一人，唯有寒风携着零星雪花飘落在丁瑞芳身上，刘和顺急了，他想抱她去寻郎中。当他蹲下身子使出力气将丁瑞芳搂在臂弯时，腮部被狠狠地掴了一记耳光。

这一巴掌把刘和顺从梦中打醒，刘和顺摸摸脸，原来是一场梦啊，梦境中的一切那样真切。夜静静的，月光透过缝隙洒进地窝子，像是掩映在心田的苍凉拨弄着刘和顺的思绪，使他想起了在康瑞庄那段难以抹去的记忆。

"和顺哥，听张掌柜说，店里的日常杂务你已经很熟练了，我爹也在私下里称赞你呢！"丁瑞芳一脸的自豪，好像得到了御赐的封赏。她总是把属于刘和顺的好消息第一时间告诉他，看着刘和顺高兴，她也高兴，有时她甚至比刘和顺还高兴。

"你能给我学学你爹的原话吗？"刘和顺心有不甘，想再品品东家话里的韵味儿。

"我爹告诉张掌柜：'满粮这孩子越来越不像话了，成天就想着找瑞芳，你可要替我多管教管教！'"丁瑞芳说完，瞅着刘和顺，刘和顺有些急了："你能有个正形吗？人家可是认真的。"

丁瑞芳嘟着小嘴像是受了委屈，什么话也不说。直到刘和顺露出无望的神色，她才背起双手，学着他爹的样子踱着八字步，模仿着丁希存的声音，有意地咳了两声说："张掌柜，满粮这娃娃头脑灵活着呢，是块好料，往后你可要费心调教，我看他以后定有出息。"

刘和顺还想听下文，丁瑞芳却眉飞色舞地说："你的东家就是这样说的，还愣什么？"

刘和顺看着丁瑞芳一脸的喜色，轻轻叹了口气说："东家的表扬是在鼓励我，这我懂，可我总觉得自己脑瓜笨，知道的东西太少了。"

"我清楚你在为打算盘犯愁。"丁瑞芳说，"这不是啥问题，我可以抽空教你。"

"真的？"刘和顺喜出望外，有些不相信自己的耳朵。站在面前的这位千金小姐，多么娇贵，能教自己打算盘？即使她愿意教，东家呢？他会不会同意，便对丁瑞芳说："你说得好，可你爹会同意吗？"

"我爹他不感谢我才怪呢，店里的伙计不会拨算盘，我不嫌弃，还当老师教，他怎么会不愿意呢？"丁瑞芳噘着嘴，一语双关，把她想要说的告诉了刘和顺。

刘和顺想起以前，感念丁瑞芳教会了他打算盘。

然而此刻，他心里五味杂陈。"瑞芳，瑞芳。"他不由轻轻地呼喊着她的名字，深藏在他心里的那份情感在寂静的秋夜又悄然爬上心头。他不明白为什么刚才会出现那样的梦境，因为这些年来他很少梦到丁瑞芳。

自从和张娜结婚以来，他从心底里封存了和丁瑞芳的那段情缘，让她在心底的最深处随时间慢慢消退，甚至化为乌有。为什么她还是走进了自己的梦乡，她那蓝色旗袍上点缀的紫红色小花在他眼前绽放，纤细的右手手指不停地拨动着算盘珠子，并一遍又一遍不厌其烦地给他教着珠算口诀。

一上一，

二上二，

三下五去二，

四下五去一，

五去五进一，

六上一去五进一，

……

　　其实，他从来都没有奢想过要和丁瑞芳成就一段姻缘，家境的不同、习俗的差异是横亘在他们之间难以攀越的障碍。在他心里，丁瑞芳就是来自瑶池的仙女，同他这个农家土院长大的孩子在一起就是白天鹅与癞蛤蟆。可当两个人走到一起时，她却远不是他以为的大户人家的千金小姐，而是有教养、有情义、落落大方、看得起下人，还把他这个乡下人称哥的女孩子，于是他在心里便悄悄地喜欢上了她。

　　那是一个风和日丽的春日，丁瑞芳特意向张掌柜给刘和顺请了几个时辰的假，要刘和顺陪她去上街。张掌柜耐不住丁瑞芳的苦苦相求，便答应了，临出门叮嘱丁瑞芳："小姐，你的请求我答应了，但你与和顺两个可千万要早去早回，要是被老爷知道了，非但我要受责，你同和顺也要挨板子。"

　　"知道了，张叔，我们俩绝不会让您老担心担责的。"丁瑞芳笑着撂下这句话，扯着刘和顺出了康瑞庄，穿过小镇街道，两人来到汉延渠畔。这里春光明媚，流水汩汩，鸟声清脆，似帷幕的垂柳下三三两两的人在踱步赏景。丁瑞芳孩子似的在刘和顺前面时而蹦跳，时而转身退步，眼睛却一直紧盯着刘和顺不放，如同收获奇珍异宝般高兴。

　　"和顺哥，今儿个总算把你从张掌柜手上抢过来了！"丁瑞芳显得异常兴奋。

"你不是说上街陪你买东西吗？"刘和顺说，"咋到这地方来了？"

"这便叫巧使计谋。"丁瑞芳诡秘地一笑，"不这样说张掌柜哪能放你呢！"

"如果没有其他事我就回去了。"刘和顺有点儿担心地催促着，"要是让东家晓得了，张掌柜可就不好交代了。为了我，让张掌柜受罚可使不得。"

"你要是敢先回去，我就告诉你东家说你欺负我。"丁瑞芳嘟着嘴说，"不信你试试？"

"你不要闹了，好不好？要是没别的事，我们还是回去的好。"刘和顺无可奈何地摊着双手，"再说店里有好多事情要做，张掌柜一个人也忙不过来呀。"

丁瑞芳走到柳荫下，立定了脚步，痴痴地望着刘和顺说："那我问你个话，你可要如实回答。"

"啥话？你说。"刘和顺迟疑地问。

"那你到底——对我——有没有点意思啊？"

丁瑞芳的一句话，像是丢给刘和顺的一枚炸弹，他的脸顿时燃烧起来，一时语塞，支支吾吾。丁瑞芳脸像个红果子一样，娇羞却又期待地盯着刘和顺，两只手的指头互挠着，在刘和顺面前快要站不住了。

刘和顺支吾了半天才从牙齿间挤出两个字："有啊。"随着这两个字的出口，从眉梢到耳根霎时红透了。

想到那一幕，躺在地窝子苇草上的刘和顺依旧浑身不是滋味儿，心里的那份思念依旧浓烈。他不由自主地轻轻念叨："真不晓得你现在在啥地方，日子过得还好吗？"

心里不由得升起一阵惆怅。

秋日的第一场浓雾锁裹了洞洞梁，天气变凉，姚兰香坐在窑内打了一个喷嚏，东东被她的声音惊着了，圆睁着两只清澈的眼睛看着她，撇着小嘴哭了。

姚兰香看着东东，俯下脸贴在他脸蛋润嫩的肌肤上，轻柔地说："东东乖，东东不哭，奶奶刚才打喷嚏，把娃娃吓着了。"东东果然收住了哭声，憨憨的，向奶奶笑笑，四颗小乳牙珍珠似的在姚兰香眼前闪烁。

姚兰香身边放着一股麦秸秆儿，麦秸秆上摆着她已经用针线串缝了好几圈的小碗。从月儿湾到李湾，不知道是谁引进了用麦秸秆编织吃饭小碗这门手艺活儿，这些虽算不上精美但绝对小巧的物件儿，让月儿湾一时间像是跨进了一种新的文明。姚兰香端详着自己的小孙子，瞅瞅那些已经编缝好了的麦秸小碗，不禁粲然笑了，然而她心上的欣慰只停留了数秒，就被一声男人粗厚紧迫的声音打破了："满粮妈在家吗？"

姚兰香本能地摸了一下自己的头巾后溜下了炕，她听得出是二大爷站在院子里问，但不知道他有啥事。

姚兰香一出窑门，就看见二大爷搀扶着虎娃，两个人的手上分别戴着护手，一人用一只手掌着一只鹞子，拴在鹞子腿上的两截裂草不停摇晃着。这师徒二人的狼狈样子，让姚兰香感觉一定有什么事情发生了。虎娃看见奶奶，想从二大爷的臂弯里挣脱过去，但刚一使劲，就咬着牙又站住了，看得出他必须借助二大爷的胳膊才能站稳。

"出啥事了？"姚兰香急忙问，"虎娃这是咋了？"

"唉——"二大爷叹息了一声，"娃娃这身子肯定有啥病，家里得找个大夫好好给看看，打小我看这娃娃走路摇摇晃晃的，就感觉不对劲儿。这可不，我们爷儿俩到山上后垴的那一块糜子地里堵麻雀，人和鹞子正在兴头上呢，虎娃叫唤说他腰疼，靠着地埂子缓了一阵儿，一点儿都没有见好，最后疼得连话都不能说了，我只好揽着下来了。要说这娃娃真是硬气，换了其他娃娃，早就受不了了。"

"赶紧，他叔，先把娃娃揽到窑里。"姚兰香一脸着急，"让你受累了。"接着又疼起孙子："我的虎娃。"

"我累不累都闲着呢。"二大爷说，"娃娃隔三岔五这样犯病可不是小事啊。"

虎娃瞅着姚兰香，不忍心让奶奶为他着急，狠劲憋了一口气说："闲着呢，我这会儿已经疼得慢了。"

"有病就要看，你年龄这么小，可不敢硬撑。"二大爷叮嘱着，"等你大从口外回来了，真要下功夫给你看看。"

"这娃娃生来就是个苦命。"姚兰香说，"你恐怕还不晓得，他不光走路步子不稳，身子骨疼的病动不动就犯，听说叫啥腰漏，让娃娃受大罪了。"

二大爷听姚兰香这么一说，不禁一怔，还想问问具体是怎样的病症呢，虎娃早已向奶奶表现出一脸的不情愿，好像奶奶在外传不能告人的家丑。二大爷没有再细问，叫姚兰香好好照看虎娃，别急着让孩子上工，身体养好了比啥都重要。二大爷将虎娃的鹞架插好，从皮套内掏出肉食喂过鹞子，这才从刘和顺家里出来，径直上山去了。

说实话，二大爷心里也非常着急，赶着这雾腾腾的天气，麻雀会成群成群地飞到糜子地里，要是稍不操心，损失就大了。夏粮因干旱已经歉收，队里把希望全部寄托在糜子、洋芋这些秋粮上了。

　　二大爷戴着护手，掌着他早已驯顺的大青鹞朝糜子地畔走去，藏匿在糜子地里的麻雀轰的一声惊起。这些麻雀见了二大爷和他手里的鹞子便急于奔命，只见大青鹞从二大爷的手上箭一般腾起，直抵麻雀阵心。一刹那，雀群如同抛起的纸屑被突如其来的大风刮散，无数的黑点向四面八方散去，大青鹞在空中翻飞，时而收紧羽翼俯冲直下，时而展开双翅转弯跃升，好像在展示它的飞行特技，死死地咬住一部分麻雀不放，有些麻雀被青鹞追得精疲力竭，五脏俱裂，直愣愣从空中坠地。每每看到自己心爱的青鹞的精彩表现，二大爷都会悠然地圪蹴在地埂上，从腰间的带子里抽出旱烟锅，美滋滋且极享受地装上一锅旱烟，闲适地吐着烟，整个人也好像飞起来了一样。大片大片随风摇晃的糜子就像镶嵌着珠宝的红毯在脚下延伸，二大爷便会油然地念叨："神仙也不过如此！"这样的心境随着肚子的饥饿回到了现实，二大爷这才发现青鹞不知去向，但他却并不着急，站在地畔四下张望一番，丹田憋气，扯着嗓子大喊一声："嗨——"随着漫山遍野的回声，大青鹞从远处舒缓地扑棱着翅膀落在二大爷的护手上，用一对机警的眼睛瞅着主人，似乎想得到主人对它此次行动的肯定和称赞。

　　二大爷抚摸着青鹞翅膀笑着说："攒劲！"青鹞似乎听懂了主人的赞扬，身子不停地在主人的护手上扑打。

　　"走了，咱们到下一片糜地里去瞧瞧。"二大爷说着，掌着青鹞向山后走去，隐没在团团雾霭之中。

　　雾色中，忽听见后山传来阵阵女人的吵骂声。洋芋地里，小翠和杨银香两人撕打在一起，杨银香的嘴角被撕裂，小翠的头巾被扯得不知去向，互不相让。

"我今儿个非把你的屄扯烂不可，看你以后再骂人不。"小翠头发蓬乱，放开嗓子骂着。

"老娘就是要骂你个碎婊子。"杨银香毫不示弱，像母夜叉样吼着，"你男人跑口外了，你个婊子到处勾引别人家的男人。"

小翠再次伸手向杨银香的嘴上抓去，杨银香攥着小翠的头发就是不丢。小翠气得脸色铁青，哪还管这些，她将头抵在杨银香的怀里，用力顶了过去。杨银香被长在地里的洋芋蔓一挡，整个人后仰过去，小翠顺势骑到她身上，两只手轮番进攻，杨银香的脸一时间火辣辣地疼痛，她嘴里再也说不出话来，像是被制服了的歹徒软软地躺在地里哼哼。

不远处，三五个女社员拄着铁锨把儿静观这场战争，她们心里早就将杨银香恨透了，但是又找不到出气的理由，今儿个算是顺了她们的心气。看着小翠将杨银香制住了，这些女人才叽叽喳喳过来，一边将小翠从杨银香的身上拉开，一边说："看你们两个有意思吗，屁事都没有，怎么打起来了。"

事情源于张奎赶马车拉麦束时，当着其他社员的面对小翠说的那些不荤不素的话。不承想那些话，经一些倒闲话人的嘴传到杨银香的耳里，非但如此，又添油加醋地描绘了一番，让一向见其他女人就脸黑的杨银香暴跳如雷："小翠你个婊子，还勾引到我家男人身上了！"当场就连吐带骂地表示要向小翠开战。这不没过几天，队长马世文让小翠、杨银香等几个女社员上山挖洋芋，刚好碰到了茬口。两人之间本来就有疙瘩，结果三言两语就扭打在了一起，也算是相互过了过招。

28

刘和顺在辅助队的工作，相比建筑队轻松了许多，他那双已经握惯了"抬把子"的手不再负重，每天早晨起床都感觉僵巴巴的。但辅助队的活儿需要操心，除了修理一些车辆和柴油机等机械设备外，建筑队损坏的工具，包括脱眼的"抬把子"、折把儿的铁锹等都由辅助队负责维修。陈卫东跟着师傅锻炼了几个月，机械设备的一些简单故障已经能够独自处理。刘和顺的工作是修理"抬把子"、铁锹等一些被损坏的劳动工具，有时候也会被叫过去抬抬柴油机，拧拧难以松动的螺丝等，零七碎八的活儿堆到一起，每天都忙得不亦乐乎。

每逢建筑队休息日，汪克齐和朱智远都会来辅助队看刘和顺，见他钻在这些碎碎零零、杂七杂八的活里出不来，汪克齐笑着说："我的哥哟，你这活儿我一看都头大，我宁可背石头，也不干这活儿。"刘和顺哼了一声说道："人都和你一样，新中国的建设还咋搞，全去背石头啊？不要一到人前就耍嘴皮子，平时多学学文化，那才是最有用的，我这辈子最大的遗憾就是识字太少、文化水平低。"汪克齐一下臊红了脸，并一个劲地点头。

朱智远说："刘哥，你离开咱建筑队，我和克齐哥成了搭档，你一点儿都没说错，他这张嘴一天到晚都合不住，不晓得咋就那么多话。"

朱智远说得正起劲，刘和顺冷不防问道："智远，我和你打听个事儿，你听没听你父亲说起过月儿湾？"

朱智远皱皱眉头，略显迟疑地反问："你晓得我父亲？"

刘和顺装作毫不在意地说："是陈卫东说的，说实话，咱们在火车上第一次见面，我就感觉你很面熟，可没想到你父亲就是朱宝贵啊。"

朱智远有些惊讶："你咋认识我父亲的？"

"这个倒不太重要，我只是想问问你父亲和你说起过月儿湾吗？"刘和顺说。

朱智远想了一会儿说："我父亲经常给我讲他年轻时的事，他的青春全毁在了赌博上，他念念不忘一个叫刘运飞的人，那个人帮过他，老说人要知恩图报，月儿湾倒是没有提起过。"

旁边的汪克齐一听朱智远说出了刘和顺父亲的名字，刚要说什么，却被刘和顺用眼神给制止了。"你问这些干啥，刘哥？"朱智远不解地问。

刘和顺支吾着说："随便问问。" 但在心中恶狠狠地说了声"好一个知恩图报啊！"朱智远还想问什么，远处的陈卫东喊刘和顺让过去帮忙，几个人向陈卫东的方向走去。

回想朱智远刚才的话，刘和顺心里说不上来是什么滋味儿，朱宝贵害人之人居然满口仁义道德，装得跟没事人一样。可谷有谷莛，糜有糜莛，当年的事情与朱智远没有一点儿关系，刘和顺不想把他牵扯进来，但朱宝贵偏偏是朱智远的父亲，他想不到有朝一日，当着朱智远的面，如何把复仇的斧头架在朱宝贵的脖子上。而此刻，朱智远却依旧津津有味地给他说着汪克齐的趣事。"刘哥，我克齐哥有时候说的话笑得人肚子疼。"朱智远说，"那天，我们用'抬把子'抬石头，他说这样干下去，就把人苦死了，恐怕尿尿时连'牛'都找不见了，惹得我再也抬不动了，蹲下来就只是个笑。"

刘和顺心里的阴影被朱智远的这些话搅散了，他笑着说："他这人就这样，人不行，还说坑不平，骚病大着呢！你猜猜我们村里给他起了个啥外号。"

汪克齐听到此处再也坐不住了，双手抱拳连连求饶："我的好哥哥哟，求你了，千万不能说，家丑不可外扬，家丑不可外扬！"

刘和顺和朱智远两个人见状，笑声迭起，刘和顺说："还算态度好，那就不说了。"

修柴油机的陈卫东听到他们的笑声，丢过话来："啥事啊，让你们哥儿几个高兴成这样？"

刘和顺随口道："没什么，我们正说一头骟驴配种的故事。"

朱智远没在意刘和顺这句话的意思，汪克齐一听，顿时反应过来，便双手掩面，佯装害羞，声声哀求："我的好哥哥哟，你就不要踢踏我了，我给你下跪还不行吗？"

几个人又一阵大笑。

深秋季节，天气渐渐寒冷起来，电厂工地的工人们已深感不适。天山山脉，像一位冷峻的老人，山巅的积雪在阳光下泛着耀眼的白色，夏秋季节留在它身上的那份热情已经退却，逐渐忧郁、清冷起来。

地窝子阻挡不了严寒的侵袭，铺在裸地上的苇草让人内心生凉。泼到戈壁滩上的水立马结冰，建筑队盖楼的活儿还在继续。辅助队里，队长陈红兵的头上扣上了"火车头"暖帽，指挥大伙儿不辞辛劳地加班加点。

刚刚立冬，一场大雪就彻底覆盖了工地，茫茫戈壁银装素裹，寒气逼人。这里实在无法住人了，再住会被冻死，有时候人稍不注意，一口冷风憋住，就会引发心脏骤停。上级领导终于下达命令，电厂工地的人员全部转点，暂迁至油田厂部大院。

搬迁的杂乱搅扰着刘和顺，看着形形色色的车辆将周边洁白的雪碾压得乱七八糟，经过他们双手堆成的路基雏形被大雪覆盖，他的心像被什么东西扎着，异常难受。那些痛苦凄厉的往事不由一件一件从心底翻腾上来，刘和顺觉得人和麻雀没啥区别，扑棱着翅膀为了一口食，啥时候翅膀折了，气断了，一切就结束了。

离开月儿湾还不到一年，可他感觉像隔了许多年一样。

寒风带着吹起的雪渣打在脸上，他不由鼻子一酸，涩涩的眼泪滚落下来。说来也怪，在这泪花里，去世的爷爷、父亲和健在的母亲、妻儿，还有丁瑞芳及很多熟悉的身影像精灵一样，在皑皑白雪的景致里翩翩起舞。

"哎，走了，还愣啥子哟！"卡车司机将头伸出车窗呼喊着，刘和顺突然受到惊扰，打了一个冷战才缓过神来，转身向卡车跑去。

刘和顺扳着卡车后门上了车，车厢里早已挤满了头发蓬乱、冻得脸色铁青的工人，他们个个蹲坐着，呼着白雾似的气息。那一刻，卡车的马达声在广袤寥廓的戈壁响起，将茫茫雪地一层层揭开，刘和顺手扶车厢侧门站立，风似刀割，一股难以名状的情感在他的心里流淌……

从电厂工地搬至油田厂部，部分工人住进了厂部中心地带的平房，余下的住进了一些砖箍的窑洞，刘和顺班组是最后到的，自然住进了窑里。箍窑既宽又深，打着两堵铁板做的火墙，地上铺着就地铲来的苇草和一些干了的沙蒿等植物。工人们拥进箍窑，都心照不宣地扑到地上，抢占起自己认为舒适而又相对暖和的地方，纷乱地把堆在地上的草物尽量多地抱到自己看中的地方，像小鸟一样营造着自己的窝。自然而然，两堵火墙附近就成了黄金位置。

不一会儿，火墙周围围满了形状各异的草铺。

汪克齐先到，经请示领导，与刘和顺同住一窑，并占到了离火墙较近的地方，他还怕离火墙过近引发火灾。但刘和顺还不甘心，坐下了却又站起来，好几次想挤到离火墙最近的地方，还不停地唠叨着："今儿个都咋的了，干活时一个个像腰折了，抢起地方来，比壑岘里的野狐子还利。"

汪克齐有些不相信自己的耳朵，说道："老兄，你咋了，今儿个火气这么大？"

"你晓得个屁！"刘和顺一脸的懊恼，"要不挤到火墙跟前，口外这天气，到三九天，不把你冻成冰棍才怪呢。"

汪克齐咧着嘴，哈喇子有些吸不住的样子："生死由命，富贵在天，你就放心，冻不死的，这么多人，就你的命值钱！"

刘和顺怒气冲冲地朝汪克齐瞪了一眼，一只手像扇子样在汪克齐眼前晃动："去去去，不要在关公面前耍大刀。"说着，又一屁股塌坐在草铺上。

汪克齐看着刘和顺，也正襟危坐起来，二人什么话都没再说。

员工撤点工作结束后，油田开办了规模空前的职工学习班。厂区的房屋墙面贴满了"坚持自力更生，发扬革命传统""鼓足干劲，力争上游，多快好省地建设社会主义""全心全意为人民服务"等大幅标语。学习班根据人员文化程度的不同，设置了高级班、初级班和扫盲班，刘和顺被编进了高级班，汪克齐被编进了扫盲班。

对于参加学习班，刘和顺表现出极高的兴趣，这兴趣似乎是与生俱来的。开班仪式后，刘和顺喜形于色，觉得终于可以不用干活学习一段时间了，想起刚到油田电厂"抬把子"手上打起血泡的情形，心里不免犯怵。

然而，汪克齐却怏怏不乐，说实话，他对学习一点儿都不感兴趣，开班仪式上学习完毛主席语录，又似懂非懂地听完那些领导的开班讲话，他就有点受不了，更不用说在以后的两个月时间里，每天都要进讲堂，听老师哇哩哇啦讲课。用他自己的话说，一提起学习他就头疼，哪怕天天劳动，天天背石头，都比学习舒服。

刘和顺觉得学习班让自己非常有收获，尤其是油田领导同志讲到的大漠女儿——杨拯陆的故事让他非常感佩。杨拯陆是杨虎城将军的女儿，毕业于西北大学石油地质系，大学毕业后自愿到新疆工作。1958年9月27日，正值中秋节，上午杨拯陆带着队员张广智出发时，天气还艳阳高照，到了下午他们收拾工具准备返回驻地时，天气突变，气温骤降至零下20多度，狂风夹着冰雪朝他们袭来，杨拯陆和张广智穿着单薄的衣服在冰天雪地里与狂风搏斗着。第二天，队员们在驻地几公里以外的地方发现了杨拯陆和张广智冻僵的尸体，杨拯陆十指深深地抠在泥土里，用身体紧紧地护着手绘的地图。油田领导强调，这就是发生在克拉玛依油田的英雄事迹，大家都要学习这种拼搏精神和奉献精神。刘和顺听后感到非常伤悲可惜，同时也很振奋。能在杨虎城将军的女儿战斗过的地方为祖国的石油事业出一份力，他感到非常荣幸和骄傲。

汪克齐却不同，在扫盲班坚持学习了几天，慢慢地，当他发现学习班对学员的出勤要求不严时，便隔三岔五地悄悄溜回住处，呼呼一觉睡到其他人回来。刘和顺发现这一情况后，气得大发雷霆。

汪克齐却有一肚子的委屈，他呼哥唤弟地说："我的老兄好哥哥哟，你就省省吧，不要总像管娃娃一样管着我，说实话，只要一踏进那学习班的门槛，我这心里就憋得难受。你知道吗，我宁愿天天干活，对于学习，我实在找不着北。"

刘和顺听着听着就来气了，朝汪克齐怒吼道："你也别嫌我多管闲事，不学习你到啥时候都赶不上人，手上的老茧磨得再厚，再有力气，都不如头里头有东西。"又抬起右手用食指点汪克齐的脑袋，"想想，你要不是头脑简单，长安子也不会把你这个一队之长提上耍了，还连带了我，清醒清醒吧。"

接着，刘和顺又动之以情，晓之以理给汪克齐一遍遍讲学习的重要性。经刘和顺这一说教，汪克齐起初确有改观，可没过几天，一切照旧。刘和顺一看汪克齐天生就是块不爱学习的料，觉得说得多了反而伤相互的情分，便不再多说。

天气一天比一天冷，虽说厂部大院内的煤块任由他们往火墙内填，但偌大的窑内仍感觉不到温度。在往返学习班的路上，不少工人发现厂部办公室前有一堆焦炭专供厂部用。于是，陈卫东提醒大家注意："大伙儿都看见了吧，那焦炭烧起来的火头可比其他煤劲儿大，我们大伙儿来个'刘备借荆州'怎么样？但有一点，可都要把嘴收紧了，千万不能让领导知道。"

汪克齐没听懂"刘备借荆州"的意思，便悄悄地问身边的工友："那借荆州是啥意思？"这位工友说："刘备借荆州，说的就是有借无还的意思，这是个小说里的典故。"汪克齐心想这典故我怎么不知道，看看不学习真不行。

紧接着刘和顺补充道："谁要是嘴松，就把谁拉到窑门口去睡，让他去挡风。"

工友们笑着频频点头。

陈卫东叫工友们围在一起，像是开一场秘密会议。他说："我们偷焦煤不能胡来，既要把炭弄来，还要神不知鬼不觉！"

这时，汪克齐却嘟嘟囔囔起来，表现出一脸的不愿意。刘和顺扫了一眼："谁要是不想干，能成，那他也睡到门口去。"

陈卫东自知汪克齐是在和刘和顺叫板，便不再搭理，接着说："咱们六个人一组，等到晚上厂里的人睡了再行动，前后两个负责放哨，另外几个人能拿多少就拿多少。路线是从库房绕过供水站，拐过东面安装部。遇事学狗叫。"

"我看行动时大家都把脸用煤糊一下，万一被发现了，谁也认不出谁。"刘和顺说，"跑的时候大家不要往我们窑里跑，就往平房方向跑。"这话一出口，惹得工友们一阵大笑，汪克齐在边上也收不住嘴："你就是个出馊主意的人，还说我，亏你想得出。"

稳妥起见，大家又观察了两天，偷焦炭行动开始了。

汪克齐不但积极参与，而且打头阵，他和朱智远两人用煤灰把脸一抹，轻手轻脚沿着既定的线路向堆在厂部办公室前的焦炭走去。汪克齐有他的想法，早过河早干泥，越往后越难偷。两个人刚摸到焦炭旁，不承想有两个黑影子也在偷炭。汪克齐一愣，不提防就溜出了一句："谁？"

两黑影猛然受到惊吓，丢下装好焦炭的袋子转身想跑，却又站住了，黯淡的月光下，对方脸上同样用煤灰涂得模糊难辨，刹那间就有种同病相怜的默契。

对方其中的一位嘿嘿一笑："都是一路人！"

朱智远和汪克齐再不作声，迅速往早已备好的袋子里拾，四个袋子装满了焦炭，四张黑脸在月光下对视一下，互相做了个鬼脸，都猫着腰分道而去。其实汪克齐早就从体型和那张脸的轮廓上看出和自己搭言的就是赵德强，赵德强在一霎的紧张后也知道来人就是汪克齐，两人只是心照不宣，不想言明罢了。

天气越来越冷，为期两个月的学习班很快就结束了，所有人员被拉到独山子拉片石，待来年建炼油厂时使用。临时将人员调整为采石队和运输队。

因天寒地冻，卡车不能运输，于是单人爬犁、双人爬犁、马拉爬犁一时间闹嚷嚷地出现在独山子冰雪覆盖的道路上。

进山的路是条弯弯曲曲由人踩踏出的狭窄便道，像一条在山间匍匐爬行的蛇。独山子是典型的雅丹地貌特点的风蚀大峡谷，有世界罕见的泥火山，冬天里，皑皑白雪下，悬崖峭壁宛若巨人的筋骨裸露着，纹理分明且瑰丽壮阔。

这些因自然灾害、饥饿和贫穷跑到口外的人拉着爬犁闯入这美轮美奂、如人间仙境般的峡谷时，简直不敢相信自己的眼睛。工人们难抑满腔激情，有些人哼起了家乡小调，有些人吼唱着秦腔，运输队里响起了声声号子。

嗨哟！嗨哟！嗨哟！

脚踩大石边，爬犁要向前。

我们大声喊，齐心排万难。

嗨哟！嗨哟！嗨哟——

　　阵阵号子声回荡萦纡在千山万壑之中。刘和顺平生第一次见到如此壮美的景致，激动得不知怎样才能抒发满腔热情，狠狠地一拳又一拳打着汪克齐。汪克齐没有任何反抗，接受着来自刘和顺的拳头，白雪映衬下，他黝黑的脸庞上现出柔缓的笑容，瞪大眼睛瞅着刘和顺，似乎在他身上落下的不是拳头，而是一种极高的荣誉。朱智远高兴得手舞足蹈，甚而有种飞起来的感觉。

　　这时带班的张队长大喊一声："工友们，我们看独山子有的是时间，以后天天要来，还怕看不够？开工了开工了，要不片石装好拉不下山就天黑了，大家抓紧时间干啊。"

　　于是，采石班率先干了起来，钢钎和铁锤的撞击声、工人的欢笑声弥漫在独山子峡谷内，往日寂静的山谷霎时喧闹起来，撬下的片石由运输班装上爬犁往外运输。

　　时间虽短，经过建筑队、辅助队的锻炼和两个月的学习，刘和顺的思想有了很大转变，他对来口外又有了新的认识。他认为，来自全国各地的各民族兄弟相聚在一起，不仅仅是为了吃饱肚子，更是为了建设祖国边疆。将来祖国强大了，边疆发展了，其中也凝聚着自己的热血和汗水。挺过这段艰难日子，来年春暖花开时，口外定是一片天蓝地绿的大美景象，他内心无比自豪，装片石的速度自然比其他工人快了许多。

　　进沟的路是一段漫长的缓坡，空爬犁上坡，装满二三百公斤片石的重爬犁下坡，虽然并不太费力，但为了节省体力，刘和顺大多时候都将他的人拉爬犁拴在赵德强的马拉爬犁后面，这样不仅干了活，而且还能和赵德强谈天说地拉家常。

拉片石将近一个月了，一天，发生了一场意外事故。那天，当工人们如同往日抱着片石装爬犁时，山坡上忽然滚下一块大石头，许多人还都没有发现，石头飞快地滚向蹲着抱片石的克里木，说时迟那时快，一个身体壮实的汉子疾跑几步，把克里木推到一边，石头擦着壮汉的身子滚落下去。

等克里木反应过来，壮汉抱着一只胳膊在地上打滚。推开克里木的不是别人，正是刘和顺。他的右胳膊被滚石擦伤了，血流不止，工友们蜂拥而上围住他。只见刘和顺咬着牙，额头布满汗珠。要不是刘和顺及时推开克里木，后果不堪设想。克里木知道是刘和顺救了自己，而他却受了伤，愧疚加感激，使克里木眼泪直流，一时说不出话来。

刘和顺被马拉爬犁送到了油田厂部医院，经检查是右胳膊骨折，需要住院治疗，医生说还好石头是擦过去的，要不然整条胳膊可就废了。克里木主动要求伺候刘和顺，每日细心照料，没几日两兄弟便无话不谈。

一提起电厂工地艾孜买提离开的事情，克里木说："那时，我一直想找机会报复你，现在我总算明白了，有时候人挥出一拳，看似打了别人，其实打的却是自己。"

刘和顺哈哈大笑："你算说对了，兄弟同心，其利断金，我们各民族兄弟拧成一股绳，那力量！"刘和顺左手握着拳头比画，"再过十年、二十年、五十年，口外的样子可不是你我能想象出来的！"

"看不出来，刘哥还挺有文化的。"克里木操着生硬的汉语说。

一听克里木夸自己有文化，刘和顺不禁汗颜，连连摆手。

一时间，刘和顺成了油田学习的典型，每逢开会，他都被当模范表扬。可他本人，胳膊打了石膏，在医院住了不到一个月，就回到了厂部，帮工友们干一些力所能及的工作。

又一个月过去了，当一个新的黎明开始的时候，呼呼大风不再像刀子割人的脸，而是带着一丝融融的绵软，天气终于转暖了，刘和顺的胳膊好了很多。一日晚饭后，陈红兵把陈卫东和刘和顺几个人叫到一幢厂房的隐蔽处，愁眉不展地说："你们听说了没有，据准确消息，三四月油田要将大部分人员下放去伊犁，国家现在粮食紧缺，政策有所调整，要工业支援农业。"刘和顺和陈卫东几个人面面相觑，像是突然受到重器打击一般，刚刚找着了一个可以养家糊口的地方，现在又不知下一站走向何方。

陈红兵说："告诉你们的目的，就是让你们早点有个思想准备，不要到宣布的那一天，慌里慌张地不知道怎么办。这事暂时保密，先不要外传。"

听罢陈红兵的话，几个人六神无主地往住处走，刘和顺禁不住打了个冷战，忽然感到自己就像扬起的尘埃，随风飘移没有着落。他踢着地上的冰雪，思绪紊乱，胸腔内像塞了什么东西，有口气憋着呼不出来。朱智远说："没啥大不了的，要么回家，要么去伊犁。"陈卫东默不作声，牙齿一下一下咬着下嘴唇，脸上的皱纹绷得更紧了。

时间绝不会因任何人的惧怕而停滞不前，三月依旧稳步而来，空气中弥漫着春天的气息，阳面的积雪在白天温度高的时候悄然消融，到了夜晚又被冻结，戈壁滩风干的骆驼刺不知什么时间已经透出浅浅的绿意。砖箍的大窑里，草铺上的工人不再争抢靠近钢板火墙取暖，横七竖八斜躺着，每个人的心里都想着自己的事。

三月中旬，油田召开全体工人大会，正式传达了中央政策。由于我国农业遭遇严重的自然灾害，加之中苏关系破裂，粮食连年减产，为了促进农业生产恢复，国家提出各行各业支援农业。油田绝大多数人员要被下放到伊犁，学习红军当年在南泥湾开荒种粮的经验和做法，到那里开辟农业新天地。等情况改善后，去伊犁的人员将全部返回，再为油田建设贡献力量。

刘和顺虽然早从陈红兵那里得知此事，全体工人大会只是证实这个消息罢了，但他依然被工友的不好情绪所感染，像个重病患者一样打不起精神。汪克齐像只逃出笼子的猛兽，不停地在窑内踱步，不停地说话："愁啥啊愁，男人家嘛，肚子里气不顺，多放几个响屁就没事了。"

朱智远瞪着眼说："你倒是畅快，晃来晃去的，好像这一窑的人里你最日能，走远点，离我远点放屁。"汪克齐哈哈笑着："本来嘛，本来就不是个啥事情，要去伊犁，披红戴花，敲锣打鼓让人家欢送；要回家，铺盖卷一背就滚蛋。家里那土炕总还是热的，怀里再抱上婆娘，说不定给个县长都不当呢。"

刘和顺眯着眼睛，睨视汪克齐，感觉他说的话实在让人脚底子痒痒："还给个县长都不当，你有那个本事吗？真是驴尿打肚皮——自己会给自己宽心。"汪克齐知道他接下来又会揭自己的伤疤，便嬉皮笑脸地对刘和顺说："我的好哥哥，你就别糟蹋我了，反正我不去伊犁。"刘和顺话锋一转说："回家，这里面哪个兄弟不想回，可这样子回去，日子能过吗？你还口口声声婆娘长婆娘短的，你就不怕两个胛子抬个嘴回去，小翠提个棒把你从弯弯沟里赶出来？还抱着婆娘睡，想得美！"汪克齐伸着脖子还想说什么，却没有再张开嘴，只是懊恼地蹲在草铺上。

朱智远说："听说伊犁可是地广人稀，一个站和一个站的道上连个人影都没有，恐怕水都喝不上，到了那里，就是饿不死也得渴死。"陈卫东说："其实刚才汪克齐的话也有道理，我们想去就去，不去就回，何必这样为难自己。我思想还不如再到石河子、奎屯等兵团或乌鲁木齐周边的喀纳斯、米泉找个活先干，干上一两年，等克拉玛依油田和电厂需要人了再回来。"

窑洞里一时沉寂下来。

油田的大部分人员又一次开始候鸟般的大迁徙，解放牌卡车运送了二十多天，才把这些从天南海北来到口外又即将分流的兄弟送到乌鲁木齐，他们走的走，回的回，去往别处的去往别处。决定去伊犁的人员，胸带红花，被敲锣打鼓地送上卡车，在阵阵掌声和送别的欢呼声中踏上了新的征程。

刘和顺站在人群中，目送着往日和他们一起抬"抬把子"、拉爬犁，一同欢笑一起劳作的工友，再也抑制不住自己的泪水，往事历历在目，他摇了摇头，不由叹了一声："真像做了一场梦。"突然，他的左肩被人拍了一下，转身看时，是队长陈红兵。

"你不去伊犁吗？""想来想去，还是决定不去了，家里一大家子人呢。你呢，队长？"陈红兵一边折着"火车头"暖帽的耳朵一边说："我还有老婆和两个娃娃呢，老家困难得很，都跑陕西去了。我要到陕西去找老婆，等我把家找到了，想办法搬上来，口外是个好地方，天大地大，也不排外，将来社会一定会有大发展，有我们伸展的地方。"刘和顺笑着点点头，心里也是这样想的，今后如有机会，也要把家搬到口外，走一走爷爷说过的丝绸之路……等他回过神来，陈红兵已走出十多米远。

29

二大爷走后，姚兰香叫虎娃横躺在炕上堵住东东，急忙上山去叫张娜。一听儿子的病又发作了，张娜慌不择路地就往家跑。对虎娃的病，她已经操碎了心。关节的肿胀和行动困难已经变得习以为常，每当看见虎娃弓腰时额头渗出的细密汗珠，张娜的心就像被刀剜一样。刘和顺走时特意让她多关心虎娃，干活时她总是叮嘱儿子小心点，可儿子就是防不住，腰腿疼痛的病隔三岔五地犯。

她从山上深一脚浅一脚跑回家里，急忙在窑垴的土台上取下用麻纸包着的一小包东西，打开来，找到了特别为虎娃准备的云南白药。让儿子喝下后，张娜跪在炕上，整个身子在战栗，抱着儿子的头，用衣襟一遍又一遍给儿子擦拭头上的汗，眼泪在眼眶里打转，她明白这样下去不行，却又束手无策。

姚兰香一进院门就咳嗽了一声，婆婆这种习惯性的咳嗽很大程度上像是镇静剂，让张娜纷乱的心得到了些许平静。走进窑里，看着虎娃脸色发白的样子，姚兰香对张娜说："娜娜，我看再不能这样下去了，得找个大夫看看。"

张娜转身看着婆婆："妈，你说到哪搭儿找大夫啊，临近几个村的赤脚医生早就看过了，都没有见过这种病。""反正得想办法啊。"

姚兰香说。张娜眼圈湿润，再没有吭声。

"哭啥哭，看你没出息的样子，天塌下来还有大个子顶着呢，我下午就给马世文去请假。"姚兰香说。

张娜没有言语什么，失神的目光穿过敞开的窑门，只见天空中堆着层层乌云，她感到自己整个人都是灰色的。虎娃腰腿疼痛一直持续了好久才慢慢松缓下来，为了让他多休息一会儿，姚兰香没有叫他起来。

小红从学校回来了，明明紧随其后，浑身被泥水糊得不像样子。从窑门一跨进来，小红就感到了家里不同往日的气氛："虎娃这是咋了？"还没等姚兰香和张娜开口，虎娃抢着说："早上鹞子上了树，抓鹞子时不小心把脚崴了。"

小红说："我说你笨，你还不爱听。"明明在一旁敲边鼓："就你那本事，还不如我呢，咋不叫上我。"

张娜狠狠瞪了明明一眼："你给我小心着，看身上成个啥样子了！"明明低着头，顺手拍打着身上的泥土，不经意又看见了从烂布鞋里露出的脚指头。他故意相互搓磨着它们，在母亲面前做着各种滑稽的动作。

张娜本来想再骂几句，可看到明明身上的破布烂片，不知道为什么，鼻子一酸，没有再说一句话。

"妈，给明明做双鞋吧。"小红说，"你看都烂成啥样子了？"

"等你大从口外回来，我给你们一人做一双。"

虎娃听母亲说给每人做一双新鞋，高兴地说："穿上新鞋，我的脚后跟冬天再也不会裂口子了。"

"总算有新鞋穿了。"小红高兴得在地上直跳，"到那时，班里的同学们盯着我的脚，怕要流涎水了！"

姚兰香怀里的东东似乎也听到了哥哥姐姐的欢闹，在奶奶怀里惊了一下，张着小嘴甜甜地笑着。

姚兰香下午真给张娜请了假，还借了队里的一头小毛驴，让驮着孙子虎娃去看病。这回她让张娜去段家庄那位段大夫家看看，那是医生世家。她千叮咛万嘱咐一定要让大夫给个准话。直到大半夜张娜和虎娃才摸索着回来，姚兰香忙追上去："大夫看明白了吗？说是啥病？到底是啥情况？"

张娜在衣兜里摸了半天，才掏出一张折叠得四四方方的麻纸片递给姚兰香："这是大夫交代的，都写在纸上了。"

姚兰香说："我是两眼一抹黑，给我干啥啊，赶紧叫小红过来看看。"

张娜把小红从自己睡的窑里叫起来。小红打开纸片一看，只见上面写着三个字："链霉素"，小红告诉妈妈和奶奶："这是药名。"

张娜说："段大夫说，虎娃的病看起来像是骨结核，他说要是能找到这种药，他就试着治，要是找不到，他也帮不上啥忙。"

"你说，他个大夫都没有药，叫我们到哪搭儿去找啊？"姚兰香叹息地说。

"看来那药紧缺着呢。"张娜怔怔地站在地上，一副霜杀了的样子。突然，她记起了一件事情，迫不及待地给婆婆说："我和虎娃回来的时候，看见一个人影顺山坡上去了，像是长安子。"姚兰香说："这么黑了，他上山干啥去？这人阴得很。"

此刻，汪克齐的家里，张奎正斜坐在炕沿边，名义上是给小翠赔礼道歉，实际上另有图谋。前几天，杨银香和小翠打了一架，滚了一身泥从山上跑到食堂里闹腾。张奎好面子，女人当着食堂里人的面数落他，他臊得想找个老鼠洞去钻，好像他和小翠之间就是泥水子上墙——粘到了一起。

张奎啥话没说把女人拉回家里，本想好好施点颜色看看，见女人的脸上被小翠抓得青一道红一道，嘴角也被撕烂了，他又好气又好笑，只得把憋了一肚子的火压了下来。

杨银香见男人疼惜自己，这才呜呜咽咽哭了起来，她让张奎给自己好好儿出出这口恶气，把小翠美美收拾一顿，最好是能拧下一条胳膊或腿摆在她面前。张奎将计就计，告诉女人等晚上食堂关门了，他就到小翠家理论，杨银香心里的阴云这才散开一道亮缝。她哪里知道，这正中男人下怀。晚上一切安静下来，张奎双手抱在胸前，怀揣一包白面，洋洋自得地哼着"想妹妹想到心尖尖"来到了小翠家。

这次和前一次不同的是，张奎只叫了一声"嫂子"，那扇窑门就开了。小翠知道张奎是为他女人来说话的，她倒要听听他能放个什么响屁。要是有啥言语的差池，她就连张奎也给扯了。

张奎一进门就弓着身子直打哈哈："嫂子，你千万别和我那女人一般见识，往后她要是胆敢再胡说，不仅是你收拾她，我也不饶她。"说着从怀里掏出一包面粉，"嫂子，今儿把你气坏了吧，这是我给你带的，补补身子。"

小翠本想张奎会吹胡子瞪眼大发雷霆，未承想是这样一番软话，小翠嘴上虽然没说什么，可心上的气倒是消了大半。油灯下放在炕沿上的那包白面是那样惹眼，这个男人的到来反而让一向冷清的家里多了一丝温暖，醇香的面粉味儿不住地往小翠的鼻孔里钻，她仿佛吃到了散发着浓浓面香的佳肴。小翠有些陶醉，她感到了一个女人的尊贵和被男人疼惜的滋味儿，眼圈不由湿了。

张奎像只警觉的猫注视着眼前这个女人的反应，他看见小翠流露出的那份激动，怜惜地说："嫂子，咋又伤心上了？"

小翠伸手抹了一下眼角，低头遮掩说："我这眼睛，灯烟一熏就这样。"

油灯下，小翠的脸蛋和外露的脖颈光洁如玉，双乳高高挺起，这时张奎真想扑上去，但理智告诉他，现在还不是时候。

小翠带着几分不好意思的神色说："真得谢谢长安子兄弟了，在这么困难的年月还想着我。"张奎说："不用谢，只要嫂子知道兄弟的好就是了。"

张奎走后，小翠将这包白面捧在手心，闭上眼睛自足地吸吮着，她感到自己的五脏六腑浸润在一种美妙的享受里，心里模糊地生出对张奎的一丝感念来，可忽然一个念头像锥子一样扎了她一下，她想到了汪克齐，想有一个娃娃多好啊。寂静的夜里，小翠心头十分难过，忍不住哭将起来。

30

月儿湾里，糜谷等秋粮上场后，范正涛、二大爷这些老农便有了新任务。他们和一些男劳力开始翻耕土地。常言道："人误地一时，地误人一年。"吆喝牲口唷——唷——喔——喔——的声音每天清晨都会回荡在洞洞梁上，满含农耕情愫的旋律，听起来是那样受用。

遵循老辈们传下来的习惯，与二大爷一起默契相处了两三个月的青鹞需要放归山林，虽然二大爷心里十分不舍，但必须这样做，可已经放生三次，青鹞都义无反顾地飞了回来，一直不肯离去。不是因为它不够健壮，二大爷用打下的地鼠和在粮食场里用筛子扣住的麻雀给它补给营养，它的胸肌已经非常瓷实了，爪子的抓力足以撕破树皮。二大爷每次在山顶把它放飞后，都要目送它飞向远方，可当二大爷回到家里，青鹞又会在入夜时分从窑眼进来，扑棱棱地落在木架上，用喙乖巧地梳理羽毛，时不时还会盯着他啾啾叫上两声，似乎表达着它不想离去的心思。每当东方发白时，它又会飞走。

　　白天，每当二大爷耕地回犁吆喝牲口时，青鹞都会扑扇着翅膀飞到他身边，时而在头顶盘旋，时而落在地埂，警觉地看着他扶犁翻地，他不知道青鹞哪一天会下决心离他而去，去过属于它自己的生活。如果不是有悖于自然规律，他定会让它留在身边，因为它的忠贞无时无刻不在感动着他，这暗哑的青鹞也通人性。

　　队里的另一只鹞子是虎娃在一个黄昏时分放飞的，看着鹞子飞远的身影，虎娃陷入极度的惆怅里。因为身体患病，队里没有给他安排重活。守护糜地的日子里，二大爷总是给他讲述一些向善和快乐的故事，二大爷的一言一行给虎娃留下了很深的印象，从二大爷那里虎娃学到了很多做人做事的道理。二大爷常说："你娃娃可要记着我的话，人都是从娘肚子里出来的，到啥时候都要尊抬老人。""谁对咱老百姓好，咱老百姓就拥护他。这世道迟早要变，再这样下去，不晓得要饿死多少人！"二大爷说完总会叹息一声，再不言语。有些话题虎娃虽然不大懂，但他总会静静地听着，不做任何问询，他觉得这事还不是他这个娃娃该考虑的。

艰难的生活，让岁月过得很慢，在那个什么都缺的年代里，张娜虽然找了多种渠道和关系，仍然无法找到段大夫说的链霉素。虎娃的病自然也无法治疗，唯一的办法是让他不再上工，待在家里歇缓。

　　为了挣工分，姚兰香让虎娃看着弟弟东东，她腾出身子到生产队去干活，就连明明也被张娜带到生产队的劳动大军中，拾洋芋挣工分。

　　在外面跑惯了的虎娃，怎能静静地在家里看东东，他终于想到了一个自以为绝好的办法：搓了一截冰草绳，把一头拴在东东的脚腕上，将炕上那张烂得不成形的破毡卷了再卷，把草绳的另一头绑在毡卷上。虎娃自己扯着草绳试了几下，感觉万无一失，便摇晃着身子出了院落。他并不是出去想和村里的其他孩子玩耍，而是要做自己能做的事情，帮大人分担一些困难。

　　姚兰香在家看东东的时候，只要东东一睡觉，她就拿着小铲子挖庄院后面山坡上的一块荒坡，想着日后种点菜，补贴家里的生活。奶奶做的这一切虎娃看在眼里记在心上，他知晓大人的不容易，想着替家里干点有意义的事情。

　　当他拿着铲子来到奶奶开垦的荒坡时，却发现不是他想的那样，腰痛得他无法弓身，试了再试，最后只能直着腰慢慢蹲下去，用铲子在身子一侧一点一点地挖，虽然万般艰难，但他感觉心里踏实了很多。在这块小天地里，虎娃做着各种美好的梦，他似乎看见这块田地里长出了茂盛的庄稼，还有各种绿油油的蔬菜。为此陶醉时，东东的哭声惊扰了他。他慌里慌张就往窑里跑，一眼就看到东东趴在地上，张着小嘴大哭，身上沾满了土，脑门处起了个包。虎娃吓得心惊肉跳，像是犯了天大的错误，慌乱地将东东抱起放在炕上，再看断开的草绳，一半还拴在东东的脚腕上。

虎娃刚刚哄住东东，小红就放学回来了。她像只小狗搜寻着窑里，总感觉有些异样，她忽然发现东东脑门上有个包，指着虎娃说：“好啊，你就这样看娃娃，都绊成这样了，看妈回来了不收拾你才怪呢。”虎娃说：“反正已经绊了，再说啥都是闲的，但我也不希望你当叛徒。”

“啊，啥意思，说来说去，你把我当叛徒了？”小红盯着虎娃，一副凶巴巴的样子。

虎娃一边哄着东东，一边说：“你要是给家里人说，你就是叛徒。要不说，当然是好人。”

小红迟疑了一会儿，有些无奈地说：“东东头上这么大一个包，不说家里人也会发现。”

“奶奶和妈天黑了才回来，咱们谁都不说，或许她们不会注意。”虎娃说，“要是真被她们发现了，我再想办法。”

小红噘着嘴说：“你还能把猫儿拉着河里饮水去。”

一场秋雨一场寒，社员们早已脱去单衫，穿上了比较厚实的夹袄。中秋时节，寒霜早已将洋芋叶子变成了枯萎的烂草，唯有露出地面的茎杆象征性地生长着，地里排开的社员正使劲地挖洋芋，每翻开一铁锨都会有几颗大小不等的洋芋。夏秋连旱，结在根茎上的洋芋没有得到足够雨水的滋养，个头较小。马世文闷闷不乐地行进在洋芋地里，心里格外压抑，殷切盼望着以秋补夏，可洋芋丝毫没有给他这位队长一点面子。

社员们散懒地挖着洋芋，似乎早已习惯并知晓事情本来就是这样，大多数社员只是机械地挖着，并不关心洋芋的大小和数量的多少，挣一天的工分就万事大吉。翻开的黄土地上，红嘴乌鸦、花喜鹊，还有成群的麻雀，在距社员不远的地里忙碌地觅食，它们似乎比辛勤了一年的社员还急于得到食物。张娜的身体看上去比任何一位都瘦弱，似乎一阵风就可以吹倒，她尽力在向前挖着，不使自己落在别人的后面。可她不像其他社员将连着洋芋的茎秆从土里拉出来就随意丢在身后，而是将根须上的洋芋摘干净，才有目的地扔到一处，这便使她的速度慢了许多。

姚兰香和放了学跑到地里来的明明混在拾洋芋的社员里面。明明毕竟没有经历过长时间弓身劳动，他显得很不耐烦，拾了一阵就想回家，时不时直起身子四处张望，像在寻找什么。不经意，他发现了一个谁都没有留意的小秘密，担洋芋的张奎总是目不转睛地盯着年轻漂亮的小翠，即使低头往篮子里拾洋芋或者往一起担的时候，都要回头张望，少年的好奇心一下子大了起来。

自从和杨银香出手大打一场后，小翠的心里畅快了许多，脸上也常挂喜色。好色的张奎更是时不时地在她面前献殷勤，而且利用当食堂保管员之便，隔三岔五在夜深人静时偷偷翻墙给她送馍馍和面粉，小翠假装睡着或者没有听见，再没让他跨进窑门一步。作为女人，时间一长，小翠的心里不知不觉动摇了，这种奇怪的想法折磨着她，连她自己都有些不大相信。原来那么令人厌恶的张奎，现在看着也顺眼了，有时甚至还想多看几眼。最终她以一个自以为是的"借种生子"的念头，淹没了内心的不安，她感到这虽害臊却又天经地义。她为实现自己的这一想法寻找机会，迫切想要娃娃的愿望使她渐渐失去了理智，让愚蠢慢慢地吞噬了自己。

以小翠的身体状况，即便挖洋芋再累也不会落在别人之后，此时她的心思已不在挖洋芋上，而是在为自己的愚蠢想法窃喜，思谋着如何神不知鬼不觉地实现自己的想法。她抬手擦汗时不经意看到了张奎，而张奎也正担着一担洋芋边走边朝她望，两道目光瞬间触到了一起，如同电击一般，让小翠浑身麻酥酥的。她赶忙收回目光，心中不住地泛起涟漪，这种奇妙异样的感觉自和汪克齐结婚以后再未有过。

为了追求这种感觉，她要让自己变得更胆大一些。当她的目光再次追寻到张奎时，张奎已经放下担洋芋的担子，右手在胳肢窝里挠痒痒，看样子是摸到了虱子，眼睛直溜溜地盯着右手，正准备用两只手的大拇指指甲挤死虱子的瞬间，小翠的目光再次和张奎的相撞。张奎虽然十分羞愧，但他意外地发觉了隐藏在小翠眼神后面的骚动和不安，他感觉机会来了，棋可以往下走了。

这天夜里，张奎心里既美滋滋又忐忑，他带着从集体灶上偷来的一些面粉，还有两个他借看工作组之名让灶上蒸的白面馍馍。他早早让师傅回家，自己借着夜色遮掩来到小翠家院前。院门虚掩着，其实小翠早就心知肚明，今晚张奎肯定会过来，这是她有意留的。可当张奎吱扭一声推门走进院落，小翠的心不由紧了一下，跟着他的脚步挪动声扑腾扑腾地直跳，自己都能听到心跳的声音。

张奎走到窑门口停住了，霎时，小翠的心一下子提到了嗓子眼，稀里糊涂地一把从里面打开了窑门。借着昏暗摇曳的煤油灯光，张奎只见小翠洗漱得干干净净，窑炕上铺得整整齐齐，张奎猴急地抱住小翠欲亲吻一番，却被小翠一把推坐在地上。小翠怎么叫他都不起来。一会儿，他假装生气地说："嫂子，你说在这多灾多难的年月里，你一个妇道人家，汪克齐去口外一年多了，管过你吗？连个音信都没有，不是我帮衬你，你能过得这样滋润吗？还这样对我。"他稍作停顿，悄悄观察了一下小翠的反应，接着说，"你以为我是个偷鸡摸狗的人，实际上我也是条汉子，敢做敢当的汉子，从不干别人不愿意做的事情。"

听到这里，小翠认为张奎说的也有些道理，更何况人家还经常接济自己，自己不仅有那样的想法，更想通过这样，看能否生个一男半女。至于怀上了怎么掩人耳目，她还没有去想，此刻想要娃娃的念头大于一切。于是，小翠伸手去拉坐在地上的张奎，张奎顺势起来把小翠扑到炕上，如饥似渴，左手脱衣服，右手拉毡片。张奎虽是身经百战，可刚碰到小翠的那一眼汪泉就泄了。他觉得十分尴尬，也不愿就此放弃，默默地躺在炕上，等待着再次兴风作浪，于是用手抚慰小翠。

突然间，小翠像触电一般，一骨碌翻起身来，急忙穿上衣裳。她感觉她不能这样，在这方面，汪克齐没有亏欠她，而是她亏欠汪克齐。

张奎急得赶忙去拉小翠，却被小翠狠狠地扇了一巴掌。

31

春日的阳光投射在口外大地，乍暖还寒，刘和顺郁闷地行走在达坂城的街道里，看上去一脸灰尘，皮肤更为黧黑。他盘算着如何尽可能地少花在油田电厂辛勤劳动挣来的些许收入，又能尽快返到兰州。

他身后不远处，汪克齐步履迟缓，左顾右盼，土灰色的衣衫看上去与季节有些不大相称，分明单薄。与以前相比，他消瘦了不少，喉结突兀，脖颈细长，手里拄一根木棍，一瘸一拐地向前走着。虽然他们十分邋遢，却很少有人关注，因为在他们的周围，形似乞丐、衣衫褴褛的百姓比比皆是。他们从乌鲁木齐一直步行到这里。

油田大部分人员在乌鲁木齐分流后，刘和顺不甘心就这样回到月儿湾，又先后到呼图壁、奇台一带试图再找机会，多挣一点盘缠，可根本就没有愿意收留他们的人。

刘和顺常常想起爷爷去世时的叮嘱，如今自己是否也要走上口外无功而返的老路。还有父亲无故被人陷害，欠下康瑞庄一笔巨款，他想借此去朱智远家里，向朱宝贵讨一个说法，为九泉之下的父亲讨个公道。可当下困难重重，他虽有许多不甘，但又不得不这样回家。否则，身上仅挣的一点收入花完，那结局一想就让人胆寒。

这一路，他和汪克齐不辞辛苦，风餐露宿，依然选择了仅能想到的步行、逃票乘坐火车、搭乘便车等种种办法到了兰州，又一路步行回到了月儿湾。为了不让村里社员看到他们狼狈的样子，刘和顺和汪克齐控制着到家的时间，利用夜色的掩护才悄悄回到各自的家中。

张娜万万没有想到丈夫能这么快就回来，当刘和顺出现在她面前时，她欣喜得热泪盈眶。丈夫不在的这些日子，她默默承受着家里生活困难、孩子们调皮淘气和虎娃疾病带来的压力，男人来了，她该轻松一下，便自足而惬意地躺在刘和顺温暖而又充满力道的臂膀上，变得像只羔羊一般，显得那样娇小柔弱和可爱。

东东和明明已经睡熟，刘和顺在煤油灯下瞅着俩儿子红润的脸颊，真想美美咬上一口以解心头疼爱。夜静静的，偶尔会有几声狗叫，土地春动的缕缕清香飘散在月儿湾里，刘和顺闻着这熟悉而又有些陌生的味道，忽然想起许多油田的事情，想说给老婆听。

张娜此刻什么都不想听，只想让他搂紧她，说说自己一肚子的苦楚："你来了就好，分到的自留地就不愁耕种了。虎娃的病该找个大夫好好看看，娃娃受了不少罪。"刘和顺有些诧异："还分自留地了？""开春的时候分的，你怕还晓不得，食堂都散伙了。"

"啊？"刘和顺简直有些惊愕，"天哪，这一年多点的时间，老家的变化这么大。"

"你去口外才多少日子，又不是不晓得吃食堂的坏处，食堂散了还惊啥啊。"张娜有些责怪地说，"食堂要是再办下去，连树皮、草根都吃没有了，不晓得要饿坏多少人，听说甘肃那面还饿死了不少人，也不知是真是假。"

"散了好，散了好啊……"刘和顺听着长长地出了一口气，不仅心情压抑，也为张娜这一年的坚持深感不易。当初上口外，不就因为多吃了一个菜馍馍，让他无法面对家里的妻儿老小。他再次坐起来瞅着东东，轻声细气地说："这碎俅都长这么大了，那时候夜里哭的啊，娃娃没奶吃，我心就像拿刀子旋着。娜娜，你也不容易呀！"张娜目不转睛地盯着刘和顺，心上涌过无数酸甜苦辣，一下子把头扑进男人怀里抽泣起来。

此刻，汪克齐家里的气氛则要欢快得多，小翠像个孩子一样躺在男人怀里，聆听着男人上口外的事情。她浮想联翩，催促男人赶忙一个接一个地把那些故事说给她，像是服了兴奋剂一样欣喜若狂。为了让女人高兴，汪克齐也不时添油加醋，显示自己的能行和口外的广袤。"小翠，不是我说，没有上过口外的人，可真想不出来口外的天和地是那样美，天山顶上的雪三伏天都不化。戈壁滩一眼望不到头，乌鲁木齐道路两边的白杨树长得那个高和壮，一抱子都抱不住。口外下起雪来，铺天盖地，根本就辨不出东南西北。"小翠眨着眼睛，听得云里雾里，时而刨刨男人的头发、摸摸男人的脸面，时而在男人鼓圆的膀子上掐掐，汪克齐哪能经受住小翠的这般恩爱，说着说着便收了声，夫妻相扑窑炕，互拥互抱，气息渐粗，好一番云雨。

第二天天麻乎乎亮，汪克齐就起来担着水桶到沟底的泉里挑水，他感觉吸一口月儿湾凉森森的空气浑身都舒服。不承想正好碰上了也来挑水的张奎。张奎看清是从口外回来的汪克齐，便假心假意地笑着问："汪队长，你这是啥时回来的？"

汪克齐的心像是被苨麻扎了一般："还啥队长啊，你就再不要日塌我了，我是夜里回来的。"

张奎蹲着身子一边用马勺舀水一边说："我思谋着你和刘会计两人咋了也要十来八年才能回来，咋才过了一年多就跑回来了呢？听人说口外到处是宝，走路都碰得脚指头疼，你们回来肯定带了不少宝贝吧？"

汪克齐明白张奎话里的意思，却又不知如何反驳，只是哈哈笑着："这话你问刘会计去，我还给你说不出来个样样儿。"汪克齐说着挑起两桶水就走，张奎在身后又扔出一串话来："你放着细皮嫩肉的媳妇儿不好好守着，跑啥口外，你就不怕小翠跟人？"一股山风吹过，汪克齐虽然听得不大清楚，但他知道张奎一定是在奚落他。想起当队长的那会儿，张奎简直把他的沟子当面碗舔，如今不当队长了，张奎就不把他当人看，他暗自感叹："凤凰落架不如鸡，老虎下山被犬欺，这杂伎都欺负到头上了。"

刘和顺两天来一直都没露面，直到第三天，他才提着铁锨上了山，在自家的自留地里翻地。他怕有些社员议论他们上口外的事情，觉得这不但无聊，甚至有种被侮辱的感觉。他狠劲踩着铁锨，深挖土地，任汗水爬满脸颊也不停歇。

"满粮，咋一回来就这么大的精神头？"刘和顺回头一看，是正涛大叔在问。

"哦，是正涛叔啊，回来不精神不成，要不肚子就饿下了。"

范正涛将随手拿的铁锨平衬在屁股下面，坐在地畔上，顺手掏出别在腰间的旱烟杆儿，边将烟锅头伸进黑布的小烟袋里装烟边说："队里的很多社员都念叨你，你倒好，躲得远远儿的，当会计时的那股劲气都哪里去了？"

刘和顺用力把铁锨插在地里，缓了一口气说："正涛叔，你是给我治心病来了？说实话，我真晓不得咋了，心上比吃了麻洋芋还难受，口外回来让我猛地和社员们到一搭，真怕他们笑话，我觉得这脸皮没地儿搁。"

范正涛用火柴点着旱烟，吧嗒吧嗒吸了几口，又用火柴盒按压着烟锅头里燃起的烟丝说："年轻人就是心气盛，我以为脸皮子最不值钱，走路靠腿，说话靠嘴，等你到我这样的年龄就晓得了，这年月，肚子里只要舒坦，脸皮还能当饭吃？"

刘和顺只感到脸上火辣辣的，他嘿嘿笑着蹲在范正涛的身边，一股呛人的旱烟味立时扑面而来。

"你今儿把地翻了，明儿个老叔给你打粪底子，你担粪。咱们一搭儿变工有说有笑，你一个人躲在这阴梁梁后头有啥意思，你说呢？"范正涛说完，噙上烟嘴子瞅着刘和顺。

范正涛几句话，一下子让刘和顺感觉舒服多了，他摸着范正涛粗糙干裂的手说："正涛叔，上工是迟早的事，可虎娃的病是个大问题，我得先找个大夫给看看，东东他妈一天到晚地催着呢。"

"我还把这事给忘了，看糜子那会儿，听二大爷说虎娃的病就犯过一回。"话说到这里，范正涛的心上一阵难过，又叮嘱道，"这可是大事啊，听说娃娃腰里一直淌黄水，病一犯连路都走不成，你在外头时我也晓不得东东他妈给看了个啥结果。娃娃妇人也没啥主意，你回来了，得抓紧给娃娃看！正如老辈们说的：'各娘肉各娘疼，老鼠下的猫不疼。'再不敢耽搁了，抓紧点。"

虎娃的病情在刘和顺回来后又加重了，腰不但直不起来，而且浑身的每一处关节都开始疼痛，每天蜷缩着身子躺在奶奶炕上，还撑着照看学挪步子的弟弟东东，其他人根本不知道这病的严重性。

刘和顺一跨进院子，从窑门就瞅见虎娃斜靠在炕头木枕上，他的头立马像扣了只背篓，所有的心劲被罩得严严实实。他想明天一定要去县城给虎娃看病。

第二天天还未亮，刘和顺就背着虎娃动身了。虎娃趴在父亲的背上，生怕村里人看见，那将比身上掉块肉还难受。他一次一次倔强地让父亲把他放下来自己走，可当双脚落地后，身体每一处都不听使唤。他咬牙憋足力气向前挪动，可刚走了几步，心中烈焰般的信心就被钻心的疼痛挫伤大半，但他还是咬牙跨出了一步又一步，然而没有走上十步，疼痛将他浑身的每一处都撕裂了，他不得不在父亲带着关爱的呵斥声中再次趴上父亲的肩头。虎娃的心都碎了，他不是不同意让父亲抱他背他，而是不想以这种方式趴在父亲的背上，他认为这样父亲比他还要累。

从月儿湾到吉平县，沟沟坡坡要行四十几里路，刘和顺背着虎娃走走歇歇，从东方泛白一直走到下午三点多钟才到，当他扶着虎娃走进县人民医院诊断室时，眼前一黑，险些栽倒。

经过医院检查，虎娃的病被确诊为腰椎结核。给孩子看病的女大夫告诉刘和顺，孩子的病已经非常严重了，要抓紧治疗，但治疗此病效果比较好的链霉素医院现在没有，希望家属自己去想办法。听罢大夫的话，刘和顺一脸无望，过了好大一阵，他才张着龟裂的嘴唇吐了句："你说我一个老百姓能有啥办法啊？"

"大，我有办法。"坐在条椅上的虎娃拉了一把父亲的后襟，刘和顺转身看着儿子，不知道他有什么主意。虎娃让父亲挽着他走到诊断室外后，一脸无所谓的表情，说："大，我看咱们还是回家吧，不就指甲皮大的一点病嘛，让医生一说，就成了天大的病，我缓些日子就好了。"虎娃说完，扯着父亲执意要回，况且再待在医院也没有任何意义，刘和顺只能背着儿子披星戴月回到月儿湾。

经过奶奶和父母的精心照理，虎娃在家歇缓了半个月，病情有所好转，竟能下地走路了。

32

时间过得飞快，一眨眼到了 1965 年秋天，吉平县新川中学操场两侧一排排杨树已悄然挂上了黄色。秋季学生运动会正火热地进行着。篮球场上，初二女生的比赛打得激烈，小红作为班里篮球队领队，眼疾手快接过队友的传球，转身一跃，投了一个三分，同学们响起一片热烈的掌声："刘秀君，加油！刘秀君，加油！"口号声与欢呼声一浪高过一浪。

刘秀君就是小红。小红因为年龄大点，所以也是班里的文体主力，她永远不会忘记七年前的那个暑假，那是一个阳光明媚的上午，刘家坪小学的校长刘敏老师带着好几个学生来到她家里，一番苦口婆心的劝说，终于解除了家里人的顾虑，才同意小红读书。如今她已出脱成十五六岁的大姑娘，粉红的皮肤，纤细的手指，两条黑黝黝的辫子搭在身后，显得朝气蓬勃、活泼灿烂，篮球场上，她左冲右突，老师和同学都投来赞赏的目光。在以小红为前锋的初二（2）班强大阵容面前，对方球员最终以 17：32 告负。这场比赛，让小红满心喜悦，像是头上戴着无比艳丽的光环。

"哎，刘秀君，今天这场球咱们班赢得太漂亮了，老师和同学们都在夸你呢。"和她坐在同一排的同学潘云来到身旁，一脸的自豪。

小红说："接下来就看你们男队了，我们女队什么时候给班级丢过脸啊！"接着发出一串银铃般的笑声。

"今晚我们一起去文化站好吗？"潘云说。

"又给老路点汽灯去啊？"小红显得不可思议，"都多长时间了，他还点不着，是我早都会了。"

"不是，老路说晚上文化站有文艺节目，让我们过去看看。"

"真的？那太好啦。"小红爽快地答应了。

"那好，晚上我们文化站门口见。"

文化站的大院里，聚集着不少人。说是大院，其实并不大，围墙是随时都有可能垮塌的土墙，墙根明显有不少碱痕，本来厚厚的墙根现在比墙身薄了不少，似乎稍稍用力，甚至刮一场大风便会倒塌。约有一人高的东西墙面上挖着几个圆形印迹，写着"千万不要忘记阶级斗争""向雷锋同志学习"的白地红字标语。新中国成立前这里是个大地主家的戏园子，县里将它保存下来，如今当作公社文化站。

站长老路正蹲在檐下点汽灯，不少人围着他看稀奇，老路总是掌握不了点汽灯的窍门，也弄不明这东西的原理，只要说起挂汽灯，他就犯愁。此刻他最惦念的就是潘云同学。他已经忘记了是怎样和潘云认识的，但小伙子经常来帮他打扫大院里的卫生，帮他点汽灯。老路照着潘云平时教的方法操作，可汽灯的石棉纱罩就是点不着，他正纳闷时，潘云蹲在面前招呼："路叔，是不是又点不着了？"

老路一看潘云来了，身边还领着一位漂亮的女同学，他气儿更大了："这东西就和我作对，好歹点不着，还是要你们年轻人呢。"

潘云接过汽灯，卸下纱罩看了看，使劲甩了甩浸泡的溶液，细心地套在灯嘴上，然后往底座的油壶里打气，看着煤油从灯嘴上咝咝喷出来后，潘云划着火柴，瞬间汽灯就亮了。

"你看，这汽灯好像认得你，一点就着，我死活就是点不着。"老路呵呵笑着，拿起汽灯去挂。

"还是我来吧，路叔。"潘云从老路手里接过汽灯，向戏台走去。他动作敏捷，灯随人移，不一会儿，台口就一片璀璨。

潘云的家在公社附近，他是文化站的常客，虽然年龄比老路小得多，可这一老一少算得上忘年交，什么话儿都能说到一起。

汽灯挂好后，潘云快步走下台来，悄声问老路："叔，今晚到底是啥节目啊？"

老路神秘地说："具体是啥节日，等会一看你就晓得了，我也说不上个究竟。"

小红环顾了一眼场子，见聚集的人越来越多，她的心怦怦直跳，她可是第一次见这样的场面。原来老路为了丰富大家的文化生活，以文化站的名义邀请了几位从北京和省城下乡来的知识青年来演出。这些男男女女，有说有笑，一点儿不拘谨，全然不像乡下的男女青年，怕这怕那。一男一女的一段开场白后，其中一人用一把亮闪闪的口琴给大家吹奏了《东方红》《伟大的北京》《我的祖国》等几首革命歌曲。小红还是第一次聆听这么悦耳动人的口琴声，有点不好意思地问潘云："人家吹的那是啥乐器啊？"

潘云说："那叫口琴，可是个好东西！"

小红显得有些失落，嘴里念念有词："同样是人，为啥人家吹的那东西咱见都没见过？生在大城市多好！"

潘云说："是啊，啥时候咱们也能走出这穷山沟，看看外面的世界！"

小红摇了摇头，她心里似乎有张大网早已将她缚困，她感到潘云那话就像是梦呓。

台上口琴吹奏结束后，四名男女青年引吭合唱《毛主席的光辉》《北京的金山上》，其他青年欢快地伴着舞。歌声和舞步感染着小红，她的心像是被什么东西扎了一下，篮球场上那个活跃的小红消失得无影无踪。此刻，另一个卑微的小红沮丧地注视着眼前的节目，她的自尊心和荣耀感被撕得粉碎。转身见潘云正伸着脖子目不转睛地看演出，小红苦涩地笑笑，极其失望地走出文化站返回学校。她急不可耐地想把这种奇怪的感觉告诉知她懂她的姐姐蒋秀梅，听一听她的看法。

第二天中午刚放学，小红就迫不及待地去找蒋秀梅。蒋秀梅比小红大六七岁，在新川中学东侧一公里的河道里打水库，在小红的记忆中，她似乎一年四季都在工地上。周围熟悉她的人都叫她老姑娘，这里的

"老"包含着两层意思。一是在当地女娃娃到了十六七岁就要嫁人，过了十八九岁还没出嫁，就被认为是老姑娘，其实蒋秀梅早已心有所属，不过对象参军许多人不知道罢了。二是她人小主意大，遇事很有见地，显得十分老辣。小红看上的就是她像姐姐一样，不管遇到什么事都能帮助自己。蒋秀梅仍在打水库的工地上，头顶粉色头巾，脸颊微红，一双会说话的大眼睛扑闪扑闪，手上戴着手套，尽管衣裤打了补丁，但穿得整洁得体，正在和几位女社员边说笑边往架子车上装土。

蒋秀梅看见小红朝这边走来，老远就问："今儿你们学校还在开运动会吧？我想抽空去看你们班的比赛，主要是想去看看你。"

"我们班的比赛昨天已经结束了。"小红有气无力地回话。

"怎么这么快啊？今儿有啥情况，想起姐了？"蒋秀梅盯着小红，像是瞅着一样可心的物件儿。

"姐，咋说呢。"小红把蒋秀梅拉到旁边说，"昨儿晚上文化站的那场演出你看了吗？你看人家那些大城市的青年，吹的那东西多好听，舞跳得多美啊。"

"吹的那是口琴。"小红似乎不敢相信蒋秀梅竟然能叫得出那东西的名字，她的心似乎又被什么刺了一下，那一瞬间，蒋秀梅在她心里原有的地位又高了一截。"难道你不知道它是啥？"蒋秀梅有些惊讶地看着小红。

小红嘴角隐隐浮过一丝笑意，瞬间又收得无影无踪，她没有直接回答蒋秀梅的话。

蒋秀梅接着说："咱们这里除了土，还是土，昨晚上看了那场演出，我感觉这样活太憋屈了，我不想再这样下去了，想悄悄准备准备上口外找我舅去。"尽管蒋秀梅只是随便说说，可她点到了小红的痛处："姐，我和你一样，本来是想看演出，但不知为啥也是闹得心里难受，这不就找你来了嘛！"

"同样是人，看看人家！我舅早就写信叫我呢，我还觉着咱们这儿好，这两年打水库倒也舒坦，可昨晚上一看，我改主意了，上口外找个像样的活干，咱们有了钱，啥喜欢的东西不能买？干吗非要窝在这穷山沟里过一辈子？"听着蒋秀梅的话，小红心里像被什么不停地撞击。

月儿湾里"社教运动"正在轰轰烈烈地开展。张奎由于积极地检举揭发队干部，取代了马世文的队长。他感觉如同黄袍加身，整个月儿湾终于成了他的天下，心里熨帖得像是睡在云彩上一样。可是对于刘和顺来说，却是另一番境地。他和张娜在"社教运动"刚开始时又生了一个女儿，取名佳佳，八口之家只有他和张娜两个全劳力，年年超支使本来拮据的家庭更加困难，可队里分的一点自留地还要抽空去务，稍不注意，就会被扣上"走资派""坏分子"的帽子。刘和顺心里明白，张奎的两只眼可天天盯着自己呢。尽管他谨小慎微地过着每一天，不敢多说一句话，但是意想不到的事情还是发生了。

这一年隆冬，弯弯沟畔的粮场上，已经打碾结束的庄稼秸秆和没有分给农户的柴草乱七八糟地堆在一起，为了防止有人偷盗，场口的小门房里早已派人专门看管。除此，队里还轮流安排男社员放哨。

这是一个星月高悬、寒风刺骨的晚上，轮到刘和顺看场放哨了。他与看场人一直说话，交过夜刚闭上眼，突然听到场东头的几只狗汪汪乱叫，而且还伴有咯噔咯噔的声响。刘和顺和看场人斜侧着身子仔细听了一会儿，发现外面确实有些不大对劲，好像有牲口走动的声音。他们披上棉袄各自提着半截木棍走出门房，冷冷的月光下，场外的路上站着一头毛驴，后面还跟着一头小驴娃子，几条狗在不远处叫个不停。

刘和顺走近几步，才看清是他们家从队里包养过来的牲口，看来是脱圈了。他刚要赶着它们回去，驴娃儿的后腿一软整个后胯塌了下去。走到跟前细看，刘和顺不由倒吸一口凉气，他发现小驴的后胯被狼撕烂了，血液顺着两条后腿的体毛直流，地面上已经积了一摊。眼前惨烈的景象激起了刘和顺满腔的愤怒，他咬牙切齿，手提半截木棍转看四周，如果那一刻狼出现在他的面前，他会一棒将狼的脑袋敲碎，但是狼早已不见踪影，唯有狗叫的声音回荡在月儿湾。

没过一个时辰，驴娃子死了。

第二天，驻队工作组就死驴这件事召开特别会议进行研究，张奎在会上一再强调刘家坪大队的牲口很多都老了，一头精壮驴娃子在以后的生产中起的作用非同小可。经过研究，最后罚了刘和顺二十块钱。二十块钱啊，在那一贫如洗的年代里可不是个小数目！这让刘和顺家雪上加霜。刘和顺心里再有怨气，表面上还是一如往常，他是个明白人，虽然驴娃子不是他弄死的，可非常时期要非常对待，假如是以前，他早就提了张奎的衣领。

姚兰香知道儿子心里憋屈，叮嘱说："满粮，如今你千万要把嘴收紧，要是不注意说上一半句怨气话，肯定招惹是非，对咱们一点好处都没有。忍着吧，我们总会有出头的那一天。"

看着日渐苍老、容颜憔悴的母亲，刘和顺心里很不是滋味儿，他不忍心让母亲这么大年龄还跟着自己受罪。另外张娜的身子也不好，但为了整个家，张娜依旧支撑着，刘和顺真担心有一天女人撑不住倒下去，他不知道整个家将会变成什么样子。儿子虎娃的病反反复复发作，更是折磨着刘和顺，他整夜整夜睡不着，思忖这个家如果这样下去，那就彻底完了。

苟延残喘地熬过冬季，第二年立春后，刘和顺实在熬不下去了，在他绞尽脑汁为家里思谋活路的时候，来自口外的一封信让他欣喜若狂。

信是一个周末的黄昏小红从学校带回来的。一进家门，小红就捏着一个牛皮纸的信封满院子喊："大，妈，有咱们家的信。"

姚兰香正坐在炕上逗弄小孙女佳佳，听见小红的喊声，有些纳闷儿地哼哼着："粗音大嗓儿的，像拾了金元宝，这丫头……"虎娃却麻溜地跑出屋子："啥信啊信的？"

刘和顺和张娜，还有明明、东东都从厨窑里出来了。刘和顺问："啥信啊？哪来的信？"小红说："我回来时经过队部，我姨给的。"小红说的是小翠，自从张奎当了刘家坪大队长后，小翠也跟着沾了光，而且，通过张奎向工作组反映，小翠被推选成贫协主席。当然，深挖小翠和汪克齐的家道以及家里情况，她当贫协主席也没有错。

小红是在撒谎，信是蒋秀梅给的。周四课外活动时，小红又去了蒋秀梅那儿，没等小红说话，蒋秀梅就开口说："姐正想着找你去呢，你来了。""找我？"小红有些疑惑，"找我有事儿吗？""肯定有事儿，赶紧来我给你说。"蒋秀梅停下了手里的活儿，神神道道地问，"你们家有亲戚在口外？"蒋秀梅这句不明不白的话倒是把小红问迷糊了。

"啥亲戚？口外？"小红手摸着辫子很是疑惑。

"我这有你家的一封信，是口外来的。我不是以前给你说过嘛，我舅舅他们家在口外呢。"蒋秀梅说着话把小红领进了她住的屋子，从枕头下取出一个牛皮纸信封交给了小红，叮嘱说，"拿好，你们家里肯定晓得。"

小红看着信封，倒真是写给父亲刘和顺的。

"我是昨儿个去邮电所看我的信时，顺便给你捎过来的，邮局的小李子还不愿意让我捎呢，让我说了一顿才给我的。"

小红知道，新川公社的人几乎没有不认识蒋秀梅的，再说，她家也是这里的老住户，她从邮电所带封信出来，也不是什么难事儿。小红没有说是蒋秀梅给她的信，是怕招来家里一连串的询问，又会唠叨她在学校不好好读书，而且母亲一定会骂她成天和二流子胡混。自从她离开村子到公社读初中开始，这样的事时常发生，小红想倒不如早早儿避开这些话茬，免得给自己带来不必要的麻烦，这才说是从大队部带来的。

"能有谁给咱们家来信？"刘和顺接过信，邮寄地址是乌鲁木齐农五师办事处，寄信人的姓名是于志军。

"真就怪了，农五师办事处哪有咱家的亲戚啊？"刘和顺不停地挠头，仰面将记忆的大网尽量铺开，但丝毫想不起来会有什么人在农五师办事处。

一家人瞅着刘和顺手里的信，众星捧月般簇拥着他进了北窑，好像刘和顺手上拿着的不是一封信，而是一个金光闪闪的大元宝。姚兰香和张娜尽量回忆着以往的事情，好歹没有一丝一毫能和这信卜的地址牵上关系。刘和顺说："不会是和我重名重姓的人吧，我看这信不能拆。"

"那收信的地址咋是咱月儿湾呢？"小红继续道，"月儿湾，叫信封上面写的这个名字的人也只有你一个啊，不会错的，大，你就放心地拆吧。"

刘和顺叫张娜找来她做针线活的剪子，细心地将信封沿封口处剪开，不知怎的，忽然他想起当年他不在时，汪克齐和张奎一伙儿剥他封在会计抽屉上封条的事。他感觉这行为有些不地道，像是偷偷摸摸干一件坏事，他坚信信不是写给自己的。可当他抽出信瓤儿，看到随着信瓤儿溜出来的那张两寸相片时，眼泪一下喷涌而出。

"咋了，你这是？"张娜急迫地问。

刘和顺把相片递给母亲，姚兰香和孩子们凑到油灯下看时，就想起了早已淡忘的过去。相片上站着六个人，五男一女，相片的背景是康瑞庄商号的门庭，门匾上"康瑞庄"三个字清晰可见。站在最中间的是当年康瑞庄的东家丁希存和女儿丁瑞芳，张掌柜和于连成站在左侧，刘和顺与父亲刘运飞站在右侧。相片是于连成最后一次去包头前几个人照的。那时，大家信心满满，对康瑞庄的明天充满希望，可合影不久，照片上的人就天各一方。

看着相片，刘和顺心里像插了一把冰凉的刀子，父亲刘运飞去世时的情景再次浮现在他的眼前。同时，照片上丁瑞芳甜蜜的微笑拨弄着他的心弦，那张少女的脸多么纯情和娇美，贴身的旗袍，精巧的皮鞋，刘和顺的心里再次回荡起丁瑞芳咯咯的笑声，还有她跑动的姿态和自以为是的说话表情。两股情感交织在一起，昏暗的油灯下，他眼前一阵眩晕，险些跌倒，他用手扶住炕墙，闭着眼睛摇了摇头。土炕上，姚兰香将照片拿在手里，脸上挂满泪水，一遍一遍在油灯下端详。几个孩子有些兴奋，你要过来我要过去，看着照片上的人乐呵呵地笑着，他们也跟着傻笑。刘和顺缓了缓，等母亲妻儿不看了，这才细心地将照片装进信封，将信打开仔仔细细看了一遍。

和顺侄子安好！

信里的相片一定看过了吧，真是光阴飞逝啊，咱们在康瑞庄商号前的这张合影今天才送到了你们父子手上，都已二十多年了。不知道你们现在过得咋样啊，想起以前，真是不容易啊。那次包头送货，被白狗子穷追不舍，我和冯老板四散而去。好歹活了下来，总算没有死在别人的枪口下。最后一打听，商号也倒闭了，丁东家父女也不知去向，我只好上口外了。现在，我这一切都好，你们也不要惦念。听说口里如今生活困难得很，很多地方都在挨饿，如果实在过不下去，可以给我来信，或者干脆到口外来，最起码这里的苞谷能吃饱。这两年我的身体也大不如前，不知道你父亲的身体咋样，代我向你父亲问好，说实话，我时常梦见和他一起走货呢。

世上的事啊，都讲个缘分，这辈子怕是再见不到你们了，如果能让我再看看你们爷儿父子，这辈子就再没有啥扯心了。我是再回不了口里了，就盼着和顺侄子你年轻力壮的时候能到口外来，咱们叔侄好好叙叙家常。

话就不多说了，愿你我都互相珍重！

于连成

1965 年春

刘和顺想破天都想不到于连成会从口外给他写信，看得出于连成根本不知道他家里发生的一切,信中提及刘运飞的话让刘和顺心如刀绞,眼泪纵横,他强忍着悲恸,不想把家人的心情也带入痛苦之中,更不忍心让母亲姚兰香难过。刘和顺装出一副若无其事的样子说:"妈,是我于连成叔来的信。"

经过了多少个春秋,姚兰香或许早已将那段记忆尘封了起来,当一把钥匙突然把记忆之锁打开时,她悲喜交加。"你说这是于连成给咱们家写的信?"姚兰香嘴唇发抖。"就是,我给你念念。"刘和顺说。"赶紧念念。"姚兰香双手哆嗦。

刘和顺将信捧在手心,挑出能让人高兴的语句念着,姚兰香闭着眼睛跪坐在炕上,摇晃着身子听着。她的心像是浸泡在一坛子冰凉的酸水之中,大半生风里雨里的日子在她的记忆中再次闪现,如梦如幻。

于连成从口外的来信让刘和顺近于死寂的心再次复活,一个新的念头——再上口外在这个男人的心头萌生。

33

车子以每小时九十公里的速度行进,这样的速度对于刘晓东来说是压抑的,可他不敢提速,就这样的时速,父亲还时不时说开得太快。刘晓明躺在副驾驶位置,看上去比先前舒畅了一些。"二舅,你对月儿湾有啥印象啊?"王志琴瞅准时机,想让刘晓明也谈谈他的故事。

"让我说啊。"刘晓明停顿了少许时间,"我总想的是小时候的事情,和村里一帮娃娃掏麻雀挖松鼠,折一根细棍子,将一头破开,一个支尖尖,一个踩在肩头上,顺墙根站起,把棍子伸进麻雀窝里,用手向一个方向转，毛毛柴柴就扯出来了。有时候里头还有热乎乎的麻雀蛋，我们捂在手里，想着能孵出一只麻雀吗，想起那时候觉得我们瓜得好笑。"

刘晓明接着说："有时候还会掏出来没有引窝的碎麻雀，我们就放在地上，看它乱扇翅膀飞不起来，老麻雀焦急地在我们头顶飞来飞去，落在就近的高处叽叽喳喳叫个不停。碎时候不懂事，现在想起来那时候真坏。夏天，我们在山坡上挖辣辣，弄得满头满脸的土，嘴里不停地嚼着辣辣，感觉那个美哟，最后把挖出的辣辣攥在手里，比谁挖得多。到了秋天，洞洞梁上的树叶子落开了，我们一帮碎娃娃就背上背篅扫树叶。冬天的月儿湾确实很冷，穿的衣裳到处漏风，活儿照常干，你过世的虎娃舅舅时常领着我上山铲茅衣，他自碎儿就有病，梗着腰板，一走路就摇摇晃晃，可每一次，他都比我铲的多。"刘晓明说着，好像那些往事又历历在目，泪花在他的眼圈里闪动，他幻想着哥哥虎娃要是还健在的话，该是多么幸福的事情。

"唉——"刘和顺听完刘晓明说的小时候的事情，心里无限感慨，长叹一口气说，"你们那会儿都是娃娃，根本就晓不得大人都操的啥心，东东刚养下的那会儿没奶吃，险些儿饿死了，光你妈淌的那眼泪——"刘和顺说到这里沉默了许久，眼里闪着点点泪光，"如今光阴还算过好了，可千万不要忘记过去那苦焦的日子，多忆忆，对你们会有好处，人要始终知道我们是从哪搭儿来的。"

刘晓明、刘晓东、莎莎和工芯琴几个人都不约而同地点着头。

"就现在，那些牧民的日子也还很艰苦，这是我当兵时的最深感受，"刘晓明说，"近几年，各级政府实施的安居工程，的确是个好事。"

"实际上，我们不太清楚，听说牧民每年转场最辛苦，有时候还会遇上雪崩等自然灾害呢。"莎莎接着说。

"我得缓缓，这开车时间一长，胸口就不好受。"刘晓东用手拍打着胸脯说，像是征求大家的意见。

"都是肚子挺得，你可要好好减肥了。"莎莎说，"到前面加油站，停下来我帮你开。"

等刘晓东把车交给莎莎上路时，阴沉的天下起渐渐沥沥的小雨来。"这雨可再不敢大了，否则洞洞梁上的路就走不成了。"刘和顺忧心忡忡地念叨着。

刘晓东换到后排，王志琴紧贴三舅，问话自然也方便了，撒娇似的说："三舅，你也给我说说你的经历，好吗？"

"我的经历？"刘晓东有些不知道该如何说起的样子，眼神里带着几分不自然，"我那些上不了台面的事情，还是不说的好。"

"志琴问，你就说吧。"刘和顺严肃地说，语气里带着责怨，"如今都几十岁的人了，那么大的棉业集团都敢管，还怕羞？你也知道你这半辈子走过的路也有上不了台面的？说出来，刚好让他们都听听。"

刘晓东面部掠过一丝绯红，呵呵笑着："要说，不经历那些事情，我还不会有现在这样的心态，现在想想，年轻时候太野了。"刘晓东若有所思地说，"我就爱在外面闯荡，四十岁以前家里就没有坐上几天。最开始的时候，不爱帮家里干活儿，总想在外面干点大事情，偷偷从家里跑了，到了乌鲁木齐，想着天大地大随便哪儿都比在家里强，结果在乌鲁木齐坐了两天就眼绿了，带的几个钱吃了饭没钱住店，住了店没钱吃饭。在碾子沟车站碰上个拉活儿的，他找捡棉花的人，我说只要能给一口饭吃，有住处，钱多钱少都是闲的。结果就跟着那个人到了沙山子八十三团，可捡棉花我不行，其他人一天捡一二百斤，我一天撑死捡个四五十斤。捡了没几天，老板一看不行，就说你这样子连生活费都混不来，还挣个啥钱，于是让我开板车拉棉花。干了两个月，棉花捡结束了，到了十月，又找了个拉鱼的活儿，把车开到伊犁装上鱼，再送往博乐、乌苏一带。果子沟的那段路谁都清楚，下坡时有时候牧民的牛羊成群，特别是下了雪，很危险。我就亲眼看见一辆拉酒的车在果子沟翻了，不知道司机活着没有。我一看那情形，甩袖子不干了。"

"这些事情咋从来没有听你说过？"坐在副驾驶位上的刘晓明听到此处，不由自主地转头朝刘晓东说，"那不拉鱼了，后面又干啥去了？"他看上去对刘晓东所说的经历也感兴趣。

"三舅的这些事情要是你不说，我们真的还不知道。"王志琴表现得更加兴奋。

刘晓东这会儿看上去倒没有了先前的羞涩，依旧充满激情地说："伊犁拉鱼不到一个月，我就回来了，进了国营轧花厂，最后轧花厂效益不行了，我就出来跑运输，那时候已经结婚，想着过日子了。开始开大车拉煤，阜康大黄山坡上有个人字形急转弯，记得那会儿雪很厚，路上全是大车轧成的冰面，到转弯处一把方向打不过来，需要倒车再打第二把方向才能转过，结果车在冰面上没刹住，直接退下去翻了，煤也倒了。谁知道第二次又开到那地方，还是一倒车，又翻了，我给车主打电话，工资也不要了，车也不开了，直接走人。后头到了奎屯市，开着八米康明斯，带着拖挂拉煤，那时候国家还没有'限吨'，车能装多少就装多少，在奎屯的两年也吃了不少苦，有时候一天一夜不睡觉，把人熬得都快不行了。"

"煤都往哪儿拉？"王志琴问。

"没有固定的地方，有时候往市区，有时候往郊区，往阿勒泰、喀什都拉过。最有趣的是，从奎屯拉煤路过牧区时，到哈萨克族老人的小商店里买货，他们算不来账，你一次拿几瓶饮料、几瓶啤酒、几包零食，他们就加不到一块儿，不是少算了这东西就是少算了那东西。"刘晓东说到这儿，纯真地笑了。

"你把亏人的事情做了，还感觉光彩啊？"刘和顺责怪道，"那些老人的小铺子也赚不了几个钱，还遇上你这样的司机。"

"现在想想也是啊。"刘晓东笑着，"反正那会儿感到很有意思。在奎屯拉了两年煤，后来又开四桥大车干了一段时间，就回来看咱家的轧花厂了，如今又拴到了棉业集团里。说起来我还开三轮车倒卖过破烂。"

"哈哈，你这啥活儿都干啊！"刘晓明禁不住笑了起来。

"那都是逼出来的，从伊犁拉鱼回来，好像第二年我又去了内蒙古。"刘晓东说，"当时我租的房子隔壁有个陕西的光棍儿，他在煤矿上干活儿，经常耍赌，结果他们一起有个打工的输了钱，就把三轮车给他抵了账。三轮车一天闲放着，我也刚好没事干，就向那光棍去借，他也没推辞。我就一天收些钢管儿啊铜丝啥的，你们可不要小瞧那小生意，看起来不起眼，比我拉煤挣的工资强，后来——"刘晓东稍稍迟疑了一下，"后来还被请进过派出所，被人家训诫！"

"啊，有你的，刘晓东，我怎么不知道？"一直专心开车的莎莎一听丈夫说还进过派出所，有些吃惊。

"我就等着看你说不说这段！"刘和顺一脸阴沉，"年轻的时候，你把好时光都挥霍了，出息啊！"

"三舅说的这事情我倒是听说过一点儿，你就详细给我们说说吧，也算是再一次澄清自己。"王志琴看着刘晓东，目光恳切。

"好，澄清就澄清，澄清了我也就清白了。"刘晓东将头扭了几扭，舒展了一下颈椎，接着说，"收了一段时间破烂，结识了几个兄弟，有一个夏天的晚上，我们哥几个喝了一场酒在街上转悠，结果碰上了几个二杆子，三说两谝就打了起来，正好碰上公安局巡逻。他们把我们几个人一直追到沙滩上，我看他们丢下警车去追另一个走了，我把警车一开就跑了，结果人家打电话，前面的卡子把我堵住了，当晚就被请进了派出所，然后就是一顿好好的训诫。"

"那有啥不光彩的，都已经过去多少年了。"莎莎宽慰着丈夫，"人年轻时有几个不犯错的。"妻子的话让刘晓东心里多少有了一丝温热。

"你不知道，前年的时候，我还和一个出租车司机打了一架。"刘晓东撇着嘴不停地用一只手搓着下巴，"那是我和你姥爷一块儿去办事，你姥爷去了另一处，把我撇到火车站，我办完事打的到人民广场，下车后，那司机狮子大张口，要我八十块。我有心给他算了，可一想他也太狠了，结果就跟那司机吵起来了。那个人个头比我稍矮点，三吵两吵就撕扯在了一块儿，巧的是我一使劲裤带给断了，可手又不能把他松开，只好一手提着裤子，一手撕着他，他也撕着我。""那可能是你最狼狈的一回吧，哈哈。"刘晓明转过身子看着刘晓东。"也是啊，有些出租车司机真太黑！"王志琴给三舅帮腔说，"那僵持到最后是啥结果，舅舅你是不是让人家给打了？"

"你想你三舅能给他打吗？"刘和顺说。

"不可能的事儿！"刘晓东的声音一下子提高了八度，"八十块是个啥概念啊，那司机真拿我当傻瓜，狼狈是真狼狈，一手提裤子，一手撕着那人又不敢放开，担心放开了他会扑上来。"

莎莎忍不住大笑起来："哈哈哈，你那裤带也真不争气，是找机会成心给你难堪。"

"两个人撕来撕去，又过来一辆出租车，问明情况，给我们当了个和事佬，就让我给三十块算了。三十块都是多的，要不是急着赶时间办事，我才不会便宜那孙子。"刘晓东说。

这时，一曲悦耳的《在那遥远的地方》手机铃声响起，刘晓明拿起手机，是汪克齐打过来的。

"喂，是明明吗，你们现在走到哪搭儿了？"电话里传来汪克齐关切的声音。

"我们快到甘谷了。"刘晓明接着电话，不停地瞅着车外下雨的情况，"这面正下雨呢，新川那里下没下？"

"月儿湾下得不大，这会儿已经停了。"

"暂不要急。"刘和顺将身子向副驾驶的车座后靠了靠，对着儿子的手机放高声音，"再有两三个小时就到了。"

"咋能不急？天阴乎乎的，不早些回来，要是再下上一股子，湾里就进不来了。"汪克齐明显有些焦虑。

"你缓着睡上一觉我们就来了。"刘和顺说。

"我的老哥哥呀，睡不着啊！"汪克齐说，"我这会儿只想见着你们，你们来了我这心才能放下啊！"

34

月儿湾四周的柳树已发出嫩嫩的黄芽，冻结的冰雪早已融化，山里娃娃挖辣辣的时候又到了，然而人们依旧食不果腹。

"上口外找个像样的活干，咱们有了钱，啥喜欢的东西不能买？干吗非窝在这穷山沟里过一辈子？"蒋秀梅的话一直萦绕在小红的脑海里，如同一棵吸足水分的白杨在她青春的土壤里开始生根发芽。

小红早已吃怕了从家里人口缝中挤下的专供她上学带的杂粮面馍馍，她思谋着这种局面再用不了多久就会改变。可她并不知道，就这样的食物，在家里也只有她和奶奶才可以享用，弟弟、妹妹和父母，大多时候下咽的只是些面汤。虽然张娜每次想在汤里多撒点面，每当看到快要露底的小面缸，再想到往后漫长的日子，那只伸进缸的手便不由得局促和吝啬起来。

这个周末，当小红背着长系的书包从新川中学回来，天已经黑得严实了，她浑身酥软地瘫坐在炕沿上。奶奶关切地问了问，便让小红去厨窑找妈妈，依旧怀抱着佳佳，在炕上不停地念叨着小红耳朵早已听得起了茧的催眠曲："喔，喔，哄娃娃，睡觉觉，睡着醒来要馍馍。馍馍呢？猫叼了。猫呢？钻洞了。洞呢？水淹了。水呢？浇菜了。菜呢？鸡刨了。鸡呢？舅舅吃肉了……"院子里，虎娃和弟弟明明、东东三个摸黑玩得正开心，不时有吵闹声传进来。厨窑里，飘散着大家已经习惯了的面汤味，小红知道母亲一定又在拿着那把既当水舀子又当舀汤勺子的旧马勺，一遍又一遍地在锅里舀着面汤端详，判断着锅里面粉的多少，生怕以后日子上顿不接下顿。坐在厨窑炕上的父亲，一直默默注视着灶台上忙碌的母亲。小红很怕父亲，就连此刻，即使坐在奶奶炕边，她依然能感到父亲的威严。

"娃娃，端饭来。"厨窑内传来父亲的喊声，小红心里不由一惊，虎娃、明明已经跑过去了。"小红，过来给奶奶端饭，咋喊不动？"刘和顺没好气地又叫一声，她赶紧去了厨窑。

灶台上，张娜早已在专属姚兰香的一只蓝边陶瓷碗里和其他由麦秆编缝的碗里盛好了汤，小红端起了奶奶的瓷碗往北窑里走，几个弟弟和父母也跟着过来。这是他们家的习惯，吃饭时大家都和奶奶要围坐在一起吃。

可就在小红跨进门槛，迫不及待地要喊"奶奶快接住"的时候，瓷碗从小红的手里滑落了，只听啪的一声，瓷碗摔成了三瓣儿，汤泼在地上，升起缕缕热气。

"我姐把奶奶的碗绊了。"明明朝身后的父母嚷嚷。父亲已经走到门口，看到碗破汤洒，立时责骂小红。母亲紧跟着过来，狠狠地在小红的脑门上点了一指头："你咋端的？往后你奶奶可拿啥吃饭呢？可惜这么好一个碗。唉，我咋养了你这么个完怂！"以往很少出言动手的张娜一边收拾地上的东西，一边愤愤地骂着，眼眶里流出心疼的泪花。

"碗太烫了，烫得端不住了，就滑脱了。"小红嘟着嘴，一脸委屈地解释着，"真的太烫了。"

姚兰香吃惊地瞅着刚才发生的一切。虎娃和两个弟弟端着面汤站在门口，神色慌张，不住地往姐姐脸上看。

"你还有理了，反了你了不成？"刘和顺将手里的一碗面汤搁在窗台上，对瓷碗与面汤的心疼让他心烦气躁，看到小红戳在地上的犟和不认错的样子，忍不住在小红头上扇了一巴掌。

"给你经常说把碗端好端好，你倒好，不挨打我看你是记不住。"张娜在煽风点火。

眼看儿子还要打孙女，姚兰香赶紧溜下炕，将小红护在怀里："你们都咋了，小红是把房顶子给揭了，还是把厨窑给拆了？手劲大，到地里干活去。碗都破了，再打，能打出个囫囵碗吗？我看你们两个还不如个娃娃，为啥你们不端过来？"姚兰香也来气了。

母亲这样一说，刘和顺便收敛了。虎娃在一旁说："奶奶你不要护她，她都上初二了，连个碗都端不住，就该打。"姚兰香瞪了虎娃一眼："你悄着，一个娃娃晓得个啥呀。"

小红被奶奶这样一护，便贴在奶奶怀里抽泣起来，泪眼婆娑地看着已经被母亲收拾到一块儿的碎瓷块儿，心里很是委屈。她感觉在家里除奶奶外，其他人对她都不满，就连弟弟虎娃也挑她的毛病。

黑夜淹没了月儿湾，灭了灯的土窑里，姚兰香和虎娃、明明、东东早已进入梦乡，小红则侧着身子睡在靠窗户的位置，她的脸正对着墙，伤心和难过一重一重包裹了她，她不由哽咽起来。她想尽早离开这里，去找蒋秀梅，她知道，蒋秀梅不仅理解她，而且遇事有主意。

新的一周开始了。利用课外活动时间，小红又去找蒋秀梅，她想听听蒋秀梅对自己不小心摔碎碗和父母态度的看法。小红找到蒋秀梅的时候，她正在小屋里洗头。蒋秀梅说自己已经几天没有去工地了，一直在想上口外的事情，昨晚上终于下了决心：上口外。这个消息如同一盆凉水泼在小红心上，她不敢想象蒋秀梅一旦离开这里，她以后有事去找谁，有话对谁讲。蒋秀梅似乎看出了小红的心事，问道："你咋这样不高兴，难道不想让姐上口外？"小红摇了摇头："你走了，我不晓得谁还能和我说心里话。"又羞涩地看了一眼蒋秀梅，"包括小秘密。"

"看你这话说的，姐不在，不是还有潘云嘛，你和他的关系不是也挺好的吗？"

"快不要提他了，其实他也二着呢。"

"哈哈，咋二着呢？"蒋秀梅有些不解。

"一种感觉。"小红简单明了地回复了蒋秀梅。

"姐，我想给你说个事儿，上周回家我大把我打了一顿，我以后不想再回那个家了。"

蒋秀梅看着小红，一脸疑惑："因为啥事儿啊？"

"不小心绊了一个碗。"小红忧郁地看着蒋秀梅。

"哈哈，不就一个碗嘛，至于吗？你大和你妈也太小题大做了吧？"

"把碗绊了是有些可惜，可我大也不至于那样对待我。"

"别委屈了，你在姐眼里一直都是个懂事明理的好姑娘。"蒋秀梅带着安慰的口气说，"如果这样的话，还不如跟我上口外。"

虽然蒋秀梅是安慰，但小红却信以为真，而且心里也憋着气，略加思索后说："与其这样提心吊胆地过着，还不如离开。上口外就上口外。姐，我就是没钱。"

蒋秀梅并不认为小红说的是真心话，只当作是应景话，又补充道："你和姐一块去，我们还可做个伴儿，相互照应。票，姐给你买。"

这下小红来劲了："姐，那我们说定了？"

话说到这个份上，蒋秀梅才发觉小红当真了，接着又是一阵劝说：

"好妹妹，上口外可是一件大事。算了吧，要是你大晓得了，不把你的两条腿打折才怪呢。"

"我才不怕，口外海阔天空，我们可以自由飞翔，我大他根本找不着。"小红态度坚定。

这时蒋秀梅发觉说什么都是多余的，还不如把困难交给小红，办成了算解己之困，办不成让她知难而退，于是说："这上口外，必须要有证明，我找了好几个地方，没人愿意给开，他们怕我到口外不回来了，我对象从部队回来抱怨他们。"

小红虽知这是麻烦事，但故作镇定地说："姐，咱先不要急，慢慢想办法吧。"

回到学校，睡在宿舍冰凉的床板上，小红不禁黯然泪下，辗转反侧地思考着蒋秀梅说的话，非但没有宽心，反而增加了上口外的闹心事。虽然她嘴上决心很大，可真要下决心上口外还是很难很难的。当她左思右想难求其解之际，似乎有人在十分遥远的地方召唤她："和蒋秀梅一起走，和蒋秀梅一起走，和蒋秀梅一起走！"这个召唤似火苗迅速在她心头燃烧，令她兴奋不已。她思谋着走了，再不为回那个让她生厌的家犯愁；走了，眼不见心不烦；走了，就可以天天和蒋秀梅在一起，还可以找一份好工作，得到自己想要的口琴。当然，有了钱她还可以买很多很多想要的东西。到那时，家里人也许会对她另眼相看，父亲也不会那么凶了，而是投来亲切和蔼的目光。

第二天天色破晓，小红从梦中醒来，认为昨晚思考时极其正确的事，好像又有许多不妥帖的地方。怎么和奶奶告别？要不要给母亲说一声？尽管不喜欢父亲，可他也为全家人的生计操劳。口外究竟怎么样？没有证明咋办？一系列问题搅得她心神不宁。

没过几天，小红不同于以往的情绪还是被潘云发现了。一天下午课外自由活动时，潘云问她为什么近几天郁郁寡欢，像变了个人似的。小红思虑再三，把上口外没有证明的事情说了，潘云一听拍手叫好："你的这个想法太对了，现在生活这么困难，我们这不是逃学，是给大人分忧解愁。再说这书把人念的，说心里话，我也想出去闯荡闯荡。至于证明的事，我给你想办法。"潘云的几句话一下子解开了小红心中的结。"那我谢谢你啦。"小红一脸的感激，特别是潘云说的上口外能给大人分忧解愁，让小红找到了正当的理由

"你就等消息吧，小事一桩，不用谢。"潘云自信地说。

第二天中午，潘云把小红叫出学校，在一处僻静的地方将几张盖有新川公社文化站印章的空白证明给了小红，小红拿着证明仔细分辨，不敢相信这是真的。

潘云悄悄说："昨晚上，我去文化站想请老路帮忙，却怎么也说不出口，正好他去蹲厕所，我借机盖了几张。"

"真没看出来啊，潘云，你还有这一手！"小红满脸欢喜，激动得心怦怦直跳。

潘云看上去比小红还兴奋："到口外有出息了，吃饱肚子了，可不要忘了老同学啊！"

"怎么会呢？"小红发出一串咯咯的笑声。她在将证明装进书包的刹那，感觉自己已经飞翔在辽阔的口外大地上。

这已成为一种习惯，一旦开学，每周六下午收工后，张娜都会站

在自家门前的山坡上，急切地张望着山坡下泛白的小路和曲曲折折的弯弯沟，等待着女儿小红。在阳光的照耀下，她双眼深陷，脸色蜡黄，双手更是不像样子，各骨节都结着厚厚的疮痂，仿佛是渗出的血液冻结在上面。这个季节，远远望去，洞洞梁光秃秃的，寒冬已将其杀得毫无生机。山坡下的土路渐渐地被夜色笼罩，张娜依然站在最高处极目向下望着，在新川中学读书的学生都回来了，可就是不见女儿小红，张娜的心开始不安起来。"这娃娃是咋的了，今儿个还不回来。"她自言自语着顺山坡往下走，似乎再向山下多走几步，女儿就会出现在她的视线里。

当男人的声音穿透夜色喊她时，她已经到了弯弯沟里，听见声音，扯着嗓子给男人回话："小红还没有回来，你喊啥啊，我到沟里看看，迎迎娃娃。"

一听女儿还没回来，刘和顺的心里也着急起来，急忙沿着山坡小路向沟里跑去。

两口子顺着弯弯沟一直走到沟口，仍没有碰上女儿小红，不得已又返回月儿湾，向附近的学生打听情况，都说回来的路上没有看见小红，这让他们两口子更加担心，回到家里坐立不安。"一定是跟着同学耍去了，明天会回来的。"姚兰香说。张娜却不这样认为，她说："也没听娃娃说过，如今这年景，谁家的娃娃会领着她去家里？"

"夜都深了，也没处去找，明儿了再说。回来的学生一路上都没有见，她不跟同学去，还能去哪儿？"刘和顺安慰着妻子。

此刻，刘秀君正坐在去口外的火车上。

从潘云手里拿到证明的第二天，她就和蒋秀梅动身了。她们离开新川，搭乘从平凉过来的便车来到兰州。刘秀君没想到自己还会如此近距离地欣赏巍峨起伏的白塔山，站在全钢的拱式中山桥上看着宽阔的黄河水在她的脚下滚滚东流，这一切都显得那样豁达而安详，再想起因摔破一个碗被父母责骂甚至是打，她以为实在没有意思。

由于没赶上当天去口外的火车，两人在兰州城转了转，第二天才买上去哈密的火车票。一路上，蒋秀梅神气十足，在刘秀君的眼里就像女神，她绰约的身姿和清秀的脸蛋时时都让这个初二年级的女孩艳羡。让刘秀君更为羡慕的还有蒋秀梅的社会阅历以及她为人处世的老到和成熟。

"实际上前些年，我就去过口外。过了星星峡，戈壁滩那个大哟，到了吐鲁番，地皮子就像火烧过一样，石头、沙子都焦乎乎的。哈密的山比老家的山美多了，可和达坂城的一比，就差远了。"蒋秀梅情不自禁地给刘秀君介绍着去口外一路上的风景，眉梢嘴角的每一个动作都是那样自信和诱人。刘秀君专注地听着，不住地点头，并不时惊叹地问一句："是吗？真的？"

蒋秀梅并不直接回答刘秀君的问题，而是继续着她的话题："天山上的雪一年四季都不化，那些生活在草原上的牧民，牛羊成群。站在乌鲁木齐的大街上，有时都会隐隐约约地看见远处牧民在云雾里动弹。"蒋秀梅的话使刘秀君的心一波一波荡漾，那些画面她的确想象不来，她根本就不相信地面还会像烧焦的一样，天山上的雪一年四季都不化。

漫漫长途，火车咣当咣当的行驶声如同催眠曲一般，蒋秀梅说着说着就头靠刘秀君肩膀发出了鼾声。刘秀君对着窗外，兴奋使她丝毫没有睡意，丽日下，火车窗外的景色单调却又充满着神秘，那些似乎触手可及的雪山，却又影影绰绰远隔几十里以外，如梦如幻，她感觉自己就是一条幸福的小鱼，畅游在辽阔的海域，这哪里是沙漠戈壁，分明就波澜壮阔的海洋。当夜色像一张大网罩住了整个世界，刘秀君闭上双眼，听着火车有规律的响声，她真想不出口外的天空有多蓝，阳光有多明媚，她只想早一天到达那片让她充满期望的梦域。刘秀君终于在甜蜜的微笑里抱着她的书包睡着了，脸上依旧荡漾着一丝匿藏不住的欢乐。

又等了一天，小红依旧没有回来，家里人着实急了。张娜叫刘和顺到学校去看，刘和顺从学校回来后一脸的沮丧："老师说她星期二就请假了，说是家里有事儿。我打问来打问去，有个学生说她像是上口外了。"姚兰香和张娜一听，放声大哭。

"都怪你们，娃娃不就绊了一个碗嘛，哎哟，你们就这个骂那个打的！"姚兰香抹着眼泪骂着，"这下好了，小红走了，你们心里就宽敞了？亮堂了？"

"闲着呢，跑，我让她跑个够！"刘和顺圆睁着双眼，"过不了几天，她就哭着回来了。"

"你就少说两句！"张娜瞪了刘和顺一眼，两个人再没有吭声。

"哼！"姚兰香鼻腔里带着不满的情绪，"没看出来你还有这样的本事，好，你就等着。"姚兰香停顿了一下，随即浑身颤抖，坐在炕上指着刘和顺骂道，"你就忍心让你们身上掉下的肉在外面受罪啊？你忍心，我这当奶奶的可不忍心。明儿个，你赶紧给我出去找，找不回小红，你也就不要进这个家门了。"

刘和顺说是那样说，可他心里何尝不想把女儿找回来，他固然知道稀里糊涂地上口外找人，找到的希望并不大，但起码他可以名正言顺地去，大队也不会在自己走后再找家里人的麻烦，更何况，于连成从口外寄来的那封信早已牵动着他的心。

刘和顺一夜辗转反侧，想起上口外的往事，心里五味杂陈。从口外回来都已经四五年了，不知道它又变成啥样子了。那片神秘的土地，再次让他充满期待，他想女儿小红一定会在走投无路的时候回到月儿湾，因为他和汪克齐就是这样的。而他这一次要是上口外，月儿湾是再也不回来了，他要好好打拼出个样子，连家带口都搬到那里去。哪里的黄土不埋人，就是去世了也要留在口外。

他让张娜把于连成给他的信缝进了内衣口袋里，装得比钱还紧成，准备着又一次上口外。

35

"快醒醒，该下车了！"刘秀君在蒋秀梅的推搡和催促声中醒了，再看火车上的人都在匆忙下车，她才意识到到站了。

刘秀君背好书包，跟着蒋秀梅走下火车。

蒋秀梅边走边说："咱们还要转站到盐湖去，到了盐湖，就离乌鲁木齐近了。"

"啊，那么远啊？"

"你以为容易啊，这可不是从新川中学回家，挪几步就能到。"蒋秀梅语气中夹带着对刘秀君的不满，似乎她是个不懂事的孩子。

"也是啊，姐，多亏了你，等到了乌鲁木齐找到工作，我会报答你的。"刘秀君将书包往肩后甩了一下，紧跟着蒋秀梅俏皮地说。

"谁晓得呢，真找了工作，说不定就不认我这个姐了。"

"哪会啊，姐，你就不要取笑我了。"刘秀君有些惬意地笑着。

"看你样子，不像到口外找工作的。"蒋秀梅头也没回地说。

"啊，咋了，姐？"刘秀君脸上一阵热，"有啥话你就说。"

"几千里路上背个书包，你不嫌累赘啊，都不读书了，还背着它干吗，像背着一包银子！"蒋秀梅在责怪。

刘秀君此时有些无语，走的时候蒋秀梅也没说什么，可这阵子，她怎么就嫌弃开了？书虽然不是银子，但这包里却有比银子还值钱的东西，蒋秀梅的话倒是有些提醒刘秀君，她忽然想到了夹在书里的那些证明，那可是花银子也弄不到的。刘秀君想表明自己背书包的用意，更想看看装在里面的证明，或许会有不一样的感觉，她边走边将书包揽在胸前，找夹在书中的证明，可她万万没有想到夹在书中的证明不见了。

"你在找啥啊？"蒋秀梅看见刘秀君放慢步子，明显不高兴了。

"咱们的证明咋不见了？"刘秀君紧张地说。

"噢，就是，我还忘了告诉你，火车上睡觉一定要将东西拿好，丢了可就麻烦了。你再仔细找找，肯定在里面，书包一直在你身上，证明咋会丢呢！"

刘秀君停下脚步，蹲在地上认真地找了一遍，翻看了带的每一本书，还是没找到证明。"真的没有了，姐。"刘秀君急得眼泪都快要出来了，她朝已经走出好几步的蒋秀梅喊着。

"咋会呢，你一惊一乍的！"蒋秀梅站住了，回身来到刘秀君身边蹲下来一起翻书本，两人翻了好几遍，就是没找到证明。

"这才走了几步，就把证明丢了，那到了口外，还不把你自个儿给丢了！"蒋秀梅愤愤不平地指责着，"你火车上困了，咋就不叫醒我呢？"

刘秀君急得直掉眼泪。

"哭顶个屁用，你给我的那张还在呢，还能到乌鲁木齐，只是找工作就麻烦了。"

从哈密到盐湖直至乌鲁木齐的路上，刘秀君一直没有说话，因为丢了证明，蒋秀梅阴沉着个脸，刘秀君先前美好的心情没了。她感到自己犯了一个愚蠢的错误，理应诚恳地接受蒋秀梅对她的眼色和态度。离开了家，一切困难都要自己克服，刘秀君只盼着能早日和蒋秀梅找到像样的工作，开始新的生活。

军绿色的解放牌卡车像筛糠一样，在凛冽的寒风中摇摇晃晃地载着从盐湖去往乌鲁木齐的男女老幼，刘秀君怯怯地挤在人群之中，口外的严冬吹过来的风像刀子一样刮得脸生痛。她没有心思再四处张望，尽量压低头藏在其他人身后，用那一丝心里的温热抵御寒冷的侵袭。

临近黄昏来到乌鲁木齐，汽车在一处巷口停下来，车厢里的人纷纷散去，似乎是被寒风吹散的。刘秀君脸色青紫，牙齿打战，身体瑟瑟发抖，只是一个劲吸鼻涕，她下意识扫视了一下周围，除少许的砖砌平房外，全是杂乱的石子路，街道里散聚着形色各异、穿着不同服装的行人，风中不时传来他们叽里咕噜的交谈声，似有种异国他乡的味道，刘秀君根本听不懂那些人在说什么。

"姐，这是到乌鲁木齐了吗？"刘秀君有些不大相信。蒋秀梅也不时打着冷战，没好气地说："不是到乌鲁木齐还会是到吉平县城啊，哎哟，这天气怎么比咱们那里还冷。"刘秀君瞅着蒋秀梅："姐，接下来咱们要去哪儿？"似乎蒋秀梅一句话足以温暖当下冻得站立不稳的她。

"我们今儿是到不了沙湾了，只有随便在哪儿住一晚。"蒋秀梅看上去也有些六神无主，一片茫然。

刘秀君没有想到，摆在自己眼前让她梦寐以求、朝思暮想的口外大城市乌鲁木齐是这样的：杂乱的街道、堆叠的泥巴屋巷、听不明白的话语、穿着异样服饰的人群和脚下随风飘散的枯叶，样样拨弄着她的心，飕飕冷风直往她心里钻，它远不是自己想象的那样。一路的奔波已经折损了她大半的精神，当梦一样绚烂的理想被现实击碎时，她的心境一落千丈。

常言道："计划赶不上变化。"当带在身上的钱快要花完时，蒋秀梅的心情开始变得糟糕起来，如同一场战争将要胜利偏又弹尽粮绝。这位一向很有主见的姑娘，有些心烦意乱："今晚上就全靠你了，你给咱们找个住处，还有吃的。"

刘秀君似乎没听懂蒋秀梅的话，惊愕地问："姐，你是让我——"

"对呀，咋了？"蒋秀梅的声音斩钉截铁，"我一路管吃管喝把你领到乌鲁木齐，还要怎样，让你找个住处，就和我瞪眼啊！"

刘秀君感觉蒋秀梅变脸比脱裤子还快，一下狰狞起来，虽然身处他乡，她还是蹿上了一股倔强："那好吧，姐，今晚的吃住我给咱们想办法。"

刘秀君揣摸不透蒋秀梅的心思，对她这位纯情的学生来说，亲姐姐般的蒋秀梅怎么突然就变得苛刻起来了，或许旨在锻炼自己的意志和处世能力，她笑着说："姐，这么大的乌鲁木齐，我就不相信没咱们姐妹住的地方。"

"说得好听！"蒋秀梅蔑视地看着刘秀君，"你给咱们找找看！"

两个人顺着一条铺满沙砾的巷子里走，巷子两面杂乱地住着许多人家，几乎所有的院门紧闭，偶尔会传出几声狗叫。刘秀君走近一家院门准备敲时，蒋秀梅一把拉住了她："你要干吗？"

"敲门啊，姐，天都黑了，没有其他办法，只有看哪一家好心人留咱们住一晚了。"刘秀君解释着。蒋秀梅看上去很不高兴："不要敲，就是有人留我也不去，要去你一个人去。"

"这话咋说的，姐？不到别人家借住，我们还能咋办，住店咱们又没钱。"刘秀君迟疑着，话说得非常勉强。

"要是借住，我们还不如去车站候车室睡一晚，我就是不想让人看到咱们狼狈的样子，咱们可都两天没有洗脸了，灰头土脸的。"蒋秀梅的语气抑郁沉重。

"照这样说，那我也没办法了，姐，那我们就一直走到天亮？"

"反正别人家我是不去，也不敢去。再者，黑灯瞎火的，万一遇上心术不正的人，那可就麻烦大了，再往前走走看。"

夜越来越黑，两个人漫无目的地走着，远处零星的街灯像星星一样一眨一眨的。脚下的路影影绰绰像是浮萍，似乎每一脚下去都有踩空的可能，丝丝寒风夹带凌乱的雪花掠过身体，划得脸面作痛。蒋秀梅一直跟着刘秀君，此刻她倒有些像妹妹，深一脚浅一脚地走着，不时打着寒战，自言自语地埋怨："真是倒了八辈子霉。"话语间分明流露出带上刘秀君就是累赘的意思。刘秀君倒是没有太在意蒋秀梅的埋怨，只是强打精神向前走着，她不知道已经越过了几条街巷，来到了郊区，只感觉像是在一个伸手不见五指的地方折腾。

身后的蒋秀梅忽然停下脚步，语气中略带兴奋地说："看来我们可以在这里过一夜。"刘秀君看时，前面不远处出现了一片宽阔的场地，虽然是黑夜，依稀可分辨那是一块打麦场。往前再走几步，场地变得真切起来，除了场边胡乱堆放着几堆秸秆外，场地中央倒是一大片白乎乎的空地，还有几个矮矮的草摞。夜色里，她们总疑心身后会蹿出一只狼或其他野兽，刘秀君心里格外害怕。而此刻，身体早已被寒冷侵袭的蒋秀梅加紧了脚步，向一大堆秸秆跑去，猛然间，脚步声惊飞了几只夜宿的麻雀，蒋秀梅瘆人地喊了声"天哪——"，刘秀君双腿一软，也跌倒在草堆旁……她们很快扯开了一个草洞，像傻子般痴笑着钻了进去，似乎再没有什么让她们充满渴望。可谁知道，刘秀君的眼泪早已凉刷刷地流入鼻腔，流到口角，而且心中也在流泪。

"这都快到春天了，怎么还这么冻？"蒋秀梅牙齿颤抖着说，"往一搭儿挤挤，肉挨肉冻不透。"并不停地撕垫着秸秆。刘秀君用手撕扯着秸秆堵严了钻进的洞口，垫瓷身旁的空间，蜷缩成一团，脊背紧贴着蒋秀梅的后背。

此刻，刘秀君已后悔自己的天真和任性。她悄悄地咽下一口泪水，闭上眼睛，酸甜苦辣齐上心头，感到家是那样温馨和不舍。她担心自己会在某个时刻不明不白地从地球上消失，再也见不到奶奶、父母和几个弟弟，完全不是像睡在秸秆堆里，而是像睡在被野兽围困的山间野外，甚至连出一口气她都有些担心和害怕。

也不知道睡了多长时间，到了几点，马的嘶鸣声夹杂着人喊声吵醒了刘秀君，好像就在她们头顶的位置。刘秀君委实不想离开已经用身体温热的秸秆洞，暂时说这是她最舒适的窝，如果从这里出去，迎接她的又将是什么？正思考间，头顶的秸秆被人揭开，她受了惊吓，蜷在草窝里，惊恐地瞅着。一位裹着头巾，身材臃肿的大妈也睁大双眼盯着她，说着什么她根本听不清楚。大妈身后，大地一片洁白，看来昨夜下雪了，有几只鸟儿啁啾着从上方飞过，场地中停辆马车，车上搭放着一堆秸秆。这时好几个男人女人朝这边跑来，眉毛上结着霜花，惊恐万状地看着她们，摊手耸肩地说话，时不时发出感叹声。

蒋秀梅好像还没有睡醒，用手将头捂了又捂。"姐，赶紧醒来，出事儿了。"刘秀君用胳膊推了一下她。蒋秀梅睁开眼睛的刹那，看到头顶上有好几双眼睛盯着，怯怯地把身子蜷缩得更紧了。

"你们俩人是哪儿来的？怎么睡在草堆里？"人群里有位大叔关切地问道，两个人的心里顿时掠过一丝温热，蒋秀梅和刘秀君赶紧爬出草堆，说道："我们是从宁夏来的。"

"宁夏来的，有亲戚吗？大冷的天咋睡在草堆里？"大叔看上去有些纳闷和不解。

"昨晚到乌鲁木齐天已经黑了，走着走着就睡在这里了。"蒋秀梅回答说。

"亲戚在哪儿？"大叔问道，然后用维吾尔语向其他人解释着。

"我们去——"刘秀君刚要说去沙湾，却被蒋秀梅的咳嗽声打断了。蒋秀梅说："我们准备去石河子。"

大叔点点头，说："那还远着呢。"又向旁边的其他人说了些什么，便让蒋秀梅和刘秀君跟他走。

两人感觉事情变得复杂起来，像做错事的孩子尾随在大叔的身后。"不要害怕，咱们都是宁夏人，还是老乡呢。老乡见老乡，两眼泪汪汪。先到我家里吃喝些，你们再走我就放心了。"大叔说。

蒋秀梅一个劲摆手："不麻烦大叔了，我们这就动身。"

"你看你这孩子，没事儿。"大叔像有怨气地说。

两个人到底没有拗过这位大叔，跟着他走进一个院落，四围都用土块圈着，院里静悄悄的，看上去一片狼藉，土块房子虽然不大，却比老家住的土窑宽敞很多。大叔进屋后，给火墙前的土炉子里丢了些煤炭，又用火钳捅了捅："稍等会儿火就上来了，我给你们烧点开水，昨晚睡在草堆里冻坏了吧。"

蒋秀梅一脸窘态，红着脸没有说话，她感到让人看见这一切很不自在。"我们都走乏了，"刘秀君抿嘴笑着说，"睡到草堆里一觉就亮了，没感觉到冻。"

"我碎的那会儿，经常和一帮娃娃钻在碾过场的麦草堆里耍呢，说真的，草堆里确实暖和。"大叔笑着，下巴颏的胡须微微抖动，"我们这儿堆的是稻草，比起碾过的麦草要硬一些。只要没冻就好。我是固原三营人，我女儿和你们都差不多大，看见你们两个，我也想她们，想着啥时候把她们也能搬到这板房沟……"大叔说着话，眼神里透出无奈。

土炉子里火苗直蹿，小砂罐里的水很快开了，大叔给每人倒了一碗水，又从一张小桌的盘子里拿过两个泛着金黄色的玉米面馍馍，让刘秀君她们吃。

"我晓不得你们是哪里的，但眼下全国好多地方的生活都不行，口外还算好，苞谷馍馍能吃上。"说着，将馍馍递到她们手上。

饿了一天一夜，看到馍馍，刘秀君的肚子咕咕直叫，她笑着接过来，不容分说咬了一大口，蒋秀梅推辞了推辞也接住了。正在她们吃喝时，院外有人在喊："老马，队里催着上工呢。"蒋秀梅给刘秀君使了个眼色，两个人站立起来，蒋秀梅说："大叔，你就赶紧忙去吧，我们也该赶路了。"大叔想让她们再喝点水，看她们急着要走的样子，也再没有挽留，送她们出了院子。

院外的巷子里，有个微微发胖的女人站在那里，看上去一脸的不高兴，催促道："赶紧，队长又骂人呢。"大叔和蒋秀梅她们挥手作别，转身闭了院门，急匆匆朝打粮场赶去。

蒋秀梅领着刘秀君一路打听，来到沙湾时已经天黑，当面前出现特殊的 S 形洼地及繁星般坐落的人家时，蒋秀梅欢呼雀跃，话又开始多起来："走到这儿我就熟悉了，总算见到光明了。"她加快步伐，以至于刘秀君小跑才能跟上。

她们沿几块菜地边的小路爬上一段斜坡，拐过一段低矮的土块墙，里面几峰骆驼正悠闲地反刍。刘秀君第一次见到这样的庞然大物，兴奋地问："这就是骆驼吗？姐。"

蒋秀梅不屑地说："看把你高兴的，不就是几个骆驼。"

刘秀君一脸欣喜："哈，真有意思，原来这就是骆驼。"

而此刻，蒋秀梅的喜悦胜过刘秀君百倍，她扯了一把刘秀君："快看快看，到家了到家了，前面靠着一大片菜地的人家，就是我姐家。咱们先缓两天，然后再找工作。"像是给刘秀君安顿。

刘秀君听在耳里，喜在心上，顺着蒋秀梅指的方向看去，一段缓坡下，住着十几户人家，蒋秀梅姐姐家院舍前面一块宽敞的菜地，地里散落着没有收拾干净的枯菜败叶，还有零星没有消融的积雪，一群麻雀黑点似的移动着，不时旋飞起来，又很快落下，在地里觅食。看到蒋秀梅兴奋的样子，刘秀君也变得高兴起来，一个期望已久的念头又在心里发芽，她感到离自己能找份工作的日子越来越近了。

蒋秀梅的笑声荡漾在菜地的上空，她狂欢着奔到门前："姐，姐，我看你来了！"

院落里两间低矮的土坯房，檐下挂着蒜瓣和红红的辣椒串儿，格外醒目。依缓坡坐西面东而建的那间房子的门咯吱一声开了，从里面走出一个十七八岁的小伙子，朝院外边看边问："谁呀？"

"不认识了吗？"蒋秀梅笑声迭起，"真是到你们口外了，看看我是谁，我是秀梅！"

"啊，是秀梅！"小伙子边往外面走着边朝屋里喊着，"姐，是秀梅来了。"

从屋子里出来的是蒋秀梅的表弟王兴国，他喊惯了秀梅，所以并不称呼蒋秀梅表姐。随着王兴国的喊声，缓坡下的土坯房门开了，蒋秀梅的表姐王招娣从里面出来，圆嘟嘟的脸庞红中透紫，中等身材，头裹褐色头巾，穿一身有些发白的蓝色衣服，右肩和两膝盖打着补丁，脚踏一双黄胶鞋，鞋带看上去绑了好几个疙瘩。看见蒋秀梅，她激动得双手不知道往哪儿搁，朝蒋秀梅迎了上去："你信上不是说夏天来吗，怎么才来呀？"王招娣口齿有些露风，言语显得有点含混。

"本来打算夏天来，"蒋秀梅拉住表姐的手，眉飞色舞地瞅着那张紫红色的脸，"不是一直开不上证明嘛，这就耽搁到现在了。"

"你领的这是？"王招娣看见蒋秀梅身后站着的刘秀君，"谁家这么漂亮的丫头！"

听到表姐夸赞刘秀君漂亮，蒋秀梅显得有些不高兴，但又极快地笑着说："漂亮吧？这是我的干妹妹，她可是咱新川拔尖儿的大美女，跟着我到口外闯世界来了。"

就在她们走进院门的瞬间，王兴国偷偷地从头到脚打量了一番刘秀君。青春年少的小伙子，见了漂亮姑娘不由脸泛红晕，听蒋秀梅这样一解释，他跟声问道："你干妹妹叫什么名字啊？"

"我叫刘秀君。"没等蒋秀梅说话，刘秀君抢先说，"跟着我姐来，要给你们添麻烦了。"

"看这娃娃说的，麻烦啥呢，赶紧进屋吧。"王招娣说着，揽了一把刘秀君和蒋秀梅，几个人同时进了屋。

屋内光线有些暗，进门靠左盘着一面大炕，炕上铺着竹篾席，靠窗处铺着一张用针线串得密密匝匝的小被子，说是被子，其实里面根本就没有棉絮，完全是用破布烂线串缝成的，白天遮炕土，晚上当被子。靠后墙的炕沿处用土块盘着一个小火炉，炉烟扯进炕洞再排到外面，既可以取暖又用来烧炕，一举两得。一只用苇子编成的小针线篓放在炕边，里面塞满针头线脑。

"赶紧上炕，口外的冬天冷得很。"王招娣趴在炕边上用手当笤帚，在炕席上刨了几把。"我今儿身子不舒服，你姐夫一个人劳动去了，坐在家里也心慌，正拿着针线缝炕上的毯子呢，你们就来了。"

"喜鹊枝头叫，定有贵人到！"王兴国插话说，"我姐刚才还说呢，这贵人就到门上了。"他说着，眼睛却不住地在刘秀君身上打量。

蒋秀梅早已脱鞋上了炕，刘秀君还推辞着，王招娣说："到这搭儿就同到自个儿家里一样，别不好意思，赶紧上来暖着，看把个脸蛋都冻红了。"王兴国听姐这样一说，他的脸倒火辣辣的。

看见刘秀君有几分为难的样子，蒋秀梅忍不住说："来了就自自然然的，不要把自个儿当成亲戚让我姐伺候，连上炕都这样，往后可咋办？"

刘秀君上了炕，十分拘谨地抱着膝盖坐在蒋秀梅身边。王招娣挨着刘秀君坐在炕边儿，王兴国则坐在地下小凳上，不时搓揉着脖颈和两只手。

　　蒋秀梅顺手拉来那条破毯子，卷成一个靠垫移到了后背处，斜躺在炕上，看着王兴国问："兴国哪天来的？"

　　王兴国说："我来两三天了，柳南公社这几天形势特别紧，我们队好几个人因搞运动不积极被批斗，我爸让过来看看我姐，让姐夫他们千万把嘴收紧。"说话时一只手在后项挠着。

　　"我舅他就那样儿，针眼大的个窟窿，就怕钻进斗大的风！"蒋秀梅满不在乎地说，"你看看，他们两口子哪个像胡说话的人，都老实得转不过弯儿，这阳坡队里再有心术不正的人，也不会在姐夫和姐的身上做文章。"

　　王兴国说："话是这么说，我爸就是害怕太老实了才吃亏呢。"

　　"我才不信那个邪。"蒋秀梅用手刨了一下头发说。

　　"开会，劳动，吃饭，睡觉，这就是我一天的活计。"王招娣说，"我可是一心一意跟党走，常常正正的。"她口齿不清，舌头好像老在嘴里蜷着，嘴唇闭合之间，几颗门牙间的豁口清晰可见。

　　吃晚饭的时候，王招娣的男人罗兆平回来了，从个头上看，这两口子委实有些不般配，男人个头高大，身材高挑，站在丈夫身边，王招娣就像个孩子。罗兆平直言快语，问候了蒋秀梅她们后，一边吃饭，一边对王招娣说："吃了饭，咱们两口子都要去开会，我怎么觉着情况有些不对劲。"

　　王招娣问："有什么不对的，咱们可都是本本分分的人。"

"反正我觉着有些不对劲。"罗兆平说，"到底怎么个不对劲，我也说不好。"

王兴国说："开会时你和我姐尽量不要说话，人里头有人。"

罗兆平点头说："今天碰上队里的治保员，他拉着个脸，我问了好几声都没搭言。"

"你说那韩秉山，最近好像真有事情。"王招娣说，"前天见了我斜瞪着眼，像个仇人似的，啥话都没说。"

"看你们两口子，开个会就吓成这样子。"蒋秀梅说，"平时多干活儿少说话，走得端行得正，不会有啥事。"

"你不知道阳坡队的情况，复杂得很。"王兴国说。

蒋秀梅忍不住笑出声来，瞥了一眼王兴国："你娃娃不叫姐，还大言不惭地教训起我了。要是对我好点，我就把我干妹妹给你说个媳妇儿。"她说着转头看了看一直沉默不语的刘秀君，问道："你看我这表弟人咋样？"

刘秀君笑着在蒋秀梅身上轻轻捣了一下："姐，你就不要欺负我了。"

王兴国一脸通红，嘴上却丝毫不饶："喊你姐，不见得能把你高多少！"

"不喊姐，你就偷着想去。"

罗兆平见他俩又争起大小，笑着说："你们两个呀，喊上一声能把谁高一截子。"

"咋不能啊！"蒋秀梅说，"你这个子还不是我们口口声声喊姐夫给喊高的。"

听蒋秀梅这样一说，逗得满屋子大笑。王招娣对罗兆平说："你能说过秀梅？"

王兴国说："她那张嘴啊，能！"说着竖起了右手的大拇指。

蒋秀梅佯装怒道："哼，没你这个后峡煤矿工人能。"

听蒋秀梅说王兴国是后峡煤矿的工人，一直默不作声的刘秀君心里突然一亮，但她依旧选择沉默，她感觉在这样的场合急于询问后峡煤矿的情况，有些不大合适，便将探出一半的身子又缩了回来。

罗兆平两口子摸着夜色去队里开会，蒋秀梅和刘秀君被安排在这间还算宽敞的房子里先睡，王兴国去了隔壁小房子里。夜沉寂得让刘秀君心里发虚，她翻来覆去没有丝毫睡意，两只眼睛盯着一片漆黑的夜，像在一眼深不可测难辨方向的矿井中游荡，身边的蒋秀梅扯着游丝般的鼾声睡得香甜。自进了这户人家，蒋秀梅和她的亲戚说了很多的话，可压根儿就没有提起"找工作"三个字，好像她们不是来找工作的，倒像是走亲戚串门子的，想到这些，刘秀君心中不由焦急发慌。王兴国看上去倒是个敦厚人，他是煤矿工人，通过他能不能给自己找份儿工作？可透过他的眼神和举止，好像那心思又似在相亲和取悦女孩上，刘秀君思前想后，充满了很多的疑惑。

不知过了多久，罗兆平两口子回来了，面朝着墙壁未曾睡着的刘秀君不想说任何话，闭眼假装睡得正香。

屋地上，罗兆平说："看看，事情不是朝我说的来了吗？'阶级、阶级'，你怎么就把这两个字咬不清呢？再说一遍我听听。"

王招娣有些不耐烦地说："千万不能忘记姐姐斗争！你们不都这样说？"

"不是'姐姐'，是'阶级'。"罗兆平给王招娣不断地纠正着"阶级"的正确发音。

王招娣放慢了语速学着说："姐——姐——"

"算了算了，明天让秀梅给你纠正纠正，我的笨婆娘，还是睡觉吧！"罗兆平叹息一声。

"我到底错哪儿了？说我对社会主义不满，这狗日的治保员一脚踢得我腰疼的。"王招娣唉声叹气。

"我帮你说了一句，脸上还挨了一巴掌，到这会儿还火辣辣的，'阶级、阶级'，不要再'姐姐、姐姐'了！"罗兆平哀求着说。

"睡觉吧，我是老鼠钻风匣……"女人话还没有说完，门咯吱一声，罗兆平出去了，王招娣往炕上爬时，又"哎哟"了一声，"我的腰啊！韩秉山，你个狗日的等着，说不定哪一天就有人批斗你！"刘秀君听着王招娣上了炕，轻轻将盖在她和蒋秀梅身上的毯子往她那面扯了扯，和衣睡下。

36

刘秀君的不辞而别，让原本没有欢乐的家中，更平添了几分忧愁。张奎虽然同意刘和顺上口外找女儿，但并未让杜占峰给他开证明，想以此整整他，可这根本挡不住刘和顺。

得知刘和顺上口外找女儿，马世文认为机会来了，自己也应该借机一道上口外，最起码刘和顺对路途情况比自己熟悉。一来老外父一家已上口外好几年了，并落下了户口，常常来信问候他们。这问候既包括对女儿的关心，也包括对女婿的担心。担心女婿在队里受人欺负，前些年当队长的时候，外父常常以书信的方式给女婿教做人做事的方法，自马世文辞去队长后，老外父的担心更重了，生怕女儿跟上受委屈。二来这几年，月儿湾的形势越来越不对头，不是人爱人、人扶人，而是出现了人整人，甚至人害人的苗头，他担心说不定哪一天女婿就会挨批挨整。

在母亲的催促下，刘和顺悄悄带上马世文，按照相约时辰，一道再上口外。又是一路躲检查、逃票、跃站点，遭受了不少白眼和委屈方来到乌鲁木齐。一出站口马世文就被小舅子接走了。刘和顺身上仅带的一点钱全花光了，怅然地蹲坐在火车站广场下坡的台阶上，他的眼前，不时有衣衫褴褛、衣不蔽体的人走过，犹如枯枝落叶在寒风中飘荡，看样子大多是从口里跑来的，他的心里不由阵阵发凉，要想从这么多人里找女儿，那简直是大海捞针。

刘秀君在口外沙湾的第一个晚上失眠了。夜里，王招娣睡梦中一直在呻唤腰疼，她知道王招娣在开会时被踢打得不轻。第二天，天还没有放亮，阳坡队就开始喊上工了，王招娣没有点灯，透着朦胧天色摸下炕，轻手轻脚走出房门。王招娣出去后，刘秀君才睁眼仰躺在炕上，听不清夫妻俩在院子里说什么。过了一阵，随着渐远的脚步声，院子恢复了平静，蒋秀梅依然香甜的鼾声不停，时而磨牙，时而讷讷说着梦话。

过了一会儿，隔壁房间里有脚步走动声，是王兴国起来了。刘秀君这时穿好衣服，静静地坐在炕上。房门被推开，一个黑影跨进门槛，探着屋子里的一切，突然刚跨进门的一条腿又缩回门外。王兴国的样子惹得刘秀君捂着嘴偷偷地笑，王兴国在门外回过神再次跨进屋子说："哎哟，你吓死我了！怎么悄悄儿坐在炕上？起得这么早啊！""你不也起来了？"黑暗中，刘秀君反驳了一句，她极力想看清王兴国脸上的表情，但他在她的面前却是模糊的一团。

王兴国此时半个屁股坐在炕边，刘秀君已经能清晰地感知到他的气息："我起得早，是打算洗了脸赶路呢。"王兴国说。刘秀君心里不由一惊，慌忙问道："赶路，赶啥路？""我请的假快满了，打算到家里再转一圈，就回矿上上班。""你现在就要走啊？"刘秀君急切地问，听王兴国说洗了脸就要离开，刘秀君心里陡然一沉，鼻腔酸酸的，想说出找工作的心思又感到没有机会了。

从昨天见面到现在，虽然仅仅十几个小时，刘秀君对他的印象还算可以，加之蒋秀梅到了口外后的反常让她觉得靠她找工作心里没底。她想王兴国在后峡煤矿上班，说不定能带她找个好工作，迫切想找工作的心态让她对王兴国的关注与期望隐隐约约地大幅增加。王兴国要走的消息来得这样突然，令她陷入万般无助的深渊。

"打柴的陪不住放羊的，如果我不按时上班，不但要扣工资，还要挨批呢。"王兴国说。"是啊，人家可是有正式工作的，不像我，从家里跑出来的野丫头。好在他还不知道我是跑出来的，如果知道了，他又会怎样看呢？"刘秀君心里十分矛盾，脑子里像塞进了一团乱麻，没一点头绪，心里虽然这样想着，嘴里却不知说什么才好。

"天还没亮你们说啥呢？"蒋秀梅翻了个身，气呼呼地说，"你们两个实在想说就到隔壁子去说，我瞌睡正香呢。"蒋秀梅的话让刘秀君的脸烧了起来。

"赶紧起来送送兄弟，总不能往我心里泼凉水吧，姐。"王兴国话音刚落，蒋秀梅就软绵绵地说："哈哈，弟弟终归是弟弟，姐终归是姐，叫得够甜的。"好像在说梦话。

王兴国这时身子一侧伸手捏住了蒋秀梅的鼻子，挨着她的耳朵眼大喊一声："秀梅姐，你起还是不起？"

蒋秀梅双手在炕上直扑打，腿脚胡乱蹬着："我起我起，你赶紧放开我的鼻子。"

王兴国这才笑着松开手。刘秀君在炕上一点反应都没有，她心里像是打翻了五味瓶，更加难受。蒋秀梅虽被王兴国的恶作剧折腾起来，但好像还没有睡醒，时不时用手挡着嘴打呵欠。

"姐夫他们已经走了？"蒋秀梅看上去有点不大相信这么早阳坡队就已经上工了。

"劳动人民是勤劳的，哪像你！"王兴国说。

"去，姐劳动的时候你娃娃还在刨土土呢！"蒋秀梅反驳着，接着问道，"你这会儿真的要走？就不能再待一天？"

"待一天倒可以，谁给我发工资啊？"王兴国说，"现在矿上的形势和以前不一样了，要是被说成受资产阶级思想侵蚀而贪图享受，那可就完了。"

蒋秀梅有些失望，刨着蓬乱的头发，往炕下挪腾："要走咱们一起走，让她到你们矿上开开眼界，你可要珍惜我给你带来的这个机会。她要成了我的弟媳妇儿，那我就功德无量了，往后看你还能不叫我姐？"

刘秀君虽臊得一脸通红，可心里隐隐地热乎乎的："姐，你就不要老拿我找话题了。"

蒋秀梅转身看着刘秀君："我说你啊，心里藏着的东西以为我不知道，你敢说你对这位工人老大哥没有一点好感？"

刘秀君被蒋秀梅说得没了言语，王兴国说："姐，哪有你这样说话的，你别把刘秀君往崖畔上逼！"

"哎哟，这就已经帮她说话了。我认了，我服输，要是再说几句，让你们两个把我压在炕上打一顿，那我可就冤死了。"

屋里的口舌之争总算告一段落，天色已经大亮，几个人洗完脸，王兴国找来馍馍刚吃过，正打算动身，听见门外有说话声："听咱阳坡来了两个口里老家的大姑娘，我们一大早儿就过来了。屋里有人吗？"

王兴国听着声音，对蒋秀梅笑着说："你看他们快不，这就闻着味儿找上门了。"话音刚落，门被推开，进来了一胖一瘦两个小伙子，虽然衣着朴素，但收拾得干净利落。没等几个人开口，瘦点的小伙子说："真是我嫂子啊，我还以为他们在骗人呢。"刘秀君有些纳闷，狐疑地看着两个小伙子。

来人和王兴国是一个村的，瘦的叫刘玉仁，胖的叫王德贵。刘玉仁问蒋秀梅："嫂子，这个是？"蒋秀梅没有直接回答他的话，好像刘秀君根本不值得她去介绍，反问刘玉仁："你哥怎么没有和你们一块儿来？"刘玉仁说："我哥那人你不是不知道，他懒得走路，另外我爸也不叫他来，让他跟着劳动去了。"

王兴国这时补了一句："她叫刘秀君。要不这样，我们都一起回康平，你们看咋样？"刘玉仁说："我看这是个好主意，再说阳坡村属于郊区，这几年又是生产又是建设，粮食没有我们那宽展。"蒋秀梅爽快地说："行啊，坐在我姐家，我觉得有些连累他们，咱们这就动身，到康平走。"几个人说走就走。蒋秀梅背上袋子，刘秀君挎上书包，闭好王招娣家房门，掩上院子大门，王兴国给邻居家奶奶打了声招呼就动身了。

一路上，几个小伙子有说有笑，刘玉仁还时不时东拉西扯地唱上几句口外民歌。

　　阿拉木汗怎么样？

　　身段不肥也不瘦。

　　……

　　阿拉木汗住在哪里？

　　吐鲁番西三百六。

与王兴国恰到好处的附和，减少了大家路途上的寂寞。

可刘秀君心里一片茫然，与当初豪情满怀上口外找工作的初衷相比，现在说风是风说雨是雨，这同随处乱转的"盲流儿"有什么区别。她感觉蒋秀梅就像个变色龙，喜怒无常，同新川公社那个吃苦能干的秀梅姐比起来真是天壤之别，似乎找不找工作已无所谓。刘秀君耷拉着脑袋跟在几个人身后，一对乌黑而松散的辫子没有精神地随身摆动。尽管王兴国一路有关心她的表现，但总也抹不开脸皮。

快到柳南公社了，蒋秀梅显得异常激动，她迫不及待地想见到刘玉才。往事再次泛上心头，那是1961年的一个夏夜，天空湛蓝，繁星闪烁，刘玉才用有力的臂膀搂着她，两人在混沌和迷茫中完成了男女间第一次接吻，这吻麻酥酥的，深深地嵌进了她的心田。那时，蒋秀梅和刘玉才都在口外八一钢铁厂宣传队里，他们青春激昂、热血沸腾，一起唱歌，一起跳舞，一起演节目。

扛起锄头上呀么上山冈，

上呀么山冈上好呀么好风光，

站得高来看得远来么依呀嗨，

咱们的地方，到如今成了一个好呀地方，

……

麦苗儿青来菜花儿黄，

毛主席来到了咱农庄，

千家万户齐欢笑啊，

好像那春雷响四方。

……

　　蒋秀梅情不自禁地唱起了当年她最喜欢的《兄妹开荒》和《毛主席来到咱农庄》。

　　"悄悄儿的，悄悄儿的，还没到康平，你就唱起来了！"王兴国打着手势带着讥讽的语气说。"要不是 1962 年被下放，我这会儿可能和刘玉才在巴仑台呢，根本就不会和你们在这路上跑。"蒋秀梅仰头自豪地说，目光早已飘上了云端。

　　正是因为有过那段在巴仑台的经历，还有她和刘玉才两人之间那份纯真的初恋，蒋秀梅对人生有了另一种看法。她的性格变得更为奔放，她感到有男人的目光在她身上游走就是最大的荣耀，更喜欢男人多看她几眼。曾几何时，她还毫不隐讳地和结了婚的女人大谈男女之事。她变得不在乎别人如何说她看她，只想潇洒地过好自己的人生。

那时，由于蒋秀梅父母不喜欢搞文艺的，一时不同意两个人的婚事，文艺宣传队解散后，蒋秀梅和刘玉才只能私下约定，少不了一番海枯石烂的表白。可终归蒋秀梅是宁夏人，他们不得不在依依不舍中分开。

回到宁夏，一切皆不是蒋秀梅想要的那样，父母将她许配给了新川公社水泉村的高治峰。小伙子长得白白净净，一双调皮的大眼睛，忽闪忽闪的，好像两颗水灵发亮的黑宝石，也是难得的一表人才。虽然蒋秀梅曾和刘玉才私下有约，但见了高治峰不由心动，尽管心里仍有别扭却也同意了婚约。订婚不久高治峰当兵去了，一年半载两个人偶有书信来往，时间一久，高治峰渐渐在蒋秀梅的心里褪了色，她感觉似乎和他没有什么婚约，相反对刘玉才的思慕之情，像燃烧的火苗一样越烧越旺，与日俱增。

其实，在刘玉才的心里，那次和蒋秀梅的相吻只是意外的欢愉，如同不经意爬上杏树摘吃了一颗青涩的杏子，与婚姻扯不上关系，如果有，只能说对蒋秀梅有点小小的喜欢。然而，蒋秀梅曾去康平给刘玉才的父母留下了非常好的印象，见两个孩子年龄相仿，脾气也合得来，蒋秀梅又长得标致，想着今后能给儿子娶这样一个媳妇也好，每每说起儿子的婚事时，便免不了说到蒋秀梅，意识中蒋秀梅就是他们非娶不可的儿媳妇，自然也就成了刘玉仁的嫂子。所以一见面，刘玉仁才那样肆无忌惮地称蒋秀梅为嫂子。

刘秀君跟着他们到了柳南公社，又顺着一条沙砾小路东行十余里才到康平大队，这里杂乱地坐落着一些住户，巷道纵横交错。

王兴国走在前面，刘秀君清楚这一行人中，除了她晓不得王兴国家的住址外，其他人肯定熟悉，但是王兴国依旧不厌其烦地向她指着路径，说着康平的一些情况。经过一条两面用土块垒成的巷子，有个大院出现在她的眼前，一棵合抱粗的左公柳在院子的东侧长着，褪尽葳蕤，光秃秃的树枝没有一点生机，院落里乱七八糟堆放着一些柴草杂物，北边两间低矮的土坯房，没有苫瓦的房顶看上去像树皮般皴裂着，隔着老远在西南的角落处有树枝搭建的一个茅厕。院子里有两畦菜地，里面胡乱扔着些垃圾烂叶。

几个人刚走进院落，从房子里就冲出三个个头高低不等的孩子，其中一个小丫头喊着："哥，你们来了！"她看上去脏兮兮的，头发像好长时间没有梳洗了。王兴国给刘秀君介绍说："这是我的弟弟和妹妹，你看他们的样子。今天是星期天，弟弟没有去学校。"

看到王兴国的弟弟妹妹，刘秀君不由想起当年刘家坪小学刘校长及几个大龄学生到她家动员自己上学的事情。她不禁问道："你妹妹上学没有？"王兴国说："我爸我妈常说丫头是别人家的，没让上学。"说话的时候，几个人已经拥进了北面的一个房里，屋子里一时间显得有些拥挤。他们各自找寻地方刚落下身子，门外就有人大声说话："我在西渠那边，就看见来了一大帮人，老远能认出几个，有一两个认不出来，来的都是哪里的亲戚啊？"王兴国父亲推开门，站在地上瞅着屋子里的每个人。

蒋秀梅干坐在炕上，此刻便迅速溜下炕来问候："忙啥呢，舅舅，你看见的就我们几个人啊。"刘秀君也跟着溜下炕来。

王兴国父亲说："坐着坐着，不要下来。"他看见刘秀君又问，"谁家的丫头？"

王兴国说："她是和秀梅一起从口里老家来的，叫刘秀君。"

王兴国父亲点了点头，随便念叨："如今口外的工作也不好找啊。"

刘秀君含羞地笑着，在人多的地方，她总是这样害羞。她不明白王兴国父亲为什么要那样念叨，谁都没有告诉他自己是来找工作的，他倒是像知道自己的心思一样。他的这句话使她的心里像盖了一层芒刺，又像做了什么错事似的心怦怦直跳。

王兴国的父亲非常和蔼慈祥，但看上去略显苍老，颧骨凸显，脸上布满皱纹。刘秀君心里倏忽间掠过一层迷雾般的忧伤，父亲刘和顺的样子鲜活地在她脑海里闪过，她强压住快要流出来的泪水退回到了炕角。

"我舅妈呢？这会儿队里还劳动啥呢？"蒋秀梅问。老人嘿嘿笑着，一副无可奈何的样子："你舅妈又和人吵架呢，她在康平二队现在可了不得，人人见了都躲着。""谁又欺负我妈了？"王兴国的一个妹妹问，另一个妹妹说："走，咱们两个看走。"王兴国呵斥了一声："你们两个乖乖地坐着，看啥看！"但他的两个妹妹像根本没有听见他的话，风一般跑出去了，弟弟王兴阳倒依旧站在地上，听着几个人说话。

蒋秀梅问："为什么吵架啊？我舅妈一天不吵架，好像心里就不舒服。"老人说："沟子大的一坨事，米妮古丽不小心把渠里的冰块丢到她脚面上，她就发火了。发吧，发吧，我是拿她没办法。"

"我真是服了我舅妈了，也太——"蒋秀梅说了一半的话又收住了，在炕上跪起的身子又坐了下来。

"唉，怎么说呢。"王兴国叹息一声，靠墙低下了头，用一只鞋尖使劲剜着地面。刘玉仁和王德贵两个人只是笑笑，谁都没说一句话。

"给你姐他们几个炖上些开水，端上些馍馍来，你咋就光是站着呢？"老人扭头对王兴阳说着，又搓了搓手，发出攥握牛皮纸一般的响声，"你们就坐着耍着，我还要到西渠去。"

老人出去了，刘玉仁几个人也没叫王兴阳去忙活。在屋子里待了一些时间，蒋秀梅让其他人在家里坐着，她和刘玉仁去找刘玉才，刘秀君知道自己跟着蒋秀梅也碍手碍脚。

"你可要把你嫂子引好，要是被狗咬了，你哥来了可要你的命呢。"王兴国有些诙谐地对刘玉仁说。

"你就不要操心我嫂子了，还是操心好刘秀君。"刘玉仁说笑着与蒋秀梅走出了院子。蒋秀梅和刘玉仁走后，屋子里空荡了不少，阳光顺着木格子窗户爬进屋来，晒得炕上暖暖的，刘秀君见屋子里只剩下她和王兴国兄弟两人，三人同处一屋，她觉得浑身不自在，脸蛋红红的，像是两只熟透的苹果。

37

不一会儿，弟弟王兴阳也出去了，小屋里只剩下刘秀君和王兴国，大男大女待在一起，刘秀君感觉不好意思，王兴国红着脸尽量找些话题，以打破两个人独处的僵局。

"你到了我们家，是不是感觉烦闷和不自在？"王兴国说。

刘秀君没有想到王兴国会这样问。烦闷和不自在？何来的呢？刘秀君思索着，没等她回答，王兴国接着说："我们家兄弟姊妹多，要八个呢，阳坡队是我二姐家，刚才家里的全是我的弟弟、妹妹，你看他们淘气不淘气？"

"娃娃都是那样子。"刘秀君笑着说。

王兴国的絮絮叨叨，真还缓解了不少别扭。

"他们可不听我的话，只听他们妈的。"王兴国接着说。

刘秀君心里不由一惊，目光疑惑地停留在王兴国的脸上。

"你觉得纳闷，是吗？我可从来没喊过她一声妈，我讨厌那个女人，你刚才都听到了，她又在和村里的人吵架，她一天不吵架，不整人，心里就不踏实。在康平二队，我看得上的就是米妮古丽，人家那做人做事，我们康平的好多男人都吃不住。"王兴国对母亲好像藏着一肚子的怨恨，喋喋不休地说了一堆。

"米妮古丽？她是维吾尔族吗？"刘秀君听着好新鲜。

"听说她是解放前到我们这儿的，从宁夏上来的时候，险些死在了戈壁滩，是多里库的驼队救了她。她来到口外后又给库尔班家干过活，后来就和多里库结了婚。她本来是回族，结婚后又取了维吾尔族的名字。"王兴国一口气说了一番米妮古丽的身世，看来这个女人真不简单。

"你欣赏米妮古丽，就讨厌自己的妈？你怎么连妈也不喊呢？"刘秀君有些不解地问。

"呵呵。"王兴国轻蔑地笑笑，刘秀君感到那笑里带刺。"她本来就不是我妈，我妈也不是那样的。""啊？"刘秀君简直不敢相信自己的耳朵，惊叹了一声。

"我都不知道我妈长什么样子，生下我后我妈就去世了。她是我爸后娶的，我那弟弟和妹妹都是她生的，你看她那样子，连孩子都容易带坏。"王兴国的话揭开了蒙在刘秀君心里的迷雾。

刘秀君"噢"了一声，看着面前的这个大男孩，心里又多了一种感觉。原来他一直生活在没有母亲关爱的家里面，想到"后妈"两个字，刘秀君的浑身都透着冷风，她虽然没有在后妈厉声喝骂下成长的经历，但是也听说过后妈的刁钻和可怕，面前的这个小伙子反倒让她多了一丝同情和怜悯。

"你打算在口外待多长时间？"王兴国问，他可不想因为家里的不愉快搅扰了面前这位文静且亭亭玉立的女孩的心境。

王兴国虽然很随意的一句话，却像榔头一样重重砸在了刘秀君的心上。"在口外待多长时间？"这个问题始终都是刘秀君不敢面对的话题，如果从这儿撕开了口子，她的一切将暴露无遗。当初与蒋秀梅商量上口外的万丈豪情，此刻如同霜打的茄子——蔫了，再细细想想从学校跑出来的情况，简直就是奇耻大辱。

"跑山了"，老家人总用这个词形容赌气离家出走的人，一想到月儿湾所有人都风言风语地说刘和顺的女儿"跑山了"，家里人会是怎样一种心境？她简直是给奶奶的心上压石头，在父母的脸上扇巴掌、抹锅黑。可王兴国的话停在那里，该怎样回答他呢？她不想欺骗一个对她真诚相待的男娃娃，却又不想让自己心里的那道坝在蚁穴似的这个问题下溃决。刘秀君想了想，莞尔一笑，其实那笑容背后藏着千万种苦涩，却有意不痛不痒地说："找到工作的话，我就不回去了。"

王兴国听到刘秀君的这句话时，一脸春光明媚的样子，他的心里有股说不上来的高兴。这个似乎和他根本扯不上关系的女孩子，此刻却让他的心变得如此敏感。

"你打算找啥工作？"王兴国紧接着问。

刘秀君总算巧妙地避开了那些她不愿透露的信息，这会儿她变得轻松起来。"找啥工作可由不得我，再说了，要看秀梅姐她找啥工作，我就和她一搭儿去。"

"哈哈，你呀！"王兴国会心地笑了，"她那人你也信，她可是个转天下的，你以为她上口外是找工作的？你不看她火急火燎地去找刘玉才的样子，你还指望她呢？"王兴国一连串的问号，分明要给刘秀君破解一道数学题，提示她该醒醒了。

自打到了口外，蒋秀梅一反常态的情绪变化就让刘秀君感到有些不妙，但她依然强迫自己，认为蒋秀梅就是新川公社水库工地上那个让她相信、和她说得来的姐姐。况且，是蒋秀梅给她买车票把她领到了口外。她除了感激，还能有什么，但她的表弟现在这样说她，这让刘秀君开始怀疑自己。如果蒋秀梅撂下自己独自而去，她一个人在口外可怎么过呢？如果在这里找不到出路，那该咋办？家是回不去了，再说现在也不敢回，这样子回去，家里人还不把她打死。刘秀君简直不敢往下想，她的心再次变得纷乱起来。

"不过没有关系，最近乌鲁木齐水泥厂在招工，我可以给你想想办法。"王兴国说。"你说啥？"刘秀君瞪大眼睛瞅着王兴国，她的心猛烈地跳动着，像是要从胸腔里蹦出来。"我有个朋友在水泥厂工作，听说他们那里正在招工，像你这样漂亮水灵的丫头，又读过书，他们肯定会招。"王兴国脸红扑扑的，显得十分兴奋。

刘秀君的心跳得更加猛烈，从王兴国的话里，她听出了两层含义：第一，他可以帮自己在口外找份工作；第二，在这个小伙子的心目中，她是惹男孩喜欢的漂亮女娃。刘秀君第一次听到一个小伙子当面赞扬她漂亮，她的腮颊更显红润，似乎此刻的阳光全都照在她的脸上，她感到一种从未有过的幸福。她羞答答地轻轻叫了声"兴国哥"。就连她自己也不知道她为什么要这样称呼这个男娃，如同叫自己同胞兄长一样。

"啊？"王兴国有些诧异，眼睛如铜铃般大，似清泉般映照在她的脸庞。"你是说能帮我找份工作？"刘秀君面若桃花，与王兴国赞美她的漂亮相比，工作似乎不足为奇了，刘秀君用这句话极力掩饰了内心的激动和兴奋，等同于问"我真的漂亮吗？"

王兴国点着头，依然傻傻地回答："应该……应该没问题。"只是眼睛一刻没有离开刘秀君。

刘秀君顺势说："那我先谢谢你了！"心里却如湖面泛起阵阵涟漪，荡开了水花。

王兴国的弟弟妹妹们一直没有回来，傍晚时分，康平二队才收了工，社员从西渠那边熙熙攘攘往家里走，刘秀君和王兴国站在大院里看得清清楚楚。人群中还有忽高忽低的骂声："今晚的会就批斗你，你还祸害老娘呢。"王兴国说："你听，这就是那女人。我看咱们先回屋里去，要不让她看见，又指不定说啥胡话。"

过了约莫有十分钟，院外响动起来，折树枝的声音，还有女人尖声利气的说话声："听说秀梅来了，还给我们家'矿上的'带了个好看媳妇儿，咋都静悄悄地躲在屋子里不出来，难道怕舅妈吃了不成？"

这时王兴国悄悄地说："她很少喊我的名字，当面、背后都叫我'矿上的'，呵呵。"说着，王兴国不好意思地笑了。刘秀君说："你妈在院子里问话呢，我们还是出去吧？"王兴国说："出去也好，弄不好她又要骂人了。"

刘秀君走出屋子，见穿一身藏蓝色棉衣的女人正弓腰折树枝，头上围着咖啡色头巾，主动地招呼："姨，回来了？"刘秀君的问声听上去委婉甜润。这女人直起身子，将脸转过来，她看上去十分消瘦，下巴处收得紧紧的，一副尖嘴猴腮样儿，好像得过什么病。看到这张脸，刘秀君很意外，这张脸与她想象的大相径庭，完全不是那种刁蛮悍妇的样儿，好歹没法把面前的这张脸和一个让王兴国生厌的后妈联系到一起。她中等身材，双腿明显向外弯，加上膝盖顶出的包，显得一点儿都不精神。

"咋就你们两个，秀梅呢？"女人表现得没有一丝热度，多少让刘秀君感到不适。"秀梅去我刘叔家了。"王兴国语气里似乎带着不愿开口的成分。"到舅舅家沟子都没有暖热，就急着跑刘家去了，人家刘玉才家劳力多，生活好，恨不得这会儿就嫁过去。哼，真不知这几年在老家是咋过来的！赶紧让那刘家大公子娶过门算了，免得王家门前不光彩。"女人显然有些生气。

王兴国没有说话，扯了一把刘秀君，示意别管这女人，跟她进屋去。刘秀君却拽了一下，依旧站在院子里。"这是谁家的丫头？"女人单刀直入，生硬地问了刘秀君一句。

"姨，我叫刘秀君。"

女人像是并不关切刘秀君的回答："这天气一到晚上冷得像扎刀子，你和我家'矿上的'先进屋去，我折些柴火就进来。"刘秀君说："姨，我帮你折吧。""嗨嗨，"女人笑着说，"你这油饼皮皮一样的细皮嫩肉陪不了我的。去，进屋里去。"刘秀君也不好意思再站着，咬唇甩手地和王兴国进了屋。

暮色像一张大网，悄悄地撒落下来，王兴国的弟弟和两个妹妹才缠裹着一身泥土跟着父亲回了家。

厨房内，刘秀君帮着王兴国后妈孟氏烧火做饭。孟氏一双面手忙活着，半开玩笑半认真地说："你这丫头蛮乖的，我看给我们家'矿上的'当个媳妇儿算了，咱们康平生活也好着呢，肚子虽说吃不上全饱，但也不挨饿，比起你们口里老家就是天上地下了。"

刘秀君红着脸蛋，不知道怎样说才好，自从来到口外，"媳妇儿"几个字就一直与她纠缠着，虽然脸红，但这红却不是最初听到蒋秀梅要把她介绍给王兴国当"媳妇儿"时那样娇羞，此刻脸上的红晕是从内心散发出来的，她似乎已经习惯了这样的说法。再说，不知道什么时候，王兴国已经悄悄钻进了她的心里。把自己和他牵扯到一起，非但没有什么羞涩，反倒有种说不上来的滋味儿，那滋味儿是甜蜜的、美好的、耐人寻味的。

"你都这么大的人了，还害羞啊，男婚女嫁，那可是人一辈子的大事儿，你看我们家'矿上的'人咋样？"孟氏依旧啰啰唆唆问着。刘秀君低着头也不说话，只是抿嘴笑着。孟氏一直都绕着这个话题，弄得刘秀君浑身像钻进了虫子。

吃晚饭的时候，蒋秀梅仍旧没有回来。王兴国父亲让儿子去刘玉才家把她叫回来，这事却让孟氏制止了："不要叫，看她在刘家能过几夜，这八字还没见一撇呢，就在舅舅家门前拉屎了，难怪整个康平二队的人都在传闲话。"王兴国父亲一阵剧烈的咳嗽打断了女人的话。"你还把你外甥女护得好呢，我看纸里能包住火吗，哪天肚子大了，我看你咋向老家的他姑父交代！"孟氏目不转睛地盯着男人。

王兴国父亲气得脸色铁青，再没有说话，只是丢下筷子，挪到了墙角处抱着双膝发闷。"妈，你就少说两句，这不还有——"王兴国喊了孟氏一声妈，着实让刘秀君诧异，因为刚才王兴国还说他不愿意叫她妈呢，现在就叫上了。但是王兴国的话很快被孟氏当头截住了："你意思是这屋里还有外人呢，是吗？嫌我揭了秀梅的底，给咱们家丢人了，是吗？她要是走得端，我会说吗？你和你老子就护着，我看能护出个啥名堂。"

晚饭的气氛自始至终都不愉快，话语权一直在孟氏那里。

夜很深了，蒋秀梅依然没有回来，刘秀君被安排和王兴国妹妹住在一个屋里，王兴国和比他小三岁的弟弟还有父母睡在另一间屋里。风穿过院子里的左公柳，柳枝发出沙沙的响声，刘秀君也无睡意，蒋秀梅为什么晚上还没回来？明日又将会是怎样的一天？王兴国说话还算不算数？一个个难题又袭上心头。

蒋秀梅此时和刘玉才、刘玉仁闹得正欢，发表着他们对社会、爱情、人生、家庭等诸多方面的见解和认识，最后的话题还是落到她和刘玉才两人的事情上。刘玉仁说："嫂子，这两年我爸我妈就等着你的消息呢，这次上来，你和我哥就把事情办了。"

刘玉才瞪了一眼弟弟："那也得有个程序，说办就办啊，你以为是穿件衣裳。"蒋秀梅哈哈大笑："怎么了，现在可提倡自由恋爱，只要这边没有什么，我们明天就可以去柳南公社领证。"刘玉才错愕，刘玉仁也有些惊讶，他们没想到蒋秀梅如此这般。刘玉才给弟弟使了个眼色，没再说什么。正在此时，刘玉才的母亲进来催促："时候不早了，你们几个还在说话啊，秀梅怕是瞌睡了吧？"蒋秀梅伸了伸身子："姨，我不瞌睡，我们几个要聊个通宵呢。"

刘玉才的母亲被逗笑了："哪来那么多话啊，说一阵子赶紧睡。"她将目光转向刘玉仁，"秀梅也走了一天路了，乏了，你和你哥过会赶紧去那屋里睡，大半夜的，没有明天了？"说着转身出了门。

38

已近清明时分，乌鲁木齐城乡结合地带的大街小巷，四处可见摆卖香火、冥币的地摊。在一残墙隔角蹲着一个男人，斜阳映衬着他焦黑的脸庞，头发和脸的颜色几乎差不多，腮颊和下颌上布满密密的胡楂，一身单薄的衣服缀满补丁，袖管、膝盖、屁股、裤口处不同程度破损，露着肉色，脚上的布鞋破得可见脚趾和后跟，看上去像是苫在脚面的布片。此刻他就是一个乞丐，脏兮兮的双手在身上搓磨着，刚刚咽下讨来的一点食物，肚子还在咕咕乱叫，要是再能吃点东西就好了，可他十分清楚身上并没有任何食物，甚而连一星半点的馍馍渣子都没有。这人不是别人，正是刘和顺。

他已经转了乌鲁木齐的大街小巷及周边县区许多个地方，将近两个月的光景一晃而过。他幻想着在不经意间碰上女儿小红，也时时去追身后看着像女儿的人，被人误解弹嫌。他困惑且不知所措，这几日又不时梦见去世的爷爷、父亲，告诉他不要急。

本来想着先尽快找到女儿，把自己与家人的心放下来再寻于连成，但在万般无奈，一时半会儿找不着女儿小红又没法再转下去的情况下，刘和顺只好拿着于连成的信，打听着来到农五师驻乌鲁木齐办事处。没想到于志军和于连成年轻时的长相一般，就像是一个模子倒出来的，现在是办事处的会计。于志军的办公室除了一张偏头桌、一个单据柜和两把板凳外，再就是窗台上放着的一只栗色竹篾壳暖壶和两只深绿色喝水瓷缸子。办公室打扫得干干净净，虽然是水泥地，却拖得黑亮黑亮的，刘和顺不免有些难堪，他嘿嘿笑着将信递给了于志军。

看完信后，于志军激动得紧紧握着刘和顺的手不放。"您就是我父亲信上说的刘和顺？""千真万确，一点儿没假。"刘和顺满脸喜悦。

于志军给刘和顺倒了一杯水，并热心地询问："老兄，你这哪天从口里老家上来的？"

"唉，一言难尽呀！"

"快坐，快坐，坐下慢慢说。"于志军取过凳子。

刘和顺接过杯子，坐下又长叹一声："说来话长啊，我女儿跑了。听说上口外来了，我在乌鲁木齐连个影影儿都没看见，身上的钱花光了，走投无路，最后才想起你捎的这封信，这不就找过来了，没想到还找了个准。"刘和顺像是遇见了救星。

"哦！"于志军皱了一下眉头，没再多问。他听得出口里这位老兄光阴过得不咋的，日子还是非常窘迫，不想再牵出过多的伤心事。"老兄，我给你说，这些年全国各地到口外来的人非常多，你都看到了，南来的，北往的，熙熙攘攘，你女儿可能一时半会儿很难找到。咱先不急，如果孩子到了乌鲁木齐，没地儿去的话收容所会收下的，我打听打听。你上来也不容易，就不要急着回去，我看你先坐车到博乐我们家去，我父亲最近身体不好，你去了他肯定会高兴得不得了，他一直都惦念着你。兵团的农场里也在招人，顺便看能不能在那里找个工作。"于志军说完，向刘和顺投去征询的目光。

刘和顺略略犹豫了一下，点点头说："那只有这样了，我也想你父亲啊，从这儿到博乐有多少路程？"

"这个你不用愁，有我呢，乌鲁木齐去博乐的车一天一趟。下午乘车第二天临近中午就到站了，你直接去惠泽农场，运气好的话一下车就会碰上赶马车的，给一毛钱就可以拉到农场，到农场就等于到我们家了。"于志军从窗户里向外看着，"我估摸去博乐的车过一阵会发，你喝口水，咱们两个这会儿就到车站去。"

刘和顺边喝水边起身，跟着于志军往碾子沟车站走去。

于志军说："解放前，听说碾子沟车站这面遍布砖窑和石灰窑，解放后才建成了客运站。"他在一家打馕的店铺买了两个馕塞到刘和顺手里，"你把这个带到路上吃，这叫馕，是当地的美食，很好吃的。"

刘和顺也不推辞，接在手里说："兄弟，老哥也就不推辞了，拿上了。"于志军微笑着说："就是啊，老兄是个爽快人，常听我父亲说起你们在吴忠堡商号的事情。"

"都改朝换代了——"刘和顺若有所思，"那时候我还是个尕娃娃，现在一想过去瓜得啥都不知道。"

两个人说着话就到了车站的大场子前面，一帮孩子正在那里滚铁环、跳跳绳，从衣着打扮和长相上看有维吾尔族、哈萨克族、回族、汉族等民族的，孩子们玩得满头大汗，笑声鼎沸，招来不少乘客驻足观看。

刘和顺看见这些孩子，不由想起自己小时候的事情："看现在这娃娃要得多开心，我小的时候啊，为抢一泡冻狗粪，和村里的娃娃还打架，想想那时候……"刘和顺陷入了沉思，但脸上全是喜色。

于志军说："人这一辈子，耍的就是小时候，你看这些娃娃多天真，他们才不管什么这运动那运动。"刘和顺随之感叹道："这倒是实话，大了大了，样样事儿都来了，戳心的一件接一件，人活一辈子真不容易啊。'谁都一马跑不出头，要几十几节地过！'我妈常说这句话。"

于志军在车站买了票，将一元钱和车票一起递到刘和顺手里："这钱你也拿上，到博乐后用。""这也太劲大了！"刘和顺推脱着不拿，于志军说："到了博乐走惠泽农场还有几十里路呢，你要不拿着，下了车碰不上个便车，一路走过去就到大半夜了，最好能在路上拦个车，不论维吾尔族的、蒙古族的，碰上了只要你一说他们都会把你拉上的。一般情况下他们都不要钱，但带上相对方便些，我也放心。"说着，于志军将钱和车票又一次交到了刘和顺手里。

于志军一直目送开往博乐的客车出了站，拐过十字路口，他才放心地返回单位。

刘和顺在第二天接近中午时到了博乐，客车停在戈壁滩盖有几间土坯房的地方，经过一夜颠簸，肚子委实饿了，咬了几口随身带的馕，他就打听着向惠泽农场的方向走去。

没走多远，就被密密麻麻的苇子和芨芨草挡住了视线，顺着一条不知延伸向何方的小道一直往前走，也不知何时才能到达惠泽农场。广袤的口外大地，无论你走到哪里，处处都辽阔无垠，没有边际，刘和顺感觉自己仿佛置身于另一世界。

戈壁滩蓬乱的骆驼刺、芨芨草，在夕阳余晖的照耀下一片金黄，远方的山峦依稀可辨。去惠泽农场的小路依旧看不到尽头，行了大半天路程的刘和顺身心俱疲，他坚持不下去了，坐在路上，思想着晚上真要睡到这戈壁沙滩，那会是一种什么滋味儿。忽然，他听到有窸窸窣窣的声音传来，似乎就在身后。这样的荒径，刘和顺紧张起来，会不会是野狼、豹子什么的？转而又发觉自己的想法太荒诞，说不定是只兔子或者野狗，但不管是啥只要扑上来，凭他现在的体力，能斗得过吗？刘和顺头皮开始发麻，他试想从地上捡一块石头，可一时半会儿又没有合适的。没有别的办法，他将身子蹲下，藏在一大堆芨芨草里，无论是啥野兽只要从他的身前身后出现，他都会和它周旋，不至于猝不及防受到攻击。

那声音越来越近，刘和顺屏声静气地听着，目视前方，不承想却听到了马的一声响鼻，接着传来男子粗壮的"驾——驾——"的赶车声，刘和顺这才站起身来，他突然出现的身影惊到了对方，"吁——"车猛然停住了。一辆马车旁站着一位身材魁梧的汉子，头发卷曲，目光炯炯有神。刘和顺头脑里打着旋旋儿，面前这个汉子他似乎认识却又想不起来，他在自己的记忆中极力找寻答案。忽然，一个让他意想不到的名字跳出来："艾孜买提？"对，就是他，艾孜买提。对方也认出了刘和顺，看上去更为兴奋，他手捏鞭子，紧跨几步来到刘和顺面前，伸出紧握的左拳使劲捶打刘和顺的肩膀，用不太流利的汉语说："你是刘和顺！怎么在这儿呀？"

"我咋就不能在这里，真是狭路相逢，咋就碰见你了，想不到啊！"刘和顺也用拳头捣了一下艾孜买提，传递着意想不到的高兴和激动。"你去哪儿？"艾孜买提问。"我去惠泽农场，走得腿脚发软。"刘和顺脸上的线条逐渐舒缓，一脸兜不住的高兴。

"我去东风公社，坐我的马车一起走。"艾孜买提说，"山不转水转，想不到又能和老朋友见面！"听到艾孜买提把他称为老朋友，刘和顺有些激动，他坐上马车探询地问："你难道不记恨我？油田电厂工地的比赛是我让你离开了建筑队。"

艾孜买提笑着说："我是那样的人吗？还要感谢你呢，那次事情让我明白了一个道理。""是吗，什么道理？"刘和顺有些好奇。马蹄嗒嗒扣着地面，马车快速地向前移动，路旁的芨芨草、骆驼刺刷在车轱辘上，发出急促的响声。

艾孜买提坐在车前，将头转向刘和顺，他定神看了一会儿，又呵呵笑了："做人不能丢了骨气，而且谁都不是天下第一。就像这马车，我们谁都能赶着它跑，但它却比我们厉害。"刘和顺思考着艾孜买提的话，问道："这是你悟出的道理？"

"难道这道理还不深吗？"艾孜买提看着刘和顺。

"没想到你还是个蛮细心的人呢，工友间的一次小比赛，收获了一个大道理。那事情后，你离开建筑队去了哪里？我和克里木还追了几里地，都没有看见你。"

艾孜买提看上去有些伤感："还能去哪儿，乱转一段时间后回了家，到家里没少挨我阿塔的骂，我阿娜又生着病，过去了的事还提它干吗？不说了不说了，说说你去惠泽农场的事。"

刘和顺两只手不停地搓着脸，打满死肉疗痂的掌心摩擦在被冷风吹凉的脸上，像是砂纸打磨着木板："家里日子困难，上来寻口吃的，惠泽农场有个亲戚，我去看看他。"

艾孜买提像是考虑问题的样子，两个人的说话稍稍停顿了一会儿，接着他点点头，眼望前方，抬起执鞭子的右手给刘和顺指着："再往前走四五里就到惠泽农场了，那里口里的人很多。你先过去看看，要是有问题，就到东风公社来找我。"刘和顺一听惠泽农场快要到了，心跳加速，似乎相隔百年的梦想此刻就要变为现实，显得激动不已。

艾孜买提不停地甩着手里的鞭子，继续着他的话题："克里木从油田回来，可没少在我面前夸你，说要不是你出手相救，他的命恐怕早就丢在后峡了。另外，我们上游队口里的人也不少，有个叫陈卫东的对你很了解，经常和克里木说你，好像他也在油田电厂工地干过。"

听艾孜买提说陈卫东也在上游队，刘和顺暗喜："咋转来转去，又跑到一个窝窝里了。"

刘和顺说："油田电厂工地那会儿他在辅助队，我还给他打过几天下手。要说在独山子拉片石的事情，也是克里木运气好，他能记着我，我心里头热乎啊！"并叮嘱，"回去了向他们问好。"

王兴国本打算在家里再待一天就回矿上去，可孟氏的态度让他非常反感，他认为这事不应该牵连刘秀君。况且，他喜欢她，虽然他还没有勇气向她表白，但心中已经春潮涌动。刘秀君在孟氏家的这个晚上，浑身像被黄蜂蜇了一样难受，王兴国的两个妹妹根本没有把刘秀君放在眼里，在她们看来刘秀君就是蜷缩在自家炕上的一只小狗，或者连小狗都不如，想说什么就是什么，喜怒无常。刘秀君把她们当孩子，也没有在意。

第二天早饭后，王兴国要回矿上，刘秀君心里咯噔一下，她不知道接下来她该干什么。王兴国的父亲和王兴阳早就去队里劳动了，不知道为什么，孟氏还在家里没有出工，昨晚上做饭时对刘秀君笑眯眯的态度今天荡然无存，阴沉的脸上铺着一层灰色。她好像知道王兴国今天就要去矿上，板着脸说："你最好走的时候去趟刘家，给那不要脸的说说，不要隔着墙要骚，我受不了。"王兴国有些不耐烦地回敬了一句："她去和玉才他们坐坐碍着你什么了？"王兴国的语气压得很低，牙齿缝里都透着不满的成分，"现在都啥社会了，你还老封建，她怎么就隔墙要骚了？听你说的那都是啥话！"

孟氏倒没有像昨晚那样凶巴巴的，男人不在，缺了依靠，虽没有直接向王兴国发火，但仍非常阴冷地说："现在社会咋了？总不能不要脸吧，还是大姑娘呢。"孟氏骂完这句话，嗓子眼里发出令人作呕的声音，像是卡了一口浓痰咳不出来，憋得那张精瘦的脸变成青黄色。

王兴国放下筷子，浓眉绌成了疙瘩，低头不语。

这样的气氛，弄得刘秀君坐也坐不住，走又走不得，孟氏刚才那句话分明有指桑骂槐的味道。此刻，她感觉自己就是孟氏嗓子眼里的那口痰，连自己都讨厌自己。孟氏喉咙中的痰鸣音并没有停止，她不得不走到了院子，使劲咳着，随着一阵咳吐声响，那脏物落在了地上，孟氏才直起松垮的腰身，用手拍打着胸脯。

屋子里面，王兴国瞅了刘秀君一眼，脸上闪过一层无奈的笑容，他摇摇头，没有说话。这时，院子里又响起孟氏的声音："太阳都快晒到沟子上了，你们两个还不起啊！"孟氏看见阳光映射在房顶上，两个女儿还寂静无声地睡着，随口喊了一声。王兴国的两个妹妹惠惠和燕子还是半点响声都没有。"你们到底要睡到啥时候啊！"孟氏边喊边回到屋子里。

刘秀君真想快点逃离，这儿的气氛令她窒息，如果不及早离开，她担心自己会憋死。孟氏进来仍旧坐在小木凳上吃她剩下的馍馍，再没有说话，好像整个屋子里就她一人。

"我知道昨晚没有回来，舅妈一定把秀梅骂成了臭狗屎，这不一大早就赔礼道歉来了。"忽然，院外像旋风一样传进蒋秀梅的声音，打破了屋里死一般的沉寂。

孟氏听到蒋秀梅的话，像触电般唰地站了起来，接着如机关枪似的射出一串："我还以为你把舅妈给忘了，来了就往刘家跑，我昨晚到今一直都在骂，你难道不晓得舅妈这心上想你吗？你耳朵根也不烧啊！"孟氏的话声刚落，蒋秀梅就推门走了进来。

昨晚，蒋秀梅和刘玉才兄弟一直说到天亮，陪着刘玉才一家吃过早饭，由刘玉仁送着出了家门。刘玉仁说："嫂子，我这就不跟你过去了，说了一个晚上，这会儿上眼皮直打下眼皮，我先回家睡觉去了。等你和我哥的事情有些眉目了，我再来找你。"蒋秀梅说："你再找我，可能要到后峡煤矿，这一两天，我要跟王兴国去矿上。""你除非飞到天上，只要在口外，没有我找不到的。"刘玉仁夸着海口。

"回去吧，看你散架的样子。"蒋秀梅见刘玉仁转身去了，才径直朝舅舅家走来。

"赶紧进来，赶紧进来，看看你这丫头。"孟氏一脸堆笑，瘦长的脸突然像变了个样子，皮肤的线条也开始舒缓。蒋秀梅进门双臂抱住孟氏直摇，舅妈长舅妈短，想死舅妈了，一番话说得孟氏笑逐颜开。"昨晚本来打算回呢，可玉才妈死活不让过来，就只好住下，耳烧心跳了一个晚上，我知道舅妈在骂呢。"孟氏笑着，用手刨着蒋秀梅的衣袖，显得格外亲切。

王兴国和刘秀君两人站在地上，看着面前孟氏和蒋秀梅的举动。

"和玉才咋谈的？"孟氏关切地问。"过几天就去柳南公社领证，我是这样想的，口里老家我可再也不想回去了。"蒋秀梅目不转睛地盯着孟氏的眼睛。

"这就是你秀梅的性格，舅妈就喜欢你这点，有话就明朗朗说出来，不像有些人憋着一肚子屎，还以为是金子，三棒打不出一个屁来。"

刘秀君明显感觉孟氏是在骂自己，脸烧烧的，像是孟氏抽了她一巴掌。蒋秀梅的话也让刘秀君极度反感，她在口里老家不是有对象吗？怎么又和刘玉才领证呢？刘秀君感到蒋秀梅越来越陌生，越来越可怕。

蒋秀梅几乎是被孟氏推搡着上了炕，孟氏挨着蒋秀梅坐在炕边上，"你在刘家吃了吗？"孟氏关心地问着蒋秀梅。王兴国这时插了一句话："跑到婆婆家能不吃吗？怕就差玉才他妈给喂了。"

"哼，玉才妈才不是那样的轻薄人呢，心里喜欢得像见了宝，可脸上还摆着一副架子，恨不得让我这会儿就上他们的灶台抹锅做饭。"蒋秀梅嗔怪道。

孟氏笑着说："等我见了她，好好给唠叨唠叨，叫她不要给你甩脸子，你可是舅妈的宝呢。"

"玉才妈最爱听舅妈的话了，"蒋秀梅撒娇地说，"这世上，就舅妈最懂我的心。"

孟氏和蒋秀梅的话听得刘秀君心里发痒，这样的环境下，她完全变成了一个涉世未深的小姑娘，甚而觉得自己很愚钝。现实变成了一道难以解开的方程式，而蒋秀梅似乎能用各种办法给她完美地上课。刘秀君有些混淆对与错，分不出赤橙黄绿青蓝紫。

王兴国好像能体味到刘秀君的不适，他爽朗地笑着对蒋秀梅说："我再待会儿就回矿上了，你和刘秀君就开开心心待着，等惠惠和燕子起来了，带着你们好好在柳南一带转转。""啥，你这就回矿上？"蒋秀梅一脸的惊讶。

"咋了？"王兴国有些不解。

"不行不行，要走咱们一起走，让刘秀君也去你们煤矿上见见世面。"蒋秀梅说着，看了一眼刘秀君。她的这句话着实让刘秀君高兴，"我同意秀梅姐说的。"沉默的刘秀君终于冒出一句话，而且这句话似乎荡涤净了她心里所有的压抑，把她从四周的困惑里解救出来。

孟氏和蒋秀梅诧异地瞅着刘秀君，她突然说如此肯定的话好像有些搅扰到她们。

王兴国说："愿意跟我去矿上的，我不拦，多一个不多，少一个不少，路上还有陪着说话的，有啥不好。"刘秀君高兴得几乎手舞足蹈，有种逃出火坑之感。

不大工夫几个人就动身了，孟氏看上去有点不大高兴，她本想让秀梅再陪她说说话，可才说了几句就要走，她的脸像挂满云彩的天空，一下阴沉了下来。

出了院子，王兴国顺路喊上与他一同在矿上工作的邻居王德贵，几个人说说笑笑走出村庄。孟氏目送他们远去，这才转身返回，她心中忽地空落落的，刚走到柳树下，惠惠光着脚噔噔噔从西南角用树枝搭建的茅厕里出来，径直往屋子里跑去，孟氏心上又燃起一股无名的烈火，对着地下恶狠狠地呸了一声。

39

随着心境的变化，刘和顺觉得口外的夜色是那样迷人，天空像刚刚洗过的蓝色缎子，蓝莹莹的又高又远，就连马车咯吱咯吱的声响都如同古老的乐曲一般，是那样悦耳。"这就到了，"艾孜买提指着前面亮灯的地方，"你去那些房子里打听打听，我这就走了，回见啊。"刘和顺满怀欣喜地说："总算到惠泽农场了，今儿要不是遇上你，我肯定要睡戈壁滩了，谢谢啊。"

"不用谢。"艾孜买提边挥手道别，边将马车折返，甩动鞭子消失在朦胧的夜色里。

微弱的灯光引领刘和顺来到一排土坯房前，他敲开一扇没有合严的房门，里面出来一位中年男子："找谁啊？"听口音像河南人。

"问一下这里有位叫于连成的老人吗？"

"有，他在后面，从这里拐过去，右手有条小路，往前走就到了。"

刘和顺谢过中年人，顺着他指的路径往后走，天已经黑了，但道路清晰可辨。刘和顺又问了两家住户，总算找到了于连成家。

刘和顺是被于连成的小儿子于志刚领进屋的，一盏煤油灯忽暗忽明，进门右手盘着一个通炕，炕上躺着一位六十开外的老人，一个身着哈萨克族服饰的妇女坐在老人身边。

于连成的小儿子对着老人大声说："爸，有个口里人找您。"

"口里人找我？"老人翻身斜爬起来向屋子里看，小儿子用手指着立在门口的刘和顺告诉老人，"就是他，他说他是从月儿湾来的。"很明显他对月儿湾并不熟悉，说起来也有点拗口。

"什么，月儿湾来的？哪儿的月儿湾？"老人念叨着。刘和顺凑上前去，只见油灯光线下老人皮肤微红，下巴颏上长满泛白的胡楂，双目暗淡，从老人的反应看，他的耳朵不好使。刘和顺大声说："宁夏的月儿湾，我是满粮啊，连成叔。"刘和顺不由得眼角滚泪。

老人如梦方醒，赶忙坐起身子，双手攥住刘和顺的手："你是满粮啊，我不是做梦吧？"老人声音颤抖。"志刚，把那灯芯儿挑亮点儿，让我好好儿看看满粮。"他说着，把刘和顺拉到自己女人跟前，"艾苏露，这就是我给你们常说的刘和顺啊，看来他们看到我写的那封信了。"

炕上的女人显得有些惊愕，她用哈萨克语向老人说着什么，老人点着头。只见于志刚说："妈妈，刘和顺真的来看我爸爸了。"

老人让刘和顺上炕来坐，刘和顺也不推辞，挨着老人坐下。

"都几十年了，可算又见着您了。记得那时我们在康瑞庄时，您很关心我啊。"刘和顺握着老人粗壮的手，看得出老人仍然在干农活，他不禁想起了父亲，若不是那场灾祸，父亲的年龄也和面前的这位老叔差不多……

"你父亲还好吧，家里现在日子过得怎样？"老人虽看不大清楚刘和顺的具体相貌，但他还是将眼睛贴近刘和顺。老人的话让刘和顺更为伤心，他尽量控制着自己的情绪："好着呢，于叔，家里都好，就是缺粮，肚子有些吃不饱。"

"解放后，吴忠堡那里，你再去过吗？不知丁东家他们都到哪里去了？"老人抹着眼泪，声音断断续续。

刘和顺摇摇头，大声说："再没去过。"

于连成慢慢回忆说："日子一晃都三十多年了，那次包头的货在碛口被查收，我就再没有回去过，我和咱们东家，还有康瑞庄的一切消息都断了。年前我和农场里的赵德强闲聊时……""赵德强？他也在这搭儿？"刘和顺有些惊奇。

"就是，赵德强几年前就到这里了，户口都报上了。"于连成有些上气不接下气，停顿了一下问道，"我说到哪儿了？"刘和顺说："于叔，你说你和赵德强闲聊呢。"

"噢，对了。"于连成抹了一把额头，"人一上岁数，记性就不好了，刚刚说的话一打岔就忘了。那天我和他在队部闲聊，不知道怎么话题就拉到了口里，我念叨起你和你父亲，赵德强说以前你们还在一起干过活。"刘和顺点点头，表示有这回事。

"回来我考虑来考虑去就写了那封信，让大儿子拿到乌鲁木齐发了。隔的年成太多了，都不知道你们还在月儿湾没有，我想着就算碰运气吧，这一碰，还真把你给碰来了！"于连成说着呵呵笑了起来，看得出老人见了久别的故人心情很好。

于连成让女人给刘和顺收拾吃的，刘和顺连连摆手，将农五师办事处找于志军的事情给老人说了一番，还说路上也吃过了，不饿。于连成还是不放心，让女人端上馕和茶来，看着这一切，刘和顺又激动又难过，眼泪汪汪地拉住于连成枯瘦如柴的双手，于连成也时不时地抹泪。

"我们都相见了，丁东家和瑞芳在什么地方？"于连成心上一直记挂着丁希存父女。刘和顺说："但愿老天保佑他们都平平安安地活在世上，迟早有一天，我们总会相见的。"于连成默默地点头："我怕等不到和他们父女见面的那一天了，这身子骨一天不如一天了。"

两个人说着话不觉已过半夜，艾苏露和于志刚都有些瞌睡了，于连成叫他们在另一间屋里睡去，他要和刘和顺好好说说话。

每每说起康瑞庄运往包头的货在磴口被劫的往事，于连成总是抑制不住情绪地泪眼婆娑，这不仅成为于连成一生难以释怀的事，而且也给康瑞庄带来了致命的打击。他说："尽管那次上路前东家有所叮咛交代，但我仍以为与往常一样，东家已将上下的关系打通了，过磴口充其量不过是送几包烟、给几个银圆就可了事。没想到白狗子这回来真的，竟然把货扣了。实际上，那时早有迹象，国民政府像中了邪似的，又是劝捐，又是抽税，对商号往大青山一带的运货查得格外严。大小商号早就难以为继，咱康瑞庄虽然名声在外，但同样是日渐萧条。

"我一看形势不对，和弟兄们撒腿就跑。逃跑途中，有两人中枪落马，我只是擦破了点皮，不知跑了几个时辰，只见四处全是茫茫沙漠，我才慢慢平静下来，盘算着去哪里落脚。记得之前去包头的时候，听冯老板说那里的生意顺当，皮革厂、毡厂获利颇丰，甘草车间已经建成，心想本来就是要去包头，那还是去吧。有冯老板在，说不定还能想办法把这次损失弥补回来。运气好的话，托人打听打听还能知晓这次被劫货的下落。主意已定，我不敢走大路，专挑小路，幸好腰里还有一些盘缠。就这样边走边躲，终于到了包头。一天夜里，我悄悄去找冯老板，发现大门被贴了封条，心里咯噔一下，暗叫不好，往近一看，店内一片狼藉，一打听，才知冯老板是共产党，已被通缉。

"这样的话，政府肯定要彻查康瑞庄，包头是不能待了，宁夏那边一定也出事了。一想到自己在康瑞庄这么多年，这一辈子的事业以及和东家父女的感情，顿时感到天旋地转，想死的念头涌上心来。细细一想，我觉得自己不能就这么完了，说不定将来康瑞庄还有出头之日，那时我就有用武之地了。于是，为了混饭，也为躲避，我追随着那些想吃饱肚子的人群和做生意的商队一直向西走来。起初，我还能和别人一起走，后来就只能一个人上路了。"

越说老人越停不住："走啊走啊，终于踏上了口外的土地，可已经入冬，我深一步浅一步地向西走着，饥肠辘辘，附近又没有村庄，只能强忍着，忽然眼前一黑，就倒在了地上，啥也不知道了。

"等我再睁开眼睛时，发现自己躺在一个毡房里，一应物品布置得井井有条，面前的一张长条桌被擦得干干净净，正中央天窗下的铁皮火炉散发着阵阵热气，毡房内一周装饰的传统花纹色泽艳丽。我身处这般温暖的地方，心中涌起阵阵暖意，仿佛置身于仙境，将生活的种种烦恼暂时放在了一边。当我还沉浸在这种幸福的时候，毡房门开了，一个梳着长辫的姑娘走了进来，她棉袄下的长花裙格外醒目，两只眼睛扑闪扑闪的，惊奇地看着我。

"'加克斯吗？你可醒来了！'这是姑娘对我说的第一句话。后来我才知道这个姑娘叫艾苏露。爸爸叫赛力克，妈妈叫热依汗。

"不到半个月，我的身体日渐好转，胃口也渐渐好了。我觉得再不能在赛力克家吃闲饭了，就慢慢帮着喂羊、烧火炉、打扫卫生，后来我还学会了烤馕。一有空我就给艾苏露教汉语，也向艾苏露学哈萨克语。说来我以前做过生意，头脑比较灵光，干活利索，时间不长，就会说哈萨克族的日常用语了。

"转眼间到了草原上每年春天要过的传统节日纳吾鲁孜节，这是哈萨克族要过的盛大节日，整个阿吾勒的人都要在一起庆祝节日，男女老少载歌载舞。刚开始的时候，我不习惯跳舞，就在人群里随便摆动。艾苏露悄悄走到我身边，低声告诉我这叫'黑走马'，是最普通的舞蹈，草原上男女老少必须会。否则，别人会瞧不起。于是，我打起精神，跟着艾苏露学'黑走马'，竟然没过半个时辰就学会了，跳起来还有模有样。

"纳吾鲁孜节过了，它留给我和艾苏露的是难忘的回忆。那种感觉太美妙了，她教我学'黑走马'，两人手腿相碰的瞬间，全身就像触电一般，一股麻酥酥的电流直击心头，顿时，心跳加剧，呼吸变粗。我们两人在慢慢接触中也迸发出爱的火花，全阿吾勒的人都知道赛力克家多了一个口里小伙儿。我与赛力克一家越处越好，赛力克没有儿子，一开始就非常喜欢我，可他纠结我能否适应哈萨克族人的生活，没想到时间不长，我放羊、接羔、剪羊毛都是一把好手，而且喜欢喝奶茶、吃馕和大块的羊肉，哈萨克语也说得越来越顺溜，不论阿吾勒的人还是外面的朋友，渐渐地把我当作赛力克家里的一员。

"逐渐地，赛力克夫妇发现我和艾苏露情投意合，他们在征求了我们两人意见之后，当着阿吾勒乡亲们的面，给我们举行了隆重的结婚仪式。自此，我正式成了阿吾勒人。后来，国家开发农场，我们就响应号召搬到了这里。如今，我岳父岳母都已去世，家里就剩下我们老两口、小儿子于志刚和在农五师办事处工作的大儿子于志军。"

说着说着于连成发出了鼾声，刘和顺再没有去打扰，而是细细回味老人说过的往事，不由得荡起缕缕思念，想起了康瑞庄，想起了丁瑞芳。或许瑞芳也在哪个角落，此刻也在回想着那段甜蜜而又苦涩的初恋时光。

王兴国提前一天离开家里，其实他有自己要办的事情。答应了给刘秀君问问水泥厂招工的情况，就不能说话不算数，他叫王德贵带着蒋秀梅和刘秀君先回矿上，自己一个人直奔乌鲁木齐水泥厂。水泥厂招工工作正在进行，他去找招工处的朋友，事情还算顺利，朋友叫赶快让人过来，再迟几天就不行了。王兴国让先预留两个名额，说这就回去叫人过来报名。

这边王德贵带着蒋秀梅和刘秀君到了后峡煤矿，眼见堆积如山的煤炭和一个个浑身上下被煤染得黑乎乎的矿工，还有乱七八糟的工棚，她们觉得现实与想象差距甚大。

王兴国不在身边，刘秀君仿佛有一种不安全的感觉，蒋秀梅见人就熟，她在这些矿工面前表现得分外娇艳，风情万种，让刘秀君不禁胆寒。新川公社那个令她崇拜的姐姐，越来越爱显摆了，脸上写满了得意、阴险和滑稽。刘秀君丢了魂似的，走起路来打不起精神，慢腾腾的，她真想找个安静点的地方，一个人静静地待着。

"她走路一点儿都不行，快给找个地方让躺着去。"蒋秀梅终究带着几分不屑对王德贵说，"我倒是想好好看看矿山的样子，你看她这样能行吗？"蒋秀梅已经不喊刘秀君的名字了，而是直接用"她"来代替，刘秀君也能清楚地感受到自己已经碍着蒋秀梅的事了。

蒋秀梅这种带着命令似的口吻，对王德贵却很受用，他连忙用一串的"嗯、嗯，知道了"和堆在脸上的笑容表示赞同。

走到一排工房前，王德贵把刘秀君临时领到一间女工房里，告诉她："这里的人都上工去了，里面住的全是女人，我很熟悉。你一个人先歇着，我陪你姐转转。"

"我实在走不动了，连脚指头都痛。"刘秀君一副极累的样子，不好意思地回以笑脸。

话没说完，房间里的霉味、潮气和汗味直钻鼻孔，让刘秀君非常不适。胡乱用石头、砖块、煤炭支着的木板上，零乱地堆放着各色的被子，看上去这些人走得很匆忙，或者早已习惯了这样的生活。刘秀君打着呵欠，展开胳膊伸了个懒腰，听见蒋秀梅和王德贵两个人笑着远去的声音。

仅仅一天的时间，王兴国从乌鲁木齐回来的时候，蒋秀梅的左手腕上就多了一块闪闪发亮的手表，表盘和表链全是金黄色的。她不停地将左边的袖子挽上去，露出白皙的手腕子和那块表。王兴国也不问那表的来历，只是夸她戴上更显漂亮。蒋秀梅倒想解释一番，就是没有人在意和关注。她说："乌鲁木齐街上的好东西可真是多，等将来自己有钱了，要买好多好多。"她一直都想戴一块手表的愿望终于实现了。坐在一旁的王德贵粲然笑着，那块手表映在他的眼睛里，像是一块钻石闪闪发亮。

王兴国把去水泥厂的事情给几个人说了，刘秀君显得异常兴奋，似乎这件事就是命中注定。

"什么，你说在水泥厂给我们找到了工作？"蒋秀梅却惊呼起来，"不行不行，我可不去，水泥厂的活干不了，要不当年从巴仑台下放，我早就去了，还等到今天？再说了，过不上几天，刘玉仁还来找我，我要和他哥领证。"蒋秀梅一副不领情的样子，接着用一种更为肯定的口气说，"真是的，我在哪儿随便找不下个工作，还要你来操心！更何况，我这次上来就是要办和玉才的事情，这是大事。至于工作嘛，我还没放心上呢，你要是舍得让她去，就让她去好了。"

蒋秀梅的一串话让刘秀君瞠目结舌，蒋秀梅居然直言不讳地说出了自己心底的"私房话"，难道她就不怕伤害了这个一直仰视和崇拜她的妹妹吗？看来蒋秀梅根本无视刘秀君的存在，她的狐狸尾巴终于露出来了。

"我知道你本事大，这次算我瞎操心。"王兴国非但没有生气，反倒笑呵呵地说，"那好，就让刘秀君一个人去水泥厂。"他将目光集聚到了刘秀君身上，"你总不会不领这份情吧？"

刘秀君脸上一阵灼烧，从面前这位青年的目光里，她感觉到了来自异性的关切，当然还夹带着一丝爱的成分。他是爱她的，虽然她尚不能准确判断爱情到底是什么东西，但这东西已经在她的心里发芽。

"我愿意！"刘秀君直截了当地说出这三个字，她要把王兴国从隐形的围困中解救出来，似乎说迟了他又会被蒋秀梅打击一顿。但是听到自己说的"我愿意"三个字带着颤抖和激动，她的脸上火辣辣的，好像在接受一位男孩的爱情之约时，无所顾忌、极其依顺地说出了自己的想法："我愿意，我愿意生生世世和你在一起！"

"哈哈哈……"蒋秀梅仰天大笑，脸涨得通红，刘秀君刚才的三个字好像戳在了她的心上，抢走了她心爱的人一般，对刘秀君的嫉恨、轻蔑、背叛、憎恶齐聚心头，听起来叫人不寒而栗。"你一个人去水泥厂啊？"笑声戛然而止，蒋秀梅盯着刘秀君问道，似乎立马要给刘秀君一记响亮的耳光，刘秀君从话里听得明白，她更清楚蒋秀梅后面隐含的话："你有那个本事吗？"

刘秀君莞尔一笑，蒋秀梅这会儿在她心里已变成了魔鬼，她还有什么理由不站起来向她宣战，况且自己也是一位很有个性的花季姑娘，有自己的渴望与梦想，不想让任何人践踏自己的尊严，但她却又不想彻底撕裂她俩之间尚存的一丝情感。"你又不去，我只好一个人去了，姐。"后赘的这一声姐，连王德贵和王兴国都可以听得出，刘秀君叫得是那样勉强和拗口。

"呵呵，呵呵呵……"蒋秀梅轻蔑地笑着，在她看来刘秀君就是一只小小的蚂蚁，只是她不忍心踩死，"好啊，那就你一个人去，要是出个什么事情，可与我毫不相干。"

刘秀君倒是不慌不忙，恬淡地说："谢谢姐同意。"

蒋秀梅哼了一声，坐在木板上，胸脯起伏不停，难以平复。在蒋秀梅心里，自己要比这位青涩的刘秀君美丽千倍万倍，而且与刘玉才家的境况相比，工作似乎显得那样微不足道。她一旦和刘玉才领了证，意味着她将不再回老家干那又苦又累的活，意味着她的命运就此改观。她要让刘秀君跟在她的屁股后面目睹她在口外的潇洒活法，通过刘秀君的口将这一切传到高治峰那里，让那个傻大兵彻底断了对自己的念想。

然而，当下事情却没有按照她的意愿发展。她觉得刘秀君纯粹是个白痴，她虽然嘴上说要刘秀君成为王兴国的媳妇儿，但是当王兴国真正表现出对刘秀君的爱恋时，她的心里又不舒坦，似乎刘秀君抢走了她所钟爱的物件，她见不得王兴国对刘秀君好，见不得任何一个男孩子将目光停在刘秀君身上。没了刘秀君，她的生活就失去了陪衬，会寂寥很多，苍白很多。想到以后她的生活里因为没有刘秀君陪衬而失去很多色彩，彰显不出她的青春魅力，气就不打一处来，但木已成舟，她又无法挽回这种局面，所以心里像猫抓了一样发疯地恨起刘秀君。

一直到刘秀君离开后峡煤矿，蒋秀梅再没有跟她说过一句话。

刘秀君是由王兴国领到乌鲁木齐水泥厂的，车费及花销全由王兴国承担。一路上，无论是乘车，还是走路，刘秀君都乖巧温顺地跟在王兴国身边。她感到王兴国将是解救她跳出苦海的恩人，是他给她在口外的生活点燃了希望。她不知道摆在自己眼前的仍旧是一段艰辛和劳累的生活历程，只是觉得自己很幸运。

卡车的每一次颠簸，都会让两个人的身体贴得更近，刘秀君的头发有时会触到王兴国的脸，姑娘家特有的淡淡体香吸引着王兴国，他感到有种异样的冲动在撞击自己的心灵。他想紧紧攥住刘秀君的手，或者是皮肤与皮肤之间的触碰，他想……

刘秀君的娇羞只是表面的，她感觉如果换一个僻静的环境，她会义无反顾地挤靠在王兴国身上，美美地喊他几声"兴国哥，兴国哥！"此刻，她感觉天地万物都是甜的，她像一株干枯的小树苗在王兴国的滋养下开始复活了。

乌鲁木齐水泥厂就在刘秀君的眼前，整个厂区罩在灰蒙蒙的粉尘里，听着大型设备振聋发聩的运行声，看着堆积如山的石料和远处车间里忙活的黑点一样的工人，刘秀君有几分胆怯，却又充满探究的冲动。办完入厂手续，刘秀君理所当然地成了乌鲁木齐水泥厂的工人，一切来得这样容易，像是在梦里一样。今后，这里就是她工作和生活的地方，她还会拿到属于自己的劳动所得——工资，以后……刘秀君再没有过多地设想以后，幸福就已经一层层地包裹了她。

安顿好刘秀君的一切，王兴国要赶紧返回矿上，他已经耽搁了好几天了。王兴国在离开水泥厂时，反复嘱咐刘秀君在生产中一定要注意安全。刘秀君的心里很乱，她不想让王兴国离开，他这一走，似乎会掏空她的心。她依依不舍地与王兴国并排走在路上，两个人步履迟缓，谁都不想让分离的痛苦过早地表现出来。

车来了，两个人你望望我，我瞅瞅你，心中有千般话，却不知从何说起，只能强装笑脸。可能是身处远离家乡的口外，加上蒋秀梅的变化与孟氏的冷落，来自王兴国的关照让她格外脆弱和激动，就在王兴国转身登上卡车的一刹那，刘秀君再也忍不住了。"兴国哥——"她大喊一声，泪水再也收揽不住了，喷涌而出。

"好好劳动，有时间我会来看你的。"王兴国在车上朝刘秀君不停地挥手，他何尝不是憋着一肚子不忍离去的情思，只不过他不想让刘秀君看见，更不想惹得她难过。

蒋秀梅在后峡煤矿转美了，除了井下作业的情况她没去看，矿井地面作业她是想看就看，但她对此并不感兴趣，她感兴趣的是戴在她手腕上的机械表。蒋秀梅手腕子的"金表"是王德贵送的，虽然王德贵知道蒋秀梅和刘玉才之间有瓜葛，但在他看来那也是名不正言不顺的，他想自己有资格也有权利追求蒋秀梅。当他从口袋里掏出闪闪发光的手表送给蒋秀梅时，蒋秀梅只是假意推说了几句，就极其喜欢地接上了，且爱不释手，还是王德贵给她戴在手腕上的。

蒋秀梅也是明白人，她喜形于色地看着表问王德贵："为什么要给我送手表？""为什么？你说呢？喜欢呗！"王德贵轻描淡写地说，"戴上这块表，你又多了几分气质！"这才加重语气。

蒋秀梅的眼里散射着喜悦的光芒，调皮地说："你就不怕刘玉才收拾你？""凭啥啊，只要你没有结婚，没有领证，谁都有追求的权利！"王德贵一副理直气壮的样子。

蒋秀梅瞅着表，咯咯地笑，她有自己的盘算。她要让刘玉才看到她手腕上的这块表，而且要毫不隐瞒地告诉他表是王德贵送的。那时，刘玉才第一时间会是什么反应呢？是气急败坏，还是不闻不问？蒋秀梅有些判断不清，她想看看。

40

能进乌鲁木齐水泥厂工作，刘秀君高兴得要飞起来，可是第一个夜班下来，她身上的那股精气神就已消失殆尽。

她被临时安排在包装车间上班，班长对她进行了简单的培训之后，她就跟着班组成员进了车间，完全置身在一个未知的世界里。在她以往的生活里，父母都是日出而作，日入而息，她没想到夜深人静时，工厂的这些机器照常运转，工人依旧上班。

车间罩在朦胧的灯光里，在悬浮的粉尘和机器震耳欲聋的轰鸣声中，她手里攥着包装袋，刚开始还有些新奇的感觉，可装了没有多少包，就感到难以坚持，双手、臂膀疼痛，人犯困，恍恍惚惚。

"丫头，手疼得不好受了吧？"与刘秀君同岗的一位女工关切地问。

"万事开头难，坚持几天就习惯了。"刘秀君咬牙点了点头，除了坚持还有什么办法呢。

刘秀君真记不清第一个夜班是怎么熬出来的。当窗外晨光四射，另一个班组人员进入车间，交完班后，刘秀君急迫地冲出了车间。尽管清晨阳光明媚，但她没有感到丝毫的暖意，相反，阳光和粉尘铺满地，像是落着一层霜花，她有些晕头转向，要不是有工友陪伴，她都忘记了去宿舍的方向。

她脸没洗，饭没吃，倒头就睡。一觉醒来，浑身酸软，双手胀痛，早饭还是工友帮她打来的，她的耳畔依旧是机器的轰鸣声。想起昨夜的挣扎，刘秀君感到如身处绝境一般，可再过几个小时，又要进入充满粉尘和噪音的包装车间，她已有走心而无守心。

"醒了，丫头？"睡在她身边的女工问道。刘秀君转过身子，瞅见一张笑盈盈的脸，这让她刚才不好的心情得到了些许安慰。一张通铺，其他女工有醒的，也有睡的。

"醒了，姐，你也醒了？"刘秀君带着几分羞涩。

"头一个夜班，你的表现真不错！"女人拢了一下满头的乱发。

刘秀君苦涩地笑着，双唇干得难受，鼻孔里塞着什么东西，呼吸不畅，听罢这位女工的话，她不知道该说些什么。

"我来水泥厂上班的第一天，哪有你这样精神，现在好了，熬过来了。"这位女工笑着说着，鼻洼处看上去还有没洗干净的粉尘。

这时，床铺北边的女工披头散发地翻坐起来，一脸瞌睡样儿地看了看窗外，迷迷糊糊地说："看太阳，白班快下了。"她又看看身旁的刘秀君，努力把眼睛睁了睁，"你们俩已经睡醒了？"捋了一把乱发，又直条条躺下去，"哎哟，我的妈哟，瞌睡死了。"有气无力地说了一句。

"我们再睡会儿，要不这帮姐妹醒来，会埋怨咱们吵醒了她们。"女人小声对刘秀君说了一句，又合上了眼。刘秀君却再没有一点儿睡意，她盯着房顶，想着心事。她在回想王兴国那张脸，以及脸上的每一个表情。她是那样想他。如果不是王兴国，她现在还跟在蒋秀梅的屁股后面到处乱转。想到蒋秀梅的反差和变化，她感到无奈，真是人心隔肚皮，很难看透。她咬着嘴唇，心里默默发誓：不论这个世界怎么变化，她的初心不能变；不论这里的活儿多苦多累，都要坚持，不能叫蒋秀梅取笑和看不起。

此时，刘秀君有些想家，她不知道自己从学校出走后，家里乱成了什么样子。奶奶是最疼爱她的，她走了，奶奶一定成天抹着眼泪。身体虚弱的妈妈，一定急坏了。弟弟妹妹，一定嚷着叫父亲找自己。但刘秀君不敢仔细回想父亲的那张脸，它始终都是那样严肃，她觉得父亲那张脸就像木板雕刻出来的，只要心头一有父亲的影子闪过，她就感到浑身凉飕飕的。她相信自己可以用语言打动家里其他人，包容理解她的行为，但是唯独说服不了父亲。她觉得不等自己开口，父亲就已经知道自己的所思所想。她尽量控制着思绪不去考虑父亲，以免让自己的心境变得更糟。她不知道自己什么时候才能打开心门让父亲走进来，虽然她知道父亲是爱自己的，但是此刻，父亲如同一块磐石横亘在她的面前，她思想中所有的美好路径似乎都被父亲阻挡着。

"不经一番寒彻骨，怎得梅花扑鼻香。"刘秀君时时刻刻用这句诗鞭策鼓励自己，她深信希望开始的地方，就是自己拥有自食其力能力的时候。她终于坚持上完了第一轮大夜班，精神也慢慢恢复过来，渐渐地和班组里的其他姐妹们也熟悉亲昵起来，她不再感觉上班沉闷可怕，反倒多了不少乐趣。正在此时，她又收到了王兴国写给她的第一封来信，真可谓喜上加喜，她感觉自己是天底下最幸福的人。

秀君：

你好！

乌鲁木齐一别已经有些时日，不知道那边的工作生活你适应了没有。我知道水泥厂的工作对你来说苦了一点，但它锻炼人，对你今后有好处，希望你好好努力，争取在水泥厂考试中拿个好成绩，再逐步调到有技术的工作岗位。

说实话，我没有一天不想你。突然说出这句话，我一点儿都不怕你笑话，因为这是我心里真实的想法。在阳坡村第一眼看见你的时候，我就觉得像是在哪儿见过你，换句话说，在我姐家那一刻，我就喜欢上了你。你一定看着信在笑我吧，秀君，只要你感到开心，你就笑吧。我知道你从家里来到口外吃了不少苦，受了不少罪，在我姐家和我们家都让你受了委屈，虽然你没有说，但我能感觉到。我知道你憋着一肚子话，不知道给谁说。今后，你想说什么就痛痛快快地给我说吧，千万不要藏在心里，那样会很难受的。

有时候，最重要的变化起步于很小的地方。送你去厂里的路上，好想攥着你的手，再也不分开。说句丢人的话，你不知道那天我是怎样撇下你从乌鲁木齐回来的。不知道为什么，回来的路上，我的心情格外沉重，好想跑到没有人的地方大哭一场。我不知道你心里是什么感受，但是我要告诉你，我喜欢你，秀君。从乌鲁木齐回来后，我没有一天不想你，我根本控制不住我自己，想你的时候，我看天都白乎乎的，吃饭一点味道都没有。你是不是又在笑我，我可说的都是大实话。

最近，我们矿上请不上假，但我尽量想办法，一有时间就去看你。为了坚决贯彻执行"抓革命，促生产"的方针，过段时间我们矿上还要开展评选积极分子活动，到时我们得天天在井下加班，我真不知道想你的时候该怎么办。

稀里糊涂说了一大堆，让你见笑了。最后，祝你天天开心，等着你的回信！

想你的人：王兴国

1966 年 7 月 21 日

刘秀君读完来信，不由一阵忧伤，泪水婆娑，她突然感到王兴国是那样孤单，没有亲妈，矿井下又黑又冷，远不如水泥厂，她禁不住倒吸一口凉气，拿着信自言自语："兴国哥，你想错了，我咋会笑话你呢。"

正在这时，她手里的信被一起上班的一个姐妹噌一下抽走了，整个宿舍瞬间响起溪水溅落般的笑声，有声音已在朗读："说实话，我没有一天不想你""送你去厂里的路上，好想攥着你的手，再也不分开"。

"哎哟，这说得我身上直起鸡皮疙瘩，这是谁啊？刘秀君。""真看不出来，已经有人盯上我们班的这朵花了。"姐妹们攒聚在一处，有人挑着信里抢眼的句子读，其他人你一言我一语地和刘秀君开玩笑。刘秀君虽羞得脸红，其实这心却浸润在无限的幸福和无比的喜悦之中。

蒋秀梅跟着王德贵无所事事地在后峡煤矿闲转，王兴国也不好直言，索性由她去折腾。过了几天，刘玉仁来矿上找蒋秀梅，叫她回康平和他哥去领结婚证。蒋秀梅甭提有多高兴了，神采飞扬，她就在等这一天，还哪管王德贵的感受和看法，随意地说了几句分手话，就扭着屁股和刘玉仁走了。

一路上，蒋秀梅有意将手腕上的手表亮出来。刘玉仁问："嫂子，哪来这么好看的手表？""我自个儿买的，"蒋秀梅不屑地说，"那自个儿不买，还有谁给我买啊。"

"嫂子，我可给你说，我哥那人你不是不清楚，这表要是你买的，我哥会给你钱，"刘玉仁红着脸说，"要是别人买的，我可提醒你，千万别让我哥知道。"

"就是别人买的，怎么了？你哥就那么小心眼？""照这样说，手表是别人送你的？"刘玉仁瞥了一眼蒋秀梅。"我可没那样说。"蒋秀梅反唇相讥。

见蒋秀梅又回来了，刘玉才父母显得异常高兴。但是，蒋秀梅一看坐在炕上的刘玉才舅舅，霎时间羞得满脸通红。刘玉才的舅舅不是别人，正是碰上她和刘秀君睡在稻草堆里的那位好心大叔。

"这个丫头咋也在？"没等刘玉才的父母介绍，刘玉才的舅舅就怔怔地看着蒋秀梅。

"你认得秀梅啊？她就是我给你说过的玉才的对象。"玉才母亲的目光游离在蒋秀梅和玉才舅舅之间。

刘玉才舅舅上下打量着蒋秀梅说："这不就是前些天和一个小丫头晚上睡在我们队稻草堆里的那个女娃娃嘛，第二天我们拉草刚好碰上。哎哟，当时你们没看见冻得那个可怜，我给领到家里暖和了一阵子。"

蒋秀梅认为刘玉才的舅舅给她当头泼了一盆凉水，又好像她光艳的外衣被人撕去，将裸体丑陋地暴露在别人眼前，令她非常难堪。

"秀梅，这是玉才他舅，看来你们早都认识啊。"玉才母亲给蒋秀梅介绍着。

蒋秀梅吓得不敢正视玉才舅舅，只是用余光偷窥了一下，似乎他对自己的秘密了若指掌。

"不成亲了是两家，成了亲了是一家，往后也就是你舅舅，你还有啥害羞的。"玉才父亲粗声粗气地说。

蒋秀梅勉强微笑着和玉才舅舅打了个招呼，很不自然地退出屋去。

初夏的阳光格外灿烂，大地上的小草已经展开嫩叶，第二天刘玉才和蒋秀梅一同去柳南公社办理结婚证，不巧公社办证的同志不在，他们白跑了一趟。回家的路上，刘玉才意外地问起了蒋秀梅手腕子上那块表是谁买的，虽然自从见了玉才舅舅以后，蒋秀梅再没有特意将那块金灿灿的手表从袖子里外露，但是刘玉才还是问了起来，蒋秀梅知道是刘玉仁说的。蒋秀梅犹豫着，本想理直气壮地说是自己买的，却心里又发起虚来，正在思考如何回答之际，刘玉才已看出了端倪，哈哈哈的一串冷笑，弄得蒋秀梅一时没了方寸。接着刘玉才把一句让她震惊的言语抛在了当面："真不要脸！"

这句话让蒋秀梅一下受不了啦，她大声地问："刘玉才，你说啥呢？"

刘玉才指着蒋秀梅的脸说："我说你呢，神仙姐姐，像你这种人，唾到脸上都不知道擦，要是有钱买手表，还会钻在草堆里过夜？"刘玉才的指责使蒋秀梅也来气了："你以为你是谁啊，刘玉才，我告诉你，蒋秀梅还要你来说三道四，真是笑话，手表是谁买的你管得着吗？反正又不是你买的。"

"好好好，我刘玉才一百二十个赞成你这句话。从今儿起，你就不要再死皮赖脸待在我们家了，去找给你买手表的那个人去，别人上心你呢。"刘玉才愤怒了。

话说到这个份上，蒋秀梅并没有和刘玉才计较，她淡淡地笑着说："好啊，刘玉才，你以为我蒋秀梅离了你就没有活路了？"然后盯着刘玉才，发出一阵令人阴冷的笑声，"你想错了，刘玉才，天下这么大，随便跨一步，哪儿不是我蒋秀梅的路，你别吃不到葡萄就说葡萄酸，今后你和我就脚腕子上绾绳绳儿——拉倒。"

蒋秀梅可不想让刘玉才骑在自己头上作威作福，更何况她觉得刘玉才是死心塌地爱着自己，在她和刘玉才之间，能够飞扬跋扈的也只能是自己，她要让刘玉才向自己道歉。她认为他看到自己略施伎俩之后肯定会跪地求饶，求她原谅。

其实她错了。

41

刘和顺在于连成家暂住下来，一有时间他就会找赵德强谈心说话。于连成主要负责放养农场的三百来只羊，每天羊只从圈里涌出，如潮水漫过一般。虽然戈壁滩广袤无垠，但是羊只里面也有不合群的，有时候难免会走失。于连成一个人放管这么多羊，确实有些管顾不过来，他已经不止一次向场部反映过情况，让再派一个人给他帮忙，可事情终归因为没有合适人选被一再耽搁。这次刘和顺的到来，他无论如何都要向场部申请让刘和顺给自己帮忙。经于连成再三努力，农场领导终于同意让刘和顺暂时留下来帮于连成赶羊，顺便干些农场里的其他活儿，一个月期满，再看情况。暂时有了混口饭吃的营生，刘和顺自然十分珍惜。

刘和顺每天跟着于连成把羊赶到充满生机的草原放牧，看着铺了一层云朵似的羊群在草原上时而奔跑嬉戏，时而驻足啃草，整个草原在它们的点缀下色彩斑斓，风光无限，他的心情不禁动荡起来，像翻腾着的浪花，一浪高过一浪。刘和顺感到在这里，他的心胸开阔了、敞亮了，全身的每一个毛孔都变得通畅起来。有时候天上雄鹰飞过，会激发他无限的豪情，向往着有朝一日干出一番像样的事业，成就自己的梦想，成为母亲和妻儿坚实的依靠。但眼下，他需要从具体而微小的事情做起。

当母羊在草原上产下羊羔，他都会细心地和于连成一起给羊羔配奶，让它们尽快地吸吮到母羊的奶汁。偶然碰上母羊难产，他也会在于连成的指导下，用中指和食指紧捏已经外露的羊羔腿小心拉拽，湿漉漉的小羊羔便顺利地从母体娩出，看着它们安然无恙地躺在草地上，心底总会生出一种成就感。天凉时，他就把羊羔裹在怀里，用身体温暖它们，也让小家伙免受跑路的劳累，还可避免其他羊只踩踏到它们。他觉得羊羔就像自己的孩子一样，他就是它们的父亲，他应该全身心地呵护它们，让它们快快长大。

他喜欢听小羊纯净而甜美的咩咩咩的叫声，这叫声能够清理他心头的杂乱和烦恼。每天当羊群随着西斜的残阳进圈的时候，那些关在圈里的小羊咩咩叫着、蹦跳着、撒着欢儿，守在圈门处望眼欲穿。这时哺乳的老羊总会急不可耐地跑进圈舍，用头蹭、用舌头舔舐小羊羔，小羊灵活地摆动着小尾巴，饿急了的样子，跪在地上噙住母羊的乳头，一下又一下使劲自足地吸吮。羊羔跪乳的情景，总让他想起妻子张娜，想起小红，想起虎娃……让他陷入无尽的沉思之中。

一个月时间很快满了。这天傍晚，于连成看见刘和顺守在羊圈门外一副伤感的样子，猜透了他的心思，跟他说："看着羊羔吃奶，是不是想家了？口里日子也不好过，你干脆把户口报到农场算了，往后再想办法把家搬来。"

刘和顺苦涩地笑笑说："于叔，报户口可没那样容易吧！我这要证明没证明，要才能没才能，和'盲流儿'一样，农场会要吗？"

"好事多磨嘛，试试看。"

第二天于连成就领着刘和顺去找工作组，把一个月以来刘和顺在农场干活的积极表现详详细细说了一番，工作组的几位同志听了非常高兴。但当于连成建议把刘和顺的户口落在农场时，刚才还绽放在工作组同志脸上的笑容像被风吹散了一样，个个立马严肃起来，有位老同志指着身后说："咱们农场，没有证明的人报户口那是绝对不行的。"

于连成笑着说："你们仔细研究研究，他的情况特殊，最好能给报上。""老同志，不是我们不给报，是不符合条件不能报。"于连成还想央求，刘和顺悄悄扯了扯他的衣服说："算了，于叔，有政策，我们就不要为难工作组了。"

从工作组办公的地方出来，于连成不知所措，看着刘和顺说："报不上户口可咋办呢？""咱们回去吧，于叔，还能咋办。"刘和顺强打精神说。

得知刘和顺报不上户口，赵德强也着急，也跑了两趟给工作组说情况，可没有出生地开的证明，工作组依旧不予办理。赵德强很不甘心，又去找农场政委，但还是无济于事。

已经在农场待了一个月多时间的刘和顺给这里的住户留下了非常好的印象，可因为没有证明报不上户口要走人，闹得好多住户心里很不是滋味儿。刘和顺思来想去，老待在于连成和赵德强家里打扰人家也不是办法，最后他决计还是走人。

他把自己的打算告诉了于连成和赵德强，于连成听后眼泪汪汪，可一点儿忙都帮不上，赵德强十分懊恼，心里埋怨工作组不讲情面，可嘴上却不敢表达任何言语。

正当刘和顺收拾要离开惠泽农场的时候，有个安徽老乡气喘吁吁地跑来告诉他："你咋不去找找田场长呢？去给他说说情况，说不定能报上户口。"这位老乡语气诚恳,一句话点醒了梦中人。

已经对报户口失去信心的刘和顺说了几句感谢的话,还是决然地背起褡子要走。"和顺,田场长那里咱们还真没去,不妨去说说,兴许还就报上了。"于连成语重心长地说。"我看可能性不大,还是让我走吧,于叔。"刘和顺显得没有精神。

站在旁边的赵德强阴郁着脸说:"真看不出来,当年在建筑队叱咤风云的刘和顺今儿也成尿汉了,户口报不上就不想办法了,又不是没吃没喝的。我和于叔啥地方亏待你了,你还一个劲儿甩着头要走人!"刘和顺被赵德强说得无言以对:"好好好,不走了不走了,往后你们赶我,我都不走。"惹得几个人哈哈大笑起来。

为了报户口,虽说已近下午收工时间,刘和顺还是去找了田场长。田场长是一位抗美援朝的转业军人,看上去四十岁上下,眉目清秀,说话时总带着微笑,给人一种亲切感。刘和顺向他说完情况后,田场长关切地问:"你现在在哪个连?"

"八连。"

"八连谁家?"

刘和顺说:"大多数时候在于连成家,隔十天半月,也去赵德强家住一两天。"

"你来有多长时间了?"田场长神情专注地盯着刘和顺。

"一个多月。"

田场长眉头锁了一下,没有说话。

刘和顺长吁一口气,无可奈何地说:"现在我都不知道该咋办了,回老家嘛,一分钱没有,不回去嘛,没办法。就是回去了,家里困难着也待不住啊。"陷入无尽的忧伤和悲苦之中。

田场长笑着说:"都不是什么事情,你先回去,让赵德强来。"声音柔和细软。听田场长话里的意思,报户口好像有了希望。

刘和顺一路小跑来到赵德强家,把田场长的话一五一十地告诉了赵德强。赵德强这才说:"田场长我认识,前些年我在场部赶马车他还坐过,后来人家当了官,我就很少接触,老远看见就躲了。"刘和顺不禁大笑,指着赵德强说:"我咋就没那么好的运气,我要是田场长的马夫,今儿非缠着他给个一官半职不可。"

"咱这是有自知之明,换了你刘和顺,还不是抹布捏得水淌呢!"

刘和顺笑着说:"都好些日子了,不,自打从油田出来后,几年都没有这样子说过话了,班长,这回就全靠你了。"

"那会儿的屁早都让风吹得没影儿了,你还在这里熏我,啥班长啊。"赵德强瞪了刘和顺一眼,"再不要'班长班长'的糟蹋我了,我这就过去田场长那问一下报户口的情况。"

刘和顺满怀希望地看着赵德强奔场部去了,暮色掩映下,他的身影渐渐淡去。

晚上,赵德强回来了,刘和顺倒没急着要结果,他是担心事情没有进展,反而让赵德强不好意思,便说些不着调儿的玩笑话逗赵德强。

赵德强好像比刘和顺还着急,说:"真是皇上不急太监急,你难道就不想听听田场长是咋说的?"

"田场长咋说的?"刘和顺这才神情紧张地盯着赵德强。

"田场长说,他明天到这面来开个会,让你过去,指导员和工作组的人都在,你写好申请,当着大家的面交上去,看大家是什么反应。"

刘和顺说："这事虽难办，可写申请没啥难的。" 当夜就根据实际写好了申请。次日上午，旭日东升，晨光使整个惠泽农场活跃起来。

刘和顺站在赵德强家门口，看着田场长他们骑着马往队部方向去了，刘和顺揣着写好的申请跟了过去。

队部大院里来了很多人，田场长、工作组和指导员他们坐在几张桌子拼凑的主席台上，指导员正在振振有词地讲着话，会场显得异常安静。讲到最后，指导员特别强调："眼下从各地来口外的人员很多，我们要切实做好农场的户口审核工作，千万不能让修正主义在咱们这里钻空子，对于'盲流儿'和没有身份证明的人，我们要毫不手软送他们到收容所，遣返回老家。"

正在这节骨眼儿上，刘和顺来到会场，只听到指导员讲的"我们要切实做好农场的户口审核工作"这句话，自以为同意他报户口，心情一激动，后边讲的根本就没听清楚。会议还没结束，他就急忙把写好的申请交到了田场长的手里。田场长看了之后，又将它转给身边的工作组，表现得十分不高兴，摆摆手说："你先回去，明天跟着大家一起去平瓜沟。"刘和顺悻悻地离开会场。

一连五天过去了，根本没人理会他，那种等待的心焦使他坐也坐不住，睡也睡不好，茶不思，饭不想。第六天，刘和顺被分配帮助种啤酒花，刚到田间，一位二十多岁的小伙子快步来到他身边问："你就是刘和顺吗？"

"嗯，我就是。"刘和顺迟疑了一下，"有事情？"

"我是新来的排长，我姓何，你已经编进我们排了。"小伙子的语气像是欢迎刘和顺，"这两天你暂时在这里帮着种啤酒花，再过几天，就到排里来干活。"

"啊？"刘和顺像在做梦，半天才醒悟过来，小伙子已经走出老远，这才自言自语道，"这下问题总算解决了！"他的心里一阵窃喜，浑身涌过股股暖流。再看天地，绚丽的阳光映照在农作物叶面的小露珠上，小露珠就像小镜子一样，辉映得大地五彩缤纷。

刘和顺在惠泽农场帮着种了五天啤酒花，第六天就去了排里，也算半个口外人了。

随着夏天气温的回升，排里的牛羊马匹也该赶到牧场放了，于连成骑马带着随行的东西搬到草场地窝子去了。送完于连成，刘和顺回到排里给他临时安排的住处——牧人走后腾出的土房子，不由悲戚。女儿小红仍旧没有一点儿消息，半个月前于志军从乌鲁木齐捎来口信，说问过几个收容所，都没有小红的下落，而且，他在农场的户口还是没有着落，一个人的时候，这些问题如同寒霜一层一层铺在心上，他不知道这样的煎熬什么时候是个头。但是他也一遍遍告诫自己，一定要坚持下去。无论是修渠道、灌农田，刘和顺都会第一个出现在劳动工地，拼命地干活，谁都不知道他心里的阴郁。

一天午饭后，刘和顺躺在屋子里歇缓，何排长叫他去连里领工作服。他似乎不太相信，迟疑地瞅着何排长问："我也有工作服？""怎么没有啊，赶紧去吧。"

刘和顺兴致勃勃地跑到连里，抱回一身华达呢浅黄色工作服，还有军用被子。回来掩上屋门，爱不释手地将衣服和被子翻来覆去地看着、摸着，可他舍不得穿，舍不得盖，把工作服和被子叠得整整齐齐放在铺板上，自己仍旧盖着牧人丢下的破烂被子和以前穿过的旧衣裳。

过了半个多月，正逢星期天场部休息，刘和顺实在按捺不住，思量再三穿上了新发的工作服，崭新的布料泛着淡淡的香味儿，他不停地抽动鼻孔嗅着，那味道令他陶醉。可另一种异样的感觉同时充斥着他，他感觉自己穿上工作服后会更加丑陋，简直像怪物一样。他不停地摸着衣服的翻领和前胸的五粒胶木扣子，极想极想出去转一圈，让穿上工作服的自己感受感受阳光洒在身上的滋味儿。那一定会是完全不一样的自己，他大脑里充满很多可心的想象。可他突然又不好意思起来，穿上新衣服在众目睽睽之下，场部的人见了他一定会投来惊奇的目光，或许还会笑他是在夸新衣服，不，他们怎么会笑他呢，他们除了夸赞和为他感到高兴外，肯定会说他穿上工作服后更精神。

刘和顺鼓足勇气，穿上工作服在外面兜了一圈儿，他的脸发烧，浑身燥热，太阳似乎比平时热好多倍。转了没多大工夫，就仓皇地回到土屋，他觉得自己从来没有这样狼狈和胆小过，长叹一声小心翼翼地脱下工作服，庆幸没有碰见农场的熟人。他把衣服按照原来折叠的痕迹重新叠好，放在被子上面，这才松宽地蹲在地上，瞅着刚刚放好的衣服一个人偷偷发笑。他想穿着它到月儿湾，让父老乡亲看看，让母亲妻儿看看、摸摸，那该有多好啊！"我刘和顺在口外立住了。"

两个星期过去了，王兴国还没有收到刘秀君的回信，思念像疯长的野草折磨得他寝食难安。于是，他向矿上请假去乌鲁木齐水泥厂看看，一路上他感觉卡车的速度太慢，恨不能插上双翅飞到刘秀君的身边。

说来也巧，刘秀君刚刚轮班准备休息一天，水泥厂看大门的老大爷传话说有人找。从宿舍出来，刘秀君远远就看见了站在厂门外的王兴国。阳光下，他穿一件军上衣、浅蓝色裤子和一双黄胶鞋，显得格外精神。刘秀君感觉自己在做梦，朝思暮想的心上人刹那间出现在眼前，她简直不敢相信自己的眼睛，梦里常常出现的那张脸，一双让人瞅上去能洞穿心底的眸子，真切地出现在自己的面前。

刘秀君再也抑制不住兴奋，快步跑去抱住了王兴国，全然不顾身后一帮姐妹嘻嘻哈哈的笑声和"哎哟，羞死人了""刘秀君，你也太大胆了"的取闹声。这些话刘秀君根本没有听见，此刻，她的头脑中只有王兴国一人，其他声音似乎被屏蔽了。

王兴国也义无反顾地迎了上去，伸开臂膀接住了跑过来的刘秀君。刘秀君扑在王兴国怀里，羞怯怯地将头贴在他的胸前，她的心脏剧烈地跳动着。王兴国抱着刘秀君，下巴触在刘秀君的头发上，一股清香沁人心脾。

两个人沉浸在这相逢的美好感觉中，直到被班组姑娘们的喝彩声和鼓掌声惊醒。刘秀君这才意识到自己刚才的举动太过显眼，还未从王兴国的臂弯里挣脱出来，脸上已挂满焦烧的羞红。姐妹里有人大声说："刘秀君，你这见面礼可真丰厚，干脆就这样一直抱下去，也让我们好好感受感受爱情的力量。"

"这就是那个给我们秀君写信的人呀，你真有福气，第一次来就受到这样的优待。"姐妹们七嘴八舌说开了。如此，刘秀君刚才的羞涩反倒没有了，扭头对她们说："去去，就知道看人家的热闹，"又转过头来对着王兴国笑着说："兴国哥，不要理她们。你咋说来就来了？"

"再不来我就没法活了。"王兴国说。

"为什么？"

"想死了呗！"

刘秀君拽了一把王兴国的衣袖，假装生气地说："你这是啥话呀？"其实她好想与王兴国手拉手，但当着姐妹们的面，又不想太主动。

"先去我们宿舍吧，兴国哥。"一帮姐妹一哄而上簇拥着两个人进了宿舍，又都互使眼色悄悄溜走了，她们知道这样的时刻弥足珍贵，谁都不想打扰他们。

可刘秀君知道，姐妹们白天若休息不好，这晚班就坚持不下来，她只告诉王兴国她住的位置，换了件衣服，便与王兴国走出了宿舍，向水泥厂大门外走去。

太阳西下，却依然火辣辣的，戈壁滩犹如烤炉，灼人的热浪席卷着每一寸土地，使人喘不过气来。王兴国、刘秀君手拉着手漫步在工厂门前大路一侧的白杨树下，缓缓地走着、说着，没有一丝一毫的距离，能清晰地嗅到彼此的气息。大地上的每一簇绿意似乎专为他们而生，西下的巨大红日，就是他们爱情的见证。

"兴国哥，要是我们两个每天都在一起该有多好啊，不知道下次我们什么时间才能见面。"他们刚刚见面，刘秀君已在想下次见面的时间，便情不自禁地把头靠在了王兴国的肩膀上。

"道路阻隔不了我们心中的距离，在矿上不论多苦多累，一想起你，我浑身就有使不完的劲，感觉你一直在我身边。"王兴国深情地用胳膊揽住了刘秀君的臂膀。

"车间里辛苦吧？"王兴国关切地问刘秀君，并停下脚步把刘秀君的手托在自己的手里仔细端详着。

"早习惯了，我这手现在都快成老虎钳了。"刘秀君说着，将一只手伸在王兴国眼前攥攥，以示力量。

"刚进车间那会儿，真还受不了，每天背着包装袋往车间走，我心里就害怕，真想跑了算了，可一想到你，我就咬牙坚持着，如果我这样跑了，还不让蒋秀梅把我笑死。"刘秀君说着，突然想起了蒋秀梅，"对了，兴国哥，秀梅姐她干啥呢，找到工作了吗？"

"她呀，还是跟着王德贵在后峡煤矿和康平一带胡转悠，有时间还装模作样地背着背篼混在人群中在煤堆上捡石头挣几个小钱，再不要提她了！"王兴国叹息一声，"毛主席说劳动最光荣，你可要在水泥厂好好干啊，咱们都是农家娃娃，可不能浮皮潦草，干啥都要踏踏实实的。"

刘秀君点着头，好像十分听话的小孩子。"兴国哥，在我们新进厂工人的测试中我考了第五名，听说下月我就调到操作岗位了。"刘秀君嘟着嘴，自豪地看着王兴国，"你高兴吗？"

"当然高兴，换操作岗好啊，说明领导对你重视。"王兴国又若有所思，"不过比起包装车间来，操作岗上更操心，特别是晚班，一个盹儿都不能打，运行的机器可都是铁家伙。"

"兴国哥，你给了我这次机会，我要好好工作，这辈子都要报答你。"刘秀君目光悠长，仿佛看到了与王兴国的美好未来。王兴国紧紧握着刘秀君的手，几乎集聚了手腕上所有力气，但是刘秀君并没有喊疼，而是静静地注视着王兴国的那双眼睛，一股发自内心的幸福泪花充盈眼眶，似乎在说："兴国哥，你就考验我吧，刘秀君不是个爱哭的姑娘，跟着你就是受多大罪，吃多少苦我都乐意。"过了一会儿，王兴国松开手，再看刘秀君的那只手，已留下几道红中透青的印痕。刘秀君泪花点点，傻傻地笑着，不想拒绝王兴国这种示爱的方式。

终于，她忍不住了，一把揽住王兴国的脖子，在他的脸上深深地亲了一口，接着又亲了一口，千言万语激荡于胸，但她选不出合适的语言，只能深情地痴痴望着。

晚霞映衬下，他们坐在一棵枝叶茂密的沙柳下，王兴国的脸憋得通红，结巴着说："秀君，我……我想问你一句话，让你做我的媳妇儿，你愿意吗？"

刘秀君目不转睛地盯着他红红的脸："兴国哥，你傻啊，从你把我领到水泥厂工作的那一刻起，我就认准你了。"听罢刘秀君说的话，两个人的身子慢慢地依偎在了一起。

就在彼此接触的一刹那，王兴国的心像提到了嗓子眼儿，呼吸急促，有种从未有过的感觉。刘秀君像关心孩子一样抚摸着心上人的头和脸，王兴国乖巧地低头感受着这种幸福。忽然，他内心轻轻地呼了声"妈——"是啊，多少年来，他还没有像今天这样如此近距离地接触女人，感受母爱一般的爱。

夕阳下，戈壁滩渐渐地镀上了一层金光，静谧而安详。

后峡煤矿，蒋秀梅懊恼地躺在女工工棚的木板上，她把手腕伸在眼前不时地抖动，手表光芒闪烁。她忍不住发笑，感觉自己的感情和这块手表一样，她只在乎它的好看和佩戴在手腕上显示不一样自己的感觉，至于送表人是谁却无关紧要。偶尔从矿区学习班传来学习文件的声音，她知道王德贵也在那里，一想到王德贵，她心里有种说不出来的滋味儿，刘玉才的影子像挥不去的噩梦，老在她眼前出现。

蒋秀梅没有想到刘玉才真会一脚把自己踢了，原以为他对自己的喜欢要超出自己对他的喜欢，而结果恰恰打了一个颠倒。然而，连蒋秀梅自己都觉得自己和刘玉才之间儿戏的成分居多，至于爱啊、情啊之类的，到底有没有，她也说不上来。可毕竟她是千里迢迢奔他而来的，如果就此了结，仿佛刘玉才扇了她一记响亮的耳光，这口气难以咽下。

接下来，该如何打算，蒋秀梅忽又想起了刘秀君，这个不谙世事的姑娘，简直是愚蠢的代名词。蒋秀梅早就将她忘了，似乎不曾带着她一同上口外，但又真真切切复归于有她的世界里。蒋秀梅感觉自己和刘秀君，就好比牡丹和牵牛花一样，前者雍容华贵，而后者只能羞答答趴在山坡上开放，刘秀君甚至连牵牛花都不是，充其量就是狗尾巴草，而且还带着一股酸酸的臭味儿。就是这根狗尾巴草，还不知天高地厚地想在口外找工作、寻爱情、谈理想。她早就用锅底灰把她圈了，谅她也不会有什么新发展。可自己的表弟王兴国居然偏偏帮着那个狗尾巴草，给她找到了工作。蒋秀梅自信，就是天底下所有男人都放弃了自己，最后自己的表弟王兴国也会要自己，虽然王兴国没有亲口向自己表白过，但是她能清晰地感觉到他是喜欢这个表姐的，而且那种喜欢是根深蒂固的，从来都不曾外露过。

蒋秀梅完全不知道自己的虚荣心、自负心、嫉妒心已将自己吞噬。她信手从身边的小包里拿出了一样东西，是高治峰寄给她的一个信封，信封里的书信早都不知道弄哪儿去了，是烧了还是撕了，她都记不清了。她烧过、撕掉高治峰的来信已不在少数，她讨厌高治峰给她的来信，那些没有任何甜言蜜语的书信，顶多就写"你好吗"三个字，从来都没有出现过"亲爱的""爱你"等这些让她奢望的词语。

此刻的这个信封，一样让她生厌，但它里面装着值钱的物件儿，她用食指和拇指轻轻地扯出了几张纸，这就是刘秀君在火车上被盗的空白介绍信。刘秀君为丢失这几张盖了印章的介绍信遭受了蒋秀梅的埋怨和自己内心的谴责，但是谁都不会想到，这些空白证明居然是蒋秀梅趁刘秀君熟睡时偷走的。她本想凭着这些介绍信去想去的地方，当然还要借助它们领到自己和刘玉才的结婚证。而现在，这些似乎与她已经毫不相干了。她把它们捏在手里，又拿在眼前晃悠，想抛掷空中，看看它们纷纷下落的样子，又想撕掉它们。

"小笨蛋，小傻瓜，你的东西在姐这里呢。"蒋秀梅噘着嘴，那张脸展现出绝无仅有的可恶和阴险，但是她感到自己是聪明的，而且自己这株牡丹是充满灵性的。她刚想举手撕碎这些空白介绍信，听听脆响的撕裂声，一定很过瘾很来劲，却又停下了，她想自己不能就这样让这些介绍信平白无故地消失，或许留着它们还有意想不到的用处。

42

王兴国和刘秀君两个人的恋情终于明朗了，从乌鲁木齐回后峡煤矿的路上，王兴国一直在想："我要娶刘秀君，我要和刘秀君结婚。"而且这个想法非常紧迫，似乎连一分一秒延缓的时间都没有。他想首先要叫家里知道，虽然他一向反感孟氏，但这是人生大事，又不能不让父亲和她知道。

回到后峡煤矿，王兴国经过再三思考，稳妥起见，就先给家里写了封信，说明他和刘秀君的事情。父亲收到信后，喜忧参半，可孟氏非常赞同，认为这是好事，对男人说："眼看老二的个子跟枪杆一样撑在那儿，'矿上的'婚事办得越早越好。"男人摇头说："我知道这是个好事，但那丫头是从口里上来的，不知道她家是啥情况，人家娘老子同意不同意。"孟氏倒想得明白："这是个屁事，看把你愁得。现在国家提倡婚姻自由，只要那丫头愿意，娶过门就行了，她娘老子都是个闲的。"王兴国父亲还是一脸心事："让那丫头就这样嫁进来，我总觉心里不踏实，怕别人说三道四。"孟氏有些不高兴起来："能碰上这样的好事算你命大，亏你还是个男人，人家丫头喜欢咱'矿上的'，难道你不愿意？要为此出个啥幺蛾子，我第一个就到工作组那里告你。"男人显得很无奈，却又不想对女人解释什么，他早已习惯用这种沉默的方法回应她。

"抓革命，促生产""反修防修"在后峡煤矿搞得如火如荼。王德贵已好多天没有下井干活了，他庆幸刘玉才和蒋秀梅没有领证，因为他喜欢蒋秀梅，虽然他不能准确判定蒋秀梅对他有无爱意，但他想努力成就这段姻缘。只要蒋秀梅愿意，他会努力成全。他仍然领着蒋秀梅在矿区转悠，微风掀动蒋秀梅的发丝，挑弄得王德贵心里痒痒的。他不时将目光投在蒋秀梅清丽的脸上，似乎发现了她以前不曾有过的忧伤，这让王德贵有些愕然："秀梅，你不高兴？"蒋秀梅看了一眼手腕上的手表，轻轻叹息了一声，带着沮丧说："我想离开这儿，去我表姐家清静些日子。""为什么突然有这样的想法，是不是有人说了什么？"蒋秀梅显得不耐烦地摆摆手说："不离开这儿还能怎样，难道就这样不明不白地跟你晃荡一辈子？"

王德贵像受到惊吓似的，神色局促起来："秀梅，我知道刘玉才那孙子让你心里不舒服。"王德贵的话说了一半儿，蒋秀梅非常气愤地打断了他的话："再不要提他了！""好，好，不提，不提了。"王德贵伸手想揽蒋秀梅的肩安慰安慰，蒋秀梅却向前跨了一步，让王德贵揽了个空，蒋秀梅说："不要这样子，我又不是小孩，没有必要让你哄我，再说我讨厌在我面前动手动脚的人。"她说这话的时候，当初和刘玉才的事情又浮现在眼前，她不是在骂王德贵，倒像是在向刘玉才泄愤。王德贵伸出的手臂不得不垂下来，迈步跟上蒋秀梅："如果你实在想去阳坡那面，就先过去，我再过几天就回康平去，给家里说明咱们的情况。"

"咱们的情况，啥情况啊？我怎么不知道。"蒋秀梅瞅着王德贵，有些不明白的样子。

王德贵的脸上掠过一丝害羞的神情："秀梅，你是真不明白，还是假不明白？"

蒋秀梅一个劲儿地摇头说："我又不是你肚子里的蛔虫，我怎么能知道！"蒋秀梅想在王德贵这儿找到在刘玉才那里不曾找到的高贵和尊严，如同对待一只玩物，彻底将面前这位貌似对她充满爱意的小伙子把玩于掌心，经过言语的交锋，让他对自己百依百顺。王德贵哪知道蒋秀梅的心思，就故弄玄虚地说："你到时候就会明白的。"

几天不见表姐在矿上晃悠的身影，王兴国才知道蒋秀梅已经离开后峡煤矿，去了阳坡队他姐姐王招娣家。消息传得很快，蒋秀梅一到康平，王招娣就告诉了前两天回阳坡看父亲时说的王兴国的事情。"兴国给家里写信了，说他和刘秀君恋爱了，打算娶她。"王招娣想让蒋秀梅谈谈自己的看法，支个招。谁知这消息恰似晴天霹雳，一下打蒙了蒋秀梅。

蒋秀梅强装一副淡然的样子笑着说："好事啊，打我和那丫头第一天到阳坡队里的时候，我就说他俩合适，没想到发展得这么快。"王招娣可是实诚人，也信以为真，笑盈盈地问："秀梅，你给姐说说那丫头人咋样儿。"蒋秀梅冷冷地笑道："姐，你也真是的，人家兴国都要娶她了，你还和我问这些话，我给你说，那丫头是个天仙，百里挑一。"

王招娣怔怔地看着表妹："秀梅，你这是说那丫头不好吗？要真有啥不好的名声，你可要早早告诉姐，不要因为她误了兴国，那可是一辈子的大事。"

蒋秀梅显得有些不耐烦："我说你怎么就不开窍啊，姐，我给你这样说，那丫头在老家名声再怎么不好，那都是闲事儿。如果我说我想和兴国结婚，兴国他要吗？"

王招娣被蒋秀梅的话弄得稀里糊涂："你都说的啥呀，你咋又想和兴国结婚了？"蒋秀梅见表姐听不明白自己话里话外的意思，摇摇头，有些闷闷不乐："不说了，不说了，兴国爱怎么折腾就怎么折腾，那都是他的事，和我毫不相干。"王招娣愣了一会儿，感觉表妹阴阳怪气的，像吃错了药，索性不再和她理论。

蒋秀梅的心思王招娣怎能知道，为在表姐家找个待着的理由，白天他们两口子出工干活时，她则将就着把两顿饭做好。晚上，隔壁的那间小屋就是她安身的地方，黑夜漫漫，蒋秀梅每晚都睡得很迟，辗转反侧想着自己的事情，打着心里的算盘。她想只要她坚持下去，王德贵一定会在偶然的一个清晨跑来告诉她欣喜的消息，到那时候，她就可以名正言顺地待在口外，即便和王德贵很快结婚，她也乐意，就是要气死刘玉才。

一绕过去了十多天，王德贵始终没有露面。蒋秀梅突然有种不祥的预感，她再也不能这样等下去了，必须去康平二队的舅舅家打听情况，以便再做打算。就在她打算离开阳坡队的时候，表弟王兴阳带着一封电报急匆匆来找她。王招娣和王兴阳是同父异母的姐弟，但是在王招娣心里，他和弟弟王兴国一样。在继母所生的几个孩子里，王招娣两口子最不喜欢的就是惠惠和燕子。究其根源，倒不是因为不是一个娘所生，里面自是积累了生活里许多细枝末节。

王兴阳一进门就看到了蒋秀梅，像是寻到了丢失多年的宝物，他显得极其兴奋："总算找到你了，姐。"王招娣用手给弟弟擦着脸上的汗，急切地问："出啥事了，看你慌里慌张的！"王兴阳说："姑父从口里发电报来了，问我姐是不是在咱们这里，让赶紧回去呢。""什么，我们家里发电报找我？"蒋秀梅有些吃惊。王兴阳说："是啊，看样子你还不信啊，这电报都来好几天了，本来队里忙，我爸叫再等等，或许你就到家里来了，可是过了好几天也不见你影子，我爸就让我先到阳坡找找你，如果在这儿找不到，就让我去矿上找我哥。"

"这么急，家里不会出啥事情吧？"王招娣看着蒋秀梅。"能有啥事情，还不是让我回去帮着劳动。"蒋秀梅捏着电报，一脸不高兴，"我才不管呢，来个电报就要我四条腿往回跑啊！"

王兴阳不解地看看姐姐王招娣，再看看蒋秀梅，他伸手擦了一把汗说："反正我的任务完成了，回不回去是你的事。"蒋秀梅瞪了一眼王兴阳："看来你真长大了，也会这样说话了。正好，我还要问你个事情呢，你在康平这几天见过王德贵吗？"王兴阳坐在炕沿上，喝了一口王招娣端过来的水，"咋没见啊，听说王德贵和家里闹了啥别扭，矿上也不去了，到处胡转呢，气得他爹几天都没有上工了。"

王招娣给弟弟使个眼色，叫不要这样大声说。王兴阳问蒋秀梅："你咋想起问他了，会不会和他有啥事儿？"虽然是一句不经意的话，但蒋秀梅感到心里好像被表弟刺了一下，她腆笑着说："你这娃娃，我和他能有啥事啊。"毕竟经历了和刘玉才的事情，蒋秀梅感觉多多少少于她是一种羞辱的事，再提及和王德贵的事情，她不得不掩饰一番。

王招娣和王兴阳谁都没有在意蒋秀梅的表情，他们姐弟关心的倒是那份电报。

王招娣自是不敢再多挽留，第二天她早早收拾饭菜让秀梅和兴阳吃了后赶回康平去。

蒋秀梅多么期望着能在去阳坡的路上遇见王德贵，这样她就可以当面质问他，为何食言。她不想就这样默默地接受王德贵的冷处理，她要在这件事情上找回自己的面子。

十多公里的路途，虽然不时有三三两两的路人走过，王德贵的身影一直没有出现，这让蒋秀梅有些失望，心情不好加上走路的劳累，言语比平时少了大半，那张俊俏的脸蛋上阴云密布。王兴阳感觉表姐藏着一肚子心事，也不敢问，生怕一出口就会吃表姐的闭门羹，只好用脚踢着路上的石子，边走边踢。

两个人走得很慢，摸黑才到康平二队，一跨进家门，油灯下新增的一张面孔使蒋秀梅怔住了。这是一张有着明显男人特征的脸庞，短发，浓眉，炯炯有神的眼睛，高挺的鼻梁，宽厚的下颌，整个人看起来十分精神。蒋秀梅跨进门槛的脚稍微停顿了一下，才将门槛外的另一只脚提进来，随即笑盈盈地朝那男人问了一句："你咋来了？"

这人不是别人，正是高治峰，是口里老家给她定的对象。

高治峰将搁在炕沿的一条腿落到地上，站了起来，非常镇定，语气干练地说："秀梅，我引你来了。"

王兴国父亲坐在炕上，咳嗽了一声，打破了屋子里小小的尴尬："小伙子，快坐到炕上来。"高治峰回头冲王兴国父亲微笑着点点头，又坐在了炕沿上。蒋秀梅的脸色有些不大自然，她知道舅舅和舅妈已经完全知晓了自己在老家的婚约，强装出没事的样子，言不由衷地说："你引来了就好，咱们回呗。"

高治峰不自主地发出哼哼两声鼻音，然后直着腰板扭动了几下脑袋，似乎是脖子有些不舒服。在这个男人面前，蒋秀梅感到自己的颜面和尊严落了一地，连同屋子里的空气都让自己窒息。她涨红着脸，转身走出屋子。

王兴阳也对屋子里这位身材魁梧的陌生男子产生了疑问，表姐出去了，他才问坐在炕上的父亲。没等父亲回答，高治峰便开口说："我叫高治峰，是你表姐的对象，这次上来是专门引她回去的。"听罢高治峰的话，王兴阳简直蒙了，她真搞不明白表姐蒋秀梅想干些什么。

当晚，在另一间屋子里，蒋秀梅把从刘秀君身上偷来的那些空白证明交给舅妈孟氏，让她把这些放好，或许有用得上的地方。孟氏看着蒋秀梅，再没有说一句话，想到前前后后的很多事情，以她的脾气，真想把蒋秀梅从这门里撵出去。

凭孟氏对蒋秀梅的了解，蒋秀梅怎么也得和高治峰来些口舌之争，可她这一次表现得非常冷静，直至第二天高治峰带着她离开，她都是笑嘻嘻的，没有一点生气的样子。其实蒋秀梅不想在舅舅家里闹出什么动静，是怕刘玉才家和王德贵家知道了，会把她说得一无是处，更让舅舅家在村里抬不起头。她想等离开康平村，再好好出出心里的恶气。

从康平村一出来，两人就展开了空前激烈的口舌战。高治峰将心中的怨愤一股脑儿抛掷给蒋秀梅，骂她丢尽了家里人的脸面，千里迢迢跑到口外嫁汉来了。蒋秀梅的心里本来就憋屈，和刘玉才闹了不愉快，又和王德贵演了一出哑剧，最让她郁闷的是，一直对她百依百顺的刘秀君也弃她而去，竟然和自己表弟王兴国好了。到头来，唯有高傲尊贵的自己承受着现实丢给她的一切。高治峰居然敢骂自己是千里迢迢上口外嫁汉来了，这简直就是往她心上捅刀子。

蒋秀梅不想再沉默了，甩开膀子破口大骂："你以为你是谁啊，高治峰，亏你还是个当兵的，我蒋家的女子也不是你这样骂的。"青天白日底下，蒋秀梅有意将手腕子上的那只手表露出来，让高治峰看看。

"你水性杨花，遇多少个男人就跟多少个男人。"

"你根本就不配做男人，连句讨人喜欢的话都不会说、不敢说，还算个男人吗？从订婚到现在，你高家娃娃买过几件我喜欢的东西？我跟你吃风屙屁啊？"

高治峰早就看见了蒋秀梅手腕上的手表，而且不止一次喝问手表的来历，蒋秀梅不甘示弱，不屑回答是喜欢她的男人买的。高治峰拽住蒋秀梅的胳膊想取下那块手表，但是都被蒋秀梅挣脱了，一路上两人撕撕扭扭，吵吵骂骂，一直到了火车站。

蒋秀梅几度想要走掉，都被高治峰拉住了。上了火车，两人才慢慢消停下来。

蒋秀梅已经想好，回到新川，她就是嫁不出去也不再进高治峰家的门。高治峰心里也有打算，他觉得和这样的女子再纠缠下去，简直有失他军人身份，连回家探亲都不得安然。回去之后，他要郑重地向蒋家人说明情况，了断这门亲事。

回到口里老家的第二天，高治峰也不管父母的反对，正式向蒋秀梅父亲表明态度，给这门亲事画上了句号，他不想再有逗号、省略号，甚至感叹号的出现。

43

乌鲁木齐水泥厂内，刘秀君从灶上打出一份饭菜，端到宿舍拿起筷子刚要吃，由不得一阵恶心，她放下筷子就往外跑。刘秀君蹲在外面，一阵干呕，什么东西也没有吐出来，这样的症状可不是第一次了，刘秀君有点担心，她认为自己一定得了什么病。另外还有个不能告人的秘密，自己的例假已经两个月没有来了，她很巧妙地问过其他姐妹，她们都说从来没有遇到这样的情况。当然，她的姐妹们谁都没有把这个小小的异象和王兴国联系起来。姐妹们的回答更增添了她的担心，她只有等着这一月例假的到来，如果这次还没有来，她决计要去医院看看。

刘秀君承受着身体上这些不明不白的状况，不由想起了蒋秀梅。虽然蒋秀梅那样对自己，但自己似乎并不记恨，此刻倒隐约地有些想念她。如果秀梅姐在，或许会告诉她这是怎么一回事情。刘秀君想起自己第一次来例假时的情形。

那是在新川中学的一次下午课外活动时，她感到肚子隐隐作痛，跑到厕所一看，下身处竟出血了，她简直吓坏了，惊慌失措地去找秀梅姐，秀梅姐向自己说明情况，又教自己处理的方法。可现在这种不明状况，再没有一个像秀梅姐那样的人给自己解释解释。

刘秀君经过灶房门口时，和食堂做饭的大妈撞了个正着，正准备打招呼时，大妈却瞪了她一眼急匆匆地走开了。

"谁又让她不高兴了？"刘秀君感觉大妈的神情有点儿古怪，禁不住自言自语了一句。

由于她在包装车间的突出表现和厂里岗位测试的优异成绩，她早已调到研磨车间当了操作工，同包装岗位的辛苦相比，轻松了不少。

她由衷地感谢王兴国给了自己这样的机会，可她心里有个最大的愿望，就是等着厂里机械检修时，她就可以请假回趟老家，给弟弟妹妹带上许多好吃的东西，用自己小小的成功换得父母对自己离家出走的宽恕。

刘秀君苦苦等待的第三个月例假依旧没有来，她不敢到厂部卫生所看病，怕因此而失去工作，就悄悄地来到乌鲁木齐医院看大夫。从医院回来，刘秀君双腿好像铅灌了，医生明确告诉她她怀孕了。消息来得太突然了，她连一点思想准备都没有，她才明白那天食堂大妈对自己的不屑眼神是何原因，她感觉水泥厂的所有人都已经知道了自己的事情，这种情况发生，对她一个妙龄少女来说简直是罪恶。

"不，这不是罪恶！"刘秀君很快用另一种想法取代了刚才的想法。她认为自己和王兴国虽然对男女间的这种事情处理得有些冲动和幼稚，但是，既然一切都已发生，她一定要正确地看待和认真地处理，况且，她是真心爱着王兴国。刘秀君认为自己和王兴国之间的爱情是纯洁的、真心的，当下最为重要的是必须要王兴国尽快地知晓这件事。

刘秀君随即给王兴国写了一封信，说明情况，而且她相信王兴国看了后一定会理解自己并正确处理这件事情。

王兴国接到刘秀君的来信，迫不及待地撕开信封，一张纸上密密匝匝爬满刘秀君的字。

兴国哥：

你好吗？

又到"红五月"了，一定很忙吧？我猜你一定是带着满手满脸的煤黑在看我写给你的信，是不是这样啊？按说，我不应该在这个时候要求你什么，但是兴国哥，这事情就这样突然地来了，你一定想问这是什么事情，先不要急，听我给你慢慢地说。

王兴国读着信，心里七上八下的，一双眼睛快速地扫着后面的文字。

前段时间我的身体一直不舒服，恶心、呕吐，今天去乌鲁木齐医院找大夫，检查结果吓了我一大跳，她说我那个了。我实在不好意思给你直接写出来，你一定可以体谅吧，哥。反过来说，这都是你干的好事，我不得不慌里慌张地给你写信。

兴国哥，咱们赶紧结婚吧！迟了，我可就没脸见人，就是跳进黄河都洗不净了！

爱你的秀君

信末没有日期，看得出来刘秀君写信时烦乱和忐忑不安的心境。王兴国读罢，整个人像火烧一样，手足无措。"是啊，秀君说得没错儿，都是我猴急干的好事。"他不断重复着这句话，一想到时下矿上的情况，无疑这是两难选择。

每年的"红五月"至十一国庆节都是后峡煤矿大干快上、向国庆献礼的重要时期，除部分伤病不能下井干活的工人外，其他工人都要全力奋战，为采出更多的煤炭日夜挖掘。矿上有规定，在这一阶段，没有特殊情况，谁都不许请假，就连矿领导都要带队下井干活。而且，王兴国又是他们班采煤骨干，他要是请假，不仅是他一个人的事情，还会影响全班的开采量，甚至影响整个煤矿的煤炭开采工作。但是此事已迫在眉睫，他不得不硬着头皮去找队长请假。

可怎么说队长都不给准假，并不留情面地骂他是临阵脱逃。如果再这样闹腾，就把他揪出去批斗。井下干活时，班长看王兴国心不在焉，怕出安全事故，询问之下，王兴国只得一五一十地把来龙去脉说了，惹得班长一阵大笑，点着他的脑门子说："好你个王兴国啊，平日里老老实实的，真想不到你还有这手段，把生米做成了熟饭。""什么啊，班长，"王兴国脸火辣辣的，含羞说道，"哪像你说的那样。""看来现在真不能和你开玩笑了，要是你那对象挺着大肚子来找你，那可就麻烦大了。"班长似乎已真切地体会到王兴国的心情，"队长那里我给你去求情，但你小子回去不要抱着媳妇儿忘了咱们班的产量。只给你一周时间，完婚后可要赶紧回矿上，咱们班的情况你不是不知道。"王兴国听完千恩万谢，答应办完婚事后马上回来。

从矿上回到家里，王兴国说了要和刘秀君结婚的事情，父亲一脸愁容，他总感觉这样草率地把一个从口里来的丫头娶进家门有些不妥，良心深处也不安。孟氏和男人的态度截然不同，她阴郁着那张脸，依然非常强势："这是好事啊，'矿上的'提出来了，那咱就赶紧给办啊。千里姻缘一线牵，那丫头就是上天赐给咱'矿上的'。"

王兴国父亲没有理会女人的话，对儿子说："我不反对婚姻自由，但是你和那丫头的婚事总少些圈套，你可要拿稳当了，千万不要干个癞蛤蟆跳门槛的事情。""你放心吧，爸，我和秀君不会给家里添乱的。"

孟氏瞪了男人一眼："你爸呀，他就转不过那个弯儿。"王兴国说："你不要总抱怨我爸，他的想法也有他的道理。""我知道你们爷儿俩一个鼻孔里出气。"孟氏不高兴起来，"好，我不说总行了吧。"

王兴国父亲把身子往炕后移了移："这都哪是哪儿啊，我说你呀。"

孟氏说："那说了半天，到底是让'矿上的'结婚还是不结啊？"

王兴国听孟氏这样一问，他呵呵笑着说："我爸早都答应了！"孟氏吊着的脸立马收起来，显得有些兴奋："这就对了，你这婚事一办，我从门里出去，腰杆子就硬朗了。"

匆忙准备了四天，把家里的尘土扫扫，把主房隔壁的小房稍加收拾，第五天王兴国就把刘秀君从乌鲁木齐水泥厂接了回来。面对婚姻，刘秀君亦喜亦忧。她突然明白了一个道理——婚姻选择的是一个家庭，并非完全是一个人，此刻为时已晚。那样的年代，那样的生活状况，他们的婚礼办得非常简单，一对新人穿着洗得干干净净的衣裳，孟氏把她结婚时男人买的银手镯戴在刘秀君的手腕上算是结婚礼物，宰只鸡吃顿饭就算成夫妻了。尽管婚礼办得简单，但他们彼此真心相爱，心中自然格外甜蜜。

第二天王兴国就要回矿上了，新婚燕尔，这一夜，两人谁都没有睡意，说这说那，憧憬着未来的生活。刘秀君小鸟依人地躺在心上人的怀里，提出了许多让王兴国从来没有想过的假设："假如我没有跑到口外，咱们互不认识；假如不是你给我找上工作，或者说我没有坚持下来；假如我们并不相爱，你的父母又不同意；假如你不喜欢我，我不喜欢你，你我都有别的心上人；假如……"王兴国让刘秀君的假如搞糊涂了，他只知道他喜欢刘秀君，不能让刘秀君受委屈，把刘秀君搂得越来越紧，想一生一世感受刘秀君用她柔弱的小手抚摸他的头和脸，再轻轻地叫一声哪怕只有自己能够听得见的"妈——"。

刘秀君送走心上人后，她本想过几天就回水泥厂工作，但婆婆孟氏还有封建思想作怪，认为她不结婚是丫头，结了婚就是女人，就理应在家安安分分过日子。再说了，到了水泥厂，那些苦活累活对身子也不好。刘秀君想想婆婆的话也不无道理，而且自己怀着孕，自此就收了再去水泥厂工作的那份心思。

转眼夏去秋来，农田里遍地金黄，到处充满着丰收的喜悦。康平二队的棉田里，刘秀君跟在摘棉花的社员中，动作迟缓笨拙。不仅因为在口里老家从未接触过这样的劳动，而且因怀孕让她行动迟缓。她的手指多次被尖尖的棉桃荚划破，加上伤口经汗渍浸染，刺痛无比。放眼望去，几块收割过苞谷的庄稼地里，剩下的苞谷秆子泛着燥热的焦黄，使得她心绪杂乱，看看天空，阳光分外刺眼，令她有些眩晕。面前枝叶交错的大片棉花地让她胆怯，似乎有一种无望的感觉折磨着她，不知道什么时候才能摘完这成片成片的棉花，虽然她知道摘完棉花后还有其他干不完的活。

刘秀君在无助和疲惫的双重围困下，又想到了王兴国。她还清晰地记得当初她送他去矿上的情景，在村口他挥手告别时，那甜甜的微笑一直浸润在自己的心头。几天前，王兴国又给家里来了信，说国庆献礼后，矿上的大会战才能结束，那时他就回家多待几天。一想到再有半个月就能见到最想念的人时，刘秀君浑身多了几分力气。她的身边，米妮古丽用金黄色的纱巾裹护着整个头部，装棉花的大包挂在她的胸前，她不急不躁地用手捏住洁白暄软的花朵，轻轻往外一拉，蓬松如絮的棉花就会从棉桃荚里脱壳而出。刘秀君喜欢看米妮古丽摘棉花时的样子，棉朵在她的手里好似乖巧的孩子，每摘完一簇，米妮古丽都会轻轻丢进包里，如同珍藏宝物一般，动作娴熟而自信。

大概因为孟氏有意找茬和米妮古丽闹过不愉快，此刻虽然刘秀君在米妮古丽身旁，米妮古丽也很少和她说什么。只是有时候，米妮古丽见刘秀君落到后面，就会伸手采摘些属于刘秀君范围内的棉花。刘秀君刚停下片刻，米妮古丽就超出她一步。她不想这样老落在米妮古丽身后，将身边的袋子往前提了提，加快了摘棉花的速度。

天麻麻黑时，随着最后一车籽棉装车，社员们听到了队长收工的喊声，便稀稀拉拉从棉地里走出。刘秀君早已口干舌燥，双腿发软，她拨开身边的棉株和米妮古丽并排走着，忽然眼前一黑，险些栽倒。米妮古丽伸手扶住了她，轻轻地说："丫头，身子都这样了，往后可要注意。"刘秀君缓了缓神，笑着说："谢谢姨，我清楚你对我的照顾，要不然队长一天不骂我一百二十回才怪呢。" 米妮古丽说："今儿也是你婆婆不在，她要在我还不敢帮你呢。"刘秀君说："我婆婆那人，你就不要往心上去。其实她那人就没个心眼儿。" 米妮古丽说："谁不合她胃口她就上。"刘秀君放低声音说："姨算是说对了，她就是个讨人嫌。"

米妮古丽看了一眼刘秀君，轻轻吁了一声："丫头，这话往后可不能对人随便说，人里头可有捣闲话的人呢，要是传进你婆婆的耳朵眼里，对你不好。"刘秀君忙忙地点了点头。

暮霭笼罩，只见月亮像一个害羞的姑娘，羞答答地从一片乌云后边伸出半个脑袋，偷偷地向下窥探。棉田东边的道上，社员们拖着长长的队形往回走着，刘秀君一直跟在米妮古丽身后，她感觉这女人身上有太多值得学习的地方。不禁想起了自己的母亲，她不是在厨窑内做饭，烧着能照得见人的菜汤，就是在生产队里劳动，或抢收秋粮，或行进在山间小道上背洋芋，似乎永远在忙，近在咫尺又远在天涯，刘秀君鼻腔一阵酸涩，泪花奔涌。

每天干活虽累，可每每拐进回家的巷道时，刘秀君总感到有一张无形的大网笼罩着，她怕走进去，但又不得不钻进这条毫无生机、毫无希望的巷道。她的头脑里早已充满院落里的狼藉景象，虽然她常常收拾这个院落，但每次都被惠惠两姊妹弄得凌乱不堪。她低着头，迟缓地挪着身子，妹妹燕子的哭闹声已穿透暮色从院里传了出来，夹杂着惠惠的吵吵声，刘秀君无奈地摇摇头，心上一阵难过，干咳了一声，想用声带发出的响声驱赶心中的烦躁。王兴阳的声音却从大柳树下传了过来："回来了，嫂子。"刘秀君抬头看时，只见王兴阳站在那里。刘秀君问："你咋不进屋去，站这儿干吗？"王兴阳声音里带着焦愁："你还不知道吧，嫂子，我哥的矿上出事了。"

刘秀君像被钝器猛击了头部，有气无力地问："你说啥，你哥的矿上发生事故了？""可不，我们回村的时候，社员们都在说呢。话是刘玉仁传来的，说后峡煤矿冒顶了，伤了不少人，我这心里老不踏实，我哥他不会出事儿吧？"

刘秀君心里一怔："你没问刘玉仁他是咋知道的？"

王兴阳说："他是个闲打浪子，今天跑这儿，明天跑那儿，动不动就跑矿上去，他的消息应该不会有假。"

刘秀君头脑乱乱的，强装坚定地说："回屋里吧，你哥他不会有事的，别瞎琢磨了。"

此时，惠惠已经在院子喊叫了："赶紧做饭啊，肠子都饿空了。"刚才还睡在地上哭闹的燕子，也丢过一串顺口溜："新嫂子，挺肚子，稀屎拉了两裤子。"惹得惠惠在一旁拍手欢笑。

刘秀君真是哭笑不得，也不知道她们都是从哪儿听来的这些话。

"以后再不要这样对嫂子了！"王兴阳从屋里探出头来喝骂着燕子，"要是再不听话，我就拧烂你的嘴。"

孟氏边往厨屋走边对王兴阳说："看把你能的！让说去吧，她们还是娃娃。"

王兴阳气得叹息一声，再没有说话。

刘秀君强打精神做好了晚饭，自己却一口都没吃，她心里忐忑不安。王兴国父亲只是勉强吃了一碗，刘玉仁带来的后峡煤矿的消息搅扰着他，他在炕上坐卧不宁，好像屁股下垫着石头，不停地长吁短叹。

孟氏并不关心这事，对男人表现的焦虑反倒生起气来，丢下饭碗，响响地把筷子摔在碗上说："我就难说你们，矿上出点事瞧把你们一个个愁的，那矿井不是今天塌就是明天塌，这是常有的事，再说了咱'矿上的'不一定就出事，即使真给打到井下了，你们也用不着这样失魂落魄的，愁死也没用。"

王兴国父亲听女人这样说话，实在压不住火了，他圆睁双眼呵斥："听听你那说的是人话吗？""咋就不是人话了，咋就不是人话了？这一屋子都是畜生，就你一个是人啊？"孟氏不依不饶的。

刘秀君在厨房里清晰地听见公公、婆婆为王兴国的事情争吵，由不得双手捂脸，眼泪吧嗒吧嗒地直往下流。她想王兴国不可能出事，也不该出事啊，他答应国庆献礼结束后回来看自己，他也不能就这样狠心扔下自己就走了，可心中的疑惑牢牢地占据着整个心房。

最怕的消息在第二天临近中午时分还是来了，队长在棉田里叫走了王兴国的父亲、孟氏和刘秀君，后峡煤矿派来的工作人员把事情的经过说了一遍："昨天下午，王兴国刚刚接替另一个班，经过一处危险地段时忽然冒顶，有三个矿工被埋底下，王兴国看到工友压在了下面，二话没说就奋力抢救，却不知巷道再次冒顶，他被埋在了下面。老王，你生了一个好儿子。"王兴国父亲听得脸色煞白，哽咽着没有说出一句话来。刘秀君根本不相信这一切是真的，心肺俱裂，只喊了一声"兴国哥"就昏了过去。

刘秀君根本不相信她深爱的丈夫王兴国会撇下她就这样走了。王兴国的尸体由后峡煤矿运到康平下葬的全过程，她都被惠惠和燕子盯着，孟氏生怕她会出什么不测。这些天，每当隔壁房里传来公公长长的叹息声，刘秀君的心里就如同落了一层厚厚的冰霜，伤心透了，她觉得命运和自己开了个荒诞的大玩笑，收不住的眼泪像溪流一样漫过了那张长有妊娠斑的脸。

"天啊！你咋能眼睁睁看着他被压在下面？他有什么错？你要惩

罚我的不孝，为何要那样对他？你也让我随他去吧！"这样的疑问和祈求刘秀君在心里一遍又一遍地呼唤。悲伤与绝望摧毁了她。她的心被一双看不见的手一把一把撕扯着，她一次又一次地昏厥，呆傻地瘫趴在炕上，眼前一片茫然。

惠惠和燕子恐惧地瞅着嫂子，她们的心里何尝不难过，因为年幼无知，她们并没有对哥哥王兴国的亡故感到悲伤，而是被嫂子的这般痛楚所感染。从阳坡队赶来的王招娣不停地擦拭着难以控制的鼻涕眼泪，不停地劝说着身边的弟媳："再不要哭了，人都已经走了，活着的还要好好儿活着。千万要注意身子，这样对娃娃不好。"她这样劝说着刘秀君，自己的眼泪也不停地夺眶而出。

刘秀君肚子里的孩子微微蠕动了一下。有软软的东西撞了一下她的肚皮，刘秀君吓了一跳，停止了哭声，她感觉肚子里的孩子似乎在翻转，可不知为什么，刚才停顿的哭声越加伤心和凄凉。

摆在她面前的分明就是深不可测的断崖绝壁，她感觉自己每走一步，都会有万丈深渊截住她。她虽然避开了家庭中的"多余"，避开了蒋秀梅弃她而去，可这一次她再也避不开了，纵然追随兴国哥而去，可是肚子里的孩子——她深爱的人和她留在这世上唯一的血脉，难道就这样和自己一起悄无声息地从这个世界消失吗？她没有这样的权利，如果这样做了，她更不配用爱定义自己和兴国哥之间的感情，而且那样未免太残忍了，她简直就是一个刽子手。但是，如果让腹内的孩子来到这个世上，一睁眼就没有父亲，那又是怎样的一种残忍呢？刘秀君没有明晰的路径可走，随着声声凄惨的哭泣，她再一次不省人事。

44

盛夏悄然来临，滚烫的阳光，滚烫的景色，不论你走在烈日炎炎的路上，还是躲到树下，或进入房屋纳凉，不论是在早晨，还是傍晚，那暑日的炎热总伴随着你、缠绕着你。惠泽农场大片大片的田地里，即将收割的小麦，还有开着小花的棉花、抽穗的玉米等农作物的茎叶都蔫得抬不起头来，一派萎靡不振。而此刻，中国大地上正在轰轰烈烈地展开一场规模空前的运动，不久前惠泽农场中小学已"停课闹革命"，开始"学工学农又学军"，而且八连还分来了二十多个从上海来的知识青年，成天掮着锄头握着铁锹跟在农场的生产劳动队伍里接受教育，刘和顺临时住的小土屋里也安排进了两个青年，一时间小小的土屋里拥塞得似乎连脚都搁不下去了。

何排长在一个炎热的中午找到刘和顺，用半是命令半是商量的口吻说："连里的住处现在非常紧张，可不能让这些小青年受罪，我看你搬出来算了？""搬到哪儿去？"刘和顺一脸纳闷儿。"你挖个地窝子，尽量挖得大一点，能住下四五个人的。"何排长用手比画着。本想发作的刘和顺把憋到嗓子眼的话又咽了下去，假装着抹胳膊挽袖子地说："闲着呢，那不是个啥大事，不就挖个地窝子嘛。"

地窝子按照何排长说的挖成了，比那间拥挤不堪的土屋子宽敞了不少，刘和顺砍了些杨枝柳条，用苇草苫了顶，把小土屋的东西搬到地窝子里，和他一同搬进来的，还有三个知识青年。

骄阳似火，闷热难当，于连成把羊群赶了回来，打算给它们剪掉一身绒装，让羊只凉快凉快。于连成指名道姓向排里要了刘和顺给他打下手，排里还派了两个知识青年过来帮忙，那段时间是刘和顺在惠泽农场度过的非常愉快的一段时光。

每天早上，两个知识青年在羊圈里围追堵截，将羊只牵到刘和顺和于连成跟前，几个人一起用力按倒羊只，于连成极其娴熟地用绳索绑住羊的四条腿，然后闲适地坐在旁边抽烟。刘和顺则手握剪刀咔嚓、咔嚓不停地忙活，暄软蓬松的羊毛就会落在地上。羊剪去一身绒毛后，刘和顺和两个青年再把它们拉到就近的水渠里，几个人卷起裤腿，光着脚丫和羊只站在一起，一把一把捞起凉爽的渠水给羊洗完澡，才放回圈里。每看到一只羊被"脱"去燥热的绒毛，几个人觉得像是自己的身体多了一丝清凉。

不到两周，个个羊只被"脱"去了夏装，于连成赶着它们，带着东西，骑马赶回牧场。目送于连成时，刘和顺仍充溢在剪羊毛的欢声笑语之中。

转眼间，刘和顺在惠泽农场劳动了已近半年时间，能否落户仍没有着落，生活、住宿也不如意，刘和顺经过再三思考，决意要离开这里。可在财务室结算工资时，财务室的同志告诉他要把以前领的工作服和被子交上来，才能办手续。刘和顺嘴里嘀咕着："工作服我一天都没舍得穿，被子也没舍得盖，这还要交啊？""这是上面的规定。"刘和顺还想说什么，见财务室的同志不搭理自己，只好把衣服交了，留下一条被子被扣了钱。

刘和顺再次来到于连成和赵德强的住处，向他们道别。于连成老泪纵横地说："和顺，我知道你的脾气，我也不拦你，可从农场出去，你要往哪里去呢？""于叔，天下这样大，哪儿没有个我的去处啊，"

刘和顺说，"实在混不下去了，还有月儿湾呢，你就不要为我操心了。"

"我想也对，看你过得那么不顺心，不如找个好点的地方。"赵德强在刘和顺的肩膀上捣了一拳，"不管在哪落下户口了，都不要忘了惠泽农场还有于叔和我呢。"

刘和顺告别了于连成和赵德强，向东风公社一路走来，企盼在那里能够有个好的结果。来到东风公社，同样碰上许多人拥挤在公社大院里等着报名参加劳动。他们大多是因生活所迫或为了逃难上口外的，从口音就能听出来这里面有四川人、河南人、湖北人，当然更多的是宁夏西海固、甘肃定西和陕北人。刘和顺在这里虽能辨析出许多老乡，但有了前车之鉴，刘和顺既不想问他们，因为家家都有一本难念的经，又不想这样稀里糊涂地报名劳动，他决定先到博乐县民政科打问清楚看能否报上户口再做打算。否则，没有户口别人就会把你当"盲流儿"。

可谁知，民政科办公室里也挤满人，刘和顺好不容易挤到工作人员的桌子前，办事员问他："哪个公社的？"

"东风公社的。"春天的时候刘和顺去东风公社找艾孜买提，正好碰到过民政科的这位办事员正在登记和办理户籍，当时艾孜买提还向民政科的同志介绍过刘和顺。那时他正在惠泽农场帮于连成放羊，一心想着把户口落在农场，也没有认真对待，可转来转去，哪知道又转了回来，这会却要自个儿找上门来。

办事员看看刘和顺，好像对他还有些印象："我们上户口的时候你不来，上过了你来了，那这一段时间你在哪里？""能在哪儿，"刘和顺无可奈何地摊开双手，似开玩笑似的说，"到处胡转呗。"

"给写上个牌牌子，让到收容所去。"坐在单人桌前办公的人笃定地说，像是民政科的领导。办事员拉开抽屉从一沓纸牌牌中抽出一张，填上刘和顺姓名，递了过来："拿着，到收容所报到去。"

这可不是刘和顺想要的结果，但他又一想，暂时到收容所里总比在外面乱转挨饿挨冻强，他接过牌子来到了收容所。不看不知道，一看吓一跳，收容所里一间偌大的土房子里全是收进来的"盲流儿"，里面做饭的，大门口站岗的，都是"盲流儿"。房子里笼罩着一股烧着木柴的烟味儿，熏得刘和顺睁不开眼睛，再看地上，架着一只铁皮小火炉，股股青烟从做炉盖的半块砖头四周直往外冒。炉子里的柴火并没有烧起来，炉子旁横竖撇着几根木头，地上胡乱铺着芦苇和麦草，有的人捂着被子，有的人躺在草里缩成一团，还有几个孩子用异样的目光盯着他。刘和顺走过去拨开盖在炉子上的半块砖头，将炉膛内的木柴重新规整了一下，见小火苗蹿了上来，他又盖好炉口，圪蹴在横着的木头上，伸手感受着小火炉的温度。

收容所里的人戒备心极强，谁都不愿意主动问对方一声。

晚饭时，每人分到了一碗苞谷面汤和一个苞谷面馍馍，暂时安顿下肚子，刘和顺依旧蹲在炉子边那根长木头上。尽管立冬不久，可口外的晚上已冷得睡不着，他就边往炉子里填柴，边迷迷糊糊凑合了一个晚上。

第二天早饭，仍旧是每人一个馍馍一碗汤，吃喝完后刘和顺有了新的打算。他来到大门口，非常诚恳地对站岗的这个"盲流儿"说："兄弟，给我请上一阵假，我到街上买点东西，回来咱们一块吃，行吗？"

"行，行，都是落难人嘛，就凭你昨晚给炉子里一直填柴火的表现，我也同意。"站岗的"盲流儿"操一口四川话，看着脸色铁青的刘和顺，心里生出怜悯，爽快地同意了。

"好，我一会儿就回来，谢了，兄弟！"刘和顺拱手感谢。

"谢个锤子，你可要快去快回。""盲流儿"不耐烦地说。

出了博乐收容所，刘和顺径直向东风公社走去，他打算到上游队去找艾孜买提。

刘和顺找到艾孜买提的时候，他正在打麦场和上游队里的社员一起打苞谷。看到刘和顺，艾孜买提、克里木，还有陈卫东全都聚了过来，几个人拥拥抱抱亲热一番。大家听了刘和顺的情况，艾孜买提似讽刺似赞美地笑着说："你的鬼点子不是很多吗，怎么转悠了大半年还没有落下户口。"又半开玩笑地说，"怎么这次没办法了？"

"人一辈子谁没有个七灾八难的，谁都会碰到自个儿没本事解决的事。落户口要公家人开口呢，又不像咱们运石料比赛。"刘和顺强调说。克里木在一旁扼腕抵掌，恨不能立马让刘和顺将户口落在上游队。陈卫东遗憾地说："油田下放那年你要是不回去，这会儿早就身安心定有了户口了。"

"你先不要着急，"艾孜买提收住了笑，这会儿认真起来，"公社户籍办有我的亲戚，我让她想想办法。"

刘和顺在艾孜买提家里待了三天，白天跟上艾孜买提一起到上游队干农活，晚上与艾孜买提父母住在一起，他感觉实在太搅扰艾孜买提一家了。艾孜买提的三个孩子因为他的到来不能和爷爷奶奶一起睡，都挤在艾孜买提夫妻的小土屋里，艾孜买提的母亲又卧病在床，总是咳嗽，虽然他睡在地上临时支起的小铺板上，但挤在同一间屋子里，对老人的心情总归有所影响，大半夜里老人咳嗽不停，刘和顺觉得像是自己的过错。

三天后，他依照艾孜买提说的又来到博乐民政科，民政科里仍然挤着很多人，几位办事员看见他来了连头都不抬。那位貌似民政科领导的丢过一句话："听说你在收容所住了一个晚上就跑了？"

"唉，不瞒你们几位同志，"刘和顺像一肚子委屈无处言表的样子，"不是我跑了，是我穿得单薄，冷得受不了了，我这不是又来了嘛。""你叫什么名字？""刘和顺。""你就是刘和顺？"那位貌似民政科领导的同志有些诧异，便对一位年轻的办事员说："赶紧给写个证明让拿去算了，不要再来找麻烦。"

年轻人拉开抽屉，取出一个本子，开始写介绍信，并问刘和顺："老乡，哪个地方的？"刘和顺看着年轻人正在写介绍信，像是任何事情没有发生一样地说："东风公社上游队的。"

年轻人写好介绍信，递到那位领导手里，那人似乎根本没有看，只是"嗯"了一声又递了过来。年轻人取出公章在印泥盒里摁了一下，盖在介绍信的右下角，将介绍信随手递给刘和顺，说："给，拿好了，到你们公社去上吧。"

东风公社户籍办：

　　　　今有在新疆插队劳动的刘和顺来你处办理户口，请根据你公社各队人员实际情况，协调办理落户。

　　　　　　　　　　　　　　　　　　博乐县民政科

　　　　　　　　　　　　　　　　　　1966 年 10 月 22 日

刘和顺接过介绍信，情不自禁地默默祷告一番："天哪！我总算把你叫喘了，我有手续了！"他兴奋地走出民政科，快步直奔东风公社。

刘和顺拿着民政科出具的介绍信，如同攥着皇帝的圣旨一般来到东风公社。东风公社户籍办的工作人员是位维吾尔族妇女，她不但能听懂汉语，而且说得非常流利，刘和顺将民政科的证明从窗口递给她后，她和颜悦色地征求着意见："把你安排到东方红队行吗？"

"好是好，"刘和顺一脸难色，"可东方红队大多是少数民族，他们的话我听不懂，你看能不能把我安排到其他队。"

"这确是实情，我怎么就没有考虑到呢。好吧，那就到上游队。"她看着刘和顺，解释似的说着，又像在征求刘和顺的意见。

这名妇女态度温和，刘和顺想要是换了其他人，说不定早都发火了。他就是为了能和艾孜买提、陈卫东他们在一起，才有意这样挑的，听这位妇女说把他安到上游队时，他高兴地点头应承："行，行，就上游队，谢谢你了。"

这位维吾尔族女性眼神中透着微笑说了声："不客气，大叔。"

从东风公社出来，刘和顺感到天空格外湛蓝，就连空气中都弥漫着喜悦。历经千回百转，户口总算落在了上游队，可这里百姓的住房非常紧张。最后，还是通过艾孜买提和陈卫东几人帮忙，经过上游队干部的协调，鉴于维吾尔族老人吾买尔提腿有残疾，让刘和顺暂住他家，一可以避风御寒，二还可帮老人干些力所能及的活，等第二年春暖花开了再想办法。

吾买尔提和他的妻子帕赫木罕都是六十多岁的老人，由于结婚较迟，育有一双儿女，儿子尼格买江十五岁，性格奔放，女儿阿扎提古丽长着一对会说话的大眼睛，能歌善舞，比哥哥小两岁。一家人住在一间土房子里，卧室兼厨房，屋里盘一通大炕，全家人睡在一块儿。地下摆着一张小桌子，两个小方凳，进门的墙角处盘着灶台，与火墙相连。刘和顺住进这四口之家，看着简陋的陈设和狭小的空间，心中很不是滋味儿，自己的到来分明给吾买尔提老人一家带来了麻烦，他微笑着和吾买尔提一家打过招呼，犹豫不定地站在地上。吾买尔提老人看懂了刘和顺的心思，用手示意刘和顺坐在地上早已为他用木板搭的"炕"上，上面铺着一张用苇草编成的帘子，刘和顺顺从地将铺盖卷儿放在了上面。

看上去吾买尔提老人显得瘦羸，一对发蓝的大眼睛深陷，腮颊和下颌上密布花白胡楂，身上穿着褪了色的厚袷袢，前些年在农田水利工地上，由于施工不慎造成骨折落下残疾，至今行动不便。他的妻子帕赫木罕看上去要富态一些，裹着咖啡色头巾，穿一件蓝底白花的旧棉衣和一件红黄相间的旧棉裙。他们非常欢迎刘和顺住进家里，老人的儿子尼格买江将一杯热奶茶和一只盛着苞谷馕的小木盘轻轻放在离刘和顺较近桌子的一头，微笑着朝他示意。阿扎提古丽用汉语说："大叔，喝口奶茶吃些馕，身体会热乎一点。"刘和顺诧异这小女孩汉语说得这么好，笑着点了点头。

屋子里的整洁干净和一家人的热情好客，让刘和顺有了家的温暖和归属。刘和顺情不自禁地站起身来，向吾买尔提老人和他的妻子表示谢意，说："大叔，大妈，给你们添麻烦了。"

吾买尔提老人和帕赫木罕虽然听不懂刘和顺在说什么，但从表情上能分辨出来他的感激之情。老人依旧挂满笑容，示意刘和顺坐在"炕"上。老人明白，这个口里的中年人住进家里，往后就是一家人，将一起吃，一起住，一同忙生活。

刘和顺来到上游队正赶上打碾粮食，对于农活儿没有难倒他的，样样都干得得心应手。既然户口已经落在了上游队，刘和顺对自己也有了新要求，一定要尽快地融入上游队这个大家庭，并对得起吾买尔提一家对自己的好。

尽管吾买尔提老人行动不便，他总把那间土房子烧得热乎乎的，非但如此，每晚收工回去，总有香喷喷的馕和冒着热气的奶茶。吾买尔提老人烧的奶茶咸淡适宜，帕赫木罕大妈烤的馕脆香可口，隔上六七天，帕赫木罕大妈还会特意做一顿白面拉条子犒劳全家。

除了用好好劳动报答他们，刘和顺找不出更好的方式。更让刘和顺感动的是，每当他帮家里挑水干活时，帕赫木罕大妈都会让自己的儿女去帮忙。

吾买尔提老人一家对刘和顺没有任何排斥和抗拒，给予了他竭尽所能的帮助和关照，刘和顺在吾买尔提老人家里度过了一个暖意融融的冬天。这让他明白，寒冷在人和人的温情面前，是那样微不足道和不值一提。

元旦过后，上游队要安排一批人去博乐搞农田水利大会战，上游队派出了由各民族兄弟组成的队伍，刘和顺和克里木也在其中。来到施工现场，随着隆隆炮声，炸裂的石头从山上滚下，抬着"抬把子"的民工像蚁群一样在山谷中涌动。刘和顺与克里木看着眼前忙忙碌碌的人群，心潮澎湃，他们看到了各民族兄弟团结起来大干快上的壮阔场面，感受到了各民族兄弟凝聚起来的巨大力量，他们虽不能见识共和国每一处地方的发展建设情况，但眼前就是一幅浓缩了的广大人民群众与祖国同呼吸共命运的奋斗场面，就是浓缩了的各民族团结奋斗、共同追逐梦想的时代画卷，刘和顺似乎已看到了口外美好的未来。

45

中秋时分，刘和顺在农田水利工程工地上的八个月时间已满，回到上游队，再次住进吾买尔提老人家里。他始终勤勤恳恳，忙里忙外，受到了上游队大多数人的好评。

日月相催，转眼到了 1968 年盛夏。

一个黄昏，刘和顺与几个社员将早熟的苞谷拉到场上后歇息，武装基干民兵排长罗昌荣走了过来，用探究的目光看着刘和顺。

"罗排长，干吗用这副眼神看我？"刘和顺不解地问道。

"老乡，你来队里这么长时间了，我们老哥俩还没舒心地拉过一回话，天天看你劳动得这么扎实，你家里都有些啥人，我可从来没听你说起过。"

罗昌荣可是一个有来头的人。他有着军人特有的气质，庄重而冷峻，沉着而内敛，眉宇间透着勇敢、威武、坚毅，眼睛不大却炯炯有神，鼻梁高挺，话语果敢亦不失亲近感。罗昌荣曾是可可托海稀有金属矿 111 矿的保卫干事，1961 年由于与外国专家发生冲突提前退役。由于性格使然，他主动放弃了地方政府安排的工作，来到上游队成为一名参与边疆建设的农民。他待人非常热忱，时常会邀当过兵的一些社员聚在一起畅聊、唱革命歌曲，共话友谊。他对刘和顺有几分莫名的喜欢。

罗昌荣的这句话，像一颗石头丢进了刘和顺的心湖，荡起层层波澜。在为寻找女儿小红再次上口外的这两年中，虽说偶尔也和家里互通书信，但是家里的情况没有一天不让他牵挂。他不知道家里的日子是怎么过的，女儿小红依旧杳无音信，口外如此广大，他真不知道上哪儿去找。

"唉，咋说呢，难场着说不成！"刘和顺叹了口气，用牙狠狠地咬了一下嘴唇，满脸纠结地说，"我家里还有五个娃娃一个老人，再就我女人，她一个人拉扯着五个娃娃，大儿子还有病，生活困难着不能说。"

刘和顺的回答让这位乐于助人的退伍老兵心头一阵难过。罗昌荣直勾勾地盯着刘和顺惆怅迷茫的脸继续问道："那你啥成分？"

"成分嘛，"刘和顺嘿嘿地笑笑，"本来是贫下中农，后来队里改成中农了。"

那是"社教运动"刚开始，张奎向工作组反映情况，说刘和顺家解放前给吴忠堡商号进过货，就凭这点儿也不应该是下中农，就这样家庭成分被改成中农了。刘和顺知道罗昌荣根正苗红，家庭成分是贫农。

"你在老家当过啥没有？"罗昌荣接着问，语气间带着关切。"当过几年会计。"想起当会计的那几年，刘和顺心上亦苦亦甜。

罗昌荣像是突然明白了什么，用手指着刘和顺说："我说你的算盘咋打得那样好。"那是在一次上游队年终决算时，叫刘和顺来帮忙，他噼里啪啦熟练拨打算盘的情景还深深刻印在罗昌荣的脑中。

罗昌荣是甘肃静宁人，不仅和刘和顺是口里老家的近邻，而且因为他工作细心，刘和顺对他很钦佩。罗昌荣的侄子罗恒宇是上游队的保管，叔侄两个都对刘和顺不错。听刘和顺说了一些家里的情况，罗昌荣的心里也不是滋味儿，他说："你干脆把家搬上来算了。"

刘和顺何曾没有这样的想法，这样的想法每天都在他的心头萦绕，两个月前他已经给家里去了信，大致说了一番想回去搬家的事情，可是谈何容易。刚到上游队的时候，一个工分还值些钱，可第二年的时候，由于学生搞拉练等各方面的影响，社员也没心思干活儿了，队里的生产搞不上去，工分也兑现不了啥，好的是肚子还没饿着。刘和顺想到这里，看着罗昌荣说："说实话，我天天都想把老母妻儿搬上来，就凭这两条瘦腿腿儿回去搬家恐怕不行吧？"

"眼下谁家没有困难？但如果你真想把家搬上来，路费我可以给你想办法。"罗昌荣继续说，"帮你到队里去借。"罗昌荣助人为乐的劲头又来了。

"你不是想哄我高兴吧，罗排长？"刘和顺直勾勾地盯着罗昌荣，一脸的疑惑。

"看你这人，我是认认真真地和你说话，这事能哄人吗？就是开玩笑也不能这样开啊！"罗昌荣说。

"若要是能在队里借上钱，让我回口里把家搬上来，那往后——"刘和顺从来没有像今天这样笑得欢实，他先用左手后用右手拍着胸膛，"你就天天把我当驴一样使唤，我绝没有二话。"

听罢刘和顺的话，罗昌荣哈哈大笑，接着说："老乡，言重了，你就等着好消息吧。"

罗昌荣可真没有寻刘和顺开心，他从队里给刘和顺借了一百元，而且还跟队长艾孜买提和副队长陈卫东说了刘和顺家里的情况，艾孜买提和陈卫东都非常同情刘和顺，同意让他尽早回去搬家。

刘和顺要回口里搬家了，临行前，帕赫木罕特意让刘和顺带了几个馕在路上吃，还给刘和顺装了一壶奶茶，用维吾尔语叮嘱一番，并让女儿翻译给刘和顺。阿扎提古丽说："我妈妈说，希望你接上家里人赶紧回来，路上小心，她在家里等着你们。"刘和顺点点头，笑着说："你就让大妈放心，我会很快把家搬上来的。"阿扎提古丽又向母亲翻译了他的话，帕赫木罕同吾买尔提老人满意地笑着，在他们心里，刘和顺已经成了自家的一员。

实际上，两个月前，刘和顺就有回去搬家的想法，只是他没有告诉任何人，他向来不会把没有把握的事情说出来。他认为现在应该是将家搬上来的时候了，从上游队的任何方面考虑，都是最好的时机。如果艾孜买提有朝一日不当队长，或者陈卫东，或者罗昌荣，任何一个不在现在的位置上了，再要搬家上来，又会牵扯很多麻烦。唯一的困难就是没有路费，但是他并没有因为路费过分地担忧，他想总有一天会找到解决的途径，只是眼下队里的杂乱事情让他不好向艾孜买提他们开口，所以刘和顺只写了一封短信寄给家里。

尊敬的母亲大人：

您好！

自寻小红到了口外，不觉已两年有余，家里一切还好吗？今天要说的是：儿在口外博乐已落下户口，想着要搬你们上来，希望提早有个准备，等到时机成熟了，我就回来搬家。

不过来回路费花销较大，你让张娜趁早打问打问，看家里那间土房的椽檩和门窗有人要吗，到时也好贴补些路费。

儿：满粮

这封信东传西倒到姚兰香手中时，刘和顺已经从博乐动身了。信是东东吞吞吐吐念的，虽然不顺畅，但大致意思还是读出来了。

"儿呀，你说得轻巧，"姚兰香将信接在手里，满脸泪水，哭诉着，

"这么一大家子人，咋能那样容易搬上去啊，还有，信上咋一点儿都没有提小红的下落。"

"妈，你就不要伤心难过了，"张娜说，"总会有办法的，再说了，现在那火车坐上那么快。"张娜说着不由浮想联翩，长这么大，她还一次火车都没有坐过，这次男人回来就可以跟着坐火车了，感受一下，哪怕三天三夜不吃东西，饿着肚子都是快乐的。

"你咋那么傻啊，坐火车就不要钱了，提个沟子就上去？"姚兰香抹着泪问张娜。这话却把几个娃娃惹笑了，他们用手掩着嘴，咯咯咯笑个不停。

"妈，信都来了，他肯定是想好了的，他那人我最清楚，从来不说没影子的事。"张娜坚信男人的话。

姚兰香神情黯然，隔了一阵忽然说："要走你们走，我可不走。"语气倔强生硬。

"妈，你咋了？"张娜疑惑不解。姚兰香也不知为什么，突然心上乱糟糟的。

"奶奶，要是我大回来把家里的窑和房子拆了，你不走也不由你。"虎娃看上去很高兴，虽然他长年累月忍受病痛的折磨，但此刻他倒像个完全健康的孩子，笑容可掬。

虎娃的心里也藏着自己的秘密，他期望父亲赶紧带他离开这儿。换个地方，或许他的病就会好起来，听老人们说："树挪死，人挪活。"可他的话惹得姚兰香生气了："你大嘴皮子扇一下，就想赶奶奶走，搬家没那么容易。"

姚兰香脸色难看，她隐隐觉得生活了大半生的窑院，将要随着一次搬迁离开她了。这个窑院包裹着她半生的喜怒哀乐，糅合着整个家从无到有的酸甜苦辣。如果真有一天搬走了，她感到自己就像断了线的风筝，成了无家可归的流民浪子。月儿湾里的一切她都离不开，这个家里的一切她都离不开，她更离不开的，就是睡在洞洞梁上的自己的男人。如果她走了，刮风下雨没人陪伴他，年头节下谁给他去上坟。

再说刘家坪大队，当了队长的张奎让社员们望而生畏，除了成分好的人家外，"地富反坏右"他没有饶过任何一家。被工作组和张奎折腾最严重的就是范正涛家。张奎一口咬定范正涛是个顽固不化的走资派，因为他嘴上时常说"社会终究要变"，那就是期望着把社会主义变成资本主义。张奎抓住这点，恨不得嚼碎范正涛这块老骨头，每次批斗，范正涛浑身都被踢打得青一块紫一块的，但每次老人都紧咬牙关，不说半句孬话，他就是要和张奎对着干。

这样的批斗大会，刘家坪大队隔三岔五地召开，每个人的心里都充满恐惧，因为今晚台下观看的人，说不定因某件事或某句话明晚就会被揪上台去，成为批斗对象。

接到男人的来信，张娜也不敢闲着，她托贫协主席小翠帮忙打听，找个愿意买他们土屋房顶檩椽和门窗的人，当然如果有人要的话，可以事先商量好价钱，等到拆的时候直接拿走就是了，以防误事。

刘和顺归心似箭，从博乐坐汽车到了乌鲁木齐，又急匆匆赶往火车站，一路上到处是红卫兵，像潮水般涌动，叫喊声此起彼伏，乱哄哄的。火车站更是人声鼎沸，人来人往。刘和顺等了两天才买上到兰州的火车票。列车在茫茫戈壁滩上穿行，这位西海固汉子对着窗户，眼望寥廓苍穹，突然有种莫名的忧伤。曾经的他以为一声呼喊，风云都可以翻腾起来，而此刻依旧是一副空空的行囊。他突然隐隐多了一种对岁月的感叹，第一回与汪克齐一起上口外已经过去八年了，再过八年，他又会是什么样呢？生命在一点一点迈向衰老，同无边无际的戈壁滩相比，他觉得自己渺小得连一粒沙砾都不如。

偶尔几只野骆驼从视线里划过，刘和顺不经意想起了那段久远的岁月和那个给了他梦想和渴望的地方——康瑞庄。他的心隐隐作痛，尚留的那段没有愈合的伤折磨着自己，他的父亲、爷爷从遥远的梦境中向他走来，刘和顺的双眼湿润了。他已记不清楚家是什么样子，只感到自己像柳絮一样飘荡在远隔千里的口外。思念撕裂着他的心，他多么渴望父亲和爷爷依旧健在……

夜深人静，列车上的乘客大多进入梦乡，半轮明月映入车窗，清澈透亮，月儿湾在他的心里渐渐复苏了。他看到了那脱落了泥皮的一间土房、两眼土窑和双鬓斑白的母亲，还有累得直不起腰的妻子和几个调皮的孩子，此刻他们会不会也对着月儿湾的夜空在思念自己呢？刘和顺的嘴角浮出浅浅的微笑，幸福感渐渐地包围过来。

当他切切实实回到家里的时候，姚兰香和张娜都有些惊讶，她们完全没有想到他会回来得这么快。两年不见，明明的个头明显长高了，连东东也长成了大孩子。明明性子慢，言语不多，看到父亲回来了，有些害羞，红润着脸庞只是将身子往父亲身边靠。东东就大不一样，他在屋子地上和炕上不停嬉闹，惹得大家笑声不断，他纯粹以一种取悦的方式表示着对父亲回来的热烈欢迎。虎娃虽然是男娃娃中的老大，可身体比两年前更为羸弱，这几天老毛病又复发了，身体极不舒坦，但他还是坐在父亲身边，静静聆听着父亲给奶奶、母亲说口外的事情。小女儿佳佳只是钻在奶奶怀里，有滋有味儿地玩着奶奶大襟纽扣上系着的绣有兰花的小手绢。

张娜也打开了话匣子，给男人倾诉着家里的情况："东东太淘气了，虎娃和明明加在一起都比不上他。淘气也就罢了，可一出家门，就和村里的娃娃打架，常常要人为此跟在沟子后面赔礼道歉。"

看似其乐融融的屋子里，总夹杂着一些阴抑，谁都知道，屋子里缺了大女儿小红，两年时间了，一点儿音信都没有。

张娜不厌其烦地向刘和顺说着家里的一切，还有队里的事情，姚兰香却一直在不住地抹泪，她真担心孙女小红会在外面出意外。

刘和顺从口外回来的消息迅速传遍了整个村庄。人们背地里议论纷纷，有说他腰缠着金带子回来的，有说他两手空空回来的，有说他是被遣送回来的。

第二天晚饭后，汪克齐就登门来看刘和顺，他一点儿没变，要说有变化，那就是额头上添了几道皱纹，他的到来让刘和顺格外高兴。

"老兄啊，这趟从口外回来一定带了不少银子吧？"汪克齐坐在炕沿上，对圪蹴在门槛上的刘和顺说，"看这脸色，也和以前不一样了。"

"哼，这口外你又不是没去过。"刘和顺的眉心皱了皱，反唇相讥道，"你带回的钱哪搭儿去了，这会儿来糟蹋我。我还当是这两年不见，跑来看我来了。"

汪克齐咧着大嘴笑着说："我的个好哥哥哟，你咋还是个炮筒子，照这样我在你跟前说话还得小心啊，防不住给塞上一嘴土。"

"你就那样怕虎娃他大呀，他又不吃人。"张娜说。

"虎娃他大像个往你嘴里塞土的吗？"姚兰香也向着儿子说话，有意地瞪了汪克齐一眼。

"他那犟劲一上来，我估摸着十头牛都拉不回来，"汪克齐说，"给我嘴里塞土那是常有的事，一旦他不给我塞了，我这心里还就不踏实。这两年，没跟他说过一句话，有时候心里就憋得难受。"

"我咋觉着你和以前不一样了，"刘和顺淡然地笑着说，"我这辈子不怕骂我的打我的，最怕的就是嘴上抹蜜的。"

"看看，看看，这刚说了几句话，就来了。"汪克齐摊开双手，一肚子委屈似的左瞅瞅张娜，右看看姚兰香，招来刘和顺一阵笑，汪克齐却感到这笑声很不自然。

"你东绕西绕的，到底是啥事情？"刘和顺不耐烦地问。

汪克齐不禁汗颜："你咋晓得，我来是有事情？"

"你不知道，我在月儿湾养了好几年驴，驴的脾气我还不清楚，有屁快放。"

汪克齐殷勤地笑着说："老兄，你这趟回来，还去口外不？"

"你管得着吗？腿长在我身上，说走就走了。"刘和顺感觉汪克齐言不由衷，还在绕弯子说话。

"听人说你这趟回来带了不少钱，也有人说你是被遣送回来的。"汪克齐变得像个探子似的，眼巴巴地瞅着刘和顺，"如果真有钱，那就把队里的超支款先交了，咋样？"

"好啊，汪克齐，你今儿是当长安子的狗腿子来的。"刘和顺挂着一脸特别的笑。汪克齐不由胆怯起来了，他知道刘和顺这样一笑，肯定没自己好果子吃。

"我的好哥哥呀，你可千万不要生气，"汪克齐赶紧抚慰地说，"没钱的话就算了，我也是随便问问。"

"问也轮不到你，再说我也没钱。口外也在闹革命，社员都没心思劳动了，会多得都开不过来，你以为我能耐大得很，回来兜兜里揣的都是钱！"刘和顺并没有发火，声音反倒很平静。

这让汪克齐颇感意外，他的情绪也稳定了下来："要真是这样子，我说你这趟回来就再不要上去了，天下哪搭儿都一样，哪搭儿都是个劳动，月儿湾的黄土就不养人了？你在咱们这搭儿坐着，好好劳动，咱弟兄低头不见抬头见，说个话也方便。再说了，有困难的人家多了去了，又不是咱们一家。"

"在口外落个户你以为容易啊，但我还是折腾着把户口落下了，困难大也罢，生活还能将就，这趟是借了几个钱才回来的。"刘和顺仰头看着屋顶说，"我还愁着没钱回去，看看家里也没有啥值钱的，你看能找个人把这房上的细檩檩买了，变几个钱。落根不容易，移根难上难，帮凑上几个路费我好去口外。"

汪克齐迟疑了半晌说："这事儿嫂子早就托小翠问过了，有人要呢，可就是不晓得你愿不愿意卖？"

"价钱咋样儿？"刘和顺紧追着问。

"价钱嘛，听说包括檩檩、门窗和椽，一共出六十。"汪克齐说。

"就再不能高点儿？"刘和顺知道这年月有人要就不错了，但还是忍不住问了一句。

"老兄，这年月，我觉得见好就收吧。"汪克齐苦涩地笑着说，"这还是人家看在小翠是贫协主席的面子上出的价。"

刘和顺笑着说："我也随便一问，那人是谁？"

汪克齐说："是长安子。"

"啥，你说谁？"刘和顺好像没有听明白，姚兰香和张娜几乎同时将目光转向了汪克齐。

"就是长安子，是张奎。"汪克齐说。

刘和顺忽地一下站了起来："我以为谁呢，原来是长安子那孙子。"刘和顺不可思议地咧着嘴笑着，在地上踱了两个来回后站定抬起胳膊指着汪克齐说，"你去给长安子说，就说我家的房梁自个儿剁了架柴火烧了，也不卖给他。"刘和顺脸上的肌肉突突直跳，他感觉张奎是诚心戏弄他，"这真是'虎落平阳被犬欺'，我房上的东西给谁都卖，就是不卖给他长安子。"

"你咋这么固执？"汪克齐说，"你憎恶张奎我知道，可他手里的钱也是钱啊。再说了除了张奎，咱刘家坪队里情况你清楚，恐怕没人接手，你可不要自讨苦吃，到时候没有路费，别埋怨兄弟没给你帮忙。"

刘和顺嘿嘿笑着，斩钉截铁地说："你回去告诉小翠，长安子不配买我家的东西。"

刘和顺本想很快处理完家里的事情，举家上口外。可棘手的问题很现实地摆在眼前，回去的路费不够，任凭他有天大的本事，也不可能将一个七口之家搬上去，况且母亲坚决不走也让他焦愁不安。

"咱们这一走，你爷爷和你大就没人照看了，鸦儿黄鼠给坟上刨个窟窿，遇上雨水就灌了，还是我留下的好。一来照看这走了的爷父子俩，二来也节约点路费。"姚兰香一脸忧郁地说，"再说了，我走了，小红万一她哪一天回来，可真就找不着地儿了。"

母亲的话不无道理，但是这一回不走，路途遥远，再回来可就不容易了。每一天，刘和顺都想办法说服母亲改变主意，而且让几个孩子帮着动员奶奶，但姚兰香还是不改初衷。缠得次数多了，姚兰香不高兴起来："谁再在我耳畔子跟前说搬家，我就先搬到弯弯沟你爷爷挖的窑里去。"吓得刘和顺不敢再说什么了。

他拗不过母亲，便想着生拉硬扯让母亲走，可转而又想，要是真惹母亲生气闹出个啥事来，那可就麻烦了。经过再三斟酌，他只能遵从母亲的意愿，可总不能让她老人家一个人留在月儿湾。刘和顺不得不考虑给老人身边留下一个娃娃来陪伴照顾，谁最合适呢？

这个时刻，刘和顺忧心忡忡，心肠一下子软了下来，孩子们个个都兴冲冲地要跟他上口外，留下谁谁难过。难题横亘在他的面前，千思万虑难做决定。

虽然虎娃非常想跟父亲上口外，但他看出了父亲的心思，觉得只有他留下来最合适。想想当下自己的身体状况，坐上几天几夜的火车，他真有些吃不消，路上病情一旦有变化，反倒拖累了全家，何况他还是家里的老大，理应替父母分忧。

虎娃的想法惹得刘和顺眼泪涟涟，他用手不住地刨着虎娃的头，憋着一肚子话却不知怎样对儿子表达。在虎娃这里，刘和顺感觉他不是个称职的父亲，虽然他没有一天不想着为儿子治好病，让他和弟弟妹妹一样蹦蹦跳跳，但由于力成有限，不能让虎娃尽快好起来。刘和顺含泪应允着，可张娜早已泣不成声。此时，泪水是他们夫妻对儿子的感激，对无奈生活心如刀绞的宣泄，他们感觉这对虎娃来说极不公平，也没有任何理由让虎娃留下来，但除了这样，又能怎样呢！

刘和顺陷入无助的悲伤之中，如同置身于波涛汹涌的大海，浑身透着彻骨浸髓的冰冷。他默默地走出院落，躲在洞洞梁上的大杏树下双手掩面抽泣，悲怆如同巨兽吞噬着他的五脏六腑。但他又担心自己的狼狈样被村里人看见，更担心让张奎看见，所以极快地收住哭声，怅然若失地往家里走。张娜依旧在屋子里高高低低泣不成声，虎娃在哭，明明和东东也在哭，佳佳趴在炕上，看着屋子里的一切怔怔地不敢动弹。

姚兰香双腿蜷坐在炕上和以往一样微闭着双眼，可那眼皮一直在动弹。她的心像被乱箭穿射，千疮百孔，她一次次强打精神，咽下将要流出的股股酸泪。她狠狠心睁开被泪浸泡模糊的双眼，斥责似的说："看你们两口子有意思吗，这么难心，干脆就不走了，要走就高高兴兴地走，跌跌绊绊活了半辈子了，看你们窝囊吗。"

刘和顺回头猛然看到母亲头巾下散落出的斑白鬓发，心阵阵发酸，拉着哭腔说道："妈！儿这心里难受啊——"。

不拆卖土坯房上的木料，再没有其他办法凑到路费。借是根本没有人借的，因为大家都困难，可除了张奎，再没有人买，何况也没有人有能力。要让刘和顺将那些东西卖给张奎，除非山河逆转，河海倒流。可就这样耗着，确实不是办法，看着儿子一天天为没有路费搬家焦急难受，整个人一圈一圈地消瘦，姚兰香心疼不已。她想，人在屋檐下，不得不低头，"上山砍柴，过河脱鞋，到那个地方说那个地方的话"，这是老辈的话。乘刘和顺帮张娜上山劳动的空隙，姚兰香找到了张奎。她跨进大队部院门时，张奎已明白了三成。

如今的张奎，已不是在食堂当保管员时的样貌，着一身灰色中山装，虽也零星打几块补丁，但那衣服浆洗得干干净净，整个刘家坪大队恐怕难觅第二。那张微微发福的脸庞除了额头上淡淡的纹路，其他一点儿都没有变，反倒透出几分成熟和机警，一对眸子滴溜溜转，比以往更多了几分犀利。

"哎哟，姚姨，你咋来了，有啥事叫娃娃传个话我就去了。"他跷着二郎腿靠在一张椅子上，姿势分明是居高临下的。

姚兰香也来了个开门见山："长安子，你是不要买我家房上的东西？"姚兰香很随意地喊着他的小名儿，也不称他队长，这让张奎的高傲多少打了些折扣。

"这老婆子，和他那犟骨头儿子一个尿样儿。"张奎脸上堆笑心里却暗暗得意，"真是山不转水转，没想到你死老婆子还要亲自来求我，真没有想到。要是让刘和顺来，那就更好了，可那犟怂咋就没来呢？"但张奎嘴里说出来的却是另外一句话："他真要拆房啊，姚姨，你咋就不挡呢？这可是运飞大叔建的。"

姚兰香也笑着，这笑是那样坦然，那样纯粹："没钱回口外了，只有拆了，主意是我给出的，换了他，你想想会咋样呢？你也是刘家坪队的大队长，不会想不出来。"话里话外透着倔强。

张奎感觉姚兰香给自己嘴里塞了块砖头，而且还要让他自个儿嚼。他的心里便有些受不了，想发火又怕别人笑话，也不再和姚兰香较嘴上的功夫，反正那房子他张奎要拆了，而且以后那块宅基地也会成为他张奎的，这会儿也没有必要和这死老婆子较劲。

张奎说："我是想买啊，钱就六十块，这你怕都晓得了。"这会儿他也不再喊姨了，"你们啥时拆？拆的时候我拉椽檩和门窗去，顺便把钱给你。"

"不，就这会儿给钱。"姚兰香一脸严肃，"给了钱，你啥时拆你自个儿决定，这会儿过去拆我也不拦着。""真的假的？"张奎真没想到面前的这个老婆子这样麻利和刚强。

姚兰香再没有说话，只是点了点头。

"一家子都是犟骨头。"张奎口里虽轻声骂着，但心里非常高兴，既然姚兰香丢下这样的话，他就没有什么顾虑了。

"你稍等等，我马上给你钱。"张奎转身去了大队部后院，不一会儿拿着四十块钱到了姚兰香面前，"这是四十块，二十块队里扣了你们的超支款，但我要说清楚，你把钱拿上了，那间房子可就归我了，你前脚走，我后脚就来拆，要是出了啥事情，都由你解决。要是反悔，这会儿还来得及，出了队部，心里要是不愿意，那就不要怪我长安子不讲情面，拿在手里的钱要想还回来，可就不止这个数。"张奎郑重其事的样子却把姚兰香逗笑了："看你这娃娃，姚姨晓得，姚姨晓得。"姚兰香说着，将四十块钱攥成疙瘩捏在手里，转身出了队部院子。

晚上，姚兰香将四十块钱交给了刘和顺，这让张娜和刘和顺颇感意外："妈，你哪来这么多钱？""你先把钱拿着，我再给你说。"刘和顺对母亲向来毕恭毕敬，伸出双手把钱接过来。虽然这只是带着特殊味道印有特殊花纹的四张被攥捏得皱巴巴的纸片儿，但刘和顺感觉是沉甸甸的，这几张纸片片似乎关乎着他们一家人的生死存亡。他接过钱退坐在门槛上，看着母亲，等待她解开这四十元钱的秘密。

姚兰香说："是张奎买椽檩和门窗的钱。""啊？"刘和顺有些愕然，"妈，是你和张奎谈的？""嗯。"姚兰香坦然地应允着。

"不行，我都把话撂到眼前了，房上的椽檩就是剁成柴火烧了也不给他长安子卖。我这就给他拿去，他还真是算计到我的头上了。"刘和顺气呼呼地就往外走。

"坐着，是我给张奎说的，二十块钱人家扣了超支款，就剩下四十块了，你找人家干啥？话是我说的，这会儿要反悔，四十块可打发不了，要给人百儿八十呢。"

"啥，张奎是不想要命了？"刘和顺的肺都快要气炸了。

"满粮，乖乖儿坐着，到哪儿说哪儿的话，有了这钱，你们就可以动弹了，这样耗到啥时候啊，要是时间长了，口外再有个变数，不是白跑冤枉路、白花冤枉钱吗？我估摸着张奎今晚上是不会来拆房的，社员们也不愿意干，明儿他肯定来拆，你们趁早把房里的东西收拾收拾，千万不要忘记那个包东西的包裹，里面还有你大立的字据呢。明天，这房就变成一堆土了，明晚上咱们一家在窑里挤挤，让我再好好看看你们，后儿你们就上口外。"姚兰香说到这里，一股清亮亮的泪水从鼻洼处滚落而下，刘和顺看到母亲流泪，扑通一声跪在了地上，撕心裂肺地喊道："妈，儿子不孝啊——"声音颤抖，泪流满面。

张娜赶忙溜下炕来，背过身不住地擦泪，虎娃更是哭成了泪人，其他几个娃娃惊恐地看着屋里发生的一切，不知道如何是好。

月色清凉，偶尔传来几声狗吠，刘和顺带着女人和娃娃将土坯房里的东西收拾规整，除了留着炕上半片被烙得焦黄的竹篾席用于晚上睡觉外，其他为数不多的零碎东西全部被搬进了北窑。

第二天一家人起得很早，他们料想张奎会在上工时派社员来拆房子，一是让社员们看看他是怎样赶刘和顺走的，再者就是炫耀从今往后这月儿湾就是他的天下，所有人都要听命于他，看谁敢和他作对。

果然，东山太阳刚一冒花子，张奎就领着几个社员，拿着镢头、铁锨来了。张奎希望拆房子时最好刘和顺能够出面阻拦阻拦，这就让他有倒一肚子话的机会。

　　张奎走到刘和顺家院前，假装喊了两嗓子，就径直走进院子，迎面正好碰上刘和顺。"起来了，会计？"张奎说，话里明显带着讥讽。

　　"这么早就来拆了？"刘和顺问。

　　"这真是三十年河东三十年河西啊，今儿跑到会计家拆房子，我心里咋这样别扭。"张奎阴笑着。

　　"闲着呢，这有啥别扭的，人一辈子咋能一马跑出头呢。"刘和顺反倒平声静气地说，"月儿湾的陡路高坡早都走惯了，你直管拆吧，张队长。"

　　张奎感到浑身扎满了芒刺，很不自在，他朝身旁的社员喊了一声："拆，都利索点儿！"

　　几个社员爬上屋顶，铁锨、镢头一起上，刘和顺家的院落里尘土飞扬，不时有从屋顶上扔下的东西砸在地上，张奎背抄双手在房前踱来踱去，偶尔瞥一眼刘和顺和站在窑门口驻足观看的姚兰香，还有张娜和几个孩子。

　　刘和顺将双手交叉在胸前，挺直腰杆儿看着房屋失去原有的模样，那些由父母用血汗架上去的椽檩、立起来的门窗，此刻被摆放在院中，如同被割裂的肢体，让他心疼。他就这样眼睁睁地看着，一间土坯房变成了残垣断壁，还有散落在地上的土块瓦砾。张奎吩咐社员将拆下的椽檩、门窗捎的捎，抱的抱，理直气壮地拿走了，他最后将一把镢头往肩上一甩，对着姚兰香和张娜说了一句："钱已经给你们了，东西我拿走了，还有啥要卖的东西，千万别忘了吱个声。"又特意走到刘和顺眼前，瞅了瞅说："会计，看你一直站在这乏了吧，活儿干完了，你赶紧回屋缓着去，到了口外，千万别忘了月儿湾里还有我张奎呢。"

拆了房子，对于刘和顺来说就是破釜沉舟，姚兰香也催着让他们赶快走。咽下这口难忘的辛酸泪，刘和顺背起小女儿佳佳，带着张娜和儿子明明、东东从月儿湾起身了。他一步三回头，直走到月儿湾庄头，母亲姚兰香和儿子虎娃都站在山坡上看着，明明和东东早都欢快地奔跑着不见影子了，拐过庄头的崖坎，整个月儿湾就会被遮挡住。刘和顺走到这里停下了脚步，山坡处母亲姚兰香和儿子虎娃的身影只剩下两个小黑点，刘和顺心里不由翻江倒海一阵难过，他向着母亲站立的方向扑通跪下，心里默默地念着："妈，儿子不孝，我们这就上口外了，你老多保重啊。"

正在此时，山坡远处飘来虎娃隐隐约约的声音："大——妈——"刘和顺的心彻底碎了，张娜则泣不成声。

46

听着舅舅们的往事，王志琴完全进入到了一个新的世界里。

不知道什么时候，外面的小雨已悄然停了，天空一片蔚蓝，朵朵白云飘荡游弋，乳房似的黄土山峦恰似刚刚出浴的美人，披着淡淡的雾纱绵延。踏上这片土地，刘和顺的心情格外轻松，仿佛投入母亲的怀抱，心里总有一种抑制不住的激动。

车到新川乡的时候，刘秀丽早就等在那里。

刘和顺一行下了车，一位头戴褐色遮阳帽的中年女人走了过来，一身职业摄影者的打扮，一张脸在帽檐的遮护下，犹如半隐半露的新月。

"大，哥，嫂子，志琴，你们终于来了。"女人带着一串清脆的笑声问候大家。

"来了来了，"刘和顺拄着拐杖，回答着小女儿的问候，听起来心情很好，"从兰州过来，这一截路可把我走心急了。"

"怎么是我嫂子开车，我哥连这点爱心都没有啊？"刘秀丽有些疑惑。

"你哥到了老家就不疼惜我了，"莎莎貌似很委屈的样子，随之又爽朗地笑着说，"这次能和你们这些文艺界的范儿走到一起，我可真高兴。"她说着，俊亮的眼睛不住地上下打量着刘秀丽，"要是你不过来说话，走在大街上，我还认不出你呢。"

"搞艺术的人都是疯子，"刘晓东看着妹妹，善意地刺激着，"你看看她，一进月儿湾，把娃娃不吓哭才怪呢。"

"哈哈，你听听你那话，"刘晓明忍不住笑着，"可能咱们这趟过后，月儿湾的老百姓也就搬迁了，能留下的，也就只有摄像机和文字记录的东西了。"

"也是啊。"王志琴叹息了一声。

"我还是第一次到老家来呢，"莎莎说，"这里也不是我想象中的那样，你看雨过天晴，空气蛮好的。"

"现在比以前那是发生了翻天覆地的变化，哪儿都变了。"刘和顺望着四周的大山，一只手拄着拐杖，另一只手在空中比画着，"我早年上口外那会儿，这里光秃秃的，一看就想掉眼泪，现在到处绿绿的，庄稼长得这么好。"

夕阳西下，落日余晖把山峦涂染得五彩斑斓，刘秀丽开车在前面带路，向月儿湾行进。车艰难地在山与山之间迂回穿梭，每一次转弯都让王志琴胆战心惊，她聚精会神地盯着前面的路，陡坡弯弯绕绕，半隐半现，不知道伸向何处，她尽量控制着自己的情绪，上牙紧紧咬着下嘴唇，不让惊叫声发出来，以免打扰三舅开车。经过一个几乎是九十度的弯时，一面是山体，一面是峻嶒的悬崖，车子务必要紧贴山体，才能慢慢拐过，开过这段路程，刘晓东额头不禁沁满了汗珠，可依旧看不见村庄，也看不见人活动的迹象。现代化的交通工具在这样的大山里成了柔弱的符号，让人感觉并不相配。山梁间的路面被大山遮挡，时隐时现，车速提不起来，足足行驶了一个小时，渐渐地，路面挣脱了山体的夹击，豁然出现了一片宽阔的山谷，散落着各式各样的农家小院。

　　暮霭笼罩下的月儿湾，寂静而祥和，进村的道路两侧早就聚集了不少村民，他们用灿烂的笑容迎接着刘和顺的到来。

　　刘和顺刚一下车，汪克齐就迎了上去，二人相拥，喜极而泣，手拉着手道："老伙计，"且不约而同地说，"我们又见面了！"杜占峰及庄里的几位长者也来到跟前，双双大手紧紧地握在一起。

　　"老伙计，你可回来了。"汪克齐非常激动，拉住刘和顺的手，"现在见一次面多不容易啊，走一步路娃娃都不放心，好在交通方便了。"

　　"要不是交通便利，我现在还能来？"刘和顺捋着胡子，笑着说。

　　汪克齐看着刘和顺身边的孩子们："明明，东东，佳佳……"他念叨着名字，一一过目着，嘴里却又禁不住感叹着，"都成人了，都成人了！"当他看见个头高挑的莎莎时，目光停留了一会儿，"这是东东媳妇吧？看我们这儿苦焦吗？有些外头人开车走到半路就折回了，这湾里太深了，路绕来绕去不敢进来。"

"我觉得挺好的，"莎莎虽然不大明白"苦焦"的意思，但是他从汪克齐的语气和那"苦"字中可以判断出大概的意思。

"路的确太难走了，要是我开车，肯定进不来。"莎莎的话引来大家的一片笑声。梁道上，小翠早就等在那里，上了年纪的她腿脚不太灵便，下不得山来，站在半梁道上一直翘首向山下看着，她始终没有给汪克齐生下一男半女，最后倒是抱养了一个女儿，取名汪淑花。淑花找了个川区女婿，光阴过得不错，总想让他们搬过去一块儿住，可是他们老两口就是舍不得离开这月儿湾。

小翠的心里万分激动，把家里收拾得干干净净，茶几上摆放好了瓜子、花生、糖果等。

山下终于上来了一群人，小翠看到老伴儿身边穿藏蓝衣服的老人，她肯定那就是刘和顺。她老早儿按照那几个人的身影子思谋着，哪个是东东的媳妇儿莎莎，哪个是佳佳，哪个是明明，哪个是东东，她的心激动得直跳，好想立马下去拉住几个孩子的手，像拉住好姐妹张娜的手，她想她啊！

刘和顺顺着坡路没走几步，就停了下来，迫不及待地站在途中将整个月儿湾看了一遍。这里的山、这里的沟、这里的树、这里的草、这里的每一样东西还和以前一样，总蕴藏着一种难以言状的情愫，不变的是乡情乡音，变了的只不过是每家每户新建的房屋。

又走了半截坡路，刘和顺难掩激动，用近乎颤抖的声音，对身边的儿女们说着："再往上走就到咱们以前的家了！"

东东指着山上一处地方兴奋地对妻子莎莎说："那就是我们以前

住的窑院。""是吗？"莎莎看上去十分惊恐，无法用语言表达此刻的心情，看着这里层层补丁似的山地，静谧悠然的农舍，乡亲们纯朴的微笑，她似乎置身于人迹罕至的原始境地，"能领我去看看窑吗？"

"窑早拆了，"刘晓明给弟媳解释着，"那都是20世纪五六十年代住的，现在哪里还有窑啊，不过说实话，窑可是冬暖夏凉啊。"

莎莎有些清醒过来，其实她何尝不知道窑呢，口外也有。可不知道为什么，她好想在这个陌生的、让她心境全然不同的小山村看到窑洞。

王志琴正对着一些古老的杏树和榆树入神，它们生长在山间的崖边，每一棵树木的根部和树冠看上去差不多一样大。在她的眼中，它们可能随时都会被山风连根拔出，但是，它们却又那样顽强地生长着，浑身透出一股坚毅的劲儿。

"那些树很古怪，是吗？"汪克齐见王志琴神情专注地看着每一棵树，急忙解释说，"它们长得可牢了，村里人没有不佩服这洞洞梁上的树的，有时候咱们这搭儿的北风吼起来，人都不敢出来，可每一回刮风，这些树都好好儿的。"王志琴听着汪克齐说话，看老人布满皱纹的脸上似乎也长着很多树，饱经沧桑。刘秀丽端着摄像机饥渴地按动快门，她认为每一处都是绝好的景致。

就这样一路走一路看，一路说说停停，小翠在半道迎上了刘和顺他们，她赶忙拉住莎莎和王志琴的手，不住地嘘寒问暖，好似攥着自己孩子的手一样。虽然莎莎和王志琴都是从城市来的，但是小翠的热情丝毫没有让她们感到不适，反而像是被母亲的大手攥着一样。顺着坡道向上攀爬，刘和顺看见原来居住的窑院已经被平整一新，被汪克齐做了打麦场，场里摞着麦草和豌豆秆。看着这块地方，让他想起许多往事，当年他就站在院子里，眼睁睁看着张奎带人拆掉了家里的房子。

又爬了一段坡道，才到汪克齐家，门庭院落和房间被打扫得干干净净，比起以往，条件好多了，都住上砖木结构的房子，宽敞明亮。汪克齐招呼刘和顺一家落座，炕上、地下的凳子和沙发上都坐满了人，小翠与女儿汪淑花急忙招呼着远道而来的客人喝茶、吃干果。

"你可要照顾好身子，"坐在小凳子上的王志琴看着汪淑花忙碌的样子，关切地说，"可不敢再干什么重活儿了。"

"快生了吧？"莎莎说，"看上去像个男孩儿。"

"都啥时代了，生男生女都一样。"大家附和着。

这时，刘和顺将两盒藏红花递到汪克齐的手里，让以后喝茶时适当放一点儿，对身体有好处。汪克齐颤巍巍地接在手里，像个孩子般地笑着说："老哥，你带的东西我就不问价了，一句话，暖心啊！"话未出口，眼泪已夺眶而出。

夜里，刘和顺和汪克齐睡在炕上，谁都没有倦意，回忆着上口外的"过五关、斩六将"和"夜走麦城"，谈说着生平许许多多的往事，时而流泪，时而欢笑，时而静默。

汪克齐叹息说："今年收完粮食后，最迟到年底，咱月儿湾就要搬迁了，搬的那地方虽然一马平川，在黄河边，离城市也近，可我不想走啊，故土难离。我总觉得咱月儿湾好，连这晚上的月亮都和其他地方的不一样，清亮亮的，像是一个玉盘，高挂天空。豌豆角下来了，早晨顺着山畔过去，露水地里随便揪一个，两指一捏嘭地打开尝一尝，那是个啥滋味！"

"你说得对啊，记得每到春天这洞洞梁上、弯弯沟里的柳树发芽后，我们折下一根手指粗的柳枝，轻轻拧一拧，树皮略略松动，我们猛一下褪出树皮，再拿小铲子把两头切齐，一个柳皮'咪咪子'就做好了。经口一吹，那个'咪咪子'的响声此起彼伏，赛过五牛闹春。"

刘和顺、汪克齐两位老人沉浸在童年欢快的回忆里，同时又担忧着月儿湾搬迁了，以后他们的根会被斩断，再没有这种舒心的感觉了，再难找熟悉的乡情乡音了。

"二大爷怎么样了？"刘和顺突然记起这位在月儿湾什么农活都会干的快乐老人。汪克齐说："二大爷身体一直很硬朗，现在是咱月儿湾的高寿老人啊！前两年得了个尿不出尿的病，被三儿子接到湖北去了，据说武当山那儿有个中医看得很好。上个月我也尿尿不顺畅了，我让娃娃给发了微信，他这不还给我发来药方。"说着把手机递给了刘和顺。

刘和顺这几年也有意把企业的事让娃娃们干，自己开始关注养生了，一听是治前列腺炎的方子，就认真地看起来了。"方子不错！"刘和顺念叨着。

"哦，对了，"汪克齐也像记起什么，"你记着没？二大爷在生产队时，还是教你们家虎娃照糜谷放鹞子的师傅呢。"没想到，一提起虎娃，刘和顺竟抹起眼泪来，这让汪克齐一头雾水，"咋了，我说的不对吗？"刘和顺摇摇头说："不是，不是啊！"汪克齐明白了，可能是虎娃的病上口外后没有看好，娃娃走了。

二位老人就这样，在回忆往事中渐渐地睡去。

47

刘秀君怀着身孕，在悲伤和思念中一天天艰难度日，终于迎来了瓜熟蒂落的时刻。生孩子的疼痛和婆婆捕风捉影的猜测折磨得她几乎有了死的心，可当她第一眼看到自己与兴国哥爱情结晶的时候，喜极而泣。孩子红扑扑、圆圆的小脸像个熟透了的大苹果，两只眼睛毛茸茸的，小嘴巴一张一合，两只小拳头捏得紧紧的，好像呐喊着"我来了！"

孩子的出生并没有给刘秀君带来好运，反而使她更操心、更伤心。她一边带孩子一边参加康平二队的劳动，抓屎抓尿地走过了近两年没黑没明的岁月，期盼着孩子一天天大起来，日子一天天好起来。可生活如同一把老扫帚，不但在她心上划下道道伤痕，而且将她这个年龄段本应有的清纯和靓丽已经刷扫殆尽了，她看上去要比二十出头的真实年龄大出很多，身后早已不见了满头乌发梳成的两条长辫，衣服破旧，汗渍斑斑，走起路来已明显有些驼背。

七月，骄阳如炽，把大地烤得发烫。正值麦收季节，劳作了一天的刘秀君，疲惫之极，还没有靠近院子，老远就听见女儿欣欣的哭声。

给女儿起名字，刘秀君颇费了一番心思，为什么叫欣欣？这里面包含着她的许多思考：一是欣欣就是信心，这是她活下去的意义，一个人失去了信心，也就失去了生活的意义；二是欣欣与兴国哥名字中的"兴"音同字不同，提示她永远不要忘了兴国哥；三是欣欣不仅与国家欣欣向荣的发展相吻合，她也希望女儿的人生不要像自己一样坎坷曲折，要永远欣欣向荣。

女儿的哭声，呼唤刘秀君快步跑回院中，将攥在手中的镰刀丢在窗台下的篮子里，直奔房间。只见不到两岁的女儿穿一件不大合身的花兜肚，光屁股趴在铺着苇席的土炕上，小脸鼻涕一把眼泪一把抹得一塌糊涂。惠惠坐在炕头，燕子蹲在女儿旁边，一副气势汹汹的样子，看情况是她们俩合起来教训欣欣。见刘秀君忽然进来，她们并没有理会，惠惠只是看了一眼，又将目光转向炕上，而欣欣看见妈妈，哭得愈加伤心和厉害了。

"哭，好好儿哭，你就会献奸！"没等刘秀君说话，燕子已经开口了，一副底气十足的样子，"嫂子，妈回来我就说，打明儿起我和惠惠再不看欣欣了。"

"欣欣又咋了？"刘秀君一脸不高兴，盯着燕子。

"让惠惠给你说。"燕子斜着头望着窗外，胸脯起伏不平，气还未消。

"也不知咋了，她好端端就哭起来了，开始我抱着哄，"惠惠解释着，"我抱她在院子里转了好几个来回，可她还哭，我就把她撇在炕上了，燕子气不过，扇了一巴掌。"

"欣欣才多大，能挨住巴掌吗？"刘秀君伸出粗糙的双手抱起了女儿，清理女儿脸上的脏东西。

"哼，你还有理了，我看欣欣根本就不是那'矿上的'娃。"燕子一脸气愤，头扭了一下，满目的凶光投向刘秀君。在她眼里，站在地上的这个女人根本不是她的嫂子，而是一个外人。

"你说啥？"刘秀君怒目而视，"你胆大了再说一遍。"

"那就不是'矿上的'，就不是，你个扫把星！"燕子恶狠狠地说，气势比刚才更凶了，"你刚进家门，那'矿上的'就走了，难道我说错了吗？满康平的人都这样说呢，去把人家的嘴都堵了。"

这话刘秀君虽有耳闻，可今天由燕子说出来，简直像给自己心窝子上扎刀子，她抡起巴掌朝燕子扇了过去，炕沿上的惠惠一把扯住，同时一连串的话像放鞭炮一般在刘秀君身边炸响："你太过分了，燕子难道说错了吗？动不动就想打人。你到康平问问，看哪个女人结婚不到七个月就养娃娃？"惠惠厉声地喊着。

刘秀君整个人如同霜杀，身体本该有的力量和愤怒被一下摧垮了，她瘫软下来，惠惠的这串话让她无法辩解。"结婚不到七个月就养娃娃"像是一把铁钳卡住了她的喉咙，属于一个女人该有的一切贞洁名分都因为它土崩瓦解，她纵有一千个一万个理由也说不清楚。她抱着欣欣僵站在地上，而此刻，炕上的燕子站了起来会同惠惠的骂声将刘秀君彻底淹没了，她觉得天地一片混沌。

"反了你不成，骂谁呢？"王兴阳大步跨进门来，大吼一声，屋里的喧嚣瞬间沉寂下来，刘秀君抹着眼泪抱着欣欣转身回了自己的房间。燕子赶紧收敛了咄咄逼人的架势，双手揽着膝盖悄悄地坐在炕上，惠惠盯着门外，一脸未消的怨愤。她们知道，哥哥为了这个女人，可真下得了手，虽然她们心中的火气尚未消尽，但也只能忍住。

矿难夺走了王兴国年轻的生命，当时刘秀君的心彻底死了，月儿湾有家，她回不去，这个家又不属于她，维系她活下来的唯一理由和希望只有她和兴国哥的这一脉骨血，她要将孩子生下来，计她长大，这样才能表达她对已故亲人的忠贞和爱。她把欣欣抱进屋子，放在炕上，看着可怜的女儿，看着这间曾经只属于她和兴国哥两人的新房，刘秀君再也控制不住一腔伤心，失声痛哭，止不住的眼泪清亮亮地流。

兴国哥走后，婆婆孟氏就像刀山一样横亘在面前，那眼神早已把她割得遍体鳞伤，只要看着她哪点不舒服，孟氏就会抛出焚心的话语，让她将孩子生下后滚出这个家。惠惠姊妹时不时冷言相加，她们分明就是孟氏豢养的两只小狼狗，只等孟氏一声令下，她们就扑上来。那段时间，公公几乎时常因为庇护她而跟孟氏大吵大闹，她更感激小叔子王兴阳总站在自己身边说些体贴话，生下欣欣后，要不是姐姐王招娣求情，刘秀君想她恐怕早已被抛尸荒郊野外。

那个暴雨如注的深秋，如同一场噩梦永远铭刻在刘秀君的心里。当她拖着疲惫的身躯挣命生下欣欣，家里打发走了接生婆后，孟氏抱起襁褓中的婴儿，骂声在那一刻骤起："你就是个扫把星，进了这个家，'矿上的'就没了，结婚七个月不到，就生下个小野种，你就不是个正经货。那个老不死的还经常护着你，早晓得你这样给王家臊脸，我早就把你赶出去了。"

孟氏一边骂，一边抱着欣欣就要跨进雨夜，把孩子丢到荒山野外。身虚体弱的刘秀君蓬乱着头发哀号着祈求孟氏留下她的孩子，从阳坡队赶来照顾刘秀君的王招娣跪在地上抱住孟氏的双腿，祈求声淹没了整个房间："妈，小红是个好媳妇儿，你就不要这样对她了，她已经够可怜的了！""她可怜？她有啥可怜的？她辱没了你们王家的先人，我还要见康平人呢！"孟氏丝毫听不进去王招娣的劝解，拖拽着王招娣向门口移着。

"妈，娃娃就是兴国的！"刘秀君实在看不下去了，她在炕上撕心裂肺地呼喊，"我绝不说半句假话。"

话音刚落，天空响起一声滚雷，屋外，一阵瓢泼大雨打在地上泛起水泡。

孟氏被刘秀君的话和刚才的一声雷惊醒了，抱着孩子立在地上，半信半疑地说："你说娃娃是'矿上的'？"

刘秀君瘫软在炕上，像是得了疯魔的病人，不住地点头。王招娣见孟氏怒火渐消，才松开紧抱孟氏双腿的手，从地上爬起来，从孟氏手里抱过婴儿，递给跪在炕边的刘秀君。她把孩子小心翼翼地放在炕上，欣欣还在哭，从鼻子到嘴唇一片青紫，每哇哇哭几声，小嘴唇都会激烈颤抖，好像被什么东西扎着身体。刘秀君慢慢移动着沉重的身子躺在孩子身边，泣不成声地说："妈妈对不住你啊，妈妈对不住你！"

孟氏坐在炕边，那张瘦长多皱的脸依旧扯着，塌陷的鼻孔喷出股股气浪："我也不是不讲理的泼妇，娃娃真要是'矿上的'，算我对不住你，但你给我记着，往后娃娃大了要是长相上有差别，话可不像今晚上这样好说。"

"妈，你就不要胡想了，小红是个好姑娘。"王招娣站在炕边，不住地抹着眼泪，并劝说着母亲。

"哼，"孟氏仍然发着沉沉的鼻音，"人都鞣着一张皮，谁晓得谁呀。"

"看妈说的，"王招娣的声音柔和绵缓，"小红在这个家也不是一天两天了，她为人咋样，明亮亮地摆着。要在咱康平村找像小红这样的好媳妇儿，不容易啊。"

"你跟你老子都一个鼻孔出气，是不是想说今晚的事情又是我的不对？"

"妈，我可没有那样说，"王招娣神情沮丧，"我确实看着小红是个好媳妇儿，我还想着……唉——"王招娣叹息了一声，浑身极度困乏的样子，将后面的话咽了下去。

"有啥话就说，不要说一半留一半。"孟氏睨视着王招娣。

"妈，我说了你可千万不要生气，这也是我个人的看法。"王招娣看了刘秀君母子一眼，转过身子，"百人百心病，千人千看法，依我说，与其给兴阳找媳妇儿，还不如娶小红算了，再说了……"

"不要再说了，"孟氏听到这里，愤然打断了王招娣的话，"亏你还能说得出来，你到底是为兴阳好，还是为她好？"

刘秀君听罢王招娣的话，心里不由一惊，她也感到姐姐的这番话有些荒谬。

可事情最后还是照王招娣说的来了，欣欣满月不久，孟氏一脸挂笑地走进刘秀君的屋里，一阵嘘寒问暖后说："这一段时间我一直在思谋你姐说的话，还和你爸商量了一下，你和兴阳在一起也是个好事情，对欣欣来说，更是个好事情，她再大些，也不会缠着你老问爸爸，不知你咋想的？"

听到孟氏突然问话，刘秀君半醒半梦，既诧异又激动，她何尝不曾考虑过王招娣的话，她想兴阳也是个实诚可靠的小伙子，随了他对她和欣欣来说未尝不是好事。但她怎么想孟氏都不会同意，可她哪里想到孟氏竟然亲自来问她的想法，刘秀君怯怯地说："妈，反正我已是家里的人了，你看怎么好就怎么办。"

"这可是你说的，"孟氏没想到刘秀君会有这样的态度，她显得非常高兴，"你若能和兴阳结婚，家里也不用花钱再给他说亲了。"孟氏扭摆着腰身出去了，可刘秀君一直放心不下，她感到对不住兴阳。

孩子刚过百天，由孟氏操办，在家简单地请亲戚邻居吃顿饭，刘秀君和王兴阳算是成婚了。婆婆孟氏的态度依然忽冷忽热，惠惠、燕子还是以前的样子，经常和她闹别扭，就是不让她顺心过日子。

刘秀君每每从地里劳动回来，老远看到院子里的大柳树，走进由土块砌成的巷子的时候，都会不由自主地惆怅起来，千万次地在心里发问："这里是我的家吗？"

"惠惠她们那样说你，你咋就不给收拾一顿呢，千万不要让她们爬到你的头上了。"不知道什么时候，王兴阳已经站在她的身后，刘秀君回身的刹那，心上又一阵难过，一股眼泪涌了出来。

"再不要哭了，看着你淌眼泪，我这心上也不好受。"随着说话声，一只温热的大手已经在刘秀君的鼻洼处擦了一把。

"没事儿，都是让她们给气的。"刘秀君转过泪眼看王兴阳的那一刻，她的腮颊掠过一丝娇羞的红晕，心里又萌生一股自强的力量，默默地自己给自己鼓劲："我要坚强地活下去，看着我的欣欣成人，还有你兴阳。"

48

经过前两次上口外的波折，刘和顺对返程路途早有打算，本想从中卫过黄河，再到甘肃，可是携妻带子地在吉平县等了两天都没有去中卫的车，一打听才知去中卫的车已停发几天了。不得已，他们只好寻便车到静宁搭乘发往定西的客车。山路崎岖难行，由于车况不好，一路停停修修，秋风瑟瑟，星光惨淡，直到深夜才到达定西。娃娃尚小，刘和顺在定西火车站买了两张去兰州西站的火车票，他依旧打算到兰州西后躲检冲站，只要过了这一站基本就万事大吉了，一路上便很少有人再查票。火车进了西站还算顺利，居然没有检票，刘和顺像躲过一场劫难似的长出一口气，浑身的骨骨节节才松缓下来。可火车开进武威，又开始检票了。列车员要走刘和顺同张娜的车票，发现已经过站，并没有多说什么，也没有归还车票，或许是可怜几个孩子，才没叫他们下车。

到了张掖再次检票，当检票员发现刘和顺一家居然没有火车票时，似乎有些不大相信面前的这个男人带着女人娃娃不买车票，还能由兰州一路坐到张掖。他让张娜和娃娃坐着，叫刘和顺下去补票。

刘和顺无可奈何地下了车，在火车站台胡乱转悠，不知道的人还以为他是选购吃的。当看到车站工作人员挥动手上的三角小红旗时，他知道火车就要启动了，借着列车员呼叫站台上旅客上车的空当，又偷偷挤上了火车，他心想总算可以长驱直入口外了。可他哪里知道，火车过了哈密行到一个小站时又停下了，列车员让没有车票的乘客全部下车，这一次再没有可想的办法，刘和顺一家五口只能和一些没有车票的乘客一同下车。

太阳刚刚露脸，空气里还夹杂着丝丝凉意，自打坐上火车两天来一家人一直没有吃东西，此刻头重脚轻，晕晕乎乎，随时都有可能跌倒。张娜抱着佳佳怅然地瞅着刘和顺，儿子明明和东东脸上脏脏的，耷拉着脑袋，失神地看着父亲。

"你们娘母子这都咋了，这样看着我？我这回可是喇嘛剜沟子——法尽了。"刘和顺有气无力地说，"走，下来了就在附近先转转，吃些馍馍再说。"

刘和顺从张娜怀里接过佳佳，领着一家人走出小站。站里到处贴着标语，一片狼藉。他们一家在一个偏僻的墙角坐了下来，张娜从包裹中掏出馍馍分发给明明、东东、佳佳和刘和顺。她自己昏头涨脑，一点儿食欲都没有，将剩下的一些馍馍重新装回口袋。虽然肚子很饿，可是馍馍嚼在嘴里很难下咽，口干舌燥，刘和顺咬了几口，就将剩下的塞给张娜，让她装回包里。

　　过了约莫两个时辰，一列货车停靠站点，没有票被赶下车的人群开始骚动起来。有人问刘和顺："你们这一家子是去哪搭儿？""我们是去乌鲁木齐的。"刘和顺边回答边催促张娜和几个孩子，"赶紧，赶紧。"人群里有人焦急地向他挥手示意，让快扒车，"这列货车就是去乌鲁木齐的。"

　　刚才被检票员赶下车的这群人发疯似的朝货车跑去，爬的爬，拽的拽，争先恐后往车厢里挤，刘和顺将张娜和孩子一个个搡到车厢里，他最后才爬上去。这是列运煤车，车厢里沾满黑乎乎的煤末。

　　"总算扒了个便车，"刘和顺一脸欣喜，朝张娜笑着说，"再不害怕到站点查票了。""不要高兴得太早，千里路上难说。"张娜抱着佳佳，一副累得抬不起头的样子。"运气总没有那样败吧。"刘和顺一边念叨着，一边在心里默默祈祷。

　　漫漫长途，一家人蜷缩在车厢的侧帮，听着火车滚过铁轨发出无休止的咣当——咣当——犹如驶进了深不可测的地道。

　　夜色渐浓，浩瀚的戈壁滩渐渐沉浸在浓浓的夜色里，只有天上的星星一眨一眨地透着冷灿的光芒。张娜抱着佳佳不知什么时候早已睡着，明明将头埋在膝盖间，看样子也睡着了，唯有东东的双眼转来转去，时而仰头看看夜空，时而像个小狗一样瞅瞅父亲。刘和顺一点儿瞌睡都没有，他要守护妻儿，只要他们能安然睡个好觉，对他来说就是莫大的安慰。

晨光破晓，新的一天来到了。火车依旧以不变的旋律驶向戈壁深处，烟囱里冒出的烟像是尾裙，飘在火车的后面，与苍莽无垠的戈壁滩相比，仿佛是虚幻的梦境。太阳从遥远的地平线缓缓升起，如同一个巨大的火球，远处的山峦被霞光照射，像是披着变换多姿的纱衣，分外妖娆。

明明站在车厢里，看看这儿，望望那儿，惊呼着，欢唱着，全新的景致出现在眼前，他再也按捺不住心里的兴奋。东东坐在车厢里，看着明明高兴的样子，也装模作样地摇晃着脑袋哼唱着。刘和顺看着孩子们很快乐，心中分外舒畅，可张娜的脸色看上去并不怎么好，嘴唇紫青，她时不时用手捂捂额头，显得非常虚弱。

"你咋了，是不是病了？"刘和顺轻轻地问。张娜吃力地摇着头，声音微弱："说不上咋了，头晕眼花，还一阵一阵地恶心。""站起来让风吹吹，"他从张娜怀里接过佳佳说，"大概是坐的时间太长了。"

张娜刚往起一站，双腿一软就跌到了，她心上又一阵难过，一口清亮亮的绿水泛了上来。刘和顺急忙将佳佳放下，用手摸了一把张娜的额头，并未发烧。张娜头上的头巾松拢着，额前头发散乱，刘和顺顺手将女人散乱的头发拢在头巾下面，用一只大手又揌了揌张娜的额头，此时此刻，他唯一能做的就是以这种爱抚方式给女人力量。张娜却迟缓地抬起胳膊支开了他。"闲着呢，"嘴唇微微颤抖，"过一阵子就好了。"她将松拢的头巾往紧拉了拉，慢慢倚靠着车厢侧边坐下。

火车还没有到达鄯善就不明不白地停了下来，刘和顺站起来看时，却见火车头与车厢分离开来。

"哎呀，看来不好。"他显得有些紧张，转身对张娜说，"这火车怕要往其他地方走，咱们得赶紧下车。"女人稍稍休息一会儿，看上去气色有些好转，听丈夫这样一说，她和孩子们都不安起来。

"赶紧下车！"刘和顺不敢再犹豫，他判断前面的火车头卸了，一定要改向，"咱们不赶紧下去，要是被拉到其他地方就麻烦了。"

东东没等父亲把话说完，已扒上车厢准备往下溜。刘和顺和明明扶着张娜慢慢下车，然后东东溜下车，从父亲手里接住妹妹，刘和顺这才手扶车厢溜下来，不经意看见远处有人使劲朝这边摆手，看样子还在说什么，可距离太远听不清楚。

"赶紧下来吧，看啥呢，这人生地不熟的哪有你认识的人！"张娜瘫坐在地上，有气无力地催促着刘和顺。

"那边的人好像还朝咱们喊话呢！"

"别管他。"

一家人溜下火车，在铁道边小歇片刻，不得不拖着疲惫不堪的身体向前移动。张娜看上去非常虚弱，由东东搀扶着，佳佳此时在刘和顺的怀里也哭闹起来。

没走几步，正好碰上了先前喊话的人："我刚才招手让你们不要下来，你们怎么就下来了？"来人穿一身整洁的车站工作服，看上去四十岁左右，对刘和顺没有领情非常气愤。

"我这女人娃娃都坐得不行了，口干舌燥的，实在没办法。"刘和顺有气无力地说，"我看把火车头都卸了，怕要折回，我们就赶紧下来了。"

"唉，你们啊，"来人不可思议地笑了笑，"那火车就是去乌鲁木齐的，你们下来了，可就再没办法了。"正说着，那火车就咣当咣当从面前驶去。那人指着火车，遗憾地看着面前形同乞丐的刘和顺一家，"你看看你们，这干的啥事，放着不掏钱的火车不坐，非要下来，现在可好……"

"早晓得这样就不下来了，唉！"刘和顺长叹一声，"闲着呢，走了就走了，后悔也白搭，还是另想办法吧！"

来人指着前边说："你们再往前走走就是小草湖站，我就在那站上，那里有个小水房。"他言语间明显带着几分同情和怜悯。

明明快步直奔小水房，东东扶着母亲，刘和顺抱着佳佳跟在后边。明明扑到水龙头跟前拧开龙头就咕咚咕咚喝了起来，水顺着嘴角和脖子直往下流，好像几天没有喝水的样子。张娜脸色苍白，等东东喝过后，她只是接了一点水随便地洗了洗脸和手。刘和顺和明明洗完脸和手，又美美喝了一肚子，一家人才在水房外的一块空地上坐下，掏出袋子中的馍馍大口地享用起来。

张娜眉头紧锁，好像身上的每一块骨头要散架似的，连一口馍馍都没有吃。她只是尽力将佳佳抱在怀里，解开衣服的钮子，给女儿喂奶，她头晕目眩，凭着感觉将干瘪的乳头送进佳佳的嘴里。佳佳死死嗫着母亲的乳头，可什么都吸不出来，她的小牙突然狠狠咬了一下，双脚扑腾着哭叫了起来，疼得张娜举起巴掌想狠狠打女儿的屁股，可手腕只抬了抬又软塌塌地落了下来，只是从紧咬的牙缝中骂了一句："都这么大的娃娃了，还要吃奶。"

在小草湖站歇缓了一阵，那个工作人员走过来让他们收拾东西，说等一会儿还有趟去乌鲁木齐的火车过来。或许那人见他们一家人可怜，也或许那人就是个热心肠，出门在外有人多少给一点儿关照，对被关照的人来说就是莫大的安慰，这让刘和顺一家感觉遇上了好人。他们赶紧收拾起刚才打开的包裹，抱起佳佳，跟着这位热心人走向站里。

"你们有钱吗？"那人问刘和顺。

"没钱啊，有钱的话就不扒火车了。"刘和顺嘿嘿笑着。

"你们没钱，到了乌鲁木齐咋办，有没有人接？"那人关切地问。

"到了乌鲁木齐倒有人接。"刘和顺如是说，不想再难为这位热心的好人。

"有人接就好，这趟火车来了，我给他们说让你们坐上，到了乌鲁木齐后，就给把票补了。"

"能成，能成，"刘和顺一个劲地点头，"太好了，真是太感谢你了。"

"出门人，谁没有个难处，"那人说，"人一辈子不走的路都要走三回，保不住哪一天我也和你们一样。"

又一趟火车终于被刘和顺盼星星盼月亮地盼来了，那人果真给一位女列车员说明情况，让刘和顺一家上了火车，幸好还有空座，一家人这才安稳坐下。

夜半时分，火车驶进了鄯善站，隔着车窗，只见站台上人头攒动，车厢里又开始查票了。来的列车员不是先前通融刘和顺他们上车的那位，见他们没有火车票，她叫张娜带着孩子到卧铺车厢去不要乱动，让刘和顺去补票。

随着涌动的人流和嘈杂声，车厢内变得纷乱异常，座位不分卧铺和硬座。刘和顺下了火车，整个车站水泄不通，他也不敢往远处去，生怕走得远一些，火车走的时候一时半会儿找不到女人孩子乘坐的那节车厢。他在下来的车厢旁煎熬了一阵，感觉火车要开的时候，随着拥挤的人流又挤上火车。

火车徐徐开动，刘和顺奋力在车厢内挤过人群找寻张娜和孩子。张娜和东东坐在卧铺上，也在人群中极力搜寻丈夫，他们真担心他会被丢在站上。东东第一个看见父亲，就大声喊："大，大。"

儿子清脆的声音钻进刘和顺的耳朵，他挥挥手，挤过人群来到张娜和孩子的身边，刨着东东的头说："要不是我蛋蛋喊一声，我这会儿还不知在哪儿找你们呢。"

张娜的精神看上去比先前好了许多，她笑着看了一眼东东，对刘和顺说："东东胆子大得很！"

"胆大了好啊，说明不是个囊蛋，我走了检票的再来过没有？"

"刚刚还过来，问你来了吗？东东说没有来。"

刘和顺刨了一把东东的头："那列车员咋说的？"

"人家再没有言喘，就走了。"张娜说。

"这么大的个火车，人这么多，列车员也忙不过来，多上咱们几个算个啥，看来这下可以安心缓着了。"

一家人终于再没有受什么折腾，顺利地到了乌鲁木齐。下车后，站上把所有没有车票的人集中到一个出口的门房，由一男一女两位工作人员开始监督补票。张娜看着这位高挑靓丽的女工作人员，禁不住心中一亮，她还是第一次见到这么漂亮的姑娘，忽然间女儿小红的样子影影绰绰在她的脑海里闪现，那对又黑又长的辫子，乖巧的小脸蛋儿，还有清亮通透的眼神，张娜忍不住又伤心起来。

"你们是去哪里的？一共几个人？"长着络腮胡子的男工作人员问刘和顺。到了乌鲁木齐，刘和顺心里的石头总算落了地，他毫不隐瞒地说："我们一家五个人，去博乐。"

"你们比谁特殊，怎么不买票？"这位络腮胡工作人员听见刘和顺说是五个人，表现得异常惊讶，似乎不太相信。刘和顺长叹一声说："我们没钱了。"

"那你们还怎么去博乐？你们是哪里人？"

刘和顺蹲下身子说："我们是宁夏来的，去博乐坐家。"

"去博乐坐家还能没钱？！"络腮胡工作人员显得更加不解，他的声音听上去有种美妙的感觉，惹得东东目不转睛地盯着他那张嘴。

"我大真的没钱。"听络腮胡工作人员不相信父亲，东东忍不住补了一句。

络腮胡工作人员扭头看了看东东，会心地笑着，用手在东东的小脑袋上刨了刨，转身走开了。

直到其他人都走了，络腮胡工作人员这才走到刘和顺的旁边说："真没钱的话就没有办法了，不过你们出站后不要到处乱转，要注意安全，口外这地方你们不知道，现在有些乱，把女人和孩子领好，特别是他，你还要多留心。"络腮胡工作人员说着，看了一眼东东，做了个鬼脸，逗得东东嘻嘻笑了起来。

从火车站出来，一家人茫然若失，没有钱吃饭，没有钱买去博乐的车票，刘和顺心里凉冰冰的。他领着张娜和孩子漫无目的地向前走着，就在他们前面不远处，有几个当地老人朝他们看着。从刘和顺一家的破烂穿着和走路姿势，谁都不难看出这大大小小五个人是沿街乞讨的要饭人，更何况刘和顺怀里用烂毯子裹着的佳佳哭个不停，张娜由明明搀扶着，随时都有晕倒的可能。他们经过这几位老人身旁时被叫住了，其中一位老人拿出随身带的苞谷馍馍，给他们一人分了一块儿，又递过装水的葫芦让他们解解渴。

刘和顺感激涕零，即便是不多的一块儿苞谷馍馍和几口水，也足以让女人张娜虚弱的身子和孩子们饥饿的小肚子得到极大的安慰，仿佛身处绝境得以重见光明。天渐渐黑了，他本不想再麻烦农五师办事处的于志军，但又没有其他办法，最后只能带着女人和孩子向农五师办事处方向走去。

当刘和顺领着女人、孩子步履维艰地来到农五师办事处时，不由傻眼了，办事处已经搬了。"那怎么办呀？"刘和顺蹲在街边，思想着如果是自己一个人的话，随便往哪儿一圪蹴，一个晚上就过去了。可有张娜和孩子，不论怎样，总不能叫他们睡在大街上，还得继续找。

落日的余晖映照着乌鲁木齐的大街小巷，刘和顺一路打问，总算在群众饭店的隔壁找到了农五师办事处的新址。他按照门牌标志找到了财务室，敲门进去一看却不是于志军，不免纳闷，一问才知于志军已在半年前由会计升成办公室主任了。

于志军对刘和顺一家的突然到来显得非常激动，上前紧紧抓住刘和顺的手说："老兄，看样子这次是连家都搬上来了？"

刘和顺说："还没有，我妈不愿上来，大儿子也撇下了，你说落怜不落怜。"

这时，于志军解释说："我几乎每一两周就要到收容所去打听一下，可一直没有你家小红的消息，现在全国到处大串联，她是不是跟上红卫兵跑到别的地方去了？"

刘和顺无奈地说："看来只能由她去吧，儿女大了由不了父母，但愿平安就好。先说眼前，又要麻烦你了，我这是顶风吃炒面——张不开嘴啊，但又没有办法。"

于志军打趣地说："看你老哥说的，这话就见外了，有啥难处尽管说。"

刘和顺不好意思地说："这么大的乌鲁木齐，我只认得你一人。要是我一个，随便住哪搭都行，可领着娃娃、妇人……"于志军说："没带证明是不是？"刘和顺说："啥都没有。""那这样，干脆让我们办公室给你开个证明，先登个店住下再说。"

一家五口狼狈不堪地站在人家主任办公室里，面前的这位干部却没有半点儿讨厌的迹象，张娜忍不住说："真是麻烦了，主任。""没事儿，嫂子，你们来找我，我高兴还来不及呢。"于志军说。

证明开好了，于志军又掏出十块钱让刘和顺领着妻子、儿女去群众饭店住下。刘和顺接住钱说："钱，我可不能白拿，得给你写个欠条。""算了算了，还写啥欠条。"于志军连连摆手。

张娜说："那可不行啊，主任，欠条咋了都得写一个，你就不要拦了。"于志军认为再推脱就不好了，便让刘和顺写了欠条。欠条写好后，刘和顺与于志军道别，领着女人、娃娃来到群众饭店，让服务员安排了一个便宜的大房间住了下来。

在乌鲁木齐等了两天才等到农五师的车，车票也是于志军给买的。到站后，一家人从博乐向上游队蹒跚而行，刘和顺说："沿着这条道，一直往前走就是咱们的家。"

张娜感到恍然如梦，这就有家了。看着女人和孩子困乏的样子，哪有体力走到上游队，刘和顺叫他们顺路慢慢走，自己先去队上借个车，这样会快点。刚到队上，迎面碰上吾买尔提老人一瘸一拐地拉着架子车去干零活儿。看见刘和顺回来了，老人特别激动，迫不及待地用生涩的汉语问道："哎，羊缸子上来了没有？""大叔，来了！"刘和顺一脸喜气，抑制不住地高兴。

吾买尔提大叔捋着胡须，伸出大拇指，张着掉了好几颗牙齿的嘴憨笑着说："亚克西，亚克西！""大叔，我想用一下车，"刘和顺指着车比画着，"女人、娃娃还在路上呢，他们走不动了，我想用车去拉一下他们。"

吾买尔提赶忙把车给了刘和顺，又牵来一头小毛驴，帮着套好车，挥手让刘和顺赶紧去接，老人脸上的笑容十分灿烂。

刘和顺赶着毛驴车在半路迎上了张娜和三个娃娃，一家人坐在车上有说有笑向上游队赶来。吾买尔提一家早早等在村口，帕赫木罕急忙从张娜的怀里抱走佳佳，她惊喜得手舞足蹈，用生涩的汉语说："我的小乖乖，赶紧让奶奶抱抱。"

佳佳怔怔地看着帕赫木罕，并没有因为陌生的奶奶而啼哭，过了一会儿，竟抿着嘴甜甜地笑了。帕赫木罕异常兴奋："看看，她笑了，她笑了！"帕赫木罕抱着佳佳，牵着张娜的手，让赶紧进屋。

一家人说说笑笑进到屋里，帕赫木罕再也闲不住了，她忙着给刘和顺一家倒奶茶，端上白面馕，并掰碎递给他们吃。

吾买尔提老人高兴得用手不住地抚摸着明明和东东的头，阿扎提古丽和买买提江站在吾买尔提的身后，直往明明、东东这边瞧，他们早想拉着明明和东东去玩。

看着站在地上衣衫褴褛的明明和东东，帕赫木罕的眼眶湿润了，她抹着眼泪说："真是不容易啊，千里迢迢的，总算来了，来了好！"

刘和顺搬家回来的消息传得很快，一时间上游队里的人几乎全都知道了。晚上，队长艾孜买提，副队长陈卫东，还有罗昌荣、罗恒宇叔侄和上游队里的一些社员都来看他们。小屋子挤得满满的，他们有说有笑，看上去比刘和顺还要高兴，似乎是把他们家搬来的样子。

这些来自不同地区的各民族兄弟姐妹的欢声笑语将吾买尔提的家烘得暖洋洋的。艾孜买提不停地看着这个小屋，对陈卫东说："吾买尔提大叔一家四口，他们一家五口，这间小屋可住不下了，能不能想点其他办法？"陈卫东说："我看把队部里那间装杂物的小屋子给腾出来，先让刘和顺一家搬过去住，吃饭暂和吾买尔提大叔在一起，等以后再想办法。"艾孜买提和罗昌荣等几个人都表示同意。

当晚，九口人全挤在吾买尔提家休息。说是休息，还不如说一大家子都没有合眼，说笑不停，互道着口内、口外的趣事，当然这就辛苦了阿扎提古丽，她左左右右忙着当翻译。

第二天，刘和顺一家就搬进了队部堆放杂物的小屋，在征得两位队长同意后，罗昌荣从仓库里给刘和顺借了两张苇席，铺在地上算是床铺。帕赫木罕领着阿扎提古丽来看他们时，说睡在单薄的苇席上对身体不好，又让刘和顺在下面垫了一层厚厚的麦草，帕赫木罕才放心了，并解释说："要是不铺厚实，身子骨一旦潮出病，那就麻烦大了。"

为方便做饭和不再连累吾买尔提一家，没过几天，张娜在暂住的小屋砌了一个锅台，上游队几个干部送来一些锅碗瓢盆，就这样开灶了。

不到一个月，经几名队干部商议，让刘和顺一家搬进了上游队一户社员搬走留下的两间土坯房。

月儿湾里，刘和顺带着女人娃娃走后，张奎的心上甭提有多顺畅，好似将嵌在肉里的一根刺彻底拔了出来。他站在洞洞梁顶俯瞰，感觉将整个月儿湾甚至刘家坪村都托于掌心。

他在山顶站了一会儿，背搭着手往社员劳动的地里走去，看见虎娃佝偻着身子在荞麦地里干得起劲，姚兰香也夹杂在一帮女社员中干得十分认真。不远处，范正涛跟在这些社员身后捆束子，自从批斗了几回后，范正涛在地里漫花儿、说顺口溜的习惯改了，人前也不趾高气扬说话了，这让张奎心上非常舒服，心想："看来批斗会还要开，对这些存在修正主义思想的老顽固绝不能手软。"

张奎还感到有些不满意，刘和顺居然没有上过刘家坪大队的批斗台，而且还将女人娃娃囫囵囵囵地引到口外了，他想天底下哪有这么便宜的事情。这不行，绝对不行，他要向工作组汇报，刘和顺走了，可是他家里还丢下他老娘和儿子呢，最起码得给他们一点颜色看看。那几年，遭受自然灾害，生活困难上口外混肚子情有可原，可如今他倒上口外去了，这和修正主义思想没啥区别。张奎这样想着，转身向大队部走去。

49

近年上游队的情况也不乐观，各种会议取代了生产劳动，极大地影响了社员们的积极性。尤其这是一个多民族的生产队，语言障碍始终存在，每当召开会议时，工作组讲完一段话，都要由专人用不同语言翻译后大家才能明白，有时候大家是用眼神和表情判断讲话精神，这让队长艾孜买提和副队长陈卫东格外伤神。刘和顺和克里木不止一次地给他们打气："不管社员们心里怎么想，你们可不能随波逐流，要教育社员加强团结，抓革命、促生产。"尽管艾孜买提非常给力，但还是有些队干部顶不住压力，辞职不干了。

由于刘和顺在上游队一以贯之的突出表现，且历史清白，不久被工作组推选为队里的保管，这个变化让张娜和孩子们欢呼雀跃。但刘和顺却高兴不起来，留在老家的母亲还有虎娃无时无刻不让他牵挂，他想象不来奶奶孙子两人是怎样生活的。

这次搬到口外来，日子一绕三四年又过去了，女儿小红依旧没有消息。当初因过于穷困，女儿不小心摔碎了奶奶仅有的吃饭碗，他气愤地扇了一巴掌，打跑了女儿，随着时间的推移，他心中的伤痛和自责愈来愈沉重。

经历了这么多的事情，刘和顺从来没有像现在这样失落和伤感过。他感到自己一事无成，连原本极其简单的事情都没能力处理好，致使女儿至今都不知下落，何谈干什么大事。

正当他忧心忡忡的时候，接到了一份来自口里老家的电报，电报是母亲托人发的，内容只一句话：虎娃上来接站。

这封突如其来的电报让刘和顺感到有些不安，虎娃怎么能上口外来？那家里撇下母亲一个人怎么过呀？刘和顺脑子里全是问号。但不论怎样，电报已经收到，他必须根据电报发出的日期去乌鲁木齐接虎娃。

明明和东东听说哥哥要来，高兴得在屋子里蹦蹦跳跳，张娜一脸喜色。唯刘和顺阴着脸说："你们都先不要高兴，如果这是虎娃的主意，我不但要收拾他，还要把他塞上火车送回老家，真反了他了。"刘和顺是这样说的，也怀揣着这样的打算，三天后来到了乌鲁木齐。

他在乌鲁木齐等了一天，第二天晌午时分就接上了虎娃。虎娃并不是一个人来的，而是由马世文大儿子麻乎子带上来的。

麻乎子一见刘和顺就泪眼婆娑地说："刘叔，虎娃这就带给你了，我的任务也就完成了！"

"你咋也来口外了？"刘和顺拍着麻乎子的肩膀问。

"我大说他在石河子那面落下脚了，让我上来帮他盖两间小房子，等明年开春了再把全家搬上来，我妈也让我顺便看看外爷和舅舅。我走时，刘奶奶要我一定把虎娃带上，她还叫我给你捎个话，说虎娃上来了，月儿湾家里你就别操心，让你抓紧给虎娃看病。"刘和顺听着麻乎子的话，不知不觉已随人流走出了火车站广场，在一家兰州拉面馆门前停下来，给两个孩子每人要了一碗面，自己则要了一碗面汤充饥。虎娃看着父亲没有要面，捞出来几根，说自己不想吃，麻乎子顺手一揽笑嘻嘻地说："正好，我一碗不够，这些就归我了。"气得虎娃直瞪眼。

"行了，行了。"刘和顺一语双关，怕两个娃娃因半碗饭闹起来。

走出面馆，刘和顺领上虎娃、麻乎子来到碾子沟汽车站，看着麻乎子买好车票，上车坐到座位上，他才和虎娃离开。

在乌鲁木齐去往博乐的路上，虎娃不停地给父亲说着月儿湾的情况。

虎娃说："现在张奎神气得很，他们几乎天天开批斗会，村里的人差不多都整过来了。给二大爷、正涛爷爷和以前的村干部架土飞机、扇耳光子，捆在台子上斗，最憎恶的就是杨银香，简直就是个母老虎，她每次都先动手，拳打脚踢，二大爷和正涛爷爷一声不吭，每次看得我和奶奶都掉泪。"

刘和顺听着儿子的话，默然无语。

虎娃继续说："一个月前，月儿湾下了一场大雨，第二天，我还和正涛爷爷在一搭儿拍地埂，说说笑笑，一切照旧。"

说到这，刘和顺疑惑地瞅瞅虎娃："你正涛爷爷？"虎娃抹了一把鼻涕，拉着哭声说："第三天一大早，范奶奶就找正涛爷爷，说昨夜下大雨时正涛爷爷拿了把铁锨出去再也没有回来。我和村上的十几个社员帮着在庄里的沟沟岔岔到处找，最后在弯弯沟的涝坝里发现了正涛爷爷，有的说正涛爷爷防山洪时被洪水冲到了这里，有的说是自寻短见了，晓不得究竟是啥原因。"说到这里虎娃已泣不成声。刘和顺一把揽住儿子，像是一尊泥塑呆坐在车里，半晌没有说话，任清亮亮的泪水顺着鼻子两侧漫下。

汽车马达声在笔直的公路上扯着嗓子嘶鸣，似乎在为突如其来的范正涛的死讯哀号，阴云密布的天空下，车后扬起的尘土悬在尾部，如同化散不开的心绪。想着儿子说的月儿湾的情况，刘和顺心如刀绞，他噙着眼泪问虎娃："你奶奶咋就想起让麻乎子带你上来？"

"我奶奶早就一直打听，说要是有人上口外，就让把我带上。可一直没有打听到，前些天听说麻乎哥要上口外，就让把我带上了。"

汽车不停地颠簸，虎娃声音颤抖，其实几天的路途，他的身体早就吃不消了，腰部疼痛难忍，为了不让父亲难过和着急，他只是尽力忍着。

作为父亲，刘和顺怎能看不出虎娃的痛苦，他只想带着儿子赶快回到家里缓着。虎娃趁父亲不注意时，伸手偷偷摸了一把自个儿的腰部，溢出的东西早已将裤腰浸透。一股钻心的疼痛又涌上来，他紧咬牙关。突然，他眼前一黑，晕了过去。

当虎娃再次睁开眼睛的时候，躺在父亲的怀里，一群服饰各异的人围着他们，用关切的目光注视着他，还有几个穿着裙子的大妈不时在抹眼泪。

汽车被迫停在去农五师的一个小集市旁，虎娃在大家的帮忙下从车上下来，他感觉浑身僵硬，腰部针刺般地疼痛。看着虎娃被病痛折磨的样子，大家都迟迟不肯离去。知道这病的人窃窃私语："此病一旦发作，犹如刀子刮骨一样疼。"他们无不赞叹虎娃的坚强，要刘和顺赶快送孩子到医院看看，要是时间拖久了，骨结核还会扩散。

刘和顺额上沁着大颗的汗珠，频频点头，他不是不知道这病的可怕，可身无分文，没有办法。他期盼儿子能再挺挺，坚持到家再做打算。

正在这时，从远处传来一个维吾尔族老人的声音，与人群里另一位维吾尔族老人说着什么。当老人走进人群，第一眼就看见了刘和顺，刘和顺几乎在同一时间看见了这位维吾尔族老人，异常惊喜地说："这不是吾买尔提大叔吗？你在这里干啥？"

吾买尔提老人指着停在路边的毛驴车，示意自己是过来赶集的。车旁站的是他的女儿阿扎提古丽。阿扎提古丽看见刘和顺，一双明亮的眸子闪着光彩，高兴地问道："这不是大叔吗，您怎么在这里？"

刘和顺神情焦灼地说："我是从乌鲁木齐接上儿子刚到这里的，他身体有病，不能走路了，在这里暂缓一下。"听到这里，阿扎提古丽赶忙跑过来，刘和顺指着虎娃说，"这是我的大儿子，刚从口里老家上来，又犯病了，只好在这儿缓一缓。"

"阿塔，赶紧让这位哥哥上车吧。"阿扎提古丽焦急地瞅着父亲吾买尔提。几个人一起把虎娃扶到毛驴车上，刘和顺这才松了一口气。

当听说虎娃腰漏一直很难医治，吾买尔提老人蹙着眉头想了想，对女儿说着什么，阿扎提古丽告诉刘和顺："我爸爸说，他有一个土方子，回去可以试一试。"

　　"是吗？大叔真有治这病的方子。"刘和顺喜出望外，激动不已。吾买尔提老人捋着花白的胡须，笑着点头。

　　刘和顺去乌鲁木齐接虎娃的这几天里，张娜和明明发觉浑身有使不完的劲，东东则是欢天喜地，好像吃了闲不住的药，在家里待不了一会儿就跑到村口张望，然后哼着自学的当地民歌又回来，非常失望地给张娜说："妈，天上的星星都要盼下来了，我哥咋还不来啊？"

　　"你有那么想你哥吗？"张娜一边收拾着家里一边说，"几千里路上，你哥就是上来了，也怕身体吃不消要受罪了。"

　　"妈，我咋就不想我哥呢？"东东瞥了母亲一眼，"我这天天都梦见他，梦着我哥的病好了，和我在月儿湾挖辣辣垒锅锅灶呢。对了，我昨晚上还梦见我把我哥打哭了，奶奶拿着笤帚撵我，我撒腿就跑，一跑把我给跑醒了。"

　　东东的话让张娜心里一阵难受，想起婆婆一个人还在月儿湾。东东不明白刚刚还笑盈盈的母亲咋就哭了呢。他疑惑地问："你咋了，妈？我哪儿说错了吗？""我是想你奶奶一个人还在月儿湾，"张娜停下手里的活儿，搁在炕沿上，"遇着下雨下雪山陡路滑，又没人扶，叫人心里咋放下呢。"

　　东东嘿嘿笑着，像是安慰妈妈："妈，这不是你的错，我奶奶她就是老固执。"

　　张娜瞪了儿子一眼："可不能这样说奶奶，看你没大没小的样子。"

东东吐了一下舌头，说："看来，要请我奶奶从口里老家上来，还是得我去请。"

张娜看着儿子的傻样，憋出一串笑声，这笑声更让东东丈二和尚——摸不着头脑："妈，你笑啥呢？"

"瞧把你自个儿说得能的！"张娜带着反驳的口吻说，"不要再耍嘴皮子了，赶紧到路口瞅瞅，看你大和你哥来了没有。"

东东这才如梦方醒，快步跑出院子，来到路口，看见父亲和哥哥乘着吾买尔提爷爷的毛驴车回来了。东东一个箭步冲了过去："大，哥，你们可算来了，这几天可把我急坏了。"

看着东东狂喜的样子，吾买尔提老人哈哈笑着，阿扎提古丽也一脸欣喜，大家都非常高兴。

听到虎娃到来的声音，张娜急忙跑出院子。虎娃强装笑容，大家把他扶到炕上后，吾买尔提老人让女儿阿扎提古丽赶快回家把他珍藏的一小瓶蛇油拿过来给哥哥治病。刘和顺和张娜帮着解开虎娃腰部的带子，患处的皮肤已溃烂化脓，而且散发着一股刺鼻的异味。

不一会儿蛇油拿来了，帕赫木罕帮刘和顺夫妇掀开虎娃的衣裤，吾买尔提老人用温水洗过虎娃的患处，滴了几滴瓶子里的蛇油，轻柔地涂抹在虎娃皮肤上面，手法虽很娴熟，但虎娃还是疼得嗷嗷直叫，这叫声让所有的人眼里泛出泪花。

虎娃到来的这年，口外的冬天异常寒冷，上游队里不少社员感冒了，吾买尔提老人已经几天没有上工了。

这天傍晚，刘和顺收工回家，正逢阿扎提古丽同佳佳玩，两个孩子的欢笑声在整个屋子里荡漾。张娜在一旁做饭，不时将头转向炕的方向，看着阿扎提古丽与佳佳嬉闹，高兴得嘴都合不拢。

刘和顺坐在炕边的凳子上问阿扎提古丽："你爸爸的病好些了没？"阿扎提古丽闪烁着一对长着长长睫毛的大眼睛说："今天好多了，也咳嗽得轻了，我爸爸说他明天就上工。"刘和顺说："还是再歇歇吧，等身体彻底好了再上工。"阿扎提古丽说："我爸爸说一家子人要吃饭，他可躺不住。"刘和顺说："告诉你爸爸，身子缓好了才能多挣工分，要是病缓不好，劳动一天半天又躺下，耽误的工分更多。"阿扎提古丽抿嘴点点头说："我会把叔叔的话说给爸爸的，他肯定会听的，因为爸爸最佩服叔叔。"

不一会儿，虎娃和明明，还有东东三个说笑着走进院子。虎娃的伤口经过蛇油擦洗处理，有了明显好转，疼痛也减轻了许多。现在已经在队上上工了，家里他可待不住，他认为挣一分算一分，吃饭心里才踏实。

日月相催，一绕快三年了，这天吃晚饭的时候，刘和顺说："娃娃们都算算，咱们到这搭儿有几年了？"虎娃和两个弟弟扳着指头，明明倒是第一个有了答案："快三年了。"

刘和顺点点头说："就是，已经快三年了，最初来的时候，我就挤在你吾买尔提大爷家里，最后挪腾着搬到这个院里。如今虎娃也上来了，可我这心里还有一个豁口。"刘和顺语气凝重，眼里闪着点点泪花，叹息着说，"你们都说咋办，现在咱们都到一搭儿了，有了靠头，可你们的奶奶还一个人在口里老家，她靠谁啊？"刘和顺悲怆地瞅着几个娃娃，男人的语调让一旁的张娜抹起了眼泪。

虎娃说："大，我回老家接奶奶去。"刘和顺说："我天天都想着接你奶奶上来，可就是理不出个头绪，你有这想法很好，能行吗？"

虎娃疑惑不解："咋不行啊，大？"

刘和顺说："老家不是说回就能回得了的，你一个人回我不放心，可队里那么多事，我又走不开。"

东东说："大，我和我哥一起去。"张娜瞪了一眼东东说："悄悄儿坐着，大人一说话你就抢到前头。"东东有些不乐意，努着小嘴说："妈，我咋就不能说话了，我不去接奶奶，我哥他去接，说不定我奶奶还不上来呢。"

刘和顺皱着眉头对张娜说："这也是我担心的，妈那脾气，你还别说，咱们几千里路上让虎娃去接，未必肯上来。"他思考了片刻，问虎娃："如果你回去，你奶奶不跟你上来咋办？"虎娃皱着眉头想了想，抿着嘴说："那我还真没办法。可是总不能这样下去，若我奶奶遇上个头疼脑热的，她一个人就没办法了。"

刘和顺眼含泪水，用拿筷子的右手拍拍虎娃的肩膀："你这话说到大的心窝子里了，前天从你吾买尔提大爷家里回来，我这心里突然多了份担心，"他看了一眼明明和东东，"你们要是都能和你哥哥一样，晓得替家里着想，大也就舒心了。"

明明含羞地低下了头。

东东笑着说："大，就让我和我哥回去接奶奶吧！"刘和顺见东东仍然嬉皮笑脸，不由来了气："啥事都能像你想的那样简单就好了，你和你哥去，还不是让你哥又多操一份心，你能把你自个儿管好，我和你妈就谢天谢地了。"

张娜觉得有点不大对劲，接过话头说："先吃饭，娃娃都干了一天活了，你看你，谁掰了你家的生馍馍，生这气。"边说边瞥了一眼刘和顺。

刘和顺拿起筷子说："好好好，先吃饭，接你奶奶的事咱们再想想，还是越快越好。"

夜晚起了大风，屋外不时有东西被刮落倒地，屋门被风吹得吱吱作响，刘和顺用木棍抵了抵，回到炕上却睡意全无。

窗台上，一盏油灯摇曳着微弱的红光，刘和顺披上衣服，面对油灯，心事重重。他仿佛听到了月儿湾里山呼海啸的风声，看到母亲姚兰香蜷缩在那孔年久失修北窑的炕上，无助地望着黑夜。那张瘦削的脸布满皱纹，她一次又一次地扯着那张破毡裹盖身子，似乎每一次扯动都要花费很大力气，以至于双手颤动，喘息不已。

50

刘和顺斟酌再三，为了少花费，更为了让奶奶疼孙子，决计让大儿子虎娃回老家接母亲上来。

稍做准备，刘和顺给儿子找了个去乌鲁木齐的便车，临行前再三叮嘱："虎娃，到了乌鲁木齐，买上火车票，一直坐到兰州，再想办法回去，遇啥事都不要害怕。"虎娃使劲点头："大，你就放心吧。"

"卜来的时候，记着提前给我发个电报。到了家里，你给奶奶好好儿说，要想办法说动奶奶，可不敢惹着生气，上来时路上要多操心。"刘和顺盯着儿子，叮嘱了再叮嘱。虎娃满脸欣喜地答应着，一副不负众望的神情。刘和顺问："要是你奶奶坚决不上来，你会咋办？""这个我没想过。"虎娃想只要他回去，奶奶一定会上来的。刘和顺看着儿子不知所措的样子，严肃地说："记着，啥事情不要往最好处想，要担住一头儿。这一路上，你就先考虑奶奶不上来时你有什么办法。"

虎娃似乎顿悟的样子，说："大，你就放心，就是背，我也要把奶奶背到口外来。"刘和顺关切地说："你也要照顾好自个儿的身子。"

虎娃乘便车、坐火车、转汽车，没太费劲就回到了吉平县。倒是在从县上徒步回月儿湾的路上，他的腰部开始胀痛，这段路程一下变得漫长，是时隐时现的亲切乡音和对奶奶的无尽思念支撑着虎娃越来越接近坐落在洞洞梁山腰的月儿湾。

萧索的冬景下，月儿湾稀疏凌乱地居住着几十户人家，离家越近，虎娃越兴奋，忘却了病痛，近乎跑步回到了一家人曾住过的院子。山风携来的枯枝败叶落满空旷寂静的院子，那间被揭了房顶、卸掉门窗的土坯房失去了往日的生机，那孔陪伴了奶奶几十年的北窑，悄然静默，看上去像一位饱经沧桑的老者，怅然地望着远方。风吹日晒雨淋下的门窗，早已褪去了本来的颜色，泛着陈旧的灰黑，似乎稍稍用力就会破碎。门是关着的，奶奶不在家。

虎娃本能地倚靠在土窑墙上，朝四围望望，没有发现奶奶的身影。他正打算顺着山路找寻，看见有人从山坡路上下来，那人隔着老远就向虎娃喊话："虎娃，你是啥时候回来的？"声音带着惊讶和不解。虎娃说："是汪叔啊，我刚到家，我奶奶咋不在啊？"

"天寒地冻的，你咋又回来了？"汪克齐把两只手筒在衣袖内，呼哧呼哧喘着粗气问，"你大你妈都好着吗？"

虎娃的脊椎疼痛难忍，他抹了一把额头上的汗说："好着呢，汪叔，我是回来接我奶奶的。"汪克齐轻轻地点点头："我想你大也该来了，你们一家人都跑了，丢下你奶奶一个人，要不是你妈人缘好，认下的几个姐妹早晚搭门前过时进去看看，给你奶奶做点吃的、洗浆洗浆，你奶奶恐怕都不在人世了。"汪克齐没有再继续说下去，摆了摆手，"不说了，不说了。说实话，怪想你大的，他那犟脾气不知在口外改了点没有，反正我至今一记起他那骂人的姿势，心里还害怕呢。"

虎娃呵呵笑着，不知道怎么接汪克齐的话茬，索性只是站着听他说。汪克齐像又想起了什么，用探究的目光上下打量着虎娃："你的病好了没？"不问倒罢，这一问像是牵动了虎娃的神经，腰椎疼得越发厉害。

汪克齐看出了虎娃的病痛，把筒在棉袄袖子里的手抽出来，指指点点地骂起来："你大虽是个硬成人，可我就看不惯，几千里路上打发你来接老人，也不管娃娃这身体能不能吃消。唉，就是个犟驴。"

虎娃的脸涨得通红，不仅因为汪克齐在弹嫌自己的父亲，更因为身体疼痛难耐。

汪克齐指着门说："你把门打开先进去缓缓，估计你奶奶去山上拾柴火了，一阵子就下来了。我去趟大队部。"

虎娃说："我就这样等会儿，大半年没见奶奶了，这猛地一来，不经奶奶同意开门进去不好，会把奶奶吓着的。"

"那好，你就等等。"

汪克齐走了，院落又恢复了平静，阵阵冷风从山顶吹来，虎娃穿着单薄，不禁打了个寒战，他实在有些招架不住了，解开门闩进了土窑，一股浓烈的炕烟味儿钻进鼻孔，土窑内的陈设和他走的时候并无二致，除了一张炕，剩下的就是一张案板，支撑案板的两截胡墼墙掉了些许泥皮，如同衣服上扯开的豁口，看着让人心凉凉的。案板上一把盛水的木舀子，仿佛张着一张大嘴，还有一个窄窄的装着莜麦炒面的白布袋子依墙而立，看得出里面的炒面已所剩不多。土炕上的竹席泛着焦红的颜色，仍旧铺着他走时的那件烂单子，虎娃轻轻将身子贴了上去，一阵温暖传满全身。

"是谁把我的窑门弄开了啊？"一个沙哑而又迟缓的声音在门外响起。"是我啊，奶奶。"虎娃听见奶奶的声音，挣扎着从炕上溜下来走到窑口，只见奶奶背着一只小背篓，双手拄一根拐棍，泛灰的头巾下露出几缕银丝，整个身子前倾，或许因双肩承受不住小背篓里的柴火，只好用整个身体来托着。她嘴唇颤抖，眼神木讷，伸长着脖子朝土窑门口看。"你是虎娃？"老人扯着嗓子问。

"是我啊，奶奶，我是虎娃，我接你来了。"虎娃从门里扑了出来，扶住奶奶背上的背篓。姚兰香伸着胳膊让虎娃取下，颤巍巍地说："接奶奶来了？哎呀，我的孙子接我来了！"

虎娃也不管奶奶说话的意思，接着说："奶奶，口外比咱们这儿好多了，我大让我接你上去。"

取下背篓，姚兰香直起身子，往窑里边走边说："上来了，下去了，就是个乱花钱。奶奶可不愿意上去，这月儿湾就是我的家。"只听拐杖戳得地面梆梆响。

虎娃跟在身后，目睹奶奶倔强的背影，他感到要完成这次任务远不是他在口外上游队想的那样简单。

隆冬的寒风吹得洞洞梁上的树枝不停作响，昏暗的灯光下，虎娃一动不动地趴在炕上，姚兰香双腿盘着，腰身端直地坐着，闭着眼睛身体不停地微微晃动。虎娃说："奶奶，这趟你无论如何要跟我上去，你要不上去，我也不走了。"

"我的瓜孙孙，你就不要动员奶奶了，奶奶是吃了秤砣——铁了心，哪搭儿都不去了，天大地大，我就待在月儿湾。"

奶奶话没说完，惹得虎娃扑哧地笑了，姚兰香有些纳闷："你笑啥呀？"

虎娃说："月儿湾这也叫天大地大啊？我说奶奶，口外那才叫一个天大地大。咱们这儿的山坡坡，下上一点毛毛雪，冰溜子上连人都扒不住。"虎娃说着伸出胳膊和手，在眼前缓慢打开，"口外一眼看不到边的那个平川水地，路也平得哟！"姚兰香闭着眼睛，嘴角显出微微笑意："不要给奶奶说了，你就是把天上的牛郎织女说下来，奶奶还是不去，奶奶就爱上这月儿湾了。"

虎娃学着奶奶的腔调："不是你瓜孙子说得好，是口外真个好。我大说了让你无论如何都要上去，他如今是上游队的保管，事情多得走不开，你不上去他放心不下呀。"

姚兰香听到这里，摇晃的身子猛然停下，睁开眼睛气呼呼地说："你不要提你大了，一提我就来气。"虎娃感觉刚刚与奶奶拉近了说话的距离，可这一不小心又让老人犯了脾气，他赶忙问："咋了，奶奶，你生我大啥气啊？"

"他的气我还生得大呢，人常说：'出了嘉峪关，眼泪擦不干。'几千里路上把你个病娃娃打发回来接我，他咋就能放心呢，看我啥时候不当面收拾他。"姚兰香哼了一声，生气地说。

虎娃嘻嘻笑着："奶奶，你不跟我上口外，怕就骂不上我大了，这辈子你都骂不上。"虎娃一副得理不饶人的样子，想用激将法激激奶奶，可姚兰香依旧闭着眼睛，啥话不说。

奶奶油盐不进，虎娃也不着急，也不生气，反倒在心里暗暗叫好："生姜就是断不了辣味，这老人家还真叫一个倔，看来不想点新招儿，她是万万不跟我上口外了。"

虎娃想到这里，不再啰啰唆唆地劝奶奶，而是慢慢将身子侧翻过来，脸朝窑墙的一面睡下。病患处一阵刺心的疼痛，继而连胳膊和膝盖的关节都隐隐作痛。虎娃咬牙没有出声，只是噗地吹灭了放在窑墙灯窝里的灯盏。窑内顿时一片漆黑，半晌他才没好气地说："睡觉吧，奶奶，你不跟我上口外，过几天我就一个人上去。"

姚兰香睁开眼睛，窑里黑咕隆咚的，灯盏已经被虎娃吹了，她窸窸窣窣睡下。虎娃也不说话，静静听着奶奶的动静。

过了一阵，姚兰香叹息了一声，黑暗中自言自语道："从民国十五年跟着我大来到这里，嫁到老刘家，沟坡陡洼地过了一辈子，到如今还没个安生，想让月儿湾的黄土把我给苦了，孙子又嚷着要接上去，看来我是个拖累啊！"

第二天虎娃起得很早，歇了一晚上，身子也松活了一些。他认为这事暂不能急，要从长计议。于是，他想到大队部瞅瞅，看能否打听到什么有用的消息。

大队部院里，已有人影走动，在虎娃心里，这个地方透着一股让他望而生畏的寒意，大院的墙壁上贴满白纸黑字的大字报，旧的还未完全脱落又被贴上新的。虎娃知道那上面曾经有人也张贴过他们家的大字报，他不识字不知道上面的具体内容，但从社员们口里，他听得出都是骂他大的话，说他破坏农业生产上口外了。队部大院对面的那块巨石，在冬日的寒风下泛着冰冷的凉意，虎娃清晰地记得有些社员被揪到那上面批斗的情景，张奎的女人像个野兽一样总是冲在前面，唾沫飞溅，令人恶心。

虎娃心里怯怯的，没再往下多想。他快步走进队部院子，只听见张奎经常出入的房内传出一阵斥骂声，他的心里有些纷乱，正不知所措时，小翠从门里走了出来。她表情严肃，什么话都没说，只是示意他赶快回去。原来张奎正在接受工作组的教育，原因是张奎的女人杨银香，将一张印有毛主席头像的画张贴在了窗户上。当时，张奎对杨银香的做法还表扬了一番。张奎说："看不出你还真有想法，把毛主席贴在窗子上，让刘家坪大队的每个社员都见证见证咱们对他老人家的一片赤心。"

"可惜这画上的毛主席头像小了些，"杨银香笑逐颜开地附和着，"要是再印大一些，那贴在窗户上才好看呢。"

儿子和儿媳越是这样闹腾，张贵彪的心里越不踏实，他进院子时，心里就有一种不好的预感。他不敢看贴在窗户上的毛主席像，进屋看见摆在桌子上的毛主席瓷像更是心神不宁。他感觉如果有一天毛主席他老人家知道他所做的事情，他会和其他社员一样被揪到那块面石上，被人批斗、唾唾沫。当想到唾他打他的人里少不了儿媳杨银香时，张贵彪心里不寒而栗，那简直是太丢人了。

古话说得好："天有不测风云，人有旦夕祸福。"那天夜里，月儿湾刮了一场近年来少见的大风，肆虐的狂风拍打着房屋和门窗，吹得人心发慌。第二天一早起来后，杨银香庆幸贴在窗户上的毛主席头像没有被风揭走，她又重新整理了一番，但始终感觉没有贴好。她看着毛主席头像，下意识地想到了图钉，她感觉用图钉将毛主席头像下颚处的那颗痣遮住会更好，不但能贴得更结实些，而且使毛主席的头像会更显光辉。杨银香为自己的想法兴奋不已，她找了一枚图钉，细心地按压在毛主席头像的那颗痣上。她站在院子里，端详了好一阵子，才满心欢喜地走进屋里。

张奎作为刘家坪大队的大队长，他家院子里自然每天都有人进进出出，不知道什么时候，也不知道是谁，把这事告诉了工作组。虎娃在大队部听到的呵斥声正是工作组教训张奎的声音。那张被钉了图钉的毛主席像就摆在张奎的眼前。工作组对张奎的恶劣行径大加斥责，说张奎是真正藏匿在人民队伍中的反革命。

当时张奎被五花大绑在那间屋子里，杨银香也不例外，哆哆嗦嗦站在张奎身旁，工作组让刘家坪大队赶紧张贴大字报进行批判，而且当晚就要召开针对张奎和杨银香的批斗大会。

这突如其来的事情，使刘家坪大队措手不及。小翠的心里也不是滋味儿，她说不上对张奎是同情还是憎恶，但有一点可以肯定，张奎曾经不止一次给她偷送过食物，对于那事背后荒唐的初衷，小翠已经不愿过多地考虑，而且那是第一次，也是最后一次。后来，张奎有时虽然看她的眼神有点不大对劲，但是当了大队长以来，他似乎对自己也有要求，从未对她再动手动脚。把杨银香揪出来批斗，这倒让小翠心里感觉十分熨帖，对于这头母老虎，刘家坪大队的每个社员虽然嘴上不说，心里其实早就恨透了。

虎娃说不上是高兴还是失落，回到家里，奶奶在填炕，她的咳嗽声不断击打着虎娃的心。他站在窑门，感到浑身都不舒服，望着远处的农舍和庄稼地，记忆如潮水般涌来。他和村里的孩子们追逐玩耍，阵阵笑声飘荡在河沟谷底。母亲拖着长长的尾音喊他的声音，似乎还隐隐地听得见。红红的一片连一片的糜子地，他跟着二大爷放鹞子，鹞子从手里飞出，糜子地里隐藏的麻雀轰的一声飞起，他大吼一声，鹞子又飞回到手上，那种荣耀从未有过。每年秋天的挖锅锅灶、烧洋芋又是何等地惬意。他想起父亲上次回来的情景，张奎带人说着风凉话把院子拆得乱七八糟，父亲性情那样刚烈，竟一句话也没有说，他一直想不通父亲怎么就一句话都没说呢。

而此刻，呼呼的风声从耳畔吹过，眼前已经物是人非，虎娃似乎明白了一些不是他这个年龄孩子该明白的道理。虎娃心里仿佛积压着很多事情，想到了这个村庄很多已去世的老人，生命原来不过是一个过程，是一趟有去无回的单程车。他好像透过一层层迷雾看清了前面的路途，他甚而想到自己有一天也会离开这个世间，不免多了些许忧伤。他明白奶奶的不离开和父亲的那次不争吵其实都是最宝贵的。他不禁感到奶奶的可怜，是他不允许她留在月儿湾这块黄土地上。当这个念头闪现的时候，虎娃又赶忙遏制住了，他不想再往深处想，因为他觉得再往下想，便会察觉父亲的残忍，而执行这个残忍任务的人正是他虎娃。

虎娃感到好奇怪，同一件事情，从不同的方向去考虑，得出的结论截然不同。他开始考虑奶奶不想离开月儿湾的原因，看来硬拉奶奶走是绝对不行的，只有把她心里不能放下的一切安顿妥当，她才愿意离开，也才能离开。

虎娃走进屋子，奶奶依旧坐在炕上，他还没有开口，她就已经说话了："你咋又回来了？奶奶还以为你一个人上口外了。"

虎娃也不回答奶奶的话，开门见山地问道："奶奶，今儿咱们奶奶孙子把话挑明了说，你就说你咋不想上口外呢！"

"这话你算问对了，问到奶奶的心坎里了。"姚兰香开心了许多，"给你说实话，月儿湾是奶奶的一块心病。我记得给你大也说过，咱们这一走，谁给你爷爷和你太爷上坟。还有，奶奶总以为当年烧咱们家货窑害你爷爷的人就在咱月儿湾，奶奶想等他跳出来的那一天。最重要的是，奶奶怕你姐姐小红从外面回来，咱们都上了口外了，她到哪儿找咱们呢？那就让娃娃失望了。"

虎娃把两个胳膊抱在胸前，努着嘴看着奶奶，安静地听着奶奶慢条斯理地说着心里话。姚兰香说完，长叹了一口气总结道："要是奶奶的这三块心病都去了，我就跟你走，也不用你扶，奶奶自个儿动腿脚。"

虎娃听罢奶奶说的话没有表态，反而哈哈笑了，姚兰香被孙子的这一笑弄得莫名其妙，疑惑地瞅着虎娃。

"我以为奶奶心上都藏着啥事情呢，我还忘了给你说，小红在我下来的时候就回家了，所以我大打发我下来接你上去的。"

"你说啥，小红寻着了？"姚兰香有些惊奇，扯住虎娃的胳膊问。

虎娃看着奶奶激动的样子，心里默默祈祷老天爷体谅他向奶奶撒的这个善意的谎，如果不这样，奶奶是万万不会跟他走的。他点着头，眼里闪烁星星泪光："小红已经在十天前就回家了，我大说只有把你搬到口外了，咱们一家人才算团圆。他说你就他这么一个儿子，只有你老人家上去了，他的心才能放下！"

"回来了好，回来了好啊！"姚兰香抑制不住心里的高兴，不住地抹着眼泪，哽咽着，"奶奶想你都快疯了，我的孙孙！"她念叨着，挪动身子从炕上下来，不停地在地上转悠。

虎娃非但没有因为自己的小计谋奏效感到高兴，相反，他的心里非常难受。他深感这样对奶奶撒谎是不孝，但没有丝毫办法。虎娃心情沉重地说："我爷爷和我太爷的坟给邻村我大舅说说，让他们帮着照看照看，你就不用愁了。至于你说的烧货窑害咱们的人，依照孙儿看，出来不出来都一样，老天不会放过他的。张奎在咱月儿湾横行了这么多年，这不也让工作组给逮住了，今晚儿上就开他的批斗会。"

孙子的一番话，让姚兰香心里豁亮了许多，自言自语地说："不是不报，时辰未到，作孽害人的人，迟早都会遭到报应的。"转脸看虎娃时，只见他满面是泪，她就是铁石一般的心肠也不由软了，边伸手给虎娃擦着眼泪边说："不要哭了，奶奶跟你走，奶奶跟我娃走。"

虎娃扑哧笑了，泪水仍在眼里打转转。姚兰香这才想起刚才虎娃说的话，有些不相信的样子问："你说啥？今儿晚上要批斗张奎？"

虎娃说："可不，他们两口子都在队部，被绳子五花大绑着呢。"

"真想不到啊，长安子他个人精也要挨批，这就是报应。说一千道一万，只要我小红回来了就好，奶奶高兴啊！"

51

奶奶终于同意跟虎娃一起上口外了，这对虎娃来说无疑是完成了一项艰巨而伟大的任务，他悬着的心终于放下了。坐在热炕上，他不住地瞅着奶奶，隔上一阵会忍不住笑出声来。姚兰香被孙子的举动闹得有些纳闷，不由问道："你老这样对着奶奶笑啥啊笑，是不是看着奶奶老糊涂了？"虎娃赶忙说："奶奶，才不是呢，我是看着奶奶心里高兴，到了口外，有奶奶在我们身边，家里那才叫一个热火。"其实，虎娃是在为自个儿能说动奶奶而激动与兴奋。

月儿湾的冬季，凛冽的寒风历来特别硬，刮得洞洞梁上杏树、榆树、柳树僵硬的枝干像伸着的干瘪手指瑟瑟发抖。雪花随着冷风簌簌洒向地面，不一阵沟底的低洼处和田地的聚风处已铺满白白一层。

虎娃担心夜里会下大雪，阻挡他和奶奶的行程。他本来也打算晚上到大队部去看张奎的批斗会，此刻却生起懒惰，想裹坐在烙烙的炕上与奶奶说说话，明天及早动身。

姚兰香心里一块最大的石头落地了，心情甚好，听孙子说晚上批斗张奎，她想亲眼看看张奎被人批斗时的嘴脸。等到天色放暗，也不见虎娃动身，反而劝奶奶说："奶奶，这天气冷得拔毛，咱们还是安安心心待着吧，炕热得沟子都不爱抬了。"

姚兰香哼了一声，瞥了一眼虎娃："你不想去了那就在炕上暖着，奶奶可是要去，我要看看平日里能得要上天的长安子，站在那青石板上是个啥姿势，今儿斗这个，明儿斗那个，斗来斗去，他自个儿倒是也被揪出来了。这做人啊，就是不能太过分，太过分了，老天都不会放过你！"姚兰香说着，拿起立在窑门后的拐棍就往外走，虎娃一看奶奶真要下山，便坐不住了，急忙问："奶奶真要去啊？"姚兰香拄着拐棍站在地下冷冷地说："就这点陡坡坡路，你娃娃还想拦住我啊，别看奶奶这脚碎，走过的桥比你娃娃走的路都长。哼，上了一回口外就给我炮蹶子！"

虎娃嘿嘿笑着说："奶奶，这是哪和哪、谁和谁比呀，我跟奶奶去，我跟奶奶去。"

走在山坡小道上，虎娃想要扶着奶奶，可姚兰香甩开虎娃，自个儿偏偏地拄着拐棍走在前面，虎娃无奈，只好轻轻扯拽着姚兰香的衣服紧跟在身旁。奶奶的灰头巾不时被风掀动，虎娃看着夜色下奶奶硬朗的身体，心里窃窃思量："奶奶真倔啊，不过心气儿蛮大的，这样也好，以免上口外坐上几十个小时的火车让她老人家受罪。"

远远地，便见大队部火把闪烁，人头攒动。队部对面那块青石板上，插着两只火把，石板靠山的位置摆着一张不辨颜色的桌子。姚兰香心里禁不住一阵难过，多少次，张奎都和工作组正襟危坐在那张桌子后面，喝问着批斗对象，那态度、那架势有点活阎王的样子。

姚兰香忽然想起批斗范正涛的景象，那是多好的一个人啊，为人正直，吃苦耐劳，在那块青石板上被架着"土飞机"，让积极分子拳打脚踢。她叹息一声，觉得视线中的这块青石板罪孽深重，不知怎的，她的心境突然变得慌乱起来，当年丈夫货窑的那场大火蹿进了她的心里，事隔多少年了，当那情景再次复现，她难抑心中的阵阵绞痛。姚兰香抬头看看四周黑乎乎的大山，虽然没有明辨的色泽，但在她心里，每一处都清晰可见，她已经在这里生活了大半辈子，这块土地上有她太多太多的寄托和希望。如今，再过几天，自己将去一个新的地方，忧伤裹挟着姚兰香，她从来没有像今晚这样心境复杂。

队部大院里，几个人架着张奎朝青石板方向走来，站在火把前的社员一阵骚乱，所有人都随声向队部看去。虎娃扶着奶奶，附着耳朵轻轻说了一句："奶奶，快看，张奎出来了。"张奎的后面，紧跟的是杨银香，她往日的凶悍样子荡然无存，浑身好似被抽掉骨架，软绵绵的。

社员们闪开一条道路，张奎两口子被揪上青石板。队部院子里，依次走出三名工作组人员，大队干部，小翠也跟随其后。

人群中早有社员高喊："长安子，你是吃了熊心豹子胆了，敢在毛主席他老人家脸上钉钉子。"话音落下，人群中掠过一阵叽叽喳喳的议论声。虎娃正踮着脚看青石板上的动静，腿部被什么东西撞了一下，他转过身看时，是奶奶用拐棍敲着他。

"咋了，奶奶？"虎娃问道。

姚兰香说："我这肚子有些不舒服，咱们回吧。"

"批斗会可马上就开始了，奶奶。"虎娃瞅着姚兰香，好似面对一道难解的题。

"你要看你看去，我先回去了。"姚兰香语气坚决。"唉，奶奶，那咱们就回吧。"虎娃好似泄了气的皮球，摇了一下头，叹息着走出人群。

回家的路上，风声更紧了，雪糁子不时甩打在虎娃和姚兰香的身上，发出沙沙的声响。姚兰香本来想亲眼看看批斗张奎的场面，可到了现场，触景生情，想起了许多往事，全没了原先的那份热情，她想还是回到窑里安静点好。

下坡上坡往返一个来回，虎娃周身的关节发痛，加上天气寒冷，回到窑里，他浑身打战，为了不让奶奶生疑，他不得不强忍着，因为他非常清楚地认识到，在这个时候坚决不能倒下，他回来的任务还没有完成。虎娃终于盼到灯被奶奶吹灭了，黑暗中，他可以用各种极度痛苦的表情释放身体的疼痛，不怕被奶奶看见。

姚兰香一夜未眠，她记挂的事情确实太多，她甚而想到了口外，这拱土窑该怎样处理。如果没有人在，就是这烙烙的土炕也会冰凉得像石板一样，姚兰香禁不住双眼泪汪汪，她不敢想这孔和她相依为命了大半生的土窑会怎么样倒塌，直到消失。不行，她绝不能就这样让它从这个世上消失，她得给它找个着落，她想还是让小翠两口子照看比较好。这些年来，大家从没有因任何事情红过脸，在生产队里小翠和张娜也是最要好的姐妹，相互关照，说不准哪一年回来还有个落脚的地儿。

第二天，姚兰香祖孙二人起得很早，他们匆忙地收拾着东西，姚兰香看着土窑里的每一样东西都不忍心丢弃，可是总不能连锅带灶都一同搬到口外去，她有些犹豫不定。唯一能够带在身上的就是布袋子里剩下的那点莜麦炒面。往外走的时候，姚兰香又上上下下、左左右右打量了一番土窑里面，酸酸涩涩的滋味儿涌上心头，她尽量收住快要涌出的泪水，趴在炕沿，双手伸进破毯下摸了又摸，啊，多么温热，多么舒坦，她再也控制不住了，眼泪似喷泉肆无忌惮地奔流而出。

实际上，姚兰香这样一次次地摸着贴心的土炕，就是在装些念想，无论走到天涯海角，故乡总在她的心头。姚兰香眼一闭狠心跨出土窑，关上窑门上锁的那一刻，她仿佛将自己的心扉沉沉地关上。远行之地，无论是好是坏，她都感觉疲惫的双腿难以迈动。

真要离开生养自己的土地，祖孙二人的心情格外沉重，看着披裹薄雪的孤零零的土窑，晨风中飘荡炕烟的空旷的院落，姚兰香和虎娃眼噙泪花，即使跨出去的步伐再坚定，心里也早已被浓浓乡愁淹没。

"唉——"姚兰香长长地叹息一声，将手里的拐棍挪动了一下，"走，哭啥呢，你看走开了心上难过不，故土难离，故土难离啊……"姚兰香声音颤抖。清晨的寒风撕扯着她的头巾在身后有节奏地摆动，宛若一段凄楚的旋律，淡淡眉毛下的双眼由于没有得到充足休息而布满血丝，比前几日更显悲苦憔悴，收缩的双腮映衬得那张脸更加消瘦，嘴角布满皱纹，似乎没有丝毫的气力再多说一句可心的话语，低领的棉袄藏不住细长的脖颈，褪了颜色的棉裤看上去有些单薄，似乎根本抵御不了严冬的寒冷。

同姚兰香相比，虎娃身上的穿着更加单薄。浑身没有一件棉的，上身除了外面的蓝色粗布夹袄，里面就是张娜用破布缝补而成的一件衬衣，说是衬衣，其实它是双层的。上身就这两件衣服。下身外面的裤子看上去要比腿短一些，里面是张娜用几块破毯缀的"棉裤"，比外面的裤腿明显长出一截，暗旧的布料颜色便参差不齐地露了出来，脚踝和脚背裸着，破烂的布鞋，鞋头早已被磨破。虎娃头发蓬乱，眼神却不失机警，看着奶奶的一举一动。右肩背着奶奶缝制的装着炒面的布袋子，双手插在袖筒里，冻得浑身打战，双脚不住地在地上跺着，渴求奶奶的动作尽量快点，此刻除了天气带来的寒冷之外，他的身体似乎没有那么不适，或许是说动奶奶令他激动，已经忘却了身体患有顽疾。

清晨，月儿湾异常寒冷，社员们还没有上工，形似蛇状的乡间小道一直爬向沟底，落雪铺满小路，风中似乎有细碎的脚步声，可又听不清楚。祖孙两人出门刚踏上下坡的山道，忽闻有声音从身后飘来："姚姨，今儿就要走吗？"

虎娃转身看时，是汪克齐两口子，他们喘着气，看样子是赶过来的，姚兰香也停了下来，拄稳拐棍，回过头说："不走咋呢？虎娃回来都快半个月了，我怕他大又着急了。"

汪克齐和小翠加紧几步来到姚兰香跟前，汪克齐说："这确是实话，你老一个人坐在这搭儿，满粮不放心啊。你上去了，一家人到一搭儿了，他也就一心了。"

"是啊，老天关照的也是命大人，我还说有事要找你们两口子呢，你们就来了。"姚兰香在小翠的搀扶下边走边说，"我走了，还要麻烦你们呢，你们天天上上下下的，把我那庄院照顾着，走是个话儿，说不定哪一天又来了，多少还有个去处。"

"姚姨，你就放心走吧，"小翠说，"亲不亲，故乡人，庄院有我呢，只要一家人在口外顺顺当当过下去，不论哪天回来浪一趟，月儿湾永远是你的家。"小翠说着把装有几个油饼的小口袋塞给了虎娃，"本来想昨晚到家里转转，可队里的事情忙完已大半夜了，就没有过来。这是我昨天特意叮嘱老汪在公社饭馆买的，再没个啥东西，你们就拿上。"

"这来来回回地折腾，给你们添了不少麻烦，你说我还能不走吗？"话未说完，姚兰香已老泪纵横，哽咽抽泣。

姚兰香这一掉泪，惹得几个人都心里难受，泪汪汪的。

小翠赶紧接过话头："姚姨，刚好这两天老汪在公社办事，今儿是最后一天，你和虎娃先走，用不了一会儿，他赶着毛驴车就追上了，顺便把你们捎到新川。"姚兰香一听，心宽了不少，也收住眼泪，似批评似点拨地说："这么点年岁，还一口一个老汪的，也不害羞！"顿时，让说话的氛围轻松了许多，"到新川了我们也就不怕了，我最怕的还是咱月儿湾到新川这几十里路。"

天气同人的心情一样，仍然阴沉着，姚兰香虽然知道要去的是一个儿孙满堂的大家庭，但始终高兴不起来。虎娃自到县城给父亲发了电报，辗转坐上去定西的汽车，身体的疼痛就开始加重。汽车在崎岖山路上的每一次颠簸，都会给他的身体带来难忍的胀痛，额头上渗出大颗大颗的汗珠，他渴望汽车赶紧到站，渴望坐上火车后平稳的路能给身体些许舒适。

然而一切都不是虎娃渴望的那样，当他和奶奶坐上火车后，病魔对他展开了凌厉的攻势，他顾不上关心奶奶，似乎稍稍放松就有榔头捶打他的关节。他脸色铁青，身体颤抖，他不知道自己能否坚持到乌鲁木齐，有一股坚定的信念有力地支撑着他，他在心里给自己默默地鼓劲："大，我一定要把奶奶平平安安地接到口外，接到上游队！"

姚兰香连日劳累，看着身边的虎娃有些异常，她似乎忘记了他的病身子，而是更多地迁怒于火车车厢里的冷。她不住地颤抖着双手裹护着虎娃的膝盖，甚至隔着衣服能清晰地感觉到孙儿身体的冰凉，她没有抱怨虎娃穿着的单薄，儿子一家在口外日子过得并不宽裕，她在心里不住地祈祷，祈求上天能赐给孙儿温暖，不要让他再冻得哆嗦。

"奶奶，你累了就睡，不要管我！"虎娃强打精神说，"我早都冻惯了。"但是，那双浮肿充血的眼睛和痛苦的表情还是出卖了他。

姚兰香的确累了，年龄不饶人，坐车的辛劳使她早已疲惫不堪。

姚兰香迷迷糊糊地睡着了，头靠在孙子虎娃的肩上，发出细细的鼾声。窗外雪网紧织，夜色无边，虎娃感觉它们随时都会破窗而入，把他和奶奶裹入绝望的深渊。看着奶奶并不舒适的睡姿，他的心里涌过一阵又一阵的忧伤。如果不是因为自己的身体，他会让高龄的奶奶靠着自己，让她的睡意多些安然和恬淡；如果不是因为身体，他会腾出座位，甚至蹲在过道里扶着奶奶，让奶奶睡得更加踏实和舒服；如果不是因为身体……火车咣当咣当的响声是那样无聊而单调，虎娃盼着车能快点，再快点……

52

寒冬腊月，上游队刘和顺家里，虎娃蜷缩在炕上，面如土色，嘴唇乌青，上衣被卷起，整个腰腹部裸露在外面。他的身后，张娜慌乱地清理着刚从他腰椎患病处涌出的一摊脓水，整个房间充斥着令人作呕的气味。

由于火车晚点，姚兰香和虎娃从月儿湾动身到乌鲁木齐，走了整整五天，到达乌鲁木齐已是第六天凌晨，他们祖孙二人的情况远比刘和顺预想的糟糕得多。从火车站接上母亲和儿子的那一瞬间，刘和顺的心里就蒙上了不祥的预感，他固然为母亲的到来高兴，但是更为儿子病情的加重担心。一到家里，刘和顺就匆匆将母亲交给张娜照看，借了队里的毛驴车拉着虎娃直奔博乐州人民医院。

"这孩子的病耽误得时间太长了，已经错过了最佳的治疗期，你们怎么不早来？"医生盯着刘和顺，"现在病情已经恶化，住院也无济于事，只能在家里休息。"语气里带着明显的责备和遗憾，任凭刘和顺怎么祈求，医生都坚决不收。回到家里，他没敢对母亲和张娜说实话，编造说医生认为不碍事，虎娃在家里休息一段日子就会慢慢好起来。

天气越来越冷，虎娃的病越来越重。这天，虎娃疼得实在忍不住了，他让父亲将自己衣服的襟边往上卷卷，然后扶自己起来。刘和顺和明明将虎娃的上衣卷到肚脐以上，只见虎娃的身体已被汗水浸湿，像是被水洗的样子。明明用毛巾给虎娃擦了一遍身子，才和父亲慢慢用力将虎娃扶起，但是虎娃的身子还没坐起来，腰椎处就喷出一截塞物，脓水和糊状的液体溅了一炕，他们不得不赶忙放下虎娃，让他重新蜷卧在炕上。

此时，一家人目不转睛地盯着喷溅在炕上的脏物，既没有立即去擦，也没有任何嫌弃，心像被刀子扎了般地疼痛，也不知是在安慰虎娃还是在慰藉彼此受伤的心。

"我这会儿疼得慢了，你们都不要害怕。"反而是虎娃安慰起奶奶和父母，身子也随之轻轻动弹了一下。姚兰香不停地抚摸着虎娃的头，不住地说："慢了吗？虎娃，慢了好，只要疼得慢了，奶奶这心上也就好受了。"

"疼得慢了，奶奶。"虎娃看着姚兰香，嘴角浮出一丝笑意，可额头分明又渗出一层汗珠，"你可不要生我的气，奶奶，我哄你老人家说姐姐回家了，我不这样说，怕你不上口外来。"

"再不说这些了，奶奶不怪你，奶奶不怪你，奶奶知道你是个懂事的娃娃，"姚兰香哽咽着，"只要我虎娃把身子缓好了，奶奶比谁都高兴。至于你姐姐，老天爷会怜悯她，早晚有一天她都会找到这搭儿的。"

"我们天天盼着奶奶能上口外来，"虎娃抹了一把泪，为奶奶的体谅而高兴，"你知道吗，奶奶，能把你接上来，我这心里甭提有多高兴了，可是我这身子不争气。"

虎娃明知自己的病难好，为了不让家人伤心，对守候他的奶奶和父母说："你们都别难受了，我知道你们都很疼我，如果今世我真的先走了，我们一定会在天堂相见。"他抬起沉重的眼皮环视了一圈家人，调皮地问，"大、妈、奶奶，你们是希望我站在房子外面，还是站在人群第一排？这样你们就能一眼看到我。"

"再不要说了，"没有一人能忍受这种白发人送黑发人之痛，姚兰香边劝阻边抹泪，颤抖着双手一遍又一遍地轻抚着虎娃的脸，"我的虎娃好好缓着，奶奶这老骨头，把你们一家子牵连大了，要不是为了我，我孙孙儿今儿也不会成这样。"姚兰香说着抽泣得越发伤心，她感到虎娃现在这样完全是因为她，心里苦不堪言。张娜和刘和顺，早已泣不成声，一种揪心的疼痛撕扯着他们。

虎娃按住奶奶摸着他脸蛋的手，真切地感受着奶奶掌心的那坨温热，周身的疼痛感似乎消减了大半，他想用这样的方式建构内心的坚强，享受奶奶的到来给整个家庭带来的欢愉，然而身体的疼痛依旧像贪婪的魔兽一遍又一遍对他发起进攻，让他一次次陷入无比痛苦的深渊。

屋外天气阴沉，寒风裹挟着雪花飘飘洒洒。上游队的粮场上，没有分给农户的盖在一堆小麦上的秸秆被大风掀了起来。"这鬼天气，又刮起风了。"艾孜买提将身上的旧袷袢裹了一下，随口骂了一句。

"找些东西把粮食先压一压，"副队长陈卫东边给身旁的社员安顿边来到艾孜买提身边，"照这样下去，摊在场上的小麦会被风吹光的。"

"好，那就赶紧打发社员去叫保管，"艾孜买提尽量提高嗓音，"找些东西把麦子先压压……"话没说完，风钻进了他的嗓子，艾孜买提弓着身子咳个不停。

陈卫东并没有叫其他社员去，自己直接去了。刘和顺家的情况着实让陈卫东吃惊不小，一家老小悲痛地守在虎娃身旁。虎娃的那张脸毫无血色，眼眶塌陷，颧骨高凸，整个脸上的肌肉似乎被掏空一般，只鞔着一张皮，唯有那双深陷的眼睛的动弹，方显出生命的迹象。揭去半边竹席的土炕湿湿的，陈卫东不知道发生了什么。

他不敢想象虎娃从口里接奶奶上来才十多天的时间，整个人竟然变成这副模样。"这孩子是留不下来了！"陈卫东的心里陡然一凉，眼泪夺眶而出，他想人在事中迷，刘和顺可能还没有意识到。本来只打算要走仓库钥匙的陈卫东却将刘和顺叫到屋外说："老刘，你看这风大的，场上的那堆小麦要被风刮光了，你走不开，把仓库的钥匙给我，我们先把小麦装进库房。""麻烦你了，老陈，"刘和顺苦涩地说，从腰间解下钥匙交到陈卫东手上，"家里情况你也看见了，你和队长就多担待些。"

"都到这个时候了，队里的事你就不要再操心了，有我和艾孜买提呢，你可要把心放宽，给老人娃娃早早打些预防针。有时候人在事中迷，想必医生也给你说过孩子病的情况，你就不要再有私心了，我说这话的意思你明白吗？"陈卫东接过钥匙，拍了拍刘和顺的肩膀，压低声音说。

刘和顺点了点头。

陈卫东再没有说什么，径直走出院门，刘和顺呆呆地伫立在院中，心中一片茫然。

虎娃就这样坚强地撑了半个月。那天傍晚，他使劲地抬起软绵无力的右手，张娜忙扯动被子，试图盖住儿子裸露的手臂，他却固执地再次将手臂从被子里探出。还是奶奶看明白了孙子的意图，让刘和顺和张娜赶紧俯身听听娃娃想用这样的动作告诉大家些什么。刘和顺和张娜也极力地搜寻着儿子还有什么未了的心愿，一样儿一样儿地猜着，他都微微摆手。蓦然间，刘和顺想起一件事情，趴在虎娃耳边轻轻地说："是不是要手电筒？"虎娃紧闭的双眼动了一下，立着的右手缓缓地放在了炕上。是啊，在月儿湾看糜子时，虎娃曾看见张奎晚上到队部捏的手电筒，一束亮光把路面照得清清楚楚，他非常喜欢，觉得晚上用手电筒看糜子会更好。就像小秘密一样，他一直不敢说，还是在父亲带他去吉平县医院看病回家的路上，他才把这个埋藏在心头的秘密告诉了父亲。他想有一天自己有一只手电筒该多好啊，父亲答应等日子好过了一定给他买一只。

"儿子惦记着手电筒、手电筒。"刘和顺早已泣不成声，不停地抚摸着儿子的头和手，急忙叫张娜到队上找人借一个。在刘和顺把张娜借来的手电筒放到儿子手中，打开开关，一束亮光照到墙面的一瞬间，儿子脸上泛出一丝红晕，慢慢地，慢慢地脸色从发际开始渐变成了土黄色。虎娃像安然睡着一样悄无声息地走了。

虎娃原本想一家人到口外后，努力打拼一番，过上好日子，可疾病捆住了手脚，无论奶奶、父母怎样不舍，都无法挽留他的生命。

虎娃去世后，姚兰香颤巍巍地拄着拐棍，痛心地给安慰她的人说："我的孙孙儿是在一个凄凉的夜里来到人世，又在一个凄凉的夜里去了。他是一个懂事的娃娃，懂你的心酸隐忍，懂你的落寞孤寂。虽然没有上过一天学，一直都生活在不幸中，饱受病痛的折磨，但他明白事理，有一颗善良的心，他爱生活，爱我们大家。"说到伤感处不免老泪纵横，任凭大颗大颗的眼泪从脸上滚落，惹得许多人纷纷落泪。

地处黄土高原腹地的刘家坪大队，张奎和杨银香成了批斗对象，真可谓大快人心，社员们万万想不到在月儿湾里"呼风唤雨"的张奎也有被揪出来批斗的这一天，多数社员认为，这是报应！

一连几天的批斗会上，张奎双腿发颤，抖若筛糠，把这些年来所干坏事一应道了出来：为了整垮汪克齐，他巧使心计卖牲口；当保管，偷吃队上粮食；当大队干部，挪用公款低价购买刘和顺家橡檩门窗；有意冤枉范正涛等，当然最为严重的是破坏毛主席他老人家的画像。平时气势汹汹的两口子，这时成了软柿子，刘家坪队几户男人上口外的女社员也站了出来，咯着浓痰唾骂张奎，说他借当干部，不是说风凉话，就是动手动脚欺负她们，不时还会跑上去踹张奎几脚。一时间平日里挨过张奎骂的女社员也不再沉默，纷纷站出来批斗，就连张奎一指头也没碰过的一些女社员也站出来批张奎。陪在身旁的杨银香口里虽不敢说，心里却不住地骂张奎："你个死鬼，到处拈花惹草，看我今晚回去怎么收拾你。"

张奎实在受不住了，哭丧着脸又带着几分诡异的笑说："我总不是个驴吧！"

他的这话一出口，不但惹笑了台下的社员，也逗笑了台上的工作组成员，就连他自己也忍不住笑出了声。不承想这一笑给他招来了更大的麻烦，工作组骂他交代问题不老实，藐视会场，他不但会受到更为严厉的惩罚，而且还被要求好好反省，要彻彻底底把藏在心里的污泥浊水倒出来，不管是解放前的，还是解放后的。

交代来交代去，张奎连他小时候和人打架，堵着不让刘和顺和马世文拾狗粪，在村里偷鸡摸狗的大小坏事都交代了出来。张奎每说一件事，站在台下人群后面的张贵彪就捏着一把汗，他生怕儿子会交代出他这辈子干过的最伤天害理的那件事儿。但是到了最后，张奎还是在工作组的呵斥和审问下，心理防线溃败了，他说出了那个让刘家坪大队所有人都震惊的大秘密："刘和顺他大，刘和顺他爷爷，都是我大害死的。"

张奎的这句话让听到的所有人大为吃惊，工作组和积极分子的喝问声一下提高了八度，简直能揭开梁皮子："你大是怎么害死他们的？"

"我那会儿还小，记得刘和顺他大在黄风土雾的天气里把一个外面来的人赶出了家门，那会儿我们家就和刘和顺家结着梁子。"张奎颤抖着说，"我大经常思谋着要把刘和顺他大整一顿，那天那个外地人骂骂咧咧出了弯弯沟，我大回来说他有主意了。过了几天的夜里，风刮得人眼睛都睁不开，我大跑去把刘和顺他大的一窑皮货给点着了，回来后才舒坦了，说和刘运飞斗了半辈子，这下让他一辈子都翻不过身来。货烧了，刘和顺他大受了打击，就彻底病倒了，没有几天就完了，儿子一走，刘和顺的爷爷也就跟着走了。"

张奎的话说到这里停下了，他好像放下了一切，释然地坐在石板上，鼻涕眼泪地勾着头再没有说话。台下的张贵彪早已吓得尿湿了裤子，他不由自个儿颤巍巍地来到石板上，朝着工作组主动交代："我是个罪人，我是个罪人，多少年了，我这心上像插着一把刀子，一想起刘文清父子，我——"张贵彪说到这儿，瘫软地倒在青石板上。

站在台下的人群一阵骚动，喝骂声、指责声、叹息声像潮水一样淹没了整个会场，霎时间，沙子、胡墼像万千冰雹砸向张贵彪。

53

虎娃的去世，让刘和顺肝肠寸断，这个夜晚，他收整好队里的农具，往家里走，积雪拖拽着双腿，重得有些提不起来。他已经踉踉跄跄坚持十多天了，他深知如果自己倒下去，老母亲和张娜会顷刻间崩溃。暗夜的寒风呜呜咽咽，阵阵忧伤裹挟着他，如果不是因为自己，女儿不会离家出走，儿子更不会是这样的结局。他用粗厚的手不停地抹着脸颊，好似要把心底的所有沉闷都抹下来。月光惨淡，他感觉浑身的骨架在碎裂，他蹲了下来，就在那一刻，眼前一黑，一口鲜血喷了出来，瞬间染红了雪地。他强打精神捂住胸膛，闭眼瘫坐在地上，恍惚间看见虎娃梗着脖子朝他狂奔而来。

刘和顺病倒了，队里往日有序的生产一时间变得杂乱起来。艾孜买提和陈卫东忙得不可开交，这都近一周了，方抽出时间去探望刘和顺，只见他躺在炕上，整个人消瘦得不成样子，不知何时那一头黑发里冒出了根根白发。

姚兰香神情憔悴地守在儿子身旁，时而高兴，时而流泪，有些神经质地不停地对艾孜买提和陈卫东重复着那几句话："满粮可不能倒下，你们可要关心他，他倒下了让我去靠谁呀！"明明正从外面挑了一担水往屋里走，水桶碰在门槛上，水洒了半地，张娜忙不迭地提起水桶将水倒进了水缸，责骂儿子不小心。

"你们老哥俩来的意思我清楚，"看见艾孜买提和陈卫东来了，刘和顺似乎增加了不少劲头，挣扎着将枕头垫在脊背下靠着坐了起来，面带难色地说，"家里的情况你们也清楚，说实话，我撑不起心劲再操心队里的事了，不得不撂权把了。"

"唉，"艾孜买提叹息了一声，"队里的事情刚刚弄顺畅，你这一不干，又要乱了。"

"不是不干，"刘和顺眼瞅着艾孜买提，心里却很不是滋味儿，"你们清楚我的秉性和为人，胳膊腕子要是没力气了，还能挣扎一阵子，可心劲没了，啥劲也使不上来，你们就把我的'笼头'摘了，不要耽误大家的事。"

"有句话说得好：'雄鹰不怕风，男人不怕痛。'"陈卫东本有很多话要说，可又认为说得多了不适宜，于是把话头一转，"老弟啊，有困难你就说，可要撂挑子，我第一个不同意，你总得给队里干点啥吧，想把'笼头'摘干净没门。"

"拉着这样的身子，你看我还能干啥？"刘和顺一脸疑惑。

"本来商量着让你去记工分，"艾孜买提迟疑了一下，"那也是个麻烦活儿，还要操心，知道你不干，可老这样窝在家里也不是个事啊。我们当地有句谚语：'天亮靠阳光。'在外面透透气，心里也亮堂，考虑来考虑去，想请你到磨坊里和克里木给咱们看着磨面去，你看成不成？"艾孜买提说完，征求意见似的看着刘和顺。

刘和顺稍加思索，便会心地说："能成，我感谢你们二位。"一丝笑意闪现在脸上，那是感激的表情。"我算个啥啊，让他们这样关照。还要怎样？知足吧！"刘和顺默默思量，十分欣慰。

"这就对了！"陈卫东高兴地说，"队里不能没有你，你在了，我们心里踏实，把你个'白面饼饼'闲放着，我们心上总感觉缺些啥。"

"就不要再抬举我了，"刘和顺摆手笑着说，"可咱们要说好，粮食面粉我来管，柴油机那玩意儿我可管不来。记得在油田那会儿，就帮你老陈卸了几天螺丝帽，里面的路数我到现在也没有弄明白。"

艾孜买提说："好，一言为定，柴油机有克里木，你只管收粮磨面。"说完靦然一笑，达到了他既看刘和顺又商量事的目的。

"他乡遇知己，遇事跌年成。"人在经历了跌宕起伏和悲喜交加的往事之后，心境会大不一样。为报答艾孜买提和陈卫东这些年对自己的信任和关心，刘和顺怀着一颗感恩的心，与克里木一起为队里磨面，可干了不到两个月他就待不住了。柴油机只要发动起来，机器的轰鸣声和四处乱飞的面粉，让他如坐针毡，每次磨面，不仅人身上一片雪白，整个磨坊的地上也会铺上一层，只要一挪脚便会踩到白生生的面上，这可是养活人的五谷啊，想起早年挨饿受罪的情景，看着面粉被这样糟蹋，刘和顺于心不忍。"唉，不晓得上辈子亏了啥人了，"他总会生出这样的念头，"在口里老家险些饿死，跑了几千里路又来干这造孽的事情。"他完全没有感觉自己是在为队里干事儿，反而是在作孽，与其这样，还不如往他心上捅几刀子，但一时半会儿又不好向艾孜买提说，咬牙坚持了两个月，实在耐不住了，便找陈卫东说明情况，陈卫东并没有责怪，只是笑着说："你的心情我理解，谁都不忍心把五谷踏在脚下，但那是磨坊，哪能不落面粉呢？"

"让我下地吧，"刘和顺说，"你老哥就通融通融！"

"哈哈，"陈卫东有些惊讶，"我想通融，能通融得了吗？你就好好干着，谁到磨坊还会驾着云走路？"

"我真不想干了，"刘和顺语气坚决，表情凝重，"不顺心的饭没办法的时候我吃呢，可这糟蹋粮食的事我不干。"

陈卫东见刘和顺的倔劲又上来了，他知道再劝没有任何意义，也不再勉强："既然你真没心思干了，那我也做不了主，你去给队长说一声，看看人家的态度。"

刘和顺知道找艾孜买提只会碰一鼻子灰，索性再不去问了，在家装起了病，艾孜买提没有办法，只好另派其他社员去磨坊。

恰巧这时，上游队的会计因年龄大、记性差而辞职，老支书杜宏又打听到刘和顺曾干过这行当，动员他到大队当会计。对于会计，刘和顺倒是非常乐意，用他自己的话说："干其他的咱没水平，但算账拨算盘珠子还凑合，又能跟艾孜买提和陈卫东在一起忙活。"

从此，刘和顺把心思全部用在干好上游队工作上，为此结识了不少朋友，每逢他们民族的传统节日，他都会受邀共同欢度，他们也来给他祝贺节日。

有一年春节，蒙古族青年乌努尔夫妇登门，特意拜刘和顺和张娜为自家孩子的干亲。第二年秋收后，他们的儿子巴音刚好三岁，按照当地蒙古族的传统习俗，要给孩子"剪毛头"。"剪毛头"在蒙古族看来是人生大事，仪式非常隆重。所有来宾每人都要剪一下孩子头发并送上美好祝福，一般需要大半天甚至一天的时间。整个仪式共有四道流程。第一个流程，主人给来宾敬酒献哈达，刘和顺夫妇作为小巴音的干亲，自然也有准备。第二个流程，剪毛头、说祝福，刘和顺按照老家的习惯，特意备上了四句：一剪红运当头，二剪福泽延绵，三剪家全业大，四剪无忧无愁。四句祝福话话音刚落，欢呼声、鼓掌声此起彼伏，这是刘和顺从未感受过的荣耀。第三个流程，上全羊，这是蒙古族最丰盛、最高贵的美食，大家都请刘和顺先开第一刀，吃第一口。刘和顺哪里肯这样做，他拿上小刀，张娜端上小盘，反以主人的身份，按照辈分高低、年龄大小给每人分切一份后方落座与大家分享。他的这一举动，一时间成为上游队的美谈。第四个流程，大家相互敬酒，仪式进入尾声。

从事大队会计的工作不到三年，口外的核算单位就下放到了各小队。刘和顺手头的工作自然少了许多，他利用闲暇时间，又开始琢磨如何做点小买卖补贴家用。

这一年，明明自己做主报名当兵了。刘和顺知道后不但没有责骂，反而表扬明明有骨气，将明明领来的一身军装整整齐齐地摆在炕上，一遍又一遍地用手抚摸，看上去非常兴奋。"真像是梦啊！"刘和顺情不自禁地笑着，"那年在惠泽农场，发的一身工作服有点像军装，我没舍得穿，最后让人家又原模原样儿地收回去了。"他说着，不禁回想起当初在惠泽农场的幕幕情景，一脸遗憾。

明明笑着说："大，要不你把我这身军装穿上，在咱院子里转转，了了你当年的心愿。"

刘和顺两只手捏住军装的左右肩头，放在自己的胸前比画着，他好想穿上儿子的军装，敞敞亮亮地在院子里蹓几个来回。终究他按捺不住内心的渴望，开始解纽扣了。

"你就不要老骚情了，"张娜在一旁泼冷水，"儿子壅上几句，你就撼不住了，真当自己是个十八岁的小伙子。"

"看来啥都得分个年龄段，"刘和顺脸皮一烧，赶紧把军装放回原处，像是丢下了烫手的山芋，"不穿了不穿了，免得让你妈'羞辱'我。"坐在炕上的姚兰香忍不住笑着说："明明妈说的在理儿，明明的新军装，你就不要上身了，等到明明穿旧退回来了你再穿。"

明明红着脸，为奶奶和母亲数落父亲感到有些不好意思。

最后，弟弟妹妹欢欣鼓舞地让明明穿上军装，虽然未戴鲜艳的帽徽和领章，但明明的英姿飒爽和标致形象，让奶奶赞不绝口。全家人嗅着军装布料散发的丝丝香味，由衷地感到一种不一样的骄傲和自豪。

明明要去的部队是青海省某部骑兵连，一想到以后能有自己钟情的战马，还有一帮生龙活虎的战友，他浑身就有使不完的劲儿。刘和顺渴望地瞅着明明："你能当兵,是咱上游队的光荣。大晓得你喜欢马,这下可好了,你往后天天都和马打交道,但愿部队能锻炼你的意志,把你这把'剑'磨得更锋利。到了部队,要听命令听指挥,可不敢胡来,不管做人还是干事,都把脚板子踏实,啥时候你心里都实沉着呢。还有,要注意团结身边的战友。"

又转眼看看站在地上的东东和佳佳:"现在想想,咱们一家人上口外能活出今天这个样儿,多么不容易啊!"刘和顺字字句句压得非常瓷实,生怕几个娃娃听不见,"如今你们都不小了,我希望你们个个都比老子强。"刘和顺说完,再次将目光聚到明明身上,明明穿着军装站得直直的,哪是在聆听父亲的教诲,分明是在接受部队首长的训话,并响亮地回答:"是,儿子全记下了!"一句话惹得全家人笑得前仰后合,眼泪都流出来了。

姚兰香感叹地说:"奶奶这辈子从来还没有像今天这么高兴过!"

艾孜买提、陈卫东和驻村工作组一干人来刘和顺家慰问时,明明正穿着崭新的军装在院子里和东东玩打拳。"真是个好苗子,"艾孜买提一进院们就激动地对明明说,"你穿上这身军装,一下子精神了,到了部队可要好好干啊!"

明明腼腆地笑笑,陈卫东说:"都当兵了,还害啥羞啊,你可是艾孜买提叔叔亲自点的将,今后要把那害羞的习惯改改,这个样子还怎么冲锋陷阵,怎么上前线打敌人保家卫国啊?"

送兵的日子到了,上游队敲锣打鼓,热闹非凡,大队部挤满了各民族的男女老少,大家像过节一样穿着盛装。当身穿军装胸佩红花的明明走向大队部与欢送的社员们道别时,一群青年载歌载舞,欢唱着《阿拉木罕》《花儿为什么这样红》等歌曲一直拥簇着明明上了车。人群中刘和顺不住地向儿子挥手，脸上洋溢着会心的微笑。张娜尽管内心欢喜，但离别让她的心情格外沉重，怕难掩不舍之情没有出门去送。姚兰香则盘腿坐在炕上和来人说着话，也不停地抹泪，怕此生再也见不到孙子了。

明明走后，刘和顺的心里松宽了许多，可夜深人静时，女儿小红总恍恍惚惚出现在他的脑海，新的烦心事又让他无所适从。

身在康平二队的刘秀君，早已成了两个孩子的母亲，欣欣刚过三岁，她就生下了王兴阳的女儿，花季少女炽烈的梦被时间一点点侵蚀散落。她和王兴阳婚后的日子平平淡淡，对于孟氏的刻薄，她从没有记恨，不管怎么说，孟氏是长辈，她必须用晚辈的孝顺去对待她、感化她。

刘秀君经常想起小时候奶奶讲的一个小媳妇的故事。那是很早以前，有个小媳妇为了养活婆婆，到一个大户人家做饭打短工。每天和完面，她不洗粘在手上的面泥，偷偷带回来洗了给婆婆做面糊糊。有一天乌云翻滚，电闪雷鸣，婆婆和小媳妇都在忏悔不应该拿人家的东西。小媳妇认为这都是她的错，就把手伸到窗外想着让雷劈掉算了。突然一声巨响，小媳妇子不但双手完好，两只手腕上还戴满了金光闪闪的手镯。虽然刘秀君知道这是个传说，但她坚信好人终有好报，她期待用自己的善良和真诚打动婆婆。除了队里的农活，家里面零七八碎的活她都尽力去干，不让孟氏操心，一日两顿饭，她都遵照家里的规矩，问完婆婆后再去做。对于惠惠和燕子两个妹妹，每有闲暇，她都会主动和她们寻找话题进行沟通。当王兴阳因为干家务活数落两个妹妹时，刘秀君都会义无反顾地站出来替她们说话，把更多的责任担到自己身上，王兴阳为此大为不解，骂刘秀君这样子服软，会让两个妹妹爬到头上。私下里，刘秀君以实相告，把自己的初衷说给丈夫："家里面，总得有个人肚子大一点，说得不好听，就是软柿子，其实就是忍一忍的事，少些吵吵闹闹，大家和和顺顺的有什么不好呢？等到她们懂事了，自然就会明白。难道她们还会记恨一个对她们好的嫂子吗？"刘秀君的话不无道理，王兴阳因自己娶了一个顾家懂事的好女人而暗喜。

王兴阳家里两大阵容之间的分歧，随着刘秀君的不断调整，慢慢地融化了，消散了，渐渐显露出融洽的景象。但是刘秀君心里却藏着永远跨不过去的坎，那就是口里的老家她可能再也回不去了。一想起家，想起奶奶的慈祥，想起父亲的严厉眼神和母亲的温柔善良，负罪感和内疚吞噬着她。她没脸再回到那个让她思念和渴望的家庭，虽然公公婆婆偶尔也会问起她家的一些情况，说等时机成熟了，最好让她和兴阳去趟老家。已经好多年了，家里人肯定心都碎了，谁家没有儿女，谁家老人不疼惜自己身上掉下来的一疙瘩肉，各娘肉各娘痛。

每每这个时候，刘秀君感觉被困在一个死胡同里，没有地方逃遁。对此，除了沉默还是沉默，她连一丝敷衍的勇气都没有。她何尝不想回家啊，可她能以什么样的理由回去呢？因为一只摔碎的碗，因为父亲和母亲责怪了几句……她深知这是她在父母心上剜了一刀，在她有了孩子后，这种负罪感更加深重，觉得再没脸回去了。

事情往往就是这么巧。蒋秀梅在一个艳阳高照的夏日不经意出现在了康平，她是和潘云一同来的，他们两个竟然成了一家人，这让刘秀君颇感意外。那天，刘秀君与王兴阳扛着锄头，和社员们一起出村上工，在村头碰上了他们两个人。蒋秀梅看上去瘦了很多，脸上布满雀斑，潘云身上的娃娃气消失殆尽，已变成一个实实在在的庄户人，他们是来看望舅舅和舅妈的。他们在康平二队只待了两天，就去了王招娣家。蒋秀梅与刘秀君相见，全然没有以前的亲热感，只是彼此寒暄了几句。

刘秀君无法判断蒋秀梅和潘云看到她是什么样的心境，他们两个人走后，刘秀君躲在黑暗处伤心地大哭了一场。她哭自己的不懂事，负气来到口外，这些年难见家人；她哭自己的命苦，相爱的人好景不长，让她痛失爱情。这下自己真正成了无根的浮萍，不知飘向何方。

好在蒋秀梅告诉刘秀君，几年前刘秀君全家人已搬来口外，具体地址虽不知道，但刘秀君心里却燃起一丝希望之火。蒋秀梅走后的第四天，公公告诉刘秀君一个好消息——康平要成立一个卫生医疗站，站长是米妮古丽，工作人员要从四个队抽，二队的备选名单里有她的名字。

"是吗？"刘秀君显得很激动，甚至有些惶恐，"可是我对医疗知识一窍不通。"

"你急啥啊？"婆婆孟氏瞪着眼，"选上选不上还难说呢，你就会瞎操心。"

"妈，选上该多好啊！"刘秀君喜形于色。

公公、王兴阳、惠惠和燕子都一脸欣喜，等着孟氏表态。"我倒是盼着咱们家出个人才，"孟氏看了一眼屋子里的人，发现每双眼睛都瞅着自己，"你们干吗都瞅着我？我能决定呀？"

"妈，要是秀君选上了，你让她去吗？"王兴阳盯着母亲问。

"我又没老糊涂，咋不让去？"孟氏反驳着，分明有几分生气。

"嫂子要当医生了，嫂子要当医生了！"惠惠扯着嗓子喊了起来，还忍不住鼓起掌来，燕子跟着拍起了巴掌。

"这会儿高兴还早着呢。"刘秀君说。

"我想差不了多少,"公公脸上露出难得的微笑,"听说是米妮古丽点名要的你。"

"不大可能吧!"孟氏一脸绯红,提起米妮古丽她都有点儿不好意思,自己曾多次找她的茬儿和她闹事,她会不记仇?

"人家不和你一般见识,"王兴阳父亲带着讽刺的口吻,"我就搞不明白,米妮古丽怎么你了,你老爱和她生事儿?"

"说实话,整个康平,像米妮古丽那样好的女人没有几个,"王兴阳也说话了,"多里库他们两口子,对库尔班老汉多好,照顾得多周到,换了别人,恐怕躲都来不及。"

孟氏没有说话,此刻她着实有些后悔,不该无缘无故地找人家的事儿,她倒希望米妮古丽能将儿媳妇收在她的手下,干点医护方面的活儿,那样她的脸上也光彩。

事情并没有孟氏一家人想的那样复杂,刘秀君很快成了康平卫生医疗站的医护人员。她明知自己底子薄,干好本职工作之余,一心学习医护知识,与大家和睦相处,对于站长米妮古丽,她更是抱着感激之情。她常常用"记着别人的好,温暖自己的心"提醒自己、要求自己。

54

参军的路上,明明的心情不时被眼前的景色搅动。口外沙漠戈壁滩的荒凉渐变成一种青藏高原的荒凉,瑟瑟寒风里,浩瀚的草原凄凄泛黄,成群的牦牛、羊只,还有身穿藏服的牧民不时从他视线里闪过,毡房孤静，炊烟缓缓升起，经幡劲舞，风干的块状牛粪泛着黑油油的光泽，或方或圆码在一起，或围成宽阔的牛羊圈舍，毡房周围总有一群快活的孩子出出进进戏耍，幼小的孩子探着脑袋趴在母亲的背上。看着这一切，他的心隐隐作痛。

秋风阵阵，枯黄的山间草原，偶尔会有几个佝偻着身子，背着偌大水壶的妇女艰难地跋涉其中，不知这水是从何处背来的，只见她们一直步履迟缓地走着。明明的心头泛起一种难以名状的滋味儿，他原以为自己家里生活困难，可没有想到，这些牧民的生存状态远比他们家艰难。

来到军营，明明第一眼看见的便是百余匹毛色各异、体魄健壮的战马，一阵微风吹过，马厩里马粪的气味四处飘散。营房内的布置极其简陋，除了用砖头盘的火墙外，就是以班为单位支好的大通铺。

明明在这样的环境里踏实而愉快地度过了三年。三年间，马匹、战刀、枪械是他的伙伴，出操、训练、点名、学习、交流、相互拉歌是他每日的生活。规律的生活，严格的训练，使他由一名普通学生成长为一名合格的中国人民解放军战士。

清晨他和战友们在嘹亮的军号声里起床，夜晚又在嘹亮的军号声中歇息。三年的骑兵生活，锻造出明明结实的身体和坚毅的素质，青春的血液在高原上涌动，不管风吹日晒，还是冰霜雨雪，马背上的他挥舞着战刀诠释着保家卫国的忠诚，镌刻出英勇豪迈的骑兵形象，更叙说着雪域高原永不言败的骑兵军魂。在某些时候，说不清原因，明明就会想起背水的藏族妇女和趴在母亲背上的孩子，想起奶奶和父母，他的心里就会被一丝凄凉笼罩。

1976 年，明明光荣退伍了，除了穿在身上的军装，从部队带回一个小挎包和一个两侧被磨掉了漆的军用水壶。他把自己这几年积攒的津贴精心地分成两份：一份给家里每个人都购买了一样他认为满意的小礼物，一份他特意买了一双大头皮鞋。这样，他就可以带回两双大头皮鞋，他知道父亲的脚每到冬天都会冻肿，另一双他打算送给吾买尔提大爷，父亲曾说过吾买尔提大爷的脚一到冬天比他的还糟糕。

刘和顺看着退伍回来的明明，历练得身体结实，堂堂正正，说话办事果断干练，满心欢喜。"看来部队的这几年锻炼，还是管用啊。"他乐不可支地说，又上下打量着站在眼前的明明，顺着明明两条胳膊捋了捋，把他的军装整理了一下，又倒退几步，严肃地说，"摆个姿势让我看看。"

明明随即一个立正，向父亲敬了个正规的军礼。"有那种味道，好，好！"刘和顺在儿子的左肩上轻捣了一拳，满心欢喜溢于言表。就在大家你一言我一语聊得正欢的时候，张娜已把明明最喜欢吃的干拌面端到了他面前。明明双手接过这碗面的时候，一种发自内心的激动让他热泪盈眶，真是知儿莫如母啊！

虽然父子见面时间不长，但刘和顺觉得想问的都问了，想说的也都说了，吃过饭后，他提议和明明掰手腕："来，让大试试你手上的功夫。"引来了东东和佳佳的一片欢呼。

"你就让明明缓缓吧，"妻子对刘和顺说，"娃娃刚吃过饭，你就不要再出馊主意折腾了。""没事的，妈。"明明一脸欣喜地说。

"闲着呢，这咋叫折腾，"刘和顺搓着两只手，粗皮老茧发出沙沙的响声，"和我掰掰腕子怕折腾了，那在部队时是怎么训练的，还怎么保家卫国呀？"

"你的嘴啊，就会狡辩，"坐在炕上的姚兰香瞅着地上的一对父子，忍不住帮张娜说话，"东东他妈说得对，娃娃刚从远路上来，你不让他缓缓，就想着掰手腕，这不叫折腾叫啥！"话是这样说，姚兰香的心里却十分高兴。

"哈哈，连你奶奶都心疼了。"刘和顺笑着说，心里想放弃比试。

"奶奶，你和我妈就瞧好吧，我大现在掰不过我。"明明胸有成竹地说。

东东和佳佳怕此事被奶奶和母亲搅黄了，两个人打起赌来，东东说哥哥赢，佳佳说大一定赢，两个人争执不下。看着屋子里的热闹场面，张娜也过来凑热闹："我说明明准赢。"

佳佳一看全家人都说哥哥赢，她也改变了主意，立刻站到了明明一边，好像刘和顺注定会输。

"哈哈，好啊，你们都认为我会输，"刘和顺抹胳膊挽袖子，清了清嗓子说，"老虎不发威，你们还当我是病猫呢。"

"哥，你今天要拿出好身手，杀杀大的威风。"东东在明明耳边鼓动着。

这时姚兰香从炕上溜下来，站在了刘和顺身旁："这娘母子有些欺负人，妈支持你，满粮。"姚兰香说完，笑得嘴都合不拢。

刘和顺和明明蹲在屋里的一只板凳旁，父子俩的两只大手紧紧地扣在一起。瞬间刘和顺的心里一颤，多少年了，自己都没有这样近距离地抚摸过明明，他忽又想起走了的虎娃，眼噙泪花。

"大，你这是咋了？"

"没有啥，大高兴。"

"哥，加油，加油！"佳佳连声高呼，似乎哥哥赢了，她就可以领到某种奖赏。

此刻，刘和顺也沉下心来，明明非常尊敬地说："大，您先使劲，尽管用力。"

"比试可要公平，"刘和顺说，"你妈、你弟、你妹妹他们都盯着呢，大可不想让他们说我占了你的便宜。"

父子俩手腕同时用力，当刘和顺吸了一口气二次用力扣住明明手的时候，明明这才感觉到父亲手上的力量。两个人手和手握在一起，僵持了约两分钟的时间，谁也赢不了谁，就此收手。

刘和顺这是第一次和明明掰手腕，明明没有想到父亲用这样的方式迎接他，他从小就很惧怕父亲，父亲也很少和他们说笑，今天这种方式让他心里热乎乎的。他更没有想到父亲的手劲有这么大，他已用足了全身的力气，他想如果再坚持下去，输的一定是自己。

东东、佳佳看到哥哥赢不了父亲，有些沮丧，张娜微笑着继续忙她锅灶上的活儿去了，姚兰香倒来了精神，挪动着脚步边往炕边走边说："娃娃们都听着，活在世上，千万不敢门缝里看人，这就是例子。"

明明从背包里掏出两双大头皮鞋，把一双递到父亲手里："大，这是你的，另外这双是给吾买尔提大爷的，就是不知道鞋码合不合适。"

刘和顺将皮鞋掂在手里，试了试分量，一股热流涌向心头，他激动地说："哎呀，想不到我这辈子还能穿上这么美的皮鞋！"他思量了一会儿，像是憋着一股劲说，"你是个有心的娃娃，没有忘记我给你说的话，你吾买尔提大爷看见你给他的大头鞋，指不定多高兴呢。这事你做得对，我们就是要记住别人的好，滴水之恩，当涌泉相报！"

当晚，明明就把大头鞋送到了吾买尔提大爷手里。吾买尔提感激得不知道说什么好，双手握着明明的手不放，眼睛不住地在明明身上打量，不断地重复着："我有点受不住啊，亚克西！亚克西！"明明笑容灿烂，比吾买尔提大爷还要高兴。

"复员回来了，有啥打算？"吾买尔提看着明明。

"能有啥打算啊，踏踏实实在队里干活，好好帮家里挣工分。"

"你这话可不对啊！"吾买尔提说，"我们当地人常说：'有志不在年高，而在头脑。''误一日等于误一月，误一月等于误一年。'复员回来了可不能没有心劲。听说克拉玛依油田最近正在招工，你到队部问一问，再说你的政治条件好，各方面应该都符合。"

"这事我得问问我大，我个人倒非常想去。"

"好，那就赶快回去和你大商量商量。"

辞别了吾买尔提大爷，明明一路小跑回到家里，迫不及待地将克拉玛依油田招工的事情说了一番，想听听父亲意见。刘和顺欣喜地说："克拉玛依油田啊，我第一次上口外来就在那里干过，离咱们这里有点儿远，当时只参与了电厂的修建，后来由于三年困难有了变数没干下去。说起来真是遗憾，没想到又有机会轮到你了，这是缘分。不过这事你自个儿拿主意，你已经在部队锻炼了四年，下来路咋走全要靠自个儿。你要去，大不拦你；你不想去，大也不逼你。"

"大，"明明瞅着刘和顺，略显疑惑，他有些弄不明白刘和顺的心思，"以我的想法，我还是想去。"

"嗯，"刘和顺沉稳地点了点头，"这才是我的儿子，人就是要出去闯，出息是闯出来的。"

站在一旁的东东冷不丁地冒出一句话："大刚才的话，说得我心里痒痒的，好像我哥有闯劲，我没有似的，再过几年，我也要出去闯。"

刘和顺笑着说："你们两个，大盼着将来都能有大出息，只是你的翅膀这阵子还软呢。"

命运格外眷顾明明，复员不到一月，由于政治条件优越被招到克拉玛依油田当了工人，和他一同去的还有惠泽农场田场长的儿子田晓军。

两个孩子走的时候，刘和顺一直送到奎屯，看着两个孩子和其他工人一起坐上去克拉玛依的班车，他这才依依不舍地收回了目光。如今儿子去了自己当年投身劳动的地方，不经意又想起从口里老家接妻儿的情景，那时候明明还是个孩子，眨眼的工夫他已经长大成人了。

想着想着，刘和顺禁不住黯然神伤。他感到自己老了许多，可女儿小红至今杳无音信，他要顺便再去乌鲁木齐看看，问问于志军有没有女儿的消息，虽然此刻他的心里仍旧和以往每次去的时候一样迷茫，但是不得不去，哪怕带回来的依旧是失望。

碾子沟汽车站人头攒动，刘和顺渴望女儿小红能从他的眼前经过，他痴痴地站了一阵。这时，一个熟悉的声音的出现让他十分亲切，几乎要流出泪来，只见迎面走来一个卖老鼠药的，左肩挂一个脏兮兮开着口的粗布袋子，手中提着三个大小不等的死老鼠，右手打着竹板，用宁夏西海固方言唱着顺口溜。

不用米、不用面，

更不用你家清油拌，

打开纸包往窝里灌，

四十分钟就见老鼠面，

拿来老鼠又能把药换。

老鼠本是大坏蛋，

东家走来西家串，

浪东家、串西家，

明儿个还到你家坐席咔。

涤纶涤卡花衣裳，

华达呢裤子要搭上，

老鼠全都咬成花渣渣。

上桌子、翻凳子，

打翻你家的油瓶子。

……

　　这个卖老鼠药的男人说得正得意时，有几个乡下打扮的汉子走了过来，询问老鼠药的价钱。这让刘和顺感叹，上口外的老乡真不少啊，不由得多待了一会儿。多少年来，每到人多的地方他都会这样痴痴地看上一会儿，这已经成为一种习惯，期待奇迹的出现。之后，他转身朝群众饭店走去，他似乎能够想到于志军又一次看到他时的那种无奈表情。看着身边经过的裹着不同围巾的妇女，刘和顺甚而疑惑指不定有张脸就是女儿小红的。

　　记得他刚寻女儿追到乌鲁木齐，有一天他在二道桥，看见一个背影和穿着与当初的小红几乎一模一样的女孩。他不顾一切地边喊边追，追到跟前，一把拉住胳膊，女孩回头一看，两个人都怔住了，为这事他还被现场一位中年女人美美训斥了一番。

前面是乌鲁木齐人民医院，不远处就是群众饭店，刘和顺走着看着，前面传来凄凄切切的抽泣声。在距离市人民医院不远处停着一辆马车，马车旁站着两个乡下打扮的妇女和一个男人，听得出哭声就是从那面传过来的。春寒料峭，加上悲戚的哭声，刘和顺本来复杂的心情又被搅得纷乱起来。

"再不要哭了，都两天了，这也是没有办法的事情。"声音被风忽高忽低地带进刘和顺的耳朵。个头儿高的女人搀扶着略矮点的女人，像是上马车的样子。那说话的口音也有些像口里老家人，刘和顺不由一愣，他幻想着前面两个女人中就有他的女儿小红。他这样想着，又不由自主地摇头笑笑，他觉得自己不仅有些天真，而且有些神经质了。矮点的女人扶上马车后，哭声渐渐低了下来。三人坐好车欲走时，男人转身对高个儿女人说："哎哟，从医院出来时我把被子忘拿了，又得麻烦你去趟医院。"

"麻烦啥啊！"高个儿女人说，"你看我也大意了，放哪儿了？我这就到医院去。"

"就在病房板凳上，从医院稀里糊涂地出来，一点儿都没想起来。"随着说话声，高个儿女人又向医院奔去。

刘和顺走到马车旁时，高个儿女人已跑出七八米距离。矮个儿女人坐在马车上依旧抽泣。再看马车，车厢里垫着厚厚的稻草，一张破毡苫在矮个儿女人的腿上。刘和顺有心上去问问，可一想，伤心事还是最好不要提起，免得让人家心里不好受。看得出这是位从乡下来医院生孩子的女人，哭声足以说明情况不好，刘和顺的心里也不好起来，他不忍心再看，便放快脚步离开。

刘和顺刚刚超过马车，那个高个儿女人从医院出来了，胳膊上搭了一条红底小花被，来到车旁对坐在车辕上的男人说："你们都想开些，这是没有办法的事情，还都年轻，以后再生。"安慰声清晰可辨，听起来非常熟悉。

刘和顺尽力回忆着这熟悉的声音，可一时啥也想不起来。他回头看高个儿女人，她头裹粉色围巾，穿一身浅蓝色棉衣棉裤，形貌神态有些像小红的样子，他不由轻声念叨了一声女儿的名字。当他把"小红"两个字不高不低地说出口的时候，高个儿女人也转脸看向他，二人相互对视了一下，此时刘和顺脑海里满是小红的身影，也感到对方比较眼熟。可刘和顺一细想，小红是个姑娘，这分明是个裹着头巾的女人，两人怎么能相提并论呢！

渴望寻到自己的女儿，可当与小红相貌身形相似的这个女人出现在他眼前时，刘和顺又极力地否认。在他转身准备离开时，高个儿女人跳下马车问了句："叔，你刚刚叫啥呢？"边说边迈着迟疑的脚步向刘和顺走来。

"我在叫小红，那是我女儿的名字。"刘和顺声音浑厚，显得有些生气，感觉这女人搅扰了他的心绪。

"你？"高个儿女人站在刘和顺眼前不动了，好像被什么东西吸住了。刘和顺立马察觉到了对面这个女人的异常，他瞅着她的脸，这是一张失去了青春和朝气的脸，皮肤松弛，脸上透着微红，不知道是冻的，还是风吹日晒的结果。但仔细看了下，刘和顺的心里不由打了一个寒战，这女人眉骨上面生着一颗痣，和女儿小红的没有丝毫区别，刘和顺心脏下沉，伸伸脖子，声音颤抖着说："你是……你是小红？"

"大，"高个儿女人话刚出口，已泪流满面，声音微弱得有些听不清楚，接着连声说，"我是小红，我就是你的女儿小红！"

刘和顺大脑嗡嗡作响，险些栽倒，他跟跄地走到刘秀君身旁，伸出两个粗壮的大手，拍着女儿的双肩，两行热泪不由自主地流了下来，一声接着一声地说："我的女儿，你咋这么不懂事，不懂事啊！"接着又不停地用右手捶打着胸脯责怪自己，"这都是我的错，我的错！"

刘秀君早已哭得不成样子，她完全被极度的高兴和极度的伤心淹没，内疚、羞愧、自责折磨着她。此刻她才知道自己当初的任性是在老人的心上深深扎了一刀，她扑通一声跪在父亲面前，抱着刘和顺的双腿泣不成声地说："大，你就打我吧，骂我吧，我对不起你们，奶奶白疼我了。"她想通过父亲的责备和惩罚减轻这些年来难以说出的伤痛和压力。

同刘秀君一起来医院的这对夫妇也是康平大队的，女人本打算在康平大队卫生站生孩子，可是经米妮古丽检查，婴儿胎位不正，便让刘秀君陪同来乌鲁木齐人民医院，可是由于路途颠簸，中途女人羊水破了，到医院后，经抢救未能挽留住孩子的生命。

此时，那男的痴痴地站在距离刘和顺父女三五步开外的地方，一时不知这是什么情况。刘和顺很快从悲伤抱怨中惊醒过来，急忙把女儿搀扶起来："不哭了，不哭了，"刘秀君欲说什么，被刘和顺制止了，"啥都不说了，大心里清楚。"

刘秀君羞赧地笑笑，依旧收不住清亮亮的眼泪，她心里有种说不上来的幸福和慰藉，忽然感到自己很娇小、柔弱，随口问道："大，家里人都好吧？"

"都好着呢，好着呢！"这种一下子见到女儿的惊喜一浪一浪地侵袭心间，刘和顺强忍着快要涌出来的泪水，将送明明去克拉玛依油田及来乌鲁木齐的事大概地说了一下，刘秀君颇感意外："真想不到，我弟弟都当工人了。"

"他是？"刘和顺看着站在马车旁边那个怔怔的男人问女儿，刘秀君这才想起还有要办的事情，便把来乌鲁木齐人民医院的经过告诉了父亲。

"大，我这就让他们先回去，咱们找个地方坐坐。"

"你还是先把他们送回去，"刘和顺说，"看那女人身体也不太好，等你把事情处理好了，就赶紧回家看奶奶和你妈他们。"

"要不这样，大，"刘秀君显得有些难为情，"你跟着我去康平，好吗？"她说这句话的时候，心里很不是滋味儿，强烈的内疚和负罪感再次涌上心头，感到有些无颜面对父亲。

刘和顺觉察到女儿内心的苦楚，隐约判断女儿已经结婚，于是宽慰地说："今儿我还有事，就不去了，看见你了，大这心里就踏实了。"刘和顺说着，用右手偷偷擦了一把眼泪，"等会我也赶紧回去，把见到你的消息告诉家里。"

这时，远处又传来那女人恓惶的哭声。刘秀君说："大，那我先回去了，过几天我就去博乐家里看你们。"

"快去，"刘和顺催促着，"这儿天冷，那女人坐在马车上还等着呢。"

送走女儿，刘和顺俨然一副醒过来的样子，他感到自己一下子卸下了一个多年背负的沉重包袱，身子轻松了许多，仿佛有一缕阳光照进心头。他急切折返到碾子沟车站，他要把见到女儿小红的惊喜，第一时间告诉全家人。

55

一转眼，十二年过去了，小红才得以和家人相见，自从刘和顺带回找见小红的喜讯，一家人盼星星盼月亮地盼望早点见到小红。奶奶已经有些茶不思饭不想，母亲度日如年，弟弟妹妹们也都设想着和姐姐见面时激动人心的场面。

当小红带着九岁的欣欣和六岁的小女儿琼琼，来到博乐东风公社上游队的家里时，颤巍巍的奶奶和双鬓斑白的妈妈与小红抱在一起足足有四五分钟，三个人抱着哭作一团。

"娃娃，十多年了，你不晓得奶奶想你的苦啊……"过了好一阵，姚兰香抖动着双唇，哽咽着倒出了这句话。

张娜则不住地抹泪，抚着女儿的脸一遍遍地端详，好像那脸上缺了什么："当初都是妈和你大的错，你可千万不要记恨，真不晓得这么多年你是咋过的，妈对不住你呀！"张娜说着，收不住的泪水又倾泻而下。

屋子里，十六岁的东东和十二岁的佳佳目睹眼前的一切，也哭成了泪人。这泪水是喜悦的泪水，这泪水是抚慰伤痛的良药，这泪水更是心中郁积、委屈、苦闷的宣泄。

"好了，好了，都别哭了，这一页就翻过去了。"刘和顺站在一旁嘴上虽这样说，也不停地大把大把地擦着流不完的眼泪，他甚至不敢想这些年自己是怎么走过来的，有时他恨自己甚至想把打女儿的这只手剁掉。在最初的那几年，看着这只手就来气，自责、懊恼和内疚时时折磨着他,即使母亲和女人不说什么,只要她们一提起小红,他就心如刀绞。

屋子里的哭声好不容易止住了，可当小红转身询问奶奶弟弟虎娃时，屋里的哭声再次响起，她才知虎娃已经不在这个世上了。小时候姐弟间的欢愉瞬间连同内心埋藏多年的想念和酸楚使她再也哭不出声来，只见清凉凉的泪水从眼角流向鼻洼直至口角。她没敢把自己婚姻的前前后后和这些年吃的苦说给家人，她感觉自己离家出走的这十多年里，奶奶和父母承受的东西已经够沉重了，自己的负担不应再让家里人分担。

这种以泪欢聚的场面最后还是在刘和顺的制止中收场，一家人这才打量起欣欣姊妹，你亲亲这个，他抱抱那个，夸赞这两个娃娃长得水灵，比小红小时候还漂亮。

小红转娘家的这段日子里，没有对奶奶和父母讲这些年来她所吃的苦和不易，两个水灵可爱的女儿，惹逗得全家人格外喜欢。但知女莫如母啊，在小红将要返回康平的前一个晚上，张娜与女儿躺在炕上，心贴心地把自己对婚姻、家庭、生活的所思所悟讲给了女儿，也算是母亲临别前的叮咛。她说："娃娃，人生苦短啊，光阴一天一天不好过，可一年一年很快就过去了。你都是快要三十的人了，今后一定要把日子过好，把孩子教育好。在家里，无论干啥都不能斤斤计较，不要计较对错，家就像一个装物件的东西，大家把最好的撇进去，它就会变得漂亮；把最坏的撇进去，它就会变得狰狞可怕。妈没有一天不盼你把光阴过好，要往人前头走。"小红默默地听着母亲语重心长的安顿，心里偷偷地流泪，她想说："妈，是我不好，让你们伤心了。"

就这样，刘和顺带着与女儿小红团聚的喜悦，迎来了我国改革开放的春天，踏上了脱贫致富奔小康的新征程。

1983年，东风公社和上游队又恢复了以前的名称卓力格图镇和布哈斯赫村，在蒙古语里是大无畏和如玉之钢的意思。包干到户在这里迅速推开，村里人赚钱的路子五花八门，卓力格图镇上更是雨后春笋般地兴起各行各业，艾孜买提和克里木合伙到博乐开起馕房，成天忙活自己的生意，没几年就有了属于自己的餐厅。陈卫东被叔叔陈红兵叫去跑运输。有些不受约束的东东进了国营轧花厂，工资不高但多多少少能贴补一下家里的生活。

刘和顺农闲时和一些村民赶着毛驴车把从阿拉山口打的梭梭木运回来，打成垛子堆在院里，不再为家里烧的柴火和冬天取暖发愁，可心里却仍旧不那么踏实，晚上对着窗外如水的月光，心上涌过层层波浪，他思谋着再不能这样下去了。广播里号召让一部分人先富起来，到了该调心绪的时候了。他羡慕那些开着拖拉机在阿拉山口打梭梭木的村民，不用抢十字镐，钢丝绳绑在车后一拉，梭梭树就被连根拔起，从布哈斯赫到阿拉山口往返的时间也缩短了不少，他们不但不为自己家的柴火发愁，还可以卖梭梭木赚钱。他梦想自己也能买一台拖拉机，可手里哪里有钱！"人可不能顺水推舟将就一辈子，得动弹啊！"刘和顺对于从思想中突然冒出的"动弹"一词哑然失笑，他认为改革开放的潮流洗刷了他，即便是已过知天命之年，也必须动弹，必须奋斗，于是他蹬着自行车开始在卓力格图镇和博乐做起了卖杂货的小营生，稍有积蓄后又在老伴儿的提议下开起了"口里香"饭馆，这是他家的老传统，经营得顺风顺水。当他和张娜开的"口里香"饭馆在博乐家喻户晓的时候，逐渐地积累了点资金后，他便有了新的大胆的想法，想利用当地棉花资源的优势，开一家轧花厂。

就在此时，回娘家的女儿小红说康平村已经有当地人办的民营轧花企业"秋蓉轧花厂"，刘秀君兴奋地给他介绍这"秋蓉轧花厂"的老板夫妇是多么好，尤其和她的关系非同一般，刘和顺就动了去参观学习的念头，借机看看这个行当里的门道，看看有没有加盟合作的机会。

经营这家企业的是多里库夫妇。"大，你不知道这个女人有多好，"一说起多里库妻子，刘秀君抑制不住内心的激动，"她帮过康平村的不少人，当初要不是她，我都进不了卫生站，那女人是我学习的榜样。她也是从宁夏跑到口外的，她经常说她和她爹险些被冻死在戈壁滩，要不是被她丈夫的驼队遇上，这世上早就没有他们父女了。凭他们父女的为人，还有我和她在村卫生站共事多年的情分，我可以去试着问问，兴许她会帮咱们。"听完女儿说的情况，刘和顺有些心动。

刘和顺随即备了茶叶、红糖、麦乳精、罐头，经女儿引见见到"秋蓉轧花厂"的女厂长。见面时，刘和顺和米妮古丽都大吃一惊。刘和顺没有想到多里库妻子米妮古丽居然是大小姐——当年吴忠堡康瑞庄的丁瑞芳，米妮古丽也没有想到刘秀君的父亲就是刘和顺。

虽然岁月的变迁沧桑了彼此的容颜，但曾经的一对恋人再次相对时还能依稀地辨别出彼此的某种熟悉。有那么一瞬间，双方怔住了，不知道该说什么，表情僵硬着，而内心却经历着五味陈杂的风暴。最后，还是刘和顺率先反应过来，苦笑着说："厂长好。"米妮古丽羞涩地说："你好啊。"几乎同时，泪水在眼眶里打转转，但当着刘秀君的面，她硬是没让泪流出来。而刘和顺也感觉脖子直直的，转动起来都费劲，寻求合作的事早已说不出来，只能找些无关紧要的词语潦草地客气着。想起早已被岁月尘封的康瑞庄往事，除了夹杂苦涩欣喜的简单寒暄外，两人还能说什么呢。埋藏在心底的那份懵懂的爱、纯真的情谊，永远地被打上了死结，只能让时间慢慢地解。在这尴尬的时刻，多余的疑问也不可能展开，刘和顺只是纳闷地问："咋改名字了？"米妮古丽淡然地说："没有，这是他们的习惯。"同时看了一下身旁的多里库。多里库并不知道米妮古丽与刘和顺的往事，只怕刘和顺听不懂似的帮腔说："就是的，就是的，中华民族一家亲嘛。"刘和顺不由自主地伸出大拇指并报以友善的微笑。

得知刘和顺来到厂里，丁希存怎么也坐不住了，拄着拐杖匆匆前来，他的双手和刘和顺的双手紧紧握在一起，想起当年在吴忠堡的许多往事，几个人不禁失声哭泣，各自诉说了一番上口外的艰难经历。

"没有死在戈壁滩，那真是莫大的福气！"丁希存深有感触地说。丁瑞芳接过话头说："我和我爹相依为命，相互搀扶着逢人家就去要吃要喝，好在黑风没有把我们填了沙海。后来在'阎王滩'遇上暴风雪，险些被冻死在那里，偏偏多里库的驼队经过，才救了我们来到乌鲁木齐。到现在我还记着那时乌鲁木齐城里的热闹，饭馆、馕房、茶馆的生意很热火，拉条子、大盘鸡、烤包子、卤羊头冒着香喷喷的热气，各种风味的小吃摊叫卖声不断，卖炭的小车、流动的剃头挑子随处可见。后来，我们来到康平，是库尔班大叔收留了我们，我们在他家干活，那时日子也很困难。真是机缘巧合，解放后多里库又与我们相遇，我就和他结了婚，无依无靠的库尔班大叔就和我们生活在了一起。岁月沧桑，世事多变，谁能想到我们在口外还能相见。"丁瑞芳虽然嘴角上挂着微笑，眼里却充盈着点点泪光。

丁瑞芳的一番话说得刘和顺心里很不是滋味儿，回想起早年父亲的货窑被烧，那张借据还保存完好，他再难开口向她寻求合作与支持。回家的路上，刘和顺思谋着不再办厂了，他得按父亲借据上写的，赶快给丁希存还钱。

刘秀君万万没有想到父亲和米妮古丽竟然早就认识，而且交情颇深，她更不明白父亲见了米妮古丽怎么没有说明来意就匆匆忙忙地回去了。她倒是将家里的难处和父亲的雄心一五一十地告诉了米妮古丽。

姚兰香得知丁希存父女就在康平，不顾自己的身体，和刘和顺带着刘运飞当年立的借据亲自上门拜见，诉说当年货窑被烧的经过，几个人抱头痛哭。姚兰香说："我心上亏欠你们父女这么多年，总算能给你们一个交代了，我会让满粮如数还清他大欠你们的钱，这样我也就能安心地见他大了。"

丁希存手捧借据看了好半天，含笑将它丢进了火炉，一缕青烟过后，姚兰香珍藏多年的借据化为了灰烬。"你们母子的心明月可鉴，今儿我当着瑞芳与和顺的面把它烧了，那一页就翻过去了。要不是因为我的生意，说不定运飞还健在呢。"丁希存句句中肯，情深意长。"古话说得好：'不经长途，不知马骏。'真是上天安排，让我们一家遇上了你这样的好人，借据虽然烧了，可是我们欠你的恩情生生世世永远不忘。"姚兰香老泪纵横地说。

世纪之初，"和顺轧花厂"在丁希存父女的技术和渠道的支持下建成并投入生产，年近古稀的刘和顺身着蓝色西服，笑容可掬，布哈斯赫村的村民几乎倾村而出，前来道贺。已经耄耋高龄的姚兰香坐在轮椅上被孙子孙女推着，也到厂子看热闹。

赵德强、艾孜买提、克里木、陈卫东、于志刚均来到现场，挤在前头，说着笑着，他们灿烂的笑容像鲜花一样装点着厂区。

上午十一时，典礼正式开始，主持人宣布刘和顺讲话时，他未曾开口已泪流满面，那泪花是激动的表现，更是付出辛劳获得成功的证明。毋庸置疑，这泪水饱含着人与人之间最深的情谊，饱含着来自中华民族大家庭内各民族兄弟姐妹带给他的力量和荣耀。在热烈的掌声中，他清了清嗓子，大声地说："各位领导、各位来宾、父老乡亲们，你们都是我的贵人，看到今天的这个场面我心里热啊！'和顺轧花厂'能够顺利建成，不是我刘和顺的能耐大，得益于大家的帮衬和党的政策好啊！真得感谢各级领导的支持，还有今天到场的和没有到场的各位父老乡亲的支持。在这里，我先给各位鞠上一躬，感谢这些年来你们对我的不离不弃。我太激动了，满肚子的话也不知道怎样说才好。我只想说，众人拾柴火焰高，那烧起来才叫一个旺啊！"

随着刘和顺深深的鞠躬，现场掌声雷动，鞭炮齐鸣，人群中掀起海浪般的欢呼。

人群之上，天空中游弋着朵朵祥云，像一朵朵放大了的棉花团。

……

世纪之初的十年，和顺轧花厂在全疆布局建起了五家加工企业、一家销售公司和两万亩优质棉种植基地，并改制组建了和顺棉业集团有限公司。2011年，因环保政策的调整和企业发展的新需要，和顺棉业集团有限公司入驻了博乐市新建的赛里木开发区的纺织产业园，开启了又一新航程……

56

月儿湾的夜晚，星月相拥，银河似流，依然那样静谧。在充满人造光源的京城待惯了的王志琴被依山腾空高悬的月亮和湛蓝的天空震撼。空气里浮动着庄稼的清香，夜露潮潮的，她的每一个毛孔似乎都被清泉浸透。山影抹黛，庄舍宁静，偶尔几声狗吠，更让夜色多了几分安宁，她好似穿越时空来到了一个充满诗情画意的地方。

莎莎对着月儿湾的夜景，情不自禁地赞叹："真没有想到，月儿湾的夜晚会这样美丽！"

刘秀丽说："这会儿的月儿湾，就像一个文静而又端庄的姑娘。夏秋季节，多彩的庄稼将月儿湾四处打扮得分外壮丽，可到了冬季，它犹如铁骨铮铮的汉子，呼啸的寒风会刮个不停，那种狂吼，没有亲身经历过的人是很难想象的。"

不知道为什么，此刻王志琴隐隐有一种从未有过的感觉，她觉得自己正在脱下罩身的外套，卸下思想的甲胄，一个更为明朗的自己从困惑中走了出来。

第二天，刘和顺带着明明和东东到祖父和父亲的墓地上坟。回来的时候，他在儿子的搀扶下登上洞洞梁，逶迤绵延的山体被竞吐芬芳的各色花朵和葱茏的绿色覆盖，整个山峦如披上一件绫罗绸缎的衣裳。烟雾缭绕的山腰间，掩映着稀疏的农家院舍，在通透的阳光下，和谐静美。

一阵微风拂过，扑面而来的尽是花草的芳香，老人屏气凝神远眺远处的群山，多少往事又在他的脑海浮现……不远处，刘秀丽和莎莎端着相机，如痴如醉，不停地按动快门，咔嚓、咔嚓地捕捉着眼前的画面。相机如饥似渴，是月儿湾一下子打开了它的欲望之门。王志琴一直处于沉思的状态，同刘秀丽和莎莎的兴奋相比，她好像有一肚子心事，又似乎在默解一道极难的奥数题，庄稼地里劳作的身影，依山生长的杏树、榆树，甚至一块石头，头顶飞过的一只鸟儿，都是那样富有魅力。

第三天，刘秀丽提出到刘秀君小女儿琼琼支教的村小学看看。别小看这所小学，近年来一波又一波来自北京、上海、杭州等名校的研究生在这里支教，他们在体验西北偏远农村的生产生活的同时，给这里增添了新的活力，带来了大千世界的种种信息。琼琼因为常听母亲提起宁夏西海固，提起月儿湾时充满失落与神往，所以一直想去体验体验。她研究生一毕业就主动报名参加了支教，并提出要去吉平县刘家坪小学。

刘和顺、汪克齐显得更为高兴，不只是想看看学校的情况，更因为那里是他们早年溜坡坡、撞拐子、捉迷藏的地方。三排红瓦白墙的教室崭新明亮，已成为月儿湾的标志性建筑。

刘和顺显得极为激动，不断地回忆着这是当年的什么地方，那是当年的什么地方，谁谁谁在这里干过啥有趣的事等，感叹这今昔的天地换了人间一般，惹得汪克齐嘲笑起来："见过大世面的刘和顺今天咋被咱们这小学校给感染了？"刘和顺笑着不做任何回答。

他们快到操场时，外孙女已同支教的两名老师及当地的汪老师带着二十几名衣着干净整洁的学生娃娃列队迎候。刘和顺看到，如今的孩子早已不是他记忆与想象中灰头土脸的样子，而是个个精神抖擞，清秀而稚气。特别是有一名穿红色上衣的女孩掩嘴低头一笑，让他感到那几乎是世界上最美好和纯洁的表情，心里默默地感叹着老家已是换了人间。孩子们没有热烈的掌声，而是齐刷刷地鞠了一躬。当孩子们低头的瞬间，刘和顺的心里像触了电一般，刘秀丽和莎莎按动相机快门的声音急骤地响起来，还夹杂着声声感叹。

随后孩子们解散了，王志琴匆忙地和妹妹打了个招呼，便拿着录音笔对着小学生问起她所关心的事情，刚开始学生们怯怯的，不一会儿就毫不掩饰地回答，而每一个答案，都像针刺一般让她心痛。孩子最想干的事，不是当老师，就是当班长；心里最想说的话，是与常年在外面打工的爸爸、妈妈说说话；去过的大城市，是新川乡；最大的理想，是走出大山；对外人最尊敬的表达，就是深深鞠躬。

汪老师给刘和顺一行介绍说："现在学校条件比过去好多了，校舍都是新建的，"但学生却越来越少，年年递减，有些搬迁到宁夏北部平原去了，有些跟随父母到了县城，这个小学从鼎盛时的二百多名学生减少到如今的二十几名。"

刘秀丽在一旁极快地抢抓镜头，捕捉着这些小学生和王志琴对话时那种最纯真的眼神和笑容，欢快的、羞怯的和充满童趣的。同学们对每一个问题的回答，使刘秀丽的心里同样有种被针刺的感觉。刘晓明和刘晓东看似抿嘴笑着，心里却有种说不出的滋味儿，莎莎听得不大真切，她只是瞅瞅这个，看看那个，在一旁与几位支教老师交流着对月儿湾的看法。汪克齐哪见过这样的热闹场面，哈哈笑着说："你看这些娃娃，都是'乡里棒'，让佳佳一问，全给吓住了。"

王志琴的看法和汪克齐不同，她在想，如果用这些问题去问城里的孩子，他们的回答会是什么呢？肯定五花八门，说不定也有许多挨不着边和不着调的。

随着上课铃声响起，孩子们飞奔进了教室。除三年级几个稍大点的孩子在靠南一间房子里自己看书外，一、二年级的孩子都挤在靠北这间教室里，刘和顺一行坐在教室最后面，聆听汪老师给孩子们上课。汪老师三十多岁，从本地的宁夏师范学院毕业后考上了县里的教师，主动要求回到偏远但离家近的村小学。此刻，教室里非常安静，黑板上写着两个字："田"和"孝"。

讲台上，汪老师慢慢移动脚步，认认真真地给孩子们讲着，娓娓道来，显得那样安静、投入。她说："别小看这个'田'和'孝'，这里面包含着许多做人做事的大道理。先看'田'字，田是种粮食的地方，它外边一个'口'，里面一个'十'，意思是说种粮食的田地四周都必须有清晰的边界，里面种的粮食不能混淆，谷子是谷子，糜子是糜子，这就是"田"字所包含的意思。"汪老师的话虽不多，分量却很重，话语里的每个字，都轻轻地拨动着同学们的心弦。

"我们再看'孝'字，它是'老'字头，'子'字底，'老'在上，'子'在下。它的意思是孩子背着老人。"讲到这里，汪老师稍作停顿，看了一下在座的各位同学，又大声问，"你们说这孩子背着老人是什么呀？"孩子们异口同声地答："这是孝！""对了，这就是孝。因为人老了，身体不好了，孩子就要照顾，乃至背在身上。"汪老师对孩子们的回答非常满意。

看着眼前的这一幕，刘和顺异常感动，这分明不是来学校看孩子们，而是来受教育的。再过几个月，月儿湾剩余的村民将会搬迁，刘家坪村也面临着被撤销，剩余不多的几户将合并到邻村上黄村，这个小学将面临撤并。汪老师似乎根本不关心接下来要发生的这一切，从她的眼神里找不到一点儿敷衍的成分，更没有一丁点儿想要表现的意思。看着这个令人尊敬的女老师，刘和顺发觉自己懈怠了，对于东东想走出去，在"一带一路"沿线国家投资发展的事情，此刻有了答案。

王志琴的眼睛湿润了，此情此景感染着她，多少场合，多少人恭维她为大作家、美女作家，可那些面孔的背后，她总看不到人的率真，今天的这堂课让她迷茫的内心找到了出口。多少年了，她已经不为什么事情流泪，可面对讲台上真诚质朴的汪老师，她的心海决堤了，眼泪直往外涌，连同内心沉睡的思绪全都涌了出来。

刘晓明、刘晓东、莎莎也都偷偷抹泪，汪老师好像不是在给孩子们上课，而是给他们上了一堂"生命之课"……

四天时间很快过去了，刘和顺一家的行程结束了。艳阳高照，轻风徐缓，月儿湾里，牛哞、羊咩、鸡鸣、狗叫的声音依旧，刘和顺一家融在月儿湾的村民中，定格下了月儿湾最珍贵的"全庄福"。但在刘和顺的心里，仍然留下许多许多念想——他想请乡亲们到口外转一转，感受一下口外发生的翻天覆地的变化，看一看自己的生活，瞅一瞅"和顺棉业集团"的旧貌与新颜，尝一尝吐鲁番的马奶子葡萄、鄯善的哈密瓜，还有那甜得让人流口水的库尔勒香梨……

车子驶上高速公路，莎莎提速前行，刘晓东心里沉沉的，从未有过的感觉，这么偏僻的月儿湾是如此厚重，它不仅是生育自己的地方，更承载着时代的兴衰变化，他也更加理解父亲做事的认真和执着，心想："说不定啥时候我也要再返故里，到舅舅移民的红寺堡，回家乡为父老乡亲干些力所能及的事情，回报父亲对这片故土的挚爱。"

王志琴隔着车窗看着外面，她也在回忆月儿湾，世事怎么这样巧，如今妹妹也来到这里支教，呈现在她脑海里的是愈加简约的影像，一切都清晰了。她还想在落雪的冬季和小姨刘秀丽再组织一场文学与摄影活动，更想请母亲一道来，再听听这里的风声，感知这片土地带给人不一样的感受。在月儿湾的几天时间里，王志琴的小说腹稿已基本成形，她期待能唤醒大家在纷繁复杂的世界里寻一方净土，不忘初心，永志奋斗。

刘和顺靠着座椅，闭着眼睛，一副睡着的样子，其实他的心里填满了许多事情，大伙儿会搬到哪里？自己再有可能回口里老家，恐怕连弯弯沟都很难进去，今后谁给祖父和父亲上坟？若自己有心来这里陪他们，可他不知道自己离开的那一天，儿女们还会不会把他安葬在这里。他渴望生命长一点，自己还能多回几趟老家，既能给父辈们上坟，又能亲眼看一看老家的巨大变化，邀上汪克齐，再到黄河边走一走，感受一下那里的发展变化、移民生活、风土人情。常言道："天下黄河富宁夏。"他想亲眼看一看山里小伙儿吃上大米壮了没，小丫头喝上黄河水白了没，老人们是不是越来越健康，他坚信"共产党好，黄河水甜"。

不过这次回来的所见所闻让刘和顺的心里又有了新的想法：人一定要奋斗，不能懈怠，"天下乌纱帽，头要往外展"，老人们说得对对的。到了口外儿孙们要抢抓机遇创大业，现在的"一带一路"让口外成了核心区，机会千载难逢，他们没有理由不动弹、不奋斗。宁夏老家几十年扶贫开发、脱贫攻坚的成果令人欣慰，为何不把这些成果向世人展示出来，如果有可能自己回到月儿湾把这些农村老宅修一修，发展乡村旅游，使其成为景点，进而扩大到吉平县，再逐步扩展到西海固以及宁夏的移民地方。这样一来，月儿湾是景区、西海固是景区、黄河沿岸移民区也是景区。老人越想越兴奋，越想越激动，恨不能马上就实施。

他刚准备叫车在前面的休息区停下，不知为什么，又把思绪切换到儿孙身上。生在新时代的孩子们，被各种纷繁复杂的信息、自以为是的光环和富足的生活笼罩，心里还会不会想着故乡？

这样想着，刘和顺忽然忧伤起来。上口外的这段丝绸古道啊，不知留下他多少牵挂，贫穷可以忘记，但教训必须铭记。如今遇上了好时代，若自己再能年轻二十岁，哪怕是十岁也行，这样还能再泼洒一些汗水，把自己新的想法付诸实践。

跋

一部人类发展史，实际上就是一部人类移民史。

关注移民史，说白了就是关注我们自己的昨天、今天和明天。

当《闯关东》《走西口》《下南洋》等文学影视作品，以风樯阵马之态，让近代以来我国几大著名移民潮多维度、全景式、话题性地走进新世纪人们视野，成为展现历史画卷、凝聚向心力、弘扬主旋律、造富一方的文化旅游资源时，我们激情难耐，再也坐不住了。

近代以来，以宁夏西海固、甘肃定西和陕西陕北为主体，祖国各地各民族兄弟姐妹，为了果腹生存、追求幸福，克服万千困难，沿着丝绸古道，从口里走向广袤的口外，演绎了一曲曲或慷慨悲壮，或凄婉缠绵的故事，为祖国西北边陲各民族像石榴籽一样紧紧抱在一起，和谐相处、共同开发建设口外做出了持久的努力和积极的贡献。

上口外这一重大社会现象，一直鲜有作家问津。经过多年的思索谋划和前期准备，我们决定客观、忠实地展现历史，以小说的形式把这段历史微缩珍存下来。鉴于题材重大，我们多次赴新疆、青海、陕西、甘肃、四川等地采访调研，了解当地人的交往历史、迁徙变化、风土人情。只有与他们掏心窝子，才能切身感受这段路途的艰辛和移民群众复杂丰富的内心世界。

经过近五年的辛勤创作，又多方听取宁夏、新疆等地专家学者的意见和建议，不断打磨，反复修改，终成此稿。

创作很辛苦，面世亦困难。2019年末，宁夏作家协会伸出温暖的双手，将此作品作为宁夏回族自治区2020年重点扶持出版项目，使我们备受鼓舞；又于2020年7月9日专门组织了改稿会，相关专家审阅后提出诸多富有建设性的修改意见，为本书补益增色不少。黄河出版传媒集团阳光出版社将此书作为重点作品打造，也让我们倍感欣慰。宁夏师范学院将本作品列入"学人文库"给予关心关注。对此，我们存谢于心，感恩于怀。感谢那些在本书创作和修改完善过程中提供各种支持和帮助的朋友，特别是袁志学先生在本书初稿创作中付出的辛勤劳动令我们感佩，理应成为署名者之一，鉴于其对自己的高标准要求，谢绝了我们的邀约。还有在新疆石河子大学工作多年、博士就读于北京大学社会系的杨乐先生和曾在克拉玛依百口泉采油厂特车一队任副队长的何克玉先生及许许多多同仁的倾力相助，才使该书顺利与读者见面。还要特别感谢本书责编金小燕同志，她不厌其烦地细致查核与编校，避免了不必要的舛错。

当然，我们也清楚地知道，一腔热情不可能冲破自我局限，要把近百年来发生在祖国西部这一波澜壮阔的移民现象，史诗般、全景式、高水准展现出来，着实不是一件小事，其难度可想而知。在本书出版前的最美人间四月天，我们再次前往库尔勒、克拉玛依、乌鲁木齐采访调研，充实完善作品，感悟初心。

至于良好的愿望能否实现，我们只能敬候读者的佳音了。

期盼着甩出去的石子，能在波光粼粼的水面上荡起层层涟漪。